第13卷

评与论

蒋子龙文集

龙志亚 题

人民文学出版社

前　言

世上没有光闷头干活不说话的人，作家写一些评论的文字，差不多就等同于"说话"。创作是一种"劳作"，评论才叫"文章"。

但作家的评论终究与真正批评家的文章有所不同，靠的依然是感觉，辅以理性和识见。有些评论不过是借题发挥，阐述和求证自己的创作理念，回应自己不赞同的观点。我写评论其实还是创作的需要，评说别人的作品，可知道自己该怎么做得更好。

为别人的书写序，也是评论。凡向我求序，一般不会拒绝。我欣赏威廉·詹姆斯的话："人类天性中最根深蒂固的本性就是渴望被人赏识。"因此，这一部分文章我写得比较清醒、理智，注意章法。

我为人作序有几条规矩：一、只说自己感觉到的东西，不说假话。二、只说真话中属于优点的部分，不谈缺点，倘缺点很明显就给作者另写一信，讲明这些缺点。既答应作序就要知趣，不扫人家兴。三、倘若对求序者的著作实在无话可说，就"顾左右而言他"，写上一点自己的文学主张去"旁敲侧击"。

随着年龄的增大，我越来越认同詹姆斯的名言："真正的文化以同情和赞美为生，而不是以憎厌和轻蔑为生。"

创作以丰饶为美。而评论，沉重容易，轻盈难得。我自忖，到六十岁前后，才找到了些许"轻盈"的感觉。幸好这也是我为别人作序和写"文人素描"最多的时候，因此，才专门编了一卷"评与论"。

蒋子龙

2012 年 10 月 31 日

1

目 录

说长论短

序 与 评

文人素描

说 长 论 短

庐山的冲击波

农历五月十五的晚上,我们登上"月照松林"的山道。明月皎皎,树影摇曳,松涛阵阵,景迷人,夜醉人。我们选了一块鱼背石,攀上去对着明月盘膝而坐。低吟,轻唱,畅怀而谈,悠哉快哉,每个人都略带醉意。过了一会儿,忽觉背后热烘烘的,回头一看,后面摩肩靠背又挤坐上一排人。镌刻着"月照松林"四个大字的岩石下,人头攒动,语声喧哗,像自由市场一样的热闹繁华起来。我又像回到了天津、上海这样的大城市,见到夏天的晚上,市民们赤着上身,摇着蒲扇,拿着矮凳,挤坐在负担过重的胡同口,吃力地呼吸着非呼吸不可的空气的情景。于是,我的醉意全醒了……

自人们发现了庐山,就对庐山发起了一次又一次的冲击。因为大家除去冬天喜欢暖,夏天喜欢凉以外,还都喜欢美。但是,有人想过庐山对人类的冲击吗? 我有幸作为庐山客,不能不想一想庐山对自己的冲击,对文学的冲击。

在高能物理加速器里,把离子注入到硅片上,就能把一个绝缘体变成导电体,改变物质的性能。庐山是一个巨大的"艺术加速器",它能把奇妙的艺术离子注入到人们的身上。如果没有庐山,中国的文学史上将会多么遗憾地缺少了几百首咏叹庐山的绝唱! 我希望庐山给我注入一种什么样的艺术离子呢?

我见过许多现代化的大企业和科学研究机关,但更愿借到庐山的气魄:粗处极粗,细处极细,粗犷而又灵秀,宏伟而又优美。险处——令人倒抽冷气、魂飞魄裂;绝处——令人目瞪口呆、茅塞大开;胜

3

处——令人如醉如痴,流连忘返。"壮哉造化功",一切天成,自然的魅力胜过一切造作的努力。

庐山的奇景之一是雾,雾使庐山更美,更秀,更神。我多么希望把这种文学调料加进描写干巴巴、直通通的工业题材的作品中去。

然而,过去庐山上还有外国的租界,冲击庐山的不光有伟人,也有丑类。即便是解放以后,一次次的庐山会议也实实在在地冲击了中国的历史、中国的社会和群众的生活。这就是真实的庐山。庐山不是海市蜃楼,美不诞生在真空里。

文学作品要像庐山,该有多好!

1980年7月23日

艺术是走投无路者之路

我心目中的艺术应该是一场永无休止的战争,人类拼杀,灵肉大搏,没有界限,难分善恶,生死无定,笔下千军万马,喊杀声不绝于耳。

我心目中的艺术应该是一个完整的世界、一个社会、一个工厂,假如你不能成为神,不能成为国王,不能成为厂长,不能实现你一生最美好的目标,那么你就去写作。艺术是走投无路的人的路。

我心目中的艺术应该是一种解脱,一种"精神胜利法",时时刻刻地捉摸自己,捉摸别人,最终还是捉摸自己。

我心目中的艺术应该是一条神秘的隧道,引你上天堂或下地狱,通过它可以进入生命的真奥,通过它可以了解宇宙间的秘密。它也可以使你昏头涨脑,迷迷糊糊,一无所见,一无所知。

我心目中的艺术应该能移植生命,冲破和超越人生的局限,让人的一生中可以选择和体验各种经历,多生活几次。使自己单调的生命旁边长出许多新生命,衔接前人和后人的生命。

我心目中的艺术应该是白日做梦,正常人制造的疯狂。艺术家是现代精神的制造商,专门买卖形象。

总之,我心目中的艺术就是公说公的理,婆说婆的理,到底谁的理对,只有天知道。

1981年底

关于"微型"的思索

像十几个完整而又奇巧的梦。看着别人做梦并不是一件轻松美妙的事情。微型小说极为重视主观性,观念胜于描述。人想要了解自己的大脑是最吃力的……

读一两篇,是一种智力的熏陶和享受;读五六篇,兴奋的程度就有所减弱;一气读三十八篇,神奇美妙的魅力就变为心灵的重压。

精品应该精读,好吃不能多给,不能用北方人喝大碗茶的办法畅饮广东的功夫茶。当然,北方的农夫要解渴,也不可去求助功夫茶。

这也说明了微型小说的特别之处。它更需要优越的智能。微型小说大赛——跟其他文学作品评奖活动相比,更像一种智力测验。

写微型小说难,难在要有冒险性,拼命追求新、奇、怪、深,追求不同反响。"步步求险,节节求艰",用不同寻常的方式反映生活,它宁肯容忍偏激,也不能容忍平庸、温和、保守。

写微型小说难,难在可得不可求。靠"天机偶发",突然智来,神来,情来,兴来。它是一瞬间爆发的激情、感觉、思想,是一种智慧的信息。

写微型小说难,难在会变形,它更像哈哈镜,不负责映出一个真实的世界。变形就是升华,就是给饺子皮加馅,把面疙瘩抻成面条……

写微型小说难,难在靠思想推动情节,而不是靠情节推动高潮。它的尖锐是被一种巧思激发出来的。它侧重表现的是思想的世界,不是外部世界,甚至也不十分推崇感情世界。因此它不太注重故事发展的外在逻辑,破坏传统的情节构成方法。

写微型小说难,难在构思第一,力脱窠臼。它不要无本质的现象。它需要的情节是中国女排在争夺世界冠军的最关键的一局比赛中的最后时刻,和对手打成平局;是经过十月怀胎的一朝分娩;是证据确凿的突然逮捕;是输红眼的赌徒摊牌(大概是胡可语)。

写微型小说难,难在下笔如针灸。观人于微,观事于微,意境深而微。化雄奇、壮阔、崇高、恢宏为精巧。

小形式搞出了大规模。"小"在"大"的上头成"尖",追求冒尖。笔尖是尖的,刀子是尖的,弹头是尖的,飞得快的和锋利的东西都是尖的。

我陷入小的联想、小的沉思。这是秋的梦,关于微型小说的梦想。真正的微型小说不一定就是我想的这个样子。各人的梦应该不一样。

1982年

7

人物·情绪·语言

文艺作品要有思想性和艺术性,这是老生常谈了,却又不能不谈。讲到艺术,联想到创作,颇多感慨。感慨之一,艺山探宝路途艰难;感慨之二,自己才力单薄,常常感到力不从心。感慨之余,我又想开了。这些"联想",缺乏逻辑性,很难连成一气,也许前后矛盾,有时不免离题甚远,纯属是自己想入非非,但愿都能与"艺术"二字沾点边。

什么是"艺术性"? 对叙事文学作品来说,一个极重要的方面就是"出人"——写出特殊的人物个性。人物的个性越是鲜明、突出,典型意义就越大。

作家靠什么把读者带到自己的故事中去? 靠人物。有着鲜明性格的人物一出场就应该浑身是"戏",他走到哪里,在哪里就引出一串故事。他像一个导游一样,吸引着读者在作品的山光水色中流连忘返。一部好的小说通常都有这样的特点:每一个情节都准确地遵循着人物性格的发展,不断引起人物关系的曲折变化。作者只要把在特定环境和时间里的一群人物介绍出来,介绍了这些人物的性格、意志、愿望以及他们每个人自己的"既定方针"(用句戏剧术语,大概叫"贯串动作"),往后这些人自己就会"打起来"。作者只是注意一下各个不同的意志和性格的相互冲突如何铺排,也就是注意情节的发展。由于人物的性格、意志、愿望促使他们相互冲突,人物之间的关系也必然会随着规定的情景而变化,人物的性格也会因之而不断改变。人活起来了,作品本身也就"活"了。

有些作品所以使人倒胃口,就是因为"跑"了人,剩下的只是说教的因素。一种是哗众取宠地生编硬造一些离奇的、完全脱离人物的情节,这且不说它。还有一种更为普遍的是善良的教训人的态度,作者自己未必真的理解生活,却把读者当成了什么也不懂的小孩子,认为可以由他牵着鼻子转,他说什么,人家就会相信什么。按照所谓正面人物和反面人物的表面特征,机械地、简单地分配人物的冲突,展开正反双方的较量。好像生活中一切底蕴都是那么显而易见,一切矛盾都是那么泾渭分明,把繁复多变的生活简单化了,让主人公急急忙忙地到处进行自我表演。这种表演是失真的、可笑的,这样编排生活的结果与作者的愿望适得其反。因此常常出现这样尴尬的场面:银幕上(或舞台上)的人物在哭,观众席上的人在笑(我不举小说中的例子,并不是对电影戏剧怀有什么特殊的偏见)。

怎样才能盯紧人物,不让他"跑"呢? 抓住人物的个性。

作家的职责就是在人物和现实所发生的冲突中认真探索和表现人物的性格。读者对一篇小说最感兴趣的往往也是人物的性格是否新颖,已经形成的人物性格之间的冲突是否别致。

生活中有许多人不但同现实的困难作斗争,也在不断地同自己身上的弱点进行斗争。我渴望能写出这样一个人物——他并不一定非要以一个正面人物的形象出现在小说里,可是当他走出了小说,读者合上了小说之后却实实在在感到他是个好人。

人们不应该按作者的意志行动,而应该按具体的历史环境和人物性格所形成的必然性去支配人物的行动。时代、社会、环境等等,反映到人的心理中去,就产生人物的动作。

小说中的一切都应该是艺术,包括景物的描写也要体现出一种"情绪"。这"情绪"可以视为小说的主旋律。每一部作品都应该有一种特殊的"情绪",作家捕捉不到这种"情绪",或叫"上不来情绪",就唤不起创作冲动,很难进行有效的创作。坐在房子里苦思冥想硬憋出来的作品,被人一眼就看穿——缺乏强烈的感染人的主旋律。

老太太们品评一个姑娘有一句套话:"一白遮百丑。"作品中处处激荡着一股"情绪",就会卷起读者感情的风暴,他们宁愿原谅作者在细枝末节上所犯的错误。也就是名家们所说的："作品越优秀，缺点就越突出，这些缺点就越难克服。"尽管存在这些缺点，读者还是愿意看。

因此，在小说一开始构思的时候，就要考虑到这篇作品的"中心情绪"。创作才能中主要的东西，就是想象，没有想象就很难产生艺术，人的思想如果没有想象也是得不出任何结果的。但是这种想象必须以现实生活为根据，来源于对世界多方面的认识。作家的探索、志趣、精神面貌、思想视野要非常开阔，才能在丰富人类精神文化上有新的发现，这发现便是典型的艺术形象，它能燃烧人们的思想，使生活发出光芒。自己不能燃烧的物体，怎么能够烧着别的东西，照亮世界呢？

可见积蓄感情，唤起一种近似燃烧的创造情绪是多么重要。但情绪是各式各样的，它不是不依赖作家的人格可以独立存在的东西，它与作家的一切内心面貌有机地、不可分离地联系着。以"庸人冥想的形式"也可以制造一种情绪，矫揉造作，臃肿懒散；用"灵魂深处爆发革命"的办法，能够创造一种真空的环境，在这个真空中产生一种情绪，编造一些不食人间烟火的故事和人物。还由于人的情感不同，如高尚的、美好的、为公的、健康的和卑下的、粗俗的、自私的、畸形的等等，所产生的情绪也不一样。作家的创作情绪是和本人的思想、气质、性格、生活经验、探求、志趣、美学观点等等密不可分的。我所说的这种情绪是指正常的、能够通向读者大众的，不是一种空洞的"自我爆发"。文学必须通向人民，如果作家只写自己的东西，他的作品引不起人们的共鸣，作品的美学价值也就所剩无几了。作家不应是孤独的，他的稿纸前面站着千百万人民，他的后面有整个的社会作背景，他必须珍惜和郑重对待自己的"情绪"。"必须先有伟大的情感，才能描写伟大的情感！"

这种复杂的、对作家来说十分宝贵的"情绪"，能加强作品震撼人心的效果，对灵性产生陶冶的作用，是对读者思想和思考的一种催化剂。找不到自己正常的创作情绪就像一个找不准调儿的音乐家，或者先把调子找准,或者停止创作。如果没有情绪,就是没有旋律,他就是急死、气死,也无法进入创作。文学作品中语言的生命力取决于是否具备真正的人民性,这不完全是个艺术技巧问题。许多青年读者把小说中的某些语言当作生活的格言抄在小本子上,在讲话、写材料时引用,压在玻璃板底下,当作座右铭。人们从这些语言中得到的不仅是艺术享受,还有深刻的思想力量。

不记得是哪位哲学家说过这样的话:"句子是人民生命的跳跃,墨水被时代的激情灼干。"

真与美的语言就是这样对读者的想象和灵魂发生着强烈而深刻的作用。然而要挖掘出这种真与美的语言却可能要耗尽作家的全部心力。那些现成的、寄生的、生锈的、枯燥的"大路货"语言总是不召而来,死死地在你的笔尖纠缠。严谨的作家必须下气力摆脱这些芜杂的东西,顽强地、坚持不懈地在语言上下功夫。

所谓"真",就是人物的语言应该是从生活中经常听到的,从大家每天都在说的许多话里精选出来的。精选的标准是鲜明性、形象性和像格言一般的准确。绝不是生编的、硬造的、虚假的。也不是堆砌、卖弄、故意破坏文法、用胡言乱语冒充幽默和机智。

所谓"美",更是不言而喻了。语言要像金属一样响亮,像鲜花一样散发着清香,沁人心脾。

我认为文学语言还应该讲究一个"奇"。语言应该同作家本人、同作品中的艺术形象一样,要有自己的个性。世界上所有的音乐家都使用那七个音符,可是写出的曲子却不一样,各有风格。人类语言比起七个音符来选择的余地要宽广复杂得多了,人们对有风格的作家的要求是捂住作品的署名,一看语言便知出自谁的笔底。能做到这一点的作家有多少呢?如果以此作为作家够格的标准,那么,作家协会的会员人数恐怕就要减少许多了。然而,既然要当作家,就应该以这样的标准来要求自己。所谓"奇",就是"人所易言,我寡言之;人所难言,我易言之;自不俗","笔墨渊古而毫颠神妙"。对作品中每一个人物性格和艺术形象,都要用特殊的语言手段加以体现,千锤百炼,刻意求新,

11

久而久之形成了自己独特的语言风格。

　　作家要不断为自己寻找适合新内容的新形式。要想完整地表现丰富的思想和内容,必须要有丰富的形式,其中很重要的一环是语言技巧。人配衣服马配鞍,作品的魅力要靠语言。

1982年4月

小说"小说"

习惯用数字说明一切的现代社会,唯独缺乏有关文学现状的统计资料。如:

现在有多少人在看小说? 都是哪些人在看哪一类小说?

还有多少人在大说小说、小说小说或不说小说?

我相信,世界上只要存在着小说这种东西,就不会没有人说它。圈外的人说得少了圈内的人多说。读者不说作者说。自己哄着自己热闹。

小说里有"说",不可太寂寞。

一对年轻的小说家相恋已有三年。某日,女的忽然发现两人感情生活中有一种奇怪的现象,或许是一种缺憾,便对男的说:

"你感觉到了没有,我们在一起的时候,说情话,说热话,说昏话,说冷话,说闲话,说废话,说天说地说人,说世间万事万物,就是很少说小说。这是为什么?"

两个写小说的人凑在一起再大谈小说,你受得了吗? 关于文学的滔滔不绝的废话说了多少个世纪了?

为什么跟其他写小说的人,或在各种小说座谈会上,我们可以大谈小说?

同行在一起总要显露一点自己的学识,自己的实力和潜力,自己的才气和灵气,自己的与众不同。这就要谈小说……写作毕竟是自己的正业、自己的专长。

我们刚一认识的时候不是也大谈小说吗? 写作不是我们的共同

兴趣、共同语言吗？不是正因为此我们才走到一起码？

那种时候当然需要谈小说，文学是爱情的通行证。爱上之后就没有小说的位置了。

托尔斯泰说，才华便是爱，谁会爱谁就有才华。你看那些恋爱的人，全都才华横溢。许多伟大作家的最好的作品，是在恋爱的黄金时期写成的。中国作家也是很会爱、很能爱的，但是才华呢？因爱而产生的伟大作品呢？

也许爱得还不够。也许会产生爱的伟大才华和作品，说不定已经出现了，人们容易忽略同代人的成就。

我看，小说的毛病是越来越少了。

小说如人，有时一点毛病都没有也令人乏味。正如人一生一点错误不犯也是一种遗憾一样。眼见现代小说的影响力减弱了，似乎在人们的生活里有它不多，没有它不少。虽然没有毛病，可是非常精粹的作品又不多。

我不主张为了制造"轰动效应"故意犯错误。但不应回避必需的"合理冲撞"。设若足球不踢，皮拳不捣，那有什么意思？让人爱，让人恨，让人怕，让人笑，让人哭，又有什么不好？

温温吞吞的感情多，强烈火热的感情少。

充满智慧的多，充满爱憎的少。

小说中知识性加强了，人物性格减弱了，更多的是一团影子。

小说的随意性增大了，自然、亲切可感，从身边琐事写起，用第一人称多。作家本人是永远的主要人物。因此小说的裤腰就大了，松松垮垮，东拉西扯，像流水账（我曾干脆就把自己的一部小说叫做"大流水"），像日记。有时难免"无聊就聊无"。连技法的试验也迟缓了。

有人到历史题材里去寻找面对当代社会的勇气和力量。历史局限现代，现代则不能局限历史。

小说家的才华表现为激情，才能感染读者。

小说似乎正在失去那种能够掌握作家并把作家当作自己的工具的强大魅力。现在，小说是作家的工具。作品不再超过作家。写作成了一种正常平稳的活动。作家可以不必为"创作欲火的神圣天赋"付出"巨大的代价"。

　　无疑,随着生活的前进,小说的观念也天天地改变了。精神走向复杂而变化不定,不再像以往那样明朗可寻。

　　而创作不就是要摆脱小说的俗套吗?

　　不知哪一天,小说又会像突然醒来一样再换一种模样。

　　小说也在"等待自己"。

1983 年

泛散文时代

散文曾经是一种非常讲究的文体。最难驾驭的就是这个"散"字——要散得汪洋恣肆,还要严谨精美;要散得自由舒张、辞赡韵美,还要意境深邃、夭矫奇崛。过去的散文宁失之矫饰,也绝不平淡浅易。散文必须是美文。

今日的散文却真的"散"了。散到了最能将就的地步,人人尽可为之,写不成别的东西却尽可以写散文。"儒将"的回忆录,"儒商"的经验谈,"儒官"的发言稿……每天支撑着报纸和杂志版面的多是靠散文。近年来许多纯文学杂志纷纷改头换面,说穿了就是以散文取代小说。于是,文坛上掀起了一股散文化倾向:诗歌散文化,诗人散文化,小说散文化,电影散文化,还有电视散文、摄影散文……文学大散特散,无文不散,不散不文。因之,散文变成了一种并不时髦却普及率极高,从未大红大紫却又最具大众人缘的文体。

多年来,在人们一片"小说不景气"、"新诗的读者越来越少"的抱怨声中,散文为什么能不声不响地从文学的一支弱旅一跃而成文学的强项呢?

原因很多,先说社会因素吧——现代人心散,神散,情散,事散,作为社会生活反映的文学,出现散文化倾向一点都不奇怪。散文虽散,毕竟还要有一点真情,有一点思想,有一点事实。篇幅可长可短,立意可庄可谐,题材无所不包,天地君亲师,神仙老虎狗……正好适应了现代人的生活节奏,也最为灵活便捷地反映了现代人掩藏在散漫外表下的紧张、浮躁和不信任情绪。

不可否认,现代世界进入了一个"书写时代"。一个显而易见的事实是,现代社会从事写作的人数急剧增加,一个中学生、小学生,甚至是一个五六岁的孩子,转眼就能写出畅销书。更不要说商界中人、政府官员……著书立说,屡见不鲜。这年头,谁不出上一两本书啊!所谓的"信息爆炸"、"网络统治",都离不开书写——在纸上,或者在计算机的荧屏上。"信息"的爆炸,其实是文字的爆炸。现代生活中的文字已经多得能够淹没人类。光是"写字"已经远远跟不上需求,到处都在"打字"——古代"圣人"创造的文字,现在居然需要"打"了!因此,现代社会不得不借助一种叫做"文字处理机"的机器来帮着人类处理日常的文字。这就是说,作为一个现代人最基本的一项职能就得会书写。你不书写就将被别人的书写所淹没,就像哲人所断言的那样,让自己的大脑变成草地一样供别人践踏。在这个文字爆炸的时代,你光是阅读是读不过来的,书写会有助于阅读的选择,写是为了更好地读,并能帮助更好地记忆。那么,写什么?以及怎样写呢?写诗太难,写小说太费事,人们想当然地认为散文的方式可以借用……

实际上,在这个书写的时代,文学和作家的概念也极大地宽泛了,越来越模糊。而最能体现这种"模糊"和"宽泛"的就是散文。散文本身自然也就"模糊"和"宽泛"起来了。

世界在变,生活在变,人在变,文学在变,老的适者生存,新的应运而生,适应能力最强的散文就成了今天这个样子。这个样子也没有什么不好,其实散文从来就没有停止过变:魏晋辞赋有别于先秦诸子,韩愈能"文起八代之衰",就是一次大变。欧阳修的丰赡,三袁张岱的自然,龚定庵的峭拔,直至鲁迅的犀利,林语堂的泼俏……散文从未因内容与形式的变化而停滞。相反的,无论哪个时代都出现了自己的散文大师,且不因某个高峰而凝固不前。

眼下似也不必以精英意识把散文中绝大多数作品一概斥之为不是散文。值得讨论的倒是:泛散文时代,能不能出现散文大家?

1983年1月28日

《长城》的优势

厚重,坚实,安稳。毁誉全当耳旁风。

不出风头尽得风流。谁也不知道它有什么实际价值,其超乎实际超乎历史的意义却永远说不清楚。

极其普通并不追求什么,却神秘莫测,有一种不败的力量。因为——

它不在文化的表层凑热闹,不跟着皮毛的玩意儿起哄。从不赶大潮,也不会沦为社会时尚的附庸。

它有起伏,但没有高地和洼地之分。或起或伏都有一定的高度。

何况眼下都没有高地。

没有主体。

没有预测和规划。

但它没有水土流失,也不存在解构和重构的问题。

让别人一次又一次地去重复时髦的文人游戏吧:狂傲或颓唐,激进忽而又保守,目空一切继而又自卑自怨,深沉的浅薄,声嘶力竭的喑哑,气壮如牛的胆怯。

它实实在在地承载起这个情绪负重的时代。绝望的永远不是文学。倒掉的也不是文学。什么都可能消失,文学不会消失。它懂得怎样守住文学或让文学守住自己。

它挡住风沙却不会被风沙冲垮。

经济选择适合自己的文化。当代文学还没有成熟到能够拒绝这种选择。它却有足够平静诚实的自信——这是当代最难得的天才。

因为当代文化致命的弱点是浮躁。

每临大事有静气。它就会永远撑起自己的天空。

它没有丢失活的灵魂。相信自己敢于并能够面对一切。思想不会走失,信赖自己,不为外物所累。

相信自己就是主体,决不成为别人思想的推销商。

不死的长城,不朽的长城,君临万物,徜徉自如,无比古老又充满无限生机。

长城的自信是当代文学灵魂的除锈剂。

1983年春节

变和不变

文学的"精义"是什么？

宇宙在变，大气层在变，大自然在变，地球在变，气候在变，时代在变，社会在变，物理世界在变，精神世界在变，人在变，每个作家都在追求变化……那么文学会不会变？应不应该变？是万变不离其宗？还是连根带梢全变？

一种固守纯洁的文学高地的勇士，不论其理论多么玄妙，其意识多么"现代"、多么"超前"，抑或多么"正统"，多么喜欢玩味扭曲、变态、丑恶、死亡、孤寂……简言之，骨子里热切地渴望永恒。不太在乎人间，却非常看重时间——希望自己的作品能经受得住时间的考验，传之给人，载入文学史。

这当然是主张文学的"精义"，是千古不变的。以不变应万变，万变不离其宗。

另一派勇士则认为文学是为了人间，属于人间，有人间，时间才有意义。文学应该勇敢地面对人间的选择。不能对现实没有信心，靠未来打赌。未来是无法预测和把握的。今天的现实是明天的历史，任何历史都曾经是现实。

这显然是"变"派。不为一切"精义"和"宗旨"所束缚，自行其是，做能生存的"适者"。被汰就是"劣"，能胜就是"优"。"穷则变，变则通，通则久。"

文坛的形势被人谈论得最多。

不知从什么时候开始文学已经变成了一个破筐——什么都能装，谁都可以随意往里面丢点东西。

尽管如此，文学却不会消亡，不会被"连根拔起，死无葬身之地"。

它有点失去动力。但可以滑翔，还有强大的惯性。谁也不敢说今后的文学会找不到新的动力。

过于关心形势，经常谈论形势，反而容易被形势所捉弄。踏踏实实钻进自己的文学世界——反而感到牢靠。

近两年，每年我都搞一次签名售书，每次都换一个城市，直接接近各种各样的读者。每次都是一次文学的"洗礼"，由读者给自己上一堂文学课——他们的热烈、诚挚和友善，使我感到文学的责任和强大魅力，甚至觉得当个作家也不坏，没有必要对文学失望。

这也是动力。

现代人的精神需求同物质需求一样是多种多样的，只要你有真货，有自己的价值，就饿不死你。

即便是用商业语言来说，文学永远都不会没有市场。既然叫市场，就是什么货色都有。赵树理说过的"地摊文学"能存活，"文坛文学"也死不了。

记不得是哪位聪明人做过这样的"市场预测"：优秀的作家和低劣的作家都有前途，好的文学和廉价的文学都有读者。但是中档水平的小说前景黯淡。

这几年之所以引得大家对文学说三道四，忧心忡忡，大概就因为中档货太多了。

文学本来是一种理想主义的产物。当代文学治好了"软骨病"，不再是政治工具。也不应该再全面地沦为商品经济的工具。

如果轻易就被一种潮流淹死，也只能怪自己的生命力太弱了。人精、太过聪明，活得就小心谨慎，身子骨单薄。傻子的生命力就强盛。

21

作家有时也得"冒当傻瓜的危险,瞪大眼睛东张西望,怀着真挚的单纯的惊讶心情"观看这个社会。

不要让君临一切的商品文化影响了自己的感受力,肤浅或庸俗了人生的千姿百态和人性的深度。道德和商业力量对抗往往落败。但文学却不能不提出道德问题,关注现代社会和人们思想的变迁,反映现实的主要趋势。

左右当今社会的经济生产正在世界化。文学因其尚未产生世界化现象而显得自惭形秽,焦躁不安,缺乏积极的大家气派的勇气——这一切真的那么难以理解吗?

和社会现状相比,文学还不能算是最糟的。

心理学家说:梦没有用,但人生不可无梦。文学就是作家的梦。因此作家喜欢做梦、写梦、惊梦。

且每个人的梦都不相同。

有梦还怕没有文学吗?

1983年4月

小说的灵魂

——在福建省小说创作讲习班上的发言

小说要刻画人的灵魂，毋庸置疑。怎么小说创作本身也出来个"灵魂"的问题？你是危言耸听，还是故弄玄虚？人有信仰危机，莫非小说创作也存在着"灵魂危机"？

说危机是有点言重了，但灵魂时有出壳的现象。没有灵魂的小说也不是没有，或者灵魂在空中游荡，甚至飘到了不知什么地方。小说的灵魂无所依附的情况我看也发生了。

我就常常给自己提出这个问题：今天这，明天那，下一步往哪迈？现在似乎是有必要提醒自己一句——应该找到创作的"主心骨"，也就是自己小说的灵魂。

文无定法，衡量小说没有一个绝对的尺度。这大概就是因为世界不断地变化，人在变，小说也在变。当代人、当代社会无疑是变得越来越复杂了。怎样表现这丰富多彩的世界？怎样表现当代人变化莫测的灵魂？怎样反映当代生活中的悲喜剧？生活向文学提出了要求——要找到适于表现新的内容的新形式，这是一。其二，随着社会的开放，中国同世界各国文化交流的增多，世界上各种各样的文学潮流不可能对我们的文学创作一点影响也没有。外国的文学作品、电影、戏剧、美术对我们的作家和读者的思想不可能一点冲击都没有。从闭着眼到睁开眼，各种各样的东西见得太多，有时就难免会发生惶惑。在这种情况下能做到"不惑"是不容易的，找到自己的有希望的道路，坚定不移地走下去就更难得。闹不好创作的灵魂就会升天，东撞一头，西撞一头，我们只好扬手高叫：魂兮归来！招回自己的文学的灵魂。

"一个社会只能得到它的历史内容允许它得到的那种文学。"当今社会对文学的要求是什么呢?

随着经济的活跃,市场的繁荣,竞争的出现,人们对物质需求的胃口扩大了,物质生活和精神生活都发生了很大的变化。随着电视机、录音机等现代工业产品的普及,视觉文艺,听觉文艺,还有通俗文艺甚至是庸俗文艺,向文学提出了挑战。一部几万字、几十万字的中长篇小说,改编成电影或电视,只需要两个小时就看完了。看完了电影或电视的观众,就没有多少人再想去看小说了。有时人们一边抱怨电视节目不精彩,一边还坐牢屁股往下看,同时又是忠实的电视观众。晚上,坐在电视机屏幕前的观众恐怕会远远胜过坐在灯下读书的人数。这一切难道不会冲击人们的精神生活?连人们的美学趣味和伦理道德观念也在渐渐地发生变化。小说家不能离开现实去捕捉当代人的灵魂。

一九七六年以后,我们生活的节奏逐步和世界的节奏协调起来,许多在过去是令作家们不可想象的事情现实中已经发生了。生活本身比作家的想象力还要丰富。我们没见过,没想过,不敢信,不敢写的事情生活中已经司空见惯了。而且还正在发生着一些使作家瞠目结舌的事情。生活在催赶着文学,在嘲笑作家的呆板和墨守陈规。现在,作家没有任何理由抱怨生活单调、可写的东西太少,群众对生活的创造力远远胜于作家的笔墨。再加上科学技术的飞速发展,社会节奏的加快,也给文学提出了许多新问题。有人嘲笑说:你们作家喜欢说太阳从东方升起,哪是东? 哪是西? 里根给航天飞机上的驾驶员们打电话,说:"你们在上边感觉怎么样?"有人挖苦他完全是说外行话。地球围绕太阳转,是宇宙空间的一颗普通星球,航天飞机也像一颗小卫星,里根站在地球的一个角落上,何谓上,何谓下? 这当然是讲笑话。美国总统出这样的笑话不算什么。作家要是对生活说外行话,就会受到生活的嘲弄,那就可悲了。

有三个姑娘逛公园,中午出园的时候,其中一个姑娘建议,出门口时谁敢吻一下见到的第一个男人，其余的两个人请她吃午饭。有个姑娘果然这样做了，然后她们大大方方，咯咯笑着走进了饭店。那个被吻了一口的傻小子惊慌失措，不知是发生了强烈地震，还是世界文明到了末日。也许有人觉得这不过是青年人的恶作剧，一笑罢了。我却不觉可笑，只觉费解，那三个姑娘出于一种什么心理要这样做？她们为什么会形成这样的心理？有人也许会说，你又在编小说吧？真有这种事还是假的？我只能说信就是真的，不信就是假的。前边那个故事是听来的，我可以讲一件亲眼看见的事情。夏天，晚饭后大家都在楼外乘凉，聊大天，楼前就是一条大马路。从南面走来一位漂亮的年轻姑娘，正好走到我们楼前，从北面过来一个骑自行车的小伙子，小伙子见了姑娘二话没说，跳下车上前打了那姑娘两个耳光，然后骑上车就走。姑娘没有哭叫，没有呼救，甚至没有感到惊慌，紧跑两步，一纵身坐在小伙子的自行车后衣架上，两人扬长而去。我的邻居们都看呆了，这究竟发生了什么事？旁边有几个小青年，用敬羡的眼光送这一对男女远去，还情不自禁地挑起大拇指："真够板的！"（天津话，类似真棒，真好）作家是喜欢观察人、研究人、了解人的，当时我却如坠五里雾中：那一对男女是什么关系？怎样解释他们的行为？邻居的青年人为什么为他们挑大拇指？他们敬佩的是那小伙子，还是那姑娘？还是敬佩他们的举动？碰到这些奇奇怪怪的事，作家不能只是付之一笑或摇摇脑袋就算了，作家要根据自己对生活的研究，对这些光怪陆离的现象作出解释。我深深感到当代人五花八门的灵魂常使我眼花缭乱，无所适从。然而又不能逃避，也不能把眼睛蒙起来装做什么也看不见。唯一的出路似乎就是正视现实，直面人生，用自己的眼睛去分辨生活中的真伪，找到解释生活的钥匙。

这些年，中国文学前进的速度是很快的，可否做这样的回顾："天真状态"已经结束，虔诚地、真挚地歌颂中心，歌颂任务，图解某一个口号，已不再受到欢迎。"控诉状态"也已过去，揭露伤痕，翻开伤疤再往上面撒盐末，控诉前一段历史，等等，这类作品也见稀少。"愤怒阶段"似乎也成强弩之末了，揭露黑暗，提出问题，作家为社会两肋插刀，甚至有时表现得怒不可遏。没有问题不称其为小说,光提问题也不叫小说。曹雪芹、施耐庵、罗贯中倘不是对历史、对自己所处的时代发现了一点什么问题,就不会给后人留下《红楼梦》《水浒传》《三国演义》等名著,而这些名著又绝非是只提问题的小说。眼下小说的花色流派很多,我注意两种倾向:一种是严肃深沉,一种是机智诙谐。前一种追求有人物,有故事,有思想,对生活揭示较深,高度、力度、深度全有。后一种不是没有问题,也不是没有思想,而是作家把自己从生活中发现的问题和自己的思想巧妙地掩藏起来,冷嘲热讽,兜圈子,卖关子,云山雾罩,幽默诙谐。我所以只提出这两种倾向,是由于我喜欢用这两条腿走路。各人情况不一样,有人也可能是用三条腿,或者五条腿走路。

不只是我们,欧美一些现代作家,也越来越多地把注意力放在语言上,格外注重人物的意识活动,不再十分注意人物和故事,从表现人物强烈鲜明的外部行动到着重刻画人物的内心思想,从追求情节的真实退避到表现情感的真实、性格的真实,从反映社会现实更多地转移到反映心理现实。甚至有人主张放弃"看得见的生活",专门去描写"看不见的生活"。"看得见的生活"——当然是指社会生活、现实生活,写世界,写自然,写人生,写命运等等。"看不见的生活"——是专写心理,写意念,把小说的内容全部压缩在自己的意识范围之内。为什么把口号提得那么绝对,把框框画得那么死,写外部的只写外部,写意念的光写意念,不要旧套套,却又用一个新套子把自己套死。古往今来,有多少人想给小说下个定义,为文学规定一些条条框框,都没有取得理想的结果,我们现代人不要再去办这种傻事。

还有一种争论,文学还要不要具备认识意义?有人否认文学的认识意义,否定文学能够帮助人们认识生活、解释生活,主张小说只是"宣泄自己心里被压抑的欲望"。当然,也有人保卫文学对人类的认识意义,认为小说应该成为"当代生活的完整的历史"。古今中外不论哪一部名著,都对所表现的那个时代和那个社会做了深刻的、生动的、完整的描写。如果小说创作只是用来宣泄作者自己的欲望,那就用不着去理解和表现社会真实,也不可能给人们提供理解生活和认识生活的经验与感受。

社会的现代性极其复杂,当代文学的发展其花色品种也不可能是单一的。由此可见,问一句小说的灵魂在哪里,还是有好处的,至少可以提醒作家,把牢自己的灵魂,晃晃文学的头颅,看魂魄还在不在自己身上。

我以为文学的灵魂出壳与否,最容易在三个方面表现出来。

1．人　物

小说还要不要写人物?有人说小说不必写人物,更不必写典型,写意识的流动就可以嘛。这种主张抓住了一个很重要的东西,小说不可能逃避人的心灵、人的思想、人的意念。不写人的意识的流动,只写人的外部动作,岂不成了没有灵魂的行尸走肉。小说里成功的人物形象都有一个深刻而又生动的灵魂,阿Q的"精神胜利法"不就是人物的灵魂吗?所以写意念、写各种各样意识的流动,并不排除写人物。意念——也是人的意念。离开了对人的研究,不表现人,小说就失去了它存在的意义。

小说要反映出人和世界的复杂性,要具有打动人的哲理性和思想深度,都取决于作家对人生、对社会的认识。即使是写鬼怪或者描写各种动物的小说,也是人类借助它们的眼睛看世界,甚至人类干脆把自己的思想加到它们身上,表达在描写正常的人世间生活时所不便表达或不能表达的思想感情。作家在思想上和艺术上把握住了人,就是把握住了世界。人是社会动物,是社会关系的总和嘛!

由于社会的复杂,人的灵魂也变得更复杂了。随着社会的开放,人们的性格不是都变成外向的、开放型的。相反,更多的人却变得内向了,每个人身上都有一个"秘密的自我"。作家的本事就在于设法打开这个"秘密的自我",表现人物内在的必然性。每一个人物的性格的发展和形成,都有他(或她)必定要走的那条属于他自己的特殊道路,要写清这条性格道路。一个人物的性格是他命运的宣言——忘记这是哪位哲人的话了,因此,作家找到自己认识人的角度,是至关重要的。

作家根据自己的才情、性格、修养、阅历、经验等等因素,扬长避短,选准了自己认识人生的角度,也就是找到了认识社会的角度。作家如果把这个角度选得很巧、很准,就有可能找到了自己终生的主题。作家有自己终生的追求,也应该有自己终生的主题,如巴尔扎克要表现他的"人间喜剧",雨果讴歌他的"人道主义",等等。可悲的是一个作家写了一辈子,别人不知道他写了些什么,他自己也不清楚在创作上要追求什么。什么都写并不错,什么都写而且把什么都写得好,就是大手笔。可怕的是什么都写了,到后来却等于什么都没写。

要找到自己终生的主题,谈何容易!从前把文人叫做天上的文曲星下凡。文曲星什么样子谁也没见过,现在天上的卫星倒很多,有大有小,各式各样,挤在空中,甚至争抢轨道。有人预言,过多少年之后,再发射地球卫星就会找不到轨道,轨道被全部占满,卫星有可能在空间发生碰撞。浩渺无垠的宇宙空间,竟会变得拥挤不堪,真令人难以想象!好在文学的"宇宙空间"还广漠博大得很,有的是地方,谁愿意来都可以来,而且没有大门,没有围墙,当然也不存在前门和后门之说了。只需要找准自己的轨道,才能在文学的"宇宙空间"找到自己的位置。不要抢座位,抢也没用。不要看到位子上已经有人了还去硬挤。有了自己认识人、认识社会的角度,我想就是找到了自己的轨道,要找到自己的位置大概也不会太难了。

文学应该全面地表现人的生活,文学上每一次新的发展都是一次对人的新的认识。当作家对人的本质、人的内容、人的社会含义有了新的认识,其作品就具有一定新意和深度。如果承认文学的发展取决于对人的认识的加深和提高,那么用各种各样的借口否定小说必须表现人物,岂不是显得可笑了。写意念不能取代写人。人们喜欢谈论卡夫卡的《变形记》,一个职员在一夜之间变成了大甲虫,还不是表现社会能够把人扭曲变形,表达了作者对人、对人类文明的一种看法。

所谓欧美各种现代派文学,除去变化多端、花里胡哨的形式和技巧之外,还有最基本的一点,就是表达了作家对社会的变态、对人类文明的前途、对人的变异的担心和忧虑。这也是一种对人的研究嘛,对人的看法嘛。无非是有人表现手法是传统的,有人是怪诞的,有人擅长写社会公众生活,有人愿意写个人生活。我不主张把一个人的社会公众生活和个人生活截然分开。一个人(尤其是当代人)不可能完全脱离社会,像鲁宾逊一样,或者像戈尔丁在《蝇之王》里写的那群孩子一样,完全脱离了人世间的文明。这两部书写人脱离了人类社会,被困在荒岛上,他们仍然有自己的社会天地,自己的"公众生活"。何况是描写作为正常的"社会动物"的人的生活,更应该把一个人的个人生活与社会公众生活结合起来,这样才更便于揭示人生的奥秘,写出各种人物的命运。也可以把社会生活做背景,以个人生活为命运的线索。

据说现在有这么一个窍门,怎样才能把人物写得生动、写得活呢?就是人性加兽性,七分人性加上三分兽性,人物就变得非常真实,而且十分复杂。发明这套办法不是没有理论根据的,比如亚里士多德就说:"人在最完美的时候是动物中的佼佼者,但是当他与法律和正义隔绝以后,他是动物中最坏的东西。"我总以为文学对人的研究,对生活的研究,是任何公式所不能取代的。作家对复杂的生活有自己的感受,这种感受如果非要用小说才能表达,那它绝不可能用一句口号就可以概括。如果用一句口号,或一条定律就能概括,何必再写成一部小说呢?!所以说,作家不能没有一颗属于自己的坚定的灵魂,有时灵魂离体了,那不要紧,把它找回来就是了。可怕的是把自己的灵魂依附在外人的一个什么口号上,丢了自己的所长,捡起别人不要的东西,这很容易导致在创作上走旧路、跌下坡。

我倒主张在写作的时候不要太"委屈"自己,"委屈"人物,也就是说别小家子气势。随着竞争的加剧,生活变得紧张了,大家共同缺少的是时间,读者没有那么多的闲情逸致听你说废话。生活会按着它的节奏改造文学,文学不能淘汰生活,生活却可以筛选文学。附庸风雅,装腔作势,故弄玄虚,卖弄花哨,都不叫"撒得开"。搞创作似乎太傻了不行,白痴怎么能写作呢?但太聪明了好像也不行,处处算计,八面玲珑,精明有余,诚实不足。写作有时要下点真功夫、笨功夫,这就是敢于撇得开,不违心,有勇气表现人物性格的全部真实。不要按亚里士多德的理论或弗洛伊德的理论去刻画人物,不论多么好的哲学主张都不能代替你自己对生活的研究。我说不要太委屈自己有两层意思:第一,不要把自己的脑子像草地一样提供给别人跑马,这是培根的话。没有自己的主心骨,缺乏独特的创见。第二,不要捆住自己的手脚,也捆住人物的手脚,甚至用自己变态的心理把人物也写得不男不女,不伦不类,不死不活。在我国不朽的古典名著里,出现一个人物就如同立起一座山,再也推不倒。在中国文学的圣殿里,简直如竖起了十万大山。再看看我们当代文学作品里塑造的那些人物,有的缩头缩脑不成人样;有的男性雌化,多情却又远不如贾宝玉;有的女性雄化,却又硬不过辣子王熙凤,硬不过孙二娘。写知识分子就是书呆子,有知识反而发呆,这是什么知识?这叫作家的写作公式。孔明不呆,吴用也不呆。写一个人物要干事业,就得写他的孤军奋战,妻离子散,不要家庭。这是套子,从哪方面说都不真实。古往今来,有大才或有大德的人,必然会有一批人死心塌地服气他,忠心为他效力。不能拢住一批人,还叫有什么才和德?又能搞成什么事业?

话扯远了,还回到小说要不要塑造人物这个话题上来。不必强求一律,非得规定一个统一的模式不可,各干各的,各打各的优势,你可以专写意念,他可以只写情绪,老三单写自然风光或神狐魔怪,我还抱住人物不放。为什么大家非要挤到一个胡同里去不可呢?追求各有不同,乐趣各有不同,表现形式也会千差万别。

当我没有找到新的人物,没有认识人物赤裸裸的灵魂的时候,那是很难动笔的。一旦人物的灵魂来报到,而且几个不同的灵魂自己打起架来,那真是其乐无穷。有时虽哭犹乐。当然,人物的灵魂是靠作家自己的灵魂吸引来的。如果作者本人神不守舍,魂游天外,有哪一个人物的灵魂会愿意集合到他的大旗(或叫大笔)下呢?小说就是整个活生生的人,作家的笔理应不断开拓人的心灵世界,写出一个个灵魂的历史。

按人的本来面目描绘他们,把人物处理简单了就缺乏深刻的社会意义。文学对世界、对社会、对历史的全部认识意义都体现在人物上。人物反映着生活的情绪、社会的历史。

但,作家也在他的全部社会关系总和中形成自己的生活态度,人物的创造也要以深广的生活经验为基础,这样才能使自己的作品成为当代完整的活的历史。

优秀的文学作品里总是能放射出一种奇异的力量,这力量如同深刻的思想,可以把读者吞没。而这股奇异的力量多是来自小说中的人物。

2.故　事

小说还要不要故事?也就是还要不要情节?只写意念完全可以不要故事——这种理论不能使我动心。

但是,有一种主张使我受到了震动:所有编的,都是假的。故事编得再好,也是假的,故事就像藩篱一样把浩瀚无边的生活画出了一个框框,把活的社会给框死了。被故事编进去的东西都是变了形的,是虚假的,不真实的。"作家不应该站在材料之上,应该在材料之中,所有加工都是虚伪的,不要加工才是艺术,素材就是艺术。"

这样一来,小说创作仿佛变得玄妙莫测,飘忽难定了。但不无道理,任何故事都要有一定的局限性,必然会妨碍广阔生活的自然流动,因而它的真实性也受到了限制。那么,一点情节不要,完全不编故事,怎样构思小说呢?怎样把浩繁博大的生活原样不变地搬进小说呢?

只写意念流动并不困难,许多意识流小说故事性不强,但并不是一点故事也没有,不追求情节,却还是有情节。一点情节不要怎么办呢?特别是写一部中篇或长篇小说。我想试验一下,不要故事的目的是想让小说的容量更大,把生活整个都包进去。试验结果是没有故事反而什么也包不进去了!地球有地球的界限,太阳系有太阳系的界限,如果什么界限也没有,天地万物混沌一片,那就什么都有,什么也都没有了。我还没有发现没有一点情节的长篇小说。这就是说,小说不要故事还仅仅是个设想,到目前还没有找到不要故事也能包容一切的出路。贝娄的《赛姆勒先生的行星》是用了很多意识流手法写成的,小说写了三天里发生的故事,实际上是揉进三十年间发生的事情。编故事的手法变了,意识流还没有完全取代情节,却给情节增加了更多灵活性和寓意。

不管多么精巧的工艺品,让人赞叹的只是匠人的手艺,作品本身是假的,因为缺少生命。而优秀的小说是有生命的,切忌把小说雕琢得像一件工艺品。凡是活的有生命的东西,身上总有美的也有丑的,有长处也有短处,有它生存的优势也有它的局限性。而完美无缺,精致绝伦的东西,一定是死物,是别人按自己的意志把它改造成这个样,它没有自己的意志和生命。如果说思想给小说以灵魂,那么小说的生命、小说的血肉还得来自情节(最好说是细节)。《雨王汉得逊》里有个细节,他希望父亲能给他留下一句怎样做人的格言,偏偏没有,他父亲只给他留下了很多钱,连书签都是用一百美元一张的钞票代替。

要情节却又不被情节的藩篱把生活框死,有故事却不让故事成为人物活动的障碍,必要时宁打烂故事,也不让人为的故事阻止生活的发展。作家对世界的理解,对人物的理解,往往是借助一个精彩的细节来完成的。当作家脑子里只有一堆意念,没有好的细节,很难对生活进行艺术的升华,无法进行文学创造,没处抓没处挠,像茫茫大海中的一叶孤舟,盲无头绪,盲无目标。一旦抓住画龙点睛的情节,世界亮了,人物也放光了。人物光有意念活动,没有外部行动,不会动作,就如同患了瘫痪病,是个病态的不健全的人。能够让人爱读、耐读,是小说应该具备的最起码的条件。那些血肉丰满的小说,才有强壮的生命。有性格的冲突、灵魂的搏击,才有强烈的感染力。对人类命运、对世界具有认识意义的作品,不会是干巴巴的。

创作——应该把文学手段所容许的每一点潜力都挖掘出来。用松散的形式记录松散的生活,不是艺术。用情节则可以拨开常见的事物,把表面的生活现象变为具有内在含义的东西。哪里有活人,哪里就有活动。生活流也好,意念流也好,都不会流走情节,都不会把花花世界变成一片灰色的思想烟雾,变得没有人物、没有故事、没有任何悲喜剧……

但任何虚伪的故事都令人厌恶,脱离人物的故事,没有思想的情节,如同没有灵魂的行尸走肉!

不管出现什么"流",我们都不能丢掉现实主义的武器,更不能否定民族的文化传统。逃离这个世界办不到,把头埋起来的"鸵鸟政策"也行不通,而是要面对这个花花世界,研究这个花花世界,找回自己的灵魂,坚定地走自己的路。

3. 语　言

时间占得不少了,关于现代小说的语言还有一点想法,只讲几句就行。

现代小说在语言上的发展和变化是很大的,似乎正表现出一种倾向:用扑朔迷离的语言代替人物的塑造,用语言的变化取代情节的起伏和矛盾冲突。语言越来越多地变成小说中的一个人物了。有些作品中最出色最成功的人物就是作者自己。作者突出的语言风格,有了自己生动活泼的生命。吸引读者的是他的语言,人们不再十分关心他的故事和人物。这样的小说其格调有点类似相声,作者并不想把读者带进自己的故事,读者始终是冷静的、旁观的,欣赏的是作者的思想、才情和机智。

生活这样复杂,瞬息万变,人们的感情剧烈起伏,思想难以捉摸。语言要适应这种形势,必须精确,容量很大,才能够捕捉住不断变化的现实和一闪而过的思想。甚至语言有时显得没头没尾,天马行空,信手拈来。按照正统的、规范化的语言格式去遣词造句,往往不能表现当前许多不大"正统"的现实。语言必然要革新、要发展。要找到新的词汇来表现新的人物、新的思想、新的生活。但语言的生命力不光借

33

助作者的思想和才气,更重要的是来自生活,来自作家对生活的深切感受。作家永远用新鲜的心情去理解生活,语言就有新鲜的生命力。

作家的语言风格是他内心生活的标志。深刻的风格,语言中充满哲理性,时有警句格言出现,那他自己做人就得明白。雄伟的风格,语言具有感性的魔力,有立体感,有冲击力,能燃烧人的感情,字里行间涌出一种强壮的力量,甚至三言两语就可以活画出一个人物来。那作者自己就得有雄伟的人格。幽默的风格,机智诙谐,妙趣横生,或冷嘲,或热讽,决不呆板。嘲讽正在变成一种文学现象,严肃正经、诚挚坦率似乎显得像个傻瓜,充分显示了中国人的高度幽默感,那作者必定是才气纵横,冷峻多智的。缠绵的风格,他自己也许就是多情种子……

人们越来越重视语言的力量,说话就是行动。我同样看重语言,却不想用语言包打天下,取代人物和情节。而且喜欢中国人说话最好有中国味儿,有中国特殊的韵律和美感、机智和幽默。人物、故事、语言,小说的灵魂容易从这三个方面丢失,要找回自己的灵魂也需从这三个方面努力。

今天仓促上阵,自己出题,难住了自己,有点刹不住车,实际是收不了场。请大家批评。

1983年6月6日

水泥柱里的钢筋

《赤橙黄绿青蓝紫》获奖了,它为什么能获奖,我说不清楚。它是怎样诞生的,我心里却非常明白。

它的初稿只有三万字,中不中,短不短。自我感觉尚可,里面有些新东西,也有余意未尽甚至是明显的漏洞。被一个刊物强行拿走,不几天又原稿退回,结论是:"有一股盲目反政治的倾向"——空洞而又可怕的帽子。

《当代》的编辑来了。我占着那张唯一的小写字台,他坐到缝纫机前,粗略地把三万字翻了一遍,肯定地说:"这里边有新东西,我带回去商量一下。"

几天后,编辑带着《当代》编辑部的意见(其中有普通编辑和刊物负责人的具体意见),同我研究修改方案。谈什么研究,他们的意见谈了一半,我已经兴奋起来,我心里的那盏灯被拨亮了。送走编辑之后我就干了起来,连黑带白,干了七天,等于重新写了一遍,小说由三万字变成了六万六千字,就是现在的这个样子。

小说是作家写的,可是作家碰上一个什么样的编辑,很有可能会决定他的作品的成败。作家在动笔之前是心里有"根"的,作品完成之后心里又往往没有"根"了,很想听听别人的意见。独具慧眼的编辑,既不捧杀,也不棒杀,而是帮助作家找到作品里真正的"根"。

一九七六年,我写过一篇小说叫《机电局长的一天》,光是开头,编辑就逼我返工五次。有一天晚上停电,我摸黑骑了四十五分钟的自行车,到旅馆看他。他老兄蹲在厕所里还举着我的稿子在琢磨。看完我费了九牛二虎的力气新写的开头,仍不满意地说:"你还有潜力,你的劲还没全使出来。"你从他嘴里永远听不到满意的话,总是莫测高深,不把你挤得水干油尽不罢休。回来的路上,我和一辆三轮车相撞,推着自行车回家。路上又想了一个新的开头,激动得不得了,回到家点起蜡烛重新写了前面的几百字。第二天我刚起床,编辑就来敲门。他看完新的开头,一拍大腿:"好了,我可以去买火车票了!"

我多亏碰上了一个又一个好编辑,他们"逼"我、扶我。我才走到了今天。作家是锤头,编辑是锤把儿;作家是水泥柱,编辑是钢筋,光使劲不露面。编辑把自己的心血藏在别人的成绩里。因此,任何把作家和编辑分开的奖励,都会使作家的内心深处感到惭愧和不安。

1983年夏

谈 "人"

　　作家也许有一个终生的苦恼，就是需要不断地为自己想"辙儿"（辙儿：京津一带方言，近似道路、办法、招数）。这个"辙儿"，大概就是指今后在创作上应该走哪条道儿？下一步踏向哪里？怎样提高、怎样突破？

　　俗话说：条条大道通北京。作家们也各有各的"辙儿"。于是，我就想探讨能不能在"人"上找"辙儿"。这并不是一个新题目，文学就是人学——这个天才的命题是没有人不知道的。但是，人是具体的，人是社会关系的总和。社会在发展，生活在前进，"人"的内容不断丰富、不断有新的变化和发展。

　　人是活的，文学也应该活起来，对"人"的认识和理解要随着现实生活的变化而不断加深。文学要全面表现人的思想感情，文学的内容就是"人在各种历史条件下的全部生活"。作家对"人"的认识前进一步，文字上也就有一次新的进展。实际上，正是"人"的社会历史内容不断丰富和发展，才有可能促进文学的发展。假如社会生活像死水一潭，人类停滞了，文学也得死。

　　在人类社会的进程中，人的观念不断改变，才使文学艺术的殿堂里树起了一个又一个丰富多彩的典型形象。没有"人"的发展，就没有文学的历史。那么，可不可以这样说，要想在文学创作上常有新"辙儿"，就须认真地琢磨人。

　　提一个近似抬杠的问题：谁都知道文学是反映社会生活的，每个人都在社会上活着,对自己周围的生活比作家更熟悉,为什么还都愿意看再现这些生活的小说?

原因是多种多样的,因人因地而不同。比如,现实的生活同文学中表现出来的生活是不一样的,文学中的生活更集中、更概括、更典型;每个人在地球上都有一个比较固定的位置,受自己生活圈子的局限,愿意跟着作家站得更高、看得更广一些。还有现实的世界同真实的世界是不完全一样的,人们希望通过文学作品了解真实的世界,而文学正应该反映最高的真实。读者愿意从中丰富自己的想象,开阔自己的眼界,补充自己的理想,甚至精神上一切得不到的东西都想到文学艺术中去获得,包括找安慰、找刺激、找享受、找娱乐、找同情、找共鸣、找解脱等等。

但是,最重要的是人们想在文学中看最真实的人、最真实的人的生活。

西方有一句话:最不了解丈夫的是他的妻子。这句话的本意以及它是否正确且不去管它,但从中却使人想到生活中人们的灵魂很难完全赤裸裸地相见,一个人是很不容易能完全了解另一个人的心灵的。敢于对自己、对别人都绝对诚实的人是少数,并不是每个人都能"心心相印"。可是人的天性没有不喜欢诚实的,至少喜欢别人诚实,大部分人也是喜欢了解别人或者被别人理解。而小说中的人物是真实的,是袒露灵魂的,甚至是灵魂跟灵魂相碰,灵魂跟灵魂搏斗。

文学中的人吸引了生活中的人。作家要想使自己的作品保持这种吸引力,难道不应该集中全部注意力去观察人、了解人、研究人吗?

每一个人都是一部历史,都是一个社会,写好一个人物就一切都有了(这个"一切"单指那一篇小说中的一切,不指小说之外的一切)。这样的形象必然会有丰厚的社会内涵。

这个"内涵"应该是指社会、历史、生活的"核"。写人物就要挖出这个"核"。

《封神演义》里的哪吒把血肉之躯还给父母之后,魂灵在天空里游荡,太乙真人伸手一招:魂兮归来! 哪吒的魂灵便又附体了。

作家不可能有太乙真人的本领,但必须要有本事给自己的人物以灵魂。否则那人物便是行尸走肉,为读者所厌恶。

"精神胜利法"就是阿Q的灵魂,也是当时整个社会和民族的"核儿"。

人物的灵魂是不能离开作家的思想、风格、修养、技巧而独立存在的,对人的命运、生活的命运了解得深切,把握得准确,阅历得深,观察得深,体验得深,才能表现得深。人物的灵魂揭示的深浅,决定着小说是深刻的还是肤浅的。人物典型意义的大小,往往也取决于对其灵魂的刻画。

人作为"社会关系的总和",不可能不是十分复杂的,当代人尤其复杂。把人物处理简单了,就会使作品缺乏深刻的社会意义。怎么办? 找出灵魂,用灵魂照亮人物,照亮生活,概括社会。人物的不朽灵魂如同一种深刻的思想,能够吞没读者。

想想那些时间越久、光彩越艳的文学形象吧:贾宝玉、林黛玉、诸葛亮、曹操、孙悟空……他们的灵魂与时代永存,其生命力远远超越本时代,甚至借后来一代代人以还魂。人们看到一个多愁善感的姑娘,就说她是林黛玉,把足智多谋的人称做诸葛亮,把鲁莽暴躁的人叫做张飞,等等。出色的文学形象照出了活人的灵魂,一代一代活人的想象和补充,又使这些文学形象更丰满,使他们的灵魂不死。

有自己独特灵魂的人物形象,是不朽的。

太乙真人只给了哪吒灵魂,哪吒并不能复活,他的灵魂没有依托。太乙真人又采来七瓣莲花,点化成哪吒的血肉之躯,让他的灵魂复原,一个活生生的哪吒才第二次降生了。

人——只有灵魂还不够,必须有血肉,才能生动活泼。

文学作品应该成为当代完整的活的历史。而文学对世界、对历史、对社会的全部认识意义又都体现在人物上。世界是博大繁杂的,历史是惊心动魄的,社会是色彩缤纷的,为文学人物提供了生气勃勃的血肉。也只有血肉丰满、生气勃勃的文学形象,才能成为"活的历史",才能担当起认识世界的任务。

人物不应该呆板,他们反映着生活的情绪,整个时代都可以被作家拿来做为题材,都可以做人物活动的天地,创作要敢于撒得开,何必要那么小家子气,小打小闹!

生活的一切内容,不论是严峻、忧郁、凶险、倾轧,还是善良、多情、丰富、欢乐,都可以借人物加以充分表现。作家把人物置于生活的中心,何愁没有血肉!

大人物可以拖着时代走,小人物却只能被时代拖着走。

文学形象似乎也分为大典型与小典型。但人物身份的大小和文学形象典型意义的大小并不是一回事,写大人物不一定就能成为大典型,写小人物不一定典型意义就小。阿 Q 就应该说是小人物"大典型"。

作家恐怕还是希望自己的人物能够成为大一点的典型,即使明知自己达不到,也还是努力争取(当然,这是指那些想写人物,承认典型有意义的作家而言。如果认为小说根本用不着写人物,否认典型人物、典型意义之类的理论,那就是另一回事)。这就不能不考虑人物的环境,也就是活动的舞台。

生活越来越现代化,社会也越变越走向开放,只写人的社交和私生活显然是不够的。文学中如何处理个人生活和社会生活的关系?社会生活和个人生活哪一方面是真实的,最值得表现?什么是真正的现实?

将两者分开是不行的,只表现一个方面总有其局限性。有的时候这一方面是真实的,有的时候那一方面又代表着最高的真实。只有把两者结合起来,怎样得劲就怎样写;怎样对表现人物有利,就怎样调度生活。社会生活做背景,个人生活为线索。作家一只眼睛盯住社会这个大舞台,一只眼睛盯住人,理解社会的目的是为了更好地掌握人物。

特别是反映工业题材的作品,如果忘记了整个社会,从生产到生产,从技术到技术,事件淹没了人物,就会枯燥无味。

不表现真实的生活,又怎能刻画出生动的活人! 如果一个作家已经和生活格格不入了,感受不到时代的动荡、时代的运动,怎么可能表现出时代人们身上所特有的东西? 要想写出有价值的文学形象也是决不可能的。

作家应该对生活中正在消亡和必将产生的东西有比较准确的了解,努力让自己的人物符合历史发展的需要,才能经得住时代的筛选。不必拒绝去认识和理解自己的时代,不必逃避社会所面临的重大问题,不必害怕国家和民族的命运对文学提出的挑战。

让人物站在这样广阔而深厚的背景之下,其典型意义是不是会大一些呢?

文学史上有许多这样有趣的声明:

托尔斯泰说,聂赫留道夫和列文身上都有他自己的影子。

福楼拜说得更干脆:“包法利夫人就是我。”

郭沫若也说,蔡文姬就是他自己。

我们是不是可以这样说:一个作家要找到人物,就要先找到他自己,从社会生活中提炼自己的印象,用自己的形式表现有普遍意义的东西。作家应该把自己投入到作品之中,和自己的人物同呼吸共命运,不要置身其外或置身其上。有人主张作家应该受素材的控制,而不是控制素材;受人物的指挥,而不是指挥人物;人物是自由的,作家并不自由。把找到的那些情节统统打碎它、烧掉它、藏起来,事先安排好的都是假的。这些确实是深得创作之奥妙。

写作时千万不要委屈了自己,要把自己整个的心灵,把全部人格,把从生活中得来的所有经验都摊开来。不这样怎能摸出自己的路呢?

忘记是哪位老先生说过一段很精辟的话:一个作家的风格是他内心生活的准确标志,所以一个人如果想写出明白的风格,他首先就要心里明白;如果想写出雄伟的风格,他也首先要有雄伟的人格。

但愿我这番话不要造成一种误解,以为我只主张表现自我,写个人。固然,离开作家就无从谈作品,因为作品里有作家的灵魂和血肉,但作家是整个世界的回声,他仅仅听到自己心灵的歌声是不够的。

小说不能没有细节的描写,好的细节就能给人物以血肉。

在许多我们民族的优秀文学作品中,有时一个细节就可以立起一个人物。《东周列国志》里,程婴和公孙杵臼定计救"赵氏孤儿"时,就提出一个问题:是"死"难,还是"救养孤儿"难? 当然是死比救养孤儿更容易些。作品的力量、人物的力量就在这儿,古往今来,凡是理智健全的人,还有认为"死"是容易的吗? 还有比送掉性命更困难的吗? 然而在当时那种特定的环境下,扶养赵氏孤儿确实比死更艰难。于是公孙舍命,程婴舍子,救下了孤儿。神哭鬼泣,肝胆俱裂,人物的雄、悲、壮、厚几个方面全写出来了,而且写活了。

在经典作品中这样的例子不胜枚举。因此,一部《三国演义》到说书人手里,可以讲上几个月;到唱戏的人手里,可以改编成连台多本的大戏,一演几十天;一个细节就可以编成一出戏,改写成一段精彩的唱词。甚至被群众编成顺口溜、俏皮话,如:刘备摔孩子——收买人心等等之类。

人们所以记得那些人物,是因为记住了发生在他们身上的一连串的故事,想起他们,首先想起了与他们有关的那些故事。这就是细节的作用,它是立体的、生动的,是活的血肉,给人以强烈的感染,便于记忆,便于流传。

正因为细节如此宝贵,才不能滥用,不能堆砌,一个细节能解决问题,千万不要用两个。臃肿不是肌肉,肌肉过多,失去常人的体态,也会蠢而不美。

选择细节有好几条标准,但最首要的一条是能够有力地表现人物性格。其次才是有助于推动故事向前发展,有助于激化矛盾,有助于揭示主题,有助于体现社会背景、时代气息等等。

用细节刻画人物就可以省去许多不必要的交代、叙述、冗长而空洞的心理描写;累赘过多,就会把活人写死,使读者厌烦。只有细节才能让人物充分地行动起来,给人物以各种各样的机会让他们表现自己。

人物一出场就带出一串故事,在故事中塑造人物。为什么现在有些作品改编成戏剧、电影的时候那么困难? 不能在群众中广泛流传,更不能造成像"三顾茅庐"、"逼上梁山"那样家喻户晓的轰动? 缺乏精彩有力的细节,不能说不是一个原因。

活人为什么"活"? 为什么是复杂的、"多侧面"的? 就因为生活是立体的,世界是立体的。因此文学作品里表现人物的方法也可以是立体的、多种多样的。可以平铺直叙,"且听我从头慢慢道来",也可以时空交错,千头万绪同时展开;可以花样翻新,也可以返璞归真。

总之,要有勇气表现人物性格的全部真实。甚至不惜把人物推向绝境。如"草船借箭"、"黛玉葬花"。有的使人物又绝处逢生,顿觉光彩照人;有的不能绝处逢生,却使作品的格调提高一大块。《红楼梦》中黛玉之死衬之以宝玉喜婚,就是绝笔。

哪里有鲜明的人物性格冲突,哪里才有真实而强烈的故事性,才能给人以深刻的印象。小说中最好能以人物本身的"悬念"代替事件的"悬念"。靠人物抓住读者,而不是靠情节"唬住"读者。这里借用"唬住"一词绝非贬意,能用情节唬住读者也是一种了不起的本事。就刻画人物来讲,不应该让情节淹没人物,故事只有以人物为核心才有生命力。脱离了人物的故事,在有价值的文学作品中总像是一块病。

千万不要误认为故事和人物是矛盾的。故事情节——是小说诸要素中的主要要素,好的故事是表现人物不可少的。人们都喜欢听故事,从小到老,生活中没有故事是不行的。

对一个作家来说,编故事的能力、对生活进行概括和典型化的能力同塑造人物的能力是同等重要的。人物支撑着故事,故事托起了人物。

把人物写透,只有写出比生活中的人更真实的人物,才能给读者以思想上的启迪和艺术上的享受。

1983年7月

电影改编之我见

把文学名作改编为电影，已有中外许多电影界的名家发表了不少高论。我对此几乎是一无所知，不敢望其项背。

但是，被改编成电影的不光有古今文学名作，还有当代文学中的一般作品。比如像我写的那些不成样子的小说，故称之为"拙作"吧。于是我找到了自己谈电影改编的角度——作为被改编成电影的文学拙作的原作者，怎样看待改编，对电影编导寄予什么希望呢？

改编名作，不言而喻，一上马就具备一种优势，有强大的号召力和吸引力。但是改编"拙作"，也自有它的便当之处。正因为原小说是"拙作"，电影编导可以少些框框，多些自由；少些负担，多些创造。或增，或减，或彻底打烂，或花样翻新，任其自由。

人们在谈论改编时喜欢说吃透原作。何谓吃透？怎样才算吃透？我想妄改一字即"吃进"。如饿虎扑羊，这很有点囫囵吞枣之嫌。我的小说宁愿被别人整个吞掉，也不愿他们吐掉核儿——也许正是小说的灵魂。以科学的眼光看待万物，没有不可以被吸收、被利用、被改造的东西。所谓"废品"，就是目前还不知道用处的东西。世上没有绝对的"废物"。

"饿虎扑羊"——这个比喻不够恰当。可世上哪有绝对确切的比喻呢？当理论不能清晰地表达自己的思想时，人们喜欢借助形象。我借喻饿虎闻到羊肉味儿时的那种兴奋，那种冲动，那种不顾一切地扑上前去，决不放过。先吃下去再说，慢慢消化，最后再吐出不能吸收的东西也不晚，如老牛的反刍。当改编者看到了一部文学作品，两颗创造者的心一下子发生了猛烈的吸引,仿佛"神交已久",心心相印;两个艺术家的灵魂发生了碰撞,而且碰出了火花。他怎么可能不产生老虎见了羊的那种气魄! 改编者到了这个地步,就会怎么改怎么有。

此刻,作为"拙作"的原作者,愿意自己的作品是羊羔,请君尽情享用。

所以,改编者理应是大手笔,棋高一着。改编是勇敢者的职业,是聪明人的工作。倘若改编者的自我感觉是在"蛇吞大象",或是"蚂蚁啃骨头",怎么设想他能自如地进行再创造? 其结果必然是吞不进"大象",最后也不得不放弃"骨头"。

勇敢不等于胡来,它们的区别在于是否抓住了作品的灵魂。连接电影和小说的纽带是文学。电影和小说有一个共同的目标——钻探人的心灵,帮助人们解释生活。因此,文学是任何艺术形式都不可或缺的。缺少文学性的东西总显得苍白、肤浅,似乎灵魂已经出壳。电影化不应化掉文学性,倒应该强化文学性,加深电影的文学深意。改编是对原作进行艺术的升华,是用电影手段对文学人物的再认识,再提高。

为什么要强调改编者和原作者须得"心有灵犀一点通"呢? 创作要善于选择和发挥自己的优势,还要会藏拙。每个作家都有自己认识人的角度和"终生的主题",改编者必须十分清楚地通晓被改编者的长处和短处,以便在改编时扬长避短。两者心不相通,很可能会造成扬短避长的悲剧。比如,根据拙作《赤橙黄绿青蓝紫》改编成的电视剧,在油库失火一场戏里,救火笛大概响了有三分多钟。拙作中,我在这里要展示的是几个人物心灵的撞击,思想感情上,包括人生态度上的醒悟和突变。至于救火情节本身,我自己也并不满意。看电视时我真觉得无地自容,深深感到对不起电视剧的编导,引他们误入了歧途。

人们在议论电影改编时,还喜欢说一句话,叫"忠实于原作"。忠实是应该的。但忠实于谁? 忠实于原作者,还是忠实于改编者自己?

当然,能做到忠实于双方是再好不过了。可是往往有这种情况,有些改编拘泥于原作,对原作"愚忠愚孝"般的忠实,其结果不是图解原作,便是与原作貌合神离,甚至相去甚远。倒是有些高屋建瓴,为我所用,取舍自由的改编,受到了观众的称赞,得到人们的承认,认为更接近原作。这就逼得我们去从相反的方面思考关于"忠实"的问题。

反正我是"拙作"的原作者,干脆就说:改编不同于情人结婚,不应过分强调一方对一方的绝对忠实。如果非要谈忠实,改编者恐怕首先应该忠实于自己。忠实于自己的创作个性、创作风格,忠实于自己的艺术生命、艺术品格,忠实于作为进行创造性艺术劳动的尊严。

改编"拙作",不存在忠实原作的问题。原作是白纸黑字,是既成事实的。改好,改坏,原作还是原作。你忠不忠实于它,都不能抹杀它的存在。当然,改编获得了成功,原作跟着沾光,"拙作"说不定会变成"名作"。也别忘了人们还会习惯地说:"电影比小说好!"电影成功了,却照出了小说的缺点,大家会对照电影看到小说的种种不足。这当然又是好事,如果原作者修改自己的作品,定会从影片中得到重要的启发。

反之,电影改编失败了,原作不一定就跟着倒霉。人们会习惯地说:"这电影远不如小说!"大家会对照电影看出了小说的优点,失败的电影作了原小说的陪衬。说句玩笑话——原作者,抱着的是不哭的孩子!但是,根据小说改编电影,毕竟不能逃脱一种客观事实的检验:人们自觉或不自觉地总要拿原小说和电影相比,谁也不能阻止观众进行这种比较。这就使"忠实于原作"的概念变得十分复杂了,一个人有一个人的理解,一个人有一个人的标准。因此,改编者要有自己的主心骨,也许按我那种"忠实于自己"的办法,说不定倒会"歪打正着"。

最近,又有一位导演想改编我的一部中篇小说,我把他请到家里,将有关这部小说的立意、构思、成败得失,以及我个人的追求、志趣、气质、构成作家创作个性的先天的和后天的各种因素,我的局限性和潜在能力等等和盘托出。艺术上的"莫逆之交"可能是一个更好的自己。然后就不管了,撒手闭眼。泼出去的水,嫁出去的女儿,任打,任骂,任奖,任罚,悉听尊便。这也许是一种不负责任的态度,但要比不放心、不放手、人家改动一个字便如摘心挖肺般地"负责任"要好。真正的艺术创作富有强烈的个性，别人越管得严效果就越适得其反，干涉过多只能给自己和给别人帮倒忙。

小说和电影都要托出人物。我同样喜欢电影里"出人"的手段，一个特写，一个近景，就把环境的立体感、情节的纵深感、人物的力度和厚度全托出来了。或由近至远，渐渐模糊一片。或由远而近，人物越来越大、越来越清晰。或先化出一个头、一个胸部、一只手、一双脚，而观众感觉到的却是整个人，深刻的强烈的活生生的人，人的性格，人的命运，人的力量。改编电影时必然要从小说中选取情节，这种对情节的取舍是为了出人，而不单纯是为了出戏。出人的戏是好戏，丢人的戏可舍掉。改编可不能像层层抽税，最后抽走了"人性"，抽掉了人物，只剩下几条故事线，一个空空如也的躯壳。

本来，电影表现人物是完全可以把人撕开的，深入精到地揭示人身上的文明性和兽性。"人，在最完美的时候是动物中的佼佼者。但是，当他与法律和正义隔绝以后，他是动物中最坏的东西……是最不神圣的，最野蛮的。"——我们当然不能全部接受亚里士多德的这种观点，可是他的这段话使我想起了《现代启示录》和《猎鹿人》。后者有一个轮盘赌的细节，把战争是一场赌博，人生是一场赌博，命运也是一场赌博，揭示得令人毛骨悚然。在历史的轮盘赌上，人类仿佛成了一场儿戏的牺牲品。大刀阔斧地雕塑人物，深挖广掘，直指人的本质。这种驾驭题材的气度，难道不能给我们以启发吗？

其实，不论改编的成败如何，都是对文学著作的一种尊敬、一种纪念。表达尊敬的方式有多种多样，纪念的办法也各有不同。因而电影改编也尽可以五花八门，你打你的，我打我的，四面出击，八方开花。文无定法，创作最基本的一条规律——就是没有一定之规，怎么能给电影改编规定一个绝对尺度呢？

这就是我对电影改编的一些粗浅的看法，在此就教于专家里手。

1983年8月

谈"分寸"

在迪士尼乐园的全景电影馆里,从银幕上看到的白宫、林肯纪念堂等,比亲自到华盛顿站在白宫和林肯纪念堂前看到的更清晰,更真切。真的反而不如假的给人感受更强烈,这是为什么呢?

电影能够放大生活。事物被放大以后,使人能看得更深更细。但这种放大不能走形,不能失真。夸张的艺术其难点就在于夸张适度,把握好"分寸"。树立起一个有血有肉、色彩丰富的形象,颇不容易,甚至要呕心沥血,经历千难万难。然而要破坏一个形象却极其容易,不用三拳两脚,只要一招一式就能把一个形象的真实感彻底赶跑。

影片《赤橙黄绿青蓝紫》的结尾,竟让刘思佳这样的人物昂首挺胸,高唱"宏伟目标就在我心中"的雄壮进行曲。硬贴的结尾是把人物贴跑了,竖起一个"政治尾巴",却暴露了影片作者的"蹩脚",整个作品的格调被一句唱词砸了锅。《春兰秋菊》里有个情节,厂长和技术员为了搞技术革新,双双和自己的家庭闹翻。技术员甚至置自己病重的孩子于不顾,和厂长来到一间无人居住的空房,两个人睡在地板上,半夜饿得睡不着觉,趴在地上聊天。且不说这个情节陈旧与否,他们这样做有什么必要,可信程度多大?人们怎么能够相信抛弃家庭和孩子的人会为了造福人民去搞革新。他搞革新的目的是什么呢?对人物捧得太高,反而会摔下来,倒在地上。在观众的眼里,这两个人是可敬,还是可笑?可爱,还是可悲?

什么"真实是艺术的生命"呀,"真实是不朽的"呀,且不去管这些名家的高论。但每一部电影的作者恐怕都希望自己的作品能够感动人,要感人就必须真实,就要把握好人物的"分寸"。

分寸感不仅仅是一个对细节如何处理的问题,它体现了作者的美学趣味、艺术修养、创作风格以及作者的局限和潜在的才能。多一分太长,少一分太短,恰到好处。高温不见火焰的白热化,才是艺术上的炉火纯青。当浓则浓,该淡就淡,疏密有致。作者永远不要忘记,最聪明的不是你自己,而是观看你作品的那些人。他们最敏感,审美的嗅觉最娇气。即使是影片中最细微的地方,如果分寸掌握不当也逃不过他们的眼睛,破坏美感。一旦他们感到一切都是虚假的,思想开小差了,屁股坐不住了,作品自己的悲剧性结果也就产生了。尤其是反映当代生活的作品,作者和观众生活在同一个世界上,会"编"的不如会"看"的,没有比把真的搞假更使人厌烦的了。为什么有些影片同样有头有尾、有故事、有人物,不用买票招待人们白看,而人们却硬是看不下去呢?

但是,影片《绝唱》里有几个细节在生活里是不会发生的,比如,夫妻相距遥远却能相互听到亲人的歌声和脚步声;结尾时婚礼也是葬礼等。恰恰是这样一些细节,一下子把影片的格调提高了。张飞大吼一声,"喝断桥梁水倒流",能是真的吗?可是千百年来人们不怀疑,愿意相信。

艺术要反映的是最高的真实——这也是在艺术上把握分寸的标准,力求尽可能充分地去表达真实。影片的整体要把握分寸,每一个镜头也应该像选取角度一样掌握好分寸。观众一方面是严格的,另一方面又是脆弱的、愿意受骗的。正如艺术的界限和分寸一样,过头一步,就美的变丑,真的变假。

1984年1月

黄河之水天上来

——在第二次中美作家会议上的发言

昨天晚上,中美两国作家走出"中国国际交流协会"的宴会厅,每个人身上仿佛还飘着一缕茅台酒的醇香。罗伯特·里斯对我说:"我想你今天晚上大概睡不好觉了!"

"为什么?"我颇感不解,难道人带醉意反而会睡不好觉吗?

"明天该轮上你发言了!"

我恍然大悟,十分感谢他对我的关心和同情。是的,我需认真准备明天的发言。这次会议讨论的中心议题是——作家创作的源泉。这不是个新问题,是个被人们谈滥了的老问题。唯其如此,我才越发感到困难,卑之无甚高论,我还能就这个老问题说出什么新鲜话呢?

回到下榻的竹园宾馆,已经很晚了。我躺在床上,打算先在脑子里想好一个简单的提纲。"源泉,源泉……"我心里念叨着,酒力渐渐在身上发作开来,我的头不再感到沉重,身子发轻,眼睛突然亮了,我看见——

家乡的南运河,小时候听大人们把它叫做"御河"。浇御河水长出的庄稼,颗粒硕大圆润;浇御河水长出的白菜,棵大叶嫩;浇御河水长成的青萝卜,又脆又甜……在我眼里它是一条了不起的大河、神河!到夏天,河面宽阔,波涛滚滚,只有英雄才能横游过去。若是开了口子,不给小白龙上供,纵有千军万马也堵不上决口。不知从什么时候开始,它变成了一条有气无力的小溪,到冬春季节就只剩下一条干涸的河道。水,取之不尽用之不竭的水,汹涌澎湃、威力浩大的神水,到哪里去了? 在"南水北调"、"引黄入津"的日子里,它有过短暂的复苏,流淌着多半槽浑浊的黄河水。河堤上日夜有摩托车和吉普车巡逻,不许沿岸的农民偷水,南运河真的成了谁也不敢动的"御河"! 然而靠输别人的血是难以维持长久的,实际上南运河已不存在,它只不过是黄河水入津的一个水槽,它失去了自己……

"君不见黄河之水天上来,奔流到海不复回。"我看见黄河奔腾呼号,暴躁异常,像个喝醉酒的莽汉,横冲直撞。千山阻隔,万石拦挡,越激起它的愤怒,夹带着几十万平方公里的泥土和几百万吨氮、磷、钾肥,一泻千里,倾入太平洋。

我还看见了史诗般的长江,具有仙风道骨的子牙河,少女般妩媚的大清河……

我甚至还看见了密西西比河,波光耀霞,像个历史老人那样沉静。还有流经华盛顿的波托马克河……

河流是地球的血管,密如蛛网。但每条河流都有自己的源头、自己的河道。如果一条河流跟另外一条河流同使一个河道、共同一个源头,那就会失去自己,变成另一条河的小叉。

文学不应该成为一条"干涸的河流"。它要求每个作家都应有自己的源头和河道。那么,我的这条文学小溪,从哪里流出,又流向哪里呢?

我出生在河北农村,假如一直干到现在,也许会成为一个"专业户"或"万元户"。不幸的是学生时代是在城市里度过的,上过两个职业学校。一个是"锻铸技工学校",如果好好干可以当大工匠、技师,倘若再懂点政治的话,也许还能当上厂长。另一个是"制图学校",如果好好干的话,可以当官,升到团级、师级。之所以没有"升官发财",不是由于我不好好干,而是生活方面。我希望自己的人物能走出纸面走到人间,最好是走出国界线。我的许多小说,发表后或大或小都能引起一点风波,有人自动跟我的人物对号,有的领导机关想提拔我小说中的某个人物,也有人贴出大标语欢迎我的"乔厂长"到他们那里去"上任"。这当然给我造成了许多不必要的麻烦,可我很高兴能遇到这样的麻烦。

　　昨天晚上，我突然很兴奋地发现，我终于变成了一个与我自己完全不同的人。我不再是个摇笔杆的人，尽管笔尖里含有真金。我是个直接为人类创造物质财富的企业家，和一群美国朋友不是讨论创作的源泉，而是讨论现代科学技术怎样改变人类的命运……醒来才知是南柯一梦，不胜怅怅。

　　从梦境回到现实，我仍旧是一条很小很小的无名河。但我不因地球上有长江、黄河那样的巨流而自惭形秽，我不妒忌它们，也不愿被它们淹没。我不可能像黄河那样幸运的能从天上来水，但我可以在大地上找到自己的水源。大自然既然允许我存在，我就一定会在山岩上、石缝间、沙丘下、泥土中，找到自己的源头活水，做涓涓细流，汇入中国文学的江河湖海。

1984年10月23日

当代人和当代作家

我们也许正面临一个历史上最活跃，思想上最解放，经济上最富有生机的时期。丰富多彩的生活，使当代人更加渴求文化享受，渴求多趣味的精神产品。文学不繁荣便无法应对这种局面。当代人在呼唤惊世之作，要让他们不失望，作家需付出极艰苦的劳动。竞争、向上、复杂多变、多元化、多层结构、不断更新，这才是一个生气勃勃的社会，一个有希望的文坛。

我以为文学需要当代，当代也需要文学。可是文学怎样看待当代？当代又如何看待文学呢？

世间许多观念正在发生变化，难道文学的观念就可以万古不变吗？大千世界越来越变得使人目不暇接。怎样思考人和世界的关系、人和宇宙的关系？怎样把握和表现当代生活呢？地球分地表、地层、地心，社会更是立体交叉的。你熟悉哪一层，开采哪一层？还是全都开采，搞全景规模的巨制？社会给人提供的天地是多么广阔，事业、家庭、权力、爱情、道德，各种各样的感情和五花八门的矛盾纠缠在一起。与这种生活相匹配的，应该是真实而深刻的文学，不粉饰，也不有意使之减色。

每个作家都只能按自己感受到的去写。生活，关键在于这感受是否准确、是否深刻。什么是灵感？我以为就是感觉新颖，比一般人发现得早，看得深一些、广一些，使作品保持独特的气质和力量。如果作家的这种独特感受，也表达了同时代人的经验和感受，这样的作品必然会具备一定的社会内涵。

不论哪个时代,整个生活中最主要的问题,都会在文学作品中反映出来。如果作家不是尽可能"准确地、强有力地再现生活的真实和现实",不刻画社会和人们的心理动态,不把社会变革和历史的运动作为注意中心,还要反映现实的作家干什么用呢?

要繁荣当代文学,却离不开当代人的支持与谅解。前不久,一位领导同志指责一部反映现实生活的中篇作品是"利用小说反党"。如果不是亲耳所闻者亲口向我传达,我无论如何不会相信在彻底否定"文化大革命"的今天,还会有人在大庭广众之下讲出这种"文化大革命"语言。而且这部小说"反党"的全部根据就是有人跟它对号、告状。

作家不可能置生活的本来面目而不顾,只根据自己的"安全系数"命笔;也不可能只说公认的"正确"话,不说新鲜话。写得虚假,不像真实的活人,读者会说作家"瞎编";写得太像,能够概括一点生活并稍微有点深意,又会在小说之外打官司、落陷阱。躲开现实,就可以当个四方和气、恭喜发财的"富贵型作家";"拥抱现实"就是个"倒霉型作家"。这实在有欠公允。

作家怎样才能向亲爱的读者表明心迹,说自己的"辣笔"只是为了"著文章",无意得罪任何具体的某个人? 鲁迅先生说:"文艺家的话其实还是社会的话,他不过感觉灵敏,早感到早说出来(有时,他说得太早,连社会也反对他,也排轧他)。"

作家要真正了解当代人,需把他们看做"社会人"、"经济人"和"知识人"。世界不论多么复杂,总有规律可循。当代人也观察作家,作家在塑造一个又一个人物形象的同时,也在塑造自己的形象。当代生活要求作家也要是个"社会人"、"经济人"和"知识人"。只做个"文人",恐难以理解多元化的社会。

世界无疑是变了。现代科学技术的突飞猛进,不可否认地改变了人们的生活条件,对人的心理和性格也将产生微妙的影响。科学技术已"入侵"到人们生活的各个领域之中。但我们也大可不必悲观,心灵罩上"技术将毁灭文明"的阴影。现代科学技术是人类文化发展的产物,它也能产生有益的文化结果,组成一个"新的文化秩序",变换着人和世界的关系。没有先进的社会生产力,又怎能打破历史的循环?

我相信,当今的"知识爆炸",不会"炸"掉当代文学。也许反倒为当代文学的发展"炸"开一条通路。

1984年12月31日

无　题

——在中国当代文学国际讨论会上的发言

我问："我是什么主义？"

回答："你是现实主义。"

"为什么？"

"你是写'乔厂长'的嘛！"

呜呼，我并不存在，只有那个姓乔的家伙代表我活着。

在时兴"主义"的现代，不躲在一个"主义"的后面似乎不够牢靠。为安全起见，我就选择给我准备好了的"现实主义"来谈谈我的观点。

我眼里的"现实"，不仅包括已知的和已被发现的事物，还应包括对不可知的事物进行探索和发现的过程。至于大家所说的"现实主义"或别的什么主义的准确概念到底是什么，我是不大清楚的。事实上我不可能按一个什么"主义"写作。任何"主义"我都要听一听，不论什么"主义"，只要是被我吸收了就得变样儿。现在我就论一论我眼里的这个"现实主义"。

不言而喻，"现实主义"忽然变得像个嫁不出去的老姑娘，其处境是只可意会不可言传了。凡是置身于现代潮流的人谁愿意当一个被描绘成是正统的、落后的、已被淘汰了的角色呢？当前已经很少有人愿意打"现实主义"这张牌了。似乎"现实主义"就意味着陈旧和没落。如果写一篇小说被说成是"新潮"的作品，那就意味着是尖端的，是纯艺术品，代表着永恒和未来，体现了文学的主流和大方向。谁不想追求永恒呢？于是，"现实主义"反倒成了"物以稀为贵"，我的发言本来找不到题目，一下子又成了"老掉牙的冷门"，真是料想不到。

56

　　更有意味深长的是当文坛旗帜林立、宣言泛滥的时候,读者忽而拥向武侠小说,忽而拥向琼瑶的小说(我不认为这有什么可值得大惊小怪),另有一个层次的读者照旧喜欢《红楼梦》、《简·爱》和罗曼·罗兰的作品。我同样不认为作家可以有权利指责读者,埋怨他们的文化水平和审美趣味等等。文学不可能抛开整个民族和现实独自前进。这种现象说明在这个多元的世界、多元的时代,人们的选择和审美标准也是多元的。一个作家、一部作品难得会像以前那样让众多的人都说好或都说坏。有定论的经典作家和作品则例外,承认古人的伟大毕竟是比较容易的。这说明中国还没有出现足以能征服大多数现代人的现代主义作品。

　　不再一惊一乍说明文坛已走向正常了。有点忽冷忽热也是正常的,地球还有热胀冷缩、分出春夏秋冬呢。社会和群众对文坛已不像从前那样关心(这不一定是坏事),文人们自己开始热闹起来。很有意思,很耐人寻味。至少有这样几种现象:

　　1.以宣布别人的死亡来证明自己的新生。文坛上的大小城池不断变换旗帜。

　　2.为文学而创作,为永恒而创作的包袱背得太重。一方面声称文学的最高境界是"虚无和死亡",另一方面又追求自己不死,顽强地希望自己永生。追求"永恒"、"永生"应该说是最传统不过的意识,古人搞陪葬,希望有"来世",画图留影,以后发明了照像,愿意"留芳千古"等等,都是不想死。可谓现代瓶子装着传统观念。

　　3.打着老庄的旗号(古老而又传统的老庄突然时髦起来,言必称老庄是现代意识的标志之一),带着儒法的霸气,论辈分排座次。不过辈分越大越是孙子,辈分越小越是祖宗。好像文坛这个水泊梁山只能容纳一百单八将。

　　4.作家的人格的力量、人格的魅力越来显得越重要了。"走向世界"——眼下是个很流行的词汇,急于赚外汇不是坏事情,但忘记了自己还没有走向中国。当然不能排除不必走向中国就可以"走向世界"的可能性,只要一步能跨向世界,在国内就不愁引不起轰动。认为迎合国内大多数读者是通俗的、低级的,为什么迎合外国人就是高级的呢?

5.当知名的人物热衷于"自我表现"的时候,更年轻、更扎实的一批文学青年开始冒出来,他们身上有一股令人振奋的东西。

总之,文坛有点像我们国家的人口一样,过分集中,密度太大,关系太亲密。因此显得太拥挤了,好像文坛成了一辆公共汽车。文人们应该自我宽松,关系松散一点也许不无好处。

在这个背景下,"现实主义"如果不发展变化早就死了。实际上任何"主义"一停下来就变成了"死主义"。能活下来的"主义"必然有它顽强的生命力,在不断的磨难和被批判中不得不经常更新、丰富和前进。到目前为止,在中国的各种"主义"中,大概就是围绕着"现实主义"争论最多,论战的时间最久。它应该有足够深厚的基础,眼下似乎又处于"背水一战"的境地,如果它不接受现代意识的渗透,不吸取新的技巧,理所当然地应该被淘汰。优胜劣汰是社会前进的法则。它应该把面包吃进肚里强壮自己的筋骨,而不是举在手里炫耀:"瞧,我有洋面包!"

倒是那些领导文学新潮流的"主义",显得后劲不足。有时最热闹的不一定就是最有力量的。热闹中着一冷眼会得到许多真趣味。"现实主义"也曾热闹过,现在如果能在寂寞中从容地反省和完备自己,真是一件幸事。

中国当代文学中的"现实主义"有哪些特点(变化)呢?

1.政治倾向的明显淡化。

2."纪实文学"和传记文学发达。

3.表现强烈的人性现实和感情现实。

4.描绘现代人对现代社会、对人类自身的思考。

5.表现人与自然的关系的作品较少。尽管人类文明的两大威胁是战争和生态平衡,因为我们自己的事情还顾不过来,反映全人类都关心的问题的作品就较少。

6.用现实照历史,用现代意识揭示历史,哲理性加强。

我理解的"现实主义"就是用现实主义包着现代主义的肉。一些成功的新潮作品其实是用现代技巧包着现实主义的肉。当代的"现实主义"应该更自由,摆脱一切框框,节奏感加快,艺术空间扩大,一切均可拿来为自己所用。事实上,当代"现实主义"作品的社会生活容量、心理容量、审美容量、思想容量都在逐渐增大。

"现实主义"还有一条出路——就是听其自然。凡是死了的都是应该死的,不该死的东西即使别人宣布它已经死过一百次,它也不会死! 他敢说你过时了,就说明你还不是大师,你还没有强大到别人不敢碰的程度。

在中国当代文学中我还没有读到一部完全脱离现实主义的具有大气象、大规模的现代主义作品。多是小打小闹,在现实的渗透下产生出来的。有些标新立异的作品在主题意识的思考上我看不出跟"现实主义"有多少根本的差别。

我理解的现代主义应该是一种自然现象,一种水到渠成的社会现象,一种历史现象,一种势不可挡的文学力量。目前表现在中国当代文学上的现代主义基本上还是一种人为的想象。我们的生活观念还不像西方现代主义者那样认为世界是无规律的、不可知的、生活一片混乱、人们无目的地活着以及文明没有出路等等。表现盲目的、非理性的潜意识的作品也很少见。即使是新潮作品,大多还是描述正常的心理活动,人物的灵魂轨迹并未完全脱离生活的真实。有人生活观念是正常的,吃喝住行也同常人一般,只要一拿起笔来就做怪诞状,做深奥状。做深奥就不深奥。也许没有这个过程就不能达到真正的深奥。站在潮头进行文法试验总是需要勇气的。没有这些勇敢的同志文坛岂不太沉闷,怎会如此生机勃勃、淘汰加速、花样翻新呢? 我希望这试验继续前进,逐渐走向大气象、大规模,而不要倒退成游戏。

在这里我借用刘於诚发表在《讽刺与幽默》上的几句话:

"一堆萝卜"或"萝卜一堆"——似乎就是传统的"现实主义"语言格式。

"若干萝卜的集团"——开始有点现代味儿了。

"按集合原则组织起来的萝卜、按美学原则组织起来的萝卜、按系统论原则组织起来的萝卜"——不言而喻这是正经的有学问有现代意识的语言格式。

尼克松有句话："创造历史的最好办法就是写历史。"能否改成"载入文学史的最好办法就是写文学史"呢？

不管是多么天才的艺术家,只要他付出的多,他肚子里的存货就必然会减少,思想库存也如此。我不相信一心想脱离现代的人,头脑却能源源不断地产生"现代观念"。凡是吃奶长大的天才,都不会拒绝从生机勃发的大地吸取新鲜的、营养丰富的乳汁。

1986年11月5日于金山宾馆

文学——电影的血液

敲锣卖糖，各干一行。不可否认，各种艺术形式都有它自身的特点和规律，因此才有这样一句话——隔行如隔山。

同时也还有两句与此相反的话："隔行不隔理"、"万变不离其宗"。总有一种东西，是任何艺术形式都不能缺少的，这就是文学。

有些影片，只有所谓的"电影手段"，缺乏文学性，毫无文学价值，因而显得浅薄、庸俗，就像一个没有灵魂的躯壳。我是不是站在作家的角度，过分强调了文学性，而忽视了电影化的重要性呢？

电影化不应该"化"掉文学，而应当强化文学，加深电影的文学意义。因为电影所要追求的目标，正是文学所要达到的目的——钻探人的灵魂，帮助人们解释生活。电影如果丢掉了这一根本目的只剩下一些哗众取宠的雕虫小技，岂不是舍本求末？

我正因为存有这样一些想法，也许叫做偏见，并且看了一些根据小说改编成的电影，遂给自己订了约法三章：一、任何人想把我的小说改成电影或电视，本人一概不介入。二、改成之后能不看就不看，倘是碍于朋友情面，万不得已看了样片，也不表态。三、只对自己的小说负责，对它的副产品不负任何责任。

这三条执行了两三年，也得罪了一些朋友，往后难以再坚持下去了。今年春节期间，天津放映电影《赤橙黄绿青蓝紫》，我随大家看了这部影片。写这篇小文，也就等于解除了原来的"约法三章"。

是否用这样一句话来概括我对这部影片的看法：影片的创作者们和我打了个平手。我对得起他们，他们也对得起我。也就是说，我的小说没有糟蹋演员,他们也没有糟蹋我的小说。我不认为能做到这一点是件容易事,因此我感到满意。

小说和电影互相糟蹋的事情是有的。一个很有前途的演员,由于缺乏文化修养和艺术眼光,不会选择剧本,"饥不择食"或"来者不拒",滥演一气,便会被蹩脚的剧本毁了自己的才气,甚至砸了自己的牌子,倒了观众的胃口。逢到这种情况,我便替演员惋惜。这大概就是"戏不保人"吧!也有相反的情况,一部很好的文学作品,改成电影却驴唇不对马嘴。成败的关键,在于对文学的理解。

把小说搬上银幕可以有三种办法:一、把不同品种的果木进行成功地嫁接,培育出更优秀的品种。二、假如小说是牡丹花,电影是菊花,把牡丹花揉碎、沤烂,做为肥料养育菊花。三、牡丹花开得不错,把它剪下来绑到菊花的枝干上,不仅毁了牡丹,也毁了菊花。

连接小说和电影的重要桥梁是作者们的文学气质。把小说变成电影,首先要理解小说,其次才是借助电影手法扬长避短。这个过程可称为艺术升华,或者叫做文学上的再认识、再提高。比如《赤橙黄绿青蓝紫》中油库失火的情节,在原小说中也并不精彩,我所以保留它,并不是喜欢救火的那种热闹场面,而是要救火后的结局——能够出人!把刘思佳和解净做人的力量升高一格,从而震撼"刀枪不入"的何顺的心灵。他知道了世界上还有一种叫做"人格"的东西。电影中对这一情节处理得比较得当。而同名电视剧中,救火笛响了可能有三分钟。我在电视机前感到无地自容,赶紧躲到厨房里去。回来后,那辆油车还在公路上奔跑……

只追求所谓效果,达到某种感官上的刺激性,不惜丢掉了生活的真情实感。为了出戏,还是为了出人?两者不一定是矛盾的,能出人物的戏是好戏,丢掉人物的戏坚决不能要。更不要说为戏而戏,追求噱头了。因为没有真正理解原著,分不清它有哪些长处和短处,往往在银幕上扩大了它的缺点,却丢掉了它的主要优点,人物走形,与原作的精神相去甚远。这样的例子很多,其原因是导演和演员缺乏必要的文学素养。有的演员甚至连台词都说不完整,囫囵吞枣,不懂哪儿是重点,不知道什么地方应该加重语气。

所以,我赞成某些西方国家的这种做法:把崭露头角的年轻演员送去上大学。

我主张凡是想把小说搬上银幕的导演,由他(或她)直接根据小说写出分镜头剧本,省掉把小说先变成文学剧本的这道手续。小说也是文学,何必多此一举!层层抽税,分关把口,最后把小说的文学性冲淡了,只把干巴巴的几场戏交给了演员。导演和演员没有不读原著的,既然如此为什么不缩短小说和电影的距离,让导演和演员直接从小说中汲取诗情,加强电影的文学气息。我希望这一建议不要被误解为是有感而发,是针对影片《赤橙黄绿青蓝紫》的改编。

相反,这部影片比我想象得要好。饰解净的演员保戏,演出了这个人物的深度和厚度,且不做作,令我感动和感激。何顺的扮演者没有过火,他身带流气,但不是流氓,外表坏而内里不甚坏。田国福和孙大头,着墨不多,各具性格。总之,这一台人物极为熟悉,似乎和我有血缘关系,我承认他们都是我小说里的人物。更主要的是影片有一个"魂儿"——立意是准确的。有了灵魂才使这部影片活了起来。把小说中活的灵魂移植到电影中来,这灵魂不死,且更活灵活现。不懂文学手段,只有"蒙太奇"是不行的。这要归功于这部影片的编导。

当然,影片也有叫人感到不舒服的地方。比如,加了个厂长的儿子及其女友,夜论昙花,后半场又没有他们的戏,纯属多余。党委书记穿着工作服下车间,也是套子。尤其是结尾,把刘思佳的小调:"赤橙黄绿青蓝紫,生活好比万花筒;为人应该怎么办?主意就在我心中。"改为"宏伟目标在我心中",硬贴硬套,重复演唱,破坏了人物的性格,破坏了整个影片的风格。大家费了半天劲,临完了涂上一抹败笔。

我作为观众,在看这部影片的时候,找到了自己创作上的不足。导演和演员通过他们的再创造,给了我启发和教育。我也希望电影多从文学中汲取营养,使之根深叶茂,有其独特的艺术价值。

1987年春

63

"一次性文学"轰炸企业

　　"中国正在发奖"——这是今年初一家外国报纸的标题。他们是妒忌、嘲讽,还是不理解?

　　领奖者成排、成连。

　　每个发奖会的台上都坐着几个甚至几十个企业家。他们不是因为企业家的身份才有幸做颁奖者,而是因为他们有钱。是钱给人发奖。

　　没有钱也不要紧,还有产品:电冰箱、电视机、洗衣机、摩托车、自行车、钟表、照相机……等等。五花八门,有什么算什么。

　　时势造英雄,文坛上应运而生了一批"搞得活"、"兜得转"的人物。办个发奖会,搞个什么征文活动或想出其他什么能赚钱的"点子",拉着作家去"走穴"。再用作家的名望去掏企业家的口袋。

　　现代人都学得聪明了,不能忙乎半天只给别人做嫁衣裳,要肥水不流外人田。操办者比获奖者捞更多的实惠。作家上当的大有人在。企业家更不用说了。文坛上的这些"二道贩子",既非作家,也非正式的文学编辑,更不具备真正经商的才能和品德。看中了文艺界假人精真傻子多,文坛被商品经济的大潮冲击得叫苦连天,他们正好三个一群,两个一伙,灵机一动就可以办刊物、立项目。有了项目两头吃——一头吃作家,一头吃企业。

　　出书难。有钱就不难。

　　各种各样的主要是为了掏企业口袋的既无文学价值又无专业价值,甚至连宣传广告作用也微乎其微的书刊,大量地堂而皇之地出版着。

这是"一日文学",或者叫"一次性文学"。拿到钱就行,拿到钱就完。这种"文学"眼下正在中国风靡——指它的数量而言。它的内容质量决不会风靡,只会"消亡于一瞬"。除去有关的少数人翻一翻或放在柜子上留做花钱的纪念外,还有几个真正的读者?诞生就是死亡。

文学唯企业家的马首是瞻,变为社会时尚的附庸。不是文学给予企业,而是企业给予文学。那么企业家收获的是什么呢?充其量只是一些啰里啰唆的趋时媚俗的广告——我都不想在它后面加上"文学"两个字。里面实在没有多少文学。我们也难得看到真正具有文学性和艺术性的广告。

这跟文学的责任感和表现现实生活是两回事。

商业文化君临一切。一切都是市场商品,写作跟做买卖差不多。重要的是讲求实际,讲求交换,不再优雅,不再矜持,不再自爱自重。只剩下一种感受——对金钱的感受。文学失去了强有力的道德,正在变成一种枯燥乏味的低劣便宜的购货券。

"金钱万能"不可怕。最可怕的是文学精神的崩溃,再也无法保持与社会生活那种独立的有价值的联系。它的商品属性正在扼杀文学不能缺少的创造的想象和灵光。文学不再需要用灵魂感悟灵魂,只需跟金钱对话就可以了,不必再与宇宙跟生命之谜直接对话。当代文学经受了中外各种文化的轮番轰炸,真的到了一个新的临界点:繁荣的衰落,热闹的冷寂。"发表着,苟活着。"一句话——

文学就等于非文学!

非文学的文学对企业的轮番轰炸,难道不是企业的灾难吗?企业家面对一拨又一拨"文丐"的纠缠,作何感想呢?

于是,工业题材成了一些严肃作家的禁区。他们不愿意加入那文丐式的行列。可以被指责为迂腐、虚伪的清高,一种动物般的"兔子不吃窝边草"的愚蠢,但保留了自己不写作的自由。

作家不仅需要有写作的自由,还要有不写作的自由。掌握和获得这种自由也不是很容易的。金钱、情面、编辑逼债,都有可能夺走作家不写作的自由。有了这种不写作的自由才有心灵的自由和真正创作的自由。

一味地随着大溜流下去,自己的文学地基也将逐渐流失。

说到底,还是当代文学的分量太轻。附庸惯了,平稳惯了,平衡惯了,牢靠惯了。一旦失重,立刻便失去自尊自信自立,在商品文化的旋风里撒黄土,凑热闹;跟着时髦的东西一起轻浮,一起躁动;顾影自怜地悲哀地前进。难怪有人发出壮语:"只有先挣下一大笔钱才能玩儿文学!"钱能通文,也能养文。

轻的东西总要拴在一个重的东西上,才有安全感。最重的就是地球,就是生活。

许多被"敲竹杠"的企业也很可怜。中国有几个真正财大气粗的企业,能像日本的丰田汽车公司那样每年向社会捐款几千万乃至一亿美元?

中国的企业家和作家需共同努力,为了严肃的事业,而不是轻浮地交换。

1989年7月16日

中国当代产业文学散论

没有大大小小各式各样的产业，就没有一个国家的经济。

而经济总是选择适合自己的文化，不是相反。

现代文学史上许多优秀的作品取材自产业活动。反映产业题材的文学作品，在每个历史阶段都产生过很大的影响，占据一块不可缺少的文学位置。产业界向文学界输送了一批又一批优秀的作家，而产业内部总是不断地会出现一批又一批的文学新军，遍布各地各行各业之中，这是一支庞大的稳健的创作队伍。

《中国当代产业文学大系1980—1990》是对这支队伍的一次检阅。

产业文学作家对文学和文学所要表现的生活有着执着的热情。冷寂时不自卑，热闹时不气傲。不标榜新潮，也不抱怨新潮。无论文学潮流怎样起起伏伏、聚聚散散，产业文学仍保持着沉健自信、厚实雄劲的品格和气韵。

产业文学以其强大的理性把握着现实世界的入口处。多采取近距离的表现，辅以长远距离的映照。总之是入世的，而不是玩弄所谓"贵族般枯燥高深的虚无"。

产业文学作家习惯于用自己的眼睛观察世界，不放弃社会感。因之从这些作品中可以看到处于变革时期的社会争搏、人生变幻，人的建设和物的建设是如何的错综复杂，真实的人物，真实的情感，真实的情节……

努力使现实更接近于真实。

生活的真实和心灵的真实相联系，便产生了产业文学的美。

这《大系》展示了生活的厚重与质朴。

而质朴又是文学最可宝贵的品格。

产业文学另一不可忽视的特点,或者叫成绩——是站在了当代工业文明的最前沿。

现代科学技术突飞猛进地发展,推动了产业革命,使物质财富成指数地增长,物质文明无止境地发展。也因此使某些现代人产生了对工业文明的恐惧。

他们认为,科学技术使现代世界可怕的复杂和复杂的可怕,技术形成了一种自我长存的势力,技术的方向不可扭转,成了人类靠自身力量控制不了的一种东西。比如,核武器对人类的威胁,现代化立体战争的强大摧毁力,工业技术对生态环境的破坏致使大自然开始对人类实施报复,人类甚至不得不忍受自身许多莫名其妙的无法医治的疾病的残害,等等。科学技术水平的发展不仅和人类生存状态的改进并不总是成正比,相反倒剧烈地影响了人类的生存环境、生活方式、伦理观念、心理状态、生理状态,使人类这个地球的统治陷于被统治的境地。技术不害怕人的干涉,反而限制人的选择。

许多当代作家陷入了这样一种尴尬:享受着现代物质文明,津津乐道于现代物质享受,要表现这个工业社会、这种现代文明,面对现代技术人、城市人,却显得力不从心,只能知难而退,退到"人类蛮荒时代的蒙昧的原始野性中"去寻找灵感、激情和深度。

现代作家却没有能力信任现代文化。

然而,现代工业文明是现代人精神文化的物质载体。不敢直面现代工业生活的文学是不健全的,更谈不上强大。

产业文学在这方面则做出了可喜的努力。文学创作附丽于社会生活环境,这些作家首先是现代工业文明的建设者,被历史和现实的主流所推动,最敏感地触及现代工业社会的得失和困惑,有条件做出权威的表述。

在现代科学技术的本质中可以反映出人的历史命运。

现代人能建设生活,也应该能建设人性。

　　大可不必做悲天悯人的技术悲观主义者。更不必非要倒回到原始中寻找人性。弗洛姆说:"人一旦从自然中分离出来,就再也不能回归自然了……人类只有不断进步,途径是发展自己的理性,寻求新的和谐,即人类的和谐,而不是找回那注定要失去的人类之前的和谐。"

　　人们称富裕的西方国家为发达国家,他们所以致富是因为科学技术发达。大多数东方人能够吃苦耐劳,由于科学技术落后而贫穷。这贫穷落后并没有成全文学艺术得以繁荣发达。倒是经济发达国家的文学艺术敢于正视现代工业社会,并从中获得了丰富的题材、深刻的创意和取得了多种形式的试验的成功。

　　产业并不排斥文学。

　　文学躲避产业,是不成熟和脆弱的表现。《中国当代产业文学大系1980—1990》的问世,至少是显示了当代作家的不想愧对当代的勇气和力量。

　　产业是现代意识的诱惑。对社会精神文化也有着举足轻重的影响力。

　　产业文化理所当然地是当代文学的一条重要命脉。产业职工大军中多层次、多种样式的文学活动,丰富了产业文化。

　　文学是产业文化的一部分,不用多说。甚至不可设想,一个优秀的企业,可以不要文学、不培养自己的作家。许多企业里都有自己的文学出版物。有一个现象,早就被人注意到了,但尚未被深刻认识和寻出其中的规律——一些著名的企业,几乎都产生了自己的作家或有著名作家在那里深入生活,写出过优秀的作品;大企业里"业余作者"和文学爱好者就多,几乎找不到一个没有"业余作者"的大企业;企业的历史、性质、规模、气势,极大地影响着自己作家的创作风格,来自不同企业的作家有着迥然不同的文学个性。

　　《大系》是流派纷呈的产业文学的大展,也是各种不同类型企业的文化个性的大展。

　　深知自己的企业,是产业文学作家的优势。这优势也往往麻痹和局限了他们。风格恰恰是在限制中形成的,只要你别被限制死。

现实生活有时比任何虚构都更令人不可思议,给人以强烈的陌生感和震撼力,超越了作家的想象。但不能代替作家的想象。相反反映产业题材需要作家有更大的想象力。

现实生活有时又是枯燥的、漫长的、毫无新意的。人物失去了一种强烈鲜明的外部动作,熟的不能再熟了反而腐蚀了作家的想象力,即所谓"熟极而油"、"熟视无睹",这时需要一种能出新的"生",生花的想象,生光的视点,生分般新奇,生发般彻悟,一股生气,一种生趣,创造有价值的生命的真实。

产业文学属于现实,也属于未来。

因为它是文学,便超越了产业本身,是文学地把握产业。

产业文学作家可以不受文学圈子所囿,这是他们的幸运。根基深厚,披坚执锐,莫管别人怎样议论"文学的贫困"或"文学的低谷",无论世界上发生什么样的危机,产业不会消亡。文学家会死的,文学不会消亡。

《大系》不是"贫困"或"低谷"的产物,它是一种追求、一种理想的表现,有助于强壮文学的筋腱,推动创作的繁荣。

《大系》就应该大,大睨雄谈,大气磅礴。我功力不到,只能作此小序,不胜惶愧。

1990年初

签名售书的诱惑

九月底,陕西人民出版社出版了我的小说集《饥饿综合症》。发行部门提出请我去搞一次签名售书。我没有拒绝。

没有拒绝不等于没有犹豫。

数年前我曾参加过几次签名售书活动,被人包围,被人拥挤,被读者的热情融化,获得过醺然的满足。甚至也见过这种活动的严酷——

一九八六年,上海某书店和外地一家出版社联合举办签名售书,一次请了七八位作家,如同打擂一般。有的作家读者少一些,签名桌前冷冷清清,他竟耐不住这份冷落,中途便拂袖而去,使自己和别人更加尴尬。谁都知道一时的热闹和冷清,并不说明作家的价值或文学的价值。只不过是一时的虚荣和面子问题。

我所犹豫的是不是也是这个问题?

看看喜欢规划和预测未来的人们是怎样评价当今文学的:

"发表着,苟活着。"

"在低谷,在准备,在迂回……"

"当代作家们都有自己无法跨越的疆界!"

在这种情势下单人独马地进行签名售书之类的文学活动是否明智?《饥饿综合症》的定价是六块三毛五,这个数字对一本四百页的小说来说不能算低。这个数字也是对作者文学魅力的一种考验。现在还有多少人在看小说呢?

——人云亦云,旨在抱怨纯文学的读者急剧下降,谁也没有做过精确的统计。

　　读者本来是站在作家身后的。至少作家在拿笔的时候应该有这种感觉。一旦失去了这种感觉,便失去了跟读者的交流,失去了自信,陷于迷惘和脆弱。而文学没有读者的参与,生命就会枯竭。

　　我突然由被动的应允变得渴望进行这次签名售书活动。不必把自己的神经安全而又可靠地裹在橡皮膏里,失去应有的敏锐和勇气。作家更不可逐渐缩小自己的心理空间。敢于观察那些正在观察你的人,直接感受现代读者的心理风貌,了解一下他们的感情投入和经济投入,用鲜活的经验医治思想的贫乏和软弱,不是很好吗?

　　人也许注定要陷在自己的陷阱里,作家不是常跟自己过不去吗?签名售书最糟的情况就是没有人买书,我坐一个小时的冷板凳(我的导演们希望这次活动从十点钟开始到十一点钟结束),这又有什么关系?无非是使自己难堪,让新华书店和出版社的朋友失望。我知道自己不会绝望。即便绝望又有何妨?不是有人说创作生于绝望而死于欢乐吗?何况预感并不都准确。从什么时候开始,文学的神经变得脆弱了?既禁不住过多的现实,又禁不住过多的虚幻……

　　当代文学早已失去了悠闲矜持。

　　九月二十七日上午十点钟,编辑室主任董全平和责任编辑李玉皓,陪我准时来到西安市钟楼书店,买了书等待让我签名的人已经从书店的大厅里排到了大门外。出版社发行部主任邱作霖已经等得有几分焦急,其实是被感动得有些焦急,他没有想到会来这么多人,提前得到消息的人在书店还没有开门就等在门外了。我也没有想到,这就是在"低潮"和"疲软"中的我的读者。

　　我们省去了首发式那一套例行公事的仪式,我直接走到了签字桌前。人们让我讲话,我只说了一句感谢的话。因为读者永远是文学魅力的源泉。我第一应该做的是不要让这几百人等得太久。

　　排在前面的竟然有两位六十多岁的老先生,他们告诉我从八点钟就开始在这儿等候。我感到不安,感到惭愧,对文学和文学的当代读者也肃然升起一股敬意。为了节省我的时间,他们提前在纸片上写好自己的名字,大多是为自己买的,也有为父母买的、为爱人买的,为孩子买的、为朋友买的。还有人希望我在书的扉页上写一句他们喜欢的话。我不知道他们每个人都喜欢什么，许多人从我的书里摘出他们喜欢的句子。原来大家一边排队一边就开始阅读了……

"用愤怒和偏见代替思考总是无益的。"

"我总想找到属于我自己的色调。"

"爱能填补精神饥饿。"

"饱汉不知饿汉饥。"

……还有许多读者自己想出来的稀奇古怪但最能传达他的情感的话。

在旁边一直协助我的董全平君跟读者商量，不能让我给每个人都写一句话，那样就不知道这次签名活动到什么时候才能结束，已经签了一个小时，队伍却愈排愈长，后面的人会有意见。签名签名嘛，只签名字！他解救了我，并让书店停止再卖我的书。

即使如此，我签到下午一点多钟才结束。书店经理告诉我售出了五百多本书——这不是个什么了不起的数字。任何文学活动都不可能不附丽于社会条件，看上去书也变成了商品，但同做买卖又不是一回事。

对我来说，这是一次纯文学意义上的活动，根本目的不在于售出多少本书，而是对自己文学现状的一种憬悟。受到读者鲜活灵魂的感召，与读者达成一种默契、一种交融，体味到当代精神里那种深厚的强有力的东西。

文学是永远的存在。

作家可以从可敬可爱的读者身上，找回"正常的平静的自信"。

1991 年 10 月

九二年和《讲话》

对中国文艺界来说,不是节日胜似节日的"5·23"快到了。半个世纪前的这一天,毛主席发表了《在延安文艺座谈会上的讲话》。每年到临近这一天的时候,上级领导部门都要下文件,让文艺界的人重读《讲话》,组织各种纪念活动,作家协会要召开大型座谈会……

今年是《讲话》发表五十周年,可谓"大庆"。提前半年,市委宣传部就发下文件,开始了纪念活动的筹备工作。

我几乎是怀着一种好奇的心情重读《讲话》,想从中发现点什么,找到和当前"毛泽东热"的某种联系……

前天,人民文学出版社的几位朋友来看我。中午找了个馆子请他们吃便饭。饭菜尚未上桌,他们谈起了正风靡北京的"红太阳热"——把"文化大革命"时期的歌曲灌制成磁带,立刻轰动,畅销不衰,大街小巷、机关团体、宾馆饭店,到处都是"红太阳"的旋律。真正是"革命歌曲大家唱"。

我感到惊奇,这是无孔不入的商品意识的成功,还是"红太阳颂歌"的成功?是音乐现象,还是某种社会现象?

一位"文化大革命"前夕刚出生的年轻编辑,立刻从口袋里掏出一盘上海中国唱片厂录制的《红太阳——毛泽东颂歌新节奏联唱》,她随身携带是为了在路上听的。饭馆服务小姐眼睛发亮,要求转录一下。在她转录的同时饭馆上下立刻响起了较为轻柔的令人想得很多的歌曲:"太阳最红,毛主席最亲"、"毛主席的话儿记在我们心坎儿里"、"读毛主席的书"、"毛主席著作像太阳"、"毛主席来到咱农庄"、"我们共产党人好比种子"……

听着这些歌曲,我想到了最近在报刊上看到的一些与毛主席有关的数字——

在整个人类出版史上,毛主席的书印刷量最大,总数超过一百亿册。仅最近出版的《毛泽东选集》第二版,一次就发行七百二十万套。

全世界从五十年代到七十年代末,在三十年期间共生产各类纪念章二十五亿枚。从一九六六年到一九六八年,仅两年多的时间,中国就生产毛主席像章八十亿枚以上,耗用铝、铝合金及有机塑料六千多吨。近年来,毛主席像章又显现在许多人的胸膛上,其趋势有增无减。通化市一个农贸市场,摆摊的人都戴有一枚毛主席像章,如同一个群体的标志,戴像章的顾客也可以在价格上得到优惠。北京毛主席纪念堂出售毛主席像章,五元一枚。在韶山、延安、井冈山、黄帝陵、秦始皇兵马俑展览馆等地,都可以买到毛主席像章,最高价格一枚卖到二十元。

毛主席画像供不应求。尤其在南方,许多人把毛主席画像挂在家里、书摊上、出租汽车里,甚至贴在腰间的"BP"机上。

福建石狮市,一批"万元户"集资建造了一座殿堂,供奉毛泽东塑像,香烟袅袅。

十四年里有六千七百万人次瞻仰了毛主席遗容。仅一九九一年春天,毛主席纪念堂平均每天接待五万多人。到毛主席故居韶山参观的人,又回升到每年一百多万人。

一九八九年十二月,北大、清华、人大、中国社科院研究生院等九所高等学校,召开了"大学生寻找'毛泽东热'座谈会"……

"寻找毛泽东热"——代表了当前一种强大的精神走向。

我不禁要问:

中国文艺界是否也有"寻找毛泽东热"?

倘若毛泽东还活着又会怎样评价当今的文坛?

正是带着这样一些问题,今年重读《在延安文艺座谈会上的讲话》，就不单是为了完成任务，为了准备在座谈会上的发言了。

毛主席的物质生命结束了，他的精神生命却依然强大。在一部分人心目中他走下了神坛，以凡人毛泽东活着。在一部分人心目中他变成了真正的神。

以《讲话》所代表的一种文艺精神，并未因作者的去世而结束。相反地已凝聚成一种历史的目光，审视着中国当代的文学艺术。

要经得住这审视可不容易。

我在阅读的过程中，眼前重现了许多历历可感的历史事件。历史是过去的现实，现实是明天的历史。最应该学习的东西就是历史——牢牢地抓住历史，便能温故知新。

如果历史又活了，一定是现实的需要，是人心的呼唤。

《讲话》所代表的延安文化传统，是历史的选择，是无产阶级革命的选择，必然活在历史里，成为无产阶级文艺的教科书。用来为阶级斗争服务的文艺是含糊不得的。

让我获得重读的快感，是《讲话》中那喷薄而出的锐气，其势不可挡，其锋不可犯。鲜明的色彩，坚定不移地呼告，有无限的信心和力量。语言就是作者思想的喷射口，指点江山，从容超越，自成体系。

而这正是在眼前的文章里所少见的。

常见的是不阴不阳，欲说不说，温温吞吞，不远不近。离政治远离艺术也不近，离太阳远离大地也不近，离生活远离人生也不近。呈雾化状态。

缺少活力，没有生气，似有似无，可有可无。失去了激荡的灵魂，雄勃的气息。文学的时代意识淡漠了。作为回报，时代几乎不怎么需要文学意识了。

我羡慕《讲话》中的那份自信，那份明朗，那种对心智、对社会时尚的巨大挑战。

半个世纪过去了，人对世界的感觉发生了许多变化。"作家不能逃避自己的时代，又不能迷失在其中。"社会发达带来的物质主义将腐蚀艺术神经和生活理想——

艺术失去了醉己的激情和醉人的力量,成了一种灵魂萎缩的调侃和安慰。让现代精神陷于混乱,说不出理想的生活应该是什么样子,艺术就将变为社会流行潮流的附庸。

过去怎样,现在怎样,将来怎样,应该怎样,不应该怎样,在《讲话》里却是明明白白,清清楚楚——这是伟人把握世界的自信。

对艺术家来说,同样不可以没有把握生活的自信。整体世界也是无法把握的,从某个局部着眼又是可以把握的。

繁复、多变、原始、朴素的现实,给艺术上的把握的确带来了困难,同时也为创作提供了无尽的契机。炸药需包裹起来才有威力,风格往往也是在局限中形成的。在无限的空间同没有空间一样常常会变得无所适从。有地球的引力,才有各种高超、惊险的飞行表演。到了没有引力的太空,飞行改变了原来的意义。这引力就是水土、空气、阳光,就是光鲜鲜的现实。

可惜,由于文艺界思想的贫乏,贵族情绪的滋生,在现实面前捉襟见肘,把握不住现实生活丰富鲜活的灵魂。不能洞穿现实,更谈不上穿透未来。不敢接触或没有能力接触时代的本质。文艺被现实巨大的身躯压在下面。

弗吉尼亚·伍尔芙说过,经过了一两个世纪,我们在制造机器方面学到了很多东西,至于在制造文学方面有没有学到什么,还是疑问。我们写作并不比前人高明……

这位英国现代极具独创性的作家,意识流小说的先锋评论家和实践者,风靡欧美的女权主义文学的先驱,被誉为"当今世界上唯一具有超凡智慧的才女",尚且生出这样的感慨,不能不让人深长思之。文学的发展并不总是和时代的发展同步。

另一个英国人保罗·约翰逊说得更干脆:"回顾但丁、莎士比亚和歌德时期的欧洲,是诗人、剧作家、大作家提出了伟大的思想,让后来的政治家和将军们去付诸实践。"

现代作家为什么提不出"伟大的思想"?

是现代作家自己本身就缺乏"伟大的思想",还是现代艺术不把提出"伟大的思想"视为主要任务？

现代社会还需要"伟大的思想"吗？我想应该是肯定的。

只有样式的眼花缭乱地更替是不行的。还要有对返璞归真的感悟,对一种深厚精神的感悟。

五十年前的《讲话》具有历史感了。重读它是不可能无动于衷的,边读边想到许多问题,引起许多思索,顺笔记下来,便有了此文。

1992年5月

苏联解体带给文学的思索

前不久我同陈丹晨、杨匡满诸同道参加敦煌笔会,一路上匡满兄不停地引吭高唱前苏联的歌曲。或用汉语,或用俄语,或一段汉语一段俄语:《山楂树》、《喀秋莎》、《列宁山》、《三套车》、《红莓花儿开》……同车的人有时合唱,有时跟着哼哼。三十岁以上的人似乎没有不会哼几句苏联歌曲的。大家吼得痛快,得到了一种满足。追忆杳远的旧梦,唱出了一种怀旧情调——当然不是怀恋已经垮掉的苏联,而是怀恋各自的青少年时代,怀恋已经逝去的美好年华。这一代人当年是唱着苏联歌曲上学、长大,或参加工作,或投身革命的。

岂止是音乐,在文学上又何尝不是如此。当代四十五岁以上的作家有没有受过苏联文学影响的吗?即使有恐怕也不会太多。

中国大陆新时期的文学史,也可以称做是努力想摆脱苏联文学影响的历史。

在六十年代之前,中国曾机械地照搬苏联的政治模式和经济模式。当时有一句很流行的话:"苏联的今天就是我们的明天,我们的今天就是苏联的昨天。"文学所植根的土壤太相近了,连他们的错误中国都要重复。看苏联的小说或电影,觉得亲切可感,如同发生在中国土地上的事情一样,无非更深刻、更激烈,顶多是有点提前发生罢了。而许多中国作家根据自己熟悉的生活创作出的作品,却常常被认为是受了苏联文学的影响。我的一部中篇小说《赤橙黄绿青蓝紫》,写了一个姑娘改造一个汽车运输队的艰难过程。被认为是受了苏联一部电影的影响,那电影讲的是一个女政委收编一群土匪的故事。我至今还未看过这部电影。某作家写了在劳改营饥饿的感觉,有人就想到索尔仁尼琴在《古拉格群岛》中对饥饿的无与伦比的刻画。他写一个汽车司机的爱情故事,又被人拿去和艾特玛托夫的某部作品对号⋯⋯

王蒙在一篇文章里开出了一长串受苏联文学影响的中国当代作家的名单,其实还不止这些。一个国家有这么多作家受另一个国家文学的影响,不是有点奇怪吗?这种现象在世界文学史上恐怕也不多见。

苏联文学不仅影响过中国作家,还普遍地影响过中国的社会和广大读者。苏联对中国最成功的规模最大的"援助"就是文学艺术的输入。

高尔基的《鹰之歌》、《海燕之歌》以及许多苏联作家的作品编进了中国的学生教材。一大批苏联小说中的人物成了中国青年人崇拜的偶像。如保尔·柯察金、夏伯阳、巴特曼诺夫等。奥斯特洛夫斯基那段著名的话:"人最宝贵的东西是生命,生命属于我们只有一次。人的一生应当这样来度过:当他回首往事时不因虚度年华而悔恨,也不因碌碌无为而羞耻⋯⋯"当时的青年学生像"文革"期间背诵毛主席语录一样来背诵它,做为朋友结婚、外出或参加工作时的赠言。马雅可夫斯基的阶梯式政治抒情诗也曾风靡中国,谁能说以后中国出现的阶梯式政治诗是作者的独创呢?苏联文学给中国当代文学提供了许多现成的口号、表现形式和创作方法,比如:"现实主义"、"文学就是人学"、报告文学是文学的轻骑兵、写阶级斗争、塑造理想化的正面人物、写全景式的史诗般的作品——如同列昂诺夫的《俄罗斯森林》,肖洛霍夫的《静静的顿河》,西蒙诺夫的《生者与死者》等三部曲,恰科夫斯基的《围困》,斯塔德纽克的《战争》等等,苏联文学中追求"史诗规模"的作品太多了。苏联作家喜欢纵观全局和编年史式的描写,渴望创作出完整的艺术作品和巨大的典型性格。"史诗情结"至今还纠缠着一批中国作家,陕西作家路遥撰文介绍他写作百万字的长篇小说《平凡的世界》时,明确地想追求一种史诗的规模和价值。其实,有才气的作品其意义本来就是多方面的。

甚至中国文艺界在搞政治运动的时候,也不能忘记苏联文学。六十年代初,一场大规模的"反修防修"运动,矛头直指苏联,各地却组织共产党员、共青团员内部观摩根据柯切托夫的长篇小说《叶尔绍夫兄弟》改编的话剧,据说这部小说是"反修防修"的有力武器。中国反腐败反贪污要看苏联电影《伟大的公民》,中国人看得很解气,觉得无产阶级政权内部的矛盾和斗争太复杂了。作为"文化大革命"的前奏,中国戏剧界先对斯坦尼斯拉夫斯基体系进行了长时间的围剿。驱逐索尔仁尼琴,《日瓦戈医生》风波,以及后来的苏联文学"解冻",都给中国文坛造成了一次又一次的冲击和震动。因为中国当代文学和苏联文学联系太紧密了,有许多地方彼此太相像了。即使有一段时间两国在政治上交恶,也未割断两国在文学上的相互影响。

进入八十年代,西化风尚勃兴,中国开始接受西方文化的轮翻轰炸。一批年轻的先锋派作家,效仿福克纳、萨特、马尔克斯等人的写作技法,热衷于表现曾经荼毒了一代欧美但在尚未进入发达工业社会的中国还不被人觉察的紧张、变形、迷惘、绝望、孤独,因而没有获得社会和读者的广泛响应,变成了新潮人物的文法试验。但对消除苏联文学的影响却起了很大的作用。此时苏联文学强人已逝,未见新机滋生,影响力已日渐微弱。

一九八五年我发表了中篇小说《收审记》,一些批评家朋友就说已彻底摆脱了苏联文学的影响。其实,我过去也不是自觉地想接受苏联文学的影响,现在也不是有意识地要摆脱这种影响。我想大多数所谓受苏联文学的影响较大的中国作家,大概跟我的情况也差不多。先不说这种影响好与坏,批评家的话表达了当时中国文坛一种普遍的心态和感觉:中国当代文学已消除了苏联文学的影响,有着辉煌历史的中国当代文学也理应有自己强大独立的品格。

问题是苏联文学的影响是不是真的彻底消除了? 有这种影响的存在就是坏事吗?

任何一个民族的文学总要受世界文化的影响,也会对世界文化施加自己的影响。这影响无非是有大有小、有正有负罢了。当今世界科学技术、通讯工具极端发达,难有封闭的民族文化,都是你中有我,我中有你。各种不同的文化有交融、有冲突。

由于中国和苏联有着特殊的历史渊源,在文化上的相互影响非同一般。现在回顾和对比两国当代文学,有益且有趣。至少我以为下面几个问题就有点意思。

1. 苏联垮了,苏联文学为什么不臭?

"四人帮"垮台以后,人们对"文化大革命"时期的文艺作品十分厌恶。中国每搞一次政治运动就扶植出一批"运动文学"。到下一场运动到来,不仅要否定前一次运动,还一并否定与前一场运动相配合的文学。文学紧跟运动,运动毁灭文学。大跃进取代了土地改革运动,"文化大革命"否定了前十七年的所有政治运动和文学。改革开放同样也彻底否定了"文化大革命"及其"革命文艺"。

苏联解体了,一个经营了七十多年的庞然大物在一夜之间突然垮掉了,这就说明它应该垮掉,早已脆弱不堪。世界上为此感到痛苦和惋惜的人不多,倒是怒责者有之,笑骂者有之,讥讽者有之,幸灾乐祸者有之,七言八语,一笔勾销了苏联关于共产主义的试验。但是对苏联的文学却嘲骂不起来,难以一笔抹杀。抹杀它也是无益的。因为它并未逐波而去消失了踪影。苏联文学中有偏激、有虚假,同时也有强有力的东西。曾产生了三位诺贝尔文学奖的得主,拥有一批具有世界意义的艺术家。苏联对文学也有冰封雪冻的时代,和中国的"文化大革命"以及以前的诸多政治运动相比,对文学还稍微宽容一些,或者说他们的文学对政治还保留了相当一部分独立的品格,没有完全丧失对社会的批判意识。在冰冻期有人可以不为发表而写作,有十年磨一剑、藏之名山传之后人的自信和静气,一旦解冻,立刻就有一大批优秀作品问世。甚至在冰冻期也能出现像索尔仁尼琴和帕斯捷尔纳克这样的大手笔。与之相比,处于政治运动中的中国文坛,不是过于沉寂,就是过于浮躁,文学中的假、大、空也更胜于"苏联老大哥"。

2. 现实主义是否已经过时？

在当今文坛,现实主义似乎是个很古老已经落伍的概念,甚至有许多人还在使用这一古老的创作方法却不愿打它的旗帜了。而各种新浪潮的试验,虽出过风头,不过是"各领风骚三五年",终未成大气候,也没有把传统的现实主义赶尽杀绝。至今仍旧靠大量的现实主义作品和纪实文学支持着沉重疲惫而又躁动不安的文坛。近两年显得有点生气的所谓新写实主义,其实并未溢出现实主义的范畴。大家对长久的沉闷和松懈感到厌烦,都想出新。以前也曾不断有人想给现实主义赋予新的内涵,如"革命现实主义"、"历史现实主义"、"社会主义现实主义"等等。变来变去,也离不开"现实"。人们发现,现实主义这块招牌虽陈旧,要彻底丢掉它还不容易。因为从整体来说,文学同现实生活一直保持着密切联系。

比起中国文坛,更难被西方现代主义全面占领的是苏联文学。现实主义在苏联文学中根深蒂固,极一时之盛。载浮载沉,并未风流云散。苏联在政治上经济上有一套模式,在文学上也有模式——现实主义就是最大的套子,至今尚难彻底摆脱这个套子。现实主义传统如同社会主义的遗传基因一样摆脱不掉。更主要的是苏联的政治体制,社会生活没有给现代主义提供良好的生长条件。现代主义也并非西方人的忽发奇想,空穴来风,要借助西方社会这块肥沃的土壤才能生长,是现代工业社会对人类灵魂挤压、扭曲的产物。现代主义尚未在中国文坛成大气候,也跟缺少这种土壤有关。现在中国则开始积累这种土壤了……

苏联人认为现代主义不过是擦拭现实主义身上灰尘的一块抹布。各种文法试验及雕虫小技,壮夫薄而不为。苏联文学有大致的整体风格,格外推崇厚重庄严、劲健沉雄一类。在现实主义旗帜下,把文学推向伪现实的也是苏联文学。甚至提出了"第三现实——将来的现实——没有第三现实,我们便无法理解什么是社会主义现实主义的方法"。要求文学成为指导社会的大政治学,成为整个社会主义阵营的大政治学。在这种原则指导下,按社会主义的政治模式从事创作,使文学变得可笑、虚假、低劣。

文学的真实永远来自生活的真实,而不是来自急功近利的政治现实。难道苏联不是真实地存在了七十多年吗?有许多表现这种真实存在的文学,在今天看来却显得极不真实。正像现在读中国"文革"时期的文艺作品或反映大跃进、合作化的小说感到虚假可笑一样。而马尔克斯的《百年孤独》,也是近二十年内的作品,却让人觉得像经典著作一样——苏联作家也不能不承认这一点。

苏联一垮,似乎文学的大地也塌陷了。

一批文学人物失去了存在的价值和意义。

这是现实的尴尬,还是现实主义文学的尴尬?

如果说西方现代主义艺术表现的是人类"失败的总和",那么苏联文学则想表现人类"成功的总和"。表现失败的未必失败,表现成功的未必成功。可见文学不姓"资",也不姓"社",只姓"文"。

这一点同样也值得中国当代作家深长思之。

3. 阶级斗争和理想主义的破灭

大部分苏联文学有个共同的永恒的主题:新社会是在激烈残酷的阶级斗争中诞生的。

现在是否再加上一句:作为新社会的苏联,也是在激烈残酷的阶级斗争中解体的。

苏联文学敢于写苦难。优秀作家的苦难意识,对苦难的成功描述,成全了其作品的深刻性。当今世界的苦难并非一条阶级斗争线就能串起来的,如:灾害、战争、疾病、贫穷、暴力、犯罪、生态环境的污染和破坏。成功的作家都是自觉或不自觉地以人类意识,取代了阶级斗争观念。我一直奇怪,中国自一九四九年至"文化大革命"这一阶段的文学,专写阶级斗争却没有学会写苦难。而擅于描写苦难是苏联优秀作家成功的原因之一。

他们敢于利用沉重的阴影来突出人物,让人物站在至苦、至悲、大灾、大难的境遇中,利托其生存的勇气和力量。苦难、理想、正面人物,构成了苏联文学的图腾。

没有理想则难以支撑社会主义文学的主体。要表现英雄主义的精神根源,写出精神上的诞生,唤起人们积极地对待生活的愿望,从心里对未来充满信心。恰恰又是苏联的现实主义文学理论,认为现实比文学更辉煌有力。现在的事实是一批优秀的然而是缺乏理想主义色彩的文学作品似乎比现实的苏联更有力。由于有了这样一批作品,使苏联文学还在世界文坛上占有一席之地。而作为二十世纪最伟大的神话——苏联共产主义则成了泡影。

历史向苏联开了个大玩笑,也向苏联文学开了个大玩笑。

理想主义文学曾经使人们狂热地相信,自己是历史的主人,自己的所做所为都是在创造历史,历史意识急剧增强。现在人们则没有这种自信了,不再认为眼前是真正的历史,总觉得是一种过渡,是一个历史阶段的序曲或尾声。需要重新安置失衡的心灵和文学,慢慢地调治因无法与历史对接而产生的失落感。

共产主义理论认为追求理想是人类的特点。代表这种人类理想的是正面人物。经过理想化的正面人物便成了社会主义文学的胎记。苏联文学在塑造正面人物时有一套办法:表现崇高的精神走向——所选择的生活事件亲切感人——经历不可想象的痛苦和磨难——人物疯狂般的勇敢,罕见的紧张和乐观,可歌可泣的忠诚,难以置信的坚韧——精神空前高涨,对未来充满信心,表达了一种勇敢的真理,塑造巨大的民族性格。

人物经过这样一个工艺流程的处理,无法不正面、不英雄了。让这些人物具备现实启示性和当代启示性,展示了地球上被称为社会主义的存在状况,且不回避其存在的无比艰巨性——这是苏联文学的重要贡献。曾经影响了一代社会主义阵营,所表达的思想在当时被视为是时代信仰的创造,其精神的感召力是深厚的。

与此相比,江青让作家把自己强置于一个真空般的环境里,然后按照"三突出"的创作方法,任意编造各类矛盾冲突:在所有人物中突出正面人物,在正面人物中突出主要人物,在主要人物中突出英雄人物。搞水涨船高,而不是水落石出。则显得更为公式化,矫情、拙劣。

即便是在苏联文学中,由于重视寻觅建设新社会的力量,忽视寻找建设人性的力量,容易失败的常常正是作者下功夫最大的正面人物,而有些反面人物倒结结实实,有血有肉。

苏联文学是理想和现实结合的创造物,宿命般地以为社会主义消灭了使人的天性不健全的畸形化的根源——这正是产生正面人物的土壤。事实上社会主义长时间地无穷尽地与人斗、与天斗、与地斗,恰恰扭曲了人的天性。所以有些表现群众的集体主义本质的作品,当时看是成功的、感动人的,却经不住时间的筛选。这涉及到一个古老的争论不休的命题——即文学和人的关系。

美国作家辛格说过,小说总是关于个人的,你不能写关于群众的小说,共产主义作家已经尝试过,但他们从未取得成功。这话很武断,还带有西方人的傲慢和偏激,但苏联的解体验证了辛格的话。文学有自己的选择,这选择是六亲不认,甚至是残酷的,正像有的作家表达了自己对生活的绝望,恰恰是这绝望成全了他的深刻及至不朽。不可以政治的选择代替文学的选择,倘若文学选择为政治服务,就是选择短命,甚至是选择非文学。现在重读当年表现社会主义理想的作品,会感到滑稽可笑,无法卒读。既无文学价值,又无历史价值。只有文学的虚弱与贫乏。于是令人想到历史的感叹:为什么艺术之神给一个国家或时代更多的天才,而给另一个国家或时代的天才很少?问题不是艺术之神对天才的分配不公正,而在于某一个国家或时代是不是具有产生天才的条件。

4. 苏联文学就这样无声无息地消失了吗?

我无法对苏联文学尽其机微,只能略陈一点自己非常表面的看法。有一点感到奇怪:苏联解体所造成的冲击波,完全淹没了人们对苏联文学的关注。

苏联文学作为一种庞大的文学现象,曾在世界上存在了半个多世纪,人们怎么会不研究它,不议论它呢? 它的产生、强大以及突然的消失,对世界文坛尤其对中国文坛会产生什么样的影响,人们怎么会不感兴趣呢?

过去中国和苏联,曾重复过彼此的错误。苏联的解体使苏联文学所依存的组织形式也消亡了。创作本来是个体性劳动,从社会主义诞生的那一天,作家们就必须被一个组织管了起来——正是出于对这个组织的惧怕,帕斯捷尔纳克才不敢出国去领诺贝尔文学奖。现在这个组织不存在了,但文学不会消亡。属于苏联的文学将会有怎样的变化? 以什么样的面目重现于世? 我在满怀兴趣地等待着。

苏联文学本来是以"明白"著称的,是一种明明白白的文学,作家一般不写自己不明白的事物,似乎能准确无误地找到现实世界的入口处。这回是否出现了迷惑? 现实世界的入口处是否不那么容易找到了? 有些不朽的巨著,本身就是一团神秘,写的是不明白的事,别人读不明白,说不明白,然而魅力无穷,成了一门玄学,人们更要读它、说它。如《红楼梦》,兵家从中读出兵法战策,史家从中读出历史,道家读出道,儒家读出儒,佛家读出佛。苏联文学莫非因苏联的解体将给人们留下一个谜团? 苏联作家曾对生活表现了极大的勇气和真诚,想写出全部真理。然而他们讴歌的生活最终被发现不过是一场海市蜃楼,这难道就能全盘否定他们所付出的努力吗? 海市蜃楼不能算是欺骗,那么是谁浪费了作家的才华和真诚? 作家可能是深刻的、偏激的,和政治相比是否总是幼稚可爱的? 如果说政治、军事、经济是阳刚的,文学艺术就该是阴柔的吧?

无疑,苏联的解体将给文学提出许多疑问,留下许多思索。

1992年12月

文坛的"冷"与"热"

最近凡见到我的人,不论熟识的,不太熟识的,甚至是第一次见面的,都会提出一个相同的问题:办公司了吗? 怎么还不办?

南方一个朋友问得稍微含蓄些:最近在忙些什么? 我说一个作家还能忙什么,当然是写东西啦。

还写?!

他不胜惊讶。我从他的眼神里感到自己是个怪物,是当代堂·吉诃德。我还在写作,似乎是一种很悲壮的事情。

也许文学就是这样悲哀地前进。

但文坛无疑又热闹起来了。不是文学本身热,而是在文学以外凑热闹。也许正因为文学本身不够强大,没有足够的分量压住阵脚,甚至过冷。耐不住寂寞,喜欢热闹的文人们只好到文学以外去找热闹。

办公司,办展览,开商店,当掮客,做倒爷,出国打工,作品尚未完成自己先吹得天花乱坠,事情还没做舆论先造得沸沸扬扬……金钱意识膨胀,广告意识泛滥,文坛得了吹嘘症,社会上流行什么,文坛就附庸什么,社会时尚也是文坛热点。谁还能说当今作家脱离生活呢?

作家嘴上说要耐得住寂寞,为文乃寂寞之道,其实文坛从来没有寂寞过。冷的时候比谁都怕冷,甚至装聋哑当孙子;热的时候比谁膨胀得都快,得意便忘形。有的靠聪明出风头,闹聪明;有的用嘴闹,闹嘴;有的身体力行,人闹,闹人。当别人不闹作家或作家闹不了别人的时候,就开始闹自己,闹同行。吹自己,骂别人,惹起了一场场文化官司,制造了一次次"轰动效应",填补了文学本身的冷寂。

至于各地纷纷讨论作家该不该养起来的问题,更是文坛自己制造"热点新闻",哄着自己玩儿。到目前为止,国家并未表示今后不养作家了或者还会继续养下去,是作家们自己心里发毛,或故做惊人之语,一派说该养,一派说不能养。热闹了半天,有能力有资格说该养或不该养的人仍旧不理不睬。争论双方每月也都照样领工资。但可以看出作家们活得多么敏感,多么脆弱,多么自作多情。

作家纷纷去经商,这本身不是同样也有一点悲壮感吗?

前些年,当文学具有"轰动效应"的时候,一些自认站得更高的人或者根本就没有"轰动"过的人,高叫:这是不正常的,文学不该有这么大的作用和这么大的责任。

当文学陷于"发表着,苟活着"的窘境时,一些有识之士又发出呼喊:文学陷入了低谷,这很不正常,迷惘、空虚、冷寂、扭曲将荼毒一代文坛……

到底何为正常? 可曾有过正常?

其实文学的最大缺陷是太"正常"。缺少大气魄的才华和疯狂。作家应该热在创作上,一睁开眼想象力就开始燃烧。而不是经常地"功夫在诗外","外"热"内"冷。

史家记载,莫里哀、福楼拜得过癫痫病,卢梭、叔本华、司汤达、康德等有过精神病史。精神上的妄想狂常有真知灼见,多出奇才。他们的作品中往往闪烁着常人难以理解的神秘的光辉。谁不知道梵高那些不朽的作品正是在所谓"不正常"的情况下创作的。不只作家、艺术家,世界上还有许多伟大的政治家、科学家和高智商的人,也常常和精神病有某种联系。他们却未必就真是精神不正常。有一种学说认为他们只是"属于性格与脾气上的怪僻",是"精神错乱气质的创造者"。

用艾森克个性问卷(ERQ)对艺术家、作家进行测试,发现作家"在概念过度包涵、怪异思想上和精神病人有些相似"。

即便是被人认为正常的芥川龙之介、茨威格、三岛由纪夫、海明威、叶赛宁、法捷耶夫、杰克·伦敦等天才作家,也都是在盛年采用非正常的自杀手段结束了自己的生命。

我想有正常阅读能力的人,不会以为我在鼓励作家都变成疯子或纷纷自杀。我只是说出一种事实,参照一下历史上的作家是怎样冷、怎样热的。大作家无论疯了,还是自杀了,仍旧是大作家。也有许多大作家,既不疯狂,又不自杀。不是大作家,无论怎样疯狂或是自杀,仍然成不了大作家。

如今也似乎不是作家发疯和自杀的时代。

大家者都活得太实惠、太聪明、太工于心计,忙着追赶潮流或者批评、抱怨潮流。

同时缺乏安全感和经济窘迫,能刺激一些作家的创作欲望,却在当代作家中掀起了一个经商大潮。

经商也无不可。世界上有许多国家的作家不是"专业"的,却不像中国文坛这样大惊小怪地喧噪,过火地表演。愿意经商的经商,想写作的写作,经商的也可以写作,写作的也可以经商或干别的,套种兼收,各取所好。

在社会转型的时代,何为正常?何为不正常?

疯子眼里的正常是不正常,疯子的不正常是正常。正常的社会也包容疯狂,有疯狂才显出正常。有人类就有疯狂伴随;人类研究、欣赏疯狂的艺术,又治疗疯狂。

我们习惯于平衡,心里稍有失重就受不了。而且喜欢用文学以外的手段追求平衡,而不是用笔表达自己的心理失重——这本来是极好的创作素材。

一年有四季,文坛有冷热,都是很正常的。作家无法逃避自己的时代,却可以不在其中迷失,守住自己的灵魂。

1993年1月11日

"伤"与"商"

　　现代科学技术以及商品经济,使物质世界无止境地膨胀。强大的物质主义诱惑着每一个人,也包括作家——无情地摧毁着传统意义上的文学理想。

　　甚至对文学的"精义"提出挑战——到底何为文学?

　　文学永恒的磁力正在减弱。永恒——不再像其渴望者所憧憬的那么有永恒的魅力。追求永恒的文学,就需怀有"文学史情结"、"走向世界情结"、"诺贝尔情结"等等。

　　偏偏又力不从心,由于主观的和客观的局限,老是离着"大师级"还差一格,累吐了血也上不去。心思不出则是无才,笔墨畏缩则是无胆,不能取舍则是无识,不能自成一家则是无力——叶燮当年的指摘,正可以用来形容今天的一种文学现象。

　　"才不遗,强思之;力不胜,强举之,伤也。"——当今文学不正可称为"伤文学"吗?

　　环顾当代纯文学高地,死的死,走的走,有的受了内伤,有的受了外伤。当然也还有相当多的人在挺立着。而且只要文学存在就永远不会缺少这样的勇士! 勇士受了伤,还是勇士。

　　"伤文学"伤在何处呢?

　　主题贫弱,气象沉闷,已无力面对所应表现的世界。无力占领现实,只能被现实所占领。把握不了生活深厚鲜活的灵魂,被明显现实的五彩缤纷、变化莫测所迷惑、所窘困。没有力量或没有静心去观察思索隐藏的现实——即精神现实。比如:人人都想赚钱,并不说明当代人失去了精神需求,也许正是一种精神饥渴的表现。

因此,大多数作品变成了廉价的快餐食品。

文学只能听任其他门类的商品文化占领现代人精神生活的空间,却无力拓展应该属于自己的精神层面,因而日见"神穷"。

思想苍白,用藻饰、矫情来弥补,靠小聪明,写"小点子",巧慧适用。

尽管多有试验,但过后很容易被人忘记。花样迭出的创新和突破,既未坚持下去,又没有引出大气象的创造和文坛整体规模的突破。

既不能拥有大众,又缺乏一种崇高的精神走向。能说出"生活就是这个样子"的就算好作品,许多作品连这个标准也达不到。更不可能说出"生活应该怎样"和"有理性的最高表达"。

尽管到处都在发奖,除去获奖者和发奖者以及有关人员——诸如拉广告、拿回扣的人有程度不同的兴奋外,还有多少其他的人在关心它?

文学正在由"人学"变成"文人学"。由虚入虚,由空到空。

却愈发远离了那种大超越的可能。多少年来千呼万唤,那种不同凡响的杰出性,那种代表一个时代高度的具有雄大的气势、强大的个性的辉煌的史诗,却始终出不来。而且连呼唤声也愈来愈弱了。

当代文学莫非真的到了这一代人难以跨越的疆界?

于是便转而追求实惠,追求得宠,趋时随风——出现了"商文学"。

关于"商文学"不必多说,唯商品市场的马首是瞻,附庸于社会时尚。商品意识极强的现代人对这一点不难理解。

因此,作家也就难得再玩得了文学——"玩文学"的口号已不再时髦。倒是全民闹市场,市场玩文学,文学玩作家。

玩熟了,玩油了,也就容易玩浅了,玩俗了。

"商文学"使在纯文学的小道上拥挤的人减少了。

孤独——这个所谓作家"最牢靠的世界",也正在失去。同时失去的还有平静的自信。

要保持自己的精神不发生倒错现象是难得的。其实人身上有无穷的潜力,意识更具有超越力,只要保持一种自主的态度,一种守得住自己的智慧和勇气,世界会向你靠拢。

但是,中国人能把什么都搞成一场运动,"来了运动怕运动,不搞运动不会动"。运动又培养了人们喜欢拥挤和赶大潮的习性。有了"下海"的自由,就忽视了不"下海"的自由;认为作家应该有创作的自由,却不知道作家还应该有不说话的自由。读者和历史评判一个作家,不仅看他写了些什么,还看他不写什么;正如人们只知道没有钱不行,却不知道金钱"病"不能得,得了这种"病"也是不能治的。

目前正是这一"伤"一"商"支持着文坛。

当然这只是笼而统之地一说。或者还有不"伤"不"商"的,亦"伤"亦"商"的,先"伤"后"商"的,先"商"后"伤"的……

总之,文学加快了筛选。

却不必为文学的前途担忧。无论"伤"也罢,"商"也罢,都不能使文学消亡——我对这一点坚信不移。以后有机会将就此题专做一篇文章,求教于读者诸君。

1993年2月8日

文学的现实品格

美国作家奈杰尔·汉密尔顿写了一本《肯尼迪：鲁莽的青年时代》。据说这本关于美国已故的著名总统约翰·肯尼迪的传记，充满了"令人无法容忍的诽谤"、"无中生有、含沙射影和胡说八道"。"受伤害"的又是名门望族，一个个都是大人物。肯尼迪总统的儿子现任美国参议员，三个女儿也非等闲之辈。对此事岂肯善罢干休！何况美国有完备的法律，有庞大的律师队伍，这是多么好的一场官司，可以打得天昏地暗，打得让全世界都知道这件事。结果却真泄气，肯尼迪总统的儿女只在《纽约时报》上写了一篇文章，对传记中的不实之处进行了批驳，表示了自己的"强烈愤慨"之后便了事了。

我很少写报告文学，偶尔为之也是如履薄冰，下笔慎之又慎，四面八方都照顾到，生怕给自己和别人惹出什么麻烦。尽管如此，最近在一篇报告文学中根据当事人的叙述，隐去姓名，磨平棱角，写了这样一句话："派了一个不了解情况的人出国签了个赔了夫人又折兵的合同书。"于是也有人站出来自认是那个"不了解情况的人"，写了大量告状信到处散发，到处上访、投诉。看来一场官司在所难免。

有人统计，去年中国的文化官司几十起：中国可算已经迈入"打官司时代"。翻开报纸几乎每天都有打官司的新闻。

大家都打官司显然并不说明文坛的繁荣。然而它对当代文学又确实有影响。

去年年底，新华社向全国发了一篇通稿，认为纪实文学在"独领风骚"。不管怎么说，纵观当今文坛，人们也确实对纪实文学兴趣更大一些。一九九三年,全国将有几十家纯文学刊物改变面孔,转换方向,增加纪实性、生活性、知识性和趣味性。甚至干脆就将刊名改为《大纪实》《大科技》《大众生活》《生活潮》……

大比小好,皆大欢喜。令人想起副食门市部改为"餐料总汇",家具店改为"家具城",理发馆改为"美发美容中心",公司改为总公司,总公司改为集团公司……这也是一种社会时尚,文学岂能落后?

纪实文学是不是就大?

它是文学又"贴近生活",因而具备双重优势。不只中国如此,纪实文学热似乎是世界潮流。《泰晤士报》每年刊出的世界畅销书单,名列前茅的多为纪实文学作品。

这跟他们的社会和读者对纪实文学的理解与宽容有关。人们首先把纪实文学当作文学来看,再加上文化、道德等方面的原因,到文学作品里自动对号的人很少,打小报告、对簿公堂的事情相对来说就少多了。

纪实文学作品,则很容易受到社会现实的局限和困扰——有锋芒不行,触疼了哪一方都够你喝一壶的。光说好话也不行,对这个说的多对那个说的少同样会惹出是非。

每个事件都能演变成一场"罗生门"式的争吵——叙述同一个事件,有多少人参与就有多少种版本,每个人都有理,谁都说自己对。是是非非,难辨是非,话里有话,话外有音,背对背一种说法,面对面一种说法。不仅女人"传老婆舌头",当今的男人也有一条"老婆舌头"。使作家访不胜访,防不胜防,挖的越深越容易掉进陷阱。越是能引起"轰动效应"的作品,越容易引起文学以外的麻烦。

可以这样说,历史题材的纪实文学还方兴未艾。而表现现实生活的纪实文学正在砸自己的牌子。许多作品屈服于社会功利的诱惑和压力,失去了纪实品格,失去了对现实的忠诚。更不要说大量的广告文学,粗浅、媚俗、败坏了纪实文学。有些作品虽然架势摆得很大,又是"全景式",又是"史诗型",力气花在打场子上,场子打开了却练不出真把式。有雾水、有云团,却没有雷鸣闪电,没有撕裂天空、摧枯拉朽、震撼一方的力量。或故弄玄虚，装腔作势，有发射架，却没有火箭的升空。

因此使某些有才华的作家对纪实文学抱有偏见，一是不屑，二是自惹麻烦。即便对纪实文学有兴趣，也尽量去创作历史纪实文学。现实无法局限历史，历史倒可以局限现代。现代人对历史纪实文学的尖锐和深刻较为宽容。

据写中国红军二万五千里长征的美国作家哈里森·索尔兹伯里介绍，美国则是一流作家写纪实文学，纪实文学里不仅能保持现实的品格，还有高超的小说技巧和浓厚的文学性。所以就畅销，被改编成电影、电视剧，就更加流行。同时也培养了社会对纪实文学更理解、更需要。

发达社会不可能否定或不需要纪实文学。其实，纪实性已经渗入到一切文学作品之中。

纪实文学和纯虚构文学在本质上并无太大的不同。虚构文学也并非完全无中生有，空穴来风，它也必须借助于作家本人的经历和别人的经历，没有"事件系统"，光有"想象系统"也难以构成文学作品。

虚构文学似乎到了某种极限，用前苏联作家谢·扎雷金的话说："经典文学著作已完成了了不起的工作，如同门捷列夫制定了化学元素周期表一样，它已发现并绘制了人物典型和人物性格的丰富画廊。""目前每个文明国家都已拥有自己民族文学人物的名单。而且一般讲，人数并不多，可能有一百个，也许有二百个，他们在很大程度上反映了实际存在的多种性格。因此只要阅读、理解并牢记二三百本，至多一千本书，便会在读新书时发现作者在许多方面是老调重弹。"

小说家在设计人物时都碰到过这样的问题，难以完全超越或摆脱前人所创造的人物形象。所以许多年过去了，作家死了一代又一代，而且作家越来越多，出的书可以堆成山，经典著作却还是那么几本。真正称得上是民族典型形象的人物仍旧是原来的那些，新增加的不多。

因此现代主义干脆抛弃了人物和情节，反而给人以新鲜感，风靡一时。

也许可以说,现代世界已经进入事件时代。事件层出不穷,而作家的想象力却受到局限。事件超越了想象力。突飞猛进的现代科学技术,令人眼花缭乱的物质产品,似乎独霸了人类想象力。为了流通,一切都是标准件、类同化,越发黯淡了作家的想象力。没有惊世骇俗的才华将提炼不出激动人心的让人能产生巨大兴趣的东西。

事件时代冲击了文学的虚构原则。无论作家怎样呕心沥血,编排精巧,和巨大的现实相比,总有小玩意儿的感觉,有雕虫小技的窘相。

难怪素质较高的读者越来越喜欢读传记类、历史类、知识类、信息类、生活类的作品。

传记和历史小说都是纪实文学,在当代文坛占有举足轻重的分量。

可以说小说"小",但没有人敢说现实小,敢说自己比现实懂得更多、能理解和包容全部现实。现实对活人有永久的魅力。

现实生活比任何虚构更让人有陌生感,更令人不可思议,内涵有更强大的震撼力。因为人比典型更丰富、更有价值。

——写了以上这些话,我得出一个结论:文学要想有大的繁荣,需要有大师级的作家,还需要有强大的文学意识的大师级的社会。

文学可以培养社会,社会也可以培养文学,不应该只是简单的被告和原告的关系——尽管被告也可以教会原告许多东西,或原告也可以教会被告许多东西。

1993年3月15日

文学流和情绪流

　　人说一九九二年是中国文化界的"官司年"。打官司形成了一股"文化流"。它反映了一部分社会情绪。但并不真正代表或促成了一种强大的"情绪流"。包括"弃文从商"或"卖文为商"等等,都只能给社会新闻增加一点茶余饭后的谈兴……

　　一部文学畅销书就有可能席卷社会,形成一股"情绪流"。遗憾,目前中国当代文学作品还没有这样的畅销书。文学"流"不起来,通俗不"通",纯文学不纯——既不能像以前或现在外国的畅销书一样,动辄发行数百万册乃至上千万册,形成一股强大的"文学流";又不能给当代社会投以真诚。因此只能听任被社会的"情绪流"所淹没,或者游离于"情绪流"的中心以外,小打小闹一番。其结果,文学缺少了时代意识,时代的文学意识也淡薄了,相互疏远或者互为附庸。

　　中国的"情绪流"里奔涌着现代人们对生活的热望——变化很快,给人以紧张感的现实生活,使人们的心理上出现不平衡。商品社会也可以叫做"能人社会"。不必抱怨"怀才不遇"、"生不逢时",谁有多大本事都可以施展。每个人都有自己的欲望,但不是每个人的欲望都能得以实现。有希望,有失望,有人得意,有人失意,有的很畅销,有的受冷落,有了热门、热点、热线,也有了冷遇、冷面、冷心……这便形成了情绪。这情绪在社会上流动,有时像春风,有时像凉风,有时像龙卷风——被这股"情绪流"刮得东倒西歪、晕头转向,固然不明智,如若对现代社会的这种"情绪流"全无感觉,也未免太"空灵"或太不灵了。

　　无论"情绪流"多么强烈,也不应该刮散了文学。相反,作家倒可以在"情绪流"里感知当代社会的节律和诗意。通过情绪可以看到现代人最内在的"自我"。

正是这一"情绪流"说明人们对世界的感觉不断发生变化。同时也改变了文学和生活的关系,甚至改变了文学的构成。

比如,一部作品突然莫名其妙地引起了社会轰动,而另一些被圈子内的人看好的作品,却受到了冷落。

中档次的虚构文学还在萎缩,纪实文学势头强劲。在纪实文学中现实纪实文学步履艰难,历史纪实文学则纵横捭阖。

中国文坛一会儿"散文热",一会儿"随笔热",一会儿"经商热",一会儿"打官司热"。今天东风,明天西风,"无法预测,无法规划"。这就是社会的"情绪流"在作怪。而当代文学又没有力量和气魄驾驭"情绪流",引导"情绪流",或以"文学流"影响"情绪流"。如美国,一部畅销书可以掀起一股社会"情绪流",电影、电视争相改编这部书。在中国正相反,一部电视剧打响,赶紧改编成小说,借着影视的影响多卖几本。这也恰好说明当代正走红的作品,也是跟在"情绪流"的后面,受社会情绪的左右,或者干脆就是这社会情绪的产物。这种作品可直接表现这种情绪,为当代"情绪流"推波助澜;也可以调节社会的精神结构,维系当代社会心理的平衡;还可以缓解或净化社会情绪……

所以,尽管当代文学不尽如人意,人们还是需要它。文学从来不是一种可有可无的东西,它有属于自己的那个层面,不应该退却或丢失它。只是和当代"情绪流"相比,文学太孱弱了。自我取悦尚可,不能和"历史上的最高生产水平"相比,更未达到理论设计的指标:"成为一种可以重整社会秩序的自觉意识形态"和"时代信仰的创造品"。同时也不该怀疑,尽管当代"情绪流"加速了对文学的淘汰,总还会有东西沉下来,存下去。

1993年3月18日

随笔现象

用"随笔"这两个字给随笔这种文体命名，真是贴切。心随笔，笔随意，信笔写来，顺笔流淌，感觉应笔而生……

完全自然，完全诚实。表现出一种与现实生活相契合的丰富感、变化感和幽默感。

难怪写随笔会上瘾。

我现在就被随笔所累。要随笔稿的人很多，要稿者因为随笔精短，对作者来说并不费太大的精力，故而要得理直气壮。作者也以为人家只要你一篇短短的随笔，何忍拒绝？基本上有求必应——这一来可不得了，写了一篇又一篇，越写欠账越多。要随笔稿的人也越来越多。笔就这么"随"了下去，形成"随笔效应"。开了头的长篇小说没有时间写，早就答应了人家的中篇小说排不上日程。

越写感觉越多，到处都是写随笔的材料，强烈而又丰富，思想随笔而出，这一篇还没有写完，下一篇的立意和题目又有了。轻松自如，随意命笔，说古论今，谈天道地，纵横捭阖。

写得很舒服，却又有点不安：老这么"随"下去，什么时候写小说？

虽然没有人规定我的"主业"是写小说。但小说一写得少了，心里就有点不踏实。

我想起小的时候，有一次碰巧看见一条蛇，吞吃了我们家那只可爱的花母鸡刚下出的一个蛋。我对蛇本来就没有好印象，这次愈加愤怒，便决定打蛇，见一条打一条。找了一根铁条，把头砸扁磨尖，下地割草也带着它，见蛇就打，颇有一种行侠仗义的豪气。打到第三天，感到不对头了。我碰到的蛇特别多，好像长到八岁见到的蛇加在一起也没有这三天见到的多。而且蛇一见到我就爬不动了，等着我把它打死。仿佛天下的蛇都找我来送死，我害怕了。光顾打蛇连割草的工夫都没有了。于是扔掉了铁条，不再跟蛇过不去。

奇怪的是我不打蛇，蛇就变少了。偶尔见到一两条，也会哧溜一声逃进草丛。

你心里迷恋什么，眼睛里就会看到什么，对这种事物的感觉就变得格外敏锐。

作家写随笔多，是因为读随笔的人多。"随笔热"首先来自人们的精神需求，来自社会。

现代人应付旋转莫测的生活，需要智慧，需要知识，需要思想。随笔恰恰具有这几种成分，融现实性、生活性、知识性、思想性为一体。而且精巧，灵便，类似一种精神快餐食品。它不是大菜，但方便、可口，有足够的营养。

人们喜欢随笔是因为它能充实自己的阅历和识见。

而眼下许多小说中的人生则显得空泛无力，故事没有吸引力，枝蔓横生，拖沓蔓延，废话连篇。作者认识的人生还不如现实生活中暴露得更深刻，更触目惊心。虚构小说死于迷惘——既不能洞穿现实，又不能洞穿未来。

人们从现实生活中得到的启示多于从小说中得到的。因而不喜欢拙劣的虚构——虚构变成了虚假。现代的人们又极端厌恶虚假。正是这种小说的"冷"，也在一定程度上成全了随笔的"热"。

随笔非得诚实不可，要有真淳，因为处处看得见作者自己。以集约简捷的叙述形式，攫住现代人的心灵与理智，把心灵的真实和生活的真实融合在一起，克服了时髦文学中那种盲目的自我。洞悉人生，多情善感，深思多虑。或通过智慧感悟人生，或通过感情达到思想……

随笔很小又很大，很容易写又很难写好。它容不得废话和空洞无物，应付写不出随笔，感觉不新鲜、思想苍白写不成随笔。

随笔其实一点也不"随和",它锻炼作者,锻炼感觉,锻炼文字,锻炼智慧——基于此,它才受到读者和作者的喜欢。

信笔至此,突然意识到作为引言,谈随笔这种文体太多,谈自己这本书太少了……也好,自己的书留给别人去谈吧。再说一句,我今后还会继续写随笔,同时也不会松懈小说创作。

1993 年 5 月 10 日

诺贝尔情结

　　要说中国文学不眼馋诺贝尔奖,是虚伪;要说中国当代作家没有人做诺贝尔文学奖的梦,更是假的。

　　应该老老实实地承认,诺贝尔文学奖困扰中国文坛已许多年了。电视上谈论,报纸上议论,会场上争论,甚至会争得面红耳赤。也有人暗下功夫,希望借助公关手段悄悄向诺贝尔文学奖靠近。有一年,我接到了中国作协的电话,说巴金已进入诺贝尔文学奖的最后决赛圈子,获奖的可能性极大。望做好准备,当天夜里诺贝尔奖一揭晓,就立刻以天津作协的名义给巴金发贺电。中国要为此大庆一番。听口气,那一届的诺贝尔文学奖已非巴金莫属了。事后又有人说,就因为中国想对巴金获奖大庆特庆,才把巴金的奖搞飞了。如果态度相反,说不定巴金真的得上诺贝尔文学奖了……猜忌、怨天尤人、愤愤不平,可笑复可怜。被诺贝尔奖折腾得到了胡说八道的地步。

　　倒是像巴金、冰心这样一批最有资格问鼎诺贝尔文学奖的老作家,表现出一种与身份相符的静气,不悱不求,我行我素。

　　然而中国文坛的诺贝尔情结越系越紧,惹得许多文学圈子以外的人也加入这场猜测:

　　中国作家为什么没有获得过诺贝尔文学奖?此奖什么时候会落到中国作家头上?届时那个幸运儿将有可能是谁?

　　那就先看看诺贝尔文学奖和中国作家的关系吧。该奖自一九〇一年设立以来,经历七十二年,这期间我认为中国出了一批世界级的作家。如:鲁迅、林语堂、茅盾、老舍、巴金等人。他们中的任何一人获奖,我想都是当之无愧的。他们中也确实有人获得了诺贝尔委员会的提名:鲁迅、林语堂、闻一多、沈从文、巴金、丁玲等。

据说当年(一九二七)和鲁迅竞争诺贝尔文学奖的也都是一些世界量级的强手:高尔基、黛莱达、托马斯·曼、温塞特。在获得诺贝尔文学奖的作家中很少有人是第一次竞争就获胜的,最长的成为候选人达四十年之久。所以鲁迅若想获胜还需多竞争几年,不知何故他主动放弃了这项荣誉。林语堂由《赛珍珠》提名,据说因当时他的作品不够分量。可我认为林语堂最具竞争实力,他用英语写作,后来著作甚丰,为什么没有再次获得提名呢?外国作家可以连续竞争许多年,而中国作家却往往只有一两次机会。

诺贝尔文学奖的提名和评选的过程是这样的:每年年初,由瑞典文学院会员、历届获奖人、与瑞典文学院规格相近似的各国文学机构、各国作家的最高组织机构向诺贝尔委员会提名(而中国据说只能由社科院的张炯向瑞典文学院的马悦然推荐)。该委员会严格考察每个被提名者的作品,在三月份把几百名候选人压缩到十五至二十人,四月份将名单提交给瑞典文学院。筛选持续到九月份,候选人只剩下三至七人,最后由十八人组成的瑞典文学院成员以无记名方式投票表决。十月份公布获奖人名字,十二月十日颁奖。

应该承认,诺贝尔文学奖是当今世界上公认的规格最高、分量最重的文学大奖。尽管这几年来有些获奖人不无争议,名声也不是最大的,在历史上诺贝尔文学奖也遗漏了像托尔斯泰、易卜生、马克·吐温、高尔基等大师,使它的形象受了某些损伤。但是它的绝大多数获奖者都是世界文学史上的巨擘。

也应该想到没有一种奖励是绝对公平的。

我们认为诺贝尔文学奖忽略了中国作家,是它的缺憾。但我怀疑瑞典文学院的那些老先生是否也会有这样的认识。

"说你行,你就行,不行也行;说不行,就不行,行也不行。"对中国怀有这样那样的偏见是不足为奇的。语言的阻隔也是个重要的原因,掌握着诺贝尔文学奖评选权的人有几个懂汉语?获奖者绝大多数是用西方语言写作的。

但我认为这都不是关键，关键是我们自己缺少那种让诺贝尔委员会不敢忽视的力量。他仰视你，靠你增光，那是一种境界；它俯视你，照顾你，就又是另一番滋味儿。

中国国力太弱，当代文学在世界上的影响就更小了。有近半个世纪的时间中国内战不休，政治运动不穷，自我封闭，与世隔绝，形成了文学断层，摧毁了作家的想象力。当代作家的整体素质和整体水平太差，同时又缺乏具有大超越意向的重匠，缺乏那种非凡的智性和圣哲般的气质，缺少那种能够创造一种文学潮流又与历史性潮流相吻合的文学家。

我们没有自己的思想和理论，许多东西都是西方人提出来的，包括现代主义理论，我们只是一窝蜂地仿效。今年"意识流"横流，明年"魔幻现实主义"风靡；一会儿"萨特热"，一会儿"福克纳热"。当代文学似乎刚刚结束了邯郸学步的阶段。无法体现现代世界居压倒地位的又是和人类发展相一致的主流文明，自然也就缺乏大师级的创造和规模。

倘若今年诺贝尔文学奖给了中国作家，但又不是像巴金那样的老作家。我想连中国人自己大概都会发出这样的感喟：诺贝尔文学奖也不过如此。诺贝尔委员会的人会那么不珍惜他们的牌子吗？

有个大奖放在那儿，人们自然就想着它。设奖的目的也正在于此。无论怎样想都没有关系，或者采取一点高明的公关手段，甚至有人建议像争办奥运那样，举国上下、大张旗鼓地争，也许不无帮助，也许有失文品和国品。但中国当代文学距离大面积的高质量的丰收，既无愧于辉煌的传统，又在当今世界文坛上占一席重要地位，还有艰巨遥远的路程。有没有人获得诺贝尔文学奖都无法改变这一事实。

1993年7月12日

通俗的魔力

一个无可指责的男人和两个无可指责的姑娘,无可指责的恋爱结婚的故事——这有点好莱坞的腔调。

好莱坞是制造通俗故事的大工厂。我们自愧不如。

《龟岛》(李子林著)具备通俗小说必不可少的要素。如:广阔的空间,惊险并具传奇性的故事,开阔的视野,奇诡的想象……

台湾,大陆,公海,野岛,壮士,美女,枪弹下救海龟,海龟救人,海战,冤家路窄,等等不一而足。一个由现实的荒诞制造出来的荒诞的现实故事。

真正优秀的通俗小说既给读者提供了巨大的思维空间、激发人的想象力,同时又霸占你的想象力。如中魔一般,读者的思想感情成了它的工具,又恨它误事,又放不下它;明知它是"瞎编",又留恋它;昏昏然沉浸在它的情节里,食不甘味,夜不能寐。有如此魔力才是"通俗"的优势。

自然界的优势在于杂交。太纯的东西生命力脆弱。"通俗"应该强大,但中国的通俗文学严格地说比纯文学还要贫弱。真正大气象大规模的通俗文学作品寥寥无几。

这大概跟"俗"字有关,把"通俗"基本上当成一个贬义词。中国人又偏偏喜欢自命清高,必要时宁肯采取虚伪的态度也不愿面对真实,包括自己心灵的真实和精神需求的真实。社会偶然有危机出现,通俗文学常被视为"重灾区",充当为了"儆百"而挨杀的"一"。即便是文学界也只认为当代出不了曹雪芹、鲁迅是个重大遗憾,不认为大陆没有金庸、古龙、西德尼·谢尔顿是个遗憾。

正因为有才华的作家们自愿放弃通俗文学的阵地,中国才缺少优秀的通俗文学作品。大量庸俗粗劣乃至低级下流的东西得以冒充通俗文学充斥市场,毁了"通俗",毁了文学,坏了一锅汤。

何妨通俗? 通俗有什么不好?

凡人都难免会有一条"俗"根。只要承认人是社会动物,又活在这样一个永远不会清而又清纯而又纯的世界上,就无法摆脱偶尔会出现"俗"的念头、"俗"的欲望、"俗"的举动。无论多么高雅之士,其审美需要也是多样的。正如喜欢山珍海味的人同样也喜欢吃臭豆腐一样。

这也许就是通俗文学永远受到鄙薄又永远不会消失的原因。

通俗并非卑俗,并非粗俗,自不必说。优秀的通俗作品恰恰是"通"而不"俗"。只有二流的才气决写不出一流的通俗小说。正像通俗文学不能代替纯文学一样。

其实艺术性本身并无通俗和纯粹之分。没有一种艺术是排斥欣赏、排斥理解的。真正追求死亡的艺术就不应该诞生。说穿了为永存而写,为自己而写,为成为"先锋"而写,不也是一种"俗"吗?

通俗文学是决不能忘记读者的。它必须吸引读者和社会共同创作,不可能不关心人的归宿。通俗文学也是一种社会意识形态。通俗文学作家不仅要凭自我感觉表达对世界的感觉,还必须把握社会的感觉、大众的感觉。好的通俗作品不仅占据了想象力发达的优势,充分地表达,随心所欲地表达,气势恢宏地表达,同时也善于利用中国这个"事件大国"的优势,事多人多,什么事都有,什么人都有。通俗的源泉同市场一样广阔。

通俗小说的陷阱是在文化表层凑热闹和那个善有善报、恶有恶报的完美的套子。

纯文学毕竟热闹过,或者叫"轰动"过,制造过新浪潮,形成过新浪潮,包括现在的抱怨新浪潮。而通俗文学甚至还没有形成一支真正有实力的队伍,没有举世公认的代表人物和代表作品——也许有,只是由于当代文坛的偏见没有给通俗文学以应有的重视。通俗文学倘若十分强大,自己就会打出一片天地,何况还有众多的读者帮助打天下。

如果说纯文学只是碰上了什么"危机",当代中国的通俗文学根本就没有繁荣过,还处在准备起步的阶段。无论如何这不是文坛的幸事,甚至可以说是文学的悲哀。

纯文学不景气,但不是被通俗文学打败的。纯文学未必就高雅,通俗文学未必就不高雅。《龟岛》的作者激情饱满似乎是一鼓作气把一个美丽而又残酷的故事写出来了。我也是一口气把这本书读完了。读后觉得有话要说,写出来却是这个样子。不管什么样子都是我今天心里想要说的话。这番话也许要得罪作者,他未必肯承认自己这本书是通俗小说。

1993年7月

寂寞中的文学造句运动

　　中国文坛可曾有过寂寞？

　　中国文坛是不会寂寞的。若现出一时的冷寂必为形势所迫。即使迫于形势也不会自甘寂寞。总有人喜欢把握大方向，预言未来，大谈当代文学的走向，而大谈走向的时候往往是感到没有了走向，倘若人人都看到有一条大路朝天，又何必煞有介事地议论什么走向问题？

　　文坛上也不会没有人站出来扫荡前面的、前人的、前天的乃至昨天的东西，让身后一片寂寞以便自己不寂寞。

　　当政治不再统帅、行政不再干预文学的时候，文人们自己也要制造点事端，想尽各种办法追求"轰动效应"。真正自甘寂寞的有几人？

　　当文学能够轰动的时候，常常是一拥而上：批判的，褒扬的，羡慕的，妒忌的……当文学失去了"轰动效应"，又有人说这才是正常的。严肃文学作品销量锐减，读者寥寥，文人们又疾呼"不正常"，文学走入了"低谷"，产生了"困惑"，被"冷落"了，"迷失"掉了。被冷落几年、十几年，不正可以平心静气地、从从容容地经营一些大作品吗？可见文人是耐不住寂寞的。这无可厚非，在这个热热闹闹的商品社会里，为什么独要求文人自甘寂寞呢？

　　文学似乎别无选择，而社会总是选择适合自己的文化。当代文学已渡过了对政治干预、行政命令俯首帖耳的阶段，表现得桀骜不驯。而面对商品经济的冲击，则显得脆弱，幼稚，无所适从。于是"广告文学"应运而生。不只是大小刊物都抢登商业广告，自卖自救，而且有组织地兴师动众地采写能为文学团体（不只是为作者本人）换钱的报告文学,编辑出版质量粗劣的报告文学专集。既无益于企业,又无补于文学,只是为了商业目的。作家和企业家的联谊多了,反映企业的好作品却难得看到。作家更多的是看中了企业的钱袋。"改革文学"的旗帜的打出和滥幌,既臭了"改革",也坏了文学。一九八二年之前,社会上尚未响亮地喊出"改革"这个口号的时候,我曾写过一些反映工厂生活的小说,当时不知"改革"为何物。一九八三年之后,"改革"成了中国土地上使用率最高的两个字,我的笔便不敢再触及工厂生活,躲开了又红又热的"改革题材"。之所以这样做只是出于谨慎,我觉得作家有责任爱护"改革"和文学。时至今日,一提"改革电影"、"改革电视"、"改革小说",观众和读者便退避三舍,这不能不归功于赶大潮的"广告文学"、"改革文学"和爱竖大旗的批评家。

如果说当代文学陷于困顿,目前还看不出大踏步前进的趋势的话,那么文学的造句运动却是迅猛而彻底。造句运动的前进速度是惊人的,无论是小说家的语言还是批评家的语言,都有了本质的更新。决不可把这场造句运动简单地误认为是玩文字。一般的当代作家都愧对"当代",面对繁复的当代生活显得准备不足,力不从心。唯独当代文学语言却得益于当代生活。或现代气息十足,或仿古学道,半文半白,或欧化洋味,刻意破坏传统文法。自由自在,变化无穷,强烈,精深,俏皮,粗野。即使文学已失去了目的性,也可推出一批时髦的"意识"。即使不再真诚,也可淋漓尽致地行使宣泄的功能。即使没有哲理,没有一流的思维,没有历史感和责任感,也可表现出一种灵气,一种心灵的真实,一种机智。总之,现代造句运动拓宽了文学的河道,极大地提高和丰富了语言的承载力和涵盖面,弥补了目前文学想象力的贫乏。如今造不出好句子,再为文就困难了。也许,造句运动正帮助当代文学摆脱自己的窘境。

1993年8月3日

圈子与文学

在《中国文化的深层结构》这本书里有一段话:中国人是喜欢画圈子的。这种偏好似乎是被"中国"这两个字所决定。在周代每一个封"国"都是用城墙将自己圈起来的山头。从字形本身来看,"圆"就是在一个圈内用"干戈"镇守住一批人口。

这倒未必,现在喜欢搞圈子的不只是中国人。

"党外有党,党内有派"是很自然的,无论发达国家和落后地区,大致如此。不如此反倒是奇怪的。相对而言眼下中国这种情况还不算很明显。一次次政治斗争,把"搞小圈子"的名声搞得很臭了。

一提"圈子"就是小的,就让人想到"搞小集团"、"搞独立王国",拉帮结派,拉一派打一派。其实搞政治斗争的人都擅于拉一派打一派。这个协会,那个团体,还不都是圈子? 大家都在圈子里,无非大小而已。

要说"圈子",在宇宙间地球就是个大圈子,从前所谓的"社会主义和资本主义两大阵营"其实是两个小圈子。北约、欧洲共同体、欧佩克组织、东盟、七国首脑会议等等,更是一个个小圈子。越是四分五裂,小圈子就越多。

与之相比,中国的当代文坛,几乎谈不上有什么像样的圈子。

无非是几个人或一批人,文学主张相近,情趣相投,结成一个松散的圈子。或者集结在一个文学口号之下,心照不宣,只是相互联系多一些,对话多一些,相互写些恭维的或名似调侃实则捧场的文章。甚至并非他们本人情愿,而是读者和社会,根据他们的作品和风格,把作家分成若干个圈子。比如,搞纯文学的圈子、搞现代主义的圈子、知青派、传统派、京味、湘军、晋军等等。在商品大潮的冲击下,一批作家联合起来拍卖手稿,或携手创作电视剧,搞互助组、合作社。团结就是力量,既是生存的需要,又可鼓起一种向生活挑战的勇气。

文学似乎离不开一些圈子,哪个时代的文学总会分成一些圈子。

号称"建安七子"的是不是比较早的一个文学圈子?再加上当时的曹操父子,成了东汉建安文学的主力,对诗、赋、散文的创新和发展做出重要贡献。文学史上各种各样的圈子多了,竹林七贤、韩孟诗派、江西诗派、明末清初的复社,以及近代的新月派、现代派、七月诗派、九叶诗派等等。

岂止是文学,孔子死后他创立的儒家分成了八派。到了宋代以后,理学也分成三大派。甚至连庄严的佛教不也有许多派吗?

谁能说出这些派别有什么不好?

相反,我倒认为各种各样的流派丰富了文化园地,促进了文化的发展。

相比之下,中国当代文坛上的圈子是少而松,易变。既无纲领,又无组织,多半是出于利益和需要的临时组合,遇有重大挫折便四分五裂,取得了成功也容易分道扬镳。这是由文人的素质和习性所决定的,他们宜散不宜聚。有些作家曾发出这样的感叹:面对文学,背对文坛。文学圈子同"圈子文学"不是一个概念。历史上一个个文学圈子里的许多作品,同样会受到大众的喜爱,会传之久远。人有圈子,思想有圈子,而作品无圈子。"圈子文学"——似乎是专门写给自己的小圈子看的文学作品。假如不是情书,不是有特殊的原因和目的,那便是一种无奈,一种不得不做出来的清高和孤傲。

没有一个作家又想发表自己的作品,又希望阅读自己作品的人越少越好。没有办法感动众多的读者,便退回自己的小圈子里,如叔本华所言:"大家一起承受不幸,不幸就会减轻。人们似乎认为无聊也是一种不幸,所以聚拢来共同感受它。"既满足自身的需要,又能对抗周围的危险,甚至还可以口吐狂言:我们这才是真正的文学,不信两千年以后看,我们的作品是为未来的人写的。这话是无法验证的,也无人敢为这话打赌。

文坛上没有永久性的圈子,不断变化,分分合合。文学史是用作品写成的,不是由文人们一个个圈子构成的。如果人们记住了历史上一些著名的圈子,也是由于他们的作品冲破圈子,扩散开来,流传下来。

不死的是文学,而不是任何圈子。

圈子的文学未必都能"不死",被大众喜欢的文学也不一定都是短命。

大师级的作家不需要圈子,他们自己就成一派。往往是大师的弟子们才分派拉圈子。倘是有人"因作品不够,拉圈子来凑",则无聊了。梭罗在《日记》里写过:"人们所谓的社交美德,亲密友情,通常不过是一窝猪仔的美德:它们挤在一起相互取暖。"

强大的文学不必借助于圈子,而圈子则必须依托文学,打文学的旗号,否则将变成别一样性质的组织和团伙。因此,今后的文学还会有各种各样的圈子——这是一点都用不着奇怪的。充满生气、勇于进取的文学圈子,可活跃文坛,也有助于文学的繁荣。

我还相信,有关"圈子文学"的争论也还会继续下去。

1993年9月13日

散文：面对市场的诱惑

文学似乎真的被彻底推向市场了。

政治不再轻易干预创作,官员们也很少以官方的面目对某一部文学作品正式表态,甚至也很少对文学发表指示性的讲话和文件,把文学完全交给市场去调节。

一位老作家忧心忡忡地打电话给我:"这是怎么回事？国家对文艺不管了,没有声音了!"

有更多的作家则认为,文学接受市场调节,比被政治干预要宽松得多,进步得多。反正早晚都要走这一步,都要面对市场。

作家拍卖书稿。出版社买断作家。一部电影剧本可卖几万元。搞一部系列电视剧票子要用书包装。一部《废都》被炒得沸沸扬扬。《白鹿原》并不张扬同样占据了庞大的市场……

于是,人们认为文学只是听凭市场的选择,倒也简单了。不就是为了赚钱吗？严肃文学作家如果一心只想赚钱,同样也会有办法的。

就看怎么写了……

经过这一两年的市场调节,文学生态是不是有了变化？至少打破了沉闷,使文学的尴尬境况有了缓解。当然,也许有人认为文学更尴尬了。

无可否认市场有宽厚、积极的一面。同样也无可否认,市场是残酷的,它基本上是个魔鬼。被拒绝,被淘汰,固然体现了市场的残酷无情。市场的笑容满面,一哄而起,捧往死里捧,反而更见其残酷性。

比如,近两年来,市场对随笔的需求量猛增,各报刊纷纷开辟随笔专版,作家们纷纷开办随笔专栏,读随笔的人多,写随笔的人也不少。于是没有感觉强挤,有一分感觉往里面掺九分水,敷衍成篇。随笔变成了"水"笔、水货,"随笔热"变成了"随笔滥"。有些人的随笔已经惹起了读者的厌烦,随笔正在丢掉可喜的市场。作家们,尤其是一些名家,缺乏自重,错误地估计了市场,以洗脚水去充塞自己的随笔专栏,很快便把自己卖臭了,把牌子卖倒了。

难怪中国的产品少有长久的名牌,试生产阶段是好的,一有了点名气便自己砸牌子。

就在这种时候又有一家出版社想出版一本我的散文集。编辑的热情很高,其理由是他喜欢我的散文——这算什么理由? 他不喜欢我的散文就不会来找我。关键是市场喜不喜欢我的散文?

作家要经受多少考验? 读者的考验、批评的考验、生活的考验、时间的考验、文选的考验……如今又增加了一项——市场的考验。

编辑很有信心,叫我只管把书编好,发行的事不要操心。

不操心是不可能的。集中零零散散的作品,选编成一本书,不能不说是一件幸事。然而作家首先考虑的不是这本书的价值,而是它能卖出去多少? 出版社赔了钱怎么办?

惶悚不安取代了欣慰。

作家们都喜欢说创作的欢乐在于创作的过程,不完全等同于制造物质产品,其欢乐在于收获。这话说起来很高雅、很中听,然而不可靠。世界上有只管耕耘不问收获,甚至是从不收获的作家吗? 那他就只是"作",而不会成"家"。事实上任何收获都是对所付出劳动的一种报偿,给人以慰藉和快乐。想起某些前辈古人,写书是为了"藏之名山,传于后世"——虽然能藏住的书很少,这想法却实在聪明得很。不必担心市场问题,写书不是为了卖,先就立于不败之地,何惧市场风云变幻。尽管"传于后世"也是为了给别人看——

今人比不得古人,吃着现代人间烟火,写作更不纯是自己的事,首先是为了给别人看,倘是只图自娱、自赏、自慰,我怕连一篇作品也写不出。足见我的不清高。

　　而且还很清醒地知道,在作家和读者之间横隔着一个市场,无法逾越,无法回避。市场以它铁板一块的原则强加于作家和读者。

　　那就编吧。以前编书总觉得读者就站在自己身后。现在编书却感到前面有个市场正用不怀好意的目光望着我。

　　虽然精选不一定就能出精品。但精品必定是经过时间和读者精选出来的。筛选一次总会筛掉一些更差的。这编选的过程不只是对市场负责,同时对自己也有了新的认识、新的理解。

　　对市场被动地适应,消极地迁就是不会有前途的。重要的是保持自己的品位,保持自己的优势,既然到目前为止对我的作品来说还是"卖方市场",只要自己不滥,市场就不会丢失。作家应以一种高姿态进入市场,市场不怜悯弱者。

　　我仿佛又有了机会选择自己的人生——编一本散文集子如同又经历一次生活。写作的确使我经历了许多人生,在自身生命之外又增加了新的生命,冲破甚至超越了自己人生的局限。这本书也许可以视作是高度集中的人生经历。

　　我不再想市场,只想把这本书编得让自己满意。

　　我首先对自己的文字世界生出一种虚无,我想要的东西其实并不真正需要。我感觉到的东西其实没有。我已不存在,存在着的只有文字。它代替了我,就像组织部门的每一袋档案都取代了活生生的灵魂一样。

　　我奉献出理想的热情,将痛苦和不安自己留着。人也许就是这样来完善自己——至少这是我的希冀。

　　编进集子的并非都是我所重视的,但都是我倾注了感情的。我以为写散文比写小说需要更真更纯的感情。我不但是为自己选,也是为读者选。凡能代表我的,各样都有一些。不论丑俊,都是我。

　　大致有这样几类:

　　——我想通过散文找到的是自己的心灵和现实之间的联系。在自己的散文里,我是赤裸的、坦白的,并不遮掩。即便在眼花缭乱的生活里也寻找属于我的东西,真诚地尽量朴素地表现这种东西。

——我相信小说没有虚构和非虚构之分,我的所有小说都靠虚构。但不在虚构中制造不真实的东西。散文则不同,无论写事写物写人写情,都是真的,没有虚构。

——我尽力把生活表达得同我的感受一样,而不是同别人的感受一样。回避散文惯有的公认的技法,躲避华丽、矫情。像生活一样松散、真实、繁复、实在。着重随意性和突发的情感。有真情,有思想,才能支撑散文的骨架。正因为我这样要求自己的散文,才有我的散文。

然而,我的散文写得太少了。

在文学上两点之间最近的距离很少是直线。文学和市场的关系亦如此。我在编选的过程中重温了自己这几年来的所感所思所忧所喜,看到了生活的直路、弯路以及人的优势、劣势。

作家的存在是通过他的作品来体现的,而不是他的解释。我还是做了解释,大概是出于对市场需求的考虑。

面对花花绿绿的现代商品市场,大谈写散文的甘苦,不是有点可悲吗?却也并非全是"对魔鬼弹琴"。我相信在作家心里有分量的东西,在市场上也会有分量。

市场的选择是严酷无情的,作家却不可能以牙还牙,以同样的严酷无情对待写作和对待市场。作家拥有的是丰富的感情,你有情,市场或许也会有情。你无情,市场则绝对不会对你有情。

这篇短文就算是跟"魔鬼"的对话吧。但愿市场这个魔鬼能够听懂它。

1993年10月

"没有意思"

一个对文学怀着几十年不变的热心和执着的编辑,约我把以往的散文编选成集出版。这不能不说是一桩幸事。但编辑为文学考虑,文学也应为编辑考虑:

这本书卖得出去吗?它让出版社赔了钱怎么办?它真的有什么出版的价值吗?

惶悚不安取代了欣慰。

作家要经受多少考验?批评的考验,读者的考验,生活的考验,时间的考验,文选的考验,还有——像病菌一样蔓延的"没有意思"的情绪的考验。

有什么意思?没有意思。写作没有意思,文学没有意思,出书没有意思,连这篇短文也没有意思!除去你们自己谁还要看这种东西?这话问得直率而又真实。

没有意思——也是一种时髦,一身盔甲。连没有意思本身也变成睿智、超脱和漂亮。

一位研究《周易》出神入化的奇人则对我说,清醒是没有的,无为是相当痛苦的。无论是创造这一境界的先哲还是真正想身体力行这一意境的人,决不像现代风云人物志得意满之后口喊"无为"那般飘逸。

正因为以前把文学艺术看得太有意思了,几经失落之后才生出这没有意思的厌倦。把艺术放到整个人类进化史上考察,它有点意思,但也决不占举足轻重的位置。美国作家加斯有句妙话:"艺术家是一群阴郁的患坏血病的人；如果艺术宣扬真理，那真理只不过像衣服上的圆点花样而已。"

什么有意思呢？或者没有。或者有，但是别人的事情，我干不来。剩给我的就是这件事——编自己的散文集子。

创造者的欢乐往往在于收获。作家则更着重于创造的过程。古人把自己的书"藏于名山"，实在是聪明得很有道理。我比不得前辈古人，写作出书为己也为人。如果纯粹出于自娱、自慰，可以偶尔为之，不会把它当个事干，且一干许多年。足见我不清高，实实在在地吃着现代人间烟火。

那就编吧。编选不一定就能出精品。但精品必定是经过时间和读者精选出来的。矮子里拔将军，筛选一次总会筛掉一些更差的。这筛选的过程仿佛在重读或重新选择人生，忽然对自己有了新的认识，新的理解。

原来当作者是很无知的，用铅字印成的书是肤浅的。读者才是聪明而有知识的，在阅读的过程中大脑会离开铅字产生联想，唤起智慧，补充经验，那才是深刻有价值的。

因此，引起争论，接受挑战，被引用的作品才是好作品。

如果到了连争论也没有意思，批评和被批评统统没有意思，书至少还有一个了不起的功能：使自己在嘈杂拥挤的环境里处于一种"卓有成效的幽静之中"。

写作的确使人经历许多次人生，在自身的生命之外又增加了新的生命，冲破和超越了自己人生的局限。哪一本书不是高度集中的人生经历？

我忽然对自己的文字世界生出一种虚无，我想要的东西其实并不真正需要。写出的文字是一个人的感觉，不能代替经验，正如经验不能代替感觉一样。我曾经感觉到的事物突然消失，我已不复存在，存在着的只是铅字。就像组织部门的每一袋档案都代表着一个活生生的灵魂。医院的病人被病历代替了。

我们一向重视社会对作家的重要性，忽视作家对社会的重要性。

社会难道不是通过文化来认识自己存在的意义吗？

奉献出理想和痛苦，将痛苦自己留着——人也许就是这样来完善自己。

干，即便只为了这一个热心的编辑（当然他也是读者）也应该干。我想找到的是自己心灵和现实之间的联系，在眼花缭乱的生活中找到专门属于自己的东西。置身在人流中的孤独者，唯潜身到铅字中才能排除孤独感。

我不相信小说有虚构的和非虚构的之分。我的所有小说里都有虚构（包括所谓"纪实小说"），正如所有纯粹虚构的小说里也有确切的现实成分一样。我不在虚构中制造不真实的东西。对散文，我认为没有虚构一说。我的散文里意、情、事、物、人都是真的。因而我可以不喜欢它，但重视它。散文的使命就是制造诚实。不用虚伪的良心去适应虚伪。写作时情感专注，坦白无隐。毫无自卫意识，对安全及毁誉的忧虑是以后的事。

文学上两点之间最近的距离很少是直线，从有意思到没意思，没意思之后说不定还会有意思。世界上没有一个伟大的民族是没有伟大文化的。

作家的存在是通过他的作品来体现的。如果是站在一个不适宜的位置上未必就是坏事。其实人人都在一个不适宜的位置上，这样才会有运动、有变化。"极则必变，变则化。"胜似"没有意思"的死水一潭。

没有意思读《周易》，《周易》反而鼓励人具备积极入世的智慧。有所感，遂成此文。

1993年11月

面对当代

走在大街上很容易听到这样的对话：

干什么去？

打官司。

原告还是被告？

原告。

嘿，够劲儿！

告谁呀？不论告谁，能告就告他一家伙。当被告也没关系，重要的是要有官司打。有官司打就有热闹好看，记者有事干，报纸有新闻。

名人打官司，打官司更出名。"打官司热"表达了一种社会情绪。文坛也如此，文学跟着社会情绪走。

文学是人的情绪的自我表达。也可以深化一种情绪，为一时的"情绪流"找到归宿，甚至获得一种永恒的存在。

文学完全被社会情绪所左右，又是文学的不幸。

毛泽东说："本朝人编本朝史，有些事不好说，也可以叫做不敢说，不好说的事，大抵是不敢说的事。"

如果硬说、直说，就会惹麻烦，甚至倒大霉。

如果绕着说、歪说、偏说，就失去了纪实应有的品格，逐渐失去读者的信任。

所以报告文学变成了广告文学。

而报告历史的文学则兴盛起来。因为历史可以映照现实，又不受现实的局限。

当代文学纷纷躲到历史故事里去寻找自己的现实品格和批判意识。

一妇女,怀胎十月后生下来的不是孩子,而是一个三斤多重的大珍珠。

幸耶?不幸耶?她因病得宝,立刻有人愿出二十万美元购买。

但无论多少钱也无法跟一个活生生的孩子相比。

有人说,作品是作家的孩子。

非耶。创作的激情及其结晶是作家的病块。一如女人产下珍珠,无论珍珠多么宝贵,也是她的病症。

古今中外许多艺术家,解释生活,剖析人生,头头是道,远见卓识,给人类留下大量哲言警句。

然而他们往往处理不好自己的生活。有的甚至是一团糟,或绯闻不断令人很不满意,或在生活中扮演一个令人惋惜的悲剧角色。

于是有人骂他们:"文人无行。"

有人说这是"职业病"。

——持这种观点的还有伟大的荣格。他认为艺术家是被艺术所掌握的一种工具,艺术通过他要实现自己的目的,他(或她)就不再是享有自由意志和追求个人目标的人。因此在生活中是低能的或是疯狂的。

这是艺术对艺术家的设计和要求。

艺术家和生活不可能不充满矛盾冲突。这恰恰成全了他们。在无休止的内心冲突中创造出惊人之作,说出常人无法说出的深刻而强烈的东西。

除此之外,都是滔滔不绝的说了许多世纪的废话。

普鲁斯特说得更干脆:"世界上所有伟大的东西都是精神病患者的创造。"

当代文学缺少的正是这股疯劲儿。

人是喜欢类比的。在对比中都喜欢当裁判和评论员。

社会时尚和这种平庸的游戏规则,对有个性的作家布满杀机。

作家不希望被别人超越、被时间超越。

唯愿被自己的作品超越。

然而超越天天在进行。

一个超越的时代就说明没有大作家。大作家是不能类比的,说他们谁比谁强或谁比谁弱是愚蠢的。

只有过客才忙着你追我赶。

当今文学被许多文学以外的东西所困扰。当文学沉得住气了,找回了平静的自信,才会有作为。

真正的沟通是很困难的。"理解"不可能"万岁"。

特别是当你处在软弱的地位想跟人打交道时,要求沟通就更加困难。

而需要别人理解的常常正是弱者。

强者不需要。拿破仑不需要,斯大林也不需要。美国在当今世界上的所做所为,似乎也不太在乎别人理解与否……

当代文学老强调需要社会的理解和支持,正说明文学的贫弱和底气不足。

禁锢和压制不能繁荣文艺,同情和施舍也不能强大文艺。

作家叫苦连天、怨天尤人成了一种时髦,成了文学活动中说不厌的话题。

文学怀念让人尊崇的时代。

鲁迅甚至能让社会生出几分敬畏。

如今恢复自尊,然后再逐渐赢得社会的尊重,似乎成了文学的当务之急。

1994年5月9日

从"劝业场的酱牛肉"说起

——作家思想和艺术修养漫谈

　　天津市卖酱牛肉的铺子很多,唯独劝业场的酱牛肉是名牌。据说劝业场的酱牛肉所以获得这样大的成功,关键都在那锅汤上！这锅汤同其他酱牛肉店的煮肉汤不一样,味道特殊,又鲜又浓又美。汤里放什么作料,各种作料怎样搭配,怎样根据不同产地生产的食用牛之间的细微差别调整作料的比例和酱牛肉时的火候,再加上几十年积累起来的操作经验,便形成了劝业场酱牛肉的独特味道和独特风格。这真是一锅宝贵的汤！

　　作家也应该有一锅"汤",用来"煮"生活。正由于"汤"不同,出来的作品才"味道"各异,风格悬殊。形成这"汤"的作料应该是作家的全部内心世界:人格、气质、思想、个性、命运、生活经验等等属于这个作家自身所特有的东西。任何一种创作风格都不会脱离这些东西而独立存在。在小说生产的"工艺流程"中,处理材料是第一道工序,也是至关重要的一道工序,就像煮肉的汤、淬火的油和水、木器厂的烘干处理房一样重要。在作家的内心世界里对生活材料进行这样一番"蒸煮"、"淬火"、"烘干"处理,不仅决定了将来作品的"味道",也形成了作家的创作风格。风格不仅对作家是重要的,对读者也是一种思想和情绪的"催化剂"。因此,能否用一句目前进行企业整顿的术语——"从第一道工序开始整顿"来概括我在这篇短文里想要表达的意思:作家要想形成自己独特的创作个性,那就首先要注意培养和锻炼自己的内心世界。

　　但是,培养和锻炼内心世界,决不能关在屋子里,靠"从灵魂深处爆发革命"的办法,必须也只能在创作的实践中锻炼和提高,用创作的成果来加以检验。就像整顿企业一样,根据下一道工序的需要来整顿和调整上一道工序。

现在还是来谈谈创作的几道工序吧——

艺术不可能不和生活一起繁荣、一起提高。人们不满足于烧牛肉、炖牛肉,并且有足够的钱买得起酱牛肉,于是才产生并成全了劝业场的酱牛肉。社会的需要、生活的需要、人们的需要,能激起巨大的热量,问题在于作家的心灵能够感受这种需要,吸收这种热量。对文学的兴趣,对创作的渴望,不过是火上再加一瓢油,让诗情烧得更旺,叫热量放得更猛。自己不能燃烧的作者,就很难用他的作品去燃烧读者的感情。

劝业场那锅酱牛肉的汤永远是新鲜的。如果汤是臭的,煮出的肉还能鲜吗?作家也应该永远用一种"新鲜的心情"去理解生活,表现社会的历史,反映生活的情绪。因此,作家的感情世界应是文学和时代的挂钩,而不应是一堵墙,或者是绊脚石。

热处理是最忌讳虚情矫饰的。本无真情,偏要夸张,不胜尴尬。

文学不仅要表现生活的优美、丰富、善良和微笑,还要表现生活的严峻、忧郁、阴谋和凶险。因此,只有"热"是不够的,还要有"冷"。要"研究什么是人,什么是生活",就必须理解人的本质,理解人的命运、内心生活和社会生活。只有阅历得深,知道得深,感觉得深,观察得深,才能写得深。

"热",可以表现为欢笑,也可以表现为哭泣;可以表现为燃烧,也可以表现为冷酷。"冷",也有各种各样的表现。比如:掌握人物的分寸,把握情节的火候,不能不足,也不能过火。在创作时似乎有一道无形的杠杠,越过这道杠杠就把艺术的美给破坏了。所谓"增一分太长,减一分太短",不胖不瘦,正是火候,就是这个道理。

有时在热热闹闹中着一"冷眼",会使作品别有一番深沉的意味。

这就是幽默。幽默排斥尖酸刻薄、哗众取宠和格调低劣的噱头。宽厚而又聪明的幽默能给人以智慧。有益的生活是离不开幽默的。没有幽默感的文学作品,也会显得干巴和枯燥。没有幽默,实际就是没有激情,缺乏才气和机智。

从热到冷,由冷到热,让思想变得宏伟,让感情变得深厚,让人物变得丰满,这种对生活进行概括化和典型化的能力是极其珍贵的强化处理。

酱牛肉比普通的牛肉多了一股酱味,可贵也就在这股酱味。这股酱味是人们通过那锅汤强加到牛肉里去的。这就是改造、改变原材料。

作家的职责——在人物同现实生活所发生的冲突中认真探索和表现人物的性格。每到出人物、出性格的紧要当口,就要动用全部智力,调动一切手段,强化环境、强化情节、强化人物,有勇气充分揭示人物性格的全部真实,使作品具有强烈的"感性魔力"。

强化的对立面是简单化。它讨厌那种说教的口吻、教训人的态度和生编硬造的情节。它反对那种按照所谓正面人物和反面人物的表面特征,机械地分配人物的冲突。各种势力的较量,好像生活中一切都是那么显而易见的,一切都是那么泾渭分明的,把复杂的生活简单化了,让主人公急忙地表现自己,这种表演是愚蠢的、失真的,客观效果也适得其反。

强化的主要着眼点是人物。有了鲜明的人物,才有真正的冲突;只有人物性格之间的冲突才有强烈的戏剧性,才能给人留下深刻的印象。强化人物可不是打肿脸充胖子,用"臃肿"冒充"肌肉"。

据说有人完全按照劝业场酱牛肉的配方做了一锅汤,但酱出的牛肉味道仍然远不如劝业场的酱牛肉。奥秘何在呢?大概他忘了我们的老祖宗说过的话:取法于上,仅得其中;取法于中,仅得其下。

1994年5月24日

后经典时代的文学

　　许多年来,中国文坛怀有两大情结:一是呼唤全景式的、史诗般的巨著;二是呼唤大师级的作家。

　　呼唤声此起彼伏,渐渐地由高变低,显得底气不足了。"全景式"的作品出现了不少,却未见史诗,大师级的作家更是迟迟没有现身……这是为什么?

　　——皆因文学进入了非经典时代,或曰后经典时代。

　　世界文坛也大体如此。因此,诺贝尔文学奖发给谁都不足为奇。举世公认的经典作品和经典作家已经找不到了,作家的成就和文学的规格不再对奖项构成震慑和威压,奖项变成了高高在上的恩赐和撞大运。"矬子里面拔将军"或"情人眼里出西施",就有了很大的偶然性,惹得议论纷纷。

　　文学一直热衷于搂抱着经典,经典又是怎么消失的呢?

　　观念逐渐演变,为人所惊讶的事实是一点点发生的。先说文学的经典概念:"文学就是人学"——人的概念已经悄悄地变了,"机器人"也叫人,但并不是人。克隆人是人却比任何妖怪都更可怕,以至于各个国家都纷纷制定法律,禁止克隆人。电脑不是脑,却能代替人脑干许多事……人的概念的宽泛,带来了文学概念的无限宽泛。

　　经典文学著作中都有经典人物形象。"经典作家们像门捷列夫制定化学元素周期表一样,发现并创造了人物典型和人物性格的丰富画廊"(谢·扎雷金语)——所有读过经典著作的人都能记住并说出几个或十几个经典的文学人物,这些深入人心的人物在很大程度上反映了实际存在的人类多种性格。作家都不愿意写重复的东西,读者也不愿意读重复的东西,当代文学只有回避人物,即使勉为其难地还在人物上下功夫,也很难再塑造出经典人物。经典人物出自经典生活,漫长平稳的经典式生活已经为喧哗浮躁的快节奏生活所替代。

经典文学著作中也都有一个经典故事。现代文学写不出好故事,便聪明地逃避故事……一句话:现代文学就是要逃避经典!

但是,上个世纪前半叶的现代主义文学,却涌现出为数不少的经典作品和经典作家,他们给人类提供的是出类拔萃的精神和情感。任何时代能够流传下去的,也只能是精神和情感。在今天这个物欲极度膨胀的商品时代,人们最缺乏的恰恰就是精神和情感……

总之,当代文学已经完全不受经典文学概念的局限了。而人们还活在对经典文学的怀念和向往之中,所以无论怎么看,当下的东西都不够经典!接受了这个现实,就心悦诚服地向市场低头了,什么纯文学通俗文学,现在哪里有纯而又纯的东西?反正大家都成不了经典,能够多卖几本就是好的——销售额成了文学的牛鼻子。

文学正试着学会忘记,学会接受。不知是幸也?抑或不幸?

1994年末

贾岛拜诗

文人过年的轶事很多。据辛文房的《唐才子传》称,中唐诗人贾岛,每年除夕守岁之时,必取出一年所作的诗,摆在几案之上,"焚香再拜,酹酒祝曰:'此吾终年苦心也!'痛饮长谣而罢。"

别人都祭天地,祭鬼神,祭祖宗,拜父母,拜长辈,他却祭拜自己的诗。拜罢豪饮,边饮边歌……是疯张?是自负?是滑稽?是郑重?

人类制造了鬼,用来吓唬自己。复而又创造了神,用以拯救自己的灵魂。诗是贾岛呕心沥血的精神成果,为什么不能祭拜?

贾岛才高,与孟郊齐名,人称"郊寒岛瘦"。他是属于苦吟型的诗人,一生仕途失意,穷困潦倒,却爱诗如魔。为求佳句,苦苦行吟,"二句三年得,一吟双泪流"。他敢拜自己的诗,表现了一种自信。认为自己的诗值得一拜,不是假冒伪劣,不是滥竽充数。后来的选家,评家,写史的,写传的,没有人认为贾岛此举是做作,是自我夸张。这就等于承认他的诗当得起拜,经得住拜。

这似乎成了贾岛的写作标准:经不住拜的东西不写。也给后辈为文者一警策,每到大年三十的晚上,你敢堂堂正正地对着自己写的东西磕头下拜吗?如果你对自己写的东西都不尊重,怎么能要求别人尊重呢?或者你对自己的精神创造还没有尊敬到想下拜的程度,如果获得过别人的崇拜,不是欺世盗名吗?

文人都似贾岛,世上就会少一些文字垃圾或铅字的污染。

他能拜诗是自重,是对精神、对文化的敬重。用现代话说叫"敬业精神"。干什么敬拜什么,如打鱼的祭海,山里人拜山,经商的供财神……

历史上也有许多大作家，曾把自己的一些作品付之一炬。这一"烧"和贾岛的一"拜"，形式不同，性质却差不多，都是出于对文字的尊崇。不留废话在人间，更不要说有害于人的话了。贾岛"一日不作诗，心源如废井"。谁能解得曹雪芹"满纸荒唐言，一把辛酸泪"的个中滋味？巴尔扎克写到"高老头"死去，倒地大哭，口吐白沫。

一个真正的作家，如果对文字创作失去了神圣感，就无法再从事写作，甚至难以再有活下去的信心。古今中外，自杀的作家很多，往往都是大作家，他们选择这种极端方式结束自己的生命有个共同的原因：对文化的绝望，对文字人生的绝望。

——这也是一种祭拜，以自己的肉体生命作祭品，祭奠一种精神，祭奠文学理想。

当文学丧失了这种不能有丝毫亵渎、不能辜负的精神和理想，文人们以反理想反责任来炫耀自己的才华，文学便不再具有值得敬拜的精神品格，成了商业活动，文字游戏，看似精神产品，实则是一堆无精神或反精神的东西。文学被铺天盖地的不是文学的文字所湮没，诗被随处可见的不是诗的短句子所败坏。

现在一年出版的文字，比唐朝几百年的文学作品加在一起还要多。"各领风骚三五天"，这是多么巨大的覆盖，多么严酷的淘汰。但覆盖的是自己，淘汰的是今人。古典文学的光华依旧，大师们的风神依旧，是永远遮盖不住的。要说拜诗，哪个人敢不心悦诚服地向唐诗屈下一膝？除夕将近，读书偶有所感，遂成此文，也算对贾岛一祭。

1995年1月6日

对生命力的颂扬

　　某编辑来信让我推荐一部最喜欢的短篇小说。世界上优秀的短篇小说太多了,让我喜欢的也不少,要选出唯一的一部是困难的。这件事就这样拖着。有一天接到一个朋友病重的消息,赶到医院去看他,他躺在床上,吃力地说着他最想说的几句话:原知死后万事空,人为什么还要活着?为什么还要受许多罪?回答病人的问题是很困难的,回答一个高智商的病人提出的问题就更难,不能讲空道理,也不能讲刺激他的大实话,我突然想起一个故事,便讲给他听——

　　两个男人带着满身的伤痛、极度的疲劳和饥饿,肩上背着沉重的行李卷,手里提着一支没有子弹的空枪,跌跌撞撞地在过一条浅水河。后面的一个人在石头上滑了一下,脚踝扭伤,疼得尖叫一声,几乎摔倒,他摇晃着喊前面那个人,希望能得到一点帮助。但前面的人没有应声,没有回头,更没有停步,自己走了。一副美国式的冷漠和孤傲。两个伙伴变成两个孤零零的人,谁也看不见谁,在仿佛无边无际的光秃秃充满危险的谷地里瞎撞,后边的这个人迷了路,饿得想吃掉自己,用指甲翻土找小虫子吃,吃全无养分的灯心草的根,吃被狼啃得精光的野兽的骨头。他看到了同伴的行李和被野兽吃剩下的还有几分温热的骨头,他忍住疯狂的饥饿,没有把同伴的骨头砸碎放进自己的嘴里。他也曾被一只断了一条腿像他一样病得快死的狼跟踪,也许是他跟踪那只病狼,几天以后那只狼终于咬住了他的一只胳膊,他则用身体压住狼,把脸抵紧狼的脖子,用最后的全部力气咬下去,感到满嘴狼毛,却也有一小股暖和的液体流入他的喉咙。这东西并不好吃,完全是凭意志咽下去的。他几次昏迷又醒来,脑子里也反复出现过幻想,碰到过可怕的大棕熊。他也曾问过自己:生命就是这个样子吗?真是一种空虚的、转瞬即逝的东西。只有活着才是痛苦,死并没有什么难过,等于睡觉,意味着痛苦的结束,是休息。然而他就是不甘心死,最后他已经瞎了,失去了知觉,仍然像一只巨大的怪虫在地上蠕动前进⋯⋯

这是杰克·伦敦的小说《热爱生命》,许多年前读的,至今仿佛还能闻到那种杰克·伦敦式的原始而粗粝的生命力的芳香。现代人的生命已经过于精致,过于纤细,没有这样的味道了。在杰克·伦敦之后有许多作家也写人的饥饿感,我怀疑都读过这篇小说,受过他的启发,被他的描写震撼过。但没有人能代替他,相反,读后来那些小说反而让我想起了杰克·伦敦。他对饥饿、恐惧、疲劳的描写真实得超过了具体的真实,达到了对人产生诱惑的地步,让读者渴望经历一次这样的苦难,在饥饿和恐惧中变成动物,变成动物就不再恐惧,反而让真正的动物,如熊和狼这样的凶猛动物感到恐惧。

这就是生命。杰克·伦敦笔下的生命力就是这样奇特有力。当今小说平庸泛滥,以琐细无聊自娱或烦人。而杰克·伦敦小说中最重要的就是独特,他能从容地揭示这种独特。《热爱生命》中描写两个普通的淘金人,甚至没有交代主人公的姓名,人物和故事极其单纯。正是在单纯中才显出大家气派,充满生命的激情和力量,跌宕淋漓,曲折诙诡。他所表达的对生命本质感受惊心动魄,刚雄罕见,小说里没有女人,没有性,没有一切哗众取宠或花里胡哨的东西,直指人性的深处,且激荡着野性的情趣,让人着迷。

现代派在这篇小说中读出了最现代的意识,传统派从中感受到传统文学的辉煌——这就是杰克·伦敦的魅力。

他写的是一种硬性小说,磅礴着一股阳刚之气,笔墨饱满而雄奇。因为他把人物一次次推向绝境,每一分钟的生存都需要勇气,任何时候丧失了面对死亡的力量就会立刻死去。生死不再相距遥远,不再有奥秘,变得简单而又深刻了。杰克·伦敦创造了一种豪犷之美,雄浑醇厚,颂扬了动态中的生命力,而生命力正是人类从事一切活动的基础。

但我不太喜欢这篇小说的结尾,作者由对生命力的颂扬,变为对生命的嘲弄,与整篇小说的色调不和谐,且有蛇足之感。

也许我该推荐一篇自认为十全十美的小说,但十全十美的东西往往靠不住。真实而强大的东西才有生命力,而真实永远不会完美。

1995年3月9日

"画家村"

　　据称书法家和画家们这些年都"大发"了，下笔就是钱，一幅画动辄就能卖几万、几十万乃至几百万元。我每年都要陪外地或海外朋友逛几次天津古文化街，街的两边排满字画店和古玩店，却从未碰上过有人肯花千元以上的价格购买字画的。

　　各家店铺里都挂着一些名家字画，便宜的百八十元就能买一幅。有人说是假的，但卖的不承认造假，买的也不愿意承认买假，大家似有一种心照不宣。我在想，这种嘀嘀咕咕、心照不宣的买卖又怎么可能做得很大呢？

　　倒是在北京一家著名的字画店见过一幅当代作家的字，标价三千元，且贴着"已售出"的字条。我除去惊讶之外还有一点纳闷：既然已经售出，买主为什么不拿走呢？有一次进京开会碰巧坐在了这位作家的旁边，便有一搭无一搭地跟他谈起了那幅字，他摇摇头堆出一脸苦笑：咳，禁不住别人起哄架秧，一念之差财迷转向丢了丑！

　　原来是他老兄听信了别人的话，觉得自己的字不错，能够卖钱。就挑了一些自己满意的给字画店送去了，谁料挂了半年多也无人问津。他每去看一次都感到双颊发烧，下不来台。跟店老板商议便想出这么个办法，标明"已售出"就算打了圆场，过几天自己去把它摘下来就得啦！

　　我真真切切地看到画家拿自己的作品立马换到现钞，还是在深圳的"画家村"。

　　最初听到"画家村"这个名号，立刻便想到了曾经鼓噪一时的农民写诗、农民作画、农民唱歌等"典型"。人比典型复杂得多,永远都不会被典型所取代,丰富繁杂的现实生活也不是一两个典型就能概括得了的。"画家村"坐落在号称"深圳第一镇"的布吉,又紧挨着"被中宣部定为全国创建文明村镇示范点"的南岭村,是否也是应运而生的一个什么典型?

我下榻的求水山宾馆就紧挨着"画家村",几天后就要离开深圳了,那是一个暖融融的午后,离乘机回天津还有两个多小时的空闲,便见缝插针地闯进了"画家村"。不管它是什么样的典型,既然闹腾出了这么大的名气,一定有它的原因。到了村边还不进去,怎么说也是一种遗憾。

这个村的正式名字叫大芬村。但见不到田野、庄稼、农舍等让人想起"村"的东西,它跟南岭村和布吉镇连成一片,楼群接着楼群,大道连成网状。与深圳市区所不同的是大芬村还没有二十层以上的高楼大厦,楼的样式也较为简单实用。凡临街的楼房,底层都是店铺,画廊、画店一个挨着一个。好像光是底层还搁不下这太多的铺面,从两层以上的楼房窗户和阳台上又挑出了许多招牌:油画、刀画、漆画、版画、国画……

我走进一家头顶上顶着一大串广告牌子的美术装饰公司,底层的门脸只有一间房子,极不起眼。当我按着广告的指引走上二楼,眼前便豁然一亮,是一片足有数百平方米的油画制作车间。十几名年轻的男女画家正在作画,几位男画师赤裸着上身,看上去正处于创作的最佳状态,手里的画笔并未因有人进来而停下来,他们正在临摹的是一些非常眼熟的世界名画……

每个画师都拥有一面墙,墙上钉着五六块乃至十来块画布,同时在复制同一幅画。调好了颜料,说画树枝就把十块画布上的树枝都画出来,说画海鸥一拉溜就抹出来十只,熟练而准确。我惊诧不已,世界名画原来还可以用这种流水作业的办法大批量生产!

旁边一间大屋子的条案上,码着一摞摞尺寸不等的已经完成的世界名画,老板正在按着订单的要求分门别类地装箱发货。这已经不叫造假，而是一种堂堂正正的行业——"商品画"，也叫"行画"。是在名画的基础上进行再创造，这种再创造就是削弱原作的笔触，让它首先成为商品，其次才是油画。

"行画"——更注重细节的描绘，要求细腻、逼真，带有模式化的特点。且色彩饱满，鲜亮明快，以迎合买家的喜好。我孤陋寡闻，难免少见多怪，不知是谁要买这样的画，而且还会买这么多呢？老板介绍，他的订单主要是来自香港。但目前世界"行画"的主要市场却在欧美，仅美国一九九九年就进口"行画"达十亿美元。麦克维达是美国知名的"行画"批发商，他经营的国际艺术品连锁店向世界各地和全美的各个画廊批发"行画"和艺术画。

据他的调查，眼下美国市场上流行的"行画"，百分之七十来自中国，其中的百分之八十便产自深圳。麦克维达已确定在深圳的布吉投资设立一家画厂，从目前的单纯收购改为以自己聘用画家生产为主。预计画厂投产后，他的公司每年从深圳进口的"行画"可达到五百万美元。

"行画"市场绝不藏着掖着的以假充真，而是光明正大地复制，卖的就是复制品，所以价格便宜得惊人。来自福建的画家周小鸿夫妇，已经在大芬村中央干道上有了属于自己的"新世纪油画创作室"。他说一张画得比较好的风景画，能赚三五十块钱，少的只能赚到十多块钱。他花四五个小时画一头虎，卖价只有一百元左右。苦苦地画一个月最多能挣到七八千元，不景气时只有三四千元，去掉花费便所剩无几了。

个别不适应"行画"技法或刚来到大芬村的人，也有连两顿饭都难以为继的时候。来自香港三洋工艺来料加工厂的吴涛和覃来生，善于临摹《清明上河图》（局部），画出第一幅20×36英寸的作品，用了三天三夜的时间，卖了一百五十元。两个人住在村子里一个幽静的小阁楼上，有很小的一室一厅，每天的伙食费只有七、八块钱，有时太馋了才能买点鱼和肉。

无论是谁，如果没有订单或接连十几天一张画也卖不出去，心里就慌了。

　　大芬村的画家是时间和生活的自主者,每个人也要为此承担挣不到钱的风险和巨大的精神压力。但经过几年的苦干,村里的一部分画家有了自己的铺面,特别是那些夫妻同在"画家村"的,开着自己的夫妻画廊,累也好苦也好,都可享受只有自己才体会得到的快乐!

　　"画家村"诞生于一九八九年,当时在深圳开画廊的香港人黄江,嫌店面租金太贵,老想着搬走。一个偶然的机会听说布吉镇的大芬村房租便宜,便带着十多个画家搬过来了。从此这个破破烂烂的小村子就生动起来,一些夹着大捆大捆画布的人开始进进出出。大芬村民以广东人特有的机敏立刻嗅出发财的机会来了,便给这些画家提供相应的条件,开始造势。"画家村"的势头越旺,画家来的就越多,他们从福建、广东、安徽、江西、湖南、河南等省奔到这儿来了……

　　有像四川美院、鲁迅美院等正规美术院校毕业的专业画家,有热爱绘画、自学成才的画家,也有来到大芬村才开始学画的……当许多人还羞羞答答、自欺欺人地把假画当真画买的时候,他们却把复制名画搞成了一个庞大的产业。大芬村的原村民只有三百二十人,十多年来却聚集了一千多名画家。一九九九年的"行画"销售额达到了三千多万元。

　　据他们说,法国的巴黎也有一个类似的"画家一条街"。梵高最早也画"行画"。人总得要吃饭,不搞一点钱填饱肚子,又怎么培养和提高艺术素质呢?还说张大千和齐白石也曾画过"行画",过年的时候还画一些月份牌卖,赚到钱才能有条件发挥自己的创造力。我没有读过美术史,不知这话可当真?但有一点是肯定的,当我简单地知道了一点"画家村"的情况之后,就对村里的画家们油然生出一种敬意。他们是真正以卖画为生,活得真实、坦然、自信,虽清苦,倒也自在。

　　几乎可以断言,今后还会有更多的画家来投奔"画家村",这里实在是一个喜欢绘画的人考验和实现自己梦想的地方。

2000年春

说 故 事

怎样保证一部小说好读呢？那就是要有个好故事。一个好故事可以涵盖一切，它可以成全一部好小说。如果故事不能成立，立意蹩脚而陈旧，情节漏洞百出，人物就成了累赘，小说也必将成为灾难。

所以说，一个好故事，就是一部好小说，甚至就是一个好作家。

一个好的小说家必须具备两点，一是文学才能；二是讲故事的才能。现在有文学才能的人太多了，报刊上、网络上、数不清的回忆录里，各种大量的文件和报告里，学生作文里……现代人在铺天盖地地显露着自己的文学才能。那么，优秀的小说家为什么并没有成群结队地出现呢？可见文学才能是次要的，讲故事的才能或许更重要。

甚至，只有讲故事的才能才是罕见的，它考验着作家的成熟度、观察力和叙事技巧。

用《故事》一书的作者罗伯特·麦基的话说，作家百分之七十五的劳动应该花在故事上。叙述故事的艺术，至今仍然是人世间占主导的文化力量，地球上每天都有数不清的故事在传播，人们对故事的胃口是永远不会满足的。从文学的根本上说，无论题材如何，其本质永远是现实的。目击正在发生的历史，谁会对这样的故事没有兴趣？

那么，什么样的故事才是好故事？

好故事是没有一个公式可以概括的，每一个好故事都会有最适合自己的模式。"故事"——本身就意味着变化。好故事就像故宫或北京的四合院，外面看是一个样子，到里边又是另外一种样子，里面不知还有多少房子，宫里有宫，院里套院，屋里藏屋，一层层推进，一环环相接,丰富多彩,神秘莫测,纷繁复杂,变幻万端,越深入到里面越精彩。

　　好故事必定是人生的提炼,取其精华;又是生活的比喻,人际关系的映象。在故事中发现生活中掩藏的东西,又留出空间,让阅读的人再往里面灌输自己的生活内容。

　　故事结构得越精巧,人物的形象就越生动,语言自然也就跟着精彩起来。

　　说透了其实再简单不过,只有好故事才值得讲出来,人家也才愿意听。自己讲的如果都感到吃力和厌烦,就不要抱侥幸以为别人可能会喜欢。当今社会各类产品,无论是精神的还是物质的,都趋于饱和,唯独缺少好故事。尤其给才能和灵感留出空间,天才的故事总是富有传奇性的灵感,最容易打开商品社会的饱和状态。

　　这里不可不提及构成故事最基本的要素:细节。

　　故事的根本力量在于提供细节,没有细节便没有故事。我很欣赏目前流传广泛的一句英文成语:"魔鬼在细节。"(Devils are in the details)二十世纪世界四位最伟大的建筑师之一的密斯·凡·德罗,在被要求用一句最概括的话来描述他成功的原因时,他就说了这五个字。

　　陈鸿桥先生在论述密斯时说:"细节的准确、生动可以成就一件伟大的作品,细节的疏忽也可打败一个宏伟的规划。当今全美国最好的剧院基本上都出自密斯的手,他在设计每个剧院时,都要精确测算每个座位与音响、舞台之间的距离,以及因为距离差异而导致不同的听觉、视觉感受,计算出哪些座位可以获得欣赏歌剧的最佳音响效果,哪些座位最适合欣赏交响乐,不同位置的座位需要做哪些调整方可达到欣赏芭蕾舞的最佳效果。"

　　小说创作又何尝不是如此?小说的故事是生活的比喻,而支撑故事的是细节,如果没有细节的血肉,故事就只是一副死人的骨架。若想让故事活起来,就必须依靠细节。当今小说两大弊端:一是胡编乱造不可信,二是冗长拖沓如嚼蜡。这两种弊端都是由于缺少好的细节。比如,现代"官场小说"分为两种:"夸张派"和"写实派"。它们的差别就取决于小说的细节。

夸张派"官场小说",首先是小说,不过借官场说事。因此难免激烈,乃至偏激、轻率、急躁,常被怀疑具有某种破坏性。这类小说读起来触目惊心,却多为官场中人所诟病,认为这是那些不懂官场的人编造出来的官场故事,没有实际意义,现实生活中的官员真要像夸张派"官场小说"中所刻画的那样,便连三天也混不下去。

写实派的"官场小说",强调必须写得像官场为第一要义,小说形式只是"浪弭混乱的工具"。此类小说对官场巨细无遗地无情搜索,涉及各式各样的官场现象,想涵盖更为复杂多变的现实矛盾,甚至会深入到权力背后的心理结构、社会背景、官场文化等等。

最近我读到这样一本小说叫《没有绯闻》,作者就是在职的高官,里面有些细节是非官场中人难以想象得出来的,给人的感觉甚为真实:省里召集的一个高级领导干部会议散场了,市长和市委书记冲进厕所,各自占住一个便池,拉开裤链刚要方便,却看见副省长和省委组织部长从后面跟进来,他们俩便赶紧意守丹田,将就要发射出来的尿液憋回去,不失时机地把位子让给领导。一个让了另一个也得让,谁不让谁就会吃亏。两位领导一边痛痛快快地撒尿一边讲黄段子斗嘴,讲黄段子最需要有人哈哈大笑地捧场,可站在后边的市长和市委书记都不敢吭声,他们俩都知道副省长和组织部长不和,谁知道他们的黄段子里藏着什么猫腻儿,笑不好或对这个笑得多对那个笑得少了点,都会把自己搁进去,可这种时候不笑也不对呀……两个人不仅笑不出来,甚至在有了撒尿的位子之后连尿竟也撒不出来了。

细节的作用是先告诉读者故事是怎么发生的,这个原因如何导致了那个结果,上一个结果又如何变成下一种结果的原因……细节就这么一环扣一环地揭示出连接的因果关系,一级级地引导故事走向高潮……待到细节赋予了故事以生活的意义,小说便大功告成。

所以,没有作家不知道故事好编,好的细节难寻,独一无二的细节尤其珍贵。好莱坞有些制片人,每年都要花重金在全世界范围内搜罗好的细节,有了足够多的精妙细节,再请枪手根据细节编故事。

细节决定故事的成败,故事决定一部小说的成败。既如此,为什么当代小说里又缺少好故事呢？这跟近几十年的"小说革命"有关，认为小说不必有故事、有人物，只要有上好的"意识"和"感觉"就足够了。这其实是一个写不出好故事的"上好"借口，自己不行的就鄙视它。但是，我强调故事的重要性，并不是忽视当今文学观念所发生的变化，结构当代故事是不可以脱离当代文学观念的。

比如文学的经典概念："文学就是人学"——现在连人的概念都已经悄悄地在变，"机器人"也叫人，但并不是人。克隆人是人，却让我们觉得比任何妖怪都更可怕，以至于许多国家都纷纷制定法律，禁止克隆人。但，意大利据传还是搞出了克隆人。电脑不是脑，却能代替人脑干许多事，现代世界离开一些人的真脑子没有问题，一旦离开电脑就可能乱套……人的概念的宽泛，带来了文学概念的无限延伸，结构故事的余地就无限地扩大了。想想好莱坞那些充满想象力的故事中的主角，什么"人"没有！

前不久我在天津举办的全国书市上签名售书，坐在我旁边的是一位来自英国的星相学家，签售的新作是《星相与命运》，买者踊跃。间歇时她告诉我一个惊人的消息，当今世界上的第一畅销书作家、英国的罗琳，精通星相学，在结构《哈里·波特》故事的时候，按照星相学设计人物和安排他们的命运，不然绝不会在全世界范围内引起那么大的轰动。

我对此说将信将疑，或许是不懂星相的缘故。但有一点是可信的，现在的作家为了能写出好故事，全力以赴地动用全部手段，有风的使风，有雨的使雨，甚至不惜使用自己的下半身……

经典文学著作中也都有一个经典故事，当代小说聪明地逃避故事，实际就是要逃避经典。而且当代小说学会了接受这个现实，学会了和时代相处，其表现便是重目标、轻意义，重销路、轻经典，心悦诚服地向市场低头，视畅销比经典更重要。或者认为，目标就是意义，畅销就是当代经典。困惑是真实的，无法躲避的。

但，这只是当代小说的一个方面，还有更重要的另一面。无论小说有故事也好，没有故事也好，故事精彩也罢，不精彩也罢，小说反正是不会死的,一茬接一茬,不停地更新换代。纵使一些人甚或一些阶层不喜欢,或很喜欢,都不能阻止其存在和发展。当代中国小说最突出的特征就是不断涌现新潮流,个性强烈,色彩纷呈,形成了不同特点的作家群落,具备了和历史、和现实、和世界上任何一个民族的文学对话的自信和智慧。有年愈百岁的老作家,还有几岁、十几岁的娃娃作家,堪称"四世同堂"、"五世同堂"。小说家的队伍壮大,气象可观,这表明当代小说大体维系着一种自然的生态平衡。年轻的小说家都是自生自长出来的,各有自己的生长环境、生长优势和生长姿态,他们有资格也有条件保持着自己的原生态势,也让当代小说园地花团锦簇,丰饶妖冶。

因此也可以说,中国小说是值得期待的,好故事就更是可以期待的。

2002年3月12日

杂文世界

鲁迅曾说过，他的杂文都是经过自己、编辑、总编辑和检查官抽过四次骨头之后，才得以面世的。可见，社会对杂文的刻苛由来已久。"文革"之初，邓拓遭殃也是因为杂文。

杂文容易让人神经过敏——这就有点意思了。"杂文过敏症"本身就让人觉得像"杂文"。所以，文坛如走马灯，其他文体都曾经大红大紫过，如朦胧诗、意识流小说、纪实文学、散文……等等。唯有杂文，似乎一直像后娘养的，从来都不招人待见。但，后娘养的不一定就不好，能进入历史排行榜的大人物中，就有后娘养的。凡后娘养的大都生命力旺盛，越压越生，越挤越硬，倒也活得有滋有味。

杂文也如此，不算热闹，却决不冷清。但生活走到了今天，杂文便遭遇了双重挑战。一种来自现实：当下世界可以说进入了杂文时代。这并不是说现代世界要捧杂文，而是指世界本身变成了杂文，到处都有"投枪和匕首"，经常发生让人惊醒和刺痛的事件，比如"非典"、"多宝鱼"、"苏丹红"等等事件，算不算是送给这个时代的一篇篇杂文？有些国家的所作所为也是天天在世界各地写杂文。

有钱的杂，没钱的杂得更邪乎。世界杂，社会杂，政治杂，官场杂，生活杂，男女杂，人杂，事杂，心杂，情杂……现在的杂文即便累吐了血，也杂不过这样的现实生活呀！看印在纸上的杂文，远不如看眼前活生生的现实更过瘾。杂文杂不出花儿来，又怎么能吸引人呢？

何况杂文还真就不能杂出花儿来——这就是当前杂文遇到的第二个挑战：社会对杂文的曲解。现实无论怎么"杂"人们都能容忍，唯独对杂文,老是神经紧张,想鸡蛋里挑骨头。有些人甚至一见到杂文,火气就不打一处来。

这是为什么呢?鲁迅曾将杂文称做"杂感"。这就是说,杂文要有敏锐的感应神经,对时弊和史弊有新颖独到的感知、感觉、感悟和感慨,方能成文。现代世界如此之杂,任谁都会有满肚子的杂感,何况是作家?然而,如今杂文对社会现实的敏感,远不如社会现实对杂文的敏感。于是杂文技法却被大普及。眼下铺天盖地的顺口溜和各种段子,就是老百姓创作的杂文。现在可以说真正到了口无遮拦、无所禁忌的时代。一个清洁工就可以在马路边拄着扫把对人生前途、婚姻状态、国家形势、世界政局以及领导人的风度大加褒贬,随意议论和感慨一番。新闻媒体利用自己的传播优势,也在大搞影像杂文、救急杂文。所有访谈、对话、追踪、焦点等等节目都是借用了杂文技法。

杂文形式被滥用,谁都可以说杂文、做杂文,就是作家写杂文格外被人忌惮。这才叫以杂治杂,杂文碰上了鬼打墙,徒呼奈何?如此这般林林总总,是说明后娘养的或狗娘养的杂文快完蛋了吗?不,恰恰相反。杂文不仅死不了,还正在变幻形式以多种面目被利用、被器重。当今文化越来越杂,杂文正该杂到正根上,以杂取胜,以文识杂,杂而不浮,文而有道。再加杂文原本就命硬,何患之有?

2003年6月7日

早稻田大学讲演提纲

毋庸置疑,现实正欲淹没文学。

因为人们对生活的感受被一个又一个的事件所取代——像一个"9·11"事件,居然被认为"改变了世界,改变了每一个人"。

世界充满事件,突如其来,层出不穷,霸占了人们的想象力。现实比任何小说都更令人不可思议,更使人有陌生感。喜事和丧事同在,盛世和末路并存,无法预测,无法把握……

于是,人的概念悄悄地在改变:"机器人"并不是人,在某些方面却比肉体凡胎的人还要能干。克隆人是人,却比任何妖魔鬼怪都更令人类忧虑和恐惧……人的概念的宽泛,带来了文学概念的无限宽泛。

作家的全部才华就是感觉的新颖。世界为空,人乃一切。世界不过是人的灵魂的影像,人的自身就潜藏着支配万事万物的规律。作家要信赖自我,不为外物所累。只有自己才是主体,并有责任了解一切,也敢于面对一切。

感觉就是思想,艺术的核心秘密是活的灵魂。文学的成熟就表现在个性强烈,色彩纷呈,形成了庞大的各具特点的作家群落,有自信和历史对话,也和现实对话。

用一句话概括文学史,就是记录了文学和现实的关系。文学是一种社会意识形态,必然为社会的现实存在所决定。现实生活有张力也有矛盾,有机会也有困难,急剧变化的本身就有着巨大的社会批判功能,也会影响到文学进程的推进。

现实对人一直都在进行着雕刻乃至扭曲,因此现实主义文学也不是简单地复制现实。作家对现实生活的探索和发现,应该符合现实生活本身的规律,又折射出作家对现实的人文关怀和深邃的理性思考,表达人性的要求与灵魂的渴望。

现实的本性是变化,世界在变,生活在变,人在变,文学在变,其实文学就从来没有停止过变,也从未因内容与形式的变化而停滞。过去的文学给人类提供的是出类拔萃的精神和情感。任何时代能够流传下去的,也只能是精神和情感。在今天这个物欲极度膨胀的商品时代,人们最缺乏的恰恰就是精神和情感。因此,文学的命运不是将被取代,而是变得更加为人们所需要。

地球上居住着六十多亿人口,而每个人终其一生所认识的人也不会超过万人,可我们居然在这个大厅相识了,这无疑是一件令人愉快的事。

中国有一句老话概括这种情景:"有缘千里来相会!"缘——是一根丝线把人连起来。这根丝线就是文学。

文学是一种吸引,一种融合。在爱尔兰的舞蹈中可以看到非洲黑人舞蹈的影子,在非洲的黑人舞蹈中又有着明显的白人文化影响……现代世界纯而又纯的东西已经消失了,都是你中有我,我中有你。你落后了,就要吸收先进的东西;你太优秀太独特了,就不可避免地要被世界吸纳。每个人或每个民族,又会在吸纳中加进自己的东西。

而人类的艺术就是在这种交融中进步,你在吸纳世界的同时,也被世界吸纳。

人类学家经多年考证,研究了五大洲一百六十个国家和地区三万年前的语言遗迹,得出结论:在人类进化到智人阶段时,存在着一种全人类通用的"原始母语"。也就是说,当时全世界的人使用一种共同的语言。各地原始人类最初所能表达的事物范围都极其狭小,也非常一致。在那之后,受到地形、气候、食物和社会组织条件的影响,概念、语言和艺术等领域内部的分化才渐渐开始,不同的文化由此形成,现在世界上的所有语言都是在那之上发展起来的。随着人类的进化,语言越来越精确,便分化成许多种,因此隔阂也产生了。

这时候,对文学来说最重要的就是寻找差异。差异是最值得珍贵的,因为有差异才有存在的必要。作家发现了与他人不一样的东西,就发现了自己创作的价值。

这也是今天我来到这里的原因。

2003年9月

话里话外

现代人生存在高度信息化的环境中,世界只是一张网,天下人和天下事皆在网中。咫尺天涯,出神入化,事无巨细,无所不能。而信息需用文字表达,"高度信息化"就是"高度文字化",全新的书写方式和载体,带来了铺天盖地般的书写和书写的快乐。

人人都可以是作者,又是出版者,于是就事在必然地引发了一场"话语革命":宇宙间无时无刻不在飘荡着或传递着无以计数的句子,叙事的,抒情的,评论的,祝福的,嘲讽的,咒骂的,建议的,或精妙绝伦,或粗俗不堪,或莫名其妙……在中国作家协会公布鲁迅文学奖评选结果的同时,《羊城晚报》首届手机短文大赛金奖揭晓,明明只是一家报纸举办的大赛,却被称为"全民写作的盛事"!

可见其影响力。吸引了无数的人为"拇指文化竖起大拇指"。我们曾经有过一个"全民皆兵"的时期,现在则是"人人能文"的时代。

每个人在享用奇奇怪怪的句子的同时,也都可以生造出一些奇奇怪怪的句子,只要你造出来并传播出去就成了"官"的,谁若看不懂,谁就是笨蛋、老土。"吧蝇"有"吧蝇"的术语,"碟兔"有"碟兔"的行话,"网虫"有"网虫"的惯用语,"车狼"有"车狼"的专用词……到处都时兴"小鬼当家",成年人听不懂少年人的话。

有敏感者意识到事态的严重,提出了"保卫中文"的口号,鼓动人们打一场"保卫语言的战役"。然而,高度文字化带来的"话语革命"是一场语言的大海啸,虽泥沙俱下却势不可挡,并对你要保卫的东西甚为不屑。你保卫你的,人家创造人家的,你闹腾得越厉害,就越显得你是堂·吉诃德一族。

如今写作,被叫做"话语事业"。但"话语高手",却未必就是传统意义上的"专业作家"。以前各种版本的格言、妙语、绝句,无不出自经典作家的笔下或口中。而二〇〇四年,无论是由全国或全球媒介和民间组织评选出的妙语,无一是由专业作家创作的。

比如,二〇〇四年男女结合盛行老少配,有些老少配还造成了强烈的社会轰动效应。深圳某年轻俊男娶了一个大款老太,面对众人的困惑,他就这样自揭谜底:

"用钞票的时候,还需要关心它的发行日期吗?"

——此语之所以受欢迎,可能是道出了其他一些老少配的部分因由,引起了众人的共鸣。中国的许多学校都展开了有声有色的性启蒙教育,性知识的增加带来性感觉,性感觉带来性麻烦。某大学生将自己的校园生活概括为:"开着灯的打麻将,关着灯的搞对象……"

成都一个参加高考的男生,抱怨前排的女生穿着太暴露,影响自己发挥水平:"写作文时,一抬头就看见她的光背,再加上浓烈的香气,实在有些受不了……"

一位陪女儿去医院的母亲对医生哭诉:"我十七岁时不知道什么是恋爱,可我十七岁的女儿却要做人工流产。"

二〇〇四年无疑还是"经济年",诸事要靠经济调节、经济推动,这从农村的大标语可以看出经济的分量:

"少生孩子,多养猪!"

"结致富的扎,上脱贫的环!"

"一人超生,全村结扎!"

如果又想超生,又不挨罚,怎么办?求助于"科学"。据《哈尔滨日报》一月六日报道:在哈市一家医院,二〇〇四年十月至十一月间的短短四十天里,接生了七对双胞胎。一个叫小玉的二十九岁女人,经人介绍大剂量地服用一种价格仅十几元的促发排卵的药物,竟怀上八胞胎! 真是低成本,高产出。一位叫马也的先生评论道:"人有多大胆,肚有多大产!"

外国人也有穷疯了的,俄罗斯一个叫奥斯皮夫的律师,向当地公证人办公室递交声明:"我申请对世界各国上空的云朵拥有所有权。我已经在全世界的法律行业中开创了一个先例。"

针对当下的各种重要社会现象,老百姓都有精彩的语录。评价一些干部读在职研究生:"一是认认人,二是学学词儿,三是养养神儿。"

事故、灾难、污染、艾滋病……老百姓这样表达对生活的无奈:"安全带、安全帽、安全套……现代社会里能给人安全感的,不是人际关系,而是塑胶制品。"

南京大学的公告栏上贴出了一封"辛酸父亲的来信":"自从你考上大学,成为我们家几代人里出的唯一一个大学生之后,我心里已经分不清咱俩谁是谁的儿子了。"

……

每年的元旦,我都要在电脑里设一个新的文件夹:"××年语录"。因为到年底的时候,总是要"瞻前顾后"的,对刚刚过去的一年总结一番、体味一番,对即将开始的一年展望一番、规划一番、祈祝一番。最简便的方法就是打开"语录"文件夹,浏览一下全年的经典性妙语,基本上就能对过去一年的重大事件了然于胸。

或许是现代人没有耐性听长故事和说长话,无论多么复杂的事件都喜欢用三言两语就给出答案。像调动多国部队发起一场大规模的现代化立体战争,打垮一个国家,其堂而皇之的理由不过十个字:"寻找大规模杀伤性武器。"既如此,那世界上还有什么事情是用短句子不能概括的?比如,二〇〇四年被称为"选举年",马来西亚前总理马哈蒂尔在评价美国大选时说:"美国的选民看起来愿意接受一个说谎者并选举他为总统。美国人民基本上都很无知,他们认为美国就是世界。"

——我发现,超级大国的总统敢干,而小国家的领导人敢说。

去年三月,法国媒介举行一次特别的专题采访,七位法国前总理都参加了,并一起向公众大倒苦水,讲述担任总理的种种辛酸。概括为一句话就是:"法国总理的生活如同下地狱。"

英国首相布莱尔面对媒介的采访说得就更形象:"我现在非常疲惫,就好像有一千个人在不分白天黑夜地踢我的屁股。"

去年十一月十二日,他和布什联合举行新闻发布会,有记者当场问布什,是否认为布莱尔只知道追随他? 布莱尔尴尬地请求布什:"千万别说我是你的狗。"

二〇〇三年在"奥斯卡金猴奖"的评选中,获得"终身成就奖"的世界恐怖主义一号人物本·拉登,二〇〇四年继续在大山里钻来钻去,周围只有石头和山洞,有好几个月连他都不知道自己身在何处。于是,为呼应美国悬赏重金抓他的通告,便在八月公布的一盘录音带里他不无幽默地抱怨说:"如果你们能知道我现在在哪儿,请立即告诉我。"

——这就叫找不到北了。会藏的人,藏来藏去竟真的把自己给藏丢了。

这些语录就像轻风般掠过时空,然后飘落在人们的记忆里。重新拣拾一番,有实际性,也有思辨性。它们经得起再读,也经得起再思索。去年的性丑闻、性交易、性官司比较多,漫画家朱德庸说:"男人的一半是女人,定义如下:男人的一半是他身边的那个女人,剩下的一半是各式各样别的女人。"

老百姓紧跟着创作了"新威胁论":"已婚的女人威胁老公,单身女人威胁已婚的女人。"

美国一家研究机构也凑热闹,公布了他们多年的研究成果:"胸部丰满的女性,智商要比普通女性高出十点左右。"

——难怪娱乐业的女子,都千方百计地在胸部出奇制胜。只是这家研究机构还缺乏一个有力的证据:世界上的知名科学家,特别是诺贝尔奖的获得者,有多少是大胸女人生的?

在第七十六届奥斯卡颁奖典礼上,上届影后妮可·基德曼颁发男主角金像奖,借介绍入围五部影片男主角的特点,顺便就概括了当今全世界通行的男女关系:"一个浪漫热情的小伙子,一个臭脾气的超龄坏孩子，一个有权威的一家之主，一个海盗，一个陷入中年危机的男士。对女人来说，他们是不同年龄段的约会对象。"

——老天哪，这就叫"通吃"！

圣哲们讲：一种语言是一种拥有军队和舰队的力量。语言，更是现代社会最基本的信息载体，也是一种特殊的社会现象。每个社会都有自己的语言，各个社会的思想差异总是首先通过词汇表达出来，它随着社会的产生而产生，也随着时代的变化而变化。人们都喜欢将生活经验倾注在简短的俏皮话里，将无奇不有的种种社会现象凝固在冷峻的短句子中，这就是当今这个社会的特点，也是妙语、格言独有的奇特效用。

所以，一部几十万字的普通长篇小说，正式出版后也只能拿到几万元的版税。而一篇只有四千五百字的"手机小说"，却能卖到十八万元的高价。一位"手机小说"作家向我介绍他的创作经验时说：我的每部作品的诞生，都是先由自己写出故事初稿，大约要有一两万字，有时甚至达到三万字。然后花钱请一个高中生或大学二年级以下的"小枪手"，负责加工凝练成三四千字的"手机小说"。因为这些"小枪手"更会精短，语言更现代。"手机小说"一般是每七十个字一段，连人物的名字都不要，有名字就会多占字，只用你、我、他代替，所有的人物名字都是一个字解决问题。连"OK"，都只说一个"O"！

厉害，创作已经进展到这种境界，难怪我会落伍。

看来，现代语言要"绝句化"。其特点是生猛鲜活、精准狠快，表现出一种野性的生命力。"现代绝句"要求句子本身就是故事、就是人物、就是行动。

其实又何止是手机短文的作者，作家的高下无不取决于语言的丰富与优越。现今能给人以强烈冲击力的专职作家，也是得益于他们惊世骇俗的语言天赋。如台湾女作家龙应台，曾被人称做"龙旋风"，文字能刮起旋风，可见其语言的威力。李敖也是个敢说、能说、会说的主儿，他创造了不少能在社会上流传，甚至让政治人物们也经常引用的名言。比如："我们的悲哀并不是陈水扁是我们的敌人，而是国民党是我们的朋友。"

还有专栏作家陈文茜,也有过从政的激情,写出过不少名句:"在政治里有很多经不起权力考验的面相。""政治是照妖镜,能照出每个人生命中属于魔鬼的那一面。""我经常鼓励女人要离开不适合的男人,对我来说台湾的政治就是一个酗酒的男人。"

大陆作家里的"话语高手"就更多了。韩石山的语言就称得上机智泼勇,敢于真话实说,也能够实话巧说,是个真实而有趣的人。在温温吞吞的文坛上,他的文章常能激出点波澜,或演变成一个事件,或传为一段佳话。

语言是作家思想的排列,更是个性的表露。我之所以先拿韩石山说事,是有种奇怪的感觉,觉得当今文坛对批评家颇有微词,说他们"擅长将自己的不屑藏在袖筒里",多以奉承话做礼物向外派送,经常要为时尚文学上油打光,是"专职的表扬家"。我的看法却有不同,觉得当下最具爆破力的语言多出自批评家笔下。

比如朱大可,几年前就卫慧现象曾发过警句:"一个真假难辨的叫春的年代已经降临……"在中国的文坛上,能具有这种点名的勇气是很不容易的,发惊人之语要有胆识。最近他在回答《人物周刊》记者的提问时,又进一步解释说,"流行文化正在迅速走向肉体化,人们对身体的关怀已经到了匪夷所思的地步,远远超越了对心灵的关切。这当然是信仰崩溃带来的后果。但一个对自己心灵问题不关心的民族,是注定要溃烂下去的"。

张柠说,"东方明珠是上海的睾丸"。我在一篇谈城市建筑的短文中也引用过这句话。不要以为他是在调侃上海,这是对上海的一种恭维,至少说明"东方明珠"给人印象深刻。请问,当今国内还有哪个电视塔能给人这般深刻的印象?各大城市几乎都有自己的高塔,却千篇一律地用一根钢筋水泥的柱子支着一个钢筋水泥的球,都属于"烟筒类",造型单调,用途单一,毫无创见。因此,你就不能不承认上海的"东方明珠"从一开始设计就千方百计要出新,在造型上拓展了塔的含义,张扬了上海的城市个性,一落成便成为上海不可或缺的标志性建筑景观,似也可以排进世界现代名塔之列。倘若张柠的比喻能流传开来,就更会成全"东方明珠",使它声名大噪,吸引如潮水般的参观者。因为现代人(无论男女,或许女子尤甚)都格外崇尚阳刚,各大名山上的阳刚石无不被游人抚摸得流光水滑。甚至连悉尼名人蜡像馆里的克林顿的裤链,从展出的那一天起就不停地被参观者拉开,大家似乎都对老克中段的风光很好奇。后来管理人员为了保护他的那个家伙不被摸坏,不得不用尼龙线把他的裤链缝死。

我还曾下功夫揣摩过李敬泽的语言,句子造得那叫漂亮,真是一道道"思想的闪电",其中藏着丰富的智慧,常会出奇不意地"电"得你灵魂出窍。历来文人们都认为,语言才能是神的恩赐。他调侃着、质疑着、优雅着、灿烂着就把想批评的东西损得连骨头都会发青。

妙语有灵犀,可以钻到人的心里。语言的精妙与否取决于角度,有一个好角度就事半功倍。内涵最丰富的概括,往往又总是最简洁的。现代"话语高手",就是要能说出社会公众期待的话,让大家心里格外爽。当今社会上广为流传的名言妙语,给现代话语注入了无限的活力,其中充满通俗的哲学和生动的美学。

语言是社会生活的影迹,无论在哪里,风俗和时尚一变,必首先在语言上体现出来,随着一种观念和时尚的流行,语言的创新程度丝毫不亚于习惯改变的程度。千奇百怪的警句妙言和新的生活、新的经验相配套,它总结现实,常常比现实更精到、更雄辩。

古人讲:"吉人之词寡,躁人之词多。"现代商品社会比较浮躁,躁动不安的人多,所以各种各样的怪话、笑话、牢骚话、俏皮话就多。甚至可以说,当代的"语言巨人"多于"行动巨人"。这是因为,语言是女性的,而行动属于男性。人们不是经常抱怨,现在的男人不男,什么都要打美女的牌吗?

能把难听的骂人的话说得好听而俏皮,也是一种本事。语言精妙的人一般都比较聪明。现代社会是太过聪明了,具有"三寸不烂之舌"的人很多,所以盛产各种各样的惊言妙句,处处都有惊人之语。这些话里藏着许多有价值的东西,所谓众口铄金,街谈巷议,必有可采。

语言又是人们心灵的印章,是现代人灵魂的出入口。警句妙语对治愈灵魂的疾患有不可思议的力量,妙语就是妙药,古人就曾用绝句有效地医治过头痛。或许可以这么说,现代社会之所以盛行"现代绝句",是现代人的情绪所需要,对稳定社会自有它一份功劳。

2004年4月

"精品"与经典

  我很有兴致地走进国家大剧院,参加茅盾文学奖颁奖晚会。想看看如何将发奖变成一台晚会,更想听听获奖作家们如何发表领奖演说。他们必精心准备,或有惊人之语。前不久读到韩少功在纽约领取纽曼文学奖时的演说,先从人类的语言谈起,然后说到母语,再说到语言对写作的制约和成全,顺便谈到自己的心得,简短而别致。

  我这是第三次走进这座以"国家"命名的大剧院,仍觉得里面像迷宫,辉煌而冷清。待七拐八绕地找到颁奖的所在,发觉跟前两次看演出一样又是小剧场。这么富丽堂皇的大剧院里不会只有小剧场吧?晚会由军队的男声大合唱《伏尔加河船夫曲》开场,声势沉雄壮阔,一下子把场面镇住了。接下来是中国作家协会主席铁凝致辞,热情得体,其中有句话讲得很到位:今天晚上的国家大剧院属于文学。随后便是宣读"授奖词"、颁奖、获奖者讲话、老演员曹灿朗读获奖作品的片断,在这些颁奖活动的中间穿插文艺演出。

  气氛略嫌拘板。当有的作家在演说中提到当天正好是他父亲的生日,有人提起平素老娘对他的教诲,使剧场的凝重有所松缓。毕飞宇讲得很巧,他从盲人身上看到了生命的静悟和淡定,原来自己渴望的当代性就是尊重局限、尊重节制。晚会组织者的构思或许不错,但忽略了在同一个舞台上作家和演员的区别,当代文学和古代经典的差异。晚会进行了近四个小时,沉闷拖沓的地方反而是文学段落,音乐家的演出倒显得非常精彩。原本是让演出为文学助兴,没想到文学倒成了晚会的陪衬。

　　但音乐家演奏的作品,又大多取自文学经典。如琵琶独奏《十面埋伏》,表现的是人们耳熟能详的楚汉相争的故事,源于《前汉书平话》;古筝独奏《渔舟唱晚》直接来自王勃的《滕王阁序》……这给人以触动,似乎经典都要通音律,能给音乐家以创作的灵感,过去许多文学作品是可以直接谱曲演唱的。整个晚上最松散懈怠的部分就是朗读获奖作品,几个工作人员抬着小桌,搬着沙发,小桌上放着五部作品,沙发是给曹灿坐的,抬上搬下,来来去去,如此反复五次。舞台上最忌杂乱和重复,一到这个环节晚会的气氛就散了。

　　由于没有读过获奖作品,我很想通过这些片断能"窥全豹",因此听得很仔细。不知是剧场效果的问题,还是截选不当,朗读不能抓住人,有些朗读甚至不知所云。莫非当代长篇小说不适宜这样朗读?可曹灿本人似乎就在电台播讲过《三国演义》《水浒》,古代经典作品任你随便选、随便读,几分钟就能把人吸引住……

　　这也可以说明现在不是经典时代。从上到下异口同声、反复强调的是出"精品"。然而这个口号喊了若干年,可曾出现过一部"精品文学作品"? 一旦成为"精品"就不能再动了,"增一分太长,减一分太短"。文学作品见仁见智,怎么可能精密到分毫不差?《红楼梦》是伟大的经典,却不能说它是"精品"。不然就不会有那么多人为之续写,并随意安排大观园的结局。

　　这却正是经典的强大之处,经典就要经得住选载和改编。中国的所有戏剧门类都从四部古典名著中吸收了无尽的营养,仅京剧就有二百多部"三国戏"。经典同样也经得住糟蹋,无论现代影视作品怎么随心所欲地改编和解读,都伤害不了经典,并照样让它们大赚其钱。

　　——这就是我在晚会上走神所想到的。

2011年10月30日

序 与 评

致蒋和森的信

和森先生，您好！

我刚从南斯拉夫访问归来，见到您十月三十日的手书十分高兴。您劝我写长篇，并提出了十分中肯而有益的建议，极合我的心意。我也感到以前塑造的那些人物，已经把我的"文学小屋"挤得满满的了，有些新的人物想出世，却没有立足之地，必须翻盖一下自己的"文学小屋"，这就是写长篇。但有两个原因拖住手脚，一直未能实现这个计划。其一，有许多眼前的、迫切的东西要写，中、短篇的创作老是停不住；其二，苦于没有连贯的时间进行长篇创作。这牵扯到工作问题，我还没有离开工厂迈进作家协会的大门，原因很复杂，主要是我自己迟迟下不了决心。下不了决心的原因又很多，舍不了工厂，舍不得丢掉过惯了的工厂生活等等。还有一条总觉得作家不成其为队伍，弱不禁风。我们这批人又不同于像您这样一批同志，胸中有真才实学，不能进行创作了，还可以著书立说做学问。我只会搞一点现实题材的小说，倘有不测，以何为食？在工厂我有一技之长，况且经济队伍远比文艺队伍强壮，我何苦舍强而趋弱？

话扯远了，回到正题。倘写长篇当然要给上海文艺出版社，我已答应了人家。他们出的书装帧印刷质量较高。这次我赴南参加国际作家会议，外国作家把他们的著作送给了我，我也带去了自己的两本小书，却不敢拿出来，被人家的书一比太寒酸了，简直不成其为书。人家介绍我时还说是得什么奖的作家，考虑到羞的不是我一个人的脸，便把带出去的书全部给了在国外工作学习的同胞。欠外国作家的账指望拿不久将出版的我的《中篇小说集》(湖南出版社)和《一个工厂秘书的日记》(花城出版社)这两本书去还。《日记》是我的自选本,收集了从描写工人、干部到部长等作品,组成了工业战线上的人物系列,被评论家称之为"开拓者家族"。到时奉呈您指正。

在接到《风萧萧》之后我立刻就拜读了,而且是一气看完的。近年来能叫人一气看完的长篇就是有数的那几本,《风萧萧》是其中之一。我起草中国作家代表团在贝尔格莱德国际作家会议上的发言稿时,就着重读了这几本书。

《风萧萧》气魄宏伟,视野开阔,笔力雄健,结构严谨。读后不仅得到了一种艺术享受,也丰富了自己的历史知识。这段历史我上学的时候曾学过,还下功夫背诵过,但那是呆板的、死的历史,考试完毕就忘了。这一次是从您的小说中掌握了生动的、活的历史知识。这部书所以取得这样的成功,使知识界、评论界和一般的大众读者都认为不错,我觉得首先是人物写得好。王仙芝这个人物尤其写得"活"而"真"。中国的农民起义领袖可谓多矣,除去《水浒传》不论,您让我第一次见识了一个真实可信的起义英雄,他决不是无产阶级的革命领袖。"虎啸龙吟的王仙芝"在失败、杀头面前,不愧是个英雄,敢于"睥睨一切",但是登上了"大将军的宝座",要做"人上人的思想"就抬头了,过去他鄙视的"尊荣、富贵、美女",现在成了他生活中不可少的东西了。关于他的这种转变,小说揭示得深刻而又自然合理,因此对以后表现王、黄之间的矛盾,起义的最终失败是非常重要的,不仅有历史的原因、社会的原因,还有人物个性上的原因,把种种因素集中到人物身上,写出"人",一切历史悲剧的主角都是"人",这才是小说的使命。您把历史和人结合得这样好,既忠实于历史,又让历史为人物服务,这不能不叫绝! 在众多的粗犷、雄猛的起义将领中,您突出塑造了"长眉横秀,雄姿英发"的尚让和正处于花样年华的少女水芹子,使小说格外多姿多彩,相映成趣。田令孜、郑畋等一帮人物也写得很有特色。只是尚君长在后半部的转变与前边的描写不大统一,使人感到突然,这是个很重要的人物,处理得稍微简单些了。

我读后第二个突出的感觉就是小说的语言太好了,功力极其深厚,精细耐嚼,挥洒自如。叫人不能不感到作者的确是知识广博,功底精深,才气纵横。单提一点:人物的肖像的描绘,有时用两个或四个四字词组就解决问题,生动传神,且又自成风格,和其他历史小说决不雷同。如:描写曹师雄是"须髯如戟,面如涂赭";写黄巢"英气四射,雄盼风生";写王仙芝是"身材中等,深目高颧"。写人物的对话更是纵横自如,妙语如珠。粗人粗语,细人细声,当文则文,当武则武,许许多多意想不到的语汇仿佛由作者招之即来。无疑这也是一部才子书,文人气极重。但也有一个问题,有的地方用典过深,一般读者不查字典是看不懂的。我的邻居(还是工厂行政科的干部)借去看,每隔两天就拿一个纸条来找我,上面写满了他读不懂的字句求我解释,什么"一叙契阔"、"拊掌剧谈"、"毫末不除、将寻斧柯之患"、"赍志以殁"以及什么叫"廊庙气十足",《岱岳松烟图》是一幅什么样的画呀,等等。当电台广播的时候,这部小说理所当然地受到了欢迎,连六十多岁的老太太也为水芹子能否找到尚让而焦心。但我听广播的时候却感到小说中那种特有的韵味没有了,许多语言是囫囵吞枣,一带而过。

第三点感受就想谈谈这部小说的情节。小说的结构是无可挑剔的,场面广阔,内容错综复杂,展开了一幅又一幅激动人心的历史画卷。尤其是到第一部快结束的时候,众多的人物性格已经明朗了,各种复杂的矛盾已趋尖锐化,王仙芝和黄巢的冲突也露出端倪,揪人心魄,小说结束得恰到好处,留下了极其强烈的悬念。电台广播之后很多人找我借第二部(他们误以为我能提前搞到别人搞不到的书)。但我担心您的第二部出版时间拖得过长,会冷淡了读者。俗话说把热的放凉了。

我感到第一部不够满足的地方是缺乏更多强烈的跌宕不平的情节,应该让人听过一遍就记住不忘,有口皆碑。我问过几个中学生,他们佩服黄巢的箭法,佩服尚让、柴平、水芹子。当然不能根据他们的意见来评定小说。我的意思是说:倘若把纵横的才气和中国民族的传统结合起来,对有些情节加以强化,这部书的影响会比现在还要大。近几年出了不少历史小说,写了许多各种各样的战争,但是人们能记得多少呢?为什么赵云长坂坡救阿斗、关羽温酒斩华雄、张飞夜战马超、草船借箭等等,同样是写战斗,却打一仗一个样,不同人物不同打法,战火没有淹没人物个性,相反倒利用打仗强化了人物个性。我看《风萧萧》时有两个地方正要到兴头上,您却打住了,使人觉得不过瘾。记得前两年有人撰文批评《三国演义》中"空城计"一节是虚假的,破坏了人物性格。我不敢苟同,当今有些历史小说正是由于缺少像"空城计"这样的情节才不能流传开来。像《红楼梦》那样的题材尚有不少荡气回肠的情节,让后人经久地传诵。《风萧萧》的题材太有传统味和传奇色彩了,况且您的小说结构又是那样宏大,凭您的才力驾驭这样的材料虽不能说举重若轻,至少是挥洒自如。我祝愿《风萧萧》成为一部真正的才子书,而且还希望能为改编电影和戏剧留下丰富惊人的故事与人物。

在国外听洋人说话太多,说中国话太少,回国后有一种想和朋友畅谈的渴望,因此这封信也写得过长了。我对历史小说的创作一窍不通,简直是班门弄斧,供您一笑。

即颂笔健!

子龙谨上

1981年11月9日

清新、质朴

《山东工人报》的宋惠民约我为几篇小说写一短评,由于外出拖了一个多月。其间宋曾来过数次电话,无奈身不由己,实在无暇顾及。十二月二十日,从国外回来的第二天,写字台上堆满等待处理的报刊、信件,还有一堆琐事的困扰,又接到宋惠民的催稿电话。甚为他的编辑热情所感动,想先看看稿子再说。

不想这一看便一口气把六篇稿子都看完了。小说写得很好看,而且看后确实有些话想说。便在写字台上推出一块地方,先记下这些感想。

亲切可感的故事,灵通切己的意蕴。自然,朴素,本质,文字无藻饰,不造作地揉搓感情。却有一种返璞归真的感悟,唤醒了我的一种情感,从异国他乡的情调中回到了自己熟悉的生活中来。

《短发,长发》,写得精妙,表现当今社会感情饥饿,却含而不露,别有韵致。情彩闪烁,余味不尽。

《老鸟》表现了久违了的工厂技术革新的生活,却触动了现实生活的灵魂,揭示了当今社会的一个敏感问题,另有深意。老鸟老耶? 悲耶?

《哦,我的老师》,如一幅照片,留住了商品社会的一个镜头。这个镜头让读者看到了想到了商品意识对现代人的冲击——"生命的内在冲动与外部障碍的较量"。

《第三次握手》,洁练的白描,健康的热情,流露着现实生活的韵律,反映了变革的善良,善良的变革——生活中如果真是这样,事情就简单了。然而生活中没有"如果"。

《踏青》，平中见刺，短小含蓄，有一种平静的幽默和智慧。

《约会》，讲了一个美丽的故事，可惜结尾容易被人猜着，不是凤尾，也不是豹尾。

总之，这六篇小说都是以小见大，展示现代生活的厚重与质朴。

作者们表现出一种可贵的责任感。对生活的责任感是心灵的卫士。责任感能给文学以时代意识，并把握住时代的文学意识。

文学上出问题都跟脱离生活、脱离人民有关。这些作者没有把水掺进自我，也没有把大量的水掺进淡薄无味的感觉冒充大海，或追赶新潮。而是把一滴水般的自我投入大海，折射大海。

这些小说的另一个特点，是作者们有足够的真诚。真诚是精神的阳光，是艺术的生命，只有真诚才能融合心灵的真实和生活的真实，创造出有价值的美。

也许当今社会上假冒伪劣的物质产品太多，致使一些精神产品中，有技巧，有油嘴滑舌，唯独缺少真诚。怎能指望一个虚伪的灵魂，一个没有真情实感的人，能创造出真实的美！

这六篇小说作者的笔下，奔涌着对生活的热情，感知当代社会的诗意，让自己的文学情弦充满智慧的激情，可喜可贺。

他们的小说写得都很短巧，我的短评也应就此打住。

1982 年末

从兵团到文坛

　　盛情——这个东西可感而又可怕，它能逼你去做一件力难胜任的事情，你还无法推辞。我就是这样接受了向北大荒进发的任务。很不轻松，却又是一次接受"再教育"的机会。

　　我对北大荒完全陌生，既感受不到它的"荒凉"，也体味不出它的"神奇"。但对于从北大荒崛起的文学高地并不陌生，在这个高地上站着一批年轻精壮的战士，他们是：梁晓声、肖复兴、陆星儿、陈可雄、张辛欣、张抗抗、陈爱民、何志云、刘进元……把他们的名字都列出来，也许够一个加强排。

　　这批各具才情的作家，年龄大多在三十岁左右，都曾在北大荒当过兵团战士。他们一生中最富于幻想的那段青春年华给予了北大荒。他们在北大荒认识了生活，认识了人生，认识了自己。十几年前谁能想到，一场上山下乡的"再教育"运动，在十多年后果然教育培养出了一批作家！我不是评价那场运动的得失，更不会主张为了培养作家再搞一场那样的运动。假如他们当初不去北大荒，其中有些人也许仍可以成为作家。但他们今天成了这样的作家，却和北大荒的那段生活经历不无关系。从这个意义上讲北大荒成了文学的"摇篮"，这恐怕连北大荒这块土地本身也料想不到，在北大荒的历史上还从未有过这种记载。即使是以黑龙江生产建设兵团的四十余万知识青年做分母，除这个"加强排"，得数仍然是惊人的。如果依据这样的比例数推算，中国的作家队伍应该比现在大几倍。

　　一个国家，作家成群出现，这个国家的文学就有希望。陕西作家群、湖南作家群、北京作家群……如今又崛起一个"北大荒"作家群。高峰长在连绵不断的山脉上,有"十万大山",才有可能产生"世界屋脊"。

别人暂且不论,梁晓声如果不曾做过北大荒人,他就写不出《这是一片神奇的土地》、《今夜有暴风雪》等作品。他的才情、风格和作品中的艺术魅力,全部来自对北大荒生活的敏锐感受和独特的钻研。读他作品时强烈吸引我的,首先是他有勇气历史地真实地表现那场已经成为历史陈迹的上山下乡运动。在梁晓声之前的作品中,写到这场运动大多是当作伤痕来揭露,当作灾难来渲染,把知识青年回城简单地当成一场浩劫的结束来歌颂。而梁晓声是怎样看待这一切的呢?

当团里要解散一个歉收的连队的时候,女知青、副指导员李晓燕坚决反对,她立下军令状,带领一支由知识青年组成的垦荒先遣小队,开进了人迹罕到的充满恐怖的"满盖荒原"。他们是自觉自愿的,充满信心的,在这块荒凉可怕的土地上找到了自己的理想、自己的幸福,找到了人与人之间最真诚的友谊,也找到了自己的归宿。梁珊珊被"鬼沼"吞没,王志刚被狼群吃掉,李晓燕则因无医无药再加上恶劣的气候而死于病魔,她临死前要求在自己的碑上刻上"垦荒者"三个字(《这是一片神奇的土地》)。作者在《白桦林作证》中,对立誓扎根北大荒的邹心萍作了多么热情的歌颂。当描写到她不得不离开北大荒时,作者真实地刻画了她心里的痛苦和对北大荒的眷恋,她再次发誓:"荒原作证,公比拉河作证,白桦林作证,今天,我虽然走了,不得不走了,但二十年之后,我将把我的儿子送来!"在《今夜有暴风雪》里,当知识青年可以全部返城的时候,有三十九名知识青年表示要留在北大荒,作者以一种压倒一切的冲动写道:"老政委双手接过这三十九份档案袋,像双手接过一锭世界上最大的金块,觉得此刻无论有一杆什么样的秤,都无法称出这三十九份档案袋的宝贵的重量。"

当人们都在诅咒那场运动,为知识青年回城庆幸的时候,梁晓声发出的声音格外具有震撼人心的力量,在"上山下乡"这个领域开拓出新的境界,使他的作品具备独特的见解、独特的力量。读者能强烈地感受到作家的社会感、历史感和北大荒人对生活的责任感。

无怪乎梁晓声的作品具有北大荒"暴风雪"的那种气势,通畅雄健,意境壮美。既写了灾难的凶恶,又写了悲剧的崇高,淋漓尽致地表现了人与命运的搏斗、生活中毁灭与成功的较量。他不回避阴暗、凶险、污浊和死亡,但不使人感到悲哀,只会令人觉得悲壮。一九七九年春节后的一个夜晚,八百名知识青年坐着卡车、拖拉机、马车、木爬犁,从四面八方赶来,将团部围住。以这样一次大骚乱做中心事件,展开《今夜有暴风雪》的故事,足见作者的气魄。孙国泰力挽狂澜,仓库失火,银行被盗,暴风雪的袭击,其间穿插青年人的爱情、理想,刘迈克为保卫银行而牺牲,裴晓芸冻死在哨位上……一环扣一环,一步高一步,把故事和人物推向雄浑壮阔的境界,字里行间跳跃着知识青年的生命。作者的激情、炽烈热切的思想简直能把读者的感情燃烧起来!

梁晓声感受到并把握住了时代的动荡、时代的运动,才能这样准确生动地把知识青年身上特有的东西表现出来。他是通过自己的眼睛观察世界,对生活中的灾祸、知识青年的灾祸有敏锐的感受。但又以对历史负责、对一代人命运负责的态度,用积极的理想的光芒照亮人物的性格。他笔下的许多人物的个性往往跟社会发生矛盾,这些活灵灵的个性又是社会的一个组成部分,成为社会的内部运动,是对社会的演化能发生重大影响的力量。作品生气勃勃,感情充沛,催人泪下却不消沉。

浓墨重彩表现人物情感的真实、性格的真实,以情动人,以人物起伏变化的情绪为故事的发展推波助澜,这是梁晓声作品中又一个突出的特征。即使像《荒原作证》这样的在梁晓声作品中不算很成功的小说,也仍然不缺少感动人的地方。在《这是一片神奇的土地》里加进了一些"洋作料"(如:李晓燕在河边扭动了几下,"我"便立刻看出她跳的是墨西哥的民间舞蹈,什么《天鹅湖》的舞步呀,埃及狮身人面怪物的典故呀,希腊的神话呀等等),破坏了小说整体的格调。可是读者顾不上这些,完全被作品中贯穿始终的浓重壮烈的感情波澜吞没了。"文章不是无情物",作家创作时只有投入全部热情、全部精力和信念,他的作品才会有激动人心的感情力量。梁晓声笔下的人物,如:裴晓芸、刘迈克、曹铁强、马崇汉、李晓燕……他们的血管里奔涌着"生活的热血",各有自己的生命,并在读者心里找到了自己的位置。

我更喜欢《今夜有暴风雪》,它将成为梁晓声建筑自己的文学殿堂的重要基石。在这部中篇小说里,作者舍弃了各种炫目的作料,也很少有编造的痕迹,雄浑高亢,激情磅礴。我在阅读它的时候时时想到那些大手笔写的史诗,并禁不住拿它和那些作品对照。然而,规模越宏大,作家付出的心血就越多,梁晓声仿佛付出了最大的勇气和最大的想象力。这是值得的,这部作品不会辜负他。他找到了自己认识人和解剖生活的角度。

不知为什么,我总觉得肖复兴是极聪明的。尽管他的外表是那样文静、含蓄,可他的创作是开放型的,多方出击,四面开花,收获丰硕。仿佛生活中的一切对他都有吸引力,激起他的灵感,最后都为他所用,变成一篇篇报告文学和小说。读他的作品很少感到吃力,尽管也会激起读者的惊异,挑起读者的思索,但更多的是让读者觉得轻松有趣。

据闻,肖复兴在北大荒时就常写一些散文,有时在兵团的报纸上发表。现在,他却和梁晓声不一样,在他的作品中直接描写北大荒生活的只占很少一部分(也许会日渐增多)。我读到的,就是这篇《北大荒酒》。小说讴歌了真正的北大荒人老曹头和他的女儿曹丽的善良与淳朴,用以反衬他们的是个虽然有种种客观原因,仍不免有一点"忘恩负义"的知识青年。当他遭到批判以后,人们都躲着他,曹丽却敬重他、同情他、关心他,他却把这一切误以为是人家爱上了他。当他感到孤单寂寞的时候,老曹头请他到自己家里喝酒,他却被逼在批判会上反咬老曹头腐蚀拉拢知识青年。老人没有记他的仇,待他如故。可是当他返城几年后,作为被邀请的客人重回北大荒时,天天赴宴,老曹头盼着他到家里来,还特意准备了一瓶北大荒酒。他却忘记了老人,终于没有去。当他踏上归程时,曹丽把父亲为他准备的酒送到他的车上……

肖复兴善于和缓地轻轻地拨动人们思想上感情上的弦,把他的敏感、他的奇想全揉在一种和谐的音调之中,造语自然,含义隽永。一方面他可以信手拈来,皆成文章。另一方面又不放过生活中的新奇人物和事件,如,"国际大师"、"李富荣和别尔切克"这些有新闻价值、能够引起人们广泛兴趣的人物。

我喜欢肖复兴的报告文学,却又主张他多写小说。他是个多面手,就应该向多面发展。何况我自己也说不清楚,认为他的报告文学胜过他的小说,是由于他的个人原因呢,还是我的错觉、我的先入为主的印象?因为我最先看的是他的报告文学,而看到的小说又不是他小说作品中最优秀的,也许是以偏概全,那就不是他的问题,而是我的偏见了。

旧话是"少怕丧母,中怕丧妻,老怕丧子"。现在似乎是"老怕丧妻"。因为社会变了,别人是靠不住的,靠儿女也是不保险的,只有自己的老伴最牢靠,夫妻到老更恩爱。

何况失去的是这样一位妻子:她十五岁入党,很年轻就是土改工作队的宣传组长兼党小组长,还是她以后当了局长的丈夫的入党介绍人。然而她进城后"管档案,管图章,管开介绍信",从此没有再被提升过。

她为了管家和照顾孩子,晚上没有工夫陪丈夫看戏。后来,他找到了陪他的人……

她的目光里"既没有多情的秋波、故作的矜持,也没有尖刻的揶揄、嫉妒的审视;既没有蔑视一切的高傲、自负,当然,也没有透澈的目力和种种聪慧机智。她眼睛里只有平平常常的微笑,见谁都那样,清澈见底"。做丈夫的却"感到宽慰,在任何时候,他不用像其他做丈夫的,想到以各种方式取悦夫人。但有时,他也希望她娇气一点,柔弱一点,高贵一点,同他'闹一闹'。为什么?他没有想过。只是一种感觉。好像那样,她才像个局长夫人,在他心里占有一席位置"。

对丈夫她始终是信任的、尊重的,"甚至带那么点崇拜",喜欢听别人夸奖自己的丈夫。在红卫兵抄家的前夕,她把丈夫那些"难以说明的信件和馈物"统统烧了,才没有让人抓到丈夫对她不忠实、"生活腐化堕落"的证据。

可是,当她的三儿子在剧场里看到爸爸背弃了妈妈,回家责怪爸爸的时候,她却打了儿子一记耳光:"住嘴!我不要听你瞎说。"

在丈夫去名山胜地游玩的时候,她溘然长逝了。丈夫感到了悔恨,要给妻子立块碑,碑上刻一句话:"我爱你"。

这就是陆星儿的小说《碑》的梗概。

我佩服的不是这篇小说,而是作者研究人的着眼点,选材的角度,观察和描写的细致。她好像把世界上各种各样的人都琢磨过了,天上地上,生老病死,没有不敢写或不能写的东西。她选取生活的角度很巧,有其特殊的钻探社会和人类心灵世界的方法,扬长避短。只有不高明的新手,才去描写与自己的内心生活无缘的和自己根本不了解的东西。

有人说,作家的创作才能中最主要的是想象力。像陆星儿这样的作家,在北大荒的十年,备尝了生活的酸甜苦辣,而后写作取得了一定的成就又去上大学,对社会对人生有自己的观察和见解。当她的创作灵感在想象的广阔天地里自由驰骋的时候,我相信她能够创作出她在生活中"从未见过,从未碰到过,但似乎绝对存在过的人物",描绘他们的形象,揣摩他们的心理,惟妙惟肖。这种想象紧紧跟随着人物的发展,而人物的发展又合乎生活的逻辑。

陆星儿似乎更偏重于刻画人物的心理现实,不大追求去描写人物的强烈鲜明的外部动作。把情节看得不那么重要,重要的是真实的情感、真实的人物,挖出人物灵魂里那个特殊的"秘密的自我"。她在《碑》中抓住生者面对死者时的反省心态,一层一层揭开人物内在的必然性,注重内心思想胜过描写外部行动,注重心理现实胜过社会现实,注重人物性格胜过故事情节。可惜的是结尾,丈夫悔悟,要给妻子立个碑,居然还在心里喊着"我爱你"!未免有点虚伪和做作。陆星儿到底没控制住年轻人的热情。倘处理成反话正说,也许来得更有味。谁知道呢,也许还会改坏了。至于注重人物内心描写,目的仍然是为了深入地理解和再现生活真实,表达作家对生活的体验和感受。文学是向灵魂提供营养,怎能回避对人类灵魂的透视呢?在创作上,有的人追求美,有的人追求深刻。美和深刻并不矛盾,有的美确实肤浅,而深刻的美更有价值。

即使具有想象才能的作家,也不意味着他可以想写什么就写什么。如果没有内心深处饱经痛苦而获得的只属于自己的那种极为珍贵的素材,那"才能"也只可用来发发空论,不过是毫无社会价值的文学摆设。有了自己独特的发现,才能发出自己的声音,才能说出新鲜话。

依次排下去,这一节想写陈可雄。他的作品有点像四川的"怪味豆"。对照陆星儿的《碑》来读他的《一条讣闻》,研究文坛上的这一对"并蒂莲",一定很有意思。

可是,我忽然意识到一个问题,若是照这样写下去,这篇文章还有个完吗?北大荒出来的作家那么多,作品那么浩繁……也许我一开始搭架子就错了,不该这么写。要改正已来不及了,只好矛盾上交,请交给我这一任务的人去定夺。叫他也后悔一下,用人不当,自食其果。

1983年8月19日

同题不同义

目前,文学上有一个有目共睹的现象——形式上的花样翻新胜于内容上的突破。同题小说、命题小说一下子活跃起来。我也曾被某刊物的编辑相请复相逼,可能也要参加一次这样的"文字游戏"。真是难为编辑,为了扩大刊物的影响,或曰为了让自己的刊物在竞争激烈的当代社会立稳脚跟,千方百计地吸引读者、吸引作者。我以为不可简单而笼统地予以嘲讽,尽管它有点像古代的考秀才,像中学生写作文。当代中国文学的主要成就表现在实质性的进步上,而不在乎这些表面文章,因此对各种花样不要过于性急地加以反对,甚至讨伐。人家是轻松愉快地谈笑,也许不够幽默,不很高雅,你又何苦这么严肃认真地"上纲上线"呢?

朱自清和俞平伯同游秦淮河,同以《桨声灯影里的秦淮河》为题各自写了一篇精彩的散文,不失为文坛一段佳话。《相册里的一页》两篇和《脚步》两篇,除去题目一样,其他均自便。因此,四位作者的功力、风格、生活积累和修养便各呈异彩,读来颇为有趣。

李玉林敏感,视野较宽,生活基础扎实,了解干部的思想状况,也熟悉平民百姓的生活。他的小说语言生动,情趣盎然,细节很真,而且富有天津市的那样特定的生活气息。像分橘子和两个妇女怄气、比富等情节,把天津一些女人那种"气人有、笑人无"的心理状态刻画得细致而又生动。同时他为文又很老实,到关键的时候手软,思想撒不开,想象拘谨,在某种程度上影响了作品的深刻性。如结尾用误会法,皆大欢喜,把前面对两个女人的刻画全否定了,使小说的立意流于一般。

　　吕舒怀的"一页"恰恰相反,他写的是个老故事——"好人不可爱,可爱的不是好人"。一场没有太多新意的三角恋爱,到结尾时反而翻出了一些新意。虽然稍有一点突然,但还是给人留下了一些回味的东西。

　　宋安娜的《脚步》是一篇让人感到遗憾的好小说。说它好,是因为这篇小说的内容让人感到耳目一新。一个纯洁的少女进入青春期以后引起一系列心理变化。自我感觉、跟老师的关系以及眼前的世界都透出一种诱人的魅力,敏感微妙的内心活动,懵懵懂懂的爱的萌芽,作者写得细腻而真实,有独特的韵味。遗憾的是作者没有找到自己的形式,没有一个与内容相和谐的构思。诸如"混蛋"之类的政治咒骂声破坏了人物和小说的格局。女孩子用这样的脏话咒骂曾被自己尊敬和喜欢的老师,是那么简单的事吗?

　　刘占领想表现当代一些年轻人对爱情的理解和追求:"忠诚换不来爱,爱情是互相吸引",但文中风雅较多。跳舞、背诵惠特曼的诗就可以相互吸引吗? 且不说它是否真实。

　　看来所谓"命题小说",实际是各写各的,千方百计与题目挂上就行。其实不挂也可,何必绕个弯子。要挂就应该和谐自然,天衣无缝,让人感到这个题目就应这样作,只能这样作。

1983年9月

善良的歌

——《祁淑英报告文学集》序

　　几年前的一个夏天,我们住在北戴河一座拥挤而又潮湿的楼里。每天晚上最精彩的、持续时间最长的节目——大家坐在外面聊天。不到十分困乏,谁也不愿进屋去碰那黏乎乎、湿漉漉的床褥。

　　就在这种"典型的环境"里,我认识了祁淑英同志。当时她是《河北日报》的记者,我读过她发表在报纸的重要版面上的长篇通讯,因此断定她可能属于报社的那种"大记者"。然而她给人的第一印象更像个教师。温厚庄重,含蓄随和,是一位头上已有些许灰发的老大姐。她缺少我从其他记者身上感受到的那种灵活洒脱的交际技巧、锋利的谈吐、敏锐的目光、良好的自我感觉……但她不缺少热情,肯于助人,待人诚恳。

　　当她知道我正酝酿写一部关于"工程师夫妇"的中篇小说时,便邀请我去石家庄采访一位女科学家。这位女科学家就是她的报告文学《科学梦》的主人公——邓先灿。她愿意把感动了自己的材料告诉别人,希望别人也受感动,再从另一个角度去表现。而且愿意别人写得更深刻、更好。我果然被感动了,不是为那些材料(老实说,每个人感受不同,一个人认为很好的材料,对另一个人却不一定有实际意义),而是为她这个人。坦荡,沉稳,一副可信赖的老大姐风度。现在同行自然不是"冤家",可是同行似"亲家"的也不多。

　　我尊敬祁淑英同志,凡是她的作品几乎每篇都读。以后她当了《河北青年》的主编,我也成了这本杂志的读者,有幸在这上面又读了她几篇报告文学新作。下面记录的便是我在读祁淑英的作品时感受到的、想到的一些片断。

文学——是对人的认识，对命运的理解。

在磨难中穿行的雄才——陈成钧，一九五四年考进北大物理系，很快成了"高出一个数量级的高才生"，并渐渐和同班的另一个出萃的才女龙伟丽，建立了一种默默的、亲密的感情联系。再加上学物理的人生性不安分，刨根问底，寻求规律，结果在一九五七年的那场运动中被赶出学校，送进工厂"劳动改造"，而且牵连了无辜的龙伟丽。五年后，陈成钧摘掉"帽子"，和龙伟丽先后重回北大读书，他的学习成绩仍旧惊人的优异。然而，在生活里，超群出众的能力往往是同时代人最不能饶恕的罪过。毕业时，他的同班同学全部被分配到科研单位和高等学校任教或做研究工作，独他被发配唐山，名义是当中学教员，实际是一个到处打零杂的临时工。

打零杂他也不安分，毛遂自荐到钢厂帮助研究转炉炼钢的遥控技术，遭到嘲讽和拒绝。自己花钱、亲自动手制作电子测试仪器。以后又发明制成了 YSD—308 型、YSD—306 型、12PSD—55 型喷油泵试验台，一九七八年获全国科技大会发明奖。真是"心欲奋飞，身不由己"。

一九七九年，他考取了哥伦比亚大学研究生。一年后，在哥伦比亚大学物理博士资格考试中，他名列第一，而且考分超过第二名分数的百分之二十，打破了该校物理系历届博士资格的考试纪录。

祁淑英的《雄才在磨难中穿行》，就是这样一曲朴实无华的关于人生的颂歌。动人的歌往往是朴素的，华丽会显得不够真诚，啰唆会令人厌倦。

命运并没有厚待陈成钧。相反，他的一生倒像个猴子在山道上打跟斗，上上下下，几次三番苦折腾，最终他还是他。进校就是优秀生——赶出校门五年，回来还是优秀；打到基层十五年，回来更优秀！天才从来不抱怨碰不上好机会，对于生活中的强者，不幸未尝不是一所最好的大学，可以说"多难而兴才"。不经受任何痛苦就得到的欢乐，是任何生命都可以享有的。而经过几度痛苦的格斗，征服种种大的苦难，最后获得的胜利的欢乐、巨大的欢乐，才独为"雄才"所享有。

祁淑英没有刻意讲究构思和剪裁，没有给人物加上炫目的修饰，没有长篇的心理剖析，没有滔滔不绝的雄辩，没有旁征博引古今中外哲人的警言妙句……她按照生活的真实面貌，让文字在纸面上自然流动。唯其自然，才更感人；由于单纯，才更深刻。这是雨果说的那种"深刻的单纯"，是"艺术所认识到的唯一的一种单纯"。因为报告文学必须具备严肃的报告性，即真实性，又要有生动强烈的文学性。二者相辅相成，不能顾此失彼。

形成这种严肃朴实的风格，也许同祁淑英同志多年的记者生涯不无关系。但她在写作中偶尔露出几句新闻腔、消息语言，有时难免不让人觉得格格不入。比如，文中从未提过陈成钧申请入党的事，当他要登机赴美了，面对来送别的妻子的泪眼，突然感慨地说："我最大的憾事是没能在出国前加入伟大的中国共产党！"真是突如其来。当然，在她的作品中像这样的"新闻式升华"还是很少的。

当祁淑英的笔对准了她家乡河北的人情风物，就显得更柔美、舒展、细腻和自由了。

河北姑娘曹慧英，几乎称得上是位家喻户晓的排坛宿将。报告文学作家，一般是喜欢表现成功者的。祁淑英也写了不少成功者，邓先灿、陈成钧、曹慧英、耿丽娟、裴艳玲等都是成功者。她的笔触却从不停留在表面的事业的成功上，更不对成功做夸大的渲染。而且常常把注意力更多地集中在成功的后面艰巨漫长的人生道路。成功者也是普通人，她把普通人的灵魂写得朴素而又真实。

《妈妈，五丫对您说……》从这题目看，不就是一场母女间的夜话吗？的确是这样，如话家常，娓娓道来，自然和谐。不故作精深，也不流于溢美。

想想吧，曹慧英是中国女排的老队长，她在球队里有这样一种分量：每当赛场上出现了不利于中国队的局面时，只要她这个一号队员一出场，"全队的精神就为之一振，就有了主心骨，逆境很快被扭转，胜利就有了把握"。即使她成了替补队员以后，在世界杯排球大赛中，中苏交战的第二局，苏联队以九比〇领先，教练让曹慧英出场，一气追成九平,最后反败为胜。她果然有回天之力,能一举扭转战局。这简直是位传奇人物,像神话里的故事。

祁淑英的笔却能化神奇为真实。读者看完"五丫"对她妈妈说的一席话,就会觉得这一切都是应该发生的,必然会发生的,毫不足怪的。而且读完《妈妈,五丫对您说……》给人印象最深的,还不是曹慧英的辉煌战绩,不是她在世界赛场上拿回来的一个又一个的大奖杯,而是她这个性格内向的农村姑娘本身。她从小少言寡语,却又格外好动,接受的家教是:"人要勤,嘴要稳,心中装着别人,本本分分做人。"受了委屈偷着哭,刚到球队时受到城市姑娘的歧视,不声不响闷头练。不出风头,不多说多道,但是充满自信,果断,敢拼命,肯吃苦,有强烈的团结协作的意识。小拇指在练球时致残失灵,不能向无名指并拢,比赛时就用胶布把它和无名指粘在一块,等于用九个手指打球。比赛中左脚摔伤,朝前的脚尖变成朝后了,她也只是笑笑……因此,她才成了球队的灵魂。

读祁淑英的报告文学时,我脑际里时常泛起这样的念头:对于一个作家来说,也许感情比思想更为可靠。她喜欢从正面看生活,把握生活的微笑,提炼出自己的印象,形成自己的创作个性。用美和诚实的文学色彩,表现人的美和诚实,帮助人们加深对自己的理解,提高对自己的信心。这在当今社会上是很需要的一种精神营养品。真切入微,至情动人,充分展现人的精神的美、对生活的爱,可以转化为一种持久的力量。这力量不论是对每一个人,还是对于整个民族,都是十分珍贵的。

祁淑英的作品里体现了一种近似母性的慈爱、宽容和博大。作者好像太善良了,心里仿佛只有爱。她从生活中感受到的也是善和美,善于找出人们心灵里的光明,以善良的美的精神鼓舞人们生活的勇气,使善良的人变得坚强。

激起人更多遐想和同情的,常常不是成功了的陈成钧,而是善良无辜的龙伟丽。她与陈成钧共过苦,命运却没有让他们同甘。

美丽而又纯洁的苏州姑娘李天俐(见《啊,心的选择》),凭着一种美好高尚的感情，只身北上，嫁给了退伍的特等残废军人廖贻训，度过了平凡而又坎坷的一生。当代人该怎样看待这样的人生的选择？不管人们是否理解这位南国佳丽，读完这篇报告文学，心里却很难保持平静。尽管在结尾时作者想把生活的悲剧写出喜剧味道来，结果是其悲更甚，其苦更烈。

"碧荷出水多洁净，红莲迎风香气凝。"哪吒"壮殉"之后，在太乙真人的召唤下，战胜魔鬼，莲花为体，脱颖而出，这是"美的化身，冰清玉洁的灵魂"；那太乙真人就是善良的人民……祁淑英的确是用自己的全部热情，讴歌善良的普通人，把善良当作一种最美的神明来颂扬。

高尔基这样写过："人民是聪明、灵妙、善良的化身，本质几乎是和神一样的、同一品质的，器量一开始就是最美好的、正直的、伟大的。"李天俐是如此。曹慧英的父母和裴艳玲的父母也是如此。祁淑英笔下的许多默默无闻的普通的群众，都是"善良的化身"。她在作品里喜欢以善动人。裴艳玲曾先后从三个女性身上得到了母爱，生母自不必说。生母死后父亲又找了位唱戏的演员做妻子，他们在社会上"流浪卖艺、赶场唱戏"，是命运的玩偶。不搭成一个戏班子不行。继母爱裴艳玲如己出，精心为她编织了一条"保护她终生平安的丝"。更动人的是继母被贫病交迫，临死时，拉住丈夫的手说："我死后，你再也不要找同行做妻子，要娶一位善良的农村女人，好好照顾孩子，咱的孩子太可爱，也太可……怜了！"（《她是哪吒，她是沉香啊！》）

难怪裴艳玲在《宝莲灯》中饰沉香，劈山救母后，每当她喊出一声"母亲"时，总是声泪俱下，感情炽烈。后来，一位不到二十岁的妇联主任李敬花，出于对八岁的裴艳玲的可怜，忍着全家人和同族人的反对与蔑视，嫁给了穷得一无所有、比她大六岁的裴园，使裴艳玲第三次又获得了母爱。

仿佛好人都叫祁淑英的人物遇上了！

在当今世界上不是有人一边赞颂美德，一边依旧奉行邪恶或默认邪恶吗？善良尤其可贵，因为报告文学是真实的报告，对读者有很强大的说服力，更应该表现善良的人民和人民的善良。

善良是最高的荣誉。

善良是永远属于每个人自己的荣誉。

当然,还应该揭示鞭打邪恶,让人感到善良有永久的力量,善良不是可欺的。祁淑英的这本报告文学集,是善良人唱一支善良的歌。

她采访曹慧英,曹慧英跟她彻夜深谈,不是求她写出去,而是渴望把自己的心里话全向这位倒出来。她采访裴艳玲,人家哭,她也掉泪,两人边哭边诉,三个通宵。真是泪的交流,心灵的融洽。当时祁淑英曾写信给我:"你也应该来听一听,可以写一部很好的长篇小说。"可见她写出来的连她采访到的二分之一都没有。她写了谁,谁就成了她的朋友,她也成了对方的朋友。

祁淑英是靠感情、靠心灵去寻找和认识自己要写的人物。在写作中具有重要意义的取决于作者的热情和感觉,作者的人格往往比她的才能更能使被采访者掏出心来。真挚的同情心,饱满的责任感,使她的心好像是"爱的银铃",唱出淳朴、诚挚的歌,感动书中的人物和善良的读者。

"我们身上都有某种电力和磁力,像磁石一样,在接触到同气质或不同气质的对象时,就发生一种吸引力或抗拒力。"——歌德的这段话谈的也是作家的气质和人格。

祁淑英作品的格调正是从善良的一面观察和表现生活,她不愿或不屑从其他角度看人。因此她写得单纯,有事实,有感情,且少有多余的东西。文字健康、妥帖、简洁,这些特征是一目了然的。善的文学,给人以美、力量和信心,当今的世界尤其需要温暖和善良。

据说有许多著名的报告文学作家,都因为写的是真人真事,曾在当事人所在的单位惹起过"对号入座"、妒忌、上告等或大或小的风波。还没有听说过祁淑英的报告文学作品引起过类似的麻烦,其作品不论影响大小,能否给主人公帮上什么大忙,至少没有帮倒忙。这无疑是一件好事,是值得庆幸的。

可是,"天苍苍,地茫茫。人世间依旧是昏昏沉沉。美好和丑恶,幸福和痛苦,善良和残暴奇怪地扭结在一起"。生活告诉祁淑英的怎么可能光是"善"呢？

细心的读者，也许会从祁淑英的作品中发现一些不满足的地方。李天俐生命里真正的痛苦和欢乐到底是什么？作者想通过表现她的人生道路给人以什么启示？邓先灿克服的难道仅仅是技术上的一道道难关？耿丽娟母亲的经历和性格对她的成长有什么影响？作者称裴艳玲是"哪吒"、是"沉香"，可是却回避表现生活中的龙王、龙子、李靖、二郎神、吠天犬以及一切妖魔鬼怪。这不能不影响了祁淑英报告文学的深刻性。她的报告文学中的真实性、新闻性无可挑剔了，尚有待加强的是文学的典型性和社会性。"辣笔著文章"，回避矛盾，不向生活的底层、人生的真谛掘进，就不可能达到应有的深度和广度。

我是河北人，我爱家乡，爱家乡的人，爱读反映家乡生活的各种文学作品。所以我不怕暴露自己的浅薄，写下了作为一个读者的感想。一本书印出来，任何一个人都有资格做它的读者，任何一个读者都有权对它做出自己的评价。只有广大的读者群才是"文学的最高法庭、最高裁判"。

作为家乡的读者，我有一种偏爱：过去，洁净清甜的运河水养育了许多"慷慨悲歌之士"；今天，在河北这块土地上劳动的人们中，不乏雄才，那些值得大书特书的普通的善良的群众就更多。我们有更大的兴趣等待着祁淑英新的报告文学作品问世。

1983年9月21日

找到自己的位置

——在一次业余作者座谈会上的发言

    现在喜欢文学的同志很多,讲课的事也经常发生。但是这种讲课究竟对作者有多大的作用?我是没有把握的。因为靠别人讲课得到启发,这种对文学的认识毕竟是暂时的。你听别人讲,好像挺有道理,觉得对自己也挺有帮助。但当你拿起笔来的时候,却又是另外一回事。只有自己在创作实践中摸索到的经验才是可靠的。所以说,文学知识可以讲授,而创作是很难讲授的,但交流总是有益的。

    我走进这房间时,有一种兴奋的感觉。据说在当今世界范围内,有那么一些地方,文学处于危机状态,面临着通俗文艺的挑战!视觉文艺,如电视和电影;还有听觉文艺,如音乐和广播等等,同真正的文学争夺读者,大家已经没有那么多的时间坐下来看小说,或者研究文学。而我们国家似乎还比较好,但也有个争夺读者的问题。比如五十年代,大家晚上都要看看书、看看杂志什么的。现在很多人晚上都去看电视了。加上自由市场的开放,经济活跃,时间就是金钱嘛,大家都很忙,时间比较紧张。就以诸位来说,在社会上都有属于自己的比较不错的位置,在百忙之中居然跑到这里听某位作家讲什么文学,证明我们的文学有着雄厚的群众基础,有其不容忽视的吸引力和号召力。有普及才会有提高,有众多业余的作者,才有可能涌现大批作家。这就不能不叫人感到兴奋。

    文学理论,有很多的理论家在搞,但是我认为,文学理论家一人一个治学方法。作家嘛,也是一人一个创作道路。这样,汇合成一个总的文坛。世界是一个大的文坛,中国也有自己的文坛。你自己首先要在生活中找到自己创作的轨道。这话是什么意思呢？每一个作家，每一个业余作者，要走上文坛，关键是首先要找到自己在文学上的角落，找到你自己看生活的视角。文学是生活的卫星，每个作家都应该找到属于自己的轨道。

大家有的在工厂，有的在学校，有的在商业部门，都有自己的生活位置。那么在文学上你想占哪一块角落呢？我说的不是去争当中国作家协会会员，或者到作协当个什么干部。文学上的位置，再说得准确一点，就是你的创作准备从何处入手？

创作就是发现自己的优势，并充分地发挥这一优势。这话怎么讲？每个人生到社会上，到地球上来，他总是有自己的所长。这个所长，一个是命运付给你的，你的出生，你来自于父母的遗传和教育等等。还有一个就是你后天补上的，你的修养，你的学历，你的生活道路。再有一个就是你自己的个人因素了，你的性格，你的气质，等等。每个人总有自己的特长，要想发现别人，发现社会，要想挖掘生活，你得先挖掘一下自己，找到自己在创作上的优势。

这样说并不难，要想真正认识自己的优势却并不是很容易的。

有的作家写到死也没有找到自己的创作位置，有的却很容易就找到位置了。所有能找到自己位置——我说的创作上的位置，在文学上就更容易有自己的建树。找不到自己位置的人，东一榔头，西一棒子，好像总也摸不到大门，也许写了不少，或者已经发了很多东西，但人们并不知道他写了些什么，文坛的回音壁上听不到他的声音，这岂不是很可悲的吗！

作家就是用自己的心灵，把整个的世界吸收进来。然后，再把自己的心灵里对这个世界的印象告诉读者。艺术的最高目的，就是帮助人们了解生活、解释生活。生活是一条长河，从盘古开天辟地到现在，这是源源不断的长流。怎么解释生活？怎么解释人生？这是作家的责任。可是作家不是站在上帝的位置上来解释，作家是用普通人的感受反映生活。

所谓发挥自己的优势，就是找到自己观察生活的最佳角度，写自己最熟悉、最拿手的东西。比如叶辛——《蹉跎岁月》的作者。大家可能都知道他，我就重复一下他的故事。我写过一篇关于他的散文，对他有点了解。他是上海人，一九六九年初中毕业，因家庭出身不是红五类，而不能参加红卫兵，成天没事可干，别人都去串连、造反。他跟着几个同学到处游逛。他平常挺喜欢看小说，就逛到上海作家协会的大院里，看了好多的大字报，这个作家如何如何，那个作家如何如何，"文化大革命"时的大字报，内容大家可想而知了。

叶辛每天都到那里看大字报，抄大字报。他从那些大字报中，多少了解了一些作家的经历和作品。虽然是从反面材料中了解的，但给他的印象却很深刻，而且在他心里对创作并没有一般青年人常有的那种神秘感。后来，他上山下乡到贵州山区，那里很穷，很苦。穷到什么地步呢？他穷到只有一块凉席、一根竹竿。睡觉时，在树底下把凉席一支，就凑合一夜。因为他个子小，又没有什么力气，别的青年给十分，他只拿七分或六分。以后有的知青选调了，有的上大学了，有的到城里去工作，他没有门路，只好在山区"扎根"。没有表，每天都是天亮起来，天黑睡觉。他就开始写了，随随便便地写。一开始找不到自己的门路，他写过四十多万字，两部长篇，都成了废稿。当然这些废稿对他以后有用。就像一股水一样，想要冲出去，找不到出路，没有渠道，最后这股水就泛滥，四十多万字白费了。他的爱人还帮他抄了一遍，那就是八十万字。以后有人提醒他写自己，写上海青年下乡到贵州以后的生活，这就使他找到了自己的渠道，于是第一个中篇小说《岩鹰》，很快就出版了。

他找到了自己的突破口，而且发觉自己原来有一肚子东西呀！对什么最熟悉，对什么印象最深，对什么体会最强烈，作家就应该写什么。叶辛是这样，张抗抗、王安忆、孔捷生也是如此。这批作家，无一不是从写自己最熟悉的生活开始的。为什么先从写自己开始？因为作家找到自己要比找到别人容易。

写自己也是一种方法。有专写自己的作家，把自己的心灵，当作整个社会生活的一面镜子，然后透过镜子反映实际。作家没有心灵、没思想是写不了东西的。但不能走向极端,只会写自己,除去自己不会写别人,即便想写也写不像。每写一篇作品,恨不得把自己连脑袋带身子全搡到作品里去,这也是一种类型。

业余作者一开始写作就要选择自己的优势这是很重要的。有了这种选择,就不会盲目地去编造故事和好人好事。你不要看别人的,所有被人写过的东西,都等于在你前边竖起了一道屏障,都告诉你此路不通了。你可以借鉴,你可以从另外一个角度去写。人家已经写过的,你就不能再朝着那条道发展了,必须要找到自己的出路。找出路的最好办法就是发现自己,因为每个人的心灵、气质、个性,都不一样,你如果立足于找到自己独特的发现,写自己对生活的感受,是不太容易和别人撞车的。比如我从写工厂开始,实际是写社会。人是社会动物,是各种社会关系的总和,所以搞文学,反映社会,关键要研究人。一个人的性格,气质,生活的道路,对他的文学道路起着很大的决定性的作用。所以,大家在选择文学道路的同时,要选择自己的优势。

每个人一开始步入生活,其视野不一定很开阔。如果我一开始参加工作不是在现代化的大工厂里,而是到三条石去当一个小学徒,决定我的创作也许会是另外一种路子,可能成为另外一种类型的作家。如果到部队去,恰恰分到铁道兵去修铁路、钻山沟,生活的面就不一样,甚至影响到自己的气质和性格,当然也会影响到创作。

我从农村到城市,从工厂到部队,后来又回到工厂;从当组长开始,班排连营,一级一级提上来,提到车间主任,当过厂办公室的秘书,当过厂办和整改办公室的负责人,对党委书记、厂长这一些人物就没有神秘感了。对工厂的生活了解得就不是那么狭窄了,对工业给人们的精神带来的变化也有较深刻的感受,所以写小说往往把背景放在工厂。比如在没有发明化肥的时候,在农村里没有使用拖拉机的时候,人们的精神状态和现在有了化肥、拖拉机、水力和电之后,人们的精神状态、家庭关系就很不一样了。

因为工业的发展渗透到社会的每一个角落,给每个人的心灵都带来了变化。我曾举过这样一个例子,在六十年代,有这么夫妻两个,住的是水泥地板的楼房,妻子上早班,丈夫上中班,男的做好饭自己吃完去上班。他用石笔或粉笔,在水泥地板上写几个字:淑英,洋白菜炒好了,在那个盆里放着,米饭放在什么地方等等。等妻子回来了,一看水泥地就知道了,看完用鞋一涂就完了。这块地就是他们交接班的记录本。现在就不一样了。很多家庭都有收录机,至少有个一百多元的单喇叭收录机,等他妻子下班回来,鞋一脱,换上拖鞋,比如说是绣花的或者是大红塑料的吧,书包挂起来,然后一捺收录机,传出一段轻音乐,"小船摇啊摇啊",一段轻音乐过后,就传出他丈夫的声音,菜在什么地方,饭在什么地方,还可以再开几句玩笑。

收录机取代了粉笔,夫妻的感情,生活的节奏、情趣,都有了变化,决不会和以前一模一样。我说这些是让大家都想一想自己的身边,这几年来随着工业的发展,社会在前进,生活发生了哪些微妙的变化?这些变化给人们的心灵带来了什么变化?捕捉这种心灵的变化就是作家的责任。你如果抓不住这种变化,就会糊里糊涂地写不出新鲜的东西来。因为生活前进,人也前进,生活是不会倒退的,文学是不会倒退的。有的人以前能写,经过一段时间不能写了,为什么?而有些同志以前就写,打成右派几十年,回来后,仍然能写,为什么?主要原因就是他的心灵里边,仍是一潭活水。什么叫活水啊?这个水是不断流动的,跟生活一道前进的。因此,生活的变化,都能映照在它的波纹上。他们的思想能像心电图一样,把整个的世界反映出来。而有的人的心里已是死水一潭,他有一肚子牢骚、一肚子意见。什么意见呢?对什么都有意见,对什么也看不惯,一开口就是生活为什么都变成了这样子?当初我们如何如何……你可以骂这个,你可以骂那个,但是你不能骂生活,生活是不断前进的,不会听了你的咒骂就停滞不前。

你骂吧,你在后边骂,生活照样前进,文学也要前进。大家可以想这个问题,对许多外国电影都觉得很奇怪,他们写了很多五花八门的奇奇怪怪的事情。不是那些作家有才气,不是那些作家想象力太丰富,而是他那个社会就是五花八门奇奇怪怪的。你想不到的事,他那里都发生了。所以作为生活的反映,他那里的文学就是五花八门的,甚至凶杀的、色情的东西也占了很大的比例。

我们的生活也不是那么简单的,也是很复杂的,很难看透的。我曾写过一部中篇小说《赤橙黄绿青蓝紫》就是要表达这个意思。我就想写出全景的社会,什么叫全景社会?作家的心灵,应该把整个社会全景都映照到自己的心里来。要想把人写活、写透,就得把各种社会关系搞透,全景和单景给人的感觉是不一样的,感染力是不一样的。

我的发言到此打住,请批评。

1984年4月8日

尽量不输掉自己的挑战

——在天津市1984年度文学佳作发奖会上的发言

天津市作家协会第一次举办这么大规模的文学奖励活动,我向获奖的同志表示真诚的祝贺!

我愿意先介绍一些数字。中国作家协会天津分会共有会员三百四十九人,其中有不到三分之一的人在去年发表了长篇小说七部,中篇小说三十部,出版小说、散文、诗集十八部,翻译书稿五部,短篇小说一千四百八十五篇。刚才公布的那些获奖作品就是从这些作品中评选出来的。还有两部中篇小说获得全国优秀中篇小说奖。

纵观我们天津市一九八四年的文学创作,应该说是获得了大面积丰收,因此奖励的面积也比较广。似乎可以归纳为这样几个特点:

一、队伍有云集之势,创作实力相当可观,且各具特色,风格多样。

人们习惯于把刚冒出来的文学新人称为"后起之秀",各地的后起之秀多半是年轻人。我们天津市的特点是老中青一块往外冒,像辛一夫同志这样五十多岁了突然拿出第一部长篇,后劲还很大的人就有好几位。更有像盲人作家郑荣臣,《平津战役》的作者罗瑞等一批四十多岁的作者,当然还有更多年轻的作者。今天站在领奖台上的有鬓发浩然的老前辈,长期做领导工作的同志、专业和业余的作者,还有各文艺部门的编辑。可见我们的创作队伍是多层次的,局面是相当活跃的。尤其是我们的诗坛,简直可以说是实力雄厚。有人抱怨当今的诗歌不景气,我倒觉得天津的诗歌创作还是相当乐观的,像鲁藜、闵人这样一批老诗人,创作力旺盛,有时简直是井喷。在天津作协举办的作家和企业家联谊会上,他们激情洋溢,即席赋诗,使到会者十分感动。工人和农民诗人的创作势头仍很旺盛,像东郊区的许向诚同志,诗意隽永。诗歌队伍后继有人,并各具优势。

相比之下,短篇小说和报告文学的创作就显得十分薄弱。尽管收获的面积很大,却不敢欢欣鼓舞,更缺乏公认的惊人之作。

二、这些获奖作品都是用现实主义手法表现当代生活,但深刻之作又太少了。打一个比方,我们的创作太像那个年头颇久的金钢桥,老实巴交,稳稳当当,不紧不慢,不疼不痒,任凭风浪起稳坐海河头。我们的文学创作风格和天津人的风格不尽一致,和天津市的发展和建设的风格也不一致。完全一致是很困难的,相差太远也是不正常的。不可能削足适履,让天津人和天津城和风格适应文学的形势,只能是文学去表现天津城的天津人。市政府每年都轰轰烈烈地为人民做几件好事,城市改造、引滦工程、南市食品街等,都是颇为轰动的事情。相比之下,我们的文学影响就太微弱了。前不久,《小说导报》编辑部举办讨论会,研究怎样写好天津味儿的小说,涉及到天津人到底有哪些特点,每个人的感受都不一样,有人说,天津人有血气,颇具燕赵遗风,爱为别人两肋插刀;有人说,挖苦天津人最厉害的还是天津人自己,电影、电视里凡说天津话的好人很少;也有人说天津人爱惹事,嘴硬胆小,一打就跑,等等。相比之下,我们的文学多么老实厚道,平稳安静啊!

老实和平稳都不是坏事,不管别人搞什么花活,我们很少乱了阵脚、出了大格儿。各样的文学新潮流,不大容易在渤海湾掀起波浪。笼统地说,正风和不正之风都对我们影响不大。

稳——有两种,一种是大将风度的稳,成竹在胸的稳;另一种是没有办法的稳,老跟在别人后边的稳。我们是哪一种稳呢?我个人以为前一种稳当的是少数,后一种稳当的人多。

当然这跟整个的文艺界形势有关系。说句难听的话,当前的文艺界有点“六神无主”,也可以叫做正孕育着新的突破、等待新的爆发的阶段,或者叫反思的阶段、休整的阶段、苦恼的阶段,一会儿引进外国技巧,一会儿搞文法试验,一会儿追根寻源,一会儿又摸不着大门了。

大家都在"憋宝",憋得难受！憋形式,憋思想,憋内容,都希望憋出一个大宝贝来！但是憋了半天拿出来的不一定是个"宝"。最痛苦的就是"醒了以后无路可走"。创作到了一定的地步,知道自己有怎么两下子,也看清了别人那两下子,上不去也下不来,像一麻袋螃蟹,你咬着它的大腿,它夹着你的前爪,谁也动不了劲。

前几年,作家还被一股热气鼓舞着,雄厚的生活积蓄要喷发,对借鉴新的技巧有一种新鲜感,有一种进行形式试验的热情。现在作家们正走向成熟,读者的要求也提高了,各种"小打小闹"不行了,单一地"朝人性下刀"或狂热地退守到自己的"主观意识"似乎也离读者越来越远。以电影《黄土地》为代表的一些作品,也给作家敲了警钟,吃老祖宗、挖祖坟的这条路也走到头了。把中国这块土地上原始的、落后的、古朴的、愚昧的、神秘的东西表现得离奇古怪,用来刻画人物奇特的个性,好像是无比深刻、无比新奇,借此惊人耳目。明明有眼却不睁眼,明明有嘴却不说话,没完没了地求龙王下雨,愚蠢地打不完的锣鼓,这样的作品有几个是好的？我很赞赏这样的试验,我本人也很喜欢这部影片。但是都靠这个去打入国际市场(假如文学也有市场的话),岂不是靠贩卖中国民族原始的愚昧和落后去赢人？难道中国作家对现代生活、对现代人就一筹莫展了吗？

中国在呼唤,甚至是焦急地呼唤当代的大手笔,希望出现大的当代文学家,出现具有总体构想的巨著。没有震惊内外的长篇小说,没有宏伟规模的巨制,正说明我们的文学缺乏总体构想,没有形成与中国的历史和现实相般配的文学大厦。尽管某个部件、某个单项设计可能是先进的,甚至是尖端的,由于没有总体规划,没有总体意识,使一些颇有才能的作家,在提高创作的规格、创作的规模以及文学才能的升级上遇到难以克服的困难。全部苦恼、反思、六神无主的症结就在于此。

我只是提出一点个人的想法供大家思考。我们在创作的时候能否多想一想这个文学的整体规模,从一开始立意、选材,到结构、技巧、语言、生活容量等等,都考虑到作品的现代规模。不一定非写重大题材,哪怕是表现一件很小的事情,也可以有整体构想,体现现代规模,让中国人感到是"现代派",叫外国人更钦佩你是"现代派"。

我不认为文学有一条光明正确的道路,即使有,也充满了障碍,作家需不断地跳跃才能越过这些障碍。假如哪个作家已经踩出了一条路,这条路很快也就作废,就像在大雪中行走,大雪不断地把脚印盖住。作家的技巧就像子弹一样,射出去就完了,不能捡回来再用。所以,一颗深刻的灵魂前进所带来的形式变化,远远胜过用技巧和形式掩盖苍白的灵魂。

三、热热闹闹而又冷冷清清,乐观而又不满足。

说热热闹闹是我们文艺界内部,新的体系、新的理论、新的宣言、新的旗帜不断涌现,而广大的读者群反应却是冷淡的,至少是不那么热情,不那么关注文艺界的试验,造成这种冷热的差别如此之大,原因是多方面的。我想有一条是应该引起深思的——我们的文学是不是出了点毛病?前一段时间(现在也不能高枕无忧),我们的严肃的文学作品一下子被通俗的、庸俗的,甚至根本不算是文学的东西冲击得晕头转向,这现象太奇怪了。真正的文学作品是不怕冲击的,不论是通俗的文学作品还是低级庸俗的东西,都不能影响严肃文学作品的存在。资本主义世界里的色情、凶杀的刺激品不是比我们还要多吗?也没有听说哪一个资本主义国家的文学被冲垮了。我们的文学为什么如此脆弱呢?它本身一定是出了点毛病。我认为这毛病就是部分地脱离了当代生活。文坛上最活跃的,被批评界捧为主流和方向的作品,离现代人、离当代社会远了。读者需要引导,需要提高,需要"阳春白雪",群众喜欢的也不都是"下里巴人"。群众关心现实,你没有,你可以搞自我欣赏、自我陶醉,读者也可以去到通俗的作品里去寻找消遣和刺激,于是作家和读者就两便了。斩断了作家和人民的纽带,我不认为文学会有光明的出路。

人们都在追求永恒,木乃伊、陪葬、照相、著书立说,总想找到一个不死的办法,让自己的精神永远活着,流传下去,繁衍再来。历史是永恒的,现实也是永恒的,因为现实就是历史,梦幻般地转眼就变成历史。记忆犹新的"文化大革命"不就成了历史吗？谁能把现实和历史分割得开呢？就像永恒和瞬间分不开一样。存在就是现实，而现实是无法逃避的。惧怕现实，厌恶现实，在现实面前软弱无力的文学能说是强大的文学吗？所以才会那么轻而易举地让出了阵地。更可悲的是我们以为自己在花样翻新，实际上还赶不上生活本身的花样翻新。我们的步子不是快了，而是慢了；我们的形式不是太新，而是太旧；我们的艺术跟生活这一最伟大的艺术相比不是"阳春白雪"，而是"下里巴人"。传记文学的兴盛，群众对真人真事的文学作品、对名人传记的兴趣越来越大，也证明文学的生命力不能脱离人类的生存而单独存在。

当代作家更需要多面性的才华，像复杂的人类本身一样具有丰富感，变化感，幽默感，作品才会达到有总体构想的深刻性，完全自然、完全忠实的现代性，不害怕表现当代人的最高价值——即那些所谓"提高了的人"。

我们天津的创作队伍亟待提高素质。作品是作家本人素质的具现，在作品中不可能不表现作家的思想和意念、感情和感受、客观和自我等等。我不赞成急于用否定自己、否定昨天，来表现自己今天的聪明和伟大。我们还是要沉住气，用足够的坚定和强韧对付面临的挑战。

我衷心祝愿大家都不要输掉这场挑战！

1985年1月9日

世界和人

——夜读《大林莽》

札记"坡上有个女人,正绕过寨子向森林走去"。

"这个人每年这时候都来的,种上四棵树就走啦。"

…… ……

我读完《大林莽》的最后一行,心里的波澜仍无法抑止。再把这部中篇小说的"尾声"重读一遍,仍不能长出一口气。而且出现了在我来说很少有的现象——眼睛发潮。我自知这不是悲,也不是怜,更不是怒,似乎也不是壮。那么是什么打动了我,使我如此激动不已?我要想一想……一部作品让人读后心里难以平静,而且要按自身的感受来领略小说中的一个个人物和情节,它靠的是什么? 现实主义的力量,思想的力量,人格的力量,绝妙的技法……不止这些,还有从字里行间放射出来的巨大的心理能量——这才是足以穿透心肺、征服感情的艺术"核放射"。孔捷生也许是动用了自己的全部(或者是最珍贵的)心理能量,升华为艺术创作,才使《大林莽》如此清新,如此壮美,充满奇想和幻觉,把读者紧紧缠住……

我关了台灯,屋内一团漆黑,窗外极静。眼前却时时飘动和变换着亚热带大森林的种种影像。忽而是千姿百态的热带植物群落,芬芳怡人的森林气味,闪着白光的雾岚,到处都倾泻下"百鸟无忧无虑的歌瀑"……忽而这远古洪荒的莽莽野林,被死神的黑色巨翅所笼罩,"空气中充斥臭氧的刺激气味,电光闪处,战栗的林木变得青蓝可怖"。巨雷炸响,地动山摇,乾坤崩溃。五个年轻的文明人,在大自然的蛮力面前,毫无自卫能力,像落入洪流中的蚂蚁……

得了,我知道今晚的睡眠非得卖给孔捷生不可了,这就是读他这部小说的代价。我披衣坐起,扭开台灯。一般情况下,我不敢轻易评论别人的作品。因为我知道每部小说都好像是一个梦,各人有各人的解释,谁也不要把自己的解释强加于人。但是今晚我非得把自己的读后感写出来不可,不必构思,信笔涂来。为了探索孔捷生在思考什么,也为了驱赶眼前这奇特冷峻的幻象……

应该说,《大林莽》的情节编排并无宏伟的规模,人物也很单纯:四男一女共五个知识青年(严格地讲还有一个自称是"坏蛋"的混进知青队伍的"大陆仔"),闯进原始森林勘察,准备主宰和荡平这莽莽热带雨林,根据"革命路线的需要"改种橡胶树。他们最终却未能毁掉森林,而是被森林毁灭了他们。只有那个女知青侥幸存活了下来。

多么简单的故事,却又多么真实而深刻地揭示了复杂的人生。读后让人觉得作者是站在人生的制高点上,裁判人生,裁判生活。

组成五人小分队,进军大森林,这行动本身就是荒谬的。在荒谬的年代所有荒谬的行动都是正常的、顺理成章的。如果不荒谬,倒是反常的。女指导员谢晴,是个从灵魂到肉体都包裹着"严实的外壳"的人物,她怀着崇高的信念——改造世界、造福于全人类,才率领自己的队伍杀进大林莽的。伟岸雄奇的邱霆,迷恋着谢晴身上的革命光圈,其实就是那"外壳",却死看不上另外的三个男人。他一心想建立开天辟地功业,勇敢正直,无私无畏,是小分队里唯一革命到底不回头的硬汉子,是动乱年代里以正面形象出现的"阿Q"。他愈正经,就愈可笑;愈忠勇,就愈可悲。壮硕刁蛮的冼四海,是个鲁夫,有点江湖义气,专爱跟邱霆作对,还打过简和平。受压抑而牢骚郁勃的简和平,是作者精雕细刻的"理想人物",能够用理性观察世界,从人的现实存在和生活的现实出发。他看不起所有的人,却又能谅解所有的人。至于"大陆仔",是个"干尽了坏事",赌输了钱逃避流氓的追杀,自造假证明,投奔到小分队想避难找出路的。

五个人,五个心眼儿,五条肠子,心不相通,隔阂重重,却硬要凑到一起去实现一个共同的目标。孔捷生摆出这支队伍,就是向生活捅了一刀子——每个人在社会中的面目都不是真实的,没有自我。

他们一陷入森林就迷了路,前进无门,后退无路。饥饿、疾病、虫咬蚁叮、雷暴飓风的袭击、死亡,无穷无尽的灾难劈头盖脸地砸下来。他们吞咽着脏兮兮像一团烂泥般的蚂蚁蛋,嚼着看一眼都会呕吐的各种能有助于维持生命的东西,他们变成了"杂食性动物"。比起他们的生活来说,他们外形更像野兽:衣服被荆棘撕扯得只剩下几条布丝儿,粘在身上。身上长满鸡蛋大的脓疮,流着脓血,爬着臭蛆。指甲脱落,头发稀稀拉拉往下掉,脑袋肿得分不出眉眼……

大森林把人变成了兽,也许这外形更像兽的人,更接近真实的人。

小说借助大森林的威力把人撕开了! 各样人的理想、信念、本能、欲望、超凡的一面和粗俗的一面,均暴露无遗。这就是生命!

我以为这是《大林莽》的一个重要收获,撕去假象到人类本性中去寻找人生的答案,探索人的本质。孔捷生通过象征手法和变形技巧,找到了自己的表现形式。他不仅一次次把人物推向绝境,充分表现心理和物理的对应现象。人生的无限空间在大林莽中却显得极其窄小。人生无涯,人生无常,借以表现人生从来是"在短暂中求永恒"、"不懈地蜕变更新"的过程。而且作者的目光直接渗入到人物的意识层。笔锋由人的表象进入人的意识深处。客观世界大林莽与人的对立,自然意识与人物的自我意识的对立,促成人与人的对立,灵魂之间的抗衡。作者从容不迫,步步紧逼地把各样人物心理上的不同层次(这五个人每个人都有一部灵魂的历史,而且层次分明,前后有致,实为难得),个性分裂,性格里隐秘的内在本质,都赤裸裸地揭示出来。这种解剖有时甚至达到残酷的地步,令人毛骨悚然。那恐怖绝望的气氛让人透不过气来。

《大林莽》独特的风骨就在于它的高潮不是靠故事情节推上去的,而是靠对人的内容和质量的揭示达到了一个新的深度。领读者登上了生活的制高点,鸟瞰人生的各种风光——这就是孔捷生运用成功的又一手法,把庄严的理想和严峻的现实交织在一起,从而表现人格的美。

如果作者只写人和森林的较量,那还有什么新意?小分队遇到的最大困难是能否战胜自己,在残酷沉重的现实面前,获得心灵的解脱、人格的新生并升华到完美的程度。

被困在密匝匝黑苍苍的热带雨林里,呼救无门,叫天不应,叫地不灵,生死是一瞬间的事。面对死亡和分裂,小分队的首脑和灵魂谢晴,也和其他人一样感到无依无靠,孤独可怕。抽象的概念解决不了眼前的问题,空洞的人生大道理也不顶用,难于用一个统一的思想体系控制小分队,她的全部理想和知识都不能解释眼前的生活现象。荒诞的处境,人对客观世界的无能为力,淋漓尽致地表现出人的本质,这本质真实得近于残酷。她从信仰的圣殿上跌进信仰破灭的深谷,摔碎了裹着她的"严实的外壳"。她开始从作为一个真实的人的内心感受出发,看待周围的一切,过去没有力量解释的社会现象突然清晰了。以前的生活中充满了假话,那虚假的信念却很有力量,挣脱不了,看来每个人也不一定真正能认识自己。她重新思索:衡量人的价值标准是什么?人的真正价值在哪里?什么是人生的终极意义?她要根据物质现实和直接经验,决定自己的行为。他们宣誓:"要活下去!"这和出发时的雄心壮志相辉映,是多么意味深长的一笔!

大森林净化了他们的灵魂,使良知回到人的基准线。从意念走向现实,又从现实走向意念。探索"灵与肉倏然分离"那一刻人物心里的奥秘。他们"在这杳无人迹的老林深山所经历的一切,实质上是很多人曾经历过或者将要经历的……"

作者打开了观察人的复杂性的大门,然后有意把生活现象、潜意识活动、人物行为打乱,搅在一起。再加上他笔下的大林莽本身就给人一种时空错乱的感觉,现在、过去、未来交织在一起。空间、时间忽而封闭,让人窒息,忽而又跳动很大。现实与想象、真实与幻境、永生与死亡,交替出现,纠葛成一体(这样的描写在小说中随处可见,不再枚举),读者自会理出头绪。我甚至觉得作者还留下了不少空白,尤其是小说的后半部分,让读者去思考、求解。

小说表现"文化大革命"年代的单调生活,却没有把人生简单化、贫乏化。意境深邃,笔力峭拔,写得骇世警俗,令人叫绝。这都表现了作者创作生命力的勃发。

冼四海死得糊涂、委屈。简和平死得明白。邱霆死得勇烈,他为自己的信仰全忠全节。大陆仔死得快乐、高尚,他背出谢晴,看到了生的希望,又跑回去为救简和平而死。人格是多么美,多么可爱。死得却是多么可惜,多么不值得!错误的远征,荒诞式的悲剧,唯其把愚蠢当作神圣,才更显出那个年代的生活是无秩序的,缺少理性的,好像是一堆偶然事件。尽管它表面上有铁板一块的思想,有班排连营等严密的组织形式,一到大林莽就暴露了它的荒诞。真是入木三分!一方面写出了产生悲剧的社会生活环境,一方面写出了人物思想性格中的悲剧因素。这一切都为了表现强烈的真实的人生。

尽管作者的艺术观念是现代的,写作手法也多用现代技巧,但决定这一切的是作者的生活观念。孔捷生的生活观念是严肃的、进取的、中国式的。他在《大林莽》中得出了与西方现代派的生活观念大相径庭的结论——人是善良的多,人与人之间是愿意相通的,也是能够相通和相容的。不论简和平还是邱霆,他们死前的幻觉是何等感人至深!在绝望中每个人谈自己的身世、希望、苦恼和追求,简直是趁活着为自己开追悼会!正是那次会才沟通了灵魂,使简、谢的爱情在灾难中成熟了。

有些喜欢用题材圈定作品和划分作家的同志,在呼吁知青题材的小说需要突破。往哪里突破?怎样突破?我以为"突破"年年有,而且不可能顺着一个方向、一个目标去突破。前年梁晓声的《今夜有暴风雪》是突破。去年孔捷生的《大林莽》更是突破,而且是在表现人的社会历史内涵上的突破。这样的小说只用"知青题材"是不能概括其认识价值的,它近似所谓的"超题材小说"。表现知青生活的作品,如果在认识人类的总命运和探索具体的人生上,达不到新的高度,我不知还往哪里突破?

不管孔捷生算不算"被痛苦养大的一代作家",无疑他是把人的心理、情感、追求、痛苦、渴望看作是最有价值的东西。他尽力追求一种完美的形式来表现这种痛苦——知青的痛苦、一代人的痛苦、历史的痛苦。因此才使《大林莽》蕴藏着新意和丰富的想象力,有一种精神和道德的魅力。《大林莽》之所以让人觉得富有哲理因素,原因也在于此。

小说的哲理性只有在与它相适应的艺术形式中才能表现出来。《大林莽》中的神秘色彩,作者调动各种应手的写作技巧强化艺术感受。从容地驾驭了人物和情节,自由地进入他笔下随便哪一个人物的内心,还可以把外部世界移置到这个人物的内心屏幕上。再加上作者的视角像大森林的色彩一样变化多端,有时从主观角度进入小说,有时从人性角度进去,有时从人物的心理角度,有时也从客观世界的角度……意境骤然宕开,想象大开大合,使整部小说斑斓多姿。

我和孔捷生在文学讲习所同过学,也喝过他的结婚喜酒,他的大部分作品我都读过。他在创作上似乎不是举重若轻的,不属于轻松愉快、多产多销的作家之列。但每年都扎扎实实地迈一大步,不后退,也没有滑过坡。这两年,从《南方的岸》、《普通女工》到《大林莽》,简直是"三级跳"。

孔捷生还有一点令我惊叹:他找到了自己人物活动的世界——大林莽。就像曹雪芹找到了荣、宁二府,施耐庵找到了水泊梁山,肖洛霍夫找到了顿河地区一样。文学的庄园不能没有自己的领地。

荒无人烟、与世隔绝的原始森林,是个封闭的社会。同时也是时代的交界处,人生的检验台,死亡的网口。把人物放在这样一个环境里,就搞不成以自我为中心,任何思想都显得软弱无力,可笑和渺小。人的精神失去平衡,找不到生存的依据和意义。作者光靠传统的技法显然是施展不开,因而可以充分使用象征、梦幻、想象等现代手法。带领自己的人物尽情体验原始密林中神秘、恐怖、庄严和疯狂的种种感受,探索奇特、怪诞的人和物。也正因为是在这样一个壮阔的大森林里,才更便于打破人物形象的社会局限和心理局限,让读者想得更深更广。所以我才说它具有某种"超题材"的味道。

作者用浓墨重彩描绘了大林莽中各种各样的景物,有时甚至用主观意念去强化自然物象本身的多义性。保持这种自然现象的多义性和暧昧性,是为了达到真正的真实,衬托人物心理的真实。我读着作者那些关于大林莽时雨时晴、喜怒无常的描写,脑子里就产生过这样的联想:大林莽其实是变态的时代的复制品,是人类命运的象征,当时我们民族的命运就好像挂在大林莽的树梢儿上……

天早就亮了,连早饭也错过了,我也该走出《大林莽》了。奇怪,读完这部小说,我怎么有这么多话要说?

1985年1月13日

有真性情方有真文章

——《冯苓植中篇小说集》序

　　真实而强健的作家,使艺术变成世界,走向人间;秀逸而多情的作家则想使世界走向艺术化。我想冯苓植属于后一种。他的某些小说高尚洁美,情切智邃,简直就像"成人的童话"。

　　遥远荒漠的草原,人迹罕至的群山,茫茫无际的沙漠,骏马,毡包,勒勒车,逐水草而居的牧民,还有那些性情各异的牛、羊、骆驼、鹿、马、狗……各种各样的故事:严肃的、荒诞的、深沉的、痛苦的、优美的,就在这古老而又原始的土地上展现开来,把读者推进了一种梦境般的现实之中。然而冯苓植自己却大睁着双眼,清醒地看着二十世纪的现代文明,怎样搅乱了蒙古草原上神秘遥远的梦境!

　　这是冯苓植小说的一个重要特点——富于人生哲学的严肃性且又穿插了许多寓意不俗的民间传说、动物故事,把历史和当代,想象和现实,生活和轶事熔为一炉,形成他的作品的整体结构。

　　《沉默的荒原》是这类作品中的优秀代表。草原上的娇女塔娜,拒绝了草原骄子——雄俊剽悍的伊萨克的坚贞粗烈的爱情,实际是拒绝了生活天经地义的安排,拒绝了古老而又可靠的传统,拒绝自己实实在在的命运。却主动地狂热地投入了一个"洁白的年轻人"的怀抱。事实上塔娜并不了解这个城里少年,强烈吸引她的是那"一双虔诚而闪亮的眸子,满头比女孩儿还要柔顺的黑发","白色的衬衫,白色的长裤,白润的面庞,浑身都泛着一层洁白的光"。他比草原上的人细致多了,像用晶莹的玉石雕刻出来的一样,是草原上的女孩子们幻想中的人物,他不会用鞭子抽打老婆。塔娜觉得"跟这样一个女孩儿似的年轻人在一起很有意思,使人无拘无束,自由自在"。她渴望自由,渴望爱情,渴望获得普通女人应该得到的幸福。

爱不需要理解,它是理想的幻影,感情的冲动。唯独不是理智的择优。尤其是像塔娜这种充满野性美的热恋,更多的是原始的、盲目的,然而又是忘我的追求。

聪明的喜欢把作家一眼看透的读者,看到男主人公的出场也许会以为这是个花花少年,纨袴子弟,或者又是个新时代的"陈士美"……生活没有那么简单,冯苓植是个讲故事的能手,更不会那么笨,他才不去钻进那种"大团圆"、"拆散鸳鸯"或"善有善报,恶有恶报"的套子!

古往今来,文学上的套子确实很多。我们也承认,在相当长的时间里中国文学者在一个不够宽阔的道路上前进。所喜的是冯苓植以草原做发射架,把自己送上了文学的轨道。不论在文坛上冷清时还是文坛上拥挤时,他都不紧不慢,用新的内容和艺术形式开辟了一条属于自己的道路。一个作家只有找到了自己的表现形式,才算是抓住了艺术的真谛。

在一般人的眼里,骆驼也许是世上最温驯善良的动物,有忍耐饥渴和劳累的美德。可是有谁知道当公驼发情期间或母驼失子之后,就狂怒得如同森林里最凶猛的野兽,追人、咬人,直到把人冲倒碾死!母驼阿赛就因为死去了心爱的驼羔儿,炽烈的母爱烧得它精神失常,变成了草原上的一头疯驼,没有人敢靠近它。小姑娘塔娜却并不知道阿赛已经发疯,而且她还穿着一身最能激怒疯驼的红衣裳,她唱着歌走近阿赛,钻到它的腹下,用一双小手轻柔地揉搓着阿赛肿胀的乳房,然后用自己的小嘴含着疯驼的乳头,轻轻地吸吮起来。冯苓植在中篇小说《驼峰上的爱》中,有这样一段气韵生动的文字:

"阿赛浑身微微颤抖着,好像又重新回到了那迷人的梦幻中。等小塔娜松开口,浓浓的乳汁已经开始滴答了。随之,灵巧的小手,迷人的歌声,便使洁白的驼乳像泉水般流满了奶桶。人们松了一口气,阿赛竟扬起脖子幸福地呻吟起来。"

小女孩儿唤起了疯驼的母爱,使它的母爱有了寄托,阿赛不再发疯了,但也不能再离开小塔娜!作家要表现的仅仅是人驼之间的情爱和依恋吗?

主宰生活的是爱,连系人们精神的是美,使人与自然和谐一致的是情。冯苓植的小说所以能产生这种清妙的意境,就在于他能以自己特有的灵感和幽默,驾驭着自己小说的节奏,铺陈不落俗套,情趣横生。

至于在《沉默的荒原》里对小鹿贝贝的描写和刻画,就更具深邃的象征意义。它代表着女主人公的理想和命运,实际也是作者在艺术上的探索与追求,用沙日呼的传说和贝贝的成长,映照塔娜和白衣少年的亲情悲欢,使小说的结构具有"多时间性"。过去和现在、人和动物、历史和现实纠缠在一起,层次众多,境界多义。不是为了简单地交代情节、穿插故事和介绍人物的身世,而是把理想带进现实,让理想(爱情)和现实在相互观照中得到更深刻的人生启示。还要借用历史的光芒,把现实生活照耀得更加清晰。作家想找到生活的答案,笔触深到人的本性中去了。甚至还深到大自然和动物世界中去,探讨人的本质,寻找人们爱的原因以及为什么又会失去爱……

我最早认识冯苓植是一九七九年在北京的一个会议上,当时他已经出版过好几本书,长篇小说《阿力玛斯之歌》在全国有很大的影响。他却没有一点架子,热情、爽快、健谈,还乐于为朋友"两肋插刀"。比如有的朋友的裤子在汽车上挂破了一条大口子,又没有带备用的裤子,他的裤子给朋友穿上短一大截。一时找不到针线,不补好裤子那位朋友就无法进会场。冯苓植急中生智,到大会卫生室要了一块橡皮膏,从里面帮着把裤子粘好。这完全是工人的机智,工作服破了,到保健站要一贴"伤湿止痛膏"糊住破洞。但是从这件小事中我发现了他的热心肠。

酒席宴上,冯苓植喜欢争强斗胜,不大愿意认输,尽管酒量不算很小,仍然很容易被人灌醉。他喝多了酒并不失态,更不装疯卖傻,只是话说得稍微多一点,而且句句都是大实话。变得无比厚道和善良,掏出肺腑之言劝说那些身上有点毛病的同志要爱妻子,爱儿女,不要老去拈花惹草……使有这种业余爱好的朋友如坐针毡,脸上红了又白,白了又红,后悔不该拼命灌他"黄汤"。这使我又看到了冯苓植性格中另一个诚实可爱的侧面。

去年,在群众出版社举办的笔会上,我们再次相会,才知冯苓植还有令我更加惊奇的特长。他每到一处不消几分钟就能把所有的孩子都吸引到自己的身边,他肚子里有掏不完的笑话、谜语和儿童故事,孩子们听得都入了迷。他还会各种各样的小把戏,逗得孩子们笑声不断。不管孩子们怎样缠磨他,他从不着急生气。地道的"孩子王"、"儿童团长"、难得一副好脾性,童心常在。但是在成年人聚会的场合,比如,参观、访问、开会,他却总是往后躲,希望人家不去注意他、忘掉他。他不喜欢出风头。

当他跟我谈起文学,谈起今后的创作打算,他那滔滔不绝的一个接一个的关于狗、马、骆驼的构思,令我耳目一新,感到惊人的别致和深刻。他找到了自己的位置,他正在使用自己的优势。谁也不能否认,作家的个人因素极大地影响着对生活素材的处理和运用。

然而,只有研究他的作品,才能真正理解作为作家的冯苓植。

冯苓植的才华,集中表现在他对草原生活独特的感情体验上。他从生活中汲取了灵感,然后凝聚成能轰击读者情感的雷电。虽然他的某些小说写的是一些支脉单纯的情爱故事,但在单纯中让人的灵魂受到震撼,感叹生活的复杂,感叹感情的复杂,感叹人生的不可预测。正因为他的这些小说支脉单纯,才更像是一种心灵的呼唤和自白。天底下的故事可以大同小异,而人的思想感情、人的心灵应该是各不相同。当我读完他的《雨》,自己也仿佛陷在恼人的、无尽无休的层层雨网之中,人是多么软弱啊,陷在自己织成的感情罗网中不能自拔。在生活面前,韩苗同叶彤和秋枝的感情像布条一样,忽而撕得粉碎,忽而缝合起来,继而又把它扯断……

冯苓植写了一些女性化的,缺乏男子气质的男人。查干、韩苗、还有《翅羽上的故事》中那个"不会喝酒、不会骑马、不会发疯、不会串蒙古包的男人",像个绵羊羔子,整天圈在蒙古包里给野小子们熬茶、煮饭、整理家务。这些柔弱多情、胆小怕事的美少年,代表着现代文明,代表着美好的爱情和生活的理想,闯进了草原女儿的心田。他们在情场战胜了粗粝刚强的硬汉,他们的优柔寡断反衬出蒙古姑娘的大胆、热烈和娇憨。就是通过对这一系列阴错阳差的人物的刻画,冯苓植形成了自己的创作风格:飘逸绮丽,哀婉秀远。

被霍桑认为"身上仍保留着不少原始的野性",具有"真正的男子气质"的梭罗,在他的日记中写过一段话:"一本真正的好书颇像一片真菌或苔癣,极端质朴、自然、神秘、奇妙、肥沃、芬芳。""文学中只有粗犷的东西才能吸引我们",冯苓植的小说之所以有独到的魅力,就在于他不仅写了人类的柔弱和痛苦、各种感情的裂变,还写了桀骜不驯、不开化和无拘束的粗犷思想。婉约中带着豪放——这就是冯苓植文笔中的又一特点。

他写了许多看不到结局的爱,实际是不会有完美结局的爱情。而且他揭示了产生这种"当代感情悲剧"的根源:一是社会生活环境,二是人物的思想性格。写人物怎可不写其思想性格,不写其性格的形成?生活中的不幸是没完没了的,它养育了文学,像烂泥塘一样粘住了作家的笔。对人类的不幸一无所知的人,是没有什么东西可写的。冯苓植侧重于探索人类感情世界中的不幸。在人类的各种感情中,尤其是在爱情中,只有痛苦才是最深刻的。他写了爱的痛苦和痛苦的爱,也写了人类像雨丝一样砍不断理不顺的缠绵和犹豫。

但是,他的作品玲珑剔透,有些篇章甚至过分玲珑完美了。甜美的爱情故事中藏着哀伤,哀伤的离散中又透着甜美,爱情的欢乐掺和着人生的泪。尽管艺术自成世界,它有自己的"宇宙规律"。但艺术世界比起大千世界来说,毕竟是太小、太狭窄了,因此,作家视野的扇面应该尽可能地扩大,不要太窄。

冯苓植还善于表现人物的情绪内容。他对小说表现形式的追求和试验是多样的,他擅长讲故事,他的小说却并不以情节赢人,我宁愿把他的小说叫做"情绪结构"。一种情绪,一种氛围,无限广阔的心灵空间,精微独到的精神刻画,各种传统的现代的小说技巧都可以在他的故事里派上用场。

他对查干作画的描写,实际是表达了作家本人的艺术追求。烛光梦幻般地闪烁着,画笔飞动,时而轻染薄敷,时而重涂堆彩,笔触缜密错综、矫健狂放,色彩浑厚纯朴、灿烂透明。"光是一切形象和色彩的依据,色彩随着光线的变化而产生明暗色块的连续运动。由于光和色彩的相互渗透,色彩在画面上就奇妙地产生了闪烁的光辉。而这一切的核心,又是爱,一种骤然迸发的爱!"

对于作家来说,情就如同画家所需要的光。草原、沙漠、风雨、雷暴,满眼都是情。"天下文章皆情之所流,情里则文附焉。"写作的技巧就是打开感情的闸门,排除一切心灵里的障碍,让感情奔涌得流畅自然。也正由于笔墨饱带着作者的情感,才使冯苓植笔下的草原充溢着一种特殊的浩荡浓郁的气氛,更衬出那些多情儿女性格中的悲剧性。

看得出,冯苓植的创作不是轻松的,也许是相当艰苦的。他不能忍受在稿纸上涂改,也不允许自己的字迹潦草,一笔一画,工工整整,像他本人一样规矩谨慎。如果写错了一个字,就把整行或整页都撕去,重新开始。他用心、血、泪在堆积自己文学的房屋。他不是那种毫无控制、一泻千里的才子型作家,也不追赶时髦,把写作当作是"自发的行为",是一种"自我解放"。也许痛苦像个魔影一样,老是在追赶着他……

作家被痛苦追赶着,才会有严肃深沉的作品问世。

1985年5月17日

陈国凯的小说天地

　　每个作家都应该找到自己的小说世界，都要有属于自己的文学天地。

　　国凯兄的小说天地是什么样子呢？我曾怀着好奇、激动、钦羡乃至妒嫉的复杂心理常闯进去观光考察，流连忘返，仿佛体验了当代人的全部经历——从最痛苦的到最快乐的，从最丑恶的到最高尚的。

　　他的小说天地既现实又神奇，既荒诞又真实，既新颖丰富又非常矛盾和孤独，既缠绵悱恻又坚强有力……

　　一部中篇小说《下里巴人》写了近十个普通人不普通的一生，血淋淋惨不忍睹的生死搏杀，更像一部紧缩的长篇。

　　作家虽然有时以社会批评家的面目出现，但更多的是把笔锋指向人类本身——人的虚伪和自私。复杂的永远无法协调的人际关系，作为社会动物的人却不能适应自己创造的社会，人与外部世界的冲突和人的内部世界的自相矛盾，构成了他的小说里那种深刻的悲剧性。

　　刘玲突然死去，却让读者丝毫不觉得突然。"辣笔著文章"，陈国凯敢于把人物逼上绝境！

　　老松变成了哑巴，刘秀兰变成了哑巴，胡大光也变成了哑巴，待到他再能够说话时，已经不大会说人话了。生活中的不幸没完没了，作家着力刻画生活的艰辛和荒诞，不就为了揭示人物内心的矛盾和痛苦吗？让人感到他的小说天地似乎分三个层次：人、社会、自然。他的笔触经常"突进到社会和自然的内部世界"，探求人性的奥秘，令读者的灵魂震颤。

《下里巴人》中关于描写"文化大革命"的那一节是较弱的,来得生硬而急躁,不像小说的其他章节那么新奇别致。看来国凯兄不擅长正面表现轰轰烈烈的政治运动。他的优势是把感情形象化,甚至是强化。通过人的感情反映深刻的世界、丰富的人生、各种各样的尘间情态,这也许就是所谓的"感情现实主义"。

正是揭示了人的丰富多彩的感情世界,才使陈国凯的小说内涵多向并有很大的包容性。显得知识面极其宽阔,好像作者无所不知,无所不能。文明世界的各色人等,尤其工业社会的生活,进入他的笔下都是无比从容,驾轻就熟。有时兴之所至信笔一挥就拉出一块生活,如《离婚》中的钟秀萍在手术台上的感觉,《下里巴人》里关于工厂单身宿舍里光棍们的破坏力的描写……凡作者按捺不住拉出的每一块生活,就是一个世界,一个小社会,一座工厂。

陈国凯生活的视角相当广阔,这种广阔有点像音乐,在空气中弥漫,充塞所有的空间。只有感情丰富才能达到这样的广阔,他的小说不就是依仗感情波动的旋律来征服读者的吗?他往往通过人物感情生活的悲喜剧来表现社会生活,通过离婚的风波表现钟秀萍的命运,通过刘秀兰的命运表现那个疯狂得变了形的时代。视角的变换,强烈的人性,涉及工业社会的各个角落,让人思索尘世间的一切,让读者看到人的价值。

我同意用人物深入人心的程度来评价小说的真实性。有愿意无动于衷地看小说的读者吗?艺术就是要用感情感染人,每个读者都可以按照自己的感受来领略小说中的情节,在阅读的过程中愿意深思一番、体味一番、激动一番。愿意麻木一番的读者大概很少吧?

陈国凯的小说像一条河流,你只要打开书,就身不由己地卷入他的激流之中。他具有多面性的才能,因之他的小说也给人以变化感和丰富感。

无疑他是很会写故事的,他笔下的每个人物几乎都有生动活泼的性格。但他又从不编造惊人的故事,他喜欢平常人的平常事,家长里短,儿女情深,善于抓住眼前的生活。他创作的焦点大多都对准痛苦的人生和变化莫测的社会,使他的小说不脱离人们的生活。

我不认为现实主义力量已经失去了意义。一部艺术作品到底是局限在个人色彩里更丰富深刻些,还是高于个人的生活领域更丰富深刻些? 一部艺术作品要抹掉作者的个人色彩是不可能的,这并不妨碍我赞成这样一个观点:"每一部伟大的艺术作品都是客观和非个人性质的,但又丝毫不影响它感染我们每个人。"

表明一个人物是什么样的角色,不能光看他说什么想什么,有行动才有人物。"行动即人物",行动就是故事、就是情节——这构成了陈国凯小说的主要现实,这也是他塑造人物的重要手段。依据本身经验看世界和从本身经验看自己结合起来。

我有时不免感到惊奇,国凯兄怎么会熟悉这样众多的各种不同阶层的妇女:女工、农家女、女干部、旧社会的妓女、现代时髦女郎、有知识的女性,等等。有温柔善良的,有泼辣厚道的,有粗俗淫荡的,有阴毒奸诈的。性格、命运各不相同,有的几个、十几个人物的命运交织在一起,有的单线发展、各安天命。有的小说大起大伏,时间跨度十几年,有的则如轻风徐徐,细细道来。正是这许多色彩缤纷的妇女形象织成了陈国凯小说的独特风貌。

尤其写起那些不幸的女人,作者就来神了。从她们的灵肉、衣饰到语言,无不维妙维肖,细腻真切。对于揭示她们复杂的心理结构,表现她们思想意识的底蕴,作家充满自信——这一点特别令我眼红。我写起女人来总是那么吃力,他则显得轻松自如。我甚至以为国凯兄的语言成就更多地体现在对妇女形象的刻画上。

相比之下,有些小说中的男人形象就逊色多了。好的太好(如许文光),坏的太坏(如朱大全),这种强烈的对比虽然未必不符合客观现实,也容易造成强烈的艺术效果,但作为揭示人物灵魂的重要手段毕竟显得简单,难免肤浅。相对来说也削弱了女主人公的形象及小说的内涵,设若钟秀萍嫁的如果不是这样一个简单的无赖,仍然不能不离婚,其意味岂不更深长? 至于许文光搞改革的路数,刘振民那些讨厌的官腔,简直跟陈国凯小说的风格不协调。好在这样的描写在小说

209

中所占的分量是极小的。

马克·吐温讲故事有好几种,最难讲的是幽默的故事。善幽默会讽刺是作家智慧的表现,国凯兄恰恰具备这种令人羡慕的幽默才能。他写了许多幽默小说,这些小说集中编在《文坛志异》一书里,收在这本集子里的小说仍保留了作者一贯的幽默风格。

我以为最能体现国凯兄幽默才能的是他的语言,纯熟、机智、诙谐、隽永、挥洒自如。他以特有的灵气和幽默驾驭着小说的节奏和语言的韵律。好像他总是毫不费力地、游刃有余地推着自己文学的独轮车前进。幽默仿佛就潜伏在他的笔尖上,读他的喜剧型的小说、言情小说、幽默小品,自不必说会非常轻松愉快。就是阅读他的有着悲剧的诗境的小说,字里行间也会感受到他那深刻的乐观精神。有时这种乐观精神跟深刻的悲剧色彩揉合在一起,愈喜愈悲,愈悲愈喜,形成特殊的韵味,更加深刻动人。

也许正是这幽默的品格,才使他的小说拥有广大的读者。跟总把自己当作注意的中心,自以为是,滔滔不绝,没完没了地谈论自己,做渊博深奥状的作家相比,人们往往更喜欢真诚而幽默的作家。

国凯兄行文时另一个突出的特点是惊人的想象力。也许身体瘦弱又常闹点小病的人,想象力就格外丰富发达。

六年前,文学讲习所聘请秦兆阳老师辅导国凯兄和我两个人。不管论年龄还是论创作成就,他都是我的老大哥,或称大师兄,我当然希望能从他身上讨得一点写作的经验。他很快便赢得了我的尊重。

有性格的人才会有丰富的想象。

他的外表绝称不上是什么"金刚力士"或"长躯大汉",却又爱激动,古道热肠,仗义疏财,容易受别人的鼓动。因此才敢面对这个时代所发生的各种真实事件,舍弃杜撰和臆造,使想象有了真实的天空,广阔的大地,坚实的翅膀。

他很谦虚,公众场合,待人处事绝不出风头,甚至不愿多说话。即使在写作的时候也总是躲在自己小说的后面,极少看见他出来发表什么宣言,举个什么新鲜旗帜。因此他的人好像不如他的小说有魅力。

他又很固执，绝对是个有主意的男子汉，生活上是如此，在创作上亦如此。以自己瘦弱的身躯钻进一个宽阔而复杂的人的世界，以自己的全部感受做工具，通向一个个人物的灵魂，通向整个世界。因而他不缺乏想象。他仿佛把自己的精血都给了作品，剩下的那副皮囊才老出问题。

他十分敏感，艺术型的气质过重，不了解他的人总觉得他身上有某种不大协调的东西。作为普通人，他也许是低能的。但是看他的小说就会觉得灵感——这个十分难以捕捉的小鸟，老是喜欢落到他的稿纸上。想象孕育灵感。他的身体配不上他那个想象力丰富、思维敏捷的大脑，才让人感到他整个的人有点不大协调。

不了解作家的创作成就，就无法理解作家本人。国凯兄是个想象力丰富且具创造性的人，同时他又是个充满"多种矛盾才能"的综合体。

作为他的朋友、读者，我们的交往喜欢不拘形式，早就去掉了一切影响开诚相见的障碍。但是作为一本小说集的序言，这样随心所欲，信马由缰，怎么收得了尾？会不会惹读者厌烦？

关于陈国凯这个人，关于他的小说，我确实还有一些话要说。然而在他的书里，我又确实不宜多说。希望宽容的读者原谅我的不知趣和不自量力。

1986年6月9日

生活的诗

主编先生,您好!

读罢大札,心里甚为不安。虽然您催稿的口气十分婉转,但负债者往往心虚,信还没有拆开,先自面红耳赤。为此我常常觉得愧见众家编辑。正因为迟迟拿不出像样的稿子给《东方》,又怎能对《东方》说长道短呢? 当然,您要求我为《东方》提点意见的心意是真诚的。《东方》虽只出版了两期,堪称"出手不凡",给我以及我周围的朋友们以强烈的印象。对《东方》我确实有几句话想说,不叫意见,只能算是读后感。

您寄给我的第一期《东方》至今还在朋友们手中传阅,他们抢读《大仲马传》,不光是看热闹、看新鲜,此文也有资料价值,给人以很多启发,对于了解大仲马的作品有好处。天津市到处买不到《东方》,足见贵刊是多么受欢迎——一抢而光。这么短的时间,在当前刊物的大森林里,《东方》以自己特殊的筋骨和血肉站稳了脚跟,实在是不容易! 但读完了第一期的大部分作品,我有个把握不准的感觉,即有"叫座"的作品(如《大仲马传》),无"看家"的作品。"看家"的意思是指刊物自己的特长,是《东方》独有的"保留节目"。

前些天接到第二期《东方》,当时没有来得及看。昨天晚上翻开来看到了叶文玲同志的《青灯》。我和她曾是第五期文学讲习所的同学。今年是她创作丰收的一年,从报刊上不断看到她的短篇小说和散文。前两天报纸上发表了《收获》的目录,似乎也有她的一个中篇。我在自己的中篇小说《开拓者》中曾让一个人物说过这样的话:现在是女作家驰骋文坛的时代。叶文玲和其他一些女作家的多产令我惊奇和钦羡。但作家赖以征服读者的是作品的质量而不是数量,我几乎是抱着挑剔的心理放下一切工作读叶文玲的《青灯》的。读着读着,我的偏见和不服气就被字里行间那淡淡的哀怨所溶解了。墨莲的命运吸引了我,一口气读完了全篇。无疑,这部中篇小说可以视作第二期《东方》的"看家作品"(也许不止这一篇,因其他作品还没看)。

掩卷沉思,《青灯》有什么惊心动魄的故事呢?没有。有什么激昂热烈的场面呢?没有。它靠什么吸引了我呢?一种特殊的味道,甚至可以称为只可意会不能言传的味道,它是从"生活的散文"里提炼出来的"生活的诗"。夜已经深了,我关了灯躺在床上,眼前仿佛还在跳动着幽幽的青灯的火苗。小说结束时墨莲把青灯摔碎了,但是《青灯》在读者的心里却留下了不灭的光亮,就是把它挪到宏伟典雅的文学殿堂里,虽不及探照灯、水银灯那样光芒耀眼,却自有它独特的不熄的光亮。

它是典型的"东方"的"青灯",小说里的人物、语言、环境、气氛全具有浓郁的江南情味。小说的整个格调如同"淡妆浓抹总相宜"的西子湖。时而优美典雅,时而质朴浑厚。流水淙淙,缠绵悱恻,有血、有泪、有怨、有恨,自然流淌,并不造作。作者着力刻画的人物,有出水墨莲般的清秀,更有耐得霜寒的秋菊的挺拔和坚韧。作家不是在写与自己的内心无缘的东西,而且选择了和自己的内心世界极其贴近的角度,挖掘出和自己的感情搅缠在一起的材料,用自己燃烧着的心去灼热读者的心。

《青灯》的力量不靠外部动作,不靠各种各样鲜明的引人入胜的情节变化和紧凑的故事,而是以小说内部所包涵的强烈的情绪力量和深刻的心理动作取胜,以最大限度的表现力和丰富的内心刻画揭示人物的性格,小说像生活本身一样自然流动,有一股震慑心灵的力量深深潜在平凡的人物、平凡的故事中。发出"苦——哇、苦——哇"呼号的风箱,咿咿呀呀摇动的小船,卖身葬父,削发为尼,还俗嫁夫,夫死儿疯……清水庵的青灯,清波粼粼的小河,澄澄蓝天,缕缕白云,无一不带着隐隐的撕肠扯肺般的痛楚。凄楚婉转的笔调使人信服地感到,悲剧的确是很崇高的东西,是一种精神上和美学上的滋补品。

《青灯》的构思也很俏皮。当人们为了赶时髦一窝蜂地编造各种各样的离奇、虚假的故事的时候,叶文玲却用一盏冷冷的青灯把几十年的农村生活全照亮了,把墨莲、顺宽、韦公公、慧兰等普普通通人物的命运全聚集到灯光下,用墨莲接管青灯、藏青灯、重新挂起青灯,到最后摔碎青灯,把几十年来农民交织着欢乐和辛酸的坎坎坷坷的生活道路既淋漓尽致又寓意深长地表现出来了。青灯像个不祥的幽灵,纠缠着墨莲一家,也纠缠着众多的农民兄弟和姐妹。这样谋篇布局实在是别致得很,新巧而韵味无穷。一部真正的文学作品应该具有形式方面的发明和内容方面的发现,女作家以其独具的才气,叫人不能不服。

《青灯》也有令人遗憾的地方,凌子坤就是个概念化的人物,使《青灯》减色不少。作家应该是"生活在高处的人"(请不要误会,这不是指作家要高高在上,脱离群众,脱离生活),而《青灯》的作者只满足于和自己的人物朝夕相处,耳鬓厮磨,因而使作品缺乏深沉的思想力量,就像绕着清水庵的小河,弯弯曲曲,日夜不停地流,却没有激荡汹涌的大波大澜。有的段落简直就像青灯,说着不着,说灭不灭。

好啦,这封信写得太啰唆了!您叫我给《东方》提意见,我只看了一篇《青灯》,也只好就只谈《青灯》了。而且没有认真思索,信笔写来,很可能有许多不当之处,甚至会惹恼叶文玲同志。因此在结束这封信的时候,例行公事地说两句官腔:只供参考,欢迎批评指正。

此祝编安!

蒋子龙

1986年11月4日

推荐《酒殇》

　　听说上海要出一本短篇佳作选,朋友们送来好几篇各自认为是一九八六年最好的短篇小说,其中就有叶蔚林的《酒殇》。我只有推荐一篇的权利,就把叶蔚林的小说放到了一边,先看比他年轻的一些作者的作品。心想:"叶蔚林的小说还用得着我推荐吗?"把那些作品都看完,总觉得不满足,选哪一篇都不大合适。只好还得看《酒殇》。看过一遍就毫不游移地决定选它。心里也不能不承认还是老姜辣!

　　《酒殇》完全真实,完全自然,笔力真是快到返璞归真的境界了。"文化大革命"中有多少惊心动魂的活剧,有多少悲惨绝伦的故事,叶蔚林却偏偏挑选了一个平淡无奇的支脉单纯的老掉牙的干部下放的故事。他甚至连"文化大革命"这几个字都懒得写上。主人公刘守璜是下放干部中的幸运儿,青石垭风景优美,民风纯朴,乡亲们不开他的批斗会,却喜欢他、爱他,还有酒和女人任他享用。但通篇却让人感不到"桃色的浪漫",只有淡淡的悲凉。

　　平淡,干净,流畅,没有废话,没有玄虚,没有雕饰,不刻意追求什么,一切就像生活本身一样毫无规律可循地发展着。没有大的跌宕起伏,却有无穷的细微曲折。读后倒并不感觉平淡,意境清妙秀远,味道醇厚悠长。

　　这样的"平凡",本身就是一种神奇。平中藏奇,奇中无怪。敢于正视人生的真实,并与历史的真实绵密得浑然一体。

　　叶蔚林紧紧攫住了人物的心灵与命运,不用故事揭露人物,"完全靠人物说故事"。他追求一种冷峻而平淡的叙事风格,存心深邃。情节虽一波三折,然叙述却极简约紧凑。多见其稳,少见其显,才越发有无尽的韵味。

通篇皆"情之所流",情先生而后文附。文字间那哀婉的电流融化了读者的感情,有一股令人黯然神伤的柔情。主人公死在青石垭这个"世外桃源"里,更体现了社会对人的压力和破坏力。他不是醉生梦死,而是生如噩梦不如醉死。既然生活这杯苦酒不能不喝,那就不如大喝。"文革"游戏人生,作者表现人生。

读罢《酒殇》,我觉得叶蔚林的小说世界是稳固的。

1986年12月28日

读《失落在河谷的爱》

1

张少敏拿来一部他们尚未完成的中篇小说请我看。说："结尾还没有写。"

为什么把一部没有结尾的作品拿给别人看？莎士比亚说："结局好，一切好。"我看了他们这个没有"结局"的小说以后又能说什么呢？

他也许是没有时间完成小说的结尾。风传他要出任天津市作家协会书记处常务书记。他本人对此似乎心存惕惧。把一个没有结尾的小说送给我看，是不是另有深意？

对，什么叫结尾？人类文明有完成的时候吗？生活有终结的时候吗？文学——作为人类生活的反映，何必都要有头有尾？

诘问颇富哲理。但不等于小说都不要结尾。没有结尾也是结尾。

2

以前曾看过两篇张少敏和肖亦农的作品，印象不错，细微处有不少妙笔，大处缺乏惊人之笔。这二位起步不俗。纸面洁净，字体工整娟秀，极少有丢字和错别字，像个当过编辑的人写的稿子。令人赏心悦目。也体现了作者为人为文的风格：尽心尽意，合乎规范。

3

小说一开始就消除人们对其所反映生活的真实性的怀疑。用苍劲、洗练的笔调介绍了小清涧的历史和主人公万秋生的祖宗三代。利用长镜头,再现历史的真实。

小说的时间和空间跨度很大:过去和今天、山沟和城市。这是这部小说的明显特征。

现实的意识和历史的意识交叉。显然又把历史的意识作为显影液,突出的是现实。加强作品的力度和厚度。

人类的活动都要受到历史的和经济的制约。古老的黄河湾这一环境,祖辈遗留下来的穷困,才使万秋生从小就成了"妨祖货"。爹死娘嫁人,他走进了自己的人生。作者通过他的命运状摹现实。

人生比历史编年表、比社会大事记有着更多的含义和更具体的内容。

4

气死爹。撞死猪。猪跟爹一样重要,死了一头猪家里也像塌了一层天。

苍茫黄土,凄切山歌。慷慨中有悲凉,坚韧中有颓唐。人生多变,压抑而又曲折。

作者不想只看到生活的平面,而要看到"历史的沉积"和"生活的层积"。小说精彩的地方正是表现过去和农村生活的部分。

一个个场景,一幅幅油画。

秀远清妙的境界,西部高原悠长而无尽的韵律……把读者带到历史的潜在的生活溪流之中。从源头漂来,看到了我们这个民族的更多的东西。

5

中国当代文学中写地域民俗、写野性十足的原始、愚昧、荒诞、贫穷的作品很多,并不算新鲜。甚至雷同得让人腻烦了。

张少敏、肖亦农的聪明之处是用历史"观照"现实,借助人物的命运把农村生活和城市生活融为一体。好处是广阔、丰富、多姿多彩,坏处是哪一块都不容易写得深刻。

表现城市生活的那部分尤其虚弱。万秋生的突然暴发,当"倒爷"的经历,饭馆斗嘴以及与李小岚的相识等似乎欠自然、欠深刻。

尽管如此,小说的结构严谨,节奏明快,用三万多字容纳了那么多东西,塑造了十来个有名有姓、有特色、有性格魅力的人物。

这是一部很好读的小说。

6

即使是很感人的万秋生和樱樱的恋爱故事,也不能说是非常新颖的。由于缺少钱而使有情人不能成眷属的故事太多了。再加上麦收一"角",只能说是丰满,不能称是独到的一笔。

为什么还这么令人耐读呢?

不能不承认作者写的漂亮而有生气。大不新,常有小新,切入的视角是新颖的,对生活的开掘也有独到之处。

靠味道赢人,而不全指望深刻。

语言简洁,几乎是字精语切。音调和谐,富于表现力,并有较大的情绪信息量。

更主要的是故事饱满而有含义,却又是凝聚的、压缩的。因而富于魅力,引人入胜。

7

今天见到了《失落在河谷的爱》的结尾。这"尾巴"用了五个月的时间才长出来,好沉重的"尾巴"! 看来张少敏这个"常务书记"当得不那么轻松。至少写作时间大为减少了。

结尾并未出乎意料,很合适,是个正常的"尾巴"。万秋生和樱樱不可能"大团圆"。团圆了就是一种粗劣的破坏,作者将钻进一个不可救药的老套子里。结尾没有损害整部作品。但也称不上是画龙点睛地使小说提高一块,让整部作品奇光迸射。

我的感觉结尾太简单了(不是文字简短),细想起来失去了情感的真实。

樱樱的理智、克制,合乎情理,但不合乎事实。这么一对青梅竹马、生死不移的恋人,没有那么容易的理智的分手,他们简直是拱手把自己苦恋了半生的情人又大大方方地让给了别人。

李小岚突然出现,把万秋生拉走,也太随便了。李的性格以及她对万秋生的一见钟情等等都失于流俗,可以是这种结局但不是这种做法。

麦收的冷静、通达更是不可思议。以小说前半部对他性格的刻画,当万秋生重新出现在他面前的时候,他可能有两种态度。一是被魔魇缠得有些变态,这种被生活折磨得性情非常粗暴的男人,越是被女人养活,越是感到自尊心受到伤害,越要摆出男人的尊严,性情就更加暴戾。既脆弱,又很强横;既敏感,又麻木。特别是看到昔日的情敌衣锦还乡,还居然大模大样地来到自己的家里。对这种挑战,这种威胁,这种侮辱,麦收只会感到无比愤怒,加速他的精神变态,或叫精神崩溃。打女儿、骂老婆,甚至跟万秋生以死相拼,都不是不可能的! 而樱樱在昔日的情人面前,对丈夫百般忍让,含笑两方周旋,其悲越甚。麦收唯独不可能对万秋生以理相待,理智地有礼貌地在情敌面前盛赞自己的贤内助。二是麦收本性是善良的,由于命运的捉弄,地位的悬殊,他有可能对万秋生充满敬畏,害怕万秋生把他的老婆带走。他已无力跟万秋生抗衡。一个往日极端粗暴的人,失去优势以后又变得非常没有骨气。他乞求万秋生,同情敌哀告,甚至唆使妻子讨好万秋生。这使樱樱更惨,万秋生更悲。不忍听,不忍看。两人间的柔情蜜意遂化为乌有!万秋生有了钱,丢了一切。而且丢失的是最宝贵的,永远找不回来的!又怎知李小岚不是看上了他有赚钱的本事,有在高级饭馆要高级菜的所谓男人的气魄!

不好!我为什么要把自己的想法强加于人?"假如我要写这部小说就怎么样怎么样"———一种很坏的职业病!我这是在看别人的小说,而不是在构思自己的小说。引起我这许多联想,也许正是这部小说的成功之处。

8

小说写得很有章法,布局稳称。初读一遍几乎看不出有什么明显的缺憾。尤其黄河湾一带的百姓的淳朴、粗粝、落后的意识,更有醇厚的韵味。

作品提供了清新绚丽的生活气息。人物的轮廓和线条都是活的,几个主要人物的性格是有特色的。万秋生的母亲和继父更为独特。每个人物都有自己的意志,这意志又是环境和性格造成的。

万秋生就始终受着自己过去经历的影响,甚至是制约。他和樱樱的爱情从一诞生就包含着不幸。

让读者不能不思考:

人和环境(社会)的关系;

人和传统(历史)的关系;

人和生活(命运)的关系。

9

更让我深思的是现代生活的意义到底是什么？万秋生除去有钱，还有什么呢？作品通过对万秋生和樱樱的命运进行观察和剖析，让读者感受到社会的变化。

作者娓娓道来，认识生活有独特的心理定势和个性。充满生活魅力和文学情趣。

当然内涵还可以更深厚和更广泛一些。如：时代和环境的关系，地域和全国的关系，民族的和全人类的关系等等。

这恐怕跟表面情节的跌宕起伏多于内心体验的变化多端，人物性格的戏剧性变化多于对人物内心世界的深刻揭示有关。

作品里有新东西。但最好是既是新的又是优秀的，才靠得住。

10

作品精致、优秀，以情动人。很懂得节省笔墨，一首首山歌留下了余韵，也留下了空白。

记不清是谁发过这样的感叹：世界上的书那么多，最精彩的就是那些空白之处！（这当然是一种幽默，空白太多就成了"鬼画符"；过分喜欢空白，不如去读白纸。）

这部小说中的人物狂热而不过火（如万秋生对樱樱和樱樱对万秋生，万对李小岚，以及对挖煤汉们的生活表现得很精彩，使我想起梵高的挖煤生活），冲动而不过分，简直就像我所感觉到的作者的为人那样周到而又温吞。

这无疑不是赤裸裸的普通的真正的现实。是作者把生活加工成了艺术品，太小说化了。

我不免要问："这是真的吗？"

"现在世界是可怕的复杂和复杂的可怕。"把小说写得过分精美和纯粹就有可能失真。纯真的失真。

有时丑中有力量,丑中也有美。

没有矛盾就没有生命,更不会有艺术。生活中的矛盾——才是美。

这部作品中矛盾是有的,但太理想了。

记不得哪位高人(真要命,我平时读书不做卡片,遇到写这类文章要引经据典时,就麻烦了,只记得主要观点,记不得人名和原话,又不愿停下笔来去翻书本)说过这样的话,当作家不仅要具备作家的全部优点,还要具备作家的缺点,如:偏激、狂热、决不中庸等等。

读这部小说是一种享受,很舒畅,也有一种淡淡的伤感。但决不会引你苦苦思虑,激动昂奋,深铭五内。或者感慨万端,悲怆不已。

各人口味不一样,要求不一样。我不想以自己的爱好代替广大读者的爱好。小说应该有多种风格,多种形式,我想说的是不论哪种风格都应该追求深刻,从深层次震撼人心。

11

张少敏和肖亦农开始形成自己的风格,意识到自己的创作个性,并有意选择这种个性的优势。

这也证明由作家选择题材,才可以突破题材的局限。让题材选择作家,作家就很有可能受题材的局限。

张少敏大概在黄河湾一带当了几年兵,肖亦农大概至今还生活在那个地方。我不知他们是怎么合作的?据说当代的合作者们难得愉快的有始有终。他们已合作数年,愿他们振翅高飞,圆满快乐。

1987年5月4日

八八开岁寄语

　　执行副主编排出了本刊一九八八年第一期的目录,《黄雨》是第一题。有人说,《天津文学》前年推举李玉林(《鼠精》),去年推举肖克凡(《黑砂》),本期又推闻树国。这话似乎说颠倒了,从来都是作家提携(或曰"推举")刊物。本刊理应优先为天津青年作家提供显著版面,为天津创作群体的成长壮大竭尽心力,与作家同飞,并在文学的天空留下自己翅膀的痕迹。我相信,今后还会有更多的老朋友和新朋友来推举敝刊。

　　过去的一年,我不敢说是轻松度过的。如果说当作家付出的最大代价是最大的想象力和最大的勇气,那么办刊物所付出的最大代价就是最大的勇气和最大的想象力。编辑的责任比作家的责任还要沉重,这是我以前所不曾体验过的。因为它不像自己写作那么单纯,要顾及许多,想得周到,不停地寻觅、摸索、突进、犹豫……

　　兼收并蓄,转益多师,当今刊物大都是拼盘。我希望《天津文学》这个拼盘里要有一种主菜,体现自己菜系的特色。"人有我有"易,"人无我有"难。正如一个发表了许多作品的作家仍然需要选择自己的道路一样,刊物也需要不断地选择自己的道路。我不敢说本刊办得漂亮,但求有生气、感情充沛。

　　不回避,甚至努力追求尖锐的"感情现实"和"社会现实"。贴近生活,贴近人民。文学为什么要躲开当代人思想感情的弦,不敢强烈拨弹、不敢激励、不敢刺激、不敢抚慰、不敢共鸣? 没有它不行,有了它又多余,那是什么样的文学?!

　　生活对许多原有的价值标准提出了挑战。文学为什么不能从当代人的现实存在出发，从当代人的内心感受出发，让当代文学对得起自己的头衔——"当代"呢？

　　厚重，坚实，有力量，有节奏，通过现实的深刻度给人以历史的纵深感。刊物的敏感度、生命力、创造性都应是独特的，才会踏出自己的道路。站住一个刊物不比站住一个作家更容易。

　　生命在于"纪实"。——不错，中国是事件的大国，想象的小国。回想近几十年来，中国土地上发生了多少惊心动魄的大事件，比之文学所表现的不知要强大多少倍。也许正是由于一场接一场的政治思想领域里的斗争，束缚了人们的想象力。文人的呕心沥血印成铅字的东西，在现实生活中早就发生过或正在存在着，甚至更复杂，更深刻，更富文学性。这给"纪实文学"及"现实主义"提供了强大的生命力。但是，我不赞成肤浅的写实风格，不是所有的"纪实文学"和"现实主义"都具备现实的真正品格。这需要摆脱眼前的社会功利，让灵和感一同升华。

　　刊物有风格不等于只发表同一种风格的作品。编辑也如此，不应该只发表属于自己一个流派的作品。但必须是自己喜欢的、尊崇的。编辑的人格力量、不同的素质修养和风格，协调在刊物统一的编辑思想上，就使刊物有了浑厚的包容性，让文学涵盖更深广的生活。不论现实有着怎样变化莫测的现代感、流动感、城市感，刊物也不会失去应有的力度和速度。

　　基于此，我才跳出来代替执行副主编想对本期发表的《黄雨》说几句话。小说状摹记忆犹新的度荒年月一个普通的市民家庭的境遇、死亡和艰难的生存。从老百姓日常的生活出发，从最简单的事情出发，渐渐进入一个饥饿的半疯半傻的境界。故事和人物也消失在一种茫然不知所以的苍黄凄苦的氛围中。这氛围真能将人拖入地狱，混乱不堪，愚蠢善良；如梦如幻，又真又假；现实与想象，生活与鬼话，交织成一团，又都与生命的真实有关联。活着是错误的、荒谬的，生命是个负担。人命很贱、很脆弱，只希望有口饱饭吃。连这最起码的要求也满足不了,人们却没有怨言怪语。"不是不说,是心里没有,百分之二百五的正直。"相信"世道好人心就滋润",全部荒诞都来自这正直和善良。饿得半夜追烧饼,在水缸里把自己的影像看成鬼,喝了过多的煮皮带的水,撒尿成了大事,"那是一个尿频的年月"……

黄色——它让我想得太多了。

小说有一种诡秘的情调,作者有意把人物的行为、潜意识活动和生活现象打乱,他的现实都披上了想象的纱缦。他似乎更着重追求心灵的真实,感觉的真实。生活的真实只是一种不可少的环境。作者按自己的方式感觉,并淋漓尽致地表达了这种感觉。他没有贩卖别人已经感知的东西。

但,感觉有层次、有远近、有深浅、有悠长和短暂之分。《黄雨》里小处妙极,大处平平,写细节忘了细节以外的事,可惜了细节。总体看"灵"的升华没有跟上"感"的升华。

本来借人物的痛苦表现历史的苦难,意蕴奇诡,还可以更深邃。我猜作者借助这个已成历史的题材可以洒脱地表现自己精神现象的"变异性"和"超常性",这一点应该说是做到了。可惜没有让读者看到一颗还应该更深刻的灵魂。

作者笔法摇曳,造句隽逸且带有一种天津味儿的凄苦的幽默,意脉贯通。读着这小说心里不禁也浸染上一种苦涩。他似乎是轻而易举地找到了自己的创造个性,在天津青年作家中自张一帜。他有个性,需再加上力量,才干才能算圆满。

我借《黄雨》开岁大吉,想表明这样一种愿望:《天津文学》以同样的真诚和热情期待和欢迎各种尖锐的、有创见的、现实的和超现实的、稳扎稳打的和试验探索性的文学作品。这并不妨碍保持自己独有的文学倾向,倒可说明一个刊物的智慧的成熟。能容纳百流才有可能成为巨水。

文学的手法和形式是非常重要的,是任何重要和新鲜的内容都无法替代的。反之,对钻研生活、认识世界、探求社会的进步感到疲倦,失去兴趣,思想的银行里入不敷出,文学也将无色无味无光无热。

　　制定或重申一个办刊方针不算太困难。实践宣言谈何容易？往往并不完全取决于编辑的良好愿望。但愿有足够的时间让作者和读者诸君检验我们有否足够的勇气和想象力。

　　祝我们大家都有一个好年景。

　　"八八"——赶时髦的谐音就是"发发"。

1987年岁末

激情——创造的灵魂

——《当代快车从这里驶出》代序

我决不轻松。更谈不上享受写作的乐趣。拘谨地背负着一种压力写这等没有把握的文字。没有把握就不要写。我想写,想试试。

天津城市建设的项目之多、速度之快举国瞩目。水平呢? 质量呢? 没有人说"不"。但大家心里似乎又有一句不愿说出口的话:"大会战式的突击能够产生高速度并保证高质量吗? 五十年代的'总路线'的四分之三——'多快好省'真的能打出一流水平吗? 哪怕是国内一流,保证几年甚至几十年之后不落后?"

仅仅是模模糊糊的疑虑。

社会的惰性和纷繁造就了一种懒惰、麻木的时髦风尚。除去不得不承认的物价上涨的速度,对一切大的快的重要的别人说的事情全持保留态度。因此我没有把握:读者会喜欢并相信这本书吗?

还是天津铁路枢纽改造工程指挥长李振东来得痛快:"转变天津建筑质量观念,把天津站建成天津建筑业的代表作。"天津作家协会也排出很强的阵容,能写成自己的"代表作",无愧于天津城市的"代表作"吗? 我也没有把握。

这里真实地记述了一些"好人好事",是工地上实际发生的"好人好事"的百分之一或万分之一。有人一看到"好人好事"这四个字就摇头:"又是这一套,带病苦干、顾工程不顾家、谢绝重金聘请、推迟婚期、一丝不苟等等,不新鲜!"现在人们感到新鲜的是怎样承包、做买卖,捞大钱,哪儿发生了恶性事故或重大案件,骂街、发牢骚。正因为如此我才觉得这本书里记录的故事最珍贵、最新鲜。事依旧是好的,人依旧是好人,但不同于以前的"好人好事"。社会变了,人也变了,气质、修养、谈吐、举止、思想不一样了……哪一项工程都是由无数的"好人好事"堆起来的。正像历史上许多伟大的战争要靠有名的无数无名的英雄支撑一样。铁路枢纽工程形成了一种精神、一种气候。我感受到了这种激情——久违了的难能可贵的劳动和创造的热情。这钢筋水泥也不再是冷的,是有生命的,里面有火。激情是一个人的灵魂。看看我们周围的生活吧,缺少的不正是激情吗?有时不得不借助于摇滚和霹雳舞。希望有一种强烈刺激,自己突然醒来,振奋起来。靠激情燃烧创作生命的作家,他们的收获决不仅仅是这本书。他们来不及组织自己最喜欢的语言完美地表达自己的感受。也无须虚构。工程本身有一种震慑力,向作家的想象力提出挑战。如实记录,打一个文学"短平快"——是眼前可以做到的。

崭新的敢于宣称自己是全国最先进、最实用的天津车站会告诉人民、告诉历史更多的东西。任何以它为描写对象的文学作品、绘画、照相,都会逊色于它自身的魅力。我唯愿这本包容多种文字风格的急就而成的书配得上它的描写对象所应有的荣誉。是天津车站的建设者们,使描写这些建设者们的创作者笔下有了跃动而热烈的血液以充实作品的筋脉,找回了被文学险些失掉的生活节奏感。

作家应该永远不满意自己。从什么时候开始文学变得满意自己而不满意别人和文学以外的一切?什么都埋怨唯独不埋怨自己,停住了,冷淡了,心变老了,看不到生活的远景,对近景又充满牢骚。社会生活纷纭繁复,瞬息万变,作家或者格格不入,保持距离;或者积极投入、总结和点燃自己的创作生命。我欣赏这本书产生的过程,它对文学的帮助胜过文学对铁路枢纽工程所产生的影响。

本书想以真感人,以真取胜。报告文学作家以真实和精辟燃烧读者。每个读者都可以从中感受到当代社会的情绪,当代社会的心理状态,当代社会的意志、愿望和要求。人们会借助这本书了解天津铁路枢纽工程,从而更了解天津市、天津人。天津车站更像是当代天津人精神上的一块丰碑。从生活中,特别是从生活中的重大事件中表达出时代先进的思想是作家的责任。我庆幸、钦佩天津的作家们认识到并乐于承担这种责任。当代作家是由于自卑，还是因为狂傲，似乎忘记了或许是不敢再提起托翁曾经赢得过的荣誉——"人类的良心"、"生活的导师"。无论如何这是文学的悲哀。作家多以为自己的眼睛是诚挚而无畏的，那么就不应躲避生活的诚挚而无畏的眼睛的盯视和暗示——这是文学的法官的眼睛。

天津车站联系千百万人，接送天下客。愿这本书也随着读者通向四面八方。

1988年5月29日

他走进了自己的部落

　　我对肖克凡其人所知极少。以前似乎见过面,无缘交谈。脑子里只留下一条精细老长的影像。

　　了解作家又何必定要见人呢?

　　作家的作品比他本人的命运更有意义。他个人从属于他的作品。从某种意义上说,肖克凡就是他的作品。他的作品是更真实的连肖克凡本人也未必认识的"肖克凡"。

　　我见到一本薄薄的纸张已发黄变脆又用牛皮纸裱糊得整整齐齐的《克凡剪报》,这是他的文学的摇篮。里面剪贴着他的处女作,一首短诗,一则自己编撰的谜语,更多的是速写和小小说。记录着他从一九八一年秋天开始发表作品以来的脚印——

　　我对这个旧本子感到亲切。尽管这里面没有什么值得一读一说的作品。他是个工人业余作者,完全靠自己寻寻觅觅、跌跌撞撞才摸索到文学的小门口的。我也是这么摸爬滚打过来的,太理解他制作这本剪报时的心情了。孩子是自己的好,不论是男是女,是丑是俊,是灵是傻,都连心连肉爱不够。

　　看见什么写什么,出一趟差,脑袋一热,好人好事,碰上一桩新鲜事——当然是自己认为新鲜,最好编辑也认为有意思。至于文字是少是多就无从把握,只要能发表就行,投报社编辑之所好。写得太长了不敢奢望,给发表三五行字也不嫌短。碰不上新鲜事就挖空心思去想去听去编,自己对文学不是信心十足,更不知文学对自己信心如何?

　　我开始注意肖克凡是一九八七年夏天。

我当了编辑,并想按照自己对文学的感情改变《天津文学》的面貌。看了肖克凡的第一部中篇小说《黑砂》,甚为振奋,有刮目之感。让刊物作"重炮"推出,举办讨论会,请本市的作家和理论家一起来研讨这部小说。今年四月,《天津文学》又推出他的《黑砂》的续篇《黑色部落》。至此,肖克凡完成了他文学上的第一次跨越——至关紧要的一跃。许多"业余作者"终生没有跨出这一步。这里的"业余作者"不是个科学的概念。不包括那些在职业和时间概念上属于"业余"而在创作上卓有成就的人物。

他很刻苦,或者叫很聪明、很幸运。经过五年的努力便拥有一个属于自己的文学部落,尽管这部落目前还很小,但毕竟他是酋长。他有了自己的小说王国——这才是主要的。连未来学家都断言,现代科学技术挑起了一场真正的改变时代的革命,把世界重新部落化,地球被造就成一个"全球村"。中国的文学球更加拥挤,肖克凡在这种时候借助黑砂文化打出一块部落是不容易的,也是他对当代文学的贡献。

构成他这个部落的基本群体也是生活在当今社会最基层的产业工人。确切地说是那些与现代文明格格不入的原始笨重的翻砂匠。时间在他的小说里不重要,时代和社会的色彩也极淡薄。他笔下的翻砂车间是个封闭的王国,自成风云。外面的诸多更迭和风云变幻似乎与他的王国关系不大。这限制了他的人物。却也成全了肖克凡。先出个性,打出一块奇特的天地,不惜把它推向极致。这才能形成他的部落。

真实的形式里有荒诞的事物——这同许多举着一个荒诞的套子的作品正好相反。他是基于真实,忠实于过去的、曾经融为自己血肉的生活,在一个单调的生活环境里培育幻想的根基。他的想象以现实为基础,面对翻砂车间那特定的颇具神秘色彩的时空环境,他要寻找特殊的感受和体验。有时几近遁入幻域,虚实交幻,惝恍迷离。

这是肖克凡的文学部落一个显著的特色。我熟悉翻砂车间,对他笔下的人物和语言更不陌生。这一切又都是经过夸张和变形。黑砂黏结着人和铁,迷漫着怪异的想象。正是这样的表现,而不是刻板的如实的再现也许离文学的本质更近。

他的人物不是典型,也不追求类型化。因此不能用人物深入人心的程度以及能否成为读者的精神伴侣来评定他的小说。这些人物普通得像一团黑砂,时聚时散,聚时能改变铁的形状,散时如一粒社会的尘埃。集沉雄、猥琐、清醒、麻木、机智、粗鄙于一身,辛辛苦苦未必老老实实;表现出一种消极的人生立场却个个都活得有滋有味。嘴里说的不一定就是心里想的;荒唐可笑,玩世不恭,说恶不太恶,在恶作剧中又不失人格;说好不太好,浑浑噩噩中掩盖着一种善良的美。

——赤裸裸地表现最赤裸裸的基层的人。这是肖克凡小说王国的又一特色。

他似乎沉迷于翻砂工"人性"的魅力之中。不重视小说的社会内涵——这限制了同样也是"社会人"的翻砂工"人性"的深刻和丰满。表现一种崇拜女性、崇拜铁砂、崇拜力量、崇拜死亡、崇拜落后的一种男性精神。这精神耐得住铁水的烧灼,砂土的侵蚀,时间的消磨,却经不住现代文明的冲击。黑色部落十分脆弱。《黑色部落》的下半部正是如此。

正如《黄土地》、《红高粱》等一批优秀的影片一样,找到一块古老而又富于传奇色彩的土地做发射架,作者的才华就大放异彩。一旦面对现在这个现代科技干预一切的文明社会,当代作家们便低于网格。也许艺术自有适合生长的土壤。它跟文明并不总是孪生兄弟。

肖克凡就是把现代工业社会"部落化"。

凝聚人物的形象,让人物生活在一种渐进疯狂的特殊环境里。把人物放到反常的形势中,表现生存的困惑和劳作的沉重。从而展现人物心灵的变异,痛苦也好,欢乐也好,全都变了味儿,披上一层苦涩的恶意和麻木。

他对痛苦的感觉谈不上多么深刻——这不是他的特长。他的部落里也没有什么太大的痛苦,包括死亡。在他的小说里死个人是很容易、很突然的。他的特长是找到了属于他、也许是仅仅属于他的认识生活的视角。开始形成了自己认识生活的心理定势和个性。个性存在于每个人的自身,找到它却并不那么容易。强烈的创造个性更不是仅凭个人愿望就能出现的。

有个性、有力量——这就构成了肖克凡的创作潜力。

突出体现他的创作个性的就是他的语言。短句子,粗粝、峭拔、清新,追求一种阴郁的幽默。

天津有一种曲艺形式叫"三句半",共需四个演员,前面三个人每人说一句话,轮到第四个人只说半句话,更多的时候是说一个字。这一个字极精辟。像相声演员抖包袱,引得哄堂大笑或余味无穷。

肖克凡的语言就像这种"三句半",语短意长,意尽情长。

"立意活泼,思路犯规的心灵才会生出幽默。"他崇尚讥讽、隐喻、粗骂、冒险,甚至开痛苦的玩笑。追求一种粗豪的讽刺的情感,有着勃发的生命力。在众多的轻佻的文学作品中,他的小说就显得新鲜而有力量。

语言成了他手里的调色板,涂抹出黑砂群体的主色调——浑然一体的铸铁件。色调沉重,却很好读,富有冒险性。让人感到肖克凡对自己用语言塑造的这个世界怀着复杂的情感:谈不上喜欢,却也无法改变它。同时他又很怀念和留恋这个阴郁的世界。

工人们喜欢恶语相向,却不缺乏纯洁和善意。正是这语言的优势帮助他把小说写得简约而新奇。他在一九八六年以前的作品大部分是给真实的生活里加糖。现在则是加盐和辣椒面儿。

靠语言的奇巧连缀小说里那片断式的情节。他的小说重细节,不重情节。驾驭情节显得力不从心。他的才华依靠感觉新颖,用情绪内容代替故事,靠黑色部落那独特的气氛、意绪养育他的小说。一种感光,一簇色彩,一团情绪,一片语言的精灵。情绪容量大于生活容量和心理容量,但不缺乏哲理的倾向。最现实不过的翻砂车间生出"超现实主义的黑砂文化",变成一个陌生的宇宙,沉重、灰暗。是一块现代科学和文明穿它不透,无法入侵的领地。看一篇觉得机智、诚实而充满热情,看得多了就感到沉重和累。我猜测这跟语言的激流有时淹没了人物和故事有关。

他再往前跨一步就是"玩"语言了。那将失去很多,包括他现在的优势。

肖克凡借助语言的俏皮劲,让读者享受作者的智力。三凿两斧就砍出一人物,雕塑式的手法,刺激视觉,风骨独特地构成黑色部落的魅力。语言要依附独特的创造意识,没有新鲜的思想,语言便毫无价值。

当表现工业题材的文学作品陷于窘境的时候,肖克凡在最不被人注意的领域独辟蹊径,一扫贫乏、软弱、造作,变"黑砂"为自己的文学富矿,给读者打开了他的小说世界。他也突然高出了自己一个格,成熟地扎实而顺利,不希冀"在文坛上搭便车"。

我忽然意识到一个问题:我没有介绍肖克凡一些重要小说的内容,翻了他的剪报簿,根据过去读他的小说的感觉信笔写来。没有读过他的小说的人,特别是没有读过《黑砂》和《黑色部落》的人,将不明白我在这里说些什么。可不必读这篇短文,已经读过也不必再想它了。抱歉。

1988年6月6日晚

"土"又何妨

《本土》所表现的是典型的"工业题材"。作者是本溪钢铁公司的一位业余作者。

当编辑请一位画家为此书设计封面时,画家未看书稿先提出这书名不好。太土,人家一看书名就不再买这本书了。再说根据《本土》这两个字,不可能设计出具有现代意识的封面……

这画家是我多年的朋友,说话直率。他为许多书设计过封面,作过插图,获得过国家级封面设计一等奖,可谓见多识广。他的话代表了时下图书出版业的一种主流倾向,同时也反映出对"工业题材"的诸多误解。这倒激起我想为这本书说几句话。

我只去过一次本溪,印象之深刻,受到的震撼之强烈,许多年过去了仍念念不忘。

赵雁在她的报告文学《山城失去平衡》中记述了这样一个事实:

"一九七九年初,联合国环境署官员从卫星照片上发现,本溪这个城市的上空笼罩着浓浓的烟雾,经过一阵紧张磋商,提出有两种可能:一、这是一座核城市;二、此城大气污染严重,已不会有人生存……"

然而就在这滚滚的浓烟污尘之下,生活着八十万人,每年给国家创造近四十亿元的财富。在我去的那一年,仅一个本钢每年就给国家上缴近八亿元。而在那一年,中国南方一个最富裕的省,全省才不过向国家上缴十多亿元。

这也是一种倾斜。

是政策的倾斜,也是一种贫富的失衡。

这种倾斜在处于转型时代的中国又是不可避免的,并非没有道理。但让我仍然想得很多……

由本溪市通向矿山的公路上落满黄土,公路两边有一些低矮的平房,房顶上也积了一层厚厚的尘土。到了举世闻名的盛产"人参铁"的本钢露天铁矿,我见到了大型现代化采掘设备,采矿的程序也是非常先进的。

我在矿山生平第一次不想躲避尘土,不再厌恶尘土。任黄土落满全身,钻进肺腑,对矿山产生出一种圣洁感。闻到了钢铁的味道,闻到了一种厚重、质朴的芳香。

无论是公司的总经理或党委书记,还是下面的矿长、书记,都是高级知识分子,又都非常淳朴、务实。当时的公司一把手董九洲,甚至留着小平头,穿着棉大衣,让人觉得像一块矿石般厚实、凝重、亲切、可靠。我萌动了创作欲望,苦于时间太短,对本钢的了解太浅,只写了两篇短文。

后来我见到赵雁的作品,舒了一口气,庆幸终于由本钢人写出了本钢,其品位和风格与本钢是相称的。

当今文学主题贫弱,思想苍白,只求应时,只想求宠,在调侃、怨泛滥的情况下,本钢一个业余作者的作品反而保持了作家应有的正气和情怀。她不仅能说出"生活就是这样的",还能说出"生活应该是怎样的"。怀着美好的愿望,怀着对生活、对工作、对人的一种真诚,描写了重工业领域的知识分子、干部、工人和工业人生。

赵雁笔下现实的严峻没有排斥理想的庄严,那种善意、那种真淳、那种正面的道德力量,在当今文学作品中可谓久违了。她保持了工业题材的严肃性,又能够驾驭自己的故事,使作品很好读。

电视剧本《本土》,写了一座钢城的历史,表现了几代人的命运。既催人泪下又充满理想主义的光彩。现在一提理想主义好像就是假、大、空,好像现代人除去赚钱已经不再需要别的理想。

恰恰相反,现代人们的生活中最缺少、最需要的就是理想。"理想主义是人类理性的最高表达","既是信念的,又是实践的"。本来就属于精神的文学艺术,失去了理想,还会有精神的力量吗?

当今文坛,允许大量的广告文学、商品文学存在,为什么不能给像《本土》这样的严肃的工业题材作品一席之地?

遂作此文,也算是一个老工厂业余作者的呼吁。

1988年6月

文学给你魅力

——《文学魅力的寻觅》序

　　作为在二十世纪有两个孩子上中学的父亲,自然格外关注《二十一世纪中学生》大型丛书。不知到二十一世纪中学生是什么状态? 我感触颇深的是现在的中学生很成熟又很幼稚。似乎是该懂的不懂,眼下不必也弄不懂的东西倒"懂"得很多。比如对社会上一些消极现象有时比他们的老师"懂"得更多。世界上可读的书很多,好书很多,他们的课外阅读面却很窄。

　　这跟他们负担过重有关。人生的竞争从一出娘胎就开始了,进什么样的幼儿园,什么样的小学、中学、大学,找个什么样的工作单位,构成怎样的社会关系等等。这种长期漫长的社会竞争体现在中学生身上就是分数,越是好学生越无暇他顾。精神上最缺乏的恐怕就是艺术营养。

　　但愿吴甸起先生这本《文学魅力的寻觅》有足够的魅力吸引中学生,提供他们正缺少的东西,让他们变得更健康、更健全,因而也更有魅力。

　　文学艺术的魅力是无穷的,是永恒的。人的魅力往往也得益于其自身的艺术修养。中学生正是长精神、长身体的好时候。我受用终生的是小学时代在农村阅读大量中国古典著作以及后来考入天津市的中学以后开始读外国文学名著。我感到亲切的是农村,对城市社会了解得很单纯,但书里有个更广大的世界。通过书本认识现实的世界。

　　现在中学生只有一个世界,缺少书本里的美好的艺术世界,或者这个世界很狭小。找到艺术的魅力也就能感受生活的魅力了,精神自然会丰富多彩。感到又苦又累往往是因为单调和枯燥。中学生是人生的朝阳,充满活力和希望。中学生活是富有魅力和最让人怀恋的。

吴先生以一个老中学生的理解和同情,引导现代中学生去寻找文学艺术的魅力,认识这个世界,感受生命的魅力,实在是做了一件很有意义的事情。愿中学生们通过这本书也能理解他,感谢他的劳动。

1988年8月26日

追踪任殷

　　《电影追踪》——读完这本书不能不承认：中国电影的确难逃任殷的追踪。敏锐地执着地追踪，既有热望，又有透彻地概括。

　　任殷——不知为什么这个名字被喜欢猜度的读者，甚至是一些电影界的人理所当然地认为是"男的"，而且是"老先生"。我为什么不跟踪一番任殷呢？

　　我被批评家批评得够多了。现在来评一评批评家颇觉惬意。何况电影是"全民的艺术"，凡看电影的人都可当它的"婆婆"，指手画脚一番，我又何必太谦？

　　严格地讲，我以作家的身份从未真正和电影打过交道。机会很多，都错过了。不是怕"触电"，是身不由己地被生活抛来抛去，唯独没有被抛到电影的飞船上。所谓属于我的轨迹给了我一种惯性，也可叫惰性。唯一的一次参加电影界的会议，认识了任殷，原来是位纤巧的女性。平时不声不响地坐在会务组工作人员的椅子上，有时则坐到主席的位子上，和一些不同凡响的人物轮流主持会议，面对电影界、理论界和文学界的各路名家沉静自若，显得自我意识很强，有内涵丰富的气质。与其说靠她的机智还不如说靠她的这种气质，调度会场上几十种即使算不上是出类拔萃的也绝不能说是笨拙的大脑，和谐地奏出会议的主旋律。

　　这就是任殷"老先生"给我的第一印象。那是六年多以前的事了。

　　以后我看到了她批评根据我的一部中篇小说改编的电影《锅碗瓢盆交响曲》的文章——《乐曲在哪里交响？》(也收在这本书里)，文字聪明而平静，娓娓道来，说理，很有耐性，决不偏颇，几乎没有丝毫感情色彩。却读得我透彻清凉。这个人太厉害，不好惹！

她的文章似乎让我明白了我的小说为什么不适宜改电影。虽然还有几部我的作品被搬上了屏幕，却永远忘不掉看完试片后自己的窘相，觉得对不起编导、导演，坑害了人家。我一向认为文学是电影的血液，电影无论怎样"电影化"，也不能化掉文学。我的小说却没有给电影提供应有的营养——任殷没有这样说，我知趣地想到了这一点。她的文章不能不叫人多想。

这类文章不过是任殷偶有所感，信手拈来的。她真正下力量"追踪"，不惜动用自己丰厚的心理资源来关注乃至为之呼号奔走的，是中国的电影剧作。只要翻开这本书的目录便一目了然，从《1977—1980：现实主义的恢复和探索》到《1986：平年掠影》，其间经历了一九八二年的"注目当代生活"，一九八三年的"重要的是写人"，一九八四年的"渴求新意"，一九八五年的"步履艰难"——这是作者紧追不舍式地评述，也是十年电影文学脚步的客观记录和总结。

人们都知道，电影艺术的上帝是导演，演员也可成为令人宠爱的天使。不知为什么没人注意写剧本的人，除非影片失败了，大家都会公认首先是剧本不好，影片获得了成功又似乎跟剧本关系不大，尽管每部影片都把编剧的名字摆在醒目的位置。我记得以前不是这样，五十年代末，六十年代初，我刚学着舞文弄墨，读的电影剧本比看的电影多，有时读剧本更觉"过瘾"，有一种在电影院所得不到的享受。当然在电影院所得到的也非读剧本的感受所能替代。当时一些电影剧作家的名字在群众中十分响亮，如：王愿坚，梁信，陆柱国等。"文革"后的最初几年也还是如此，白桦、叶楠两兄弟不是靠写电影使其声名再震的吗？

渐渐地电影文学和电影艺术拉开了距离。当任殷发出忧虑的感叹：电影文学的创作又是一个平年，电影却丰收了。电影文学"步履艰难"的时候电影已开始"腾飞"。电影文学还在"渴求新意"，一批探索性影片已经快被自己开掘出来的新意淹死了！就我自己来说，每年总要进几次电影院,电影剧本却是不读了。

是电影出了毛病,还是电影文学出了毛病?我以为很难责怪电影,落伍的只能是电影文学。这跟整个的当代文学现状有关。当文学陷入一种自作多情、顾影自怜的尴尬境地时,中国电影不是已经在开始获得世界级的声誉吗?不能说这种声誉是由于文学的落伍造就的。一种辉煌的文学可以使这荣誉更辉煌,倒是无疑的。

唯其如此,任殷把一个批评家的才智集中用来研究被电影和观众以及评论界疏远冷淡了的电影文学。她有最便利的条件去锦上添花,却宁愿雪里送炭,不失为一件功德,令人起敬。

任殷的这一组分量不轻的论文,虽然仍保留着她文章的一贯特色:章法严谨,旁引博证不杂芜,含蓄蕴藉。但失去了超然的心态,文字间藏着隐隐忧虑,不再一味地温柔敦厚。她在《电影剧作的困窘》里说:"创作走入了一个平板的缺乏足够生气的境地,好像是在进行机械化的运转","纷纭复杂、多彩多姿、深不可测的大千世界,往往在电影剧本里被条理成类型化、规格化。创作岂不是走到了套子里?不管什么题材,都会像很有经验的匠人一样早已有驾轻就熟的路数和模子"。岂止是电影剧作如此!不是由成熟走向深刻、恢宏、伟大,而是由圆熟走向油滑,玩儿——玩儿一切,包括自己。她还认为编剧的功力、艺术技巧跟不上影片拍摄形势的需要,这也是剧作落后于电影的一个原因。

任殷是站在电影的角度重视和鼓励电影文学的。实际是以电影批评家的眼光裁判和选择文学。我听说——也许仅仅是我的一种感觉,理论界对电影文学有两种看法:

一种意见认为电影文学是文学不是电影。

还有一种意见认为今后的电影史将是电影剧本的历史。

我读《电影追踪》的感觉,任殷显然不赞成第一种意见。可也看不出她明确地充满信心地认为第二种意见能成为现实。这不单单取决于电影和电影文学本身,还要受整个中国人文环境的影响。

我以为目前中国的电影比文学更有爆发力和冲击力。电影剧本离开电影一筹莫展,所谓"一剧之本",无"剧"也无所谓"本"。而影片,则对各种文化都有强大的吸收力,甚至有股霸气,夺取各种文化的营养,见什么好就拿什么。本应文学给予电影,现在却是电影给予文学——电影走红可使原小说大噪。这无可厚非。

任殷的才华不在于评判是非,而是表现在对电影剧本的创作能作出深刻的概括,显出自己独特的力量和气质。她不是"造句运动"中的时髦人物,她的语言的培养液是思想,表达平实而精当。才华表现出激情,激情又燃烧了她的才华。真诚的心灵使这本书既清新又可贵,也引起读者心灵的振荡。

批评家居然也有如此激情——看来我太不了解批评家了。

她读过成百上千的剧本,好读的,不好读的。也可一连几天看电影,好的,坏的,看得下去的,看不下去的。真够苦的!看自己想看的电影做为消遣,是乐事。做为工作整天看电影,就是另一回事了!我从来不硬看看不下去的东西。所以我不能积累学问,当不了批评家。

可惜,好剧本就是那么几个,任殷翻来覆去,无论怎样变换角度,谈的还是那几个。没有好的对象,纵使她身手不凡,"追踪"也难。这是令人遗憾的。

中国还是有一些幸运的电影剧作家获得了任殷的赞赏。他们是鲁彦周、张弦和张子良。

当影片《黄土地》、《一个和八个》引起人们的惊叹和议论并在国际电影节上获奖的时候,编剧张子良却"默默地躲在角落里,并没有引起行家和观众的注意",她为此感到不公。当《天云山传奇》在第一届中国金鸡奖上"连获四项最佳",却没有让鲁彦周获得编剧奖,她又为编剧感到不平。导演个人的光彩,在影片成功以后不是发挥而是遮住了剧本的光彩。

任殷要评价他们的电影创作,却要读完他们包括大量小说在内的全部作品,研究他们的整个创作道路,把他们的剧本创作放在中国电影的大背景下加以考察,认真、严肃而有特点。文章也充满智慧和感情。且看她怎样分析张弦:"在女性的命运轮回中寻找个人悲剧的社会根源"——真是精辟！张弦笔下没有一个成功的男人形象,似乎专攻女人就没有笔墨再去了解男人。只写好女人一样能成为了不起的作家,写不好女人却难以成为了不起的作家。她分析鲁彦周的一段话,我相信让许多四十岁以上的作家都会有相同的感触:"创作冲动既发源于生活实际,又往往拘囿政治的要求。他无形中屈从于某些外加的思想规范,有意无意地压抑着自身情感的和理性的认识。"只有挣脱这种"拘囿"和"压抑",才能成为一个自由的有个性的作家。从"文化大革命"前十七年走过来的作家,大多都经历了这样的"挣脱"。挣不脱这种"拘囿"和"压抑"的则难以再从事创作。

剧作家隐身在电影的后面,任殷又隐身在剧作家的后面。她是个谦虚的批评家。更没有人注意她,默默地做着艰苦的却是有意义的研究工作。当我对她进行了一番"追踪",准备写这篇短文的时候,却感到自己像童话中的大象闯进了瓷器店,无从下嘴,又不敢轻易动步,怕碰碎了一店精美的瓷器。只能小心地嗅嗅鼻子,捕捉一点味道。

从外表看,《电影追踪》不是一片很大的堂皇得吓人的店铺。任殷有条件给自己盖一座那样的殿堂。她很勤苦,文章发表了不少,谁都知道现在出一本书不太容易,难得出版社的编辑找上门来,趁机兼收并蓄弄它大大厚厚的一本,也不为过。任殷偏不,挑挑拣拣,宁要少而专,不要多而杂,编成了这本不厚大却精致好读的书。可见她的老实和严谨。出版界没有忘记像她这样辛辛苦苦作学问的人,读者也不会忘记她。

但愿我们这个充斥着铅字和油墨污染的世界,多一点学问。

1988年9月11日

评《鼠精》

　　有一次,我去拜访一位领导同志,宽敞明亮的办公室,干净的写字台,漂亮的大沙发,让人感到宽松、和谐、舒畅。唯一令人不解的是浅绿色的地毯上撒着星星点点的黑色颗粒,甚为不雅。一问才知是耗子屎。

　　我顿时联想浮动,可以写一篇小说。耗子成精,居然打进领导的办公室,对我们领导人的精神构成威胁。它们见领导比我们还容易。不久,看到了李玉林的中篇小说《鼠精》。这个"点子"令我叫绝。

　　光天化日、众目睽睽之下,老鼠排着队大摇大摆地行进在堆放糕点的货架上,什么大八件、小八件、绿豆糕、核桃酥等根本不在话下,鼻不嗅、眼不瞅。只有碰上无比松软的蛋糕才肯降尊纡贵地饱餐一顿。女售货员们躲在远处,扬起玉手轻轻地吆喝着:"去,去!"

　　老鼠不理睬,傲气凌人。

　　人怕老鼠。人吃老鼠吃剩下的。

　　老鼠磨牙咬断了电线,乐声戛然而止,在黑暗中现代舞会上的现代青年陷入一片充满现代意识的混乱之中,老鼠未尝不是成全了他们。

　　老鼠叼来大块巧克力,剥开锡纸送到猫的嘴里,大拍猫老爷的"马屁"。当猫被打死以后,它们则一拥而上,食其肉、喝其血!

　　不管耗子闹腾得多凶,人们泰然处之,甚至大沾耗子的光。耗子身上有一种寄生虫,爬到人的身上也会叮出红疙瘩奇痒难挨,便可歇病假。售货员们轮流歇班,少则三天五天,多则十天半月,乐得轻闲。

耗子每天都损耗大量的东西,到底损耗多少,无法统计。因为谁也不知道耗子究竟有多少。两条腿的人便以耗子的名义大吃店里的东西,还可以像耗子搬家一样把店里的东西拿走。

当来了个党支部书记不干"正事",专门打耗子的时候,遭到了上下一致的抵制和嘲笑。连顾客听说他打死了许多耗子都不到这个店里来买东西了……

荒诞吗?是的。然而又具有生活的可信性。

可信吗?实在是令人难以置信。但它又是真实的。

超现实来自现实,荒诞不经正好反映了曲折复杂的真正生活。人与人之间的隔阂,客观事物的非理性、混乱性,在小说中有相当精彩的刻画。有时看得人毛骨悚然,仿佛自己身上也爬满了老鼠身上的那种寄生虫。

《鼠精》的象征力量在于此。

对李玉林来说,这是一部快"成精"的作品。

他以独有的怪诞显示了自己的优势——对生活的感知丰富而多彩,不再满足于低层次地描述现实,不再将笔墨囿于就事论事的格局。

他开始艺术地掌握世界了。

李玉林用了大半年的业余时间经营《鼠精》,数易其稿,终于跨出了这一步,拓宽了自己的文学天地,可喜可贺!

细读《鼠精》,研究李玉林在创作上如何迈步以及迈出的这一步对他来说意味着什么,我感到很有兴味。我建议许多处于"创作苦恼"中的业余作者都来思索一下这个问题,也许会受到某些启示。

李玉林怎样变、变了哪些呢?

最首要的我以为是他改变或叫加强自己的文学意识。

从《鼠精》选材的角度、结构的方法、语言的运用都跟李玉林以前的作品有所不同。他开始注重发掘自己的想象,认识和调动自身意识的丰富性。只有作者自己的意识感知丰富了,才能认识生活的丰富性,笔下的现实才不会单调,不至于光是编故事,写简单的好人好事或坏人坏事。

有人不是老爱说提高呀,突破呀,变化呀,对李玉林来说《鼠精》就是提高,就是突破,就是变化。他反映出了生活的丰富感和变化感。

他的一个突出技巧就是跟踪宗义(小说的主人公)的精神状态,时而直视内心,时而剥开人物潜意识的真实。有时只是表达一种感悟,一种情绪,一种神秘的力量,使宗义这个人物不再那么简单了。他在跟耗子的战斗中(几乎是一种决斗),认识了自己,认识了别人,别人却不认得他了。读者则看到了人的本质。

作者对宗义这个人物的夸张和变形,实际是对艺术变形规律的认识和掌握,不仅没有把人物简单化和漫画化,反而使人物显得深刻复杂了。

可以说,这部"内向化"的小说是由宗义这个"内省型"的人物支撑起来的。

《鼠精》的结构实际是以人物的心理活动为依据,靠联想联系情节,组成的故事。

作者有意追求象征意味,把感官的、梦幻的、潜意识的东西错综交叉在一起,既梦又实,实而似梦。这一切看上去荒诞,实际效果却达到了更深刻的真实。

抓住幻觉、错觉与现实的交叉点,不是轻视现实,而是重视它。想想吧,人鼠大战,有时人胜鼠死,有时鼠胜人败。打了四条腿的老鼠,触怒了两条腿的"老鼠",群起而攻之,群鼠而攻之。人物陷在老鼠的包围和同事的包围之中,为作者、为人物提供了多么美妙而又广阔的心理空间!想象可任意驰骋。行动、对话、独白、描述;想象、梦境、幻觉、潜意识,一个接一个的心理层面让人震惊,发人深思。无法不感到新颖和深刻。

混乱而莫名其妙的环境,正是人物内心世界的象征。社会的某些荒诞应该是人的世界的变形,是现代人心性的变形。怪诞是人的精神产物。李玉林小说里的荒诞意识来自真实的荒诞,来自对实实在在的中国某些荒诞的独特感受。不是作荒诞状,不是从外国著作中演绎来的。

文学的灵魂找到了自己的肉体。艺术价值和思想价值都增强了。也毋庸讳言,作者想起了一个"一流的点子",抓住了一个"一流的题材",也给自己出了个很好的大难题。尽管付出了相当艰苦的努力,仍看得出他驾驭自己的灵魂和材料相当吃力,似有些力不从心。

《鼠精》应该成为精品、妙品,可以写成一部很好的小说。可现在还有些地方让人感到仅仅是个半成品,语言是很大变化,但也有半生不熟、疙疙瘩瘩的句子,所以我说它还没有完全"成精"。

李玉林要想"成精",是非得经过这一步不可的。有了这重要的第二步,还愁迈不出第三步、第四步吗?《鼠精》发表后反响不错。《小说月报》等报刊转载(被这些选精拔萃的刊物转载似乎也说明一种规格),《天津文学》编辑部为这部小说召开讨论会,天津文学界的名公巨子发表了热情洋溢的讲话。

过去对李玉林来说如在云彩眼儿里的文坛,不知怎么一抬腿就上去了,转眼间毫无准备地就成了颇负声誉的"文学新星"。《文艺报》曾约我写一篇介绍李玉林的文章。李玉林对我说:"你这一写,我今后若写不出东西来怎么办?""今后你写得出写不出,与我的文章何干? 你怀疑自己吗?"我们两个都有点"受宠若惊"。他很年轻,占据着巨大的优势,倘有一股现代的狂劲:"你算老几,有什么资格介绍我? 三山五岳让开,我来了!"——也无可厚非。

李玉林很实在:"我自知在创作上不会有太大的发展,也不会专门吃这碗饭。只想尽量写得好一点,能不断有所长进。"

从一九七九年至今,他已经发表了近五十篇作品,有短篇、中篇,在本市也拿过几个优秀作品奖。说有影响吧,不太大;说没有影响吧,又不符合实际。但是,我不相信他会写不出东西来。他总是一股劲,从表面看他不是那种对写作感到很困难的人,但也不是一挥而就,下笔灿然的才子型人物。据说《鼠精》改了五六遍,老改老有热情,不厌烦、不放弃,有股蔫劲——这一点很难得。每一次见面,只要我问起他正在写什么东西,他总会告诉我刚写完两个或三个短篇小说。要写的东西有的是,小说题目有的是,好像他每个口袋里都装着两三个。最近他又要发表两个短篇小说,一个叫《厦下三题》,他自我感觉比《鼠精》要好得多。用现代技法写城市的拥挤,一老人过不去马路,感到大街上都是眼睛,高空、中空、低空,眼珠碰眼球;另一篇叫《半个月亮,半个太阳》。每个人都有一个月亮、一个太阳,唯独每天半夜上班的扫路工人,只有半个月亮、半个太阳,还常常把月亮当太阳,把太阳当月亮。长年累月地上"鬼班",搞得生物钟紊乱,夫妻生活不协调,即使白头偕老也只等于"半世夫妻",是守在眼前的两地分居……

李玉林的小说总有一种现实的品格,给人的感觉扎实而厚重,丰富而新鲜。他笔下的人物大多以不太有规律的,像现实一般自然而平淡的形态呈现给读者。难得有空洞无物的新奇玩意儿,更少夸夸其谈。他似乎相信只有到生活里才能找到艺术,就像鱼只有到水里才能获得自由的生命一样。现实生活是他创作灵感的培养液。

他的根茎牢靠,茫茫人海中有一块属于他独有的王国:饮食行业、服务行业(浴池、修配等)、糖果、环境卫生、房地产、街道工作等等,他熟得几乎不能再熟了。

他创作的契机——直觉和经验。直觉成了他灵感的呼声,生活和工作的经验使他敏感、多思。有人说:"创作不是一种爱好,也不是一种激情,创作就是作家本人。"关于李玉林本人,三句两句可真说不清楚。

"业余作者"处理好"业"跟"余"的关系不容易。有了点名气之后往往跟本单位的关系不够和谐。李玉林在区委的人缘儿却很好。有了升官的机会,让;长工资,让。他不是傻子,吃一点小亏买个清静,买个心情舒畅。这些年来,他没请过一天创作假,工作只有多干,决不比别人少干。上上下下都承认他能干,且没有是非,为人厚道,不出风头。他什么时候读书写作呢?一天三顿饭都在机关吃,每天晚上在办公室干到九点多钟才回家……

除去有个美满的后院,他还有一副令人羡慕的好体魄,这是他长时期坚持"革命加拼命"的本钱。李玉林从十岁起跟着名师学摔跤,可谓科班出身。但很少有人知道他会摔跤、能搞皮拳。他个子不高,文质彬彬,从哪个角度看都不像个赳赳武夫。他稳重敦厚,脾气随和,入党时最大的缺点是"斗争性不强"。每逢参加文艺界的会议,听着别的年轻作家那上下五千年、东西南北中的滔滔宏论,李玉林就傻了,连插嘴的份儿都没有,觉得自己还是去摔跤更合适……

然而,就是这样一个不声不响的人,坚持着走自己的道路。有的人喜欢在引人注目的海滩弄潮玩水,身后留下清晰的脚印,潮水一过,踪迹皆无。有的人则在平地上踩出脚印。

借李玉林的第一本小说集即将问世的机会,我把过去介绍李玉林的两篇短文捏在一起,权充作序。

1988 年 9 月 28 日

不"绝"不为艺术

去年,朱宝雍托人从美国带来一包东西,打开来看是她的陶瓷作品照片。翻开照片,一种超越生气,奇特而又和谐的审美效应,令我眼界一新,为之震颤。于是我时常翻看这些陶艺图片,开始关注陶器,另眼看待陶器。

我从前视陶器只是工艺品——它里面当然有艺术,但更多的是技术。年代久远者可成为珍贵文物。

朱宝雍的陶器作品让人第一眼就觉得它是纯粹的艺术品。只能是艺术,不是其他。面对它你感到的是强大的艺术冲击力,甚至不计较它是什么,是陶器、是雕塑、是绘画……

她称自己的作品是"观念陶艺"。

且看她的《自在禅》——

用盐窑烧成的三根似黄又蓝说蓝又青的陶杠,说方不正,似直又微弯,搭成一个门。极其简单古朴的东西拼接成一个意趣无穷的造型,突然在空间又被禅定住了。禅定而又自在,门下散置了几粒斑驳的石子,可随意移动位置。

寂然自乐,自乐在寂然。

朱宝雍为它又题了两句话:"万物静观皆自得,回时佳兴与人同。"

对无边无际的空寥来说,门是范围,是一种凭藉。石子装点着人意的自由。

再看《空间》——

"至大无外,至小有内。"空间必须放在"有限"里来表现,没有"有

252

限"就没有空间。空间不存在于空间之中。正如太空中有星球才有空间,地球人太拥挤才提出生存需要空间。

朱宝雍烧制了一个空心球,下半部是封闭的,上半部用透空的细格组成,细格内还有一层细线。声气相通,又充满神秘感。有了这个球形的"有限",才有了好几个层次的空间。奇特的想象,想象的奇特。我感受到一种天马行空的韵律。

我同样也喜欢她的《窗外》——

一个似南瓜似地雷似碉堡其实什么也不是的东西,上部开了四个小方孔,一只孔里伸出一只脚。你对着它想去吧,可以想得很多,想得很深,怎么想都可以。

"窗子导演:用眼睛行走用脚张望的戏剧。"

你面对《诱惑》里三个不同颜色的被陶绳捆绑着的礼盒,禁不住想提一提,想打开,想从它翘开的缝隙里偷看一下里面到底装了些什么东西。这是那种陶器——"陶气"式的作品。

朱宝雍会制陶却不会包装,她的作品从旧金山运到台湾展出,打破了三分之一。只凭剩下的三分之二也轰动了台湾陶艺界。

我不学,就从未见过这样的陶器。原来陶器还可以是这个样子。更相信乔治·桑塔亚那论艺术的名言:"异端便是正统。"

我认识朱宝雍有七八年之久,正是在这段时间里她由迷恋陶艺到一鸣惊人。

她是美国加州大学柏克莱分校中文系终身教师,已经教了二十年书,一份安定而又很不错的工作。然而安乐生活过得太久灵感就会迟钝,对于一个独立惯了,有才气有追求的人来说,她必须为自己潜在的艺术能量派发更多的用场。她喜欢对自己挑战,于是选择了泥土。用她自己的话说:"是小时候玩泥巴没有玩够,迟来的家家酒。"

在教书之余以习陶自娱,旧金山有很好的陶艺风气,大学里提供陶艺工作室,任何一个人每学期只要缴十美元学费,就可以随意使用里面的设备。

朱宝雍一脚陷于"泥"中,再也拔不出来了。

一九八三年她只身自费来大陆访问,只叫我带她看天津的文物商店、文具商店,各种毛笔、刷子、铲子、刀子买了一大包。然后一个人到从未去过的敦煌、西安、上海、广州转了一大圈儿。

她敢于冒险,我行我素,视天下为她手里的泥土。至于人生地不熟(她生在台湾,长在美国),吃不上,住不上,买不到机票、车票,一个人提着大包小包东奔西跑,也不能让她有丝毫游移。她似乎就是为寻找艰难,寻找不便而来。从容地相信"车到山前必有路"。这一性格贯彻到她的创作中。

她获得了一种自由——表达心灵的自由,这也是艺术创造的本质。

让每片泥土都有生命,都有思想。看她的作品你感到泥土就是思想。她不是用一种形式来表达自己对人生的想法,而是创造多种造型,立体地表现自己多边的思维。

这些作品是她积四十多年的人生体验,用泥土诉说。烧制即升华。通过窑火大幅度升擢了她对生命的体验。

《天问》、《空间》这一类作品表达了她对宇宙和人生的思考。

宇宙同人生一样都存在着一种有形或无形的束缚,束缚中有生命诞生,也产生希望。束缚同时又是一种鼓励,一种诱惑。

地球的存在靠的是太阳的引力,有引力反而有各种星球的运转。引力就是束缚。倘若太阳失去引力,地球的末日也到了。

社会束缚,命运遭际,秩序和自由的关系不也是如此吗?

她自己说得再明白不过了:"这次陶展主题是个'囿'字。我觉得人常囿于自己的环境、生活,甚至于自己的观念中。一方面想挣脱,一方面又自我设限。借陶为媒体,我希望不但在造型上,并且在观念上,把我的构思表现出来。"

即:"人问天,天问自然,自然问道,道常无言。"

朱宝雍的《孤独之旅》、《人啊人》、《窗外》一类作品,堪称是孤独的纪念碑。

孤独是地球人不可逃脱的境况。

孤独培育了生命的素质,丰富了生命的体验。往往在孤独中能更好地把握和理解生命,更好地把握和理解世界。

朱宝雍就是抓住这瞬间的感觉,并把这瞬间凝固住。深刻的感觉,充分地表达。所以——

她的陶器有观念。她的观念带有情韵。美妙而有力。

超生死,破网罗,要先破"我"。

朋友们回避了孤独,则讥笑她是"自虐狂":"你看,你先得用泥巴造型,然后等干。干后送进窑去烧,烧后上釉,再送窑,烧成后还要打磨,等等。每个过程都可能破裂或损坏,又需要经过不断的等待与期望。真磨死人了!最后就算一切顺利,制出来的成品,还可能会打破!你说搞这玩意儿不是'自虐'又是什么?"

朱宝雍的回答让人玩味不已:

"制陶也能陶冶'脾气',一点也急不得,一急就坏事。陶器的确容易碎坏,然而天底下又哪有永不破坏的东西呢?学陶以后我悟到了一个道理,我不执着于'拥有',只执着于'过程'。最大的快乐是制陶的过程,每一次开窑都是一种期待,一种惊喜。"

"我觉得陶艺迷人的地方就在于创造与被创造之间。它的'正果'究竟是个人的创造,还是被创造?这条界限是很难分明的,不过,扪心自问,好像确有某种程度的自虐。为了达到一些效果,不惜与化学毒素为伍,并且还搞得晨昏颠倒,废寝忘食……"

烧陶也烧自己,制品也制魂。

朱宝雍执着地确立自己的艺术观念,张扬自己的个性。捏塑绳索、花朵、沙石等小零件,更是她的拿手绝活儿。正是这些看似微不足道的小部件,配上主体则显示出她作品的完美效应以及艺术整体秩序的力量和审美的多重性。

不论什么时候观赏朱宝雍的陶艺作品,都会得到一种深刻的享受。心境不同所得的感受和启发也不同。但对着它却不能不充满莫名的激动。

艺术的生命力是宇宙间最强大最永久的生命。

我每每受到冲击和震撼之后,创作的思维便丰富了,想象的空间广阔了。同时也思索朱宝雍的幸运——

她的幸运就是突破一切成功和经验,拿出自己的"绝活儿"。艺术接受标新立异,不容纳平庸无奇。

1988年11月5日

人是中心

——《择偶者手记》序

生而为文是很累心的。只为自己的全部文字负责已经不轻松,倘若推辞不过再为别人的书作序,这就使本来跟自己不相关的文字也有了关系,简直是不堪重负。在书的前面设序——是古人许多有价值的重要发明之一。

至于哪些序是必需的,哪些序是可有可无的,哪些序是多余的,不是这篇短文所能回答得了的。我只能说,这篇小序算不上是这本书的第一篇读后感,我也不是这本书的第一个读者。因为收在这本集子里的作品都先在报刊上发表过,也肯定有人对这些作品发表过议论。我自知说不出更新鲜的话,对这写序的任务便一推再推、一拖再拖。以至于拖了半年之久,最终也未能推掉,也未能拖过。反觉对不住这两位曾跟我在同一个工厂工作过的作者,更觉得对不住工业题材。

于是,我感到确有几句话想说。这本书的作者模拟工人的眼光,观察普通青年工人的生活,表现他们如何对待爱情,对待友情,对待生活和工作。这使我想到,人们为什么容易认为工业题材吃力不讨好?似乎工业题材离冰冷的机器近,离人性远,工业生产的噪音掩住了人物生命的旋律,人性最基本的东西被技术所取代或异化了……

——这显然是一种误解。

在现代工业社会里,人仍然是历史和现实的中心。人的个体力量不是减弱,而是增强了。

文学是表现人对世界的理解和把握,而不是单纯对技术的理解和把握。文学是人的生命的体验,其中包括对现代科学技术的体验。

科学技术对整个社会的历史和现实机制产生了强大的无法消除的影响。日益膨胀的物质主义也无法阻止地改变了现代人的心理状态乃至生理状态。每个现代人都是一个工业人、技术人。他们离不开工业产品，享受着现代工业文明。

正是这工业文明使社会和人发生了剧烈的变化，人们的生活态度、生活理想在变化，对待生死、灾难、宿命等等最见人性的许多问题的态度也发生了根本的改变。

从这个角度说，熟悉工业生活的作家应该占据优势才对。

不要人为地画出工业题材的疆界。

每个题材都有其局限性和自己的优势。成熟的作家善于选择题材的优势，而不受其局限。

这部小说集，采用近似速写、散文式的笔墨，化解了所谓工业题材的"沉重感"。

有些人回避工业题材是因为不熟悉这块生活。有的人用蔑视掩饰自己的无知和怯懦。有的人则是被一种"沉重感"吓住了，认为工业题材太严肃，专业性太强。

总之，工业题材往往给人以"硬骨头"的感觉。这很有意思。题材本身就很"硬"，不正是一种优势吗？

题材过硬不等于写出来的小说也过硬。

小说是个人的表现，是一种对生命的感悟。有对生活的判断，有对社会现象的映照。但不可能承担直接影响历史进程的任务。

处理工业题材，更不可忽视人物的主观意象以及意境的营造和语言的感觉，文学是对现代人生存现实的一种憬悟。

现代人离不开现代工业产品。而反映现代工业题材的小说，却不能受到相应的欢迎。这是作家的悲哀，拿不出像样的能满足现代人某种精神需求的作品。

鉴于此，任何尝试性的努力都应该受到鼓励。

1991年6月30日

李兴桥的梦

编辑和出版《中学校园丛书》，可以说是李兴桥在圆一个梦。

四十多年前，他是南开中学的学生。在一次"学工劳动"之后，心有所动便写下来寄给了《天津日报》。那是他第一次投稿，文章发表后轰动全校，得到了老师们的许多鼓励。

也许就是那篇文章，决定了他一生的命运。

自南开中学毕业后，他进过农学院，落脚水产局，心里却始终怀着一个文学情结。"文化大革命"刚一结束，便归队调入作家协会，先做了十几年的文学编辑，后去主持文学院的工作，面对的是成千上万的业余作者、文学青年乃至文学少年，并主编《新作家》杂志。

当然，他也经常有自己的作品问世。在他的第一本小说集面世的时候，我曾写过一篇文章称他为"文学教士"——对辅导初学写作者怀有一种近似宗教般的真诚和热情，默默地谨慎地组织一切为创作服务的琐细的活动，经常被文学爱好者包围着、尊敬着。

他喜欢并习惯置身于这些人中间。

因此，几十年来他始终离文学很近、很实。选择文学作为终生的一种持久而执着的活动。当他年逾花甲，卸掉了文学院日常的行政工作担子之后，就把注意力全部转移到青少年文学爱好者身上来了。

人在中学阶段一般会确立志愿，对社会对人生的认识逐渐成熟。这个时期所接受的文学培养，对其今后一生都至关紧要。因此年年都有人在组织中学生作文大赛，而很少听说哪个地方举办小学生或大学生作文比赛。

我也曾在北京、上海做过几届中学生作文大赛的评委,经历一多便有了这样一些尴尬:在作文大赛上获奖的往往是功课不好的学生,有些因获奖成了名的学生竟然会有多门功课不及格,滑到了留级的边缘。可能功课好的学生没有时间或不屑于参加社会上的这类活动。因为受大赛评委青睐的作文,在学校里未必就能得高分。

而李兴桥编的这套《中学校园丛书》就不同了,他邀请了一些重点中学的校长和老师们参加编选,并逐篇评点,将文学审美和应试标准统一起来,堪称是大面积的丰收——丛书的作者中以优秀生为主导,每个学校一本,不失厚重,印刷精美。足见这套丛书的写作和出版紧密结合着教学,是检阅也是培养——培养学生的观察、思考和表述。

文学的全部才华在于感觉的新颖。校园连着社会,每个学生的家庭都是社会的一个细胞,这样的写作不仅有益于培植学生的文学修养,还锤炼他们年轻的思想,提高认知生活的能力。

这套丛书的出版固然值得高兴,李兴桥兄圆了一个"文学教士"的梦,也同样值得称道。于是便写了上面的话,聊表贺忱。

1991年冬

琴瑟和鸣

——《琴瑟集》序

在当今诗歌的汪洋大海中,这本《琴瑟集》却没有被淹没。它也许算不上是什么"旷世之作",却是独特的,决不会给人以似曾相识或雷同之感。

古今文坛上常出佳侣,佳话纷传。这本诗集的作者却是企业界的一对佳偶。伉俪偕行,卓有成绩。工程没有泯灭他们的诗情,学习、外出、思念、交友、忆旧,都有诗作。或即兴喷泻而出;或写景状物以抒怀;或感绪无端,雕镂字句;或才华发越,傲然长吟;或感情激荡,夫妻唱和……他们的诗都写在各自的笔记本上,是夫妻间一种心的交流,一种默契,一种秘密,一种情越。朱宝凤在一次外出的途中被一位记者发现了她写的诗,并拿去发表了。于是有了索稿者。他们从大量的诗作中选出一小部分,编成这本《琴瑟集》。这诗集本身不就是一段佳话吗?

这是一对才子才女型的夫妻。他们从十七八岁就开始写格律诗,郭浚清写出了这样的诗句:"小街鞭炮频,守岁冀元春。鼠催晨无睡,独思忆故人。""婷婷美人蕉,楚楚舞翩跹……脉脉绵绵顾,朝如暮眷牵。"

他是江苏扬州人。朱宝凤生在江苏南通。

郭浚清的父亲要求他在学校里要么当第一名,要么当倒数第一名。他选择了前者,当时的高中七门功课,他除去语文是九十八点五分,其余全是一百分,当仁不让的全校第一。

她出生于书香门第,毕业于著名的南通中学。在大学他们相遇了,成为同班同学。

他们从相识到相爱,似乎也伴随着相互竞争。

朱宝凤天生有一种能高度集中自己注意力的本事,上课不动书,集中全部精力听讲,听老师讲出书上一句甚至就知道下一句要讲什么。

不知是天才的习惯还是故意与班上的女才子形成反差,郭浚清上课不听讲,下课后看书,完全靠自学,有极强的自制力。

他仪表清俊,多才多艺,总分比她高,是班上稳扎稳打的第一名。

有几门单科她则是真正的尖子,当时大学里的一位王牌教授,声称自己一生只教了两个有前途的学生,她是其中之一。纤巧优雅,亮丽脱俗,典型的江南美姑,是经常被众人注意的目标。

"月黑夜兼程","手牵险径行","无声相偎依,倾语话黎明"——表达了他们的爱情在去井冈山朝圣的途中成熟了。

他们承认并宣布了自己的爱情,就等于放弃了留在南京和被分配到沿海大城市工作的机会。只有西南边陲云南省有两个在一起的名额,他们便双双被分配到昆明制药厂。江都学子旅西南,未领风骚事炼丹。

这两个学化工机械的高才生,一个被分配去烧锅炉,一个去烧电焊,多少也算跟"炼丹"有点关系。朱宝凤烧了两年电焊,郭浚清的锅炉一烧就是五年。他不无幽默感地记下了当时自己的心境:"庐公号自撅,白面搭灰屑。忙碌究熔渣,闲余蕴气节……凡间本世故,俗态多炎凉。富贵宾设席,穷潦苔蔓堂……"

后来"落实政策"他当上了技术员、工段长、工程师、车间主任、云南省一家最大的西药制药厂的副厂长、厂长。

她随后成了全省最大的一家中药制药厂云南白药厂的厂长,并使该厂在她手上面貌一新,连上几个台阶。她的名头甚至更为响亮:劳动模范、三八红旗手,这种理事、那种会长,在中央电视台的《新闻联播》节目中成为新闻人物,和中央领导人对话,成为记者追踪的对象。

一九八四年,全国兴起一股对厂长、经理进行大考核的风,郭浚清考了个全国第一——他仍保持着第一。"文化大革命"结束后的第一次晋升工程师,关于考核外语一项有统一的试卷,没有统一的录取标准。出题者和被考者都很清楚,工程技术人员多年荒废外语,标准定得高了无人能晋升,定得低了考核又失去了意义。昆明制药厂的技术人员提出以郭浚清的考分为标准,考分在他以上者可晋升,考不过他的人不能晋升。考虑到他已是副厂长,工作很忙,没有时间复习,决不会考得太好。结果他考了 98 分,不仅是当然的第一名,而且把别人拉下一大截,以他的考分为晋升标准的提案只好作罢。当有人问他为什么能考这么好时,他说:"这有什么办法?我就是会考试。"(请看他的《五绝·自诩》)

在那次厂长、经理大考核中,朱宝凤考了个云南省第四名。

他英年奋发,才气纵横,以后升任云南省医药局副局长,不久再升任省经委副主任。她戏剧般地紧随其后,也当上了省医药局的副局长。

知道了他们的故事,再读他们的诗,就会多一些理解,多一些想象。

诗集中有相当的篇幅是写夫妻、父女、父子及朋友间的感情的。有的含思婉转,低吟浅唱;有的即景起兴,托物寓意;有的真挚强烈,意境深沉。如郭浚清的《七律·周末》:"淡酒小杯酸黄瓜,雄鹰塞上分文武,甘作杞人闻玉帛,夜深高语惊乡梦。联诗论道讯天涯,野鹤林中亦国家,惜无大鼓唤琵琶,暖气透窗寒月斜。"朱宝凤的《古风·乡梦》:"远雷断近梦,不见严慈面。南塞夜色朦,泪眼对星空。"

展示作者功业抱负的诗作,在诗集中也占有很大的分量。郭浚清把令人头疼、枯燥乏味的清理三角债和调煤等日常工作,都能诙谐成诗,且平易自然,流利条畅,并无罗列现象,堆垛冗杂之感。"雪中向炭浴寒风,车簸泥泞叹古戎;下井观煤知矿苦,进山算价有源穷。""三角债难清更难,边清边欠债如山。""应酢平川东覆地,街亭早失侃军师。"

朱宝凤的《踏莎行》,音节响亮,境界辽远高阔,倒有一种雄豪气概,壮怀不凡:"薄雾纤云,婵娟轻渡,广寒寂寞无寻处。纵然顷刻聚云峰,清光万里难遮住。不叹春归,莫悉秋暮,今朝且喜银辉路。由来巾帼出英豪,当为华夏中流柱。"

诗集中的景物诗和杂诗,也屡见佳句。如:"南北东西无左右,阴阳圆缺有乾坤;浅红深绿芙蓉态,密叶疏枝斑竹魂。""盐非海水,碳构金钢。"言浅意深,创意精纯。

作者严格遵循格律,决不马虎。纵横开合,驰骋想象,都尽力不破坏格律的规范。做到了这一步,又取得了如此成就,实属不易。

我从不敢写古体诗,惧怕三条:一、为求奇瑰很容易滞涩了诗意;二、不求奇瑰又容易变成顺口溜、打油诗;三、为精严的格律所制,很容易生涩,变创作为填字游戏。总之是缺少诗才。不是所有的人都能取得突破格律局限的资格,像李白那样敢在《乌栖曲》的最后再加上一句:"东方渐高奈乐何!"

自己写不来格律诗,却要为格律诗集作序,这本身就有点尴尬。朋友所托,尴尬也要作。只是和诗集相比,这序像一碗白开水,且有点不伦不类,直觉得对不住这本书。

赶紧打住。

1992年5月3日

被情感催动

"兵改工"——这是个新名词,新的社会问题。十七万铁道兵一夜之间变成了老百姓。

他们是"百万大裁军"中的一部分。

在姜书范的《昨天的军人们》之前,还没有人用长篇的形式反映这方面的生活。

姜书范是"第一个"。

也许唯他才有勇气有条件成为这"第一个"。

他亲身经历了"兵改工的痛苦过程",饱尝了"兵改工的苦辣酸甜"。如同当年穿上新军装一样,他们集体脱去军服,必须以新的姿态面对生活的挑战,"重新创业,重新寻找自己的生存坐标和人生价值"。

他对自己的部队有情,不论这支部队叫"铁八师",还是叫"十八局"。他对自己的战友们有情——也许现在叫工友们更合适。

他决心当好战友们的"吹鼓手",为他们树碑。于是这位业余作者用了九十五个夜晚,五个春节假,完成了这部书的初稿。

天下文章皆情之所流。

在创作的审美过程中,情感是中介。审美情感是人类在创造文明的过程中形成的高级社会性情感。

就在一股激情的催动下,姜书范几乎是"文不加点"地写出了当代铁道建设者的"英雄谱"。

情感本身也有其自己的真实性。有深有浅,有粗有细,变化多端,奥妙无穷。

情感可以催化一次性使用的文学,也可以催化能反复欣赏的文学。

作者为情所动是一回事,能借此形成文字感动更多的人又是一回事。

情有多种,《昨天的军人们》所表达的是一种社会性的昂扬的奋斗之情,勇壮,豪迈。

这情感必须依附于事件。

作者知道自己的优势——拥有大量的材料和第一手事实,如果想象受到某种局限,事件则是丰富的,层出不穷。

谁也无法否认,纪实性已经成为当代文学的一个重要现象。但报告文学必须有"报告"——这就是社会问题或社会现象,最好是一种重大的社会问题或值得深思的社会现象。

作者的激情来自这些问题。

吸引读者的则不光是这些问题,还有作者强烈的表达,深刻的思想,独特的机敏,锋锐的揭示,直接的呼号,无畏的判断。失去了后者,报告文学就变成了社会事件的复制,等同于照像。就会出现这样尴尬的事情:作者在写作时热泪盈眶,读者在阅读时无动于衷。

当然也不可否认,报告的纪实性容易排斥文学,甚至排斥作者本人。因为纪实的品格是很严厉的,一旦纪实的品格受到伤害,"报告"也就失去了意义,纪实性不复存在。

姜书范是天津作协文学院的老学员,近年来已发表了五十多万字的报告文学、小说、散文、诗歌等文学作品。《昨天的军人们》是他的第一本书。为了这本书的出版,文学院当件重要的事情来做,联系出版社、看稿、校对、跑印刷厂,帮助发行。

随着商品规律对出版业的影响,一个业余作者想出版一本严肃的作品,可想而知会有多难!文学院承担了这全部困难。被温暖的不只是作者的心,还有屡遭冷落的文学的心。

有感于此,我作短文为念。

1992年8月15日

自信的《盐诗咸韵》

谷正义给自己最新的一本诗集定名为《盐诗咸韵》。好一个"盐诗",好一个"咸韵"!

表现了一种自信。对诗的自信,对盐的自信。

而当今中国文坛正害着一种"贵族情结"。有人追求所谓贵族生活、贵族情绪、贵族气韵,甚至恨不得把自己说成是某个帝王将相、状元进士、军阀官僚、富豪大绅的后裔。

谷正义的诗则"来自海,出于盐","海不死,盐不淡,诗泉不干"。"盐滩滚出来的诗人,不会得软骨病,永远直立于大地;盐堆蹦出来的诗句,不会患贫血症,永远生动于人间。"

豪情逸兴,刚健清新。

他的诗朴实得如同生活中的盐。而朴实正是艺术的极致,没有比朴实更高的了。正如盐——凡真正的厨师都知道,做任何菜绝对不可缺少的也是最难把握的作料就是盐。没有盐就没有厨师,不会用盐就成不了好厨师。大海之灵太阳之精人食之本。

翻开这本《盐诗咸韵》,字句如"雪花般粒粒洁净,水晶般颗颗透明,玛瑙般串串玲珑"。散发咸香,闪烁火花,感情更纯粹,生命更凝重。

谷正义是太阳和大海的忠实恋人,有真性情。诗意自然天成,不经雕琢,充满生气。读他的诗,能产生一种强烈的纯正的愉快感觉。

好诗就应该提升人的感情。光秃秃的盐滩,在诗人笔下变得那么美好,那么宁静、纯洁和生机勃发。每个字都是一团色彩,一个象征。

"高高的盐坨／直立于天地之间。焊接着／太阳和盐滩。"

结晶池里"满池子烈火／满池子爱情／满池子咸涩／满池子精灵"。"盐在这里积累／盐在这里孕育／盐在这里繁衍／盐在这里降生"。

一片片痴情，一首首咸歌。盐诗多情，咸韵有义。字字都是感情的晶体，有天然的甘美和清冽。

久被城市的喧嚣所困扰，呼吸着污浊的空气，读谷正义的诗仿佛迎面吹来一阵清风，带有海洋的潮湿气味，头上是湛蓝的天，脚下是透亮的水。一切都是那么明朗、诚实。

倘是夜宿盐滩，更是完全沉浸于静谧之中，头枕大海却听不见浪涌涛击，一切纷扰嘈杂都离你而去，静得脑乱、胆怯、心疼。静得能听到"盐粒结晶的声音，盐粒翻身的声音，盐粒碰撞的声音，盐粒欢笑的声音……"

唱盐诗咸韵太难了，唱得好就更不容易。因为要受到枯燥呆板的盐滩的局限。

一般诗人都喜欢到风景绝美的地方去感受诗情，触发灵感。或许谷正义是个天生的诗才，他成名很早，却不滥写。厚积薄发，写一首是一首，每一首都有自己独特的味道，都像盐一样有个沉淀、结晶的过程。因此才有分量，言近意远，别有一格。

让读者有理由信任他，对他抱有更大的希望。

我喜欢他的诗，遂作此序，先表达自己阅读的快感，希望读者诸君也能有此同感。借奇妙的风景掩饰诗意的不足。谷正义则始终拥抱着大海和阳光，由于爱便生出许多浪漫，许多灵感和不竭的诗意。枯燥乏味的景物对他来说变得多姿多彩，让人喜爱、眷恋。呆板一块的盐滩在他笔下充满了强烈的动感和明丽瑰伟的生命力。

风景只是印迹，诗人的心灵才是印章。

自然之美即心灵之美，天地之道乃心灵之性。他唱出了现实和心灵之间的联系。诗情点燃了海水和阳光，诗意在他的灵魂里。

如今没有诗意的"诗"太多了。有"分行的废话"，有造作矫揉，故作艰深的长短句。没有诗意强作诗就是撒谎、矫情、煽情、骗情,不是真情。

因此,谷正义的诗就越发显得有一种清新的活力。平易顺畅,却又充满了智慧。语句精警,感觉新奇瑰异,豪放狂野。"扒白了头发扒驼了背站立躺下都拉成一张弓时刻猎取着无数个太阳好煮海好晒盐好一茬接一茬无穷尽地扒呀"(《扒盐工的背》)。

用语不落俗套,不据经典,从心灵自身的美与善的感觉中喷涌而出。振奇拔俗,意境灵透曼妙。穷情写物,智趣盎然。

1993年

艺术最基本的要素是情感

按往常的习惯,我每接到一本新刊物总是更关心它的目录、它的内容、它的作者队伍。不知为什么,我从纸袋里抽出这一期《特区文学》,却没有急于打开它,拿在手里反复端详、反复掂量。它的面目似乎发生了许多变化,头一眼就吸引了我,让我感到新奇! 吸引我的到底是什么呢?

哦,左上角那只眼睛,一只奇特的、闪烁着蓝光的大眼睛。有点夸张,有点变形,因而也就更怪诞,更深不可测。我看着它,它也看着我……

我感到深切,我喜欢这只独眼!

翻开刊物,才知刊物在内容、版式、栏目上也做了很多变革。内容丰富,单看目录就颇为引人,可喜可贺。先看"新人新作"栏里的《女儿桥边的老姑娘》,这是一篇好看的小说,轻松愉快,情趣活泼,庄谐合体。

尽管故事不够新鲜,也许还可以说它失之浮泛等等。但是,把一个不太新鲜的故事写得幽默多趣,细腻动人,不是更不容易吗? 说得稍过一点,化腐朽为神奇原本就是很了不起的。

孤独时时刻刻在追赶着孑然一身的老处女陈姑娘,她守着一座桥、一棵树、一间屋、一只鹅、一只鸭……凡是跟她有关的东西都成单儿! 养鸭能手李长根一句粗话打破了她心理的平衡——"公母不成对,还能有世界吗?"她心里的门打开了……

按老习惯,他们在精神上也许不够般配,但在实际生活中却很般配。也许他们的结合还有点套子,但每个人都乐于接受这个可爱的事实,甚至发出会心的微笑。

《情爱论》中引用了一个神话故事,从前的人像一个圆球,四只手,四条腿,四只耳朵,一个头颅有两副面孔。是宙斯,把人一分两半,因而"每一半都急切地扑向另一半"。张贤亮不也曾干脆给自己的小说起个题目叫做《男人的一半是女人》嘛。

据闻作者绿草是个年轻的战士,他不故做深奥状,追求文字的晦涩难读,而让字里行间充满生活的情趣。文字诚实、流畅,与小说中的人物和环境极协调。文学本来就是作家个人的情感体验,对生活和人生的情趣体察入微,才使作品里有一股秀气。情趣——是艺术不可缺少的。有谁会喜欢那些干巴巴、像一根老筋挑着一个脑袋的作品呢?

"艺术的本质是情感",把情感表现得趣味盎然,就是妙手。我认为当前的文学不是情感过剩,而是情感远不是太丰富;情感不是太多,而是不够妙极;故事不是写得太多了,而是编故事的能力太弱,新奇深刻的故事太少了。

话扯得太远了,就此打住。

1993年

271

画坛伉俪

　　高学年、史玉二君,是一对笔墨鸳鸯、画坛佳偶。

　　早晚一同操持笔墨,相辅相成,相互切磋,同业同志,同心同趣。单是他们的人生,便是一种佳话。生活激活了笔墨,笔墨升华了生活。

　　情感饱满和畅,笔墨自然就多了几分秀润。形气清淳,神妙独到。

　　这是因为:一切艺术创作,都是情感的表达。作画在于"摄情",情养笔性,情催笔势,情超心慧。

　　且看高学年的《艳秋》。多愁善感的"愁"字,就是心上压着个秋,人们想到秋,便常常会跟"萧索"、"伤感"联系起来。而在他的笔下,秋却是"艳"的。此"艳"并非浓彩丽色。恰恰相反,画面出奇地沉雄朴逸,骨格厚重。一片淡青,横空托出一枝扭曲的粗干,老皮张展,骨节错突,藤蔓交缠,漫空布网,其间点缀了几点红。最高的一点红,是长尾雉的眼睑,回眸凝望,心有所系——"脸若香熏似有情"。此等秋韵,怎一个"艳"字了得!

　　王维有言:"画道之中,水墨为上。"高学年擅长以冷托热,其热愈烈;以淡衬浓,其浓愈重。

　　于是,他的笔墨明净淡逸,匠心内隐,却和光熙融,充满生机。观之足可释躁平矜。

　　他的一组"秋"字头的画,莫不如此。

　　《秋波冷月》,画面上是月昏风暗,秋水萧萧。倘只有一只水鸟,便会十分地孤寂。画家偏偏画了三只，这味道就不一样了。而且满天垂挂下无数枝条，上面结满黄色的小果。秋的"实"，便给月的"冷"增添了无穷的意蕴。

《秋雨沽上》，细枝大叶，苍厚润泽。

《哪知秋来香更浓》，暗香浮动，令人悠然远想。

高学年当然还有"春"的系列，最具代表性的是《飞雪迎春》。他即使表现浓郁，也要借助清冷，在满天大雪中，巨树枝繁叶茂，盖擎万绿，其躯干状如龙蛇屈盘，即将破空而起。就在这纵横挥洒的大团墨绿中，隐约有数点嫩红，生趣盎然。同时还有几只燕子闹春，如箭离弦般地冲进飞雪之中……气势磅礴，华滋浑厚！

他的夫人史玉，以画鹭见长。长年以来，专其神，专其一。

她笔下的鹭鸶，气韵清扬，笔法韶秀，应物象形，随类赋彩，美不可言。妙能通灵，几近化境，遂有"白鹭仙子"的美誉。

天下绘画，以美为最基本的要素。美轮美奂，然后方谈得上形神兼备，精灵古怪。史玉的画面，元气氤氲，活脱畅美，所贵以形似，再以形写神。肇自然之性，成造化之功，始以妙入神，以灵通道，清迈高洁，秀润天成。

如《寒池》里的白鹭，或望天思归，或低头窥鱼，或转颈呼唤，无不栩栩欲动。此画最出彩的是羽毛，清韵叫霜，素翎遗雪，蓬挓开来，根根似银针，丝丝万条风！

如《金色的梦》中白鹭，最传神的是眼睛，朦朦胧胧，有睁有闭，似睡似醒。万缕枝条飘摇，黄花点点层染，再加几抹金黄——"敷彩之要，光居其首"。立刻便成就了此画的意境：幽邃，苍润。

《白鹭玉立见清姿》，雪衣雪发，青玉嘴、青玉腿，翘立于荷香阵中，凝神瞩望，悠然远想。身后荷叶重叠，莲蓬高举，身下塘水如烟，如梦似幻。确是佳作，迁想妙得。

还有《露戏荷池》，泛泛清波，荷影掩映，芳草斜晖，幽香成阵。群鹭闲立于池，有的两两相偎，有的三五成群、引颈低语，有的梳理雪衣，有的嬉戏于水，有的顶丝清软，有的洁白孤高……银塘水淡淡，风微影自摇。笔墨静而净,令人意气全消,不染一尘。

这一对画坛伉俪,各有所长,创作精勤。很显然,在他们面前,已经展开了一片无限开阔的笔墨天地,等待着他们去耕耘、去收获。

1993年

做母亲的压力

——读《家有女生》

在我的收藏品中有一幅画,题为《女妖的舞会》。那是一九九六年夏天,在湖南省作家协会的一次聚会上,一位朋友的女儿送给我的,她名叫胡岸子,当时是初中二年级的学生。她把画裱糊在一块蜡染的蓝布上,新奇而别致。画面初看像一片树林,还有累累果实,仔细端详竟看出了女人躲躲闪闪的面孔,或只有一张阔嘴,或只露一双媚眼,或只见飘散的长发,还有蛇样的腰身,丰美而诡怪的腿脚……老实说我觉得自己一时并不真正能读懂这幅画,为女孩儿奇异的想象力所震撼。

她就是骆晓戈的《家有女生》一书中的"女生"。这样一个"女生"是不是有点特别? 这个特别的"女生"有一个怎样的"家"呢? 她的特别跟她的"家"有哪些关系呢? 一个健全的家庭里不是有女生就是有男生。一个健康的女人,只要愿意就可以组织起家庭成为母亲,这是个很自然的过程。不知从什么时候开始,这件自然的事情变得不那么自然了,母亲成了一种职业,母亲的心灵是孩子的最好课堂,家也就随着成了第一所学校。这是因为剧烈的社会竞争所致,现代人没有孩子的自己拼,有了孩子的拼孩子、让孩子拼。过去是"龙生龙凤生凤,老鼠生儿会打洞",如今龙还想生龙,凤还想生凤,连老鼠也都想生个"龙凤胎"!

世风如此,孩子们的感觉又如何呢? 这些女生男生身上的压力并不比父母轻,他们的竞争从幼儿园就开始了,或许还可以说从在娘胎里就开始了。孩子们不但要承受自身竞争的全部压力,还要承受父母转嫁过来的压力,而父母的期望值又总是过高……在这种情势下,承担一个"家"不容易,在家里当个"生"同样也不容易。因此人们格外需要一种智慧,化解父母及孩子身上的诸多压力和烦恼,让生活变得自然和轻松些,多获得些有"家"和有"生"的快乐。

我以为,骆晓戈的《家有女生》就体现了这样的智慧。她以做母亲的切实体验,并把这种体验放到现代社会的大背景下考量,分析现代生活条件下的家、女人和女生,从而提炼自己的思想,培育做母亲和做女生的自信。读来清新质朴,见解独到,且令人信服。这或许跟作者的经历不无关系。骆晓戈是一位坦诚而富有勇气的诗人,做过"妇女热线"的主持人,故能对现代妇女的境遇感同身受,尤其对楚文化背景下的女性,有许多颇为精辟的论述。她还曾长期担任儿童文学刊物《小溪流》的主编,并把刊物办成了少年畅销读物,也因此得以广泛地接触和了解当代少年和他们的种种心态。举一反三,这对她理解和保护女儿的悟性,不能说没有启发。

女人生下孩子,自己也便成了母亲。当女人和当母亲不完全是一回事,分娩其实也是女人的第二次降生。之后母性就应该随着孩子一同成长、成熟。生下是恩缘,养成是情智。孩子在五六岁的时候都有一个喜欢模仿的阶段,或喜欢拆卸玩具,或喜欢唱唱跳跳,许多家长都容易忽略孩子的喜好,甚至误认为是孩子胡闹,借嫌烦怕乱而予以限制。胡岸子在那个阶段则喜欢在纸上涂涂抹抹,骆晓戈成全女儿的天性,鼓励她乱画,画了就给她挂起来,她们的家里天天都在举办女儿的画展。这样做并不是让她将来一定要成为画家,只是开发孩子的智力。

懂得启发,才是教育最神奇的魅力。教给孩子观察和思考的方法,不是逼孩子活受罪,让她享受把物体变成线条的奥妙和趣味,这就不是痛苦,而成了一种快乐。好了,胡岸子还真的就画下来了,性之所至,信笔涂来,简练而充满活趣,想象活泼而怪诞,且有一种天真而奇特的幽默感。她渐渐的竟有了点名气,在国内获得过诸多奖励,也多次参加国际儿童画展,并获得过大奖和荣誉市民金钥匙之类的东西……这对骆晓戈的"家"和"女生"来说,似乎是机会来了。眼下是个

"速成时代",许多家长恨不得自己的孩子一出世就成名人。不是有人让孩子四岁写日记六岁出书吗？现在小作家、小画家、小大人、小人精太多了,经媒体一炒就可发一笔财。骆晓戈和她在部队做技术工作的丈夫,都没有逼迫女儿非要当画家出大名不可,他们明显不赞成以激素喂养和催熟的教育方式,熟得早,掉得快,人生被夺走一个阶段,生活还能健全得了吗？让孩子尤其是女孩子早早失去童真,失去发展童年想象力和创造力的空间,会给今后的生活埋下人工隐患。而让孩子保持童真和孩提时代完整的记忆,对其一生都受用无穷。对一个人的一生,影响最大的常常是童年的经历,许多伟人都把自己的成就和对儿时的记忆联系起来。

骆晓戈小心翼翼地保护着女儿的感觉和想象力,培养她的自立能力。教育的主要职责就是"引导意志力"。孩子有什么样的意志力,将来就会有什么样的人生。二○○一年的夏天,胡岸子以六百二十多分的成绩考入浙江大学物理系,入学第一年就在大学生辩论中获"最佳辩手奖",并被选为理学院的学生会副主席……同那些悟性遭到压制和破坏的孩子大不一样,她兴趣广泛,富于创造性,快乐而自信。因此,她的可塑性很大,对未来的选择余地也很大。

说来也巧,就在女儿成了大学生之后,骆晓戈也调入湖南商学院,当了中文系的教授。像她这样的人当教授是再合适不过了。她们这一对母女也真是一对绝佳搭档,一同成长,一同变化,相互总能处在最便于理解和交流的职位上。作为她们前十几年"家和女生"的总结,就是诞生了这部书——母亲曾经是女儿的家。以后慢慢的,女儿将成为母亲的家。

1993年

女人的滋味

男人们常常会这样说："这个女人很有味儿。"味儿是什么？难道就是人们在生活里经常闻到的香臭酸甜苦辣咸麻等诸般味道？那都是物质性的。女人的味道在很大程度上应该属于形而上的，取决于性情、气质、品位……人们就很少把男人跟"滋味"联系起来，脏就说脏，臭就说臭，即便说某个男人很香，也未见得就是句好话。

王作勤专门写了一本书就叫《女人的滋味》，在此之前还有被誉为"女性经典"的法国女作家西蒙·波伏娃的《第二性——女人》，美国女作家莎丽·海特的《性学报告》，英国女作家多丽丝·莱辛的《女性的危机》……这类的书林林总总，无计其数，"女人的滋味"似乎都叫女人们自己说完了。这包括女人自身的滋味、她们对人世滋味的感受以及别人对她们的滋味的感觉。女人总是很在乎自己的滋味，对滋味格外敏感。因为女人是需要品味的，应该有滋有味。滋味如何对她们非常重要。

但，滋味各有不同，一人一个味儿，就像每个家庭都有自己的特殊味道一样，完全取决于每个家庭的主妇。女人的滋味最直接的受益者或受害者就是她身边最亲近的人，家庭才是女人的滋味散发得最充分、体现得最真实的地方。前些年有一句流传很广的话，叫做自杀有一百种，其中一种就是嫁给作家。这话有些危言耸听，尽管作家里确实有先杀妻而后自杀的。但它强调了一个事实：给成了文学工具的作家当老婆很难。倘若夫妻都是作家，岂不是要难上加难？巧了，王作勤自己是编辑型作家，她的先生韩静霆是地道的多面手作家,小说、影视、绘画俱佳。这俩口子的滋味岂不就有点意思了?故而王作勤的"女人滋味"恐怕也要经受比一般女人更多的检验。

有一次电视里有个什么节目请了几对夫妇做嘉宾,其中有王作勤和她的先生,主持人问丈夫们:平时你们对夫人的昵称是什么?轮到韩静霆回答的时候略微迟疑了一下,脸有一点红,却还是实话实说道:"阿姨!"现场哄堂大笑,却并无不舒服之感。不要以为这个让人觉得舒服不算什么,现在就是让人觉着不舒服的太多了。特别是一些名人夫妇,面对亿万电视观众作秀,往往会作过了那么一点点。舒服就是自然,这是智慧,也是一种味道。

在年龄上明明比自己小的妻子怎么就成了"阿姨"呢?这就是味道,是他们这个家庭特有的味道。作家在写作过程中特别脆弱,喜怒无常,韩静霆也不例外。王作勤在书里写道:"夜里他会突然把我叫醒,给我讲故事……他讲到战地裸体迪斯科时,就学给我看,先是笑着跳,然后那笑不知怎么就变成了哭……"作为作家的妻子,这时候不管你多么地累,多么地困,也得睁开眼睛爬起来。如果你认为自己也是作家,也正在喜怒无常,那这个家庭肯定就要热闹了。王作勤安慰他、照顾他,陪他到外面走一走,还会像哄孩子一样对他说:"我可怜的矮丈夫,我的宝宝,你快去洗个澡,换一身干干净净漂漂亮亮的衣服,到外面玩玩去吧,你实在是需要放松一下了。"丈夫的作品发表了,在社会上会引起反响,这反响有大有小,有褒有贬,她要客观、准确地反馈这些信息。这是最难的,因为这时候的作家变得格外敏感,她的一句话分寸把握不好就会伤害丈夫。伤害丈夫就等于伤害夫妻感情。现在的夫妻感情又能禁得住多少伤害呢?

一声"阿姨",充分表现出韩静霆被照顾得是何等心满意足!有人做过调查,当代中国的夫妻间最缺少七样东西:浪漫、亲昵、情话、幽默、沟通、欣赏、童心。而韩王夫妇不是要好得多吗?王作勤说:"女人的滋味只有她们自己最清楚。"这是指她们对做女人的体验。至于女人散发出来的滋味,却并不由女人自己说了算。味道是要由别人来闻的,女人的滋味是男人所需要的,也要受男人的影响,甚至取决于男人。设若世上没有男人,女人有没有滋味也就无所谓了。正因为有了韩静霆这样一个丈夫,王作勤才有了她的这些"滋味"。否则,她就会是另一番"滋味"了。

1993年5月

耦合之妙

在自然界占优势的是杂交,是粗纤维。

物理学上叫"耦合"。两个体系或两种运动形式之间通过相互作用而彼此影响乃至联合起来形成一股强大的力量。

人类世界的法则是不断分裂,不断重新组合。分分合合的故事每天都会发生。大到一个民族,一个国家,一个地区,小到一对男女,一对相声演员,一个运动员和他的教练,突然间分道扬镳了。熟悉他们喜欢他们的人还在惊讶惋惜之中,他们又找到了新的搭档。

文人的离合就没有这般轻巧。因为创作是艰难的,联手创作就更不容易。我曾见过一对亲亲爱爱的夫妻,要合写一部书,经常吵得天昏地暗,严重的时候可以僵持一个星期谁也不搭理谁。有的合作一两次,不等交恶便明智地分手。也有的因署名或稿酬分配等问题发生龃龉,甚至对簿公堂,不欢而散。所以文学界盛传"创作是个体劳动"。合作的不多,能够长期而成功的合作,更是凤毛麟角。

他们似乎是这"凤毛麟角"里的一对。

因是好朋友而合作,因合作而更是好朋友。他们从起步就合作,这合作打出了风格,打出了一块属于自己的文学天地,两人都得益于这合作。到目前为止,这十年合作本身就是一桩佳话。

这丝毫不意味着我写这篇短序想起到"结婚证书"的作用,认为他们的合作只能"白头到老",否则就不是"佳话"了。恰恰相反,我倒认为他们今后可以继续合作,也可以"放单飞"。"从心所欲不逾矩。"不要让合作成为一种不自然的拘束,成了一种非尽不可的义务,非负不可的责任,那今后便成了负担,反会束缚创作。

这本书印证了合作的最佳境界:自然和神秘。

他们是自然走到一起来的,不求而遇,非合不可。一个是从南开大学中文系毕业以后参军,被分配到内蒙古生产建设兵团总部报社当记者;一个是七十年代初被上山下乡的大潮冲到内蒙古建设兵团的知识青年。都被鄂尔多斯高原深深地吸引,在痛苦不幸的现实面前怀上了文学的种子,同时认识到自己又是非常幸运的、意外地"得到了一块得天独厚的风水宝地,一个开掘不尽的文学富矿"。他们感到一个人的力量不够,便联手开矿。开掘见宝,于是一发而不可收。

两个从里到外完全不同的人,合作进行精神生产,这个产生成果的过程是不可思议的。他们的作品有风格,这风格不是张少敏的,也不是肖亦农的,更不是两个人简单的综合。而是经历了一个神秘的精神化合反应。

这反应产生新的生命,这生命独立存在。它躲开了浮华的世界,但没有从难以理解的复杂的乃至荒诞的现实生活面前逃跑。不追逐新浪潮,也没有被新浪潮丢下。充满自信地扑向鄂尔多斯高原,这是真情地一扑,全身心地投入。渐渐从高原上站起来,并不断升高和扩展自己的视点。色彩强烈,感情饱满,这生命带着动荡时期的明显印记,是鄂尔多斯的儿子,又有一颗属于中国人的灵魂,是历史的又是现实的。基本上是汉人的文化心态和鄂尔多斯高原结合的产物。有的甚至可以说是蒙人其表,汉人其里。在它的身上所体现出来的当代人的精神苦痛、历史和现实的重负,有地域性,也有普遍性。

这构成了两位合作者的明显特色,不同于地道的蒙族作家,也不同于从五十年代、六十年代就生活在内蒙古的其他汉族作家。

张少敏和肖亦农的合作得益于对鄂尔多斯人情风貌的共同迷恋。不是靠聪明,写点子,而是真杀实砍地写生活,写人物,写故事。每篇作品都很好读,人物和故事亲切感人。也许他们太喜欢鄂尔多斯的传奇色彩了,往往被故事所局限。而能令人深长思之的又常常是超越故事本身的东西。正像对现实生活有足够的忠诚和责任感是强大的优势,倘若太拘泥于现实,又会失去深刻的警喻力量。张、肖二人的合作如此流畅,几近天衣无缝,跟他们全身心投入合作、依靠合作有关。因合作而成功,与每个人获得成功之后再合作可能有所不同。

合作有强大的生命力,首先要求合作者视合作为自己的创作生命。

我在阅读这部书稿的时候常常忘记作者是两个人,甚至会生出疑问:一部完整的作品怎会出自两个人之手? 出于对成功合作的好奇和有感于真诚合作的魅力,写了以上这些与书的内容不甚搭界的话,再要议论书的内容反成多余,只好就此打住。

1993 年 5 月

致王英琦

英琦老弟,好!

祝贺乔迁之喜!我深知搬家装修房子这类活有多么"万恶",我不幸地也有几回这种累死人不偿命的沉痛体验。你真了不起,独个儿把这些活都包了,妇女是最好的"男子汉"——此话对你不谬。

你的文字曾给我以强烈冲击。决不同于当今那班附庸风雅故作才子才女状的文人,一扫散文界虚假雕琢搔首弄姿的侈靡文风。其对散文的独特探索与感悟,对文学的生命投入情感投入,使你的散文卓然形成了自家的风格,绝不混淆于其他人。尚未仔细研究你的风格你的力量到底是什么,看了孙郁写你的文章,已经无法再写你了,他读你更多更深。我很赞赏他这篇东西的基本观点:"她不是一个唯美主义者,至少不是一个伪道学的庸气十足的文人。她的作品中几乎找不到女人式的习惯于花草鸟虫的吟咏,甚至看不到缠绵的爱语。她是一个孤独的、富于拓展意识和心灵拷问的女人……不附会于正统传说,不走轻浮的人生之路,这在她是十分显著的特点。艺术不是欺骗,不是书斋中的自愉,而是真实的剖露,痛心的拷问,无情的剥脱。王英琦自觉或不自觉地呼应了鲁迅以来的文化传统……"

最近,连看了你两篇散文,一篇是一九九二年第五期《当代》上的《远郊无童话》;一篇是今年第三期《人民文学》上的《大师的弱点》。《远郊无童话》写得凝重率真,激情于内发乎其外,捎带着你故有的我认为是很可贵的忧患和偏激,表现出一种感人的文化良知和批判勇气。在这一点上,我与你的文学审美观是并无二致的。任何理想主义,任何新潮作家,倘离开对现实人生的关注、热情,背离了人民性和人类性这一浩大走向,都只能是无聊低下标新立异而又毫无价值取向的东西。

《大师的弱点》则写得磅礴深宏,文气沛然,明显的是一个女才子在为另一个女俊杰抱不平,声色俱厉地讨伐了坑害一代"天才女雕塑家"的大师的弱点。其实,没有这些弱点,大师也未必成得了大师了——我的话对吗?

据说散文现在"热"起来了,阁下似也开始"炙手可热"起来——警惕自己一不小心成了"大师",注意弱点哟!

祝夏安!

蒋子龙

1993年6月15日

方方面面

——关于《桃花灿烂》

1

方方是当今文坛上一员活跃的大将。

不知她是否大红大紫过,但她从未被忽视过。

十几年一股劲儿,小说越写越厉害,很少有水货。她的风景便变得神秘莫测了。

有一种近乎女巫的气质,写爱情,话死亡,玩能戏,说梦境,明明是现实主义的,却带有宿命般的残酷和深刻。

2

对现代人的日常生活琐事,有超常的开掘。

鸡毛蒜皮到她笔下全有了特殊的味道。

她的风格是不卖弄,有一种难得的平静正常的自信。

不动声色地裁判人物的命运,也裁判自己的小说。

不追风赶潮。当文坛没有浪潮或需要一个新浪潮时,又把她推成了一种新浪潮的代表人物。

那跟她没有多大关系。她其实还是她。

3

她驾轻就熟地操纵着自己的小说机器,上天入地,东奔西跑,拓展着自己的文学疆域。

她有足够的智慧与幽默。因而不需要花招和噱头,也无需淫丽的夸饰。

语言丰富巧慧,充满意趣和真实感,接近人生。

然而她的幽默后味太苦、太重,过于冷峭。

相信那些比她"侃"得浅、"侃"得俗的小说,更符合大众的口味,大轰大嗡起来。

4

方方的小说虽然很好读,但不是软性的。

她创造的是有肌肉的文学,很容易让人读出一种硬邦邦的力道,小说的筋强壮有力。

她有自己独特的创造意识,在小人物的精神痛苦中体现一种大的苦难。

她的笔苦恋痛苦而有力的人生。

从她的思想里发出一种幽光,托出人物心灵的悲剧。

坦率得近乎残酷,一刀下去,人性的许多层面便掀开了。

把生活中的荒诞、悖谬,幽默得入骨三分。

随处可见诙诡之趣。

5

这并不是说,她的小说写得奇奥难解。

恰恰相反,她的深度在她的原始、本质、朴拙里。

她是用故事思维的,又含有现代主义的机锋。

平和从容的叙事风格。

鲜明强烈的人物性格。

富于动感的环境气氛。

妙思灵透,用灵性激活文字。性情所至,新意时出。不矫情作态,让情采自然闪烁。

甚至不追求精致,而追求一种强烈真实的东西,粗粝,优美。

她的小说里不乏所谓哲理,这哲理又是她的"独家发现",有血有肉。决不为了向哲理献媚称臣而丢了自己的文学领地。

6

小说中散发出的魔力,来自她对生活平实贴切的理解和描绘。

在人们司空见惯的现实生活中构思出惊人的新意。

现实给她提供了无限的想象力,所以她的创作充满生活感和生命感。

有一种大的诚恳。

让人很容易认出生活本身,联想到个人的生命体验。

她的深刻的真实,也得益于这强烈的生命感和人格气韵的魅力。

7

然而,她的小说又是不驯的。

像她的名字一样,方方正正,有棱有角。

人物或者有"坚挺的自信感和自主力",或者是游戏人生的一代。

活得轻松而又艰难,似有情,未有真情,苦闷,玩世,自毁,自立。

笔端深入到现代人最隐秘的领域,又不以宣泄人物的隐私来煽情。

面对矛盾混乱的世情百态,她用得最多的是:

轻松的谑笑，

尖利的讽刺，

新鲜强烈的感悟。

8

面对方方本人，她随意抛洒的才华中充满阳光：开朗、机智、随和。

无论到哪里，是个很容易受到欢迎的小才女。

面对她的小说则没有这般闲适。

她不会让你心无所动的，不会让你太舒服。

作者好像活了很久很久，已经成精了。

然而投入创作时却又有一种无畏的生命激情，那坚硬而闪光的才能，穿透了现实的乱象。

给人以精神上的震慑。

一个非常聪明的人。

却使小说变得沉重而复杂了。

1993 年 8 月 14 日

无愧于自己，无愧于文学

——《崔椿蕃小说集》序

出书难，几乎成了当今文学界的一个"老大难问题"。

为死去的作家出书更难。

近几年，相继有作家去世。据我所知，莫应丰去世后湖南文艺出版社立即出版了一本他的小说集，既是对死者的纪念，也是对生者的抚慰。路遥去世后，陕西人民出版社用最快的速度推出了他的四卷本文集……

这体现了一个地区的温暖，让人觉得文学还有情。湖南和陕西的文学界也因此受到全国文坛的羡慕和敬重。

在崔椿蕃去世两周年的时候，百花文艺出版社将出版他的小说集。这也是一桩义举，成为天津文坛的美谈。

两年前老崔刚离休，死亡对他是突然降临的。没有活到他该活的岁数，更没有活到他想活的年龄。然而他没有表现出惊慌和惧怕，平静地走了。

可是他的同事，他的亲人，他的朋友，却觉得不能让他这样走，应该让他留下点什么。否则对老崔，对还活着的他的同事和亲友，都是一种缺憾，一种遗恨。

他十几岁就来到长芦汉沽盐场当扒盐工，中国解放后被提拔当了干部，多年搞宣传和编辑出版铅印的《盐工报》。他执笔创作的长篇小说《盐民游击队》和三十多万字的盐场场史，都出版了精美的精装本，然而他署自己的名字发表的大量的短篇小说、报告文学和散文，却从未结集出版过。

他是中国第一个以文艺形式反映盐工生活的作家。他喜欢盐滩和工友，热爱生活，在他获得了各种各样的奖励、有了很大名气以后，也从未想过要离开盐场，要当专业作家。人品文品互为表里，质朴地表达自己对生命的憬悟，写常情常态，不矫情做态。不追求大红大紫，不追风赶潮，也不妄自菲薄。始终满足于当个"业余作者"，不趋炎附势，宽厚正直，泊然处中——而人生最好的路正是正直，岁月更迭，风云轮回，他能安稳如铸，堂堂正正地走过来，言行皆碑。

所以人们喜欢他，敬重他，为他的突然谢世痛惜。要编一本他的作品集，想留住他，留住他的品格，留住他的精神，留住人们对他的怀念。

汉沽盐场的领导愿意玉成此事。他的家人甚至想过要自己拿钱出这本书。一些朋友东奔西走，不遗余力地促成这件事。出书不再是他的事，而是变成了他活着的亲友们的事——这个过程本身已经证明了他的价值。一些专业作家去世后也未带来这样的效应……

"良友想着你，九泉为天堂。"死亡没有阻断朋友情谊，没有抹杀他对文学所付出的心血，在当今这个商品社会尤为可贵。

崔椿蕃的作品无愧于他所处的那个文学时代。

人们可以对已经过去了的时代指指点点，却无法否认那个时代曾经存在过这样一个事实。即便那个时代"用瓜菜代粮"，责任也不在作家和读者。有"瓜菜"比什么都没有要好。你可以说那个时代的文学是"下里巴人"，是已经过时的"工人文学"。任何一个时代都有自己的"下里巴人"，当前也一样。"工人作者"没有必要为"工人文学"脸红，"工人文学"属大众文学，在中国文坛上发挥过重要的影响，承担了文学应该承担的责任。一大批像崔椿蕃这样的"工人作者"，无愧于自己，也无愧于文学。即便是当下的"新潮文学"或"新潮人物"，过多少年以后再来看，或者眼下就用外国人的眼光来看，还会有"新潮"的自信吗？有新就有旧，有生就有死，大家都有过时的一天。

所谓永恒的存在，也只是存在于文化宝库里，而不是存在于以后的社会上、文坛上。用否定大众来突出高雅，用贬低别人来抬高自己，是文坛的恶习。

许多业余作者,利用工作之余勤勤恳恳写了很多作品。当今世界什么出版物没有?

为什么业余作者不能理直气壮地要求出版自己的书?有人正在筹备一个基金会,帮助老业余作者出书,显然是一桩功德。业余作者们不必都像老崔这样,等到作古以后再办这件事。

借《崔椿蕃小说集》问世的机会说了以上的话,也是对椿蕃兄的祭奠。

1993 年 8 月

梁凤仪与香港

对当今中国大陆文坛的议论很多。可说是一人一套见解,一人一个主意。大致归纳一下:指责的多,抱怨的多,不满意的多,认为当代文学陷入窘境、徘徊于低谷、失去了轰动效应、面临无法逾越的临界点,甚至还有人诘问:当代文学还能支持多久?

总之是一片不景气。

就在这时,梁凤仪来了。

带着一股旋风,一种强大的冲击力,使许多人感到疑惑、感到震惊。

有中国的"皇家出版社"之称的人民文学出版社,推出她的三部小说,第一版十八万册,二十天后再版十万册。一九九三年继续出版她十本书。天津一家出版社的几位头面人物,在饭桌上轮番向梁凤仪"进攻",希望能拿到她的书稿,最后也未能如愿。

她在王府井书店一个多小时签名售书七百多册。在上海一天签名售书四千多册,在天津两个小时签名售书四千多册,许多人一买就是好几本。动用二十多名警察维持秩序,最后不得不请梁凤仪到书店后面的一间绝对安全可靠又便于控制的大厅里去签字。书店大门口还有两辆警车瞭阵。连续三天,电台、电视台、日报、晚报、公共场所、文学界、企业界都在谈论梁凤仪。她下榻的利顺德饭店,是天津最老的宾馆,曾接待过孙中山、袁世凯、蔡锷、美国前总统胡佛等中外名人,不能说他们没见过世面。为接待梁凤仪却专门开了会,制定出详细的接待要求和计划,下发到各部门。

在四年多的时间里她出版了五十一本书,合计约七百万字。截至一九九二年底发行一百万册,是香港三大畅销书作家之一,曾荣获一九九一年度香港最佳作家的殊荣……

舞文弄墨的人都知道七百万字是多大分量。不消说用四五年的时间,许多人奋斗一生也达不到这个数量。有人说写得多不一定就好,但写得少更不一定就好。

梁凤仪的出现是个奇迹。

以往也有港台作家在大陆轮番轰动过,如金庸、古龙、琼瑶等。但他们并未对大陆的严肃文学队伍构成多么大的冲击。

梁凤仪则实实在在地震撼了中国的这支严肃文学队伍。各地参加她的作品讨论会的多是从事严肃文学创作的老前辈及当前较为活跃的人物。

梁凤仪现象带来强大的信息,带来一种生气,让人不能不思索很多——

原来作家还可以这样当,能够这样当。

面对梁凤仪,中国的文学市场为什么不"疲软"不"下滑了"呢?梁旋风所到之处文坛的死气、闷气、晦气、丧气,一扫而光。

梁凤仪的成功得益于她在实业界获得的实战经验和成功。堂堂正正大家气派地宣传经销自己的作品。真诚地对待自己,充满自信和勇气。相比之下,那种所谓的"伟大谦虚",满心想多卖几本自己的著作又不敢宣传自己,想宣传又怕被人说是自我吹捧——则显得既小家子气又不合时宜。

当然,作家成功的主要因素还是靠作品本身。

梁凤仪的作品能引起如此强烈的社会轰动效应,跟她所表现的题材有很大关系。作家的经历在很大程度上决定了她对生活的感觉,成了她创作题材的主要来源。她所熟悉所表现的正好是当今社会的热点。

世界已进入商品时代,金融家、实业家主宰、领导着时代潮流。透过其间的风云变幻、激烈厮杀,能看到一个时代的高度和感受到社会的本质。梁凤仪的小说境界开阔,不同于一般言情小说拘泥于中下层人物的隐秘而平淡的个人生活琐事,她笔下描绘了许多上流社会的一流人物,其矛盾的性质和气势自然非纯言情小说所能比了。她讲述的真正是属于香港的故事、香港梦、香港的一种神话。

中国由于刚刚进入商品社会,更是"财经热"。有越来越多的年轻人把经商、干实业视为通往成功的主要途径,把发财视为成功的标志。梁凤仪的"财经小说"可谓占尽"天时、地利、人和"。

她的小说表现了商业社会中的人生百态和人性深度。即情加钱——"在商场上我要你血肉横飞,在情场上我要你生不如死"。寻求商业生活和人生真谛的契合点。有情者从她的小说里看见情,商家在她的小说里寻找为商之道,社会学家在书里看见社会,道德家在书里看见道德……所以梁凤仪的小说覆盖面很大。

梁凤仪小说的成功宣告了故事的回归。

人类最关心的是自己的命运。每个人的命运都是一个谜,都有一定的神秘感——没有人能对自己未来的命运了如指掌。各种各样的命运就构成了各种各样的故事。梁凤仪是布设人物命运谜局的巧手、快手。悬念迭生,环环相扣,因果联系,最后达到群众喜欢接受的良性结局。

她的故事明快、紧凑,没有冗长、复杂、多余的细节。贴近现实,切入人生,又富于戏剧性事件。对生活充满了一种积极健康的热情——所以她的小说能引起大众读者的兴趣。

有好的故事就有市场。

梁凤仪的语言也富有一种便于畅销的特点。流畅但不粗浅,平易但不浮华。感情激荡,色彩缤纷,顺流而泻,曲折如意。虽然来得很快,但不失巧慧,富有切近生命本能的感情力量。满足人们感性的需求,跟她的故事浑然一体,形成梁氏文化流层——这便是梁凤仪的文学王国。

尽管这个王国也许还有许多问题,乃至缺陷,但没有人能忽视她或假装看不见她了。梁凤仪目前要做的就是把自己的优势推向极致,然后再考虑变。一个作家的小说世界不必是完美的,只要强大、富有魅力就够了。福克纳有言:"艺术家都想达到完美,而完美是永远达不到的;艺术家终归失败,但是谁失败的最辉煌,谁的成就就最大。"

社会对梁凤仪的小说还处在好奇和兴奋的阶段。一个作家如果能让读者对自己永远保持好奇和兴奋,就是非常了不起的——好的小说家似乎都是世界的一个谜。

文学作品分三类:一类是具有长期效应,如经典著作;第二类是有过轰动效应或起过短期效应;第三类是无效应。当今世界充满了铅字,引起过轰动效应的作品,或有过短期效应的作品,才有机会成为具有长效应的作品。发表时无效应,幻想将来进入长效应的宝库——从前有过这样的神话,今后不敢说绝对不会发生,但的确很悬。

让我们且看:梁凤仪的创作后劲如何?

1994年3月

《城市人小说三人集》序

为什么要出书？

正如人为什么要活着，为什么要工作，为什么要写作一样简单而又复杂。

尤其是创作，像荣格所说，它包含了一种奥秘。创造的过程是怎样发生的演变的，谁也说不清楚。富于创造性的人是一个谜，许多人千方百计想找到答案，结果都徒然。

"三人集"就是把三个谜放在一起。

人们常见的是多人集和单人集。写了书就要出版，就像怀胎十月必须生产一样自然合理。我还没有见到一个作家，只热衷于写作，而拒绝别人见到他所写的内容。

但是，书具有商品属性，需要经营，往往不是作家不想出书，而是想出书出不成。

九年前，我曾有幸被《工人日报》社聘为全国优秀工业题材小说评奖委员会委员，并不知天高地厚地跟当时工人出版社的总编辑商议，为天津一批老业余作者每人出版一本小说集。谁都承认这是一件好事，终因经费问题未能实现，足见我缺乏经营之才。有些老业余作者写了一辈子，各种文章散见于各种报刊，未能结成一本集子出版，便撒手西去。天道无情，是这些人的遗憾，也是一切文学爱好者的遗憾。使在工作之余喜欢舞文弄墨的人为之心寒。

李玉林主编的《城市人丛书》，推出肖、苏、吕三人小说集，表现出扶持文学的难能可贵的勇气和热情，不能不说是一件功德。

　　肖、苏、吕，目前还不是专业作家，却是专职文学编辑。如果约定俗成把作家只分为"专业"的和"业余"的两种，他们也只好站到业余的队伍里。从事专业写作的叫作家，从事业余写作的叫"业余作者"，如果叫"业余作家"大家就会觉得不顺口。不知"家"和"者"之间有什么区别？一九八二年之前，我在工厂里，尽管已经被选为中国作协的理事、天津作协的副主席，并且在全国优秀中短篇小说评奖中拿过第一，仍然被叫做"业余作者"。一九八二年夏天一调进作协，立刻成了"作家"。可见不论被称"者"还是被称"家"，主要是取决于你的人事关系在什么部门，属于什么编制。

　　肖、苏、吕，在创作上都有相当的实力、相当的影响。"三人集"给读者提供了一种比较的快乐，并在比较中获益。

　　创作是不能统一化、规范化、模式化的。每个作家都有其独特的文学视角和心理格局，总是按自己的方式切入生活。读者可以从这本书中比较三种不同的创作性，比较他们不同的生命素质和人格气韵。看他们不同的感知和审视生活的方式。看他们都喜欢什么，又怎样表达自己的喜欢，怎样对人的命运和性格进行概括。

　　众多的业余文学爱好者，还可以从这本书里得到一种与文学比较贴近的亲切感。文学不玄，小说可以这样写也可以那样写。书可以这样出，也可以那样出。

　　肖、苏、吕，每个姓都正好是七划。我不管它"三七二十一"，写了上面的话作为此书的序。读者也可以不管它"三七二十一"，想读就读，想写就写。

1995年

好一座白门楼

接到姜天民的系列小说稿《白门楼印象》，责任编辑很兴奋。二审、三审编辑也叫好，决定新年伊始在《天津文学》隆重推出。小说似乎又有了生气，气温开始回升。我感激他对《天津文学》的鼎力相助，更祝贺他的"起死回生"——是身体和精神上的，也是文学创作上的。

对《白门楼印象》最精彩的解释是作者本人给编辑的信，上期已经发表。姜天民把文学搞得更神秘了！

他大病不死，却因此"聆听了死亡的教诲"，对人世的一切有了"新的认识和理解"，深切地"体验和感受了生命的意味和生命的痛苦"。小说写得新鲜而精致，不是那种玩死亡、玩痛苦、玩深沉、玩永恒。一个到死的王国里转了一遭又死而复转，人生的经验和智慧突然变得深刻而丰富了，这不足为奇。令人惊奇的是他这么快就"重生再造"出完全属于自己的全新的文学门楼。他充满自信，关于这"门楼"的构想是大气象大规模的。他似乎找到了自己永恒的主题。

作为这大主题前奏的一组短篇写得深刻有才气，富于一种强烈的生命感和独创性。有现实的真实也有非现实的真实。凡属于自己对生命的独特感受，不论多么稀奇，多么怪诞，都是真实的。表现现实的文学，多注意人和环境，往往会忽视人的生命的"本真"。姜天民的笔尖却集中表现生命的困惑，生命残酷，生命与环境的对立，生命的存在方式的荒唐。每个短篇都想雕出一个完整的生命体。用荒天下之大唐的命运体现生命的苦难和真味。他的小说有了一种气魄，是艺术的，也是人格的。

他笔下的"本土文化"和"生命行为",是一团闪烁的光亮,一片沉重的色彩,一群晃动的魂灵,一种苍凉的声音。确是神秘而又真实的"现代神话"。活着就没有脱离生命,问题在于如何理解和感受生命。姜天民一下子拥有了这种奇特的感觉,仿佛真是死过一回给了他太多的启迪和自由,心理世界和外部世界全变了,对生命的感觉有了自由,对社会生活的揭示有了深刻的自由,有了鲜活的经验,思想抛弃了贫乏,创造性的想象自由了。

生命本身太繁复太奇怪了。姜天民发现了自己丰富的心理资源,能够自由地开掘自我无穷无尽的潜能。他的主要工具有两件:意念和语言。

我宁愿把他这一组短篇叫做"新意念小说",或者"感觉派小说"。他写点子,每篇都有一个绝妙的令人玩味无穷的好点子。德高望重的教书匠终生只教出了两种人,强盗和奴才。臭老九的瓷眼珠能洞穿人间一切因而为世人所不容。权高位重的土皇上五毒攻心,做气功竟使周围的土地寸草不生。以及土地爷只能一眼睁一眼闭,等等。这样一概括便没有意思,索然无味了。姜天民《白门楼印象》的力度在于超越了作者的意念和故事。故事超越了意念,作者要故事却又不刻意追求故事的曲折惊奇,只是单纯地直入深境。小说里的每个生命及灵魂都是他制造的,按照他的认识制造。小说太精致了,精致得无可挑剔。也不是这精致限制了它,有时意念的精巧代替了感觉的深刻。

所以我不完全相信是病魔帮助他跨过了看来是平常无逾越的疆界。文学需要魔鬼帮忙,假如没有神助的话。死亡是每个人都拥有的权利,死两回却是少有的幸运。姜天民有优等的智慧和意念,把这幸运作用于文学,让自己进入一个创造生命的万有之链。要成功必须走进自己的世界,并成为自己艺术心灵的主宰。

应该说《白门楼印象》吸引了读者的不是它的故事和人物,而是姜天民的语言。机智奇诡的语言载负着独特的个人感受。他想创造"一种全新的语言机制",以带动自己的"小说艺术质的飞跃",他达到了自己的目的。有些美妙的长句子是精辟的哲学绕口令,妙语如珠,常出意外,完全靠聪明的语言把读者引进他感觉的迷宫。就这样,精瘦、坚韧的天民兄,凭他新近推出的小说成了当代"造句运动"的先锋人物之一。"造句运动"这个口号是我提出的,绝无贬意。当代文学前进最快的就是语言,不管怎样评价这几年的文学,语言是不会再退回去了。不会造句子,或者造不出好句子,写小说就难了。所以我才把它称之为"造句运动"。

然而,有"永恒的主题"却没有一种永恒的技巧。天民找到的完全属于自己的感觉模式、语言模式、结构模式,能不能营造宏伟的"白门楼"系列呢?

愿天民多加珍重。

1995年冬

感觉的强大

——赵玫《流星》序

文坛是有的,它很大。但不是无限大。如果整个宇宙都可以成为文坛,那文坛也就没有了。它其实很小,很拥挤。文人本该"宜散不宜聚",中国文人又偏偏喜欢拥挤。有人把文坛比喻成众人争抢的陡峭险峻的羊肠小道。就在这种情况下,谁也不知道赵玫是怎么登上文坛的?从什么时候开始她被理所当然地或约定俗成地当成天津文学界新潮派的代表人物之一。以一种还有潜力的现代锐气,开拓出一块属于自己的文学领地。这领地还不断地巩固和拓展。

我对赵玫所知甚少,只读过她的一些作品。而且这种阅读大多是强迫自己干的,想了解赵玫制造的文学现象是怎么一回事。想了解当代文学造句运动中所有先锋人物的语言模式。真正出于阅读的兴趣和快乐看完的并谈得上很喜欢的是中篇小说《紫丁香园》、短篇小说《最大限度》等和一些散文。读她的作品比知道她这个人更重要。她就是她的全部作品。她的小说里一个贯穿始终的人物就是她自己。她本身被自己小说的内涵包容了。

这主角是个什么人物呢?捧着一个活泼泼的灵魂无处安置,形成精神的漫溢,意识的浪漫。我想这本书也只能"货卖识家"。

赵玫的小说吸引读者的不是故事,也不是技巧。而是精神的坦白,感觉的自由。写得真诚而散漫。文学的传统功能是"提高生活的能见度",在她的小说里生活丧失了清晰度,一团闪烁的浮躁,一种纠结的苦痛。人物都有流行的性格、流行的腔调,连他们自己也未必清楚在寻觅什么,需要什么。

赵玫追求独特甚于追求深刻,她不能洞穿现实,却只想从人性中获得深度。人物难免不头重脚轻。崇尚紊乱的哲学,膜拜各种新观念,自说自话,高谈阔论,读者的心灵却难于被感悟被摇撼。她的某些费了劲的小说,可以称作"心理小说",却难以克服和读者的"心理距离"——其实是作者的思想和他人和社会存在着很大的距离。

赵玫无疑拥有一个作家最宝贵的特点——灵气。但她不是很强烈地希望用自己的精神去影响别人,更着重文学宣泄的功能。倘若她一味地没完没了地开采自己,自我这座矿山够她采多久呢?纵使她有极为丰富的心理资源。这本小说集里的作品含金量相当高,是作者在"一发而不可收"的状态下采掘的。她实现自我开掘靠感觉和语言。

感觉的自由对赵玫十分重要。但感觉过于散漫铺陈,她将失去这种艺术的自由。汉字浩繁而古怪,每个字都是活泼独立的生命体,把它们怎样排列组合学问大得很。赵玫正在成为这方面的硬手,她的某些作品的语言艰涩拗口,决不流畅,却有通畅的新意。

有一首通俗歌曲叫《跟着感觉走》,但愿感觉能引导赵玫走向一个更神奇的文学境界。

1996年春

我的散文观

认识刘功业几年了,对他真正谈得上有所了解是在读了他的散文集以后。

他是哪里人,他的爱好,他的情趣,他的内心世界,跃然纸上。

别人可以喜欢可以不喜欢,但无法否认这是真实的。

读者通过散文,看到的是一个最真实的作者。因为——当作者心里萌生出一种对自己的激情,也可以说对自己有了感觉,便写散文。

这是一种写虚构小说或其他文体所无法表达的情感。

如同自斟自饮。

读者则欣赏作者的那份自然,那份真挚,抑或是那份狂放。

散文当然也有品位高下、优劣、雅俗之分,但必须要有真情、真心、真思、真感。

最忌假、玩、空。

小说可以玩技法,报告文学可以玩事件,诗歌可以无病呻吟、故作高深,谁敢玩散文? 谁能玩得了散文?

散文以其真诚给人们的精神,首先是给自己的精神投以阳光。所以在虚假的东西泛滥成灾的现代社会,散文受到人们的欢迎,被珍视,是不足为奇的。

唯真诚才是心灵的卫士,是散文的生命。

不论是"乡情"、"野地"、"游魂"、"都市"、"人海",还是美景、良辰、趣事、奇遇,散文只能凭借真诚感知生命的诗意,让自己艺术的情弦充满智慧和饱满的情感。

散文的美是融合了心灵的真实和生活的真实而创造出来的。不能指望一个虚伪的灵魂、一个没有真情实感的人会创造出真实的美，写出感人的散文。

散文是作者"心灵的告白"，可直接表露自己的思想感情。表达个人独有的感受。

看散文如同欣赏一个人的精神收藏品。

有了真情，再表达的美，这美就是活的，充满生命力。

否则，只有美，没有真，再精致也只是工艺品，没有活趣。好散文是真美合一。

正是这份真诚，使散文虽很少大红大紫，却也从未被冷落过，香若幽兰。

读了功业的散文集，突然生出这许多对散文的看法，也可算做是我的散文观。

1997 年

和现实相会

——张建星《今早相会》读后

中国最多的是人。比人更多的是书。

一本书的诞生大体也要经历"十月怀胎"的过程,有的短些,有的长些。张建星在《天津日报》开了个专栏,名为《今早相会》,历时一年多,刊出九十九期——创下了近几年来在中国报刊上个人开随笔专栏的最高纪录。

可见它是"龙凤胎"——如果不受欢迎就不可能开这么长。

三联书店将这九十九篇文章结集出版,果然如"龙凤胎"出世一般,张建星和读者来了一次"大相会"。

首先,天津海运公司在报纸上登出大幅套红的贺辞:"特别祝贺《今早相会》出版发行!"企业自愿出资为一本文学或社会学著作的问世如此大造声势,如此隆重热情,目前在中国实属罕见。

其次,东北角书店为《今早相会》举行了首发式,张建星签名售书,一上午卖出去五六百本,仍不能满足读者要求,又举行第二次签名售书。都以为第二次人会少些,结果同第一次一样拥挤热烈。

这是一本什么书呢?

为什么在所谓"疲软"的抱怨声中,它会如此"坚挺"呢?

因为它是一本社会随笔,也可称之谓是当代社会的小百科。从当今世界的大市场、小市场,到人人日常生活离不开的吃喝拉撒睡、柴米油盐酱醋茶;从社会各种热门话题到经济、历史、政治、未来、自然界、文化、伦理、道德、情感等等许多严肃而又敏感的问题,作者面对整个社会,斑斓杂驳,不拘泥,不沉滞。有丰富的材料,有鲜活的思想,纵横跳荡,描述了世间百态、社会心态、群众情态。

人们最关心的莫过于自己的命运。

在当今这个不可思议、变化莫测的社会大故事中,每个人都是其中的一个角色。以前是靠政治运动强迫人们关心政治,关心国家经济前途,绝大多数人仍然有局外人之感。如今没有人强迫,人们却自觉地关心这一切。因为这一切跟每个人的切身利益、命运和前途紧连在一起。《今早相会》里有大量的社会信息,满足了人们的某种心理饥渴。

当纯文学作品对眼下极为活跃的社会现象表现出迟钝和隔膜时,张建星的社会随笔正好充分发挥了自己的长处。

它有新闻性。及时,材料丰富,具备热点效应。

它有纪实性。文学是通过纪实性靠近时代、认识时代、表达自己的时代意识。由于科学技术的发展突飞猛进,大千世界不再像以前那样结构稳定、节奏缓慢,而是瞬息万变。人们对世界的感觉也随之改变了。这种变化影响了文学的结构和形象。

即便是世界著名的唯美主义作家、憎恨各类写实主义的奥斯卡·王尔德,也不得不承认艺术的发展有三个阶段:神话阶段、虚构阶段、纪实阶段。

神话时代还不具备纪实的手段,用神话寻求现实、补充现实。虚构文学则是对现实生活进行集中概括和典型化的描绘,成为时代的"镜子"。可见优秀的虚构文学和纪实文学在本质上是一样的。纪实性存在于一切文学作品中,只不过有多有少,有主有次罢了。

如今,现实比任何虚构更精彩、更不可思议、更具陌生感和震撼力。当代快节奏下的读者,没有从容的心境阅读认为是虚假的是别人瞎编的东西。当发现作者的智慧、知识还不如自己的时候,便不会有耐心再读下去了。不再信任作者的主观态度,不愿意读重复的东西。

有足够的想象力和敏锐的思想,才能理解现实,表述现实。张建星的许多文章就是从普通人的所谓生活小事引发开来,提出一种见解,一种思想,靠感情和智慧影响读者。或者公开肯定,或者公开思索。不论肯定和思索都是负责任的。

现实对现代人有强大的魅力。只有对现实一无所知或无可奈何的人才会对现实不感兴趣。

纪实是创造活动,是思维活动,更需要想象力和艺术加工。

坐在书斋或躲进象牙之塔的专业作家写不出这样的作品,纯粹的经济学家或社会学家也写不出这样的作品,政治家更写不出。记者的视野和经历帮助了张建星。

在自然界,占优势的有强大生命力的是杂交,是粗纤维的东西。随笔这种文体就具备杂交的优势。它在当今冷寂的文坛形成一股热流,并非偶然。

驾驭这种文体又正是张建星之所长。他有对当代社会深切的感悟,有职业的优势,广收博采,有纵横捭阖的文字功力,所以他继随笔式长篇纪实文学《万众突围》之后,《今早相会》又获得了成功。

这本书的文学品性体现在与广大读者的亲密性中。书名冠以"相会"是再合适不过的了。与读者相会,与人们的心灵相契。

有亲切可感的氛围,有耳熟能详的事件,有精彩的调侃,有辛辣的嘲讽,有严肃的思考,有坦率得惊人的幽默感,又有温暖的感情。其中不乏妙品精论。读者就是交谈者,作者就是这本书里性格鲜明的主人公,交融性中包含着令人警策值得深思的东西。

正是这真情、真话,感动了读者,吸引了读者。所以人们才自愿掏钱购买了这真情、真话、真实。

张建星其实是在呼唤社会构建新的人格。

他的这份真挚却建筑在对社会生活充满现代主义的调侃上。这种披坚执锐的侃劲,是他的风格,也是他受欢迎的原因。现代世界似乎格外适应这种风格。张建星也似乎天生要和这个时代相会……

1997年6月

权当稿签

——序《黑色日记》

我一向主张做编辑不应当放弃写作,尤其像这本书的作者这样,先成为作家后当编辑,在不影响专职工作的同时写得愈多愈好愈有可能成为大编辑。

现在好了,我们同在一个杂志社,诸建民是副主编,王富杰是编辑,我是主编。他们两位合作出书,这篇序言,我是推辞不掉了。

春风文艺出版社在《黑色日记》的预订单上写了一句话:"读者对象:广大读者。"

——我想这就是此书的优势。

铅字泛滥唯独使写作的人成了溺水者,商品排斥商品,书籍淹没书籍,无视冷淡了文字。面对当今的文坛也摆"文摊"(赵树理语),敢于"广大",能够"广大",不是一件容易的事情。存在就是理由,就是目的和责任,因为它是文学,没有被排斥掉且一伸拳脚。这现象本身就耐人寻味……

有一定的现实启示性——对"广大读者"这很重要。并不是凡严肃的东西都不受欢迎,人们喜欢真诚的有价值的严肃,排斥那种虚伪的空泛僵硬的严肃。畅销书的行列里有不少是社会学和纯理论性著作,为什么独独排斥"严肃的文学作品"呢?

问题恐不在严肃上。

现代讲求实际的人们不会轻易信赖虚构。尤其是没有新意不负责任的胡编乱造,徒惹人们厌烦。"知青题材"映照了丰富的社会现象。"知青",当初曾形成了一个上山下乡的运动,"文化大革命"以后又形成了一个回城打天下的运动。有的出人头地了,有的大发其财,有的成了专家学者,也有人失败了。社会公认,上山下乡磨练出来的一代人,有经验,能吃苦,敢奋斗,善于把握人生的机会。当年"老知青"的故事被人写了很多,今后还会有人写,而且会愈来愈深广,甚至要牵扯到后代人。

如本书的主人公罗文辉收养了自己爱的人同别人生的孩子,那个男人还活着,他却向孩子隐瞒了这段身世,不让人家亲生父女相认,这是人道之举呢,还是非人道的?待孩子长大以后有权知道自己的身世,必然寻找生身之父,岂不又会引出一段故事?

作者没有按常规,重视人物的个性甚过典型,而是重视类型。人物尚有一定的个性。典型意义首先是时代的,其次才是性格的。表现了对"老知青"过去和现在的生存方式的某种憧憬。

它同时又很好读,明朗的精神走向,流畅的节奏,丰富的色彩,直接的粗粝的生命感,感性的娱悦方式。入时通达。借用传统技法占领现代生活,更增加了传奇故事的魅力。

严肃是一种优势。很好读又是一种优势。兼顾两种优势则不能把两种优势都发挥到底,便是这种表达方式的局限。

此书语言明快,阅读它很容易,议论它也容易。作为稿签,我恐怕写得太多了。

1997年8月

十年反腐败　公道在人心

——祝贺《中国纪检监察报》创刊十年

在《中国纪检监察报》创刊并强大的这十年里,是共和国历史上非常重要的一个转型期。最为特殊的标志,就是展开了举世瞩目的反腐败。

其规模之大、党和国家下的决心之大、深入人心之广、犯案的人员之多,都是前所未有的。《中国纪检监察报》无疑是反腐败斗争中的一把号角。

号角的作用是振聋发聩,长鸣于心。

十年反腐败的最大功绩及其历史意义,就是将反腐败的意识深深地植根于百姓心中。让老百姓了解反腐败,支持反腐败,形成一种无形的巨大压力,防范腐败。

——这是了不起的社会进步和历史进步。

甚至,十年反腐败的同时,也成就了"十年反腐文学热"。几乎可以说,十年来反响最强烈、销路最好的文艺作品,是反腐败题材的作品,《抉择》《黑脸》等等。这使普通群众对腐败的种种恶行,也有了相当深入的了解和警觉。

比如,行贿送礼还要讲究"送得好,送得妙,送得效果呱呱叫!"到目前为止还没有发现给贪官送骨灰盒的,那肯定是要讨打挨骂的。但送棺材就可能讨赏,福建省闽侯县的那个教育局长不就收到过一副楠木棺材吗?他竟还喜不自胜地当面表扬送礼者:"送礼送棺材,有棺(官)又有材(财),敢为天下先,可上吉尼斯。"

沈阳运输公司总经理夏任凡,几次想巴结市长慕绥新都巴结不上。当慕出国考查时,一走下飞机舷梯就有当国的著名女明星向他献

311

花,只这一手就征服了慕绥新,或者说将他给拿下了。征服者当然不是那个外国女郎,而是在后面出钱的夏任凡。

——这是作家们靠想象力虚构不出来的。

贪官们除去贪财,另一个最大的特点是贪色。他们的"死穴"可用四个字概括:酒色财气。贪财跟贪色在本质上是一样的,古人讲骄奢必淫逸,皆因宠禄太过。

据媒体报道:"时下被查处的贪官污吏中,百分之九十五的有情妇,行为腐败的领导干部中百分之六十以上的人包二奶。"至于"一夜情"、嫖完就散的还不知有多少。

贪官们的色情腐败已经疯狂到了令人发指的程度,且愈演愈烈。浙江省供销社主任、党组书记朱承岭(正厅级),在北京学习期间,竟以生活枯燥为由,从杭州空运三名"绝色美女"到北京"床上伺候"。海南省纺织工业总公司的副总经理李庆普(副厅级),先后搞了二百三十六个女人,曾在公务车上嫖宿不满十四周岁的幼女,同时还写下九十五本"性事日记",搜集收藏了所有和他淫乱过的女人的体毛、内裤、卫生巾等物。

任何邪恶都有它的诱惑性,唯淫欲最炽盛,恶人从欲,如奴仆主。而且一旦惹上火,就再难罢手,只会愈淫愈乱,纵火的手,扑不灭火。老话说,人贪财色如双斧伐孤树。

贪官们将"酒、色、财"三个字都占全了,剩下的就是一个"气"了:逞气,惹气,最终沾染一身晦气,乃至死气,必不会有好果子吃。

——如此这般,不一而足。

十年反腐败,让人们经历了震惊、愤怒、失望、怀疑……到树立起信心。对中央反腐败的决心有信心,对国家的未来有信心。

值此举国欢庆共和国五十五岁生日之际,《中国纪检监察报》迎来了自己的十年大庆。了不起的十年,了不起的成果,值得大庆。

于是,我写了上面的话,表达我的敬意和祝贺!

2001年

沧州戴族

八十年代初,我在一次回乡的时候结识了几位沧州的青年才俊。他们是一些重要的基层部门领导,正处于社会转型的中坚位置。一个个锐意进取,创造力饱满,其中有乡镇工业局局长戴其润,神情朗彻,信实通达。

我深信他们会有不同凡响的作为,并为家乡感到庆幸。

以后便不断得到他们的讯息,戴其润局长工作勤勉,曾参与过沧州经济技术开发区的领导工作,后来又到南开大学攻读经济学。他读书非常刻苦,深得老师赞赏,这期间我和他也有过多次长谈,发现他身上有了一种书卷气,性情变得简淡冲和。

他晚上常常睡得很少,清晨却起得很早,天天在南大校园里还没有人的时候练剑。我想他是在努力用书和剑磨砺自己的智德。

他需要找到自己热爱的东西,能让他有激情,专心致志并做出承诺。

命运会发现自己的道路。果然,他耗时数年,遐搜博采,浸淫沉潜,完成了《沧州戴氏族人钩沉》的书稿。

姓氏是血缘的符号。

中国姓氏制度的建立和发展,与人的尊卑贵贱、经济生产、职业特点、婚姻状况、地望风俗等有密切的关系。即所谓"上品无寒门,下品无势族"。

大禹治水有功,皇天嘉之,祚以天下,赐姓曰姒,氏曰有夏。

周代建国后,大封诸侯,裂土治民,"因生以赐姓,胙之土而命之氏,则有官族,邑也如之"。周天子的"姬"姓最为尊贵高于异姓,并以封国命氏,鲁国为"鲁"氏、齐国为"齐"氏……

某一姓氏成为势族,便一荣俱荣。如南朝的王姓、谢姓,北朝的崔、卢、李、郑等姓,宋编《百家姓》要把"赵"排在第一位。

直到唐代安史之乱后,门阀制度出现崩裂,科举制度日益完备,成为人们进入仕途的重要途径,出身于何姓、何族才不再被人们过于重视,使姓氏的社会意义大为减弱。

但,姓氏仍然是家族的标志和符号。

而中国的社会模式,就是以家庭为本位。在古文中,家既是家庭,也是家族。"修身"、"齐家"、"治国"、"平天下"……这就是古人的"台阶"。

也正是这种家族观念,帮助人们抵御社会变迁的冲击,经历一次次的历史的反复无常。人处在同姓的家族群体中,会有一种安全感,"上阵父子兵"嘛。故,姓氏制度才得以稳定地延续了数千年。

可见,姓氏制度有着丰富的文化内涵,是中国传统文化深层结构的要素之一。

寻根、认祖、归宗——是人的基本属性。人都需要某种归属感。倘是家族中出了一位光宗耀祖的人物,就能激励子孙,会接二连三地涌现优秀人物。越是精英荟萃,家族就越是绵延不断,兴盛强大。

优秀是一种习惯。

《钩沉》中记载了沧州戴氏族人生命中的诸多风光,展示了戴氏族人沉实畅旺的生命力。我从书中也读出了作者的一种胸襟,一种寄托。

其实,我宁愿戴其润先生没有编撰这样一本书,而是成为这本书中精彩的一章。

2002年

灵感和性感

前不久刚谢世的美国大牌剧作家阿瑟·米勒,在最近出版的自传中介绍了创作《推销员之死》的经过:"一天黄昏,步行通过布鲁克林大桥去曼哈顿,我站在大桥的拱顶上,面对海洋的风,去拥抱那个至今为止我尚不熟悉的更大的世界。如果我尚没有主题,我却有一种不能形容的新形式的感觉。这个新剧本将是无限地紧缩的,又是无限地广阔而从容的;故事将是又奇特又平凡;它将是一个从未在任何舞台出现过的戏剧。我一想到它就感到性欲冲动,就感到我对妻子的爱。而且,不可思议的,同时感到对所有女子的爱。我开始觉得,真正的艺术必定是一阵爱欲的充溢。"(董鼎山《纽约客书林漫步》)

米勒的这条"创作经验"有些奇特,不知真有这样的感觉,还是故弄玄虚? 或许是有意无意的要往弗洛伊德的"性驱动"上靠?作家平常是压抑的,创作激情的高涨就是性的释放。这显然在解释创作灵感的产生是由下意识的性冲动来决定的,刺激不是来自外界,而是人体内部,人最深刻的本质在于自然发生的本能动机。

也就是说,性才是创作的真正动力。有了灵感便先要燃烧起性欲,或者说是性欲产生灵感。才女莎乐美,曾是弗洛依德的学生,做过尼采和里尔克的情侣,被誉为"伟大男人的女神"。在最近刚译成中文的她的自传《在性与爱之间挣扎——莎乐美回忆录》中,有这样的话:"对我来说,最强烈的快感就是接受男人的精子。"

去年在巴黎举行的"性爱毕加索"的展览上,展出了毕加索从未发表过的以性爱为题材的画作,巴黎毕加索博物馆主任雷尼耶解释说:

"毕加索的色情作品一直被隐藏,从某种意义来理解,他的所有作品都是色情的,创作永远源于性冲动。"

——说得多么直截了当。

于是我开始查找资料,想知道中国有哪些作家其创作灵感也是直接来自性冲动,或能间接地引发强烈性欲。但我手边的资料有限,又加上只是一时兴起,并不想多费工夫,得出的印象恰恰和西方作家的经验相反。有些作家创作灵感来了反而性欲减退,创作一紧张,性能力便低下。上个世纪的八十年代初,一家出版社的负责人为了约到一位著名作家的稿子,就费劲搞到了壮阳药送去。此事曾在文艺圈子里传诵一时。

如果说这种"性无能的创作现象"是极个别的,没有代表性,那创作灵感的产生并不缘于性欲,却是极其普遍。一般作家不提,还是以大作家的创作体验为例。

老舍在介绍《骆驼祥子》的创作起因时说:"一九三六年春天,一位朋友跟我闲谈,谈到他在北平用过一个车夫,这个车夫自己买了车,又卖掉,如此三起三落,到末了还是受穷。我当时就说这似乎可以写一篇小说。朋友又说,有个车夫被军队抓了去,哪知转祸为福,乘军队移动之际,偷偷牵回来三匹骆驼。这便是骆驼祥子的故事的核心。"

茅盾决定创作《子夜》的情况也差不多,当时他害眼疾,医生嘱咐一年不能看书,他便到处去会朋友,聊天,听到了许多平时没有听到过的情况,于是受大形势的启发构思出这部长篇小说。鲁迅说灵感的爆发"像鼻子发痒的人,只要打出喷嚏来就浑身舒服"。

郭沫若说,长诗《凤凰涅槃》的诗意袭来的时候:"全身都有点作寒作冷,连牙关都在打战。"巴金在写《家》的时候是:"每天每夜热情在我的身体内燃烧起来,好像一根鞭子在抽我的心,眼前是无数惨痛的图画,大多数人的受苦和我自己的受苦,它们使我的手颤动。"等等,等等。似乎都跟性冲动没有什么关系。(以上均引自《创作与灵感》一书)

这算不算东西方艺术家的一个差异呢?

每个作家都有自己的写作习惯和感受,中国作家在介绍创作经验时很少跟自己的性联系起来。尽管艺术的本质是一样的,中国的文学作品中也无法逃避性,但掩藏得越巧妙越好,表达得越含蓄越是高手。向来以为创作的最高境界是"意境两忘,物我一体",又哪能光想着性呢?

即便是一些赤裸裸的色情读物,也是侧重于性能力、性技巧的渲染,不太重视性欲。西方则是张扬性,以性欲的强烈为荣。且不太在意性能力和性技巧,更看重性的感觉,就像阿瑟·米勒所标榜的那样。艺术家是如此,普通人也是如此,美国卫生杂志根据其进行的一项调查,开列出典型美国男人的几大特点:身高一米七三,白天做梦大都与性有关,每周性生活平均二点五五次,最喜欢白色内裤,洗澡时喜欢淋浴⋯⋯

创作中最神秘最难以捉摸的就是灵感的产生,专于意,一于心,欲速则不达,可遇而不可求,仿佛是一种自然灵气,恍惚而来,倏忽而至,怪怪奇奇,莫可名状。也许有人得益于性,若把它完全归结于"性驱动",绝对是唬人。

所以,要想真正了解一个作家,最可靠的办法就是去看他的作品,"创作谈"之类的东西容易故弄玄虚,越看越让人摸不着大门。

2003年11月

女人的精神

——读韩春旭《我的精神》

韩春旭给人的印象是一个幸福得流油的女人。这种洋溢的幸福感成了她的盔甲,用心不良的人很难伤害她,喜欢她的人不忍伤害她。许久以来,认识韩春旭的人都以为她的幸福是源自物质方面的原因。

她曾说:"我一生最大的奢望,就是能走遍世界,如果我有钱。人只有一世,没有来世,我渴望了解我居住的世界。"她似乎已经做到了,虽然还不敢说"走遍世界"了,但知名的国家大都去过了,而且是由丈夫陪着。当下在中国能做到这一点的人并不是很多。此外,她还有个和谐的家,有让自己满意的丈夫和儿子……

人真有满足的时候吗?韩春旭只是报社的普通编辑,许多比她更富有的人并没有她的这种幸福感,活得没有她这般快乐和圆满,这是为什么?智慧,驾驭生活的智慧。物质的东西无论多么繁复,生活的内质始终是单纯的,自己要很清楚,追求到哪里该止步。

读韩春旭的新著《我的精神》,可以了解一个幸福女人的幸福秘诀:

"高雅而不自负,温顺而不乏个性,活泼而不轻浮,开朗而不粗俗,天真而不幼稚,热情而不放荡,成熟而不世故,富于同情心而不懦弱,自尊而宽容……"这岂不是追求一种完美?不,只是一种和谐。现代人最渴望的就是和谐,能够跟男人一起创造出和谐的女人,就是一个圆满的女人。

女人本身就是一个奇迹、一种力量,只有女人和男人一起才能创造一个更为公平合理,更为井然有序的世界。韩春旭的精神就是来自这样的真实和自然:累了就往路边的草地上一躺,请求自己的心静下来,哪怕是瞬间的静下来,忘掉汽车、房子、钞票,还有那各式各样的杂事,让疲劳追逐的心支起一堆篝火,顺着缕缕青烟,寻一寻生命的源头,我们从哪里来,这么紧忙的赶路又是要往哪里去?

这有点像犯傻。然而你不觉得正因为这样的傻子越来越少,生活才因赤裸裸的竞争而愈加紧张激烈。女人不会因野心快乐,倒可以因满足而快乐。韩春旭的智慧就是活得很实际,非常容易满足:"作为一个女人能爱上一个也爱自己的男人,有喜欢读的书,有喜欢听的音乐,有炒菜的油香,有吃饭时相互的说笑,有睡觉甜美的鼾声,就可以像孔子一样骄傲的发问:何陋之有?"所以她满足、她快乐。

满足是一种心态,是来自心理上的感觉。韩春旭没有像许多有点钱的女人那样物质到底,而是守住了一个编辑、作家的精神,过着自己喜欢的精神生活。要长年滋养这份精神,除了写作之外就是阅读,她的阅读有时真如遭遇一场恋爱。

读苏格拉底,她感到了一种踉跄,一种窒息,一种焦灼。于是就更加渴望,更加需要,忘情地扑向对方的怀里,喃喃自语:我的身、我的心都需要你的拥抱,我也紧紧地拥抱你,没有羞涩,没有胆怯,没有邪恶。如果天性里有一个东倒西歪,那就收获一个东倒西歪的快乐吧。读托尔斯泰,觉得自己的精神辉煌富丽,像一个容光焕发的贵妇,携带着生命中全部明丽耀眼的财富,在爱与欢乐的沐浴中,灵魂因饱满而跳荡,散发出甜蜜的芬芳:人类的上帝就是生命着的自己,生命的原本不是让你去报答上帝,而是要成为上帝。

读尼采,感到每句话都是烈性炸药,尖锐地呼啸着,抛给她一个又一个的黑棺,人的生命空间原本是在死神的灵魂中。这让她震颤,有恐怖的启悟,在精神仿佛被炸毁、被掏空的同时,却分明又感到身体内部有种强烈的抑制不住的灼热的燃烧,那是一双从未感触过的横溢生命的手,没有任何规则的浸染,将她别开生面地抚摸。她惊愕,生命还有这么多膨胀敏感的部位,使生命里所有的感觉都耸立起来,感受到从未有过的颤乐。

她还喜爱老子,就像喜爱养育了自己的父亲,脸上漫溢着生命的紫气,一生都不可分离。她称梵·高是亲爱的小弟弟,阅读这位小弟弟唤起了她浓浓的柔情,想用姐姐般温软的手心抚平梵·高身上和心上的所有伤口。一位幽雅、智慧,在任何场合说话处事都非常得体的女人,在阅读的时候竟会这般狂放热烈、真实自然,完全展开自己的身心,无所顾及。

这是一种幸福的阅读,让精神飞翔起来,精骛八极,心游万仞,从渴望到渴望,从快乐到快乐。

精神是什么?是火,是水,是活力,是生气,是百炼刚,是绕指柔,总之是人身上的神气。为她开辟了通向四面八方的道路,才得以游遍世界。但,人的精神常常是需要在小事情上培养,而精神的渴求和丰富,又让她觉得自己的生命像一棵嫩芽,在阅读中获得了巨大的成长空间,灵魂自由呼吸,精神饱满芳香,全身释放着一种爱的活力,宁静端庄,鲜活光亮,蓬蓬勃勃,激情洋溢。像她这样的阅读最是投入,投入使人单纯,单纯使人快活,快活使人漂亮。这漂亮的标准就是:像一个恋爱中的女人一样富有生机。

当然,这只是精神恋爱。可许多年来,"柏拉图式的精神恋爱"就成了贬词,世界进入物质时代,甚至连阅读也更具功利性了:为学位,为求职,为升官,为发财,为寻求刺激……因此不必投入感情,对书读而不爱,甚至相反,冷漠而排拒。不投入感情就不会读出感情,没有智慧就无法吸纳智慧,冷落了书籍也必荒废了思想。

现代人经常抱怨的贪婪困惑、萎靡不振,多因缺乏精神,而不是没有饭吃。

让自己的精神偶尔能处于恋爱状态,灵魂便会开出花朵,骨子里有种善。在强调硬心肠的竞争社会,能保持心的柔软,柔软的心才会滋润生命,能迅速修复不可避免的创伤。骨子有善,才会尊重生命本身的原则:自己生活,让别人也生活。

　　精神从容,家有余裕。爱人生的人也会对生活经常产生恋爱般的感受,自然就容易满足,带着流油的幸福感。而精神丰富,心底就有了一片阳光,站在阳光里,心与阳光共同升腾,使人生变成一个朝圣的旅程。所以周围的人都那么羡慕韩春旭,感觉她的状态老是那么好。

　　状态是什么? 不是物质状态,是精神状态。

2005 年春

贺词三篇

1. 贺摄影人俱乐部成立

年初某一个愉快的晚上,在段铁军先生的办公室里欣赏他的最新摄影作品。他忽然拿出一个本子请我题词,我未加思索便写了"勾魂摄魄"四个字。

当时我被他的摄影作品吸引,像被勾住了魂儿一样。而我理解的摄影本身,也是对被拍摄对象进行"勾魂摄魄"。令我没有想到的是,几个月后,这些摄影家自己的魂儿也被摄影本身勾住了。

我参加了一个成立多年的游泳俱乐部,一些铁杆会员自今年起开始迷上摄影,一个一个地跟着段先生下四川、走西口、去坝上……十天半月,无影无踪,扛着个相机到处"勾魂摄魄",其实是自己的"魂魄"被相机勾着到处跑。

这就是"乐儿"。找乐儿,俱乐儿。

几个人或十几个人一起,兴致勃勃地迷得像掉了魂儿一样,是真乐儿,大乐儿。

于是,一个"摄影人俱乐部",自然而然地诞生了。

现代人都极其看中快乐的价值,通过创作获得的快乐,简直可以称得上是幸福。而且在"勾魂摄魄"的创作中,快乐能使作者达到与艺术融为一体的境地。

快乐地祝福摄影人创作快乐,快乐地创作!

2. 贺《台港文学选刊》创刊二十周年

近二十年来,信息爆炸,印刷品泛滥,文学期刊经历了由兴盛到平淡,乃至惨淡经营的过程。而《台港文学选刊》,却一直是我有兴趣细读和保留的。不知为什么,我老觉得这个刊物年轻而富有朝气,我喜欢她的青春气息,信息量很大。一些反映青年题材的小说或散文,也相当精彩,而且新潮。这本刊物是我了解台港作家和文学状态的窗口和桥梁,由于经常读她,当我偶尔和台港作家对话时,就变得容易和有益了。我还喜欢这本刊物的风格:丰富而沉静,清雅而自信。

我也办过刊物,深知在这个优胜劣汰、瞬息万变的时代,一个刊物能生机勃勃地走过二十年,很不容易,是一大幸事,也是一大乐事,值得庆贺。值此《台港文学选刊》创办二十周年之际,我由衷地献上我的祝福和敬意!

2004年7月2日

3. 贺获奖

张翎先生:

祝贺您摘取第一届袁惠松文学奖的桂冠!

您的小说意象开阔,突破了习惯性的海外华文文学创作的格局,不同于一般的海外华文文学,也有别于大陆文学,引人瞩目地建造起自己独立的文学天地。这个天地深具内涵:海内海外的境域,千奇百怪的世态,沉郁炽烈的人欲,安放灵魂的位置,心理和生存上的障碍,有对生命本源的究问,也有对精神价值的探求,有源于内在激情的呼告,也有惊心动魄的渴念……衔华佩实,妙绝时人。

欣喜之余,敬献芜词,以表贺忱!

2005年4月7日

不敢点评

　　《天津日报》的编辑宋曙光先生，一定要我为中学生非典征文作一些点评。我推辞再三，说不敢点评。但最终还是答应写出自己的看法，这不是出于点评的需要，而恰恰是想借机说出我不敢点评的理由。再有，就是为宋先生执着的编辑精神所感动。

　　先讲我为什么不敢点评中学生作文。我曾两次被推举为上海中学生作文大赛的评委，第一次大赛之后曾诞生了一位全国知名的学生作家……据我所知，全国举办的各类作文大赛无计其数，赛出了作家的仅此一例。更多的是刺激和鼓励了学生的作家梦，学习成绩下降，严重的还影响了高考。

　　作家的文学评判标准，和高考的阅卷标准不大相同，甚至很不相同。由作家对中学生作文说三道四，指手画脚，岂不要误人子弟？所以，国家教委早就取消了给作文大赛优胜者在高考时加分的规定。

　　我以为，中学生必须学好语文，热爱文学。文学可丰富人生境界，开拓精神空间。语文学不好，未来的人生必将是瘸脚的。但，不必急着立志当作家。能否成为作家，除去愿望和兴趣之外，还需要诸多因素。比如生活道路的成全和对环境的体验……等等。

　　——好啦，煞风景的话说完了。下面就文章论文章要相对容易多了。

　　其实用不着别人点评，编辑和作者只要再重读一遍征文入选的作品，孰优孰劣，不言自明。还能读得下去，并仍被感动，就是好作品。文章能够打动人并流传下来的，只能是思想和情感。能提炼出自己独到的思想和情感,而且经住了时间的考验,当然就是好文章。相反,非典时期也催生了许多应景的肤浅之作,时过境迁,再读时了无味道,也难有可圈可点之处。

《最后的空间》,在征文作品中最具想象力,用灵性激活故事,显得别具情趣,且有深意存焉。此作完全可以成为一篇妙文,可惜结尾掉了下来。想象力的开掘对写作至关重要,想象力的堕落可以直接造成文学的低迷和贫困。故此,作家无不格外珍视自己的想象力,不会用现成的套话、"光明的尾巴"或"画蛇添足"来破坏得之不易的奇妙想象。

《非典——我们微笑面对》,在征文中最为别致。作者着意在寻求多重的叙事角度,使尽人皆知的现象变得新颖。有时文体决定叙述,形式就是内容。当举国谈论非典,传媒以铺天盖地之势表述这一灾难的时候,如果你自觉说不出更新更深刻的东西,在文章架构上多下点功夫,实在是很聪明的。作家都是在结构上花的气力最大。

《非典时期的典型中国人》,颇为典型地代表了近年来优秀中学生作文的一个特点,在高考中得高分的作文也多是这一类:旁引博证,借题发挥,议论风生,想象开阔……现在的学生负担沉重,课外阅读便受到了局限。某些智慧有富裕的学生,除去应对考试之外还有精力并有强烈的兴趣进行广泛阅读,不仅读经典,也读各种各样的文本,同时也不忽视对社会和现实生活的阅读。因此,他们的笔下就有了"考试机器"所没有的气象。

但,此种写法一旦形成风气,也就成了为文的一大禁忌。有些文章用将近一半的篇幅引经据典,用别人的定论代替自己的思想,或借名人古人的思想来弥补自己精神的苍白,变成了卖弄和掉书袋,就只会惹人厌烦。

征文中占比例最大的,是记述亲人要进隔离区的感受。但,没有一个是因得了非典而被隔离,都是作为医生要舍死忘生去抗非典——这就是套子。写这类内容最容易,要写好也最难。所有的这些故事,这样的情感以及表达方式,还有这些大同小异的话语,别人都说过了,报纸上电视上天天都在重复这些东西,你的新意在哪里?

进入隔离区的医护人员只占全市人口的百万分之一,怎会那么巧他们的或他们亲属的孩子都来参加征文比赛? 显然有人在虚构。虚构不是不可以,借虚构钻一个俗套子,立意便不智。且缺少真情实感,自然也无法感动人。

现在的学生作文还有个较为普遍的现象:少年老成,孩子说大人话,好像比成年人还更成熟、更透彻。人小鬼大,真若如此倒也未尝不可。可惜大多只是刻意深沉,故作老辣,不过是沾染了成人文风中的一些劣习:喜欢空话大话,行文夸张矫饰。这样便失去了青少年最值得珍惜的纯真与质朴,还有少年人独有的丰富多彩的想象,以及妙趣横生的叙述。

行文至此,自觉已经有“点”也有“评”了。至于有用无用,或错或对,那都是我对这次征文的真实看法。为了不误导学生,最后再重申一句:对学生作文最权威也是最安全可靠的点评,应该来自他们的老师。

2005年夏

文字的舞蹈

——读阿古拉泰散文

二十年前,艾青称阿古拉泰是"漂亮的小蒙古"。老诗人当时大概还没有想到,这个"漂亮的小蒙古"还有一手漂亮的文字。二十年后,他这样刻画艾青的头颅:"青筋暴突,像一条条蚯蚓,耕耘着思想的沃土;花白的头发向后拗过,使人想起秋天的芦苇,保持着被风刮过的形态和抗争的姿势……"

阿古拉泰也是诗人,曾编过名动一时的《诗选刊》。因此,他的文字是诗性的:节奏跳荡,意象飞旋。读他的散文,我莫名其妙地想到了爱尔兰的《大河之舞》。

随便一个什么构思,或者不必精心构思,任舞蹈家们在台上任意挥洒,都会精彩绝伦。皆因他们踢踏舞的基本功已出神入化,只要抬脚动步,就魅力四射。

阿古拉泰行文,似也不愿在谋篇布局上多费功夫,常常是想到哪儿写到哪儿,有时甚至东一榔头西一棒子。正因为他的语言像榔头、似棒子,才抡到哪儿哪儿有声,砸到哪儿哪儿迸出火星。他自信凭借语言的魅力,就能支撑起一片属于自己的散文世界。

我想这一特点是来自蒙语的遗传和汉语精髓的契合。既凝练,又色彩瑰丽;心思灵动,而又善意迎人。

他擅长人物素描,尤其是肖像描绘,三勾两画便能传神。《老人参黄永玉》,在我读过的写黄永玉的文章中,这个标题是最别致贴切的。文中是这样为"老人参"画像的:"两道目光清澈得使人心中产生沁凉之感,一枚硕大的烟斗,不是衔着,是生在唇边,不时腾起一缕青丝,脸庞上的皱纹深刻得一道都不含糊,一望便知,先生果真是搞木刻出身的。"

抓住人物最典型的精神特征,摄魂勾魄,出语精当。人物便无法不活灵活现了。

他写乌兰托嘎:"荒漠草原一样稀疏的头发,蓬乱着,保留着秋风刮过的样子;唇上那撇橙红色的小胡子,抿酒后一翘一翘的,像一朵自由的音符,在朋友们快乐无边的笑声中,悠然跳荡。"

正是由于阿古拉泰文字中充满一种友善,使其机警和俏皮,像火焰一样跳动着暖意。他笔下的人物,也因此个个都显得坦荡爽利,朴厚喜人。

阿古拉泰人物散文的另一特点,格外注重细节。差不多在每一篇里,都会选取一个最能突出人物性格特征的片断,如朝露闪烁,清淳而色彩斑斓。

《表嫂》中的表哥,得了肺痨,病情日趋严重,人走了形,性情也走了样,变得脾气怪戾,动辄就摔东西,骂大街,有一天竟动手打了表嫂。表嫂只嘻嘻一笑:"就那点儿力气,也要派个用场,瞎得瑟!"就这么简简单单地一笔,一个贤惠、豁朗的女人便跃然纸上。

蒙古人没钱可以,不能说没酒。老诗人毕力格太在阿古拉泰家喝酒,在不泯的诗情与老练的理智间斟酌着,酒量如血压般在不断膨胀的激情和歌声中频频升高。渐渐的身体仿佛只剩下躯壳,灵魂和着酒香在空中攀升、缭绕……此时也到了该回家的时候了,别人都担心他,他却说:"蒙古人,只要一上马就没事了……"可他骑的不是马,是自行车。只见他向拍马背一样"拍了拍车尾,提缰似的抬起车把,飞身上路,绝尘而去。仿佛武侠小说中的高人一样飘然"。

诙谐多智,心意澄明,读来兴趣盎然,忍俊不禁。就这样,阿古拉泰的散文,有了高远辽阔的意象,灼热如火的语言,精妙的人物细节,再加上蒙古草原上如诗如画的环境,或感怀抒情,铿锵畅达,坦荡爽气;或表述人生荣枯,世事纷杂,清明如水,意韵悠长……

阿古拉泰秀外慧中,果然才情不俗。读了他的散文新作欣欣然,遂秉笔以应命:是为序。

2005年8月

寓大气于诙谐

——读《大风起兮》

几年前,在北京世界观察研究所的一个讨论会上,有位经济学家对我说:"当代文学在题材上有两大空白,一是安徽凤阳小岗村的十几户农民摁下血手印,自担风险承包土地,由此引发了农村的体制改革;另一个是蛇口工业区及深圳特区的建立,拉开了中国经济改革开放的大幕。这两件事必将在中国历史上留下一笔,却被作家们忽略了!"当时我被这话刺了一下,或者说心里有些震撼,所以印象格外深刻。前不久见到陈国凯的长篇新作《大风起兮》,第一个想到的就是这位经济学家,不知老先生看到没有? 或许我应该买一本给他寄去。

一九八五年陈国凯第一次引我去蛇口,以后又去过多次,最长的一次在蛇口住了二十多天,采访了包括袁庚在内的数十位蛇口的创业元老。陈国凯以为时机成熟了,让我写一点关于蛇口或深圳的东西。我说写不了。他说,这是你的题材,你不写谁写? 我说我并没有买下这个题材,我到南方来是为了印证我对北方的认识,这里的故事地域性太强,把它搬到北方没有意思,原汤化原食我又写不出地道的广东味儿,只能你来写!

不知是不是他"使坏",在深圳建市十五周年的时候,当时的市委宣传部长邵汉青当着市委书记和市长的面突然要跟我签个"君子协议",由她为我采访提供方便,由我执笔写一部反映深圳改革历程的长篇小说。以后她利用到中央党校学习的机会还专门到天津找我,想拉我一同回深圳,我才不得不说了实话:深圳太深,目前我还没有把握能驾驭好这个题材。现在,国凯兄自己把这块硬骨头啃下来了,而且从容自如,表现出非同寻常的智性。

我之所以把它称为"硬骨头",是因为表现这类题材太难了,极易跌入陷阱。比如第一个经常会遇到的麻烦是"对号入座",一旦被有人对上号,轻者聚讼纷纭,重者惊动什么大部门或大人物,封杀、棒杀,那后果是可想而知的。为了躲开陷阱,处理这类题材就形成几种套子:让正面人物陷于矛盾的旋涡中心不能自拔,或者让他(或她)周围的人都烂掉,独他出污泥而不染;或者让反面的力量欲置他于死地,绝处逢生的诀窍是在关键时刻出现一个更大的官是清明的,最终使正义得以伸张,改革的前途也因之云开雾散,柳暗花明。因此一些形成轰动效应的改革题材作品,就被读者提出过这样的质疑:矛盾如此解决岂不是太简单太具偶然性了?把一切希望都押在一个更大的官身上,这不是玩儿悬吗?倘若上边的这个大官也跟成克杰一样,那国家的前途难道就会完蛋吗?

陈国凯是何等才情,他既不会往陷阱里跳,也不会钻别人的套子。这就有了悬念——大家都想知道他是怎样处理这个题材的……他采用的是一种以主要人物方辛为轴心的辐射式多层结构,辐射到的有北京来客、香港来客、海外来客,有广州人、本地人;有的资历不凡,有的学历很高,有的钱包鼓胀,有的情感丰富……作者给现实以历史的投光,投射出这各种各样的人物在不同阶段的变化:有发光的,有发热的,有发财的,有发狠的,有发情的,有发狂的,有发贱的……这就可以自由联想,给了小说以更大的自由和更大的回旋,无须再弄出一个"神"来为小说排解难题。生活不断前进,矛盾总是一个接着一个,人造势,势造人,小说中的人物都在成功地扮演着各自的角色,他们合起来代表着一种大势,他们就是自己的"神"!这岂不是更真实、更自然?

还有,举凡改革题材的作品,都会瞎编一些重要的地名和大人物的名字,首先就让读者感到作家心虚和虚假。特别是地名,它要体现作品的地域特点,历史背景,风俗民情,这些还要一一印证到所有的人物身上。作家胡诌了一个并不存在的地方,一下子便使整个故事和全部矛盾纠葛都建立在一个子虚乌有的基础上。近十几年来,经常出现在长篇小说和电视连续剧中的地方,是在中国版图上根本找不到的"海滨市"或"滨海市",制毒贩毒在这儿,杀人放火在这儿,腐败的黑窝是这儿,改革的试点也是这儿,各式各样的英雄模范人物也出在这儿……这样的作品其大前提就让人感到滑稽和拙笨,如此虚弱的虚构力又如何能让人感动呢?

陈国凯则不然,深圳、香港、广州、北京……凡地名都是真的。也正因为用的是真地真名,他才得以充分展现自己的优势,从香港和广东的民风民俗入笔,洋洋洒洒,涉笔成趣,把一个个的人物托活了。用一幅幅色彩浓郁的风俗画,构成了一个个波澜壮阔的特区生活的大场面。同样,当他把当时的深圳、蛇口、广东、北京的一些领导人物拉到自己小说里的时候,也一律使用真名真姓,这却并不让人感到生硬、突兀,或"胆大妄为"。相反倒让大家恍然大悟,小说这样写不仅不会惹来麻烦,却显得更坦诚可信、新颖别致。而且陈国凯有勇气先将此书在《羊城晚报》和香港《文汇报》上连载,这部小说必须获得广东人和香港人的认可之后,才能拿到北京去出版。

——看看,他是多么轻巧地就解决了这个困扰文坛多年的难题!

陈国凯一向信赖文学的直觉,写自己的真实感受,风雅飘逸地写到哪儿算哪儿。而《大风起兮》却一改再改,增删数次,这在他的创作中可不多见。所以说,这部小说是陈国凯创作生涯中一部十分重要的作品,也是当代文坛同类题材的长篇小说中不可多得的佳作。

因此可以说,《大风起兮》是最能代表陈国凯的一部作品,集中展示了他最突出的创作特点:一个是于机智诙谐中最见细腻委婉的情感;一个是一如既往地关注现实,豪放勇迈地直面人生。第一个特点成就了这部书行云流水般的韵律,语言泼俏,意象丰富,叙述中含有大量的风俗民情、历史掌故和人文想象,醇朗圆熟,充满活趣。但是,若没有第二个特点,他就驾驭不了这样的题材。也正因为他骨子里有这么一股雄豪之气,才使他不仅敢于接触现实,而且有能力接触到现实里边的苦核。他不是简单地评说刚刚过去不太久远的那段历史,而是尽力理解历史,并用灵性激活那段生活。在时代的大背景、大潮头下,展示人物的灵魂轨迹,表现现代人精神上的多维性。从不同角度找到现代人的精神支点,并最终将人物所处的社会现实和人际关系交织成一幅壮阔的画卷。且显得游刃有余,举重若轻,寓大气于诙谐之中。

同样的道理,有些人没有读透陈国凯,也是被他的外表唬住了。在北京举办的《大风起兮》的讨论会上,有许多人表现出惊讶:像陈国凯这样一个人,身材偏低,体型瘦弱,眼睛高度近视,牙齿过早脱落,待人接物恍恍惚惚,张嘴说话用"古汉语"……怎么会写出这样一部生气发越、意识锋锐、气象开阔的作品呢?

其实,弱是其表,强是其内,个头不伟,内存很大。正是这种奇妙的外柔内刚的和谐统一,成全了陈国凯的创作。"柔"——使他成了鉴赏生命的行家,写情写爱,多姿多彩。写灵写肉,能折射出人性深处的动荡、痛苦和挣扎。"刚"——使他有足够的激情处理重大的现实题材,笔下的故事充满引人的张力,让人处处都能感受到作者生命中的热力。

我与他相交几十年,积几十年对他的了解可概括为六个字:"小个子,大丈夫!"他做人的魅力基于此,作文的魅力也基于此。

2006年4月

"超人"和"终极人"

——《干中学，学中干》序

物质过剩的时代，文字也过剩，不是真正有价值的东西太多了，而往往给人以铺天盖地、垃圾成堆的感觉。故而我更留意文学圈子以外的文字，说不定在什么地方就会有惊人之作，或佳品妙构，文境深湛；或材料新奇，有益有力，或文笔别有手眼，出语不凡，饶有智趣……有些文字看似在论述经济现象，其意蕴却涵盖当代社会，常能提出一些敏锐而有价值的思想。陈鸿桥先生的经济散文集《干中学，学中干》，就属于这种有真内容的文字。

商品时代，随着人们对物质的认识不断发展，出现了难以尽数的新观念，人的价值标准也开始变化，彻底摧毁了传统的信仰主义。现代人很难再被一个统一的思想体系所控制，思想体系的没落导致心灵的、理想的、抽象的东西的没落，精神上有一种无依无靠的漂泊感。这就是现代人的特点，需要的是物质现实，直接经验，而不是以理想和信仰为基础来决定自己的行为。比如，现代人惧怕"边缘化"。"边缘化"意味着淘汰、失业、贫穷，在一个追求个人价值最大化的商业社会，一个人突然变得无足轻重，不被社会所需要，便陷入了一种生不如死的境况。而当下最流行的却是"打工"思想。"打工"——就是给别人干活，纯粹是为了赚钱，养家、养房、养车，积极不是风气，消极可以理解。得过且过，斤斤计较，能偷懒就偷懒，能投机就投机，只要能拿到钱就行。我们也无须把这些人估计得太坏，假定他们都做到了百分之九十，达到良好以上，结果又如何呢？陈鸿桥给出了一个算式：

$$90\% \times 90\% \times 90\% \times 90\% \times 90\% = 59\%！$$

每天或每个人都减一点成色,递减下去最终导致的结果竟然是不及格或者更坏。更不要说还有层出不穷的坑蒙拐骗,花样翻新的假冒伪劣,触目惊心的渎职浪费,连三并四的灾难事故……陈鸿桥列出的是一个古怪的算式,却发人深省,符合中国国情,只要翻翻中国企业的成长史,便一目了然地验证了这道算式:"中国企业的平均寿命是六年左右,民营企业的平均寿命只有三年,代表中国科技产业前沿的中关村电子一条街上的五千家民营企业,生存时间超过五年的不到百分之八。"这些企业在刚创建的时候哪个不是红红火火、信心百倍?

由于眼下"老字号"又吃香了,有人把企业连干带不干的时间撮在一起,也凑出了不少"百年老店"、"百年老厂"。可真正具有"百年文化含量",承载了"百年国情"的企业又有几家? 百年是怎样的一种分量? 随便举个例子,福特汽车公司的创始人亨利·福特,尽管气量狭窄,毁誉参半,曾质疑过资本主义,也信奉过反理智主义,却仍然被称做"现代美国公司的缔造者",他发明的T形发动机轿车"改变了美国文化,让数百万人都能使用大众化交通工具,具有流动性"。

同企业一样,现代人防止被"边缘化"最简单可行的办法就是敬业。然而我们喊敬业已经喊了许多年,却始终没有形成敬业的社会风尚,为什么? 皆因有相当多的人奉行实用主义,只追求眼前的实惠,常误以为敬业是提升公司的价值,只对老板有更大的好处。殊不知敬业最大的受益者是自己,不敬业只"敬钱","钱"也难以惠顾你。因为"钱"要依附于"业","业"不强何以生"钱"?

当今信息世界是透明的、扁平的,每个人面临的生存和竞争压力大同小异,因此敬业精神,应当被视为现代社会最基本的处事之道。通过敬业还可以使自己成为"专才",成为不可替代的人,找到了实现自己价值的平台,凭这个口碑就可以走遍天下,成为个人的护身符,永不会失业。

同时,敬业者又都善于发现学习的机会。而学习的机会中常常包含着发财的机会、成功的机会。说得更直接些,在这个竞争激烈、淘汰神速的商业时代,现代人的工作已经成为一个继续学习的过程,是个人为提高自己的工作市场价值而进行的投资。未来唯一持久的优势,就是有能力比你的竞争对手更快地学习。学习就是最好的管理智慧和工作智慧,智者无不是工作学习化,学习工作化,每一天至少有一个对某个人是有用的机会,每一天的某个机会就可能是前所未有的、也绝不会再来的机会,当你精于算计,事事计较,把多干活、干好活的机会推给他人的时候,也就把学习甚或是成功的机会让给了他人。

现代人的迷误正是不知道今后的世界还会怎么变,从而也不知道自己该怎么做。这让人想到尼采的理论,现阶段的人并不是最理想的状态,人是必须被超越的东西,因此他提出了"超人类"的构想,阻碍"超人类"的最大敌人就是"终极人"。所谓"终极人",就是满足现状的人,认为自己活得最好的人。陈鸿桥的文章揭破了现代"终极人"的尴尬,面对价值混乱、道德缺失,他推荐了特里莎修女的《人生十大戒律》。这十大戒律在世界不同的角落被不同的人用来激励自己和身边的人,广为传诵:

"你如果行善事,人们会说你必定是出于自私的隐秘动机,不管怎样,还是要做善事;你今天所做的善事明天就会被人遗忘,不管怎样,还是要做善事;你如果成功,得到的会是假朋友和真敌人,不管怎样,还是要成功;你耗费数年所建设的可能毁于一旦,不管怎样,还是要建设;人们的确需要帮助,但当你真的帮助他们的时候,他们可能会攻击你,不管怎样,还是要帮助他人;将你所拥有最好的东西献给世界,你可能会被反咬一口,不管怎样,还是要把最宝贵的东西献给世界……"

坚持是一种伟大的力量,可以改变际遇,改变人们的生活,"不管怎样,还是要……"的特里莎公式,如明镜照物,虚空传响,观事于微,又大眼雄谈,灵思俊逸,智慧外射,将人带到一个更广阔的层面,看到一种有希望的生活境界。

当下在文坛以外非常活跃的经济散文,较比纯文学对显示生活更富于穿透力和表现力,且不失幽默,清畅条达,涵义峻峭,且有一种精确的自信和理趣之美。

　　故写此文,是为序。

2006年5月

遍地开花文学社

我真的没有想到现在的中学和大学里,还会有那么多的学生文学社。《中国校园文学》杂志组织数百名语文老师,从全国成千上万个学校文学社中选出了一百个最佳文学社:绿原、红杏、小荷、百花、大地……召开了一个大型校园文学研讨会。

不知是怎么形成的错觉,我老以为文学社是上个世纪五十年代的产物,在我上中学的时候正盛行。以为经历过"文化大革命",文学社便不再时兴了。何况眼下是商品社会,奉行经济英雄主义……

战争年代,人们崇拜战斗英雄,他们的名字家喻户晓,他们的事迹到处传诵,是英雄引导社会潮流,净化民族精神,提升民众的品格。新中国建立后,人们崇敬劳动模范,劳动模范就是建设战线上的英雄。到了"文化大革命",就开始丑化英雄、打倒英雄,以破坏为能事,以打砸抢为荣,以交白卷为光彩,从此中国进入"反英雄时代"。现在,社会终于渐渐恢复了对英雄的尊敬,优秀的企业家就是市场经济时代的英雄。这是国家转轨,"以经济为中心"的结果,企业家处于经济中心,他们成了时代的路标,是生活的界碑。

社会对经济英雄的尊重,是经济发展的一个动力,能激发和唤起人们对经济活动的热情。每个社会时代都需要自己的领潮人物,即使没有这样的人也会创造出这样的人物来。正是当今中国众多的经济英雄们,创造着企业文化,提升了现代经济的文化品位。社会对英雄的崇拜,同样也影响了教育。一家教育研究机构调查了五万名中、小学生,其中百分之六十七的人表示将来要当老板、经理、富翁。

　　世界首富比尔·盖茨,成了全世界青年人崇拜和艳羡的偶像。当然有相当多的年轻人疯狂追星,他们之所以喜欢这星那星,也不完全是因为那个星漂亮或唱得好、演得好,还一个重要因素是星们能挣大钱,财源滚滚,日进斗金。而各种各样的星们,包括各种级别的选美优胜者、年轻貌美的影视明星、名模以及歌星,却都一窝蜂地去追商人、嫁老板——这就是现代社会时尚。从一个侧面也证实了经济英雄时代的到来,就像过去的姑娘争着嫁英雄、嫁劳模一样……

　　在这样一个重商轻文的市场社会,校园文学和遍地开花的文学社的意义就显得非同一般,它至少证明文学的种子是不死的。过去校园里曾经产生过文学大师,诸如鲁迅、胡适、钱钟书等。现在的校园文学产生了畅销书作家,如韩寒、李傻傻等……这变相地提升了文学在现代人心目中的地位。

　　所以,媒体报道的这样一些新闻就格外受到人们的关注:某些有着很高学历的人,由于上学时轻视语文,工作后已经升到了合资或外资企业的管理层,却因为写不好总结或述职报告而遭解聘。联合国来中国招收六名译员,精通外语的青年精英挤破了门槛,经过几轮测试还有数十人不分上下,最后是靠默写一首莎士比亚的十四行诗才决出胜负。

　　关键的时刻,还是文学派上了大用场。即使是从实用出发尚且如此,何况文学原本就属于精神层面上的活动,一个缺少文学氛围的校园,就像一个不重视文学的民族一样,不可能是健康和强盛的。

2006年6月

脉脉含芳随野风

——读叶梅散文

　　一个人的生命中不可以没有一条河,只要有条河就足以滋润童年的色彩,乃至整个生命历程。叶梅的幸运是,生活里拥有不只一条河:神农溪、宝塔河、沿渡河、九畹溪、乡香溪……至今也还仍然生活在大江边。

　　因此,她的散文情感润泽、丰美,漫溢着河之韵、水之灵。且看她如何描述她的母亲和河——两者俱是她的生命之源。很久以来,神农溪面上的船具大都是一种叫做"豌豆角"的小船,窄窄的如同一只弯弯的豆角,那小心地坐在船上的人儿也就是豆米了。溪的历程险滩密布,往上走的船必得由船工上岸拉纤,三五个全裸了身子的男人,弓着腰,长长地卡着纤绳,将步子走成无数个"之"字,才能破开箭一般的急流,过了那滩去。要不断顺着那溪水来来去去的母亲,在船上用一把油纸伞挡住自己的眼睛,峡谷里便只有了纤夫回荡的号子,没有了赤裸的晃动。她的母亲从六岁起就出去做童工,出山进山便和其他神农溪人一样,全靠在"豌豆角"上摇荡着一溪接一溪、一河接一河。河水也就这么长年累月地拥抱着他们,他们也把生命和最炽热的情感融进这些小溪大河。

　　经常挂在她母亲嘴边的话是:"人穷水不穷,穷也要穷得干净。"这情感自然也营养浸透着叶梅的文字。英国诗人彭斯曾说过:"赐我一点自然的火星,那就是我要的全部学问。"而自然正是叶梅的摇篮、叶梅的伙伴。在她的文学之树上凝结着大自然的诸多天然元素,自性清澈,色彩绚丽,情韵葱茏又跃动着清新的活力。

　　所以,在这样一个炫技的卖弄聪明成风的时代,叶梅的散文却不炫耀文字,不刻意雕琢,将写情、状物、叙事熔为一炉,真切明净,质朴秀润,在自然平实中见真趣。而她又是个擅长叙述的人,三两笔就写活一个人或一个故事,活画出一条河或一架山的个性,景物、风俗全不相同,令人心向往之,渴望能走进鄂西、巴东,以及她笔下描绘过的所有地方。

应该说,叶梅的笔下有一片神异的乐土。鄂西的崇山峻岭,是大巴山和武陵山脉的交汇处,当地的先民从东边披荆斩棘,溯江而上,建立了声威显赫的"巴子国",并繁衍昌盛为一个民族——这就是土家族。土家族实行了四百多年的土司制度,向有"汉不入洞,蛮不出境"的禁令,长期封闭自足。直到清王朝雍正十三年,才废除土司制度,实行"流官制",称之谓"改土为流"。这一个"流"字,也将大山里的故事、绚丽多姿的民风习俗,顺着条条河溪流将出来……

这样一个独立于世长达四个多世纪的民族,自然有着属于自己的文化。他们性情憨直,过客投宿寻饭,无不应允;仁侠仗义,知恩图报,一语相投,倾心相交,偶犯忌讳,反言若不相识;彼此有仇衅,经世不能解,有明察者一语剖解,便贴首而服。因此,这样的民族对生和死的态度也是既庄重又泰然。人生不过就是来世上走一遭,土家人很早就把这事想得透彻,男孩儿从会走路就学"跳丧",女孩儿从会说话就开始学唱"哭嫁歌"。

不要想当然地以为"跳丧"就像汉族的治丧、奔丧或哭丧之类,悲悲切切、愁云惨雾。土家人"跳丧"是一种惊世骇俗的歌舞,也可用时下流行的语汇叫"原生态歌舞"。"跳丧"开始,歌者将皮鼓声声擂响,他们的两眼顿时炯炯放光,满脸自在得意,人一下子变得潇洒自如,极为生动起来,周围也便生动起来,山水也跟着一起生动起来。随着鼓槌擂动着的不紧不慢却动感极强的节奏,歌者晃动着身子,忘我地做出许多难以描述的动作和表情,并不时地随意将歌唱翻高八度,将人们的情绪带到极致。

歌唱当然更是土家女儿的基本功,自小就要跟着母亲哼唱,待长大到唱"哭嫁歌"时,哭得悲不悲,唱得多不多、好不好,那可是检验一个女孩儿是否聪明能干的重要标志。"哭嫁"在女孩儿出嫁前半月,甚至一个月就开始了,或独自一人,或亲人围坐,或白天,或夜晚。哭的内容极为丰富,哭祖先,哭爹娘,哭哥嫂,哭姐妹,哭媒人,哭自己……哭的形式主要是唱,长歌代哭,以哭伴歌,或用长短句,或五言七言,聪明的妹子也可即兴创作。

这自然锻炼了土家人的歌唱,所以土家族至今盛产名歌星。

叶梅情于深,意于真,舒放自如地展示了土家人的生命轨迹、生命风景。时令不限,笔触巨细不捐,人间苦乐,兴味酸甜,真率,隽爽,文字间漫溢着生命的芳香,跳荡着顽强的精神力量。更为难得的是,文字流露出来的她骨子里的那种善意,对自然的和对人的。

她的母亲是土家人,她的父亲则是山东人,是一九四九年"南下的部队干部"。叶梅这样写道:"在黄河边上那小小的村庄里,父亲有他的妻子和刚在地上行走的儿子,还有年老的父母双亲。孩子他娘健康的圆脸上,有一双淳朴而充满信任和依赖的眼睛。我在后来见过那张照片,我相信那是一个善良的女人。父亲随着部队上路的时候,心里塞满了对妻儿的牵挂……"她不想也没有资格评判自己父亲的情感经历,却由衷地对父亲的前妻和孩子充满了亲情和友善。许多年后她的父亲去世了,父亲和前妻生的儿子从黄河边来到长江边,对叶梅说:"俺要让俺爹回去。"叶梅当即就答应了:"是啊是啊,父亲是该回去。"

按老习俗这是可以引起一场"闹丧"的大变故,被叶梅的善良和大度化解成一段佳话:山东的乡亲们一传十、十传百,邀约了千余人迎候她父亲的骨灰。她仿佛看见自己的父亲安然地归入那块孕育过他的土地,表情愉悦平静。她在父亲的碑前点上一炷香,心中祈祝:"让缭绕的香烟带去我亘古不变的对这个给我生命的人的感激,带去我陪着你说过的每一句温馨的话,让你放心地长眠。"

温婉雅致,细腻动人,能点亮生活,启迪心智,也能给纷扰不断的心灵以净化和纯化。

2006年夏

碎 思 录

1. 第七届全国作家代表大会感言

几年前人们曾以为,文学失去"轰动效应"、大量失去读者是一种"弱"。于是不甘寂寞的文坛在寂寞中逐渐适应了市场的游戏规则,有人开始利用现代媒体重新制造"轰动效应",或爆炒一部作品,或炒作某一个人,或以身体写作造势,或在年龄上标新立异。诸如"80后"、"90后"等。或利用各种各样的形式闹文坛:功夫不下在写作上,在文学以外制造卖点……文坛浮躁起来。

文学却开始沉下去。有才华的自然不同凡响,有实力的还是能写出好作品,浅薄的喧闹终究还是要归于沉寂的……文学的"五花三层"渐渐显现出来,浅的深的轻的重的清的浊的都各归自己的层面。文学开始有了静气,有静气就有了定力,有定力就成了一种强韧,而不再贫弱。

过去连开一个会都会成为一种悬念,圈内圈外飞短流长,议论纷纷,将会发生点什么? 而现在,已经没有人能闹得动文学了。像这种全国性的作家代表大会,最具典型性,一步步在和谐有序的理智顺畅的进行着……祝福这次大会,祝福中国文学!

2. 段铁军摄影展前言

段铁军先生找到了他热爱的东西,这便是摄影。于是心中有不可遏制的激情,这激情丰富了他的创造力。而摄影正是一种创造,在瞬间凝固住永恒的美。他沉醉其中,乐此不疲。甚至可以说,摄影改变了他。

他的摄影无所不窥、无所不亲,有两类作品格外给人印象深刻,带来冲击和享受。一类是自然景观。大自然是上帝创造的艺术,段铁军的摄影不是简单地印出自然,而是表现自然,摄取大自然的菁华,赋予自然以灵魂。所以读他的摄影作品,有时比看实景更令人惊奇和感动,收益也更多。宇宙广袤悠远,造物极其神秘,空间无边无际,时间无始无终,摄影的使命就是抓住它,并使它有灵气。想贴近大自然,没有比摄影更好的途径。没有出色的摄影家,是不热爱大自然的。摄影是无言的诗,是无声的思想。

第二类是人物特写。世界上最迷人的是人的故事,段铁军先生的一幅人物照片,能反映这个人的一生。他的人物特写,是对人的解释和再现。通过画面可透视出人的精神、气质、情感、灵魂和命运。角度、光线、色调、表情和动作协调一致。

所以,人类曾经误以为摄影——能勾魂摄魄。摄影是人与人之间沟通最绝妙的手段,光影融合人的心灵。任何艺术,包括摄影,只属于爱它的人。只有爱才能把握美,只有美才能成为艺术。段铁军的气质渗透在这些照片上,这些照片又是他灵魂中的蜜,使他的创造力散发着芳香。

3.《于泉洲楹联集》序

我与于泉洲先生曾有一面之雅。最近他整理多年所撰楹联,准备结集出版,要我在前面说几句话。如果我也能写对子,送上一副好联儿,既简便,又得体。偏我才拙,只喜欢读楹联,自己却从不敢涉笔。怕的是好联写不出,坏的又拿不出手,此其谓:"眼高手低。"

因此,很羡慕泉洲先生的才情。平时明志言情,状物叙事,劝勉赠答,箴规讽喻,都有楹联问世。虽不能说联联皆精妙,但结构严谨,对仗工整,都能看得过去。这就相当不容易了。自古来好诗、好文车载船装,而好的楹联最多也就能编成一本大书。

以我看,楹联难在双双对偶上。它反映了中国古代哲学中"阴阳两仪"、"天人合一"等二元对立又调适统一的自然辩证思维方式。包括古建筑的设计,都讲究对称。在中国的传统文化中还有一种"以对称骈俪为美"的美学思想,它造就了古诗词中对仗的丰姿神韵。

关于楹联,我也就知道这么多。真的是只能写出几句话。

4.滟滟流波两千期

《天津日报》的"文艺周刊"出版两千期了,这是个了不起的数字。

上个世纪是动荡的世纪,中国尤甚。报纸上的一块文艺阵地竟坚持了近半个世纪,这很可能创造了"中国之最"!

单是这股韧劲,这份耐性,这种锲而不舍的精神,就是功德,就值得称颂。

"文艺周刊"是扶持创作的园地,广交作家,广结文缘。因而让人感到亲切,心存感激。一九六五年春天,我刚从部队复员,心还没有安定下来,《天津日报》一位叫李传琅的女编辑就给我写信约稿。后来还到工厂去看我。我所在的厂子在北郊区,她从市内去至少要转三次车,找到我就快中午了。我陪着她边谈话边看厂,到十二点多了,想去给她买饭。那时候留人吃饭非常简单,两个馒头一角钱的菜(我平时是三个馒头五分钱的菜),大桶的清汤随便喝。李编辑却死活不进食堂,一溜小跑着直奔十八路汽车站。

我至今想起来心里还不安。那些年我在《天津日报》上的稿子都是经这位老大姐的手编发的,我此生都不会忘记这样的编辑。

周刊、周刊,周而复始,一周又一周,一刊又一刊,将文艺作品和时间捆绑在一起,战胜了时间的蛀蚀。

"文艺周刊"还在,作者却换了一拨又一拨。这块阵地圆了许多业余作者的文学之梦,也留有前人风范的沉淀。两千期,给历史以艺术的折射,给文坛以历史的投光。

祝愿"文艺周刊"常青不老,常办常新。

5. 于 兴 泉

于公兴泉先生,少年从政,经历丰富。十五岁入党,二十岁刚出头便出任县委常委兼农村工作部部长,参加过抗日战争,闹过土改,搞过合作化,后来又是最早扶持大邱庄成为"天下第一村"的人……

有着这般足以自傲的资历,却缺乏老干部那种顾盼自雄的气势。做人行事正派谨严,待人接物温文尔雅,一股书卷气伴其一生。

他是老干部中的书生,书生中的老干部。

前半生,老干部的身份束缚了他的书生本色;离休后方开始作画、著书,正是这股书生气质,成全了他充实而多彩的人生。

古希腊伟大的哲学家毕达哥拉斯说,人的精神由三部分组成:智力、理性和热情。于公在长达半个世纪的为官过程中,靠强大的理性掌控智力,沉稳干练,中规中矩。理性永远都是现实,而现实的事物也常常会符合理性。所以在经历过那么多的暴风雨之后,于公留下了清正的口碑,无愧于职务,无愧于心。

直到晚年卸掉官职后,才给自己的智力投入热情,在书画中释放自己的兴趣和才情,寄托自己的精神。若没有这部书,人们如何了解他扎实而饱满的人生?他又如何对自己的人生给出一个满意的交代?

作为朋友,我由衷地为于公高兴。爰作小引,聊表贺忱。

6. 蒋 戈 利

蒋戈利大夫被时人奉为良医。

良者,既富仁心,又怀妙术。古有"不为良相,便为良医"一说,良相治理社会,良医广济苍生。

今人之所以求医难、治病难,假医假药、漫天要价姑且不论,面对越来越多的奇病怪病、疑难杂症,却多是以不变应万变的"套路医生"和"套路药品"。于是,患者越治越多。真正能辨证施治,手到病除的良医少之又少。

故,蒋大夫愈益显得难能可贵。

更为难得的是他正在形成自己的医术思想。这里收集的是他多年行医心得的提炼,时而条畅通达,时而艰涩曲突,多有精妙,也不无阻滞。

一旦他的文字像他的医术一样成熟了,升华为一种哲学,具备了普世的思想价值,那便是医圣的境界。

蒋戈利幸甚!

患者幸甚!

2006年11月

征服和被征服

阅读是一种精神上的征服,不是征服书,就是被书征服。但无论哪种征服,都是愉快的。

于丹的横空出世,就在于征服了《论语》。况且像《论语》这样的书,历来只征服阅读者,而不可能被阅读者征服。古人曾有"半部《论语》治天下"一说,于丹征服了《论语》就等于征服了天下,所以能一"讲"成名,有这种奇迹般地征服,想不成名都不行。

我们在上学的时候都有这样的体会:一册很厚的新书,会愈读愈薄,到期末考试的时候就剩下那么几道题了。这叫吃透了、掌握了,征服了课本。而被课本征服的学生,憷头读书,一般不会考高分。即便是那些喜欢读书,却只是一味地被书征服,不懂得征服书,充其量也只能算个书虫子。如培根所言,把自己的大脑当成草地,任别人的思想如马蹄一般践踏。那样的话,再好的书也将失去其魅力和价值。

所以,会读书的人都知道要征服书。甚至可以说,征服不了书,就无法征服生活和命运。但,不同的人对不同的书,会有不同的征服的办法,笼统归纳,大致有以下几种:

恋爱式的征服。世界上有太多好书会令人"爱"不释手,如中国的四大名著,如国外的梅里美、雨果、司汤达、托尔斯泰、契诃夫、爱默生、梭罗等等,等等。读他们的书就像遭遇一场恋爱一样,那是一种幸福的阅读,让精神飞翔起来,精骛八极,心游万仞,从渴望到渴望,从快乐到快乐。恋爱式的阅读要投入,投入使人单纯,单纯使人快活,快活产生和谐,在和谐中征服和被征服。

当然,这是一种精神恋爱,是"柏拉图式"的征服。通过阅读使自己的精神随时能处于恋爱状态的人,灵魂会开出花朵,骨子里有种善,被阅读滋养着精神,觉得生命就像一棵嫩芽,在阅读中获得了巨大的成长空间,灵魂自由呼吸,精神饱满芳香,全身释射着一种爱的活力。宁静端庄,鲜活光亮,蓬蓬勃勃,激情洋溢。在强调硬心肠的竞争社会,能保持心的柔软,柔软的心才会滋润,能迅速修复不可避免的创伤,并学会尊重生命本身的原则:自己生活得好,让别人也生活得好。

不投入感情就不会读出感情,没有智慧就无法吸纳智慧,冷落了书籍也必荒废了思想。爱人生的人才会有恋爱似的阅读,对世界充满好奇,渴望了解所居住的世界。而狂热的阅读又丰富精神,精神丰富就如同心底里有一片阳光,站在阳光里,心与阳光共同升腾,人生变成一个朝圣的旅程。

然而,世上有些书是爱不起来的,可又得非读不可。怎么办?这就用得上另一种方式:用仇恨去征服。比如上学时的《国际政治》课本,以及其他各种不同的政治读本,你不读它就拿不到好分数,可又很难爱上它。即使走出校门步入社会后,也还会碰到各种各样的非读不可的"课本"。人一生是要读许多不同版本的"课本"的,甚至也包括一些哲学及理论著作,如尼采、怀特、弗洛姆、克尔凯郭尔等等,等等。还有那些所谓影响了世界历史进程的书:《战争论》、《物种起源》、《天体运行论》等等,等等。甚至连中国的经典《易经》、《奇门遁甲》等奇书也算上,不读不行,读又像嚼蜡,怎么办?

你不征服它,就得在它面前认输,它永远都像高山一样挡在你面前,蔑视你,嘲笑你,让你一辈子都直不起腰来,到死也不能瞑目。因为古人说过:"事无不可对人言,书有皆须经我读。"你知道有这么一本书,而且是经典,你居然读不懂它,难道不是一块心病吗?这就只有遵循毛主席的教导,"在战略上蔑视敌人,在战术上重视敌人"。仇恨也是一种动力,也能激发起一种征服的渴望,不拿下这个"碉堡"就跟它没完!当然还要"知己知彼"。你不读懂它怎么能了解它?你不读它又怎么知道自己多么的无知?待啃下了这些"硬骨头",你会自觉强大许多。

第三种是中魔般地被征服。人的一生,特别是青少年时期,总会有一个中魔的阶段,疯魔颠倒,不管不顾。记得我小时候读古代武侠小说,《三侠传》、《七侠五义》、《大八义》、《包公案》、《施公案》等等,以及后来的西方侦探小说等,读得天昏地暗,不吃不喝,不困不累,惹得老娘不停地抱怨:这么读书不把人都读傻了吗? 其实是傻不了的。读书中魔般地被征服,毕竟不同于吸毒,过了那个年龄段,那种书对你的魔咒会自然解除,到成人后会发觉那种中魔般的经历也是一种快乐、一种收获。现在的家长们,往往都希望自己的孩子除去课本和分数,对什么也不要着迷。就不想想,人的一生若从没有迷上过什么,生命是不是会显得过于单调和苍白?

书是人类一种伟大而美妙的发明,文明的征服其实就是书的征服。书可以移植生命,给人提供多种选择,生命的选择,思想的选择,生活的选择。书里有各种各样的人生,使我们生活在自己选择的时代里,在自己的生命之外,还可以再补充别的自己所需要的人生,可以拥有多种人生经历。"书是印刷出来的人类",读一本书就是经历一次别样的人生,书读得多就可以拥有多种经历,选择多种人生,将自己的一生衔接上前人和古人,这岂不等于丰富和延长了自己的寿命? 书实现了人类最大的愿望,使他们短暂的一生得以永恒。每看一本书就是进入那个作家的头脑之中,了解他的思想、感情、经验和智慧。书还可以保持记忆,激发思想,传播知识,交流信息,表达灵感……

第四种征服方式叫"拜读"法。古人表达对某个作家或某部作品的极端尊敬,阅读时称"拜读",怀有一种朝圣般的心境。尽管在现代人心里可称得上是神圣的东西越来越少,但对有些书还是要有"拜读"的意识。比如老子、庄子、《史记》、唐诗宋词、某些辞书,等等,等等,非"拜读"不能显示虔诚和尊敬。所谓"腹有诗书气自华",只有饱读"圣贤书",才有可能接近"圣贤",乃至有超越"圣贤"的可能。人类历来最尊重三种人,排在第一位的是思想家,其次才是政治家和经济学家。没有思想家人类社会就不能进步,智慧得不到开发。思想家的思想是通过他们的书流传下来。

历史上最严峻的时刻往往产生伟大的作品,是这些作品对时代承担着特别的责任。所以,书不仅征服时间和空间,更能征服人的大脑。假若这个世界上没有书,会是一种什么样子呢?精神失去了阳光,思想无法传播,知识不能保存,语言失去意义,人们的生活残缺不全,生命将变得无法忍受……只要人类还崇尚思想,书就有地位。现代人不是经常抱怨,物质过剩而思想贫弱,因竞争激烈致使生活失衡吗?书有益于点燃思想的火花,甚至能引起争论,接受挑战。好书能引发必须的思想和行动,同时,读书又是现代人通往心理平衡、让生活感到充实的一条途径。

常存"拜读"之心,让心清静诚实,懂得敬畏。书是最聪明、最可靠的老师和朋友。在这个非常拥挤和喧嚣的商业社会里,孤独和抑郁成了常见病和多发症,尤其是置身于人流当中却常会感到孤独郁闷,这时只有书能安全地消除和缓解这种孤独感。在嘈杂的环境里,书能提供卓有成效的寂静,给人以自我完善的机会。同样,当一个人独处时,书又能提供一种可亲的相互关系,帮助人体会和理解生命本身对寂静的需要。人是不会满足的,在自身的生命以外,总还需要能有另一种生命作为补充,书就提供了这种可能。由此可见,对书怎么能不"拜"呢!

第五种方式是"游戏阅读法"。当今世界污染成灾,垃圾成害,文字垃圾更是铺天盖地,若是见了书就"拜读",磕破了脑袋也未必能拜见真佛。怎么办?有的时候就是要读着玩儿,乱翻乱看,读得下去就读,读不下去就扔。对了,现在会买书,还要会扔书,有许多书印出来就是叫你扔的,你不扔就说明不会选择书,不会读书。人的生命短暂,时间和精力都有限,读书有益的条件之一就是不读坏书和废书。

所以,读书需要选择,如果不善选择,一生什么事都不干,光读别人的书也读不完,那又有什么意义呢?读失去了意义,书也就失去了存在的价值。书这么多,怎样选择呢?我的办法是,翻遍所有能接触到的书,因为不亲自翻一翻就不知好坏,难以取舍,然后把那些没有什么价值的书扔掉。这种价值的评定是没有什么统一的唯一的标准的，可根据自己的需要视具体情况而定。一本书就像一根绳子，只有当它跟捆着的东西发生关系时，它才有意义。所以，同是一本书，对每个人的影响却各有不同。选择时还可以借鉴古人的智慧：存书容易，能读为难；能读容易，记住为难；记住容易，能用为难……

以上诸法，看似相互矛盾，就像世间的武器各式各样，能相互克制，又各有所长，目的却只有一个：为了制胜。你喜欢哪一种，使用哪一种顺手，就选哪一种。在不同的时间，对不同的书，就得采用不同的制胜方法。所有这些看似相互矛盾的方法，其精神是一致的：乐意被书征服的目的，还是为了最终能够征服书。

2007年元月

战争和文学

——读侯衍涛的《寒秋》所想到的

山东汉子罗世成,被日本兵的兽行激怒了、气急了、逼疯了,抡起身边的大铡刀片就砍过去,眼前一片血肉横飞,有的鬼子脑袋掉了,有的大腿被削了下来……在他中枪倒下后还顺手抠出了侵华日军联队队长的一个眼珠子。

——这是侯衍涛长篇小说《寒秋》中的一个场面。作者凭借着一股勇气和激情,冲进抗日战争的题材,尽兴砍杀起来!

好!战争题材需要这样的血性,当代文学更需要这样的胆力。

前不久在庆祝抗日战争胜利六十周年的时候,人们普遍意识到这样一个问题,第二次世界大战的功绩,或者说反法西斯战争的辉煌,拯救了人类并决定了历史的走向,创造了无数惊人的战绩、战例,也创造了许多英雄。至今全世界都还在缅怀死去的英雄,活着的英雄重新又找回了过去那种英雄的感觉,这是反法西斯战士的节日。但战士跟战士的心情不一样,不同的人对战争有不同的记忆、不同的认识和思索,都在用今天的眼光重新认识战争。

战争需要英雄,历史和现实需要英雄,文艺作品也需要英雄。于是"二战"成全了许多关于战争题材的文艺作品,有些在今天看来仍然激动人心,成为经典之作。比如美国的战争文学,从海明威的《战地钟声》,到赫勒的《第二十二条军规》,再到罗伯特·斯通的《倒霉的大兵》,可以明显地看出美国当代文学对战争题材的探索路径:揭示战争的残酷和成全英雄主义——揭示战争对国家和民族的影响——揭示战争中的人性温暖和变异……

如果没有读过这些小说，只要想想好莱坞的战争大片，也可清楚地看出西方人战争观的变化。从诸如《巴顿将军》等许多表现二战英雄的作品，到《辛德勒名单》；表现越战的由《现代启示录》到《拯救大兵瑞恩》，由反映战争带来的绝望和疯狂，到反映"伙伴"之间的忠诚，尽管这忠诚是"破碎"的。

或许以曾经跟中国当代文学有着更多特殊联系的苏俄文学为例，更容易说明问题。《苏俄当代文学》一书中说，自第二次世界大战结束以后，苏俄战争文学中的英雄形象经历了三个阶段，第一个阶段是让英雄人物双脚着地，即不再推崇"高大全"的模式；第二个阶段是走进人物内心，如《雁南飞》、《这里的黎明静悄悄》；第三是英雄形象进入人性化的阶段，如《第四十一个》等。

中国同样经历了艰苦卓绝的抗日战争，有经典的战例，也有经得住历史考验的英雄，而留下的作品却与这场战争不相称，能成为经典的就更有限。更多的是不再具有感染力，随时间而飘散，这是为什么呢？要知道在中国的文学传统里战争文学可是强项，是"永恒的主题"，如《三国演义》、《水浒传》、《东周列国志》等等，都是有口皆碑的经典。

缺少了战争的主题，当代文学就无法不显得残缺和轻飘。一场越南战争，让美国文学的反思从未停止，不断开掘，不断有惊人之作问世，使文学超越了战争。而我们的当代战争文学大多还停留在战争表面，甚至还没有让英雄人物着地，又出现了"反英雄"的倾向。这就不能不承认，当代文学已经无法回避战争题材的贫弱这一现实了。

其原因除去文学创作自身的僵硬和概念化、公式化之外，还有一种因素是当代文学对战争和战争中人的理解过于简单和肤浅。从公元前一四九六年至公元一八六一年，地球上打了三千多年的仗，可谓连年战乱。自"二战"结束到现在，六十多年里又打了一百五十多场仗，平均一年打两场还有富裕。战争的危害，从第一场战争之后人类就知道了，却屡禁不止，战争毁灭人性，人类又靠战争阻止这种毁灭，使人回归本性。待到人性扭曲、畸变，又会再发动战争……

　　战争是人之大欲的激烈化,是一门"破坏科学",如同有善就有恶、有破就有立一样,"道高一尺,魔高一丈",多种相互对立的东西一直伴随着人类。而战争题材的文艺作品应该反映出历史的战争性,战争中的历史,以及战争中的人性和人身上的战争性。文学不能对战争沉默,战争是血和铁的交迸,战争题材贫弱正说明当代文学缺乏血性和铁质。

　　因此像侯衍涛先生这样一些非专业写作者能进入战争题材,带着一股生气和力道,如同他小说中的主人公一样,不管三七二十一先杀他个人仰马翻再说。应该说,勇气难得,激情可嘉,精神可贵,做出的探索也是有价值的。

2007年3月

为官和为文

——读蔡新华的诗

我读诗不写诗,甚至对自己是否能将好诗读好、读懂,也不是很有把握。因此,为诗集写序,所谈的只能是自己的读后感。

我首先感动的是蔡新华先生写诗,诗集出了一本又一本。我一直欣赏能够写诗为文的国家干部,这体现了一个干部的学养、修为和情趣。总觉得这类干部的思想和情感更容易被感知,同时也表达了这样的干部是有一定的勇气的。

本来为官和为文并不矛盾,可以相辅相成,这在中国是有传统的。古代曾专门设有采集诗歌的官员,每逢正月或其他民间节日,有官员敲着铁铃在路上巡视采诗。有一说《诗经》就是这样搜集而成的。那个时候君臣、士大夫间往往是用诗来表达或强调自己的主张。到诞生了科举制,最为重要的进士的考试,就以诗赋为主要内容。于是,无官不是诗人,好官往往也是好诗人,如刘禹锡、苏东坡等。当然也有诗写得不错,为官却不怎么样的……

新中国成立后,领袖级的人物都好诗、能诗,有些堪称是大诗人、大才子。却不知从什么时候开始,大家心照不宣地认为舞文弄墨是为官大忌,惟平庸才能保证官场通达。所以我格外看重现任外交部长李肇星的诗,他的职务政治性最强,却经常能在报章上发表一些意韵隽永的短诗,简直是开一代干部新风。

以吴研人的观点,人之有情系与生俱来的,先天种在心里,长大后无一处不用这个情字,只是看它如何用法。公务员在公务之余能焕发诗情,应该说是最简便灵妙的"附庸风雅"。借诗容纳坚实丰富的生活,表达智慧深邃的思想,对种种社会情态作精到的观察和剖析,陶冶万物,锤炼自己,苦乐尽在其中。

蔡新华正是如此,写诗既是一种休息,也成了他精神生活中的一种诱惑。时序的迁流,节物的变化,情事的升沉离合,都可令他摇荡心绪,悬想无尽,酝酿歌吟,锤炼成句。天马行空,推拉摇移,不断地写,不住地锤炼,心澄自洁,在锤炼中找到感觉,守住一颗诗人的灵魂,坚挺着对生活的自信力和自主感。

《我思故我在》,诗人提醒自己,应与万物为一,与天地并生,崇敬自然,也崇敬自己的使命。要敢于仰望星空,叩问灵魂。看大海中的落日,也有一种让人落泪的辉煌,于是发出沉重的感慨,像英雄的叹息,似男儿的彷徨……然而,诗又是灵魂的花朵,是生命的欢欣,诗人也会随时让自己的诗句跳跃在生命的树上。

> 一大早
> 快乐的小鸟
> 就在我的窗前
> 跳跃鸣叫
> 新的一天又开始了
> 在门外迎接我的
> 是那幸福的微笑
> ……

能在生活中保持一份诗人的心境,以诗人的敏觉感知生活,就会多一份澄澹,多一份快乐。这也反映了诗人的进取精神。

在《我爱故我行》中,诗人思接千载,视通万里,与风云并驱。人到哪里,诗到哪里,抚四海于一瞬。蔡新华的诗大多是外出的时候构思或写成的,他曾参加过一个赴北欧的考查团,每天晚上为了不打扰同伴的休息,躲在卫生间里写作,每天早晨全团的人登上大巴车后的第一个节目,就是请他朗诵昨天夜里写成的诗。他的诗给大家带来激情和快乐,举一反三也让大家加深或修正昨天的印象。这同时也是对他的督促和鼓励。

《冰岛印象》便是这样产生的:

数万年前

欧洲与美洲大陆

在这里断然决裂

你从此孕育

见证一个历史时刻

那曾是怎样感天动地的一场分手呵

那又是何等惊心动魄的一次诀别!

风狂云烈

天崩地裂

积聚万年的熔岩冲天怒射

半个天都被烧成火一样的炽热

……

这就是你了,冰岛

孤悬于地球最北的极地

游离在世界的边缘

就像一个找不到敌手的侠客

于旷野

拔剑四顾

一声长啸

冷清而且寂寞

体物工致,发抒性灵,简练沉静,铿锵做声。新鲜的感觉刺激诗情,让诗人不自觉的对地理有了生命感,对大自然有了历史感。

生活平板或过于繁琐,会麻痹灵感。而诗歌正成了蔡新华抵抗平庸和疲沓,并诱发灵感的刺激物。较之于诗需要他,他似乎更需要诗。当然也不可否认他的贡献:扩大了诗的表现力。

十几年前由于一次偶然的机缘结识了蔡新华先生,当时他是最早的从内地拥向沿海经济特区的青年才俊中的干将。今天读着他的新诗集,感受到了他创作中的另一种面貌、另一种神态,由衷地为他高兴,为他祝贺。

拉杂写来,聊志欣喜。

2007年4月

兼谈男性文学

——《鳄吻上的炊烟》序

这部书开篇就是个"杀"字,展开了一个强有力的故事:

杀掉自己的恩人,就可以把那满桌金币全他妈划拉到自己的怀里……霹雳般冲出脑海的想法,如同精液喷射,一激一颤,让他整个心身陷入癫狂的激颤之中……而故事的"激颤",是在过去和现实的两个层面上同时展开,跳来跳去,互为因果。让历史与今天对接,任思想和激情纠缠,直面今天的现实和过去的现实,在现实的重置中完成人物塑造,重新探索和安置他们的灵魂。

这显然是个复杂的诡异幽魅的故事,充满象征主义意趣。小说开篇就提到的价值数千万元的共和国金币——代表了现代人的贪婪和欲望;

贫穷的拥挤在社会最底层的布哭街——象征着历史;

由布哭街的穷孩子变为富翁的周天东——是今天不可捉摸的现实;

正直而又充满矛盾、死硬而又不得不妥协的船长柯亚诚——象征着灵魂;

女主角叶丽琳——代表着理想;

装载着近三万吨水泥的"大陆"号巨轮,要从夏港启航驶往正在大兴土木的海南,想发财的、想偷渡的、想讹诈的、想在中途炸沉这艘船的、想害人和想救人的……各色人等都来到了这艘船上。这趟具有象征意味且充满变数的航行——就代表了命运。

当惊心动魄的航行完成后,所有人的命运都改变了。贪欲使想当警察的人做了强盗，命运使青梅竹马的恋人反目，灵魂面临着死亡……

作者就这样支撑起自己的想象力，找到了属于自己的生活象征力和道德象征力。小说的震撼力，就来自作者的这种气蕴，也是这种气蕴决定了他处理主题的方式和风格。

他耐着性子布下一环环的情节锁链，在污秽的生活中找到洁净的灵魂。但小说的线条却硬峻拔挺，文字间夹带着雄风健骨，冷峭犀利，气势宏阔。

行文至此，似乎就不能不说说这部书的作者阎明国了。

在上个世纪八十年代，他是年轻的实力派作家群体中的一员，不仅受到文坛的重视，在作家群中口碑也格外好。飞短流长、是非纷纭的文坛上，鲜有对他的微词，老老少少对他都很器重。而他本人却总是很低调，不张扬，不争锋，更不在意怎么去大红大紫。这引起了我的好感，经过接触发现了他为文为人的原则性，在自由散漫又喜欢随风转舵的现实生活中，他的男人的忠直、磊落，有时甚至会让人想到堂·吉诃德。在当今社会，他或许是为数不多的在关键时刻真能为朋友两肋插刀的人！

可是，他又非常的文质，极度敏感，带着令人吃惊的诚实和一股苦涩味道。生活中经常恍恍惚惚，有时候让人觉得他的心灵并不在他生活的地方……终于，在九十年代初，他脱离文坛，下海经商。

沉默十年后，突然重现文坛，托出了长篇《鳄吻上的炊烟》。

这是一部典型的男性小说，切入生活的角度、人物塑造、以及表达情感的方式，都是男性的，男性的立场，男性的感觉。有肝胆的文字，雄劲的情节，绝不衰弱的人物。尤其是男性人物，具有厚实的血肉，情感浓烈激荡。

作者显然很清楚这部小说情节的复杂性，因此主要人物的设计都不是单向度的，保持了生活的暧昧性、多义性，并坚守着创作的真实。书中的男性力道还体现在人物对话上，作者常常用对话推动情节，无须过多地铺陈，行动直截了当。

书中又有太多不稳定的男性激烈情绪,跃动、散发着强烈的阳刚之气,热力四射。在这个以柔软和滥情为时尚的文坛上,自尊自重地站住了一个硬汉,让男性的自主性和自信力坚挺起来。

但,这部小说的本质却是精神的。在揭示心灵或意识堕落的同时,也竭力去寻找现代生活的精神资源。这是一种在财富和权力的角逐中不容易被环境所吸纳的精神。小说威势撼人,锋芒外露,表现了旺盛的生命力,格外需要精神上的阳光。

生活中到处都堆积着可供思考的东西,失去精神,人生就失去了太阳。小说以这种方式提出灵魂的问题,可谓寄托遥深,意蕴幽远。

这部男性小说里唯一的软弱是爱,爱使硬汉变得软弱。因为爱本身就是人性中的一种软弱。而小说中的人物又都不能不面对自己的软弱,在承担这种软弱时现出了心性的差异,有阴损的狠毒,有黏糊糊的贪婪,有热切的希冀,也有明朗的死亡……爱随情变,情随意转,小说的象征意向便也字里行间蓬勃扩散开来……

最终,由严酷的现实完成了对人物命运和性格的塑造,以对应小说开篇时的象征性。

阎明国是通过这部小说在构建自我。我想他做得不错,所以写了上面的话,以表贺忱。

2007年5月

飞行阅读

　　我要有一次长途飞行，须选择一本书带上，这本书要好读、耐读。不好读在飞行中会读不下去，而飞行中没有一本书为伴是很难熬的。这本书还要经得住读，在空中要飞行好几个小时，再加上在机场等候的时间，那可是没有准头的，不能误带了那种三下五除二就能看完的书。我掂量再三，选择了董鼎山的《纽约客书林漫步》。

　　登机后我端起了这本六百多页的书，沉甸甸的，端久了可别得肩周炎哪！但刚读了十来页便被提起了兴趣。作者文笔清峻，谈人论书说事，自由徜徉，有闲适之趣，咏叹讽颂却又不乏振奇拔俗之力。比如对美国大牌剧作家阿瑟·米勒的为人及为文的剖析，就直率而精到，令我深以为然。在一九八二年的洛杉矶中美作家会议上，我认识了米勒并相处了一周的时间，正如董先生所说，此人"武断自大"，去了一趟中国，回来后就到处讲演，在他的口吻中"显然不知欧阳予倩、田汉、洪深是何许人也，更不要提应云卫、陈白尘、石挥……把中国近几十年来的话剧发展完全撇开，在他去北京导演了《推销员之死》之前，似乎没有现代戏剧可言"。令我想不到的是，这样一个傲慢自负的人，竟然也拿跟玛丽莲·梦露的关系来炫耀。他在自传里写道："梦露的肉体成为真理的一道白光。"有一次他跟梦露一起外出，看见对面有一男子，"一面呆视地打量她，一面在裤间手淫"。世间居然还有用这样的故事来夸赞自己妻子的。董先生批道："米勒对美妇独占而爱妒的复杂情绪显然大大地扩充了他的想象力。"

　　但是，董先生又很欣赏米勒在创作《推销员之死》以前的那种酝酿阶段的感觉，"如果我尚没有主题，我却已有一种不能形容的新形式的感觉。这个新剧本将是无限地紧缩的，又是无限地广阔而从容的；故事将是又奇特又平凡；它将是一个从未在任何舞台上出现过的戏剧。我一想到它就感到性欲冲动，就感到我对妻子的爱，而且不可思议的，同时感到对所有女子的爱。我开始觉得，真正的艺术必定乃是一阵爱欲的充溢"。每个作家的创作感觉都不同，但米勒在写出佳作前的这种"性欲冲动"和"爱所有女人"的感觉无疑值得重视。这一段话仿佛打开了一扇门，让我对许多美国文学作品有了新的理解。

我原以为中国文坛就够热闹的了，岂料西方文坛更邪乎："埃德蒙·威尔逊勾引女性，殴打妻子；诺曼·梅勒酗酒，刀刺发妻；杜鲁门·卡波蒂是个爱好虚荣、喜向高级社交界拍马屁的同性恋者；约翰·契佛是个有外遇（男女兼收并蓄）的不忠的丈夫；萨特是个喜欢糟蹋女学生（由他的情妇西蒙·波伏娃拉皮条）；所有这些人物的缺点似又比不上菲利浦·罗斯对女人的刻薄残忍……"美国文人间的诟骂也追求"刺刀见红"或"一剑封喉"。如享有国际声名的尤西·柯辛斯基，批评菲利浦·罗斯为"肠道秘结"，骂杜鲁门·卡波蒂是个"暗剑伤人的同性恋者"，嘲笑约瑟夫·海勒"只打响一炮"，甚至挖苦诺贝尔文学奖得主加西亚·马尔克斯"太超现实，充满迷信意识"。中国文坛未必就没有这样的看法，却没有人敢说出来。柯辛斯基的女友斯泰伯，又说他"是位色欲骑士，把我当作他智力方面的洛丽塔"。看看，美国文坛就是有这么多奇人、怪人、浪人、痴人，写出了那么多惊世之作和令人不无失望之作，在生活中还演绎出了无数惊世骇俗的故事，留下了许多不解之谜。

人生华妙，色彩纷披，董鼎山浸淫沉潜，胸次包罗，出入文坛，融通中西，清谈娓娓，隽语泱泱，意到笔随，不拘一格，信息量很大，诙谐中又见谨严，客观而又平和地还给中国读者一个真实可信的丰富多彩的美国文坛。在此之前，就像敬畏美国经济的强大一样中国文坛也多多少少的神化了美国文坛。因为他们得诺贝尔文学奖的人多，他们总是得风气之先，引导文法实验、站在世界文学的潮头之上。特别是好莱坞电影的狂轰滥炸，塑造了无数美式英雄，同时也把美国文学发送到世界高空。就像在上个世纪的八十年代之前崇敬苏俄文学一样,中国的许多作家开始言必称美国,常把福克纳、海明威挂在嘴边了。

但又不能不承认这是一部分寸得当、机智融圆的书。它涉及了当今美国文坛乃至世界文坛上的诸多恩怨是非、悬案谜团,甚至是"花边和幕后新闻",文坛原本就十分地敏感和脆弱,董先生又偏偏往上面投放显影液、胡椒粉和辣子面儿,却不必担心会引起诉讼之类的事端。可见作者笔端的功夫是何等老辣,当然也跟美国文坛的承受力较强有关。

董鼎山用两三千字,最多不过四五千字的篇幅就能清畅条达,论理透彻地介绍一个作家的一生及其著述,这就叫遐搜博采,厚积薄发。中国文坛上也应该有一个这样的人物,不是刻板的专门评论家,也不是专职小说家,却踏踏实实地读书,做评论家和小说家都没有做的事情,公允而智慧地评书、论人、说事,浑然融为一体,包孕文坛万汇,留下一段段文坛史话,岂不也是一桩美事?

2007年7月

才胆由识而济

——《夏康达文论集》序

倏忽,结识夏康达教授已经四十年了!

时间考验人,人也考验时间。世象纷披,文坛喧嚣,潮涨潮落,载浮载沉,每当我陷入被批判的困境时,康达总能施以援手。

偏我文运坎坷,自"文革"结束以后我可能是天津挨批最多的作家。从七十年代末到整个八十年代,几乎一部小说一场风波。一九七九年的秋天,报纸上曾连续以十四块版的篇幅批判《乔厂长上任记》,声势浩大,成围剿之势。是夏康达,给同一份报纸寄去长文,发出不同的声音。虽然报纸百般推诿,不肯发表此文,却使大批判者有所顾及,对我的围剿也终未收到歼灭的效果。

当时"文革"大批判的遗风依然炽盛,在那样一种情势下康达兄这样做所承担的风险可想而知。此后很长的时间,他都或明或暗地受到了这件事情的牵累。我成了"有争议的人物",他的生活便也常常不得安宁。用当时的市委宣传部长陈冰同志的话说,在相当长的时间里,"天津文坛竟以乔厂长画线……"那康达被打入另册,也就不足为奇了。

还好他并不以此为意。因他原是经过大阵仗的。还在读大学的时候就和当时上海文坛的"巨无霸"姚文元公开辩论,并被姚批为"反面典型",毕业后发配到天津教夜校。不想他很快就北方化了,在他嘴里从来没有听到过对北方生活的抱怨和对上海的向往。落实政策后他也并不谋求想调回上海。他融入了天津,天津也接受了他。北方似乎更喜欢彻底北方化了的上海人。

没有事情我们可以一年半载地不通一声讯息,有事情拿起电话就可以切入正题,对自己在对方和对方在自己心里的位置很有把握。这是经四十年的友谊积累起来的信任。由天津出去的得道高僧弘一法师,曾撰过一偈:"君子之交,其淡如水;执象而求,咫尺千里。"

我虽资质愚钝,对这样的境界却也心向往之。

康达的性格中有一显著特点:是谦和的又是激烈的,笃实谨严又锋芒毕露。谦和的是做人,激烈的是作文;工作笃实谨严,思想锋芒毕露。

他长时间担任曾经更迭频繁的天津师范大学中文系主任,并兼着《天津师范大学学报》的主编,有谦谦君子之风,平易大度,专精博涉。但你读他的文章,或听他在文学会议上的发言,那完全又是另一番气象,从学者的优游从容中会突然燃烧起来,意兴飙举,滔滔汩汩,吟味文坛,激浊扬清,提玄勾隐,切中肯綮。

康达思想活跃,长于论析,治评论和杂文于一炉。于是,造语诙谐恣纵,总有新意隽思进射而出,清明深湛,振奇拔俗。或慷慨放达,或平淡自然,或辣如老姜,或尖如芒刺……

毛姆说小说家是用故事来思维,那么批评家就是以思维来考量故事。批评家的智慧就在于说出真理,真理的力量就在于给文坛提供新鲜的思想。有好的空间才会有好的思想,夏教授有着非凡的智性,文如其人,论如其品。发乎情,近乎性,不事藻饰,纵意而论,文笔凝练,却有深意存焉。

他的灵魂能自由呼吸,这其实是一种自由的思考方式。所以他得以有资格长期关注着文学的痛苦。而没有痛苦的文学,还有什么价值?他的评论文集,以理论的视角透析了近半个世纪的文坛风云,有趣味又有价值。

我一直在等着他编出这本书,现在这本书就要付梓面世,欣喜之余写下这些话,聊表贺忱。

2007年8月

《愚叟戏笔》序

上个世纪中叶,产玉之乡岫岩发现一巨玉。当地人视为圣物,顶礼膜拜,并守护近半个世纪,方才有机缘出世。遂雕成玉佛,供奉于鞍山玉佛苑。

数年前就是在这尊玉佛前,我结识了戴喜东先生——可谓玉缘、佛缘、人缘,三缘契合。

在茫茫人海中,任何两个人的相识都是一种缘。有缘相识谓"缘起",相识后交往下来称之为"缘续",成为相知甚深的朋友便是"缘定"。戴先生名字中有个"喜"字,我们一见之下便相叙甚喜。

他气度雅博雍容,苍然有智,并时有惊人之语,却自称"愚叟"。敢于称自己愚,就证明他有足够的自信。

与戴先生的交往,让我领略了海城人的"怪"——奇怪的时运,奇怪的造就。而我的职业就是对各种各样的"怪"感兴趣。

了解得越多,便越觉其怪得有趣,怪得得法,怪得难得。年轻时喜文重教,因穷而病,因病而遭辞退,因陷绝地而后生,发明了新水泵,随之组建了自己的企业,创出中国的名牌……

几十年下来,企业界风风雨雨,沉浮无定,企业难干的叫苦声不绝于耳。唯他从容迈越,老而弥坚,始终认为企业好干。在海城乃至全国的水泵业,享誉日隆,早有口碑流传。

他成了重量级的企业家,却仍保留着一副文人习性,教师情怀。建小学,盖中学,读古书,赏字画,救急难,扶贫困。自己设计商标,设计厂房,设计办公大楼,乃至设计生产线。算度竟然极为精确,其建筑作品成了当地一景。

　　此公的手边时刻都不能没有纸和笔。人海波澜,世象纷披,身经心历,所感所悟,皆述诸于笔墨。《愚叟戏笔》里所收,即属这类文字。

　　看似游戏笔墨,实则发乎性,近乎情,捋玄思,寄幽心。清谈娓娓,睿语絮絮,或庄或谐,或忧或愤,或慷慨放达,或淡泊自然。意到笔随,不拘一格。当今假正经已呈泛滥成灾之势,唯缺独具真智慧、熔冶真情感的"戏笔"。

　　戴先生虽自称"戏笔",却不缺少忧时济世的赤忱,自励兼励人,自树兼树人。谈古说今,花雨缤纷,"一点妙明心,融融大千界"。胸次包罗,心史纵横,读其文,便可知其人!

　　于是,写此数语,聊志欣喜。是为序。

2007年8月

"飞行将军"的诗

——《李永金诗集》序

蛋刚落地
你就叫个不息
呼天喊地
为的是那把米

　　明白晓畅，精短透亮。看上去像脱口而出的大白话，细品则别有意味。

　　如果不看我这篇文章的标题，恐怕很难有人猜想得出此诗是出自一位将军之手。尽管知道了作者是将军，却又会生出更多的好奇：这是一位怎样的将军？心雄万丈的将军哼唱着这般富有生活气息的短歌，该有着怎样的情致？

　　我一直都觉得军队中司令一级的人物都非比寻常，有着令人敬畏的神秘感。这或许是因为我曾经当过兵的缘故，当兵的碰见司令都要双腿并拢打敬礼的。我认识解放军某部的空军司令员李永金中将，却是在一个轻松的场合，还有很多他的部下，这于是更便于我观察他。中将穿便装，上身是黑色短袖衫，腰背挺直，神情朗彻，比想象中的司令要年轻得多。他谈天说地，性度谦和。身居中心，却能从容自然地让每一个人都不被冷落，不感到拘谨，让大家觉得舒适、随意，该笑的笑，该唱的唱。

　　这就是司令，有大智慧！他在当军长的时候，一次视察驻扎在山上的雷达站，战士见到他的第一个反应是哭了……他们当兵几年，连个营长都没有见过,没想到军长会突然间从天而降!我理解这些战士的感觉。说实话,当兵的见过军长,这几年的兵就算没有白当。

其实,李永金跟我同岁,准确点说还比我小几个月。却早我一年参军,至今已从军四十三年,光在天上就飞行了三十五年,是驾驶过十一个机型的歼击机、强击机的"特级驾驶员"。在结识他之前,朋友已经向我的耳朵里灌满了他的故事……

但,给我印象最强烈的,他是个多产诗人,已经出版了十几本诗集和歌集。

> 风在雕刻天空
> 天空雕刻雄鹰
> 鹰在雕刻翅膀
> 翅膀雕刻心灵

这应该是飞行的最高境界:是心在飞,而飞机不过是心的翅膀。风又是飞机的翅膀。

扶摇天际,长久地置身极高处,看长空云舒霞卷,日升月移,连天霜雪,广阔浩渺。诗人内心扩展,斗牛剑气,高吟肺腑。

他的歌声单纯而旷达,光明而嘹亮,却有大气势,大神韵!

"飞行将军"了解高天,情怀浩荡,大睨雄唱,自不足奇。让我惊讶的是他竟有相当分量的作品表现了世间百态。如《四有老爷》:"身边有个好看的,远方有个思念的,外出带个娇艳的,家中留个做饭的。"

如《挑战》:

> 肉体的棺材
> 停放着腐烂的时间
> 出壳的灵魂
> 在灯红酒绿中飞穿……
> 女人戴男人的面具

男人刻女人的身段

还有那些脱光衣服的诗篇

正与

前来约会的人儿相见

一个人与一群思想游戏

一个思想与一群人在挑战……

看来,这位"飞行将军"不仅熟悉空中,还很了解地面。天高地阔,世事洞明,体现出一种军人直率的血性和铮言直睬的坦荡。现代商品世界,人们见惯了才子滥情,而李永金身为司令,喜恶遣于笔端,不扭抑本性虚俗处世,不作情作态追求华丽,不隐晦曲折故作艰深。简洁明快,磊落大气,而大境界往往就是这么简单清楚。

我曾当面问过他,一个空军司令可想而知会有多少军务缠身,哪会有时间写这么多诗?他说诗不是时间的产物,是感受的结果。空军培养的就是高度集中,高度紧张,高度机敏,不然战机倏忽间就会一闪而过。诗情也是如此,人不可能永远处在高度紧张之中,缓解紧张的一个好办法就是写诗。他是把诗当成自己的军旅日记来写。

诗是生命的火光,能给思想一种温暖。他抓住稍纵即逝的生命体验,颖悟顿开茅塞般的心理快感,获得人生境界的开通——真是一员儒将。这只会有助于他当个好司令员。

我这个老兵由衷地为我们的军队有这样的将军、这样的司令感到欣幸,感到振奋。

2007年秋

371

"魔鬼在细节"

——读赖德斌的《没有绯闻》

长篇小说《没有绯闻》，还有一个副标题——"失密的市长日记"。"没有绯闻"就是有绯闻，"失密"则告诉你这里面有货、有戏，全是够刺激的猛料。因为，人们对官场总是最富有想象力。这也是长期以来"官场小说"能得以畅销的一个原因。

自许多年前由中央一个部门下通知，各单位组织干部集体观看根据张平小说《抉择》改编的电影，便标志着"官场小说"获得政治和社会的认可，于是很快就兴盛起来。张平的《国家干部》、王跃文的《国画》、周梅森的《国家财富》等，都曾造成过不同程度的轰动。

"官场小说"多半会从一个大胆的角度切入官场内部，揭示千奇百怪的官场形态、五花八门的为官之道、如痴如魔的官瘾、迫在眉睫的倾轧，再佐以错综繁复的人际关系和翻云覆雨的情欲纠葛……构成了对官场的一种见证，一种挑战，一种警示。同时，在这类小说中又都有作者倾注笔墨最多的正面力量的代表，最后总能控制形势，以正压邪，形成对一种信念的肯定，体现了一种现代责任的清醒。

所以，人们约定俗成地称它为"官场小说"，而不是延用鲁迅先生评价《官场现形记》使用的提法"谴责小说"。清末，封建社会面临总崩溃，统治阶层内部的腐朽大暴露，《官场现形记》便是那个时期的产物，"揭发伏藏，显其弊恶，而于时政，严加纠弹，或更扩充，并及风俗。……凡所叙述，皆迎合、钻营、蒙混、罗掘、倾轧等故事，兼及十人之热心于作吏，及官吏闺中之隐情。"可见现在的"官场小说"，和鲁迅先生所命名的"谴责小说"有着很大的不同。

但是,现代"官场小说"又可分为两种:"夸张派"和"写实派"。

夸张派的"官场小说",首先是小说,不过借官场说事。因此难免激烈,乃至偏激、轻率、急躁,常被怀疑具有某种破坏性。这类小说读起来触目惊心,却多为官场中人所诟病,认为这是那些不懂官场的人编造出来的官场故事,没有实际意义。现实生活中的官员真要像夸张派"官场小说"中所刻画的那样,便连三天也混不下去。

写实派的"官场小说",强调必须写得像官场为第一要义,小说形式只是"浪弭混乱的工具"。此类小说对官场巨细无遗地无情搜索,涉及各式各样的官场现象,想涵盖更为复杂多变的现实矛盾,甚至会深入到权力背后的心理结构、社会背景、官场文化等等。

《没有绯闻》就属于这类小说,它之所以给人的感觉更接近真实的官场,关键在细节。省里召集的一个高级领导干部会议散场了,市长和市委书记冲进厕所,各自占住一个便池,拉开裤链,此时却看见副省长和省委组织部长从后面跟进来了,他们俩便赶紧意守丹田,将就要发射出来的尿液憋回去,不失时机地把位子让给领导。一个让了另一个也得让,谁不让谁就会吃亏。两位领导一边痛痛快快地撒尿一边讲黄段子斗嘴,讲黄段子最需要有人哈哈大笑地捧场,可站在后边的市长和市委书记都不敢吭声,他们俩都知道副省长和组织部长不和,谁知道他们的黄段子里藏着什么猫腻儿,笑不好或对这个笑得多对那个笑得少了,都会把自己搁进去,可这种时候不笑也不对呀……两个人不仅笑不出来,甚至在有了撒尿的位子之后连尿竟也撒不出来了。

小说的根本力量在于提供细节,没有细节便没有故事。所以我要借用目前流传广泛的一句英文成语作标题:"魔鬼在细节"(Devils are in the details)。二十世纪世界四位最伟大的建筑师之一的密斯·凡·德罗,在被要求用一句最概括的话来描述他成功的原因时,他就说了这五个字。陈鸿桥先生在论述密斯时说:"细节的准确、生动可以成就一件伟大的作品,细节的疏忽也可打败一个宏伟的规划。当今全美国最好的剧院基本上都出自密斯的手,他在设计每个剧院时,都要精确测算每个座位与音响、舞台之间的距离,以及因为距离差异而导致不同的听觉、视觉感受,计算出哪些座位可以获得欣赏歌剧的最佳音响效果,哪些座位最适合欣赏交响乐,不同位置的座位需要做哪些调整方可达到欣赏芭蕾舞的最佳效果。"

小说创作又何尝不是如此?小说的故事是生活的比喻,而支撑故事的是细节,如果没有细节的血肉,故事就只是一副死人的骨架。故事活起来必须依靠细节,先强调事情是怎么发生的,原因如何导致结果,上一个结果又如何变成下一种结果的原因……细节就这么一环扣一环地揭示出连接的因果关系,一级级地引导故事走向高潮……待到细节赋予了故事以生活的意义,小说便大功告成。所以没有作家不知道故事好编,好的细节难寻,独一无二的细节尤其珍贵。好莱坞有些制片人,每年都要花重金在全世界范围内搜罗好的细节,有了足够多的精妙细节,再请枪手根据细节编故事。

细节决定故事的成败,故事决定一部小说的成败。《没有绯闻》之所以能以细节取胜,得益于作者即官场中人,身在官场写官场,才越见真功夫。在"官场小说"里是没有神的,有也早死了。人物往往找不到精神归宿,升迁便成了唯一的目的。做官就是往上升,升不上去就是灾难。然而无论升到多高,也终有一天会停止,跟着就是降落……这样的官场意识没有本质的深化,没有存在的永恒,乃至没有核心,也没有边际。

这也证实了"官场小说"所存在的必要。理查兹认为,在人们的精神平衡受到严重干扰的情况下,文学艺术是一种可以用来重整社会秩序的自觉意识形态,调整社会的精神结构,维系社会心理平衡,给现代人一个精神支点。他甚至觉得文学艺术是社会的药剂,医治最严重的精神疾患——意识的堕落。"在真理与良知的照耀下写作",观察和理解各种事件的明确程度,为官场提供一个更为远大的存在,构成一种可能的精神基础,这不就是现代"官场小说"的任务吗?

因此,任何时代的官场,都不可能没有"官场小说"。官场对"官场小说"的态度,测试其成熟的程度,或恼怒,或蔑视,或查禁,或感谢与借用。

2007年10月

《塘沽商会精英录》

《天津港史》上说:"塘沽地滨渤海,与大沽隔河相对,为天津的海上门户。在一千多年前还是一片汪洋,到距今七百余年时成为滨海低地。"此地滩涂广阔,气候干燥,日照充足,非常适宜早期的塘沽人"煮海为盐"。再加上河道密布,海淡水交汇,渔业资源丰富,更为塘沽先民的生存养息提供了凭借,到明代就出现了"万灶沿河而居"的繁荣景象。

但,塘沽得名是在清末。初称"塘二沽"(大沽在先,故称第二),又"塘儿沽"、"塌儿沽"(地势低洼之意),一八八七年修建京宁铁路经过此地,遂简化为"塘沽"。随后就一直这么响亮地叫下来了。

三十多年之后,塘沽依据其天然提供的鱼盐之利,果真大大地响亮起来。不仅在国内名号响亮,在国际上也开始声名显露。皆因当时的塘沽成了中国民族工业的一个摇篮,至少是中国化学工业的发祥地,出了三位国际知名的民族精英:范旭东、侯德榜和李烛尘。

范旭东在塘沽创建了久大精盐厂和永利碱厂,没有碱就没有化工,而永利碱厂依"侯(德榜)氏制碱法"生产的"红三角"牌纯碱,在当时的"万国博览会"上为中国人摘得了第一个科技发明的金奖。其后他又创办永利硫酸铔厂,使中国的民族化学工业有了碱和酸两副翅膀,紧跟着他又着手在中国建立九个大化工厂……因之被誉为中国的"化工之父"。

只要看看当时永利碱厂的股东都有哪些人,就可见范旭东的魅力:无人不知的梁启超、当过大总统的黎元洪、南大校长张伯苓、金城银行总裁周作民……范旭东去世时毛泽东赠匾："工业先导,功在中华。"而侯德榜和李烛尘,则是范旭东的左膀右臂,兼任智囊的角色,曾轮流担任永利碱厂的厂长。解放后分别被任命为共和国第一任化工部副部长和第一任轻工业部部长。

更不要说中国的军事工业也是从塘沽地区起步,第一艘军舰、第一杆火枪都诞生在这里……所以,说塘沽地灵人杰,历来是经济发展的重地、福地,实不为过。

历史走到今天,塘沽自然而然地就形成了它的地理优势和经济强势,天津的经济技术开发区、进出口免税区都建在塘沽,海上——从天津港出发的航线呈放射状直达世界任何一个地方的港口,陆上——有两条高速公路(京津塘、津滨)、一条一级公路(原津塘公路)、一条双轨铁路和一条轻轨铁路,也呈扇形汇集于塘沽。塘沽位在枢纽,势成要地,集天时地利于一体。这样一个地方不再出惊世之才,不创惊世伟业,天理地理人理都说不过去。

所幸的是水到渠成,这样的人,这样的业,已经崭然见头角,开始引人瞩目。这就是《塘沽商会精英录》所要告诉人们的……这里涉及到一个时下最流行的字眼:"精英"。现代人会经常将这两个字挂在嘴边,社会精英、精英意识、精英群体、精英理论,甚至当一批高级知识分子和成功者接连早逝的时候,人们为这种现象冠以"精英症"……

然而"精英"并不是一个现代词汇,早在《晋书》里就有定义:"魏舒堂堂,人之领袖也。"以衣服的领和袖借指为人表率的杰出分子。而宋代的大学士苏轼干脆在《乞校正奏议札子》里喊出:"聚古今之精英,实治乱之龟鉴。"

足见精英分子是社会中坚,具有卓越的才能和影响作用。但精英又与一般的天才和优秀人物不同,他们能够在一定社会里得到高度评价和合法化的地位,与整个社会的发展方向相联系,并散布于各行各业之中。所以任何一个时代,根据精英分子的分布便可了解社会的分层结构状况。

那么,现代塘沽商界的精英都是些什么人物呢?他们有现任塘沽

商会会长、贻成集团的缔造者付玉成;永正集团总裁王永正;领先集团
创始人张彤、李建新;瑞丰投资控股公司董事长许长安和总经理朱桂芳
伉俪;红光公司的老总张云宝;塘沽第一个民营集团企业公司——世
纪集团的打造者郝树强;宏达集团掌舵人郝振明……等等。

他们出身不同,性格各异,行业有别,产品多样,却有着高度的共
同性。比如:年龄都在三四十岁,都是白手起家,在近一二十年迅速发
展壮大,身家多的几十亿,少的也有几亿。他们的企业在初创阶段大
多带有家族性,"上阵亲兄弟"、"夫唱妇随"或"妇唱夫和"。用经济学
家的话说这没有什么不好,家族企业是中国民营企业的一大形态,在
世界范围内都是常态。关键是他们能够运用完善的法制,建立健全了
自己的发展机制,显露出生机无限。

为什么是这一代多俊杰? 他们的横空出世有着深刻的历史和社
会背景,可以说是应运而生。他们经历了"社会权利系统的颠覆性转
变",中国从文化大革命的集权时代向一个更为开放民主的时代过渡,
从阶级斗争决定论转变到以经济为重心;他们也经历了最紊乱的价值
观的变化,比前一代人更敏锐更深刻地意识到了"什么是自由,什么是
市场经济,什么是每个人从底层奋斗上去的独立意识"。因此他们极
端适应现代社会的竞争环境,都是把握机遇的高手,既头脑冷静、灵活
善变,又有一股子不管不顾的超人意志。所以他们能迅速地脱颖而
出,成为"新经济的代言人和新财富的象征",成为中国现代社会的主
流和中坚。

最富象征意味的细节是,王永正是在天安门广场上掘得了自己的
"第一桶金"。他认为天安门广场人最多也最杂,哪个省的人都有,哪
个国家的人都有,于是就带着自己制作的西服,到天安门广场上去兜
售。他的产品倘能受到天安门广场的欢迎,也就等于受到了国内和国
际市场的欢迎。同时,天安门广场又是中国的脸面,是国家的政治和
权力的象征……偏赶上他的运气好,那个年代天安门广场上居然还允
许他卖西服。

精英是许多特点的组合,最重要的是杰出的个性:自信、进取、果

断、勇气、真正能吃苦。付玉成许多年来,无论冬夏每天都是早晨五点钟起床,到工地上转一圈儿,七点钟准时坐在公司门前的台阶上吃早饭,烤饼夹咸鱼,就大葱。成年累月就是这一口,好吃不如爱吃。就是这样一个人,却不眨眼皮地斥资七千万元巨款收购了长期处于困境的新河船厂。既买了下来却并不纳入自己囊中,他考虑到国有资产尊严、新河船厂在塘沽人心里的位置,以及船厂职工的感受,竟然又吸纳百分之五的国有资产入股,组成一个合资管理机制。合资后按惯例将有一千多名职工带着被买断工龄的钱走向社会,一时间船厂里人心惶惶,怨声载道。新的管理班子委决不下。付玉成独自决断:船厂的原有职工全部带进合资的新企业。不仅如此,他又给船厂注入二千三百万元现金,一分不欠地全部偿还了船厂多年来拖欠职工的工资、公积金、医药费、采暖费等等。财散人聚,他是鼓动家和教练员,更新后的船厂当年便扭亏转盈,订单已经排到了二〇〇八年。

这就是精英品质,有公益心和公共意识,"不能光盯着有名有利的和脸蛋儿漂亮的"。精英意识也可以理解为公平意识,他们能与社会环境和谐平等,不屈服于环境,也不破坏环境。每个人都在属于自己的位置上,才能心安理得,社会环境也才能和谐平顺。

《塘沽商会精英录》中,对精英们的经历、智力、创造力等等,都有详尽的描述,分析了他们之所以成功的各种因素,并揭示了当今的社会结构和市场经济规律。读来颇有收益,聊书所感,是为序。

2007年11月

黄河的咒语

二○○七年夏天,我在山东境内的黄河边上采访,遇到一位似乎能听懂黄河咒语的人。其大名王树理,自小在黄河边长大,在黄河边为官,目前是山东省发展改革委员会副主任。怀有浓郁的黄河情结,那是一种积淀了大半生的感觉,放不下,丢不掉,魂牵梦系,无法化解。他说,正如埃及的金字塔里藏有法老的咒语一样,伟大而神秘的黄河同样也有咒语。它的含沙量和输沙量均居世界各大江河之首,无时无刻地不在流失,同时也在哺育。在破坏,也在创造。历史上它曾有过二十六次大的改道,每次改道都更像发布一种咒语。

"神河之水不可测,一夜无端高七尺。"王树理送给我一部他的新著,书名就叫《黄河咒》。我刚接过书时曾心生疑惑,是黄河的诅咒,还是在诠释黄河的咒语?不想读起来倒很容易。"是真佛只说家常",语言生动传神,又流淌着丰盈的民间智慧。书中写了几个懂黄河、爱黄河,祖祖辈辈生活在黄河咒语里的人物。比如金家庄里辈分最高的金六爷,常在傍晚或深夜获得黄河的启示。他望着河水看落日,在浑黄的波涛上面,托浮着一个又大又圆的红球,一起一伏地跳跃着向前飘移……这是黄河在戏弄落日,几次要把它吞没,几次又吐了出来,这个过程惊心动魄,奥秘也藏在这个过程里。

猛然间咕隆一声,夕阳仿佛不是落下西天,也不是掉进黄河,而是砸进金六爷的胸腔子。当他有了异常的感觉,为验证自己的感觉会在夜里观察黄河边上的其他"精灵",鸡窝里扑扑棱棱不再安静,公鸡不分时间突然连声打鸣,狗叫转音,猫不发情蹿上房,不知什么年间就挂在村口大槐树上的铁钟，不敲自鸣……此时金六爷仿佛听到了黄河河道里响起了滚雷声，轰轰隆隆，自西而东夺路而来，劈斩而来。他便把全村人都招呼起来，躲到黄河大堤的最高处，亲眼看着排天的浊浪，拖着尖厉的怪叫声从自己村子的上空漫过。

"混混黄流，狂澜初落，千尺射波浮日彩，一沟洪水围天脚。"决堤之后，黄河水里的全部营养，滋长了漫洼的水稗子。把握收获稗子籽的时机非常重要，太早了不熟，磨不出多少面，晚了熟过劲就会掉粒，稗子籽落地就很难收拾。掐准火候不早不晚地将稗子籽捋回来，磨成面再掺上别的东西，能凑合着让人饿不死。当然，真正聪明的是听懂黄河的召唤，能跟着黄河跑的人。"奔流聒地响，平野到天荒"；"每于扼隘处，淤塞成媛田"。黄河入海的地方，每年都要堆出一片新的大洼，是肥得冒油的荒地。黄河教会了一批"赶黄河"的人，他们不怕黄河，而是亲近黄河，懂得怎样依赖黄河，顺着黄河追赶到入海口，在新的处女地上开荒种地，哼唱着《黄河土歌》立村建户："置下黄土，身不离土；犁出阴土，冻成酥土；晒成阳土，耙成绒土；施上肥土，种在墒土；锄成暗土，养成油土；土来土去，终归入土。"

黄河边上的人喜欢说，黄河滩上的土是甜的，像黄河母亲的奶水一样。而凡是这些吃透了黄河禀性的人，都会由衷地感激黄河：黄河真好，老祖宗没有给咱选错地方！

《黄河咒》读起来更像是"黄河恋"，那"黄河的咒语"到底是什么？即便黄河有咒语，王树理所能读懂的也都是以前的老咒语。真正无法破解的，是近几十年来人们感受到的黄河新咒语。一九五二年，刚刚诞生的共和国前途似锦，踌躇满志的毛泽东，在郑州登上邙山东坝头眺望黄河，忽然心生惊惧："黄河涨上天怎么办？"河流怎么能涨上天呢？或许是他古诗词读得太多了，产生了古诗人的联想，古来许多关于黄河的佳句都跟"天"有关："黄河落天走东海"，"黄河之水天上来"，"黄河怒浪连天来"，"黄河却胜天河水"，"灵脉来天上"……或许这是一种不能省识黄河咒语的恐慌表现。于是就有人投其所好，建议在三门峡修筑大坝，蓄水拦沙，还可发电。那个时候相信"苏维埃加电气化就等于共产主义"。

在周恩来总理亲自主持的讨论黄河规划的会议上,有百名科学家对中央的决定和苏联专家设计的三门峡水电站的方案大唱赞歌,甚至用读书人擅长造句子的能力喊出了"圣人出而黄河清"的口号。当时就在那种情势下竟然还有一个人站出来力排众议:"黄河不能清,黄河清不是功,而是罪!黄河虽然泥沙量世界第一,但它造的陆地也是最大的。历史上有禹治水成功的经验,和鲧治水失败的教训,禹成功在疏导,鲧失败在堵。倘若用大坝在三门峡一拦,泥沙必淤塞上流河道,不仅不能发电,还会后患无穷……"这个人就是清华大学水利系教授、现代教育家黄炎培的三公子黄万里。他于一九三二年自唐山交大毕业,一九三四年参加庚子赔款赴美留学考试被录取,三年后成为第一个在伊利诺大学获得工程博士的中国人。"当年因为听说黄河最难治理,才立志学水利治黄河",在美期间驱车四万五千英里,他看遍美国各大水利工程。回国后沿河步行三千多公里,在头脑中建立起中国的水文地貌观点,黄万里无疑是能解读"黄河咒语"的人,不幸的是没有人听他的。

三门峡大坝建成一年多就应验了他的话,中国最富裕的关中平原被毁坏,大量农田淹没,另有大片的土地因严重盐碱化而不能耕种,每年十六亿顿的泥沙被拦截在三门峡到潼关的河道中,使河床急速增高近五米,河水暴涨,危及到中国西北经济中心西安的安全……连毛泽东都着急了,发话三门峡大坝不行就把它炸掉!为事实证明是正确的黄万里,却为此被打入另册,当了二十一年"右派分子"。更为严酷的是被下放到三门峡工地劳动改造,就是要用你认为的错误来纠正你的正确,并让你真切地感受这种荒谬的严重和强大,无时无刻地不在嘲弄你的清醒和勇气。正是在这漫长的劳动改造中,他完成了对治理黄河的重要科学贡献《论黄河治理方略》。还写过一首诗叫《哀黄河》,当然也是哀自己:"廷争面折乞无成,既阖三门见水清。终应愚言难蓄水,可怜血汗付沧溟。"

以后虽花巨资打开了原应保留的六个泄沙洞,但整个黄河流域的生态已被严重破坏,奔流了数千年的黄河,自一九七二年开始断流,到上个世纪九十年代平均每年断流十天,一九九七年达二百二十二天。这是不是黄河在念咒?它一断流,纵然是神仙也没有咒念了。黄万里到晚年也只剩下了无奈:"居然白首成葫落,忍对黄河哭禹功。"

2008年3月

高林有的"河"

——《家乡那条河》序

高林有先生自小聪慧过人,口齿伶俐,尤擅模仿秀,常能博得乡邻的彩声。

不想命运弄人,他在惟妙惟肖地模仿一位口吃的老奶奶之后,自己竟患上了口吃,表达变得艰难而尴尬。

他开始沉默。所有的聪明与才智,不再顺着牙缝溜走,转而用于发奋读书、工作和写作。

聪明反被聪明误,聪明便开始升华为智慧。这反而成全了他的人生。

命运又一次厚待他,不擅言词,却当上了津南区广播电视局局长;不再模仿,却找到了创作的快乐。《家乡那条河》已经是他的第二本散文集了。

每个人生来都被赋予一定的精力和爱好。写作成为一种坚韧的力量,掌控了高林有的创作思维。家常里短,亲戚朋友,凭借文学的直觉,一一入文。正是通过这些最普通最平凡的生活现象、人物命运,构成了他笔下丰富有趣的社会景观。

不矫饰,不铺陈,不拐不绕,反而显出一种平直的强势。

时下流行才子滥情,致使写作流失真意。只有心灵才能使人高贵,为文非得诚实才行。修辞立其诚,不在于奇巧,而贵乎莫逆于心。高林有散文的特点,正是以平实条畅见长,他写自己的母亲和姥姥,是最为感人的代表之作。

《家乡那条河》,质朴欢畅地表达了作者对生活的真挚情感,活而不过,熟而不俗,语言清朗,韵味生动,于常情中意趣自生。

散文是作者思想和感情的形象化,文字不真实就没有力量。单靠文字的炫耀和浮夸,以及选择重大的偶然事件下笔,并不一定就能感人。

当然,他的文字也被家乡的小河滋润着,水波荡漾。

河,构成了他的创作个性,也成了他创作的象征。这是一种幸运。

河为生命提供了源头活水。高林有立意于河,这使他对文学的理解益发的宽阔浑厚起来。他写得诚实而专注,一往情深地追求着自己的文字,使文字能对他张开双臂,让他内在的才华涌现出来,就像红晕涌上他的面颊。

在日复一日地写作中,他在词汇的泥泞中意外地常有神来之笔,得到了一直在寻找的语态、语气、语片。

作家只有在读了自己所写的,才知道自己在想什么。写作是出于对生活的执着,也是出于现实的不妥协。写作还是由于爱和感激,爱文学,感激生活……

现在,就是检验他的爱和感激的时候,这就是他的散文集《家乡那条河》的出版!

有了创作的欲望,便会发现生活中的情趣没完没了。于是文字就像他家乡的那条河,夹裹着泥土和农作物的气息与生机,欢快地向前涌去。

祝愿他的创作之"河",继续这么欢快地流淌下去。

2008 年 5 月

《九河文学丛书》总序

数百年来,天津人被"九河七十二沽"的传说滋润着。

水,构成了天津的城市个性,这是一种幸运。水为生命之源,利万物而不争,以柔克刚,形弱实强。天津市作家协会曾以"弱水"为第一部文学丛书冠名,谦虚而自信。如今又推出"九河文学丛书",对文学的理解益发的宽阔浑厚起来。

丛书的作者阵容自然也变得越来越庞大,色彩也越益地丰富了。有编辑、小说家、诗人;有在稿纸上耕耘了几十年的兼职作家,他们的正式职业是政府机关的公务员、企业的管理人员、还有农民……

随着商品社会的逐步规范,作家的概念也变得宽泛了。人们不再看重头衔,更注重本质,谁写出了好书,谁就是好作家。谁没有好书,即便还顶着作家的头衔,也很容易被人忽视。就这样,"专职"——不再意味着就是优势;"兼职"——也不是过去传统意义上的"业余作者"了……

在"九河文学丛书"里,大家走到了一起,真可谓"九河汇聚,水波荡漾"啊!

他们有个共同的特点:诚实、专注、一致。这些品质通过他们的著作展现在我们眼前。这些品质也是作家认识世界的通道,世界只有通过这些认识才存在。

对作家来说感觉就是才华、就是美德。他们都是生活中的恋人,甚至是"狂恋症"患者。必须是一往情深地不遗余力地去追求他的文字,使文字能对他张开双臂,让他内在的才华涌现出来,就像红晕涌上他们的面颊。

写作就是要在这种恋爱状态中消除一切自我意识,消除一切恐惧。坚持在没有任何顾虑的意识流里一稿接一稿地写下去、改下去。只有这样才能在词汇的泥泞中意外地有神来之笔,得到自己一直在寻找的语态、语气、语片。

写——就应该不断地写,只有读了自己所写的,才知道自己在想什么。

写——是出于对现实的不妥协。

写——也是由于爱和感激,爱文学,感激生活……

现在,就是检验他们的爱和感激的时候,这就是他们的成品:书!

书,是作家的梦想。所有作家的价值,都要通过自己的书来体现。"出一本好书",是每个作家的追求。有些作家著作等身,在等身的著作中能真正让他本人喜欢的又很少,倘能挑出一两本就算是幸运的了。

我想,忠琪同志主编这套丛书的初衷可能就是这么单纯:为作家们出一本好书!

书是世界上最多姿多彩的创造,不仅式样万千,出奇制胜,它所传达的思想和形象更是不计其数,浩如汪洋。作家的幸运也在于实现了人类最大的愿望:使人的短暂一生得以永恒,将自己的生命体验衔接于前人和后人之间。书的魅力足能移植生命,无须打麻药。杰出作家所创造的人物和故事能寄生于读者心中。所有观点都可以转化成有形的力量,为无数喜欢它的人所接受。

在时下这个喧嚣浮躁的社会生活中,好书还有极好的治疗效果,为人们提供卓有成效的寂静,给人以自我完善的机会。作家的职业就是给人们以多种选择,任读者自由挑选,在他们的本身生命之外,还需要哪一种生命作为补充?

也许有人已经在为书担心了:有那么一天,会不会为网络和光盘之类的电子玩意儿取而代之?我说不会的。只要看一个事实,就足以使人对书的未来充满信心,自从网络和光盘出现之后,书籍的出版发行比过去急剧增加，而不是减少了。很难想象有比书籍更真正现代化的东西，至今它仍是知识最轻便的载体，成本最低，携带最方便。

在我要结束这篇短序的时候，由衷地为天下写书、出书和读书的人祝福。

2008年8月

《绿意延年》序

现代世界进入了一个"书写时代"。

所谓的"信息爆炸"、"网络统治",都离不开书写——在纸上,或者在计算机的荧屏上。

"信息"的爆炸,其实是文字的爆炸。现代生活中的文字已经多得能够淹没人类。光是"写字"已经远远跟不上需求,到处都在"打字"——古代"圣人"创造的文字,现在居然需要"打"了!

因此,现代社会不得不借助一种叫做"文字处理机"的机器来帮着人类处理日常的文字。

这就是说,作为一个现代人最基本的一个职能就得会书写。你不书写就将被别人的书写所淹没,就像哲人所断言的那样,让自己的大脑变成草地一样供别人践踏。

在这个文字爆炸的时代,你光是阅读是读不过来的。书写会有助于阅读的选择,写是为了更好地读,并能帮助更好地记忆。

我的职业是书写。出于职业习惯,愿意看到更多的人加入书写的行列。

实际上,在这个书写时代文学和作家的概念也极大地宽泛了。比如,文学的经典定义是:"文学就是人学。"可现在,"人"的概念丰富了——"机器人"也叫人,却并不是人。但碳水化合物构成的人干不了的事,"机器人"能干。"电脑"不是脑,却能帮助甚至代替人脑。倘若世上再有了"克隆人",那就更热闹了!

作家的概念也是如此,越来越模糊,越宽泛。

中国是有所谓"专业作家"这种称号的。但人数越来越少,在许多年前就宣布不再扩大这支队伍。有人戏称:"专业作家是死一个少一个!"

"专业作家"的队伍在逐渐萎缩,可中国从事写作的人数却在急剧增加。一个中学生、小学生,甚至是一个五六岁的孩子也能写出畅销书,更不要说商界中人、政府官员,著书立说,屡见不鲜。

现代人习惯于重视自己的感觉,觉得自己的感觉有价值,值得公诸于世。

因此,当家乡人拿着这部《绿意延年》的书稿来求序时,我没有拒绝。也拒绝不了。这给了我又一次可真切地体察这个"书写时代"的机会,为什么要拒绝呢? 作者是我家乡的一个经济开发区的负责人,应该说有着一份责任颇大且绝不清闲的工作。而要写出一部书并不是件容易的事情,需投入热忱、毅力和时间。我很有兴味想知道是什么促使他要写这部书? 他在书里都写了些什么? 像他这样的人会对什么感兴趣?

这是一部谈养生的书,作者体验和收集了各式各样的养生办法,颇有心得。我设想,一个人倘若真的把这些要求都做到了,一定会修炼得"身高丈二,头如麦斗,面似银盆,双目如炬",打造成一副不坏金身。

不能都做到,根据自己的兴趣和条件汲取一二,也是有益无害。现代人活得精致,几乎可以说,从一出生就开始养生。"养生学"在中国文化里可是占有很大一块地方。钱多有钱多的养生之道,钱少有钱少的养生办法,管不了别人,把自己保养好还是可以的吧?

但愿读到这本书的人,都能益寿延年。

2008 年 8 月

残缺的强大

看残疾人奥运会,心灵上受到的冲击大于享受,思索多于快乐。

有时甚至对自己的"健全"生出疑惑……比如:世界上真有所谓完全健康的人吗?无论在生理上,还是在心理上。

千古名句:"人无完人。"

——或许不单指人的精神品质。且不说在精神品德上十全十美、具有良好效能的人本就很少,即便是在身体器官的各个系统,完完全全没有一点毛病的人也不是很多。正所谓"都是吃五谷杂粮,怎能没病"!

优秀不等于完整。出类拔萃不等于面面俱到。

"样样都懂,样样稀松。"——是健康的缺陷。

"一招鲜吃遍天。"——是残缺的强大。

看残奥会的比赛,我常会走神,想起以往跟残疾人打交道的诸多感受。唐山大地震之后第二年,我受邀到唐山一所残疾人职业学校讲课,在课前课后的交谈和共同的劳作中,我先是被他们感动,然后是对那些残疾青年产生了强烈的兴趣,由最初对他们的好奇和同情,变为惊奇和敬佩。于是在那所学校里一待就是七八天。后来将那次奇特的经历写进长篇小说《子午流注》。

记得当时我常常会产生一种错觉,感到自己才是残疾人。总觉得对不起自己发育正常的肢体,没有好好地爱惜和利用它们,它们本来还可以发挥更大的作用。正因为好得四肢健全,反而把自己给耽误了。相比之下,那些残疾学生更有力量,各自都有特殊的意志和毅力,都怀有一种特殊的技能,他们似乎更健康。

上身残疾的人,下身非常发达健壮;上身残疾的人,脚比一般健全人的手还要灵敏。盲人的听力美妙无比,哑巴的眼睛仿佛能够通神……正是这些残疾青年让我信服,人是无所不能的,练什么就有什么,残而不废。因为什么都不缺,便什么也不练,就什么都不行,反而成健全的废物。

人体因颓废而萎缩,因激活而发达。

残疾的强大,胜过健全而无力。真正的残疾,是对自己废置不用。

还是在那些残疾人中间,我体会到了什么叫"抱团儿",什么叫勇气。残疾人的团结,可以用"铁板一块"来形容,在灾难面前,残疾人的勇气是"不再拿死当一回事了"。

后来在一次五台山笔会上,我还认识了一位坐轮椅的智者。在这个临时的由各色人等组成的团体中,他心底明亮得没有丝毫阴影,强过许多健全的人。刚开始大家热情好客,上山时争着抬他,他自自然然,并不表现得过于感动或说些过分的感谢话。有时大家累了或疏忽了,忘记抬他,他仍旧自自然然,没有丝毫的尴尬或沮丧。有时被闲人围观,也绝没有不安和气恼,大大方方地对待世间的一切热闹和冷落。

他的心理健康得足以承受健康人各种各样不太健康的心态和眼光。让人在他身上感受到一种残疾的魅力。任何怜悯用在他身上都显得浅薄而多余。他不是仇视健康,而是充分理解健康,甚至比健全人更理解健康的含义。谁具备了这样的理解力,谁就坚强有力。

残疾必须强大才能生存。

而健康即便软弱也能活着,这是健康的幸运,还是健康的不幸?

由是不论在任何场合,只要听到或见到跟残疾人有关的事情,我首先就会想到残缺的力和美。而残疾人奥运会,是这种力和美的集中大展示,让世人所受到的震撼和启发,是无与伦比的。

——而这正是残奥会的魅力所在。

2008 年秋末

感谢"专栏"

我很看重《晶报》发给我的"最佳专栏作家奖"。

其理由有二:一、眼下正是"专栏时代",此奖可谓"生逢其时"。手机、电脑已成为每一个人的"专栏",而纸质传媒更是无报(也包括许多刊物)无专栏。这首先是报刊生存的需要,专栏体现了报刊的一种文化形态,协调着媒体与生活、与人生、与艺术的关系,关乎着报刊的品质,甚至会成为报刊的面孔。

比如"五四"时期,鲁迅等文学大师的专栏文章不仅是"投枪和匕首",同时也促进和繁荣了新文化运动。许多报刊因某些专栏办得好,而声名大噪。专栏文章甚至成了一个报刊的标志。眼下之所以说是"专栏时代",是根据专栏这种形式特别适宜当下的社会现实。

专栏文章在广义上属于散文的一种,类似随笔、札记,篇幅可长可短,立意可庄可谐,题材无所不包,天地君亲师,神仙老虎狗……笔随心,心随笔,信笔写来,随心流淌,感觉应笔而生。完全自然,完全诚实,表现出一种与现实生活相契合的丰富感、变化感和幽默感。

现代人心散,神散,情散,事散,而专栏文章的题材虽散,却要提供真情,提供一点思想、一点智慧,乃至一点事实。这正适应了现代人的生活节奏,最为灵活便捷地反映了现代人掩藏在散漫外表下的紧张、浮躁和不信任情绪。所以,一个作家倘若写不好专栏文章,便很难跟这个社会交流,也很难说他是关注现实的。

二、我以为能写好专栏文章是一个作家成熟或正在走向成熟的标志。专栏不仅需要"专",还要"杂",所以邓拓以"杂家"自称。"杂"其实就是"博",写得好的专栏还要"精"和"深",只要看看那些专栏大家的文章,就知道写好专栏是多么的不容易了。邓拓就以一个专栏《燕山夜话》立世,乃至不朽。鲁迅终其一生也主要是在经营杂文……

我当年只读到中专毕业,先当工人再当兵,后来迷上了写小说,竟滥竽充数地当起作家来了……可想而知有着怎样严重的"先天不足"。

我于一九九二年初,开始为报纸写专栏。当时是受《文汇报》一位朋友的鼓动,他说一周一篇,一两千字即可,对你这个写惯长篇和中篇小说的人来说不是很容易吗?而且不会影响你继续写小说。哪知专栏开场之后就收不住了,上海的朋友逼稿有方,那个时候我还没有用电脑写作,他催稿不打电话,都是在下班的时候发个加急电报。从上海到天津,加急电报需要六个小时,送达给我时正好是半夜。我住在大理道一个大杂院里,深更半夜摩托车嘟嘟嘟地开进院子时格外刺耳,邮递员再高叫一声:"蒋子龙电报!"差不多就将全院子的人都惊醒了,极大限度地调动了邻居们的想象力:半夜来电报肯定是发生了什么火上房的事……没有人会往好处想。这一招太损了,半夜被闹腾过两回之后就再不敢等他来电报了,都是提前把稿子寄去。

促使我写专栏"一发而不可收"的另一个原因,是读者对这些短文章的反应很强烈。《光明日报》一著名记者,将我的《小人效应》一文自己复印了几十份散发给他的朋友。《寻找悍妇》一文收到近百封来信,其中还有几位女士附有她们的简历和玉照,希望我能将她们介绍给文中讲述的那位单身副教授……等等如此这般,我写"专栏"就欲罢不能了,一下子就写了十多年。

这些年来为写好专栏不能不大量读书,查阅无计其数的资料,绝不敢以想象代替事实和论据。久而久之,自忖对自身的"先天不足"有了一些弥补。

作为收获,专栏写作甚至代表了我近年来的主要写作兴趣和写作状态。十几年下来,除去出版了三部长篇小说《人气》《空洞》和《农民帝国》之外,其余的数十本书,都是收集专栏文章编汇而成的散文、随笔集子。最近由贵州人民出版社出版的《世间闲话》,就是以发在《晶报》上的专栏文章为主编辑而成。

但我也很清楚,自己的文章离心目中真正的"专栏",还欠着火候。于是便更加感谢《晶报》的鼓励。

2008年末

小说中的故事

——张同义的小说集《戏楼》序

以前天津人认为最香的鱼是快鱼。而现在,却有许多人不知快鱼为何物了。那个时候渤海湾里常有鱼群巡游,鱼群一来,密密匝匝,沸沸扬扬,染得海水变色,伸手抓一把都是鱼。所谓"那个时候"并不遥远,不过五十多年前,合作化初期。

合作社的头领于东,带着五条大船出海,一过海口,顶头便碰上了快鱼群。鱼群翻花滚浪,气势汹汹地向他们的船头游来,一眼望不到边。飞速前进的快鱼轮番飞出水面,满海沸腾,一片喧嚣,在阳光下银鳞银甲,银光耀眼。于东像醉了一样发令下网,眼看着活蹦乱跳的快鱼堆尖冒流地装满了五条大船,可网里还是沉甸甸的。他吩咐手下将网打开,让网中的鱼顺回大海。奇怪的是,鱼归大海而不散,随船而行,咬着锚,啃着舵,围着船帮吱吱怪叫,像哀鸣,像哭泣……渔民们惊呆了,一个个毛骨悚然。

一位赶了六十年海的老人突然惊醒过来,将手中的鱼叉高高地抛向大海,仰天号啕:"天哪,头鱼没让过去呀!"打快鱼要放过引领鱼群的头鱼,拦腰下网,这是祖祖辈辈传下来的规矩。船靠码头后急忙倒舱,在于东那条船的舱底果然发现了那条头鱼,一人多长,通体僵硬,却依然金鳞金翅,金光闪耀,玻璃球般的眼睛圆圆地瞪着……

——这是张同义小说集《戏楼》里一个短篇的情节,故事就从这儿展开,先是于东的漂亮媳妇疯了,昼夜瞪着一双死鱼眼,嘴里也像鱼一样"嘘嘘"地吐气冒泡。后来是兄弟相残,于东跳海……作者将人物置于神秘的情境之中,叙述充满着激情和力量。

这是那种文坛正在等待着的作品。没有司空见惯的陈词滥调,或浮华庸浅的时尚故事,作者只写那些让他惊奇的人和事,也是他自己发现的人和事,有独特的生活感,有实实在在的分量,给人以可遇不可求的冲击力。

张同义终于找到了自己,我是说他找到了属于自己的故事。他自小生活在渤海湾边的一个小镇上,长大后穿过渤海、黄海、东海,到南海当了海军,转业后又进入一家离不开海的企业里工作。三十多年来他发表了许多作品,直到这部小说集的完成,他才算真正找到自己热爱的东西,完成了对文学的承诺。

春节前的十几天,社会开始浮躁,他便进入地下室,里边没有暖气,一开始冻得够呛,一旦进入自己的故事,他对外界的温度便不再有感觉。直到过了正月十五,他才会走出地下室,熬得皮瘦毛长,冻得脊脊索索,然而眼有精光,神情亢奋。这本小说集前半部的几个短篇,就是地下室里的产物,也都像《捕头鱼的人》一样,有着强有力的人物和故事。

任何小说,都是人的故事最迷人,人物的本质就是故事,没有故事便不可能有人物。张同义走出地下室,文学也从虚弱的胡编乱造的逃遁中,回到扎实的地面,他的自信感和自主力也随之坚挺起来。作家必须有激情,张同义能有了这样的激情,想不出好东西都难。

小说集的后半部是几个现实的故事,一个人被另一个人感动是很美的,特别是男人服膺于另一个男人,是很令人感动的。这些关于现实的故事首先就强烈地感动过张同义,而感动是生命的一种特质,是作家必不可少的属性,是思想上的一笔财富。因此他有丰富的故事。在这些故事中他是个"站也不是,坐也不是,只能采取骑马蹲裆式"的办公室主任,每天和各种各样的灵魂打交道。这就使他的故事富有魅力,告诉读者世界上的事情是如何发生的。

罗伯特·麦基认为,故事艺术是文化的主导力量,一种文化的进化离不开诚实而强有力的故事。经典是故事,神话是故事,历史是故事,所以人类总是在忠诚地渴慕故事,对故事的需求永不满足。地球上的每一天不知要有多少故事在发生、在流传，书报刊、电视电影、网络、戏剧、聊天……每个人的一生都要花大量时间在故事中度过，甚至在睡着以后仍然还要有故事陪伴——比如做梦、说梦话。什么是娱乐？娱乐就是沉湎于故事的仪式之中，以达到一种知识上和情感上的满足，体验故事的意义，以及随之而来的强烈的情感刺激，跟着一块大笑，一块流泪等等。

对故事的嗜好，反映了人们对捕捉人生模式的深层需求。故事寻求整治人生的混乱，挖掘人生的真谛。所以，作家的根本力量是提供故事。价值观、人生观的是非曲直，是艺术的灵魂，作家正是要围绕着这样一种对人生根本价值的认识，来构建自己的故事。而现代文学的困境之一，就是缺少好故事，充斥文坛的是大量虚假的拙劣的编织品。小说中"水货"太多，必然令人厌倦，市场怎能不日见萎缩。

早在两千三百年前亚里士多德就说过，如果连故事都讲不好，其结果将是颓废与堕落。麦基解释说，如果一个社会不断地耳濡目染于浮华、空洞和虚假的故事，那么这个社会必定会走向堕落。看今天的情景真让人无法不佩服先贤的预测之精准。商品消费时代是不是一个价值观混乱的时代？现代人是不是在道德和伦理上越来越玩世不恭？价值观的腐蚀带来与之相应的故事的腐蚀，作家必须真正占有生活并深入挖掘，方能找出新的见解、新的价值和意义，然后创造出好的故事，赋予人生以有益的形式。

所以，我说张同义的小说里有真货，有真分量，自然也给期待他的人带来一份实在的欣喜。

2009年元月

老而"杂"的境界

——读肖荻《问题在权不在色》

　　纵观当今文坛,网络文学以青少年为绝对主力;小说、诗歌、影视文学则以中青年作家为主力;唯杂文界,仍活跃着一批老作家,担当着主力。套用肖荻老先生的话说,其中有不少还是另类的"80后"——即八十岁以上的老人。如曾敏之、刘征、舒展、黄裳等,杂文大家邵燕祥也差不多是"准80后"了。

　　天津"80后"的杂文主力,当数肖荻。

　　老而能"杂"是一种福气,更是一种智慧。能"杂"者往往不老,至少心灵和脑力没有老化。那么,为什么有些老作家,如荻翁这般能老而"杂"呢?

　　首先的还能"多劳"。"多劳"才能"多产"。人大多是"歇"老的、"养"老的。不写东西,不出成果,久而久之难免会小脑生锈、大脑变钝,对外闭塞,对内僵硬,焉有不老之理?且看荻翁,一年一大本,想老都没有工夫。前年出版了《起落人生》,天津市文化局老局长张映雪,听别人说这本书不错,就找朋友借了一本,每天让保姆读给他听。去年出版了《岁月如诗》,他把自己坎坷跌宕的人生视为一首长诗,长诗如歌,长歌当哭,哭哭笑笑,笑中飞泪……哪一个精彩人生不是如此!一中年人读后感佩不已,突发奇想就带着上中学的孩子专访荻翁……实际是用荻翁的经历给孩子补课,进行历史和品德教育。

　　已经是"80后"的人了,何以还能如此"多产"呢?因他"多闻"。荻翁大半辈子当记者,练就了一种"首席记者"的基本功:"铜头、铁嘴、蛤蟆肚子、飞毛腿。"以我的理解,"铜头"应该是指听到新闻就上、就钻,脑袋不怕磕碰;"铁嘴"是不怕磨破嘴皮子也要问出自己想要的材料;"蛤蟆肚子"是装的事多,满肚子材料;"飞毛腿"自然是为了抢新闻要跑得快。而现代网络就是他的"飞毛腿",眨眼工夫可游遍世界,电脑成了他的"蛤蟆肚子",里面什么都有,没有它装不下的。

因此,他原有的敏感随着年龄的增长不仅没有迟钝,反而愈加老道了。于是在这个信息大爆炸的时代,他成了受益者,天上地上、大道小道、五洲四洋、角角落落、虚拟的世界、现实的社会……梳理辨析,为我所用。看到南京建设厅长徐其耀搞了一百四十六个"二奶",并由此犯事,荻翁著文嘲讽道:"他也太不辞辛苦了,真可谓'黄棟树下抚瑶琴,望乡台上栽牡丹——临死不忘贪花!'"

二〇〇九年文坛盛行"揭老底",暴出黄苗子、冯亦代等文化老人,曾干过卧底告密的勾当,将文坛上顶天立地、风骨铮铮的聂绀弩送进监狱,荻翁便发表了《无须掩饰的败笔》。即使在日本侵华时期,中国人也不是只有当汉奸一条路,他指出:历史已经证明,中国知识分子在"文革"中仍然有三条路可供选择:"仗义执言,沉默不语,出卖他人。"

天天信息爆炸,如何不被炸蒙,还能游刃有余地去芜存菁,营养自己的文思?这就牵扯到荻翁的另一个特点:"多思。""多思"不是多虑,不是多疑,是思想多,思考得多,特别是要有自己的"活思想"。如今死思想、假思想、抄袭别人的思想成风,因此显得"活思想"尤为珍贵。也只有"活思想"才有个性,有生气,有活力,自然也最有价值。比如,腐败已司空见惯,贪官割了一茬又一茬,新一茬比老一茬更疯狂。荻翁给出了自己的见解:制度结构上的专权且缺乏监督,为百病之根,使人性中的恶念如苗中之莠,疯长不已,肆无忌惮。此弊不除,好人会变坏,坏人会更坏。

若要"多思",还须"多智"。有价值的思想不会凭空冒出来,也不是信息爆炸炸出来的,要有足够的知识积累,常写杂文就要让自己成为"杂家",还要有足够的智慧处理千变万化的信息,以产生自己的见解。正如荻翁所言,写杂文至少要具备三个要素:"戒、定、慧。"杂文是思想的凝炼,要求作家必须对自己有所戒持,面对现代社会的种种诱惑要有守得住自己的定力,有起码的公共意识和社会良知。否则纵有生花妙笔,也难以为文。自己心虚又怎能产生锋锐的思想,敢对社会发言?

荻翁的杂文风格中还有更重要的一点:"多趣。"物以稀为贵,当今文坛,杂文因其少而精,愈显珍贵。在这个全民书写的时代,不是虚构文学,而是杂文把许多写作的人挡在作家的门槛之外。因为"嬉笑怒骂皆成文章"并不容易,它对文字功力的要求更严格。杂文别看顶着个"杂"字,却不允许兑水、掺假,一旦有了假情假意假深刻,立刻变味,就不再称其为杂文了。且看他的自述:"八岁逃难江南,十八岁泊镇入党,二十八岁因言获罪,三十八岁前路茫茫,四十八岁改正复苏,五十八岁忙着采访……一连串镜头恍如昨日,转瞬白了少年头!"有自嘲、自信、自省、自励,不禁令人想起启功老先生对自己的经典幽默。

荻翁的杂文语言充盈着浓郁的天津味儿,常常画龙点睛般地用民间俏皮话破题。如形容那些庸官:"你赚我,我赚你,大家都赚铁拐李;铁拐李,不知道,还在上面做报告。"用老百姓的话总结贪官官世通的"四件宝":"壮阳药,避孕套,上上签,佛光照。"如此为某些大人物写生:"道貌岸然,四轮生风,出将入相时,不是主席台,就是前三排,讲话出口成套,出行威风八面。"既入木三分,又令人忍俊不禁。

可以想见肖荻老先生在写作时的痛快淋漓,自然也会给读者带来痛快淋漓的阅读享受。在老先生新的杂文集出版之际,仅写此文以贺,祝福荻翁神思畅旺,健笔纵横。

2009年3月

《黑戒指》的分量

——兼谈公案小说的神秘性

酷夏奇热难挨，难得紫金的《黑戒指》，带给我一股清凉的阅读快感。

其开篇便气势不俗，在一个连鬼都没有的深夜，最终却由人闹出了鬼——凶杀充满了惊骇的视觉效果，状似"黑戒指"的放射源被盗。参与侦破此案的女警员海凌，以前也曾见过黑戒指，那是一枚生了锈的铁戒指，是一个仗义勇为地保护过他，并索走了她初吻的少年送给她的，至今还像一个牢固的圈套拴缚着她的心，影响着她的生活。

公安题材本身就足以调动人们所有的好奇心，以及想寻求刺激和快意恩仇的阅读欲望。于是在任何一个时期，社会上都或明或暗地流传着这类小说，它们被称做侦探小说、破案小说、警匪小说……最近又流行叫"悬疑小说"。我更习惯称其为"公案小说"。没有什么特别的理由，只是想衔接少年时代美好的阅读记忆：《包公案》《施公案》《狄公案》等等。也想说明这类小说在中国文学史上是一脉相承的，最明显不过的是它们至今还保留着相同的特点：玄妙的神秘色彩。

没有必要的神秘性，就无法构成一部优秀的公案小说。

这神秘性来自三个方面：人物命运、情节悬念和因果关系。其核心是人物命运。在天下故事里，最吸引人的还是人的故事。天下的所有神秘事物都是对应着人而言，也只有人物命运的谜局才能构成真正的情节悬念。因为人物命运的谜局是立体的、多维的。

比如，人物的经历要受先天命运的制约。《黑戒指》里的女主人公海凌，自小就怨恨母亲和姐姐，却奇怪地爱着抛弃了她而离家出走，并一直生死不明的父亲,这种爱后来又转化为恨。刑警队长雷胜,将母亲为他领养的童养媳认做干妹妹,另外娶妻生女,却又被妻子赶出家门,暗中仍受到因爱着他而终生不嫁的干妹妹的照顾。年轻的警员向辉,崇拜早逝的母亲,由此不顾一切地爱上了大他三岁的海凌,而海凌却更喜欢比自己大的男人……这就引出了众多斑斓多姿的鲜活生命,一波三折地走进小说为他们设下的命运谜局。

每个人物都有自己的思想和情感,因此他们的行为和遭遇又对命运形成制约。这么多不同的命运轨迹相互穿插、相互干扰、相互影响……小说于是就充满了"悬疑"。放射源本身就是神秘的,罪犯偷走这个东西要干什么? 犯罪手段花样翻新,破案过程风云险恶,再加上耸人耳目的社会黑幕、官场弊端和公安局内部的钩心斗角……种种难解之谜环环相扣,因果互动,公案小说的魅力便在《黑戒指》中得到了充分的展示。

过去评判一部好的长篇小说,有个约定俗成的标准:能够让不同的读者从中都可以找到所期望的东西。我喜欢《黑戒指》中的哪些东西呢? 首先是一组新颖的人物形象。海云的形象最别致,她代表着人世间难能可贵的甚至是仅存的一点善良、美好和柔软,她对巴赫的感觉和把握惊世骇俗,是《黑戒指》中最精彩的部分。派出所所长孔吉本,血肉丰满,真实可爱,代表了现代公安队伍的理想。向辉浪漫多情,多才多艺,在紧要关头又能舍身救护同事,代表了现代警察的精神世界。海凌代表着年轻的公安干警的进步与成熟,傅明安代表着公安的冷静和智慧,骆斌、眯眯眼政委代表着公安内部的部分现实,妒忌、不断在暗中给同事下绊子,制造麻烦……

《黑戒指》里的成功人物具备三个特征:首先是性格的完整性。海凌的经历起伏跌宕,在工作上屡次犯错,在情感上多有游移,其性格是发展的、连续的,最后完成人物的塑造时,性格是协调统一的。其次,人物形象富有人性的魅力。成功人物的性格必须有魅力,好有好的魅力,坏有坏的魅力,最简单的例子就是《三国演义》里的诸葛亮和曹操。人物的性格有魅力才会有人缘,一部成功的长篇小说必须人

（物）有人缘，戏有"戏缘"——"戏缘"就是故事引人。

公案小说最常遇到的问题是出人，还是出戏？常常是出戏容易，出人难，于是就将塑造人物服从故事悬念，为了故事宁肯让人物成为情节的工具。而传统的优秀公案小说，既留下了经典人物，又留下了经典情节，一部《包公案》被后人无数次地改编成各种艺术形式，其中的人物和故事历经数百年而为人津津乐道，耳熟能详。

第三是成功的公安人物形象须对事业极端忠诚，对事业的忠诚程度关乎着人物的性格魅力。公案小说中充满动作，或者说充满暴力，根据这类小说改编成的电影一向被称为"动作片"。在好的小说中，这种暴力更多的不是在行动上，而是在人物痛苦的内心深处。所有警员都疯魔般地迷恋自己的职业，不惜生死，不顾一切，这里有着各式各样的深刻和复杂的原因，写出来了就成全了人物的深刻和独特，写不出来就流于表面，落入套子。

《黑戒指》的成功还有个无法回避的因素，作者自己就是一名刑警。书中的许多精彩描述，都明显是"内行的精彩"。文字因内行而精彩，是只有内行才能写得出的精彩。如对一系列刑事案件的剖析：人有人的命运，案子也有案子的命运，人强了就能压得住案子，人无能就会被案子压住。老案未破新案又发，连三并四地反将破案人压得喘不上气来……

作者热爱自己的职业，又将这种热爱转化成一种道德力量支持自己的创作，让人物渗进自己的灵魂，让自己的情感渗入人物的血肉，最终熔铸成《黑戒指》。此书也自然就有了不同一般的分量，是当今公案小说中的重要收获。

2009年5月

子如村歌

可有人想过，讲究时尚的现代人，为什么会如醉如痴般地热烈追捧"原生态"音乐？这是因为许多年来，人们已经厌烦了流行歌坛上空泛、奢华和浮浅。

文坛也一样，能够给人带来阅读喜悦的，还得是有真内容、真性情的文字。近读《陈子如散文集》书稿，就勾起我暖暖乡情、缕缕乡思。老话说"百里不同俗"，我的家乡沧州距陈子如的老家卫南洼，也有百里之遥，许多风俗习惯却完全一样，令我无法不感动。

他至今还能一笔列出十几种野菜的名字，说得出每一种野菜的吃法，最后往往还要添上一句意味无穷的话："吃起来很香"，"味道鲜美"，"色香味绝不亚于韭菜、菠菜"……他小时候曾因饥饿染上重病，开春后全赖野菜得以活命，于是种下了一生的野菜情结。每逢节假日，便骑车到乡间的田埂、道边去挖野菜，夏天吃不完，处理好放到冬天吃。如今旅游风大盛，子如的这个习惯可称之谓："野菜游。"

家乡的习俗是一种很强大的势力，它能培养人的习惯。而习惯就是活生生的金科玉律，会变作精神，成为本能。人永远不会忘记竖有自己祖坟的地方，故乡是每一个有故乡的人终生的偶像，此生此世都会眷恋它、崇拜它。陈子如像一位梦中歌手，他的散文如一首首清奇质朴的"村歌"，让生活在现代信息社会的人了解什么是真正的农村。

比如品蝉，现在还有多少人能知道此虫有几种，其鸣何意？

当入夏之初,麦收之始,虫儿们像商量好了一样,突然从田间阔野发出了第一声鸣叫:"咿呀咿呀——咿呀……"此后便相互唱和,满天呼应。其声柔和婉转,清雅绵长,若情人细语,昼夜不停。此蝉体型娇小,全身披绛紫色花纹,于是人们叫它"火知了"。其情如火,其声多情。

时进仲夏,伏天大热,蝉鸣也变了。声音洪亮,节奏整齐,似一起呼叫:"伏热伏凉!伏热伏凉!"此蝉呈灰色,即人们通常所说的"知了"。其鸣唱不再有缠绵,显得昂扬而清冽。"垂帏饮清露,流响出疏桐。居高声自远,非是借秋风。"

第三种是"寒蝉",又称"秋蝉"。入秋之后才出来,个头很大,通体漆黑,其鸣如声嘶力竭,单调而悲怆:"秋来吟更苦,半咽半随风。禅客心应乱,游人耳愿聋。""心"上托了个"秋",就是"愁"啊!秋蝉是在为自己悲鸣,很快它们就要结束自己一年的轮回,禁声后进入漫长的蜕化期……

在陈子如的散文里,描述了另一种令现代人难以想象的情景:小贩在这个村子里吆喝,周围的几个村子里都能听得很真切。特别是到晚上,那叫卖声搅动了乡村的静夜,又给农村的夜晚增添了一种温馨和生气。差不多就相当于现在中央电视台的春节联欢晚会。当年来天津叫"下卫",办完事一出卫就是大洼,让回家的人感到最亲切的,就是能清清楚楚地听到乡村小贩的叫卖声。但分不出是从哪个村子传来的。可见那个年代小贩吆喝的穿透力,胜过今天的当红歌星。当然跟那个时候没有高大的建筑物阻挡有关系,在工业化之前农村里没有电视、广播等一切工业噪音,除去天籁之音,野地间一片安静,声音自然也就传得远。

卖菜籽、花籽的叫卖中带有花腔:"种菜喽,种花啦,自种自收吃得香,人面如花福满堂。有腊梅、有玫瑰,芍药茉莉红海棠……"卖药糖的脖子上挂个漂亮的玻璃匣子,嗓音甜而脆:"药糖——药糖,谁买药糖?薄荷清火,又酸又凉……"劁猪的吆喝声,则像刀子一样直来直去,干脆利索:"劁猪喔——劁猪!"

陈子如还写了石磨的传奇、开苗的窍门、民间杀猪的绝技……完全自然,完全诚实。篇幅可长可短,立意可庄可谐,题材无所不包……不失真情,不失智慧,又自由舒张,汪洋恣肆。表现出一种与现实生活相契合的丰富感和幽默感。

读罢情趣盎然,遂成此文,聊志欣喜。

2009 年 7 月

女人与历史

——序张继合《掀开石榴裙》

张继合多面。一是多才多艺,说学逗唱,皆能传神,登得了大雅之堂;二是多智多趣,插科打诨,嬉笑怒骂,常能语惊四座或引爆满堂笑声。

凡了解他的人都喜欢他。

按理说有这样的才情,应该纵横捭阖、人见人爱才对,而他却恰恰相反。谈歌在背后送给他两个字:"赤子"! 现代商品社会,盛产时代骄子、商业巨子、艺术才子,当然还有浪子、化子、骗子,似乎独缺"赤子"。

往正面理解,真纯良善、心地一如初生之儿。他待人厚道,身为成年人在这个造假成风的时代竟然还不会撒谎。从负面理解,跟现代社会不入套,常常不能融合于现实,做人不熟,即俗语所说的"生瓜蛋子"。

可见继合是个"怪才"。

当他进入文字世界,挑战自己的心智,便如痴如醉,如鱼得水,生命获得一种大的释放。但他并不是"书呆子",更像是"书的精灵",专为读书和写书而生。一旦进入创作状态,狂歌喝月,汪洋恣肆,不尽兴,不累倒,不会收摊。

且看他的识见。现代人想以文化遏止社会的浮躁和浅薄,这种对文化的饥渴,带动了历史大热。大家都想到历史中去寻找适合自己的文化。于是各式讲坛上大讲历史,各种书市上大卖历史,继合却匠心独运地选择了一个历史的最佳入口——女人。

　　女人是历史的镜子。剖析女人的命运,会使历史变得条理明畅、清晰可辨。甚至可以说,历史不过是女人的记录。无论是"造时势"的英雄,或被"时势造"的英雄,他们似乎都"难过美人关"。所以人类的经典论断是:聪敏过人的女人一生下来就有数百万敌人——就是那些愚蠢的男人。

　　在所有才华中,识见是打头的。缺少识见,天分便没有目标。识见,就是诸葛亮未出隆中,先断定"三分天下"。这就是卓识远见。正因为继合有这样的识见,才有了这样的角度:此书几乎写尽了历史上的名女人。

　　一个钟离春,让齐国强盛了三百年,创造了丑女的奇迹,令人信服地证明了丑女"是一种特殊的生物"。大汉王朝的吕后是个尽人皆知的厉害女人,继合却写出了新意,入木三分地揭示了她"心底的麻烦"。还有再婚女(卓文君)的奇谋,把隋朝攮疼的独孤皇后,满身硬骨头的花蕊夫人,擅长弄权的"怪异才女"上官婉儿,妓女将军梁红玉……都是些改变过历史进程、让历史绝对绕不过去的女人。

　　但,女人并不好写。法国哲学家勒布伦有高论,说女人的好话,证明并不了解她们;说女人的坏话,则证明完全不了解女人。若诽谤女人,纯粹是出于对历史的无知。继合之"怪才"用在这儿,真是用对了地方,尽现史海波澜,从容扒梳勾沉,抹去岁月的重重尘埃,展示各样不同奇女子的生命华妙,看她们如何犯错误,如何成功……闳远精微,无所不窥。

　　有的女人,通过创造男人,继而创造世界;有的女人,最大的野心就是向男人灌输爱情,通过征服男人,进入历史……历史证明,美貌并不是女人成功的保证。如果说男人的优势在于明智,而机智则属于女人。

　　女人是"人类灵魂中的盐"。

　　张继合通过《掀开石榴裙》一书,往女人的灵魂上撒了一把盐。

2010年3月

文人可曾"相亲"?

许多年来就流行一种说法:"文人相轻"是一般规律,"文人相亲"是套话,多半会在开文代会的时候被拿来做祝词。特别是当今文坛,简直像个"骂坛"。如"80后"骂"80前",顺便捎带上整个文坛,从一个公开见诸于报端的标题,可见其激烈程度:《文坛算个屁,谁都别装逼》;还有著名的"粗口事件",骂起来也是"畜生"、"屁眼"地全上。这是国内对骂。还有国际间对骂,如德国人顾彬骂中国文学是"垃圾",回应者骂他是吃垃圾的"屎壳郎"。因为他是汉学家,吃的恰巧就是中国文学,倘若中国文学是垃圾,他可不就成了吃垃圾的吗?"来说是非者,便是是非人";挑起是非者,更是是非人。凡此种种,不胜枚举。

似乎对中国文坛是不骂白不骂,骂了还不白骂。比如顾彬,在他的"垃圾论"出笼前,有多少人知道他?作为汉学家在中国一夜间就如此声名大震,如果还以"拣破烂的"来比喻,那可算是拣着金元宝了。于是当今文坛便出现了一个怪现状:并没有因骂声多、骂声高而冷清,相反是被骂走的人微乎其微,不断进来的人很多,文坛越骂越热闹,越骂越拥挤。文坛成了一碗肉,五花三层,肥瘦全有。以前有俗语说"端起碗吃肉,放下碗骂娘"。现在是端着碗边吃肉边骂娘。这也看出,当今文坛有一种散漫的强大。松拉呱唧,老说"被边缘化了",可谁要真想"消化掉"它,并不那么容易。这不免让一些老实巴交的人起疑:文坛有清静的时候吗?古今中外可曾真有过"文人相亲"?

其实在中国文学史上,"文人相亲"的佳话很多,古代文人雅士流行相互唱和,那是一种风雅,更是一种友谊、一种相互欣赏。如耳熟能详的李白与杜甫两位"诗仙"、"诗圣"间的友谊,就被称为"中国文学史上最珍贵的一页"。李白想杜甫了就又是"寄"(《沙丘城下寄杜甫》)又是"送"(《鲁郡东石门送杜甫》):"思君若汶水,浩荡寄南征。"杜甫则有《春日忆李白》、《梦李白》、《天末怀李白》等名篇:"白也诗无敌,飘然思不群",甚至称李白的诗能"惊风雨"、"泣鬼神"。后来还有苏东坡对杜牧的激赏,袁宏道对徐渭的推崇……等等。

世界文学史上也一样,如十九世纪是俄罗斯文学的高峰状态,就有许多"文人相亲"的佳话。一八五五年深秋,托尔斯泰从塞瓦斯托波尔的现役部队来到圣彼得堡,将行囊往旅馆里一丢,立刻去拜访屠格涅夫。在这之前,他读了屠格涅夫的《猎人笔记》,并称这样的阅读是一种"智慧体操"。屠格涅夫也读了托尔斯泰的中篇小说《童年》,由衷地称赞不已。后来托尔斯泰在给姐姐的信中这样描述那次会面:"我跟他使尽全力地亲吻,他是个非常好的人。"

青年时期的托尔斯泰,在争论中容易走极端,口不择言,用词过于尖刻和激烈,常常使对方陷于窘境,为此曾激怒了《现代人》杂志的合作者隆吉诺夫,两人要决斗。多亏《现代人》的主编、当时已是大家的涅克拉索夫,从中大力斡旋,最终化解了一场死亡。若依照现代人幸灾乐祸的习性,看着火时嫌火烧得小,看打架时嫌架打得小,乐不得让那场决斗快点进行,不光有热闹好看,而且无论谁死了都少了一个争稿费的。被誉为"俄罗斯诗歌的太阳"的普希金,三十八岁时死于决斗;被寄于厚望最有可能接替普希金的天才莱蒙托夫,也是因决斗在二十七岁时就身亡了。俗话说,不怕没好事,就怕没好人。

一九〇一年托尔斯泰患了重病,同是大作家的契诃夫公开写道:"我真害怕托尔斯泰会死去。如果他真的死了,我的生命就会变成一片空白,我从来没有爱过任何人,像爱他那样……他的活动证明,文学没有辜负人们寄于的期待和热望。"这是赤诚的敬重和友爱。同样也是优秀的文学大师的阿·托尔斯泰,不仅不妒忌列夫·托尔斯泰,反而称赞他的作品"是每一个作家必读的百科全书"。费定称他为"文学艺术中的世界性学校"。在俄国国内如此,在国际上也如此,法朗士说:

"作为一个史诗式的作家,托尔斯泰是我们共同的老师。"英国小说大家高尔斯华绥说:"托尔斯泰最主要的特点,在于他的绝对真诚,敢于揭露被他认为是现实中真实的东西。"连狂傲不羁的海明威也承认:"我向托尔斯泰学习史诗般的叙事艺术和小说家的技巧。"理论家赫尔曼概括道:"美国文学就其根源来说,不但离不开英国文学,也离不开俄国文学。美国文学的传统是由托尔斯泰、陀斯妥耶夫斯基、屠格涅夫、契诃夫所决定的。"看看现在的作家会服谁呢？即便是对托尔斯泰也不会说出让自己显得低的话。

现代人太过聪明,太会说话了,不管怎么绕来绕去,也不会说让别人觉出自己不如人的话。而表面的自傲或词令上的虚饰,恰恰暴露了内心的一种不自信。当然,现代文坛上的好话也很多,甚至也像对骂一样多过任何一个时代。但那多是在作品研讨会上,或是在花钱购买的版面上。发出的红包和收获的好话成正比。逢到需要说好话时,可以看得出文人们煞费心思,调动聪明才智努力把好话说得像真话,既要得体,还要花样翻新。只是缺少一种由衷的喜悦或钦敬。这并不是说现代文人间没有真正的友谊,这种友谊往往被当作隐私保护,难得能成为佳话流传开来。

行文至此忽然想到,常有人抱怨当代文坛缺少"大作家",是由于相互骂得太多,抑或还骂得不够？是在这样的风气中难以出现"大作家",还是因为缺少大家才会有这样的骂风弥漫？而文学史上记录的,越是大作家越容易"相亲",惺惺相惜嘛。而"文人相亲",又往往成为文学繁荣的标志,或前兆。

2010年10月

411

"东鳞西爪"的温暖

近日得到一本好书《东鳞西爪集》,一翻就放不下了。作者王必胜先生以难得的率直与机趣,讲述了近几十年来与许多作家交往的故事。其中有说事的,论人的,谈文的,品书的,赏字的,观景的……美不胜收,令人玩味无穷。

比如,出乎我想象,刘恒竟还用最原始的工具写作,令人叫绝:"他一是用人们不太用的蘸水笔,写一下,再点一下墨,这恐怕已经绝迹的东西,却是他当年的最爱;二是在一个普通的大三十二开的日记本上,纵横驰骋,笔走龙蛇,成为一代小说和影视的高手。多年后他还是不用电脑。用这类多是没有笔锋的断尾蘸水笔,写出的字粗大圆实,形成独有的风格。"我正是在这本书里见识了刘恒的字迹,是他写给王必胜信的影印件,愤怒地控诉《人民日报》副刊转载天津一个"姓王的文字流氓"的文章,将他的小说《伏羲》骂得"狗血淋头"。

岂知正是这个"文字流氓",当年也曾对我"狗血淋头"。他率先在报上写长文发难,由此掀起一场对我长达数年的"剿杀"。早知道当时我也给必胜写封长信,一是发发胸中闷气,像刘恒所说的"表达一个顺民的无奈",二是借必胜之笔"立此存证"。

必胜兄的文字,随意自然,真挚而温暖。如他评价汪曾祺的散文:"注重情致和性灵,简洁精短,有如明清小品。"为文张扬人道,不愧是"当代文坛最后一个士大夫"。他说邓刚,"看似一介武夫,粗粗拉拉,却是很细心的人"。我尤其欣赏他把跟我相交近三十年的林建法称做"文坛大侠",说他是一个仗义的人,也是一个挑剔的人。生动而准确。

他对别人率真,别人对他同样也会直来直去。且看多年前方方陈述自己散文观的信:"王必胜你好。听说你们在海南惊险事不断出现,显示了资本主义笔会的诡谲。我们这边的社会主义笔会,实在是祥和、安定,形势一派大好,可见'资'和'社'的分野随处可见也……"方方正正、有棱有角,又机趣盎然。令我不禁想起跟方方交往的诸多趣事,许多年前她给我写信,也是这么上来就直筒筒地冒叫一声:"蒋子龙你好!"足见湖北人的爽利,但她的智慧与敏俏,仍一如继往地天方地阔。

在当今文坛上已经很难见到这样的爽直了,甚至流失了文人间应有的善意,相互间也缺乏真实自然的交流。如韩少功所言,作家见面聊体育、聊电影、聊股票、聊收藏,唯独不谈文学。《东鳞西爪集》做了一件功德,作者跟百位作家聊散文。问题出得好,作家们答得用心,最后集成"百家散文观",既妙趣横生,又各具真知灼见,可称得上是"散文百科"。

韩少功认为,心灵贫乏和险隘的作家,一写散文就露馅,如同姿色不够的优伶,只能上妆登台,靠油彩博得爱慕。"造作的散文,就是下台后仍不卸妆,仍在装腔作势,把剧中角色的优雅或怪诞一直演到后台,甚至演到亲戚朋友的家里。"岂止散文,简直活画出当今文坛的一个普遍现象。

能被请到峨眉山寺庙为僧人们讲佛经、近乎是化外高人的何士光,其文学见解自然更为独特。他借用《金刚经》里的话说,世界非世界,众生无自性,这个世界是无法描绘的。"你的存在,不过是一个不断变动着的身躯的存在,和一串不断变动着的念头的存在,这之中哪一个又是你呢?我们通常说的自我,又会在哪里呢?"听何士光讲话或读他的文字,尽管不能尽解其高妙,却常有一种醍醐灌顶的钦快。难怪王必胜评道:"齐、清、定,清爽、洁净、秀气,现在恐怕得绝版了。"

——果然是"东鳞西爪"! 随意而自然地记录和反映了文坛生态。无论是作者自己,还是他笔下的作家们,都处于和生活中的真实相符的位置,有股极其珍贵的温暖和善意充盈其间。这一点格外让我感动。而当下的文坛，未免太冷了，那是来自骨子里的一种阴冷和偏狭。一旦开骂，便怎么刻毒怎么来，恨不得一句话就将文学骂死，将对方置之死地。即便不开骂，也基本上不读同时代作家的书，写文章或向别人推荐书目，都是外国作品或古代经典，既显示自己博学，又优雅地鄙视了当代的同行。更不会轻易说别人的好话，除非是自己小圈子中的人，或在某个人的讨论会上。那就会费尽心机、花样翻新地大说好话。但那不叫温暖，叫发烧。忽而太冷，忽而太热，唯独缺少王必胜式的自然而然的温暖和善意。

白居易讲，文学的根是情。作家间没有正常自然的温暖和善意，如何有情？如何养育真性情？若硬要煽情，只能是虚情、滥情。我读此书中的"病后日记"一章，几次眼睛发潮，投桃报李，你有温暖和善意，必然会收获别人的温暖和善意。

必胜先生的《东鳞西爪集》，为文事存真，为文人存情，为文坛存佳话，为文学存温暖，是一部绝佳的"当代文学史话"。既赏心悦目，又可作为珍贵的资料收藏。

2011年3月

安在当下，守一不移

——《不忘那条河》序

中国作家协会创联部，向我重点推荐了一部书稿，希望我能"重点阅读"，并写出一些可以作为此书序言的文字。

——这就是陈英杰的《不忘那条河》。

每个人的生命中都有一条河。陈英杰先生的"河"有着怎样的不同，源自哪里，如何滋润了他的人生？且看他的自述：

"母亲二十三岁嫁给俺爹，大爹四岁。爹是个读书人，在外地教书，四十几元工资难以养家糊口。自打娘一过门，上有老、下有小，全部家庭重担就落在她的身上。娘的能干也因此在镇上出了名，都说她'三更破苇，五更编席，县城一天能打两来回'……"

"我早晨醒来，摸摸身边没有了母亲，急忙领上未满两岁的小妹，寻着母亲的脚印来到河边路口，想追逐母亲的身影。太阳在大淀的东面升起，又在小路的尽头落下，当母亲披着星光回来的时候，我搂着妹妹早已在路边睡着了。"

故乡的河日夜不息，河边的小路通向神秘的远方，上面撒满了陈英杰童年的梦。他走着这条小路拾过柴、摘过野菜、打过猪草，也曾学着母亲的样子背着苇席到城里叫卖。长大后他又踏着这条小路走出故乡，当了铁路工人，参与修建了许多条铁路：沪宁线、焦枝线、衡广线、丰大线……路越修越多，他自己的路也越走越广，从有形之路到无形之路……

阅历托住了他，如今担负着天津画院的领导责任，评点绘画，速写名家，诗、书、文一道，追求甚笃。这部书稿就记录了他的人生脚步，也是他艺术追求的结晶。读罢感慨良深。

陈英杰是个用心的人。生命就是一种心性，一个人心有多大，他的世界就有多大。为文更要随处存心。这颗心首先是柔软的，才能接受万物的滋养。也只有一颗柔软的心才能滋养生活，即眼里有泪水，心中才会有彩虹。"如今多是根浮脚浅，无主宰，无正见，无力量，无作略，轻遇着一些逆顺境界，便被攘夺去，便乃着力不得，用心不得。"（《本色道人》）然而，为文就是要做到在"着力不得、用心不得时"，正好用心！

陈英杰走到哪儿观察到哪儿，做到哪儿思考到哪儿、写到哪儿，用他自己的话说"聪明人做笨功夫"。实际就是但办肯心，决不相赚。处处存文心，记文思，做文章。经年累月，持之以恒，怎会没有收获！

陈英杰是个会用情的人。佛言人间是"有情世间"。人类的全部活动内容只有一件事，就是生活。生活是生命现象，用情是生命的昂扬。干任何事情，不用情是成不了事的。对生活有感情，才不会错过对许多美好或丑恶事物的感悟，情感点化生活，净化生活。

情是灵魂之门，是通向精神的唯一渠道，不用情便找不到灵魂的入口，如何进入创造境界？司汤达说："激情对于人生不过是一个偶然发生的事件，但这个偶然，只发生在优秀的人们心中。"激情是精神的青春，滋润着创作者的文字，才最终形成了作者的"那条河"。

陈英杰是个用功的人。他的生活习惯是"早晨习字，晚上读书、写作"。不因工作或环境的变化而退转、而变易，安在当下，守一不移。在生活中提炼，在提炼中运笔。

凭着多年对文字的坚守，会树立起一种信心，一种对自己对艺术的信心。信心到位，见地新颖，敢于直下承当，便是好文章。用功是状态，养成习惯就成为才华。只有用功才能激发和开掘藏在生活中的那一点灵光。灵光独耀，便是才情爆发。

——陈英杰如此"用心、用情、用功"，创作焉能不成？有此"三用"，可当大用。寥寥数语，以作小引。

2011年5月9日

诗人心中有风暴

——论许向诚

　　向来被定位"是一个地地道道庄稼汉"（鲁藜语）的许向诚先生，是一位真正的诗人。我结识他二十多年，熟不拘礼，平时都以"向诚"或"老许"相称，今日在他的诗歌讨论会上要尊他为先生。是敬他的诗才，敬他骨子里是个有天赋的诗人。

　　何为"真正的诗人"？以区别时下有太多"不真正的诗人"。譬如诗歌铺天盖地，特别是建国六十年、建党九十年之际，而真正有诗味、能让人反复吟诵的作品有多少呢？或顺口溜，或喊口号，或强挤硬凑，或雷人出怪，或权力派生，或金钱滋养……

　　而许向诚，要么不写，要写就必追求"语不惊人死不休"。凡读过他的诗的人，无不惊异于他的诗品，无法忘记他。诗歌大热时，他写诗；诗歌大变和大冷时，他依旧按照自己的风格在写诗；甚至在有人讥讽"诗歌已死"的情势下，他的诗兴反而蓬勃发散、不黏不滞，诗境也益发朗阔峭拔、憨实精萃。是肝胆文字，绝不衰弱。

　　有他在，诗就不会死。

　　在文学被整体边缘化了的商品时代，许向诚是怎么做到的？近三十年里他写诗不足百首，收录在一本不足两百页的诗集里。却就是这一本诗集，便牢牢地托起一片诗的天空，色彩斑斓，耀人眼目，自成气象，自成一高。令文坛刮目，让读者钦敬，给诗注入一股活力和自信。

　　有人说他得益于是个农民，质朴、执着……许向诚从一开始创作，就不是在写所谓的"农民诗"。诗人的心灵不一定在他生活的地方，而是在他爱的地方。因此他的创作才有大格局、大气象。他只用四个短句就概括了秦始皇:"上面的山有多高,下面的坑就有多深;里面睡着一个,睡不着的人。"

他说武则天是用"无字碑"当作镇纸,"压住万里江山的一角"。而古老的黄河,不过"是中国额头上一道浅浅的皱纹"……冷峭的角度,奇崛的想象,意蕴幽魅,寄托遥深。他的才思如惊涛骇浪,一波波推进,诗句就像船"要找到海里那个最险的浪尖,把兴奋的高潮推上极点"。

像许向诚一样质朴,或比他更质朴的农民千千万万,为什么独他成为自树其帜的诗人?质朴并不必然产生诗。作为农民的许向诚却内里豪华,沟壑纵横,一团锦绣,并有很好的空间。有空间才有好的想象,现实生活提供的空间有限,创造的空间更多是在想象里。

且看许向诚的空间感:"一个王朝,总是一个王朝的果实;一个王朝,总被一个王朝收获。"短短四句话,把中国五千年历史循环的内核点破了。

"既然被颠覆过,就必然再被颠覆!"这就是规律,这就是真相。

诗人的心或者虔诚而洁净:"稻子弯下了腰,稻农弯下了腰,这丰收的仪式,是相互敬礼开始。"或者敏感而柔丽:"走近一扇古窗,独享李白的月光。清淡的月光,最富有诗的营养,鼻子一酸,便有从心里流出的两行,发表在脸上。"

他的名篇《盲者之弦》,表达了这种内心世界的豪华与幽深:

阿炳　阿炳　瞎子阿炳

两眼枯井　却要　二泉印月

……

二胡　二胡　流浪的二胡

如一个流浪的人　皮包着骨

挺直　一根脊梁

绷紧　两条青筋

许向诚的诗,辞采华茂,机锋灿然,总能做到一语多义,诗外有诗。"心"字,"一个精致而锋利的弯钩……人海茫茫,彼此垂钓"。"风从刀刃上吹过,风不会受伤,受伤的却是刀刃;鸟从天空飞过,天空不会受伤,受伤的只能是鸟;月光从云缝穿过,月光不会受伤,受伤的是那正月十五望月的人。"读者常常感叹,他的这些句子是怎么造出来的?

许向诚属于"苦吟型"的诗人。凡自己的作品他随时都能脱口背出,从这一点就可以看出他创作时用心多深,一字一句都刻骨铭心。不先感动自己,又怎么能感动别人?

世间最苦最咸的水,是从眼睛里流出的汗,他用"执着的目光,在一张稿纸上晒盐"。这样的诗句是吸收日精月华后凝结成的一块块晶体,如何不精粹?不让人过目难忘?

文坛平庸,是因为文人平庸,蝇营狗苟,追名逐利。但凡天才的创作者,心里总有不息的风暴,用诗人的话说就是"无风之风"。这让他的心灵不会平庸、安逸。"失去野性的野菜,失去野味的野菜,已不再是野菜。"

许向诚当然是农民,但他首先是个天才的诗人。他对土地的眷恋,和祖辈完全不同,他的祖父说土地是个女人,种什么就生什么;他的祖母说土地是个男人,长什么就吃什么。而他,"要把手像根似的插入土里,寻找祖辈们没有找到的东西"。他做到了,他的诗超越了农村、农民、城市、市民,也超越了他自己。这才是作为诗人的真正的幸运!

2011年5月21日

"高人"是什么样的人?

——读王迪生

二十多年前初识王迪生先生,惊为高人:温润厚重,性缓多才;高情高谊,高智高识;浑身弥散着一股在时人身上少见的遁世味道和书卷气。

只那一面,便觉投缘,遂一直交往下来。他是那种"神仙一把抓"式的朋友,越交越有味道。更多的时候,我在心里是尊他为师的,并常常求他救急。有些朋友知道求我找书法家要字,可以不花钱,每接到这种尴尬而又推不掉的任务,就给迪生先生打电话。我喜欢他的字,笔势奇崛险峻,韵律神清意远,造诣很高。更重要的是他从不拒绝,写好后寄来。

再有,跟我熟识的人添丁进口,要给孩子起名字,现在的人都格外重视这件事,便求到我。可我对名字学一窍不通,只好也转求迪生,他精通文字学、姓名学,且有求必应。我的第三辈人的名字也是拜他所赐。

广积为人赐名之德,只此一项便可见迪生先生修为非同一般。

早就听说他要编文集,当我拿到"散文随笔卷"的书稿时,一翻开目录便被吸引。迪生先生的文字多姿多彩,多情多趣,读来兴味盎然,增智移性。

比如"哪些男人不宜嫁"、"哪些女人不宜娶"等等篇章,谁看到这样题目不想读全文?还有"三无"之人不可交,即"无常、无长、无肠"之人。"无常"是翻三覆四,没有准稿子。"无长"是没有长性,不能持久怎可深交?"无肠"是不投入,不用情,不专注,全无心念……

迪生先生文笔老道，用字精准，行文布局、遣词造句无不显出深厚的古文功力，且时有惊人之语，文字间充满哲思和雄辩。如"人不同鱼，在网外反倒难活"——何其精妙，网络世界中的人皆在网中。

现代人的另一个特点是都把自己当商品，希望能待价而沽。而迪生先生却说："人一旦将自己当商品就开始贬值了。"

贫志无尊，贫德无助，天下没有永远的奢华显贵。而现代人几乎没有不梦想成功、长寿和快乐的，然而"成功不等于达至，长寿不等于快乐，快乐不等于充实"。

——常人不该以富贵做目标，有一语惊醒梦中人之效。

"欲易窘境，先易心境。"他几乎出口就是警句。这些精警的短句子，展现了浩大的思维天地，闪耀着精神的光芒，又极富个性特色，让人茅塞顿开，举一反三，或如轻风拂面，或如醍醐灌顶。在人类的文化瑰宝中，有些经典著作就是用格言、警句写成，因此而耐读，为历代人所传诵。

迪生先生在写作时其思维犹如潮水激荡，浪催浪赶，滚滚而下，大量使用"推导"和"排比"，这成了他文章的又一个特点。

由小往大里"推"："知而识之，识而明之；明而智之，智而慧之；慧而谋之，谋而践之；践而鉴之，鉴而积之；唯厚积者始旷达矣。"

由大往小里"导"：智慧大于聪明，聪明大于无知，无知好于无味，无味好于无德。最后得出结论，"我们因应宁要无味"。

排比之句更是随处可见："和于亲情则泰福，和于友朋则路畅，和于人际则事遂，和于时势则业昌……"文思如排山倒海，辞采灿然。

读罢书稿，意犹未尽，不揣浅陋，遂成此文。是为序。

2011年8月

新闻诗——诗新闻

——读荣荣新作《地方新闻》

前不久看到一则新闻,杭州捕捉十万只流浪猫,进行结扎手术,使之统一绝育。常被称做"人类朋友"的猫不愧是灵物,也学着人类的样子进入旅游时代,而且专挑"天堂"般的好去处,才招致挨此一刀。人类发明结扎术,是不想因生育节制自己的欲望,更便于行乐。而猫被结扎后则成了另一种不伦不类的东西。时隔不久读到了著名诗人荣荣的新作《流浪猫》:"它们挣扎、怒吼、惊慌害怕,不知道人类对它们动了什么手脚?眼前一暗,之后的世界就丢了色彩……十万只流浪猫同时寂静,听着人类在夜半的一两声尖叫。十万双百无聊赖的猫眼集体望月,一样的月光,两样的荒凉。"奇而不怪,幽而无怨,却又含着反诘和疑问,给这则不起眼的新闻平添了一股动人心魄的冲击力。

在我的阅读视野里,批评界对一个当代诗人所能说的好话,毫不吝啬地送给了荣荣:"她沉默时像高远的天空,突然出世;微笑时眼睛清明,心定气闲,明了红尘万丈";"她用诗句敲打着日常的琐碎与平庸,走向语言的极致";"她的诗句散发着一种持续的光芒,具有恒久的魅力,用词语建造了属于她的巍峨王国……"

我造不出这么专业的句子,只觉得在这个多元、嘈杂的社会,难得还有荣荣这么一位纯粹的诗人,至情至性。她似乎是专为诗而生,其灵魂也是因为诗而存在,灵透、高洁、柔软。不管什么时候,随便翻开她的诗集,总会有惊喜、有感动。她并不是刻意追求"语不惊人死不休",却天生就写不出平庸的句子。一个对语言及想象如此忠诚而专注的人,怎么会突然写了这么多入世极深的"新闻诗"?

　　既然诗与音乐结合产生了"交响诗",生活于"媒体时代"的荣荣,无时无刻不在接受大量各种各样的新闻轰炸,触类旁通、"借力发力",为什么不可以创作"新闻诗"呢?我感兴趣的是,像她这样优秀的诗人会被哪些新闻所触动?又怎样写出同她的其他作品一个水准的新闻诗?在这本很有意思的"小书"中,分量最重的是关于孩子的新闻。三个小学男生在课堂上折纸飞机,冬天里被罚在操场脱裤子跑步,诗人一挥而就:"半拉裤子的童年跑得很慢很难看,一个下午也没跑出一片飞不起来的阴影……"

　　为哀悼一个因无助而吊死在厕所里的女孩,荣荣写了《绝尘》,决绝而脱尘,诗肠千转百回,幽深无尽。有人把重病的孩子遗弃,有人却靠打工照顾脑瘫儿九年,她写了《病孩子》:他还没有上路天就黑了,他的道路跌落在无边的黑暗里,把病孩子"绑在我们的命里,他就是我们的命……将鲜嫩的病痛,熬成铁硬的苦。当听到强大的病痛能站直了说话,幸福就无话可说了"。意象蓬勃跌宕,甩掉一切纠结和晦暗,陡然将境界提升。

　　宁波姑娘林萍,几年前捐出百分之四十八的肝救活了八岁女孩儿徐洁,之后便尽心尽力地救助农村"留守儿童",成为他们的"爱心妈妈"。作者写了《一个孩子》:"他的小鞋子张着嘴吞咽着冰渣,他的小衣裤破开着刺激了寒风,他脚上的冻疮擦破了冬天……"诗蕴温暖而丰沛,用语精美而质朴,其深邃细致的悲悯情怀,令人感佩不已。

　　新闻是靠"短、平、快"引起社会关注,荣荣拓展了新闻的平面性,使其有了立体感和纵深度,赋予新闻以悠长、深邃、丰富的韵味。诗人除直接从新闻生发开来,升华新闻的诗性外,也喜欢利用"反讽"强化新闻的力度和影响力。媒体报道,一对夫妻离婚,因财产分割打上法庭,讨价还价,抬价压价,闹得不亦乐乎,把庭审变成了拍卖会。荣荣却反其意而写了一首《爱人》,堪称"夫妻经典":

　　　　爱人　月光不是安慰而你是
　　　　你回来　所有的鸟都叫归鸟

　　你一到家　饭菜就熟了

　　你一坐下　嘈杂就退到门外

　　你笑　屋子就亮了

　　你侧身　灯就黑了……

　　诗意温润,细腻,清新。对照新闻却如刀似针,能入情至骨,可"剜骨疗毒",也能"一针见血"。而有些新闻和诗,看上去并无太多关联,有点"风马牛不相及"。其实在"全球一体化"的今天,世界上哪还有不"相及"的事? 特别是在诗人丰富而敏感的心灵里,即便"风马牛"也"相及"。她不过是喜欢"隐喻"罢了。一黄姓老板花三百四十四万元买走了象山旦门山岛,成为中国第一个"私人岛主"。于是诗人写了《吹拂》,只是歌颂海风的自由:从白云那明亮的唇中吹来,吹着多少蔚蓝,吹肥了野猪山羊吹低了草,吹着时间深处永恒的欢喜……读着这样的诗却不能不想到,让一个野岛保留着自然状态不是很好吗? 如今三百多万又算得了什么? 却买走了一个岛的自然和自由。

　　隐喻也可以是赞赏,如《清风的颜色》。浙江地方上有三位区县级的官员公开发表离任感言,引来网友的一片掌声。诗人唱道:清风是有颜色的,从春天的源头吹来,有着不被玷污的冰清雪白,"穿过善良的人心,有了令人愉悦的蓝,那是天空的真诚和包容"。新意盎然,诗情澎湃。还有"献血明星墙"、专业灭"小三"、光棍成节、箭射活鸡、车补争论、灭鼠公司……林林总总,新闻诗覆盖了当今社会的方方面面,直抵现代人,特别是底层人最真实的生存状态。

　　新闻激发了诗兴,境界开阔朗健,蕴藉深厚内敛。诗提高了新闻的品质,给了新闻以灵魂。可见荣荣的实验既有意思,又有意义。新闻助诗影响更广泛、更强大,诗助新闻更深刻、更耐读。珠联璧合,何乐而不为?

2011年9月18日

"起跑线"上的阅读

　　现代人有"两拼"：少数有钱有势的"拼爹"，其余的大部分人都在拼孩子，其名为："不输在起跑线上。"于是有带着孩子到处花高价补习的"分数爹妈"，有奉行"棍棒政策、军事化管理"的"中国狼爸"，有督促孩子学习力不从心，无奈之下报警求助公安局的"窝囊爹娘"等等费尽心机、无奇不有的"起跑"。

　　结果又如何呢？孩子的理想本来是多种多样的，可前几年教育部门公布一项调查结果，绝大多数小学生声称长大后要做比尔·盖茨。大可不必反对孩子们想当富翁，但这显然是不可能的。人不会重样，所有人怎么可能都成为一个人、或一种人？这是反常识、反自然的。抱有这样的人生理想从一"起跑"就注定要"放空炮"，甚或有人因理想破灭终生都活在"郁郁不得志"的阴影里。难道现代教育的目的就是"坐着钱边摸钱眼儿"？

　　思想贫弱，精神就变小了。人本来是"精神的器官"，极欲膨胀的物质主义和消费主义，使人不再是完整的。如何能找到"精神之眼"，破解现代人理智上太多的困惑？目前唯一的途径是回归经典，找回人类曾经拥有过的具有永恒的性质与魅力的最高智慧——哲学。哲学光照一切意识和行动，在价值观混乱的消费社会，愈加印证了尼采的自信："哲学确立价值的档次。"而未来属于孩子，他们承载着一个时代的希望和抱负。文化发达国家早就意识到，在孩子人生的"起跑点上"，最应该让他们阅读的就是哲学书籍。

　　在欧洲让孩子学哲学是有历史传统的，早在古罗马时代，达官贵人们在临终前都要把孩子和财产托付给堪与柏拉图、亚里士多德齐名的哲学家普拉提诺，而不是家人或亲戚。这位哲学家也从未辜负过这样的嘱托，他的原则是："只要他们没有对哲学产生兴趣，他们的财产和收入就必须安全保管。"法国有一本常销的书就是《写给孩子的哲学启蒙书》。

美国有《杰出青少年的14堂哲学课》、《写给孩子们的哲学：帮助孩子树立正确人生观的40个哲理问题》等，他们最信奉自己的经典诗人惠特曼的名句："最初读到什么东西，最初看到什么东西，这些就会成为孩子未来生活的一部分。"

亚洲的韩国有《哲学家讲的故事》、《哲学家开的店——哲学原来可以这样学》等等。

如今，我们终于等到中国也有了这样的青少年哲学读本，即新蕾出版社的《写给孩子的中国哲学启蒙书》，一共五本：《我是谁》、《幸福是不是猫吃鱼》、《偏见会不会让我成为怪孩子》等。图文搭配，机妙天成，足智多趣，兴味盎然，我几乎是一口气就读完了第一本的书稿。开卷就能激起读哲学的兴味，先要会设问，这正是此书的妙趣之一。

诸如：你听到过花开的声音吗？怎样倾听自己的生命之花开放？开篇的一问便是："我是谁？"一个人最熟悉的莫过于自己，最陌生的可能还是自己。古人说："远取诸物，近取诸身。"这是告诉我们，在认识世界的时候，先要认识自己。那么"我"是谁呢？如果"我"就是由姓名、外貌特征、出生日期构成的，那又怎样区分同名同姓、相貌几乎一模一样的人呢？还有，"我"从一个牙牙学语的幼儿长成为一个活泼少年，将来还要长大成年，"我"还是"我"吗？

就这样由一步步的推问，变成一层层的深入，说清"我"是由"内涵"和"外延"两部分构成。"内涵"是一个人内在的品格气质，是区别我、你、他的重要特征。而"外延"，则是每个人都要在天地间扮演的角色，也就是在社会上尽自己的义务和职责。社会越发展，每个人的角色也就越复杂，扮演的这些角色便构成"我"的重要内容。"我"正是在与他人、与自然、与世界的关系中，不断被塑造，同时又影响环境。因此

"我"看起来很简单,实际很复杂,正如佛陀所言,明白了"我"是谁,就明白了世间最深奥的智慧。

孩子是为了善、为了完美才到这个世间来的,他们眼中的世界很丰富,他们的思想也立体多彩,阅读哲学启蒙书可丰富他们的心灵,抵御俗世中消极的东西对他们的精神和想象力的侵害。学会思考自己的存在,回答生活中令人畏缩的重大问题,从而建立起真正的理想,为以后的人生提供养料和能量。

中国有辉煌浩大的哲学经典,极其丰富,无所不包,既有精深渊博的智慧,又有轻松幽默的机敏,可提供一种恒久的思想之光。商品经济时代,孩子格外需要这种哲学滋养,以开掘并逐渐形成自己的思想,培育理智的诚实,做一个"完整的人"、"思考着的人",自奉自助,自尊自信,学会辨别并留住大脑内在的闪光。那他们就不会没有自己的"大思想",也不会缺乏"创造力",可以找到自己生命的意义。在"起跑线上"不仅能迈出正确有力的步子,还能强健自己的身心。

读罢此书,实为欣幸。感谢哲学,祝福孩子!

2012年3月9日

温暖的记忆

——感念与上海文艺出版社的"书缘"

　　作家的职业是写书,而出书很有点像生孩子,有人相貌一般,生出的孩子却很漂亮;有人相貌堂堂,其孩子却一般化。我指的是外表,不是"内在质量"。作家出书也一样,在样书拿到手之前,像父母等待孩子出生一样,完全不知道自己的孩子会是什么样子,是否漂亮?生孩子靠上辈人的遗传基因,书出得漂亮与否,就要靠出版社了,看作家遇上了什么样的责任编辑和装帧设计。

　　我称这种出书的运气为"书缘"。

　　"孩子是自己的好",谁的孩子谁爱。有些父母甚至对残疾的、生活失意的孩子更为关爱和牵挂。作家对书就不一样了,同样都是自己写的书,对装帧设计大气漂亮的就格外喜欢,赠送朋友也拿得出手。出得不漂亮的书,就压在箱子底儿,一般不会拿这样的书送人。我最早的几本书都不是自己心目中想要的那种样子,却又不能怪出版社,只能怪自己的"书缘"不好。至今我还是这种心态,出版社给你出书是看得起你、抬举你,没有一家出版社会故意把书出难看,与其那样不如根本就不出你的书,还节省了稿费,岂不更好?同样是一个出版社,为什么给别人出的书就很漂亮?

　　这里确有个作家本人的运气问题,运气就是缘分。

　　到一九八四年,我终于"时来运转"。上海文艺出版社一年中连出我两本书,封面设计都很新颖别致,摆在书架上分外醒目,令我很满意,甚至出乎自己的想象和期望。一本是小说集《拜年》,采用了当时刚流行的"大32开本",显得既厚实又有个性;另一本是创作札记《不惑

428

文谈》，为"长32开本"，清雅可心。

这两本书的问世，给我最大的鼓励是对自己的"书缘"有了信心。而"书缘"自然又引出"人缘"，由此开始了跟上海文艺出版社及该社诸多编辑数十年的交往，有些成为终生朋友，念念不忘。赵南荣先生是位谦谦君子，温雅多智，那个年代没有网络，打个长途电话都是很奢侈的事情，许多单位要事先申请，需获得领导的批准。赵先生从来都是用书信指导我编集子，他的信字体工整，用语精当，我回信时就格外用心，一笔一画，规规矩矩，不敢稍有马虎或草率，觉得那是一种浅薄和不敬。跟这样的编辑通信，会长见识、学规矩。

丘锋先生则是另一种性格，说话语速极快，是上海人中的豪爽派。几十年来没断了联系，但也不常联系，去年收到他两大卷新书，立刻放下手头的事，翻看他的著作，里面收录了他以前写的文章，读着读着仿佛回到三十年前，回想起许多当时的人和事……其中也有评论我的文字，甚至比当年更让我感动。那个时候我忙于写自己的小说，对别人的评论不大在意，无论是批评的还是鼓励的。现在读来却别有一种温暖和启迪。

在商品社会，恐怕唯有作家与编辑的交往还能接近"君子之交淡如水"的境界，因为这种友情本身就很独特，有点像师生，又可以像朋友，以精神层面为主，然后发展成友谊。很干净，却不失温馨，不一定有多么亲近，却没有一个作家会忘记编过自己稿子的人，留在记忆里的是一些美好的片断。

也是在上个世纪八十年代中期，上海文艺出版社的老编辑王肇歧先生，曾编过我一部中篇小说《碉堡》，他对这部小说给了应有的鼓励，但对小说的核心情节，或者说是我的想象力，一直心存疑虑，觉得有点离谱：有人在一个战争年代遗留下来的旧碉堡里开办歌舞厅，那个时候开歌舞厅是非常敏感的，经常会遭突击检查甚或会被突然查封。而大碉堡"易守难攻"，攻和守、开和闭的纠葛就有戏剧性，小说的故事便由此展开……现在还有碉堡吗？围绕着它进行虚构，似有点邪乎。

有一次，王肇歧先生到北京公干，特意提前在天津下车看我。我带他来到天津北郊城乡结合部,在一条更名为"0号路"的土堤上,还保留着几个大碉堡,里面还都住着人家。有的虽然歪歪斜斜,但十分坚固,唐山大地震时也纹丝未动。当时整个天津市恐怕只有住在这些大碉堡里的人,才没有在外面另搭抗震棚。我每天骑着自行车上下班,都要走0号路,从几个大碉堡下面经过,曾留心观察过住在碉堡里的人,也寻机进碉堡里参观过。

记得当时王肇歧先生非常惊讶,直说没有想到在一个大城市里居然还保存着这种东西!我告诉他这可能跟碉堡里还住着这么多人有关,他们大多是度荒时被疏散到农村,后来在农村难以生活又返回城里,无处安身便以碉堡为家。政府如若炸掉这些碉堡,该怎样安置他们?恐怕要牵扯到一大堆问题,包括国家的政策……

借此我诚心诚意地感谢他对小说《碉堡》情节设置的疑问,这就是大编辑的水平,虽然没有直截了当地批评,却促使我不能不反思这部小说的构思,也不能不承认这部小说没有写好。如果不纠缠在办歌舞厅上,将重点放在写碉堡的历史以及所有在里面住过的人的命运上,可以肯定地说会更有意蕴、更有分量。我跟他表示,得空时当重写这部小说。

自那以后,每年中秋节,如果王先生有机会进京,必定先在天津下车,送给我一盒上海的高档月饼。若没有机会北上,就将月饼寄来,年年如此,从未间断。这份情谊、这种长远劲儿,令我无比感动,会永远铭记于心。最近的一次通电话,询问他退休后的情况如何?他说很是轻松自在,身体也很好,每周要跟几位老朋友聚会两三次,打牌、聊天,最后由赢家做东请大家吃饭,不亦快哉!听得我也哈哈大笑,感到很开心。

借上海文艺出版社成立六十周年庆典,我由衷地祝福这家书出得漂亮、能给作家带来"书缘"的出版社及其尊敬的编辑们!

2012年6月

诗词富源

——贺《乔富源古体诗词吟唱》

以唐诗宋词为标志的古典诗词,是中国文化史上的一个高峰、一个奇迹。代表了人类精神的高贵和想象的自由与豪华。就在物质主义、享乐主义极度膨胀的商品社会,乔富源先生的古体诗词,仍能自树一帜,不同凡响。

其最突出的贡献,是用古体诗词表达现实生活。诗风平实、朗健,心胸放旷,意绪纵横。影响现代人生活的重大事件,几乎都在他的诗词中有所反映,诗之有思,猝然遇之,随语成韵,随韵成章,"直道现时语,心源傍古人"。

却又是比较纯粹的古体诗词,出语清警,诗意泅蕴。不生硬,不流俗,胸意灼灼,情愫深切。"夜雨无私不择木,东日慷慨尽入林。细枝轻轻摇冬落,布谷切切催牛耕。"《春游》工整,芳香,晓畅,幽美。

富源先生面秀神清,和风细雨。一旦入诗,便襟怀大开,诗情蓬勃逸宕,势若排山倒海,时有惊人之语:"誓言铮铮胜九鼎,泪水滂滂湿缁衣。酾酒依依忠魂慰,此恨深深怎绝期?"《祭》用词警拔,气骨忠梗。

有一种文字,按一定的形式排列组合起来,让人们看到情不自禁就想读出声,这就是诗。

在古代,诗词需要吟唱,"凡有井水处,即能歌柳词"。或浅吟低唱,或高歌长啸,无论是吟者还是听者,都可以更好地感受诗的气韵和意境。唐代杜荀鹤谓:"世间何好事?最好莫过诗。……生应无辍日,死是不吟时。"

《乔富源古体诗词吟唱》开风气,颂雅韵,提升现代文化品性,可嘉可贺。

富源成就诗词,诗词成就富源。

富源何幸,诗词何幸!

2012年7月8日

他是"文化人"

武清历来是一块文化高地。

从满清末期说起,产生过革命义士,扶保谭嗣同变法;产生过曲艺名家和大批书画大家,有获得过国务院总理赠送坐骑的画家,有的被选为全国书法家协会的主席。在武清随便走进任何一家企业或机关的办公室,都会见到不俗的字画,明显会感受到一种浓郁的文化氛围。本世纪初,当时的国家主席来武清视察经济发展状况,所到之处都被悬挂在墙上的字画吸引,宛若在参观书法、绘画大展,甚感惊异,大加赞赏。

二〇一一年中国最高规格的微型小说大奖,由武清策划,在中国作家协会评选,最后在武清颁奖,一时传为美谈……

在诸多颇具"轰动效应"的文化活动中,总活跃着一个年轻的身影,他就是商道文化传媒的创始人张建云。该怎样定义这样一个人物呢?

他有公司,可以说他是企业家,可他对文化事业的投资往往"只管耕耘,不问收获",并不以回报为目的。他著书立说,也可以称他为作家,但他显然并不以写作为职业,甚至不是最大兴趣。写作于他来说,不过是"搂草打兔子"。他还策划、投资拍摄微型电视短剧、设立文化奖励基金……不一而足。

在当今音乐界有一种灵魂似的人物,是多才多艺的"多面手",能作曲、能演唱、能演奏多种器乐,但他最主要的贡献是慧眼识珠、发现歌唱天才,然后进行培养和辅导,量身定做为其写歌,进行包装和推介。他们熟悉音乐,熟悉市场,名曰"音乐人"。

在每个当红歌星和音乐节目的后面,都有"音乐人"。套用音乐界的概念,我将张建云先生称为"文化人"。

现代商品社会的所有竞争,都可归结为文化上的竞争。而要发展和强大文化,万万少不了文化人。他们最主要的特点是有热情,热衷于文化事业,像张建云,身边团结了一大批书法家、画家、作家、编辑、热心于文化的企业家、文化部门的官员等五行八作、方方面面的人物,在他周围形成一种"文化场"。

其次是要有品位。文化人自身须有文化鉴赏力,知道什么是文化,文化需要什么,才能雪中送炭,或更上一层楼。能做事,全在知事。知道该做什么,能做什么,怎样做好,是很了不起的。

第三是要有能力,一种能够成事的能力。现在谈文化的多,做文化的少。或想做文化却不得其门而入,或不知从何入手,或知道该怎么做却心有余而力不足……有能力的人是善于举文化之事为人事,众皆助之,焉能不成事?

所以,在患了"文化饥渴症"的现代社会,文化人的作用举足轻重。

我读了张建云的两本书,大体可揣摩他做文化的路数。第一本是《解读弟子规》,从国学入手,以传统文化瑰宝打基础。第二本是对现实发言,即《张建云说》,提升现代社会文化。

张先生正处于思想上的"喷发期"。随时随地、万事万物都能触发灵感,有话要说,有观点要表达,敢想,也敢说,"言必中当世之过"。说人、说事、说理、说情、说育人、说境界……

由于思想一刻也闲不住,理就多,言有序,事不乱,至言不繁,灵魂入迷,给孔子写信,与圣人理论,包罗万象,纵横捭阖,直抒胸意,痛快淋漓。

文化文化,文以化之,文化具备一种导人向善向美的力量。先化己,再化人。

唯愿像他这样的文化人,在文化上有更多的建树。则国家幸甚,文化幸甚。

2012年7月26日

文人素描

你、我、她和冯苓植

我开了几个罐头,胡乱对付了几个酒菜,与朋友们小酌。说:"喝酒不可无酒话。无菜可以喝酒,无话则不能喝酒,闷酒醉死人!今天酒桌上的话题是苓植,不论谁敬酒也好,罚酒也好,说出的话必须要跟苓植有点联系。咱们来个煮酒论苓植,大家同意吗?"

"同意!"

"你们干吗要拿我当酒菜?我没有招惹过谁,我谁也不敢得罪,你们干吗要欺负我们从内蒙来的老实人?"冯苓植做出一脸苦相,那双故意用烟雾罩住的眼睛却露出特有的机智和强硬。

你说:"冯苓植,你要算是老实人,那世界上就没有坏人啦。也许你不喝酒的时候还算老实,三杯酒下肚,就借酒装疯卖傻,哪壶不开提哪壶。摆出一副忠厚智者的神态,滔滔不绝,谆谆教导,胡说八道,假做正经。害得有些朋友不敢跟你坐到一块喝酒……"

"我反对,"她站起来,语气颇为激烈,"据我所知,文艺界的许多朋友都愿意跟我家大哥在一块喝酒。如果说他在清醒的时候,显得胆小怕事,谨小慎微,凡事老往后躲,那么在他喝了酒以后就变得勇敢豁达,聪明过人,妙语如珠,言惊四座。连他本人也变得更真实,更和善,更可亲可近了……"

你脸色极不自然,不够礼貌地打断了她的话:"等等,冯苓植什么时候成了你的大哥?"

她星眸灼灼,顾盼自如:"你要听吗?"

男性的忌妒烧得你脸颊发红了:"我真不明白,冯苓植有什么出色的呢？小个子，身高最多有一米七，也许还不到，什么时候什么场合能显得着他？可女孩子们为什么都说他好呢？"

我必须冲淡一下酒桌上的火药味："你说得不错，不论男女，凡是孩子，都喜欢冯苓植。在前年的烟台笔会上，我带了小孩儿，邓刚带了女儿，朱春雨带了儿子，还有几个编辑也都带了孩子。我们这些当家长的都很省心，孩子们一天到晚围着冯苓植转。他是个天才的孩子头，对孩子有令人难以理解的兴趣和耐性。天天中午被孩子们缠得睡不了午觉，也不厌烦。当然也有把孩子逗哭的时候。奇怪的是孩子们跟他不记仇。外出参观时，自己的父母是不是上了车他们不关心，冯苓植则决不会被丢下，他的魂儿一刻也丢不了，孩子们不停地叫喊，冯伯伯干这，冯叔叔干那。开始我只认为这是他的脾气好，喜欢孩子。后来发生一件事，让我感动，也让我深思……"

你说："你请我们来是听你演说，还是让我们喝酒？"

"好，先喝了这杯。"我接着说，"朱春雨的儿子在游泳的时候把眼镜掉在海里了。朱春雨这个小气鬼站在海滩上把儿子数落起来没完没了，好像世界的末日到了，好像他儿子掉在海里的不是眼镜而是一块金砖。也许真要是金砖他就不发脾气了，金砖可以再捞起来。眼镜虽不太值钱，可影响孩子看书、写作业、旅游、玩耍……无论谁怎么劝说也不行。冯苓植突然掏出自己的眼镜抛进大海，然后对朱春雨说：'行了吧，我也丢了一副眼镜，咱们彼此彼此，饶了孩子吧。'我发现冯苓植跟孩子在一起自由自在，他由衷地感到快乐。"

她接着说："你们还不知道我家大哥是如何疼爱他自己的宝贝女儿！如果哪个编辑能买通他的女儿，就一定能拿得到他的稿子，女儿当着他的家。"

冯苓植的眉眼立刻活跃起来："我那黑玛莉捣蛋透了……"

我笑了，这家伙这一点很可爱，说起女儿就来神了。

你总是喜欢抢别人的话头，按自己的思路往下说："别看冯苓植个子不大，确实有点帅劲，头发后背，整齐而有派儿，五官周正，鼻梁弓起。身材像个舞蹈演员，好像什么衣服穿到他身上都很合体、很好看，像模特一样标准。"

冯苓植吃不住劲了:"你小子干吗老挖苦我?"

我指指她说:"谁叫你找了这么个漂亮的小妹,太招人忌妒了。快讲讲你们是怎么成为兄妹的吧。"

她说:"我们第一次见面是在哈尔滨,准备一同去参加敖伦呼雅的笔会。我记错了开车时间,等我逛完了大街回到旅馆,已经人去楼空,同伴们全走了。而且把我的东西也都带走了,只在桌上留了一张纸条,告诉我开车时间。我看看表还有二十分钟,跳上一辆公共汽车,向司机讲了我的难处。司机还不错,把汽车开得飞快,像电影里的惊险镜头,一路不停,直接把我送到火车站。我从运行李的地方跑进站台,火车已经启动,我不顾一切地跳上踏板,死命抓住扶手,火车越走越快,我总算没有误了车,心里可算松了一口气,两条腿却软得没有一点力气了。乘务员生气地说:'你上不上?'我连说话的力气都没有了:'啊……上。'是乘务员把我拉上车厢。等我缓过劲儿来找到自己的人马,大家都急得正伸长脖子往车厢外望呢。'你来了,冯苓植哪?'原来老冯怕我进不了站,拿着我的车票、证件还在门口等我呢! 他的东西和钱包又都放在车上。晚上到了目的地,盛情的主人为我们摆下筵席,面对满桌的山珍野味我有点咽不下,给我们在哈尔滨住过的旅馆打了个长途电话。才知冯大哥身上一文不名,在大街上流浪半天,最后无处可去,只得回到老旅馆求借一宿……所以我认下了这位热心肠的老大哥。"

我对她说:"来,为你家大哥干一杯。"

你撇撇嘴,揶揄地说:"这不过是向一位漂亮的女郎献殷勤,不要跟雷锋精神混为一谈。"

她不愧是大家闺秀,神色从容,应付裕如:"这不公平,当时参加笔会的人中有许多更漂亮的妙龄女郎,也有许多像你这样风度翩翩、专爱向女性献殷勤的风流小生,可谁愿意为一个素昧平生的人甘愿冒误车、误筵的风险呢? 即使冯大哥的雷锋精神专爱用在女性身上,又有何不可呢? 这也是一种绅士风度,一种文明社会里起码的礼貌。"

　　我说:"苓植的热心肠大家还是公认的,而且并不是专对女士献殷勤。我知道一个故事可证明这一点。故事也是发生在火车上,他和一个年轻的电影演员一块上的车,那个演员是小伙子,长得有多么白嫩你们自己去想想吧。小伙子买的是软卧,冯苓植买的是硬卧,上车后两人就分开了。过了一个多小时,小伙子找到他,一定要跟他换票,态度极诚恳:'我这么年轻,你是老大哥,让你睡硬板,我睡软席,于心何安,天理不容!'冯苓植推辞不过,只好换过乘车牌去软席车厢。

　　"小伙子看见冯苓植那深受感动的样子十分得意。原来他的软卧车厢里只有两个人,除他之外还有一个徐娘式的人物,一见年轻演员这副俊秀可人的仪表,情不能禁,眉飞色又舞。把包里好吃的东西全都拿出来,逼着小伙子吃。她本来穿条灰色长裤,从包里翻出一条绿色长裙,到厕所里换上。再回到车厢就在小伙子面前搔首弄姿,介绍她的身份,表现她的风度,展览她的身段、服饰和大腿。小伙子实在不堪忍受,才逃出来找了冯苓植这个替死鬼。

　　"冯苓植一走进那间软卧室,女首长(这是冯苓植的猜测,他认为中国人能坐得上软卧的,就是这样几种人:时装模特、电影明星、歌星、长途贩运的爆发户、各皮包公司的经纪人,还有各种首长)的脸立刻拉得老长,好像看见了一个砸门撬锁、私闯民宅的强盗。气呼呼地问:'你是什么人? 进来干什么?'

　　"在这位女性面前,冯苓植的全部魅力只等于零,态度老实而又语言简短地介绍了自己跟小伙子的换票经过。女首长大失所望,生气地把脸扭向窗户,不再搭理冯苓植。冯苓植浑身不自在,已明白几分小伙子为什么非要跟他调换铺位了,这里哪有硬卧车厢自由自在。他想躺下,又怕让女首长觉得他不懂礼貌;他想抽烟,又顾虑人家怕烟呛。没抓没挠,只好拿出一本书来看。没想到女首长突然转过脸来问他:'你是干什么工作的?'那口气就如同审问。冯苓植在一般情况下不愿惹事,规规矩矩告诉女首长自己是搞写作的。'你是作家?'女首长来了情绪,开始批判白桦,然后又数落某女作家。她越说越激动,所引用的材料就是社会上的小道新闻,慷慨激昂,义正词严。冯苓植觉得自己忽而是白桦,忽而是那个倒霉的女作家,如坐针毡,如临深渊。他基本上是个胆小怕事的人,见了领导干部有一种本能的戒惧,这跟他的经历有关系……"

你打断我的话:"看来冯苓植并不是在所有的女人面前都能成功的,为那位爱演员不爱作家的女干部喝一杯。"

我喝完酒接着说:"苓植出身望门,他的家庭在最兴盛的时候一次能考上五个进士。但是到他出生的时候已经没落了,他八岁在北京卖晚报,十二岁时曾想上吊自杀。以后上了简易师范,十四岁当小学教员,比学生还小。十七岁的时候又考上了大学,开始发表作品。两年后父亲被打成'右派',他只好退学去工作,在腾格里大沙漠里一待就是六年。社会上没有他的路了,只好到荒无人烟的地方去。当教员不行了,当干部更没门儿,连留在城里随便找个工作做个普通老百姓也不可能了,他只剩下一条路——写作。了解他命运的人就会理解他为什么会有这样一副性格,忽而像个小孩子,忽而又像个暮气沉沉的老人,忽而孤僻得要死,忽而又非常热情开朗、喜欢交际,忽而胆小如鼠、对某些小事情小心得过分,忽而又气壮如牛、不顾一切,忽而谦虚得要死,忽而狂妄得过头,忽而无比果断,忽而疑虑重重……"

她插话:"你走题了,快讲软卧车厢的那位女首长和我家大哥后来怎样了?"

我说:"我说的话没有离开冯苓植就不算走题。后来苓植忍无可忍,拍案而起,大讲白桦的好话,反驳了女首长散布的流言飞语。然后摔门而去。说句公道话,在那种'《苦恋》事件'正热闹的时候,苓植敢站出来替白桦辟谣,不怕得罪一个有身份的领导干部,勇气可嘉,正气可敬。"

她举起酒杯:"为我家大哥的一身正气干杯!"

"干杯!"

你虽然尽力装得不露痕迹,话里总有点咂干醋的味道:"冯苓植,想不到你这个所谓的小妹对你还真不错。"

冯苓植:"当然。在敖伦呼雅有一天我喝醉酒,躺在浅湖里睡着

441

了,我家小妹坐在旁边守护了两个多小时,直到我醒来。我应该敬小妹一杯。"

我号召大家再一次端起杯:"为这一对八竿子打不着的兄妹不同寻常的友谊干杯!"

你今天不知怎么回事,死盯住冯苓植,说:"冯苓植是文坛的一员福将,出国访问、作家代表大会、国家发奖,都少不了他的份。可他又不招风不显眼,没人忌恨他,活得舒服自在,人缘不错。尤其是女作家,更是护着他。"

我说:"其实女作家里不一定有一两个是真心跟他相好的,不过就是认个干亲,开开玩笑罢了。要是动真的苓植就会吓得逃开了。这叫串皮不入内,说的不做,做的不说。说到他在文坛的地位,确实处得很妙,他不出大的风头,可每年都能拿出一点实实在在的、有自己独特味道的东西。谁也不把他看得有多么了不起,可谁也不敢小瞧他。他聪明得就像运动场上有经验的长跑运动员,自己先不急于跑到前面去,老是跟在第一个的后面,这样的地位最舒服,时刻都掌握着主动,调节着自己的体力。到关键的时候就可以超过前面的人,冲到最前边。"

她替自己的大哥辩解:"我家大哥的处境决不是像你们说得那么美妙,他也有敌人,也有恨他的人和想整他的人。他不是猴儿精,相反倒有点傻,如果说他人缘好,也是个傻人缘儿。"

她自顾自地喝了一口酒,接着说:"我举个例子,你们看过一个叫《碧野晨星》的电影吗?那本是我家大哥写的,后来人家对他说,要扶持少数民族的作者,在他的名字后面又署上一个人的名字,变成两个人的合作产品。再后来人家又对他说,要照顾少数民族的作者,把他的名字放在后面,变成以人家为主了。最后干脆把他的名字去掉,那部电影根本没有他的份儿了,人家告诉他的理由是他有名气,不在乎这个。他也就老老实实地吃了个哑巴亏。我提议,为我家傻大哥的老实厚道干了最后这一杯。"

1986年夏

青莲子出世

今年一月，山东文艺出版社推出了上中下三册《威龙邪凤记》，第一版八万册未出三个月告罄。它至少宣告了这样一个事实：当代大陆文坛终于有了像点样子的武侠小说。

所谓"像点样子"就是以金庸、梁羽生、古龙为参照系数，有了类似的气象和规模。至少不比梁羽生、古龙出世时差。

这很不容易，武侠小说在中国大陆热闹了十年，这才刚刚热闹出一点苗头。

说容易也很容易，一本二十万字的长篇小说只消二十天左右的时间，"最快一本书只写了十八天，平均每天一万字，最高纪录可达一万五千字"，而且"写书时轻松愉快，一气呵成，字面干净，往往几十页无墨点。有手稿作证……"

这就是《威龙邪凤记》的作者青莲子。

他本身就具有传奇性。发表被公认为是严肃的文学作品，使用本名"雁宁"。出版了小说集《巴人村纪事》，近期的《牛贩子山道》、《大刀》等小说颇得评论界好评，曾获得多种文学奖。出版以整个世界为舞台的警匪言情小说，则署名"雪米莉"。目前已出版《女煞星》、《女人质》等女字系列长篇小说九部，《男玩家》、《男舞伴》等男字系列长篇小说三部。涉及大量有关国际政治、军事、经济、宗教、文化、地理、风物等多方面的知识，并无捉襟见肘、浅露寒酸之相，洋洋洒洒，写什么像什么。"对西方社会的各种角角落落都有较细腻的描绘"。"每一本都以居高不下十万册、二十万册的大数量，以几十天、一两个月的短周期，以超出同类书的高定价,节节推出,连连爆响。"以至于书市上将亦舒、琼瑶的作品换掉封面,冒充雪米莉的小说出售。一时间有七八种雪米莉小说的赝品充斥书市。连雪米莉这个名字都闹出了一场风波……

他虚构一切,甚至虚构自己。

他对自己的想象充满自信:"我们也认为谢尔顿、科林斯写得不错,但又觉得他们不如我们虚构想象得好。"

《威龙邪凤记》具备武侠小说足够的魔力和奥妙:阔大的框架,豪壮的气势,曲折惊险的野性,强烈动感的脉络,恣肆放达的韵律,除奸惩恶的搏杀,肝胆欲裂的情缘。人物有类型也有个性,行侠仗义者把善推向极致,使英雄的生命存在方式达到了天人合一的境界,超越了人类的真实,几近神话中人。恶人也把恶做到底,将自己的生命也推向极致。善恶绞缠又水火不容,杀得昏天黑地。

在绞杀中充溢着一股豪气,对读者产生了一种直接的本能的愉悦力量,平衡现代人种种不和谐的心理,刺激和转移现实中的兴奋点,形成一种特殊的文化效应。

书中有不少像"人鲸大战"这样惊心动魄的精彩场面。但武侠小说是有公认的大体模式的,写得不像武侠小说不行,写得太像又会让人有似曾相识之感。《威龙邪凤记》给人的总体印象并不是横空出世般地开辟了新武侠小说的一个新阶段。正如青莲子自己所说:"此乃试验之作。"主要人物都有一定的个性,但没有超越类型,缺乏鲜活的气息。故事背后缺少源远流长的丰富复杂的社会历史风貌,人物身上缺少中华民族精神、民族性格的深厚内涵,把握历史和驾驭传统文化的能力还有待提高。

同样不可否认,青莲子身上带着一股初生牛犊的锐气,他的作品在中国目前的通俗文学界应属上乘。

他似乎在领导着一个创作集团,自己则是这个集团的第一执笔人。"我们写作从不讨论,大都碰头时说个题材,讲个书名,各干各的。"我感兴趣的是青莲子(或者雪米莉们)给中国文坛出了个难题——文学界不知该怎样对待他。

漠视他或忽视他？已不可能,他也不在乎。已形成自己的气候,拥有广大读者,构成一种文化现象,不需要别人的特别恩准和承认。文坛如果对他装作视而不见,反倒显得不自然。蔑视他？显得不够明智,一个健康、强大、民主的文学本应是宽容的,为什么容不下他？他的艺术品位和文学品格也不容蔑视。金庸是香港文学的骄傲,至少不是耻辱。古龙曾是台湾文坛的骄子,至少不是弃儿。堂堂大陆文坛出了一个青莲子是太少不是太多,何故尴尬？

还有一种态度,就是正视他,重视他。目前还缺乏足够的勇气,有点羞羞答答。

青莲子杀出巴山,轰轰烈烈走遍全国。轰动了社会,却轰不动文坛。文坛宁愿把褒扬送给那些不为太多人所知的"严肃小说"。感到尴尬的不是青莲子而是当代大陆文坛。

我看当代大陆文坛,更缺少优秀的畅销文学作家,有一流的质量,还要有惊人的产量,不断前进,不断流通。文学本来就有两个标准:永恒和流通。中国文人历来重视永恒,鄙视流通,这是一种传统的病态。许多古典作品是靠流通获得永恒的。谁也不敢打保票,畅销书作家一定会比同时代不畅销的作家消亡得早。有人愿意活在文学史里,有人愿意活在广大读者心里,应该允许各取所爱。

青莲子出世带着一身骁勇,一种平静的自信,一股想象的激情,使人有理由相信文坛不会没有挑战者的。历史善于选择文学,现实也在选择文学,没有人能阻止这种选择。

1992年4月

嫩江一夜

上车下车,换车,再上车再下车,经过二十八个小时的轻摇慢晃和偶尔的急摇重晃,我们一行十一人来到了解放军总后勤部的嫩江基地。从中秋一下子扑进了初冬,从天津出发的时候穿着单衣,在火车上换好了毛衣毛裤,下车后仍感凉飕飕的。天津市作家协会应总后文化部之邀,在这里举办散文笔会,是有深意的:人们不是都说文坛"浮躁"吗?人心思商,唯利是图,"作家深入生活"似乎成了一句被人耻笑的早已过时的话。而作协创联部偏偏请作家们到这样一个地方来——在北大荒之北,过去比北大荒更荒。

这是一片神秘的土地,一望无际的黑土。有的刚被翻开来,在阳光下闪闪发亮,肥得仿佛浸了一层油。更多的黑土地上还长着已经成熟的大豆,叶子均已落光,只剩下铁棍一样干硬的豆秸秆上,挂满铁一样颜色的豆角,在风中摇动,哗哗作响。一幅秋满人间的画面——天道重在秋熟。土是黑的,大豆是黄褐色的,翠绿的马尾松和枯黄的阔叶林点缀其间——这就是嫩江平原深秋的色彩。"平野尽处浑无壁,远树梢头便是天。"天格外高、格外蓝,空气沁凉却带着甜味。

是嫩江基地的官兵开发了这块土地,创造了大豆大面积丰产的奇迹,不只在国内遥遥领先,而且成为世界先进水平的创造者和保持者。一台台大型联合收割机昼夜不停地在黑土地上奔波,像变魔术一般地把秸秆和豆角一并吞进肚里,却只把饱满金黄的豆粒瀑布般地倾倒进卡车上。大家似乎都感受到一种久违了的昂扬生机,一种朴厚豪迈的奋发,被一种说不清的氛围所感染、所激励。突然觉得天地高阔洁净,生活大有希望,美还在,真情还在,净土和绿洲还在……

作家们要分头下去采访。嫩江基地下面有八个场,距基地总部最远的场有一百多公里,最近的也有五十多公里,想不到作家们都争着要到最偏远的地方去。没办法最后只好把我和柳溪留在基地采访总部领导。并约好以我的住处为联络站,每天晚上大家通个电话,保持联系。

第二天早晨四点多钟作家们都被喊起来了,有的乘五点钟的火车,有的乘汽车分别下场去了。我经过一天的采访,精神高度集中,高度兴奋,晚上九点多钟回到住处,有点头昏脑涨。不知下场的同人们怎么样? 虽然大家作为一个团体约好了晚上通个电话,但散漫惯了的作家们真的会守时守约吗? 我试着通过基地的总机往下面的场里打了几个电话,连场长、政委都找不到,更不知到哪里去找来采访的作家? 给我的感觉是各场里除去守电话的,所有人都到地里抢收豆子去了。我无法找到同来的作家们,心里有一种振奋,也有某种莫名的不安。好在他们都知道我的电话,我只好在房子里坐等消息了。

晚上十点钟,下到二场的许瑞生第一个打电话来,语调极为兴奋,上来两句话就把我的情绪给烧起来了:

"子龙,你采访完总部赶紧下来,不下来绝对找不到这种感觉! 我看每个人都感到非常亲切,他们朴实、真诚,文化素质很高,每个干部都会开汽车、开收割机和拖拉机。每个人平均种三百多亩地,每亩地平均收大豆三百五十斤,每斤大豆九角钱,他们一个场就种了五万多亩地,你算算这是多少钱! 这才是真正在创造价值,是一种实实在在地存在。我刚来了一天就喜欢上了这里的人、黑土和大豆,下午我跟在收割机后面在泥土里跋涉了五十分钟,捡了两大抱豆子,看见掉一粒豆子都心疼。上午在场院里灌了三十袋豆子,每袋重一百八十斤,还推了四十袋,和战士们一块出一身大汗真痛快。好久没有享受过这样的痛快了。晚上跟场长去地里抓偷豆子的小偷,场长是上校,不敢对小偷怎么样,我则气坏了,朝小偷屁股踢了两脚……"

随后刘功业从最偏远的八场打电话来,他刚从地里烧荒回来,带着激情向我描述烧荒的情景。收割机只把豆粒取走,秸秆一堆堆地丢在地里,战士们把它点着化做草木灰肥地。一堆堆大火烧穿了沉沉的黑夜,场面十分壮观。可惜没有人有工夫有情致欣赏这场面。战士们已经连轴转了快一个月了,谁什么时候困得睁不开眼了,就趴在机器上睡一会儿。脸像泥猴,但精神饱满。刘功业也只能一边干活儿一边和战士交谈。

十点四十分,王家斌的电话来了,他和林希负责采访五场和七场:

"我和林希坐着吉普车在地里兜了一天,刚刚回来。几万亩地,一片黑咕隆咚,黑得瓷实,黑得透彻,但并不安静,战士们在黑暗中各自为战,争分夺秒,非常自觉。他们担心不知什么时候就会下雪,雪后一上冻豆荚就会裂开,豆粒就掉了。这些战士太可爱了,老实,肯干,又纯又甜,他们不知多少天没睡觉了,但眼睛发亮,没倦意。我们采访了一个护豆的小战士,只有十九岁,在离营房几十里以外的一个很偏僻的小帐篷里守了两个多月了。手里提着根棍子,和偷豆子的小偷周旋,还要和狼对峙。我们问他怕不怕?他回答得很老实:怕,主要是怕狼,不怕一只两只,就怕一群。我们问他为什么不向营长提出来换个人?他不回答,只是笑,笑得很甜,笑得俏皮,大概是笑我们提了一个愚蠢的问题。跟他们在一起灵魂得到了净化。作协举办这一活动很重要,大家都很投入,我们这些人也有点军事化了!"

十一点多钟,颜廷奎从八十多公里以外的一场打来电话,声音细弱渺远,仿佛是从另一个星球上传来的声音。

"一场的大门口很气派,地球仪般的门楼寓意他们的大豆种植水平是世界一流的,墙上刻着三个银环象征科技兴农。一进大门,在大院的中央有一高台,高台上是一尊金色的巨牛塑像,题名'拓荒者'——牛是开荒者的图腾。其实嫩江基地的开发与牛无关,全部机械化了。一场场长是我老乡,我又是个老兵,一见如故,我也找到了一种很熟悉的感觉。"

谷应采访完了基地的学校和幼儿园,又跑到二场去了,甚至闯进了附近的少数民族村落,走街串户,即兴采访,到晚上十一点钟才回来。令部队负责接待的同志着实担了几个小时的心。

李晶采访了基地的教导队和医院,精神一直处于亢奋状态,嗓子已经发炎了还在不停地向大家讲述她的感受:

"我和教导队领导最早的谈话是在一间不朝阳的屋子里开始的,桌上摆着冰冷的水果,我整个人都冻透了。可是听他们一讲话,立刻就暖和了,从心里向外热。这些年文艺的不变主题是反英雄,认为英雄时代已过去,骑士般的人物已绝迹,好人和坏人的概念模糊了……在嫩江基地却到处都是英雄,他们是普通的军人,而且是种庄稼的,实实在在,有血有肉,但他们确实又有一种顶天立地的英雄品格。我们应该写一部真正英雄主义的作品……告别的时候,上校队长论年龄跟我父亲差不多,却向我敬了个极正规的军礼,我掉泪了。"

李晶采访的极深入,一位女中尉把自己恋爱时的一兜情书都交给了她。

连柳溪这位七十岁的老太太也激动起来,待采访完基地榨油厂也决心要到下面去走走。我已打定主意,明天先去三、四场,然后再陪柳溪去趟一场。

夜里十二点多,谭成健从四场来电话,他跟着场长李万福上校刚从地里回来,踩了两脚泥,弄了一身蒺藜狗子,但异常振奋:

"这一天的收获太大了,真是难忘的一夜,难忘的黑土地,难忘的基地官兵,详细情况等见面的时候再说。我们还没有吃晚饭,先得去找点吃的东西……"

放下电话我一时难以入睡,被嫩江基地感动,更被作家们感动了。去年总后文化部组织一批作家来基地深入生活,一位年轻而未婚的女作家爱上了这块土地,爱上了这里的生活,采访结束后便留了下来。以后把户口也从大城市转到了这个地方,嫁给了八场的一个中尉,生了一个胖儿子。这次以主人的身份接待我们。

当今中国还有这样一个地方,不仅以世界第一流的水平向人们提供粮食,还喂养现代人的灵魂,提升人们的精神。当今世界不是经常发生灵魂饥荒吗?

现代人的特点是不可能再被一个统一的思想体系所控制了,而思想体系的没落又导致了心灵和精神的没落,人们似乎只需要物质现实,只相信直接经验。而内心世界的冷漠无情,心灵的隔绝孤独,精神的物化,几乎要导致一代人的沉沦——作家们对这一切社会现象又格外敏感。可是当他们投身于这块陌生然而又极为洁净的土地时,立刻变得单纯,可爱,热血沸腾,认识了当代的诗意,开拓了自己的胸怀。

我许久没有看到作家们这样不顾一切地投入生活,由衷地赞美生活,热情高扬,快乐自信。

感谢嫩江基地。

感谢作家。

1994年11月

右边一步是地狱

——杜卫东的故事

　　——这是一部长篇小说的书名。充满悬念和魅惑：右边是哪一边？定向不同，左右会不同。能踏进地狱的这一步是怎样的一步？这样的一步又如何能迈得出？

　　前不久，北京有位朋友向我推荐此书，正巧作者也是一个有味道的人，便找来读了。果然，小说中设置的人物性格和他们间的关系，全部是反自然、反常态的。这于是就有了深刻的内在冲突和强烈的外在戏剧性。

　　一个女人戴上了一条由石榴石串成的"吐火女神项链"，由此便打开了一个玄机，随之触发了小说的视野：

　　一个极端聪明又深受过贫穷困挠的人，"混出了人样"之后不是体验和享受有了钱的感觉，灵魂却仍旧活在穷困之中，贪婪、狭隘、阴毒，展开了一系列的复仇行动……这样的人是能够把别人送进地狱的。其条件是，他在前面做引导，或者由他殿后。

　　一个年轻漂亮的女人，献身的是自己憎恨的，坑害的却正是自己所爱的。

　　另有一个男人，有着很高的艺术天赋，却把实现艺术抱负的机会交给股票市场。

　　另有一个女人，非常的贤妻良母，却因信奉"人无横财不富，马无夜草不肥"而要下地狱，临死前居然把丈夫和孩子托付给自己的情敌。

　　还有一对父母，居然能跟强奸自己女儿的罪犯达成妥协，甚至还幻想着把女儿嫁给替强奸犯说话的人。

等等,等等。正是这种反自然的人物设置,却恰恰提升了人物,强化了故事,令人信服地成了小说中因果关系的依据。欲望,一切都是欲望,它是生命的中心,是世界的枢纽。记得叔本华好像有过这样的观点。

《右边一步是地狱》就表达了这种对生命本质的独特体验和阐释。

作者给自己这本书制定的纲领看来是达到了:"第一是好读,第二是好读,第三依然是好读。"怎样保证一部小说好读呢?那就是要有个好故事。一个好故事可以涵盖一切,它可以成全一部好小说。如果故事不能成立,立意蹩脚而陈旧,情节漏洞百出,人物就是累赘,小说也必将成为灾难。

所以说,一个好故事,就是一部好小说,就是一个好作家。

一个好的小说家必须具备两点,一是文学才能;二是讲故事的才能。现在有文学才能的人太多了,报刊上、网络上、数不清的回忆录里、各种大量的文件和报告里、学生作文里……现代人铺天盖地地显露着自己的文学才能。那么,优秀的小说家为什么并没有成群结队地出现呢?可见文学才能是次要的,讲故事的才能是首要的。而且只有讲故事的才能才是罕见的,它考验着作家的成熟度、观察力和叙事技巧。

用《故事》一书的作者罗伯特·麦基的话说,作家百分之七十五的劳动应该花在故事上。叙述故事的艺术,至今仍然是人世间占主导的文化力量,地球上每天都有数不清的故事在传播,人们对故事的胃口是永远不会满足的。从文学的根本上说,无论题材如何,其本质永远是现实的。目击正在发生的历史,谁会对这样的小说没有兴趣?

那么,什么样的故事才是好故事?

好故事是没有一个公式可以概括的,每一个好故事都会有最适合自己的模式。我一边在读着《右边一步是地狱》的时候,一边就想这个问题:故事意味着变化。好故事就像故宫或北京的四合院,外面看是一个样子,到里边又是另外一种样子,里面不知还有多少房子,宫里有宫,院里套院,一层层推进,丰富多彩,神秘莫测,纷繁复杂,变幻万端,越深入到里面越精彩。

好故事必定是人生的提炼,取其精华;又是生活的比喻,人际关系的映象。在故事中发现生活中掩藏的东西,又留出空间,让阅读的人再往里面灌输自己的生活内容。故事结构得越精巧,人物的形象就越生动,语言自然也就容易精彩。

说透了其实再简单不过,只有好故事才值得讲出来,人家也才愿意听。自己讲着如果就感到吃力和厌烦,就不要抱侥幸以为别人可能会喜欢。

现在该讲讲能写出《右边一步是地狱》的杜卫东,是什么样的人了。他,就是个有故事、也会制造故事的人。早在人们对市场还没有具体概念的时候,他就曾拿着小板凳,在北京最火爆的书报摊前一坐一天,详细记录和分析城市里都是哪些人在买刊物?哪类刊物最受欢迎?目前市场上还缺哪一类的刊物?所以,他能阅事阅人精熟过人。二十多年前我就知道他的大名,最初以写报告文学成名,后来当编辑、做主编,编一个刊物“火”一个,创造了出版界的传奇。

看此书的序言,《右边一步是地狱》是他的第一部长篇小说,在当今非常拥挤的长篇小说图书市场上显然又创造了一个不大不小的传奇。对这我一点都不奇怪,他是个能制造传奇的人。当今社会各类产品,无论是精神的还是物质的,都趋于饱和。但,又总是给才能和灵感留有空间。富有传奇性,就容易打开这样的空间。

我喜欢看这样的传奇,也等着看新的传奇。这是值得期待的。

2006年3月

453

"强势不衰"的性格

——陈世旭速写

上个世纪的七十年代末，中国文坛崛起了两位"将军"：一位是湖南《将军吟》的作者莫应丰；一位是获全国短篇小说奖第二名的江西《小镇上的将军》——陈世旭。前者酒后大肚子一挺，确有几分将军相；而后者，却活脱脱一个"老区靓仔"，仪表修洁，面目俊朗，那个年代又正值短篇热，简直就是"人见人爱"。

岂料他初登文坛就拿的这个"第二名"，竟成了他创作的宿命，同时又是一种幸运。此后的近三十年，文坛上流行"各领风骚三五年"，"第一"换了一拨儿又一拨儿，有些"第一"还很快就找不着影儿了，陈世旭却还是第二，他拿了无数个第二，有时候也勉为其难地捎带着或将就着把第三第四放进自己口袋。他就像马拉松赛场上那个最精明的选手，自己并不领跑，只是紧紧咬住跑在最前面的运动员，把前面的人追得吐血了或掉队了，换一个新的傻小子上来，他照旧紧追不舍。或许他根本就没想赶超，只是在按着自己的节奏，稳稳当当的不紧不慢的在跑自己路。

所以，这几十年来他被誉为"文坛常青树"、"强势不衰的作家"。其创作态势一直呈"流泻"状，长篇、中篇、短篇、散文，或滔滔乎齐来，或四种文体交叉收获。远的不说，只说近三年，散文及各种短章不计。只讲小说：二〇〇三年发表五部中篇，二〇〇四年又收获五部中篇，二〇〇五年突然出版了两部长篇。由于每部作品的质量都在"不是第一也是第二"的层面上，被到处转载，便给人以铺天盖地之势。每逢文学讲习所的老同学聚会，总有人抱怨："不把陈世旭给收拾了，就没有咱们的饭碗!"

我对"陈世旭现象"一直饶有兴味,想借此文试着探其奥秘。

创作没有秘密,秘密全在人身上。探究陈世旭这个人,就会觉得别有味道,很值得琢磨。比如,他做人很规范,生活极有规律,用他自己的话说,"保持传统农民的作息方式:晚饭后约八点上床,不到十点已经打鼾,早上五点半左右起床,七点前折腾出一身汗,早饭后开始爬格子,中午做饭吃饭午睡,下午又是爬格子,直到做晚饭吃晚饭"。但,他的为文却非常撒得开,心游万仞,目及八荒,从内容到形式,都绝不墨守成规,变则通,通则久,所以他能"常青"。这里没有篇幅详细介绍他的创作,只提供两部具代表性的长篇书名:《裸体问题》和《世纪神话》,可想见一斑。他性格狂放的最直观表达,就是写大字,笔走龙蛇,风起云涌,写字时完全像换了一个人。也正因为此,他的草书才草出了一种让专职书法家钦羡的境界。

陈世旭的性格中有暴悍的一面,重义重诺,很阳刚。一九八〇年我们同在北京文学讲习所读书,有人为我量身定做了一次东北采风的任务,事到临头我却无法成行,委托陈世旭和艾克拜尔代劳,他们二话不说,比我干得漂亮多了,我一直心存感激。前几年文坛上有人霸道,恶语伤人。

其实不只是前几年,这类事情在文坛上就从来没有间断过,一般都采取不予理睬或同样回敬几句不好听的,打一番嘴仗,要不就干脆诉诸法律,打上一场官司。而陈世旭,竟选择了暴力,他想把对方暴打一顿,以摆平此事。我和几个能说得上话的人,得到消息后对他横说竖劝,费尽口舌才阻止了一场文坛暴力。就是这样一个人,性格中却又有一种很女人化的东西,干净细腻,不怕琐碎,喜欢洗衣服和做饭。而且是天天洗、天天做,还洗不够、做不烦。现在连女人能做到这一步的恐怕都越来越少了。

说起他的性格,还有更绝的,或者说这就是他的魅力所在:既诱惑你,又拒绝你,拒绝了你,还叫你觉得他不错。八十年代初,世旭正大红大紫,又是三十岁上下的年纪,风神清爽,很是招人喜欢。可谁要真的喜欢上他,特别是异性,那就得提前给自己想好退路,即所谓"一颗红心两种准备",免得到头来无功而返,反误了卿卿性命。仅在北京读书期间,就很有那么一两位名头响亮,也颇有姿色的女性瞄上了他,或穷追不舍,或软磨硬泡,我们在旁边看得清楚,等待着成就一段佳话。不想这一等就是二十几年,她们还停留在"喜欢"上,或者退为"友好"了。机智如邓刚者,又自恃当过大连市公安局副局长,怎么也不相信像陈世旭这样的人会没有花花事,便明察暗防,旁敲侧击,最终也一无所获。

他年纪轻轻何以便有如此定力?让喜欢他的人既无疾而终,又绝不会成为冤家,几十年过去了还是那么不咸不淡的空喜欢着。你说这火候他是怎么拿捏的?或许是在江西老革命根据地被熏陶的结果,禁得住考验,抵挡得了诱惑,遗传里就有一种现成的忠贞和坚贞。他对待创作也如此,几十年来从不跟风,只忠实于自己的生活,忠实于自己的文学追求,反而得以"常青"。可见,作家的文学命运在很大程度上是取决于性格。

那么,陈世旭是不是太讲原则,活得缺少情趣呢?恰恰相反,由于他"把握住了大原则",在其他方面反而更可以放开了。比如他唱歌非常好,男高音,学腾格尔的《天堂》、《蒙古人》几可乱真。而且他唱歌的时候非常投入,全身每个毛孔都向外散发着浪漫和柔情。喜欢他的女性倘若在这个时候上去拥抱他亲吻他,说不定会有奇迹发生,至少他会用同样的热情回报你。

陈世旭兴趣广泛,多才多艺,还喜欢摄影、雕塑、游泳等等,而且在这些"副业"上喜欢争强好胜,玩什么都想玩出点名堂。反倒不像对待主业——文学创作,那样平和从容,屈居第二也无所谓。其实,他所有的"副业"都是一种修炼、一种补充,目的是为了营养自己的"主业"。

可见他真正忠于的始终是文学。为文学而来,有时难免会沦为文学的工具,被文学拿得个性强烈,充满矛盾。有时极端执拗,有时又无比豁朗;他有时很大度,有时又敏感小性;有时宽厚,有时多疑;对文学非常专一,却又涉猎广泛,见一行爱一行……

矛盾产生碰撞,他碰撞才有感觉,感觉就是创作的全部才华。

——这正是典型的文学性格,或者叫优秀的作家性格。矛盾就是复杂,只有复杂才能达到深刻。

2006年4月8日

幽默冰凌

他，性格宽和，热情洋溢，以文会友，交友三千。相貌堂堂，顾盼神飞，头如麦斗，虎背熊腰。冬天也会喊热，其他三个季节里会经常大汗淋漓——就是这样一个人物，名副其实是"（姜）卫民"！

却偏偏取了个笔名叫："冰凌"。

热喜欢凉，火渴望冰。很不和谐，又很是和谐。天热不才开空调吗？相反相辅，相辅相成——正是这种表面看去的不和谐，构成了冰凌的幽默。

他是个严肃认真的人，从来不故意逗笑。只要一拿起笔，就开始讲笑话。

1. 幽默工厂

一青年工人找了个非常漂亮的女朋友，关系走到了关键的时候，女孩子提出要到他的工厂来看看。这也是一种考查，看看他是不是真有一份牢靠而体面的工作。而小伙子的工厂偏偏经不住看，破旧脏乱，一看准吹。于是小伙子叫他的伙伴冒充上级机关，给自己的工厂领导打了个电话，说某某日市里卫生检查团要来……这还了得，全厂停产大搞卫生。几天后面目大变，焕然一新，姑娘来看过之后点头不已，笑逐颜开……

工业题材曾被作家们视若畏途。生产过程枯燥乏味，机器轰鸣，管道纵横，淹没了人物，给作家布下了一个个陷阱，经常是吃力不讨好。大块头的冰凌,不愧是重量级人物,果然降得住沉重的工业题材,嘻嘻哈哈就把工厂变成了现代喜剧作坊。

一女工被小偷抢走了仿金项链,在后面紧追不舍,最后竟一把从贼脖子上撸下了一条纯金项链……一对找不着对象的大龄男女经常对骂,越骂越尖刻,越尖刻越能深入人心,骂来骂去两个人竟成就了一桩美好姻缘——这就是生活。

中国曾经历了漫长的成天要大讲"阶级斗争"的年代,培养仇恨,锻炼骂功。然而,日子在骂声中照过不误,男女在骂声中擦出了感情的火花,骂归骂,人们该干什么照旧干什么。所以斗争闹了十几年,人口也增加了十几亿。

幽默的源泉不是欢笑,而是悲哀。

马克·吐温就说过,天堂里没有幽默。幽默在人间,只能发生在被各种矛盾和不协调所纠缠的凡人身上。如,老头儿闭眼蹬腿,弟兄几个都盯上了那点遗产,却又不能伤了表面和气。大哥故作高姿态,其实提前早做好了手脚。岂知螳螂捕蝉黄雀在后,他的兄弟又打了他一个伏击……西方的老套子是富家子弟争遗产,东方讲究"家贫出孝子"。冰凌反其意,穷是一种恶,古代闹饥荒可以人食人,穷疯了父子算计,手足绝情,家里反,窝里斗。

越穷越斗,越斗越穷。正是由于穷,中国人有一个很大的爱好——喜欢分东西。

所谓分东西就是白拿白要白拣便宜,不拿白不拿,不要白不要。在中国凡是有单位的人,都懂得单位是要分东西的。单位的效益好坏可从分给员工的东西上看出来。好的分电脑,分精美工艺品,差点的分桶油,分二斤鱼。没东西可分的单位,头头的压力可就大了。有一年过春节,所有上班的人都从单位往家里拿东西,天津作家协会是"清水衙门",作家们看别人分东西分得眼红,就让秘书长无论如何也得要意思意思。秘书长问我怎么办?我说给每人分两本稿纸,把稿纸上的格子填满字就可以换钱,自己想要什么去买什么。

而冰凌,却借分东西这一现象分出了中国特色,分出了另一番意味。

那个年代一间大办公室里只有一部电话,通过接电话可以看出所有人的心态。老接电话的是小跑儿,属于办公室里地位最低的,要不就是心里有见不得人的事,在等秘密电话,不能先让别人接着。从来都是等别人给自己传电话,那一定是屋子里级别最高、架子最大、最拿得住尊严的人。好了,这一天办公室里电话铃声响个不断,大家都憋着劲谁也不接。到后来才发现,别的办公室的人都抱着大西瓜。原来那响个不断的电话是通知去分西瓜⋯⋯

妙吧? 幽默是客观的、机警的,又是意识危机的一种体现。发现了生活中的可笑之处,自然就掌握了幽默。它培养悟性,锻炼脑筋急转弯。

一单位买来一批杯子要分给大家,免得用的时候拿混,就统一编了号。这下麻烦了,号有大有小,有单有双,有吉祥号,有不吉利的号⋯⋯谁该拿好号,谁拿大号? 小号和不好的号又给谁? 有的主张依职务高低,有的要求按年龄大小,有的提出看姓氏笔画,有的呼吁根据贡献大小⋯⋯莫衷一是,争执不下,为此还专门举行了"全民公决":干脆不分。于是,天下太平。

源远流长的平均主义,让人人都学会了斤斤计较。气人有,笑人无,我得不到的东西你也甭想得到。五味俱全,别有深意。

2. 幽默到美国

我也是写工业题材的,有一段时间觉得自己写得累,让别人看的也累。读了冰凌的小说,轻松曼妙,益智养心。于是就想写一点关于冰凌小说的文字。这绝对是个人物。一个作家能让另一个作家感到是个人物,不大容易。写人物的碰上了人物,岂能错过? 就像一个垂钓者发现一片水塘里有好鱼。

然而,我迟迟动不了笔。原本很有趣的人物,真写起来就非常困难。因为大家都知道他有趣,你要写得更有趣难度可就大了。相反,

大家不知道他有趣,你写出他的有趣就相对容易些。最近读了冰凌的
自传体小说《中风》,和另外的两部中篇小说《旅美生活》、《同屋男女》,
忽然有了被震撼的感觉。冰凌的小说世界荡漾开阔,展现出一种更为
深邃和复杂的新规模。

但依然保留着他惯有的幽默性,只是幽默的包容性更大了,深度
和品位也当刮目相待。

过去有这样的说法:俗语近于市,纤语近于娼,戏语近于优。中国
有一部《古今笑史》,为明末的文学大家冯梦龙所著。他最初给自己的
书命名为《古今谈概》,曾自谦道:"子不见鸲鹆(八哥)乎?学语不成,
亦足自娱。吾无学无识,且胆销而志冷矣。事何不可深谈?谈其一二
无害者,是谓概。"

他的好友梅之韵却为"谈概"做了这样的解释:老子云,谈言微中,
可以解纷。然则"谈"何容易!不有学也,不足谈;不有识也,不能谈;
不有胆也,不敢谈;不有牢骚郁积于中而无路发摅也,亦不欲谈。夫罗
古今于掌上,寄《春秋》于舌端……

后来是李笠翁将此书定名为《古今笑史》。书是一部大书,每篇却
都很精短。拉来帝王将相,名士才子,隐逸高人,市井牙侩,演绎了一
出出不同的笑剧。有令人捧腹的大笑,有带着诟骂的怒笑,有含着眼
泪的笑,有冷彻心腑的笑,有苦不堪言的笑……这应该是中国的第一
部"幽默大全"。

直到又过了数百年,才由林语堂首先使用"幽默"这一译名。中国
现代文学也开始把幽默作为一种艺术主张加以提倡。冰凌在上个世
纪的九十年代之前,写了很多各种各样的幽默故事。套用林语堂的说
法,那时冰凌的幽默是"阳性的"——不隐逸晦涩,入世,温厚,心无所
垢,酣畅淋漓。

随着境界的开阔,在他的小说视野里,人的存在本身就构成了大
的幽默。

如《旅美生活》里老金,原是一个国营企业的车间主任,退休后到
美国看儿子,被儿子留下来替他管理一个中餐馆。老金完全用在中国

管理一个国家车间的那套办法,管理美国的饭店。饭店是开在美国,可饭店里的员工大多是中国人,虽是中国人却又都美国化了,说美国化了还都保留着中国人的许多特点……在他们眼里老金是老土,可这个老土转眼又成了老板——这冲突还能少得了吗?中国式的钩心斗角不服美国水土,一群美国化了的留洋人员遭遇了中国工头的管卡压……开洋荤,吃土鳖,治老外,起内讧,你打破脑袋想不到的事情都发生了。要多别扭就有多别扭,要多滑稽就有多滑稽。

美国不是理想乐土,生活中原本就有许多别扭、缺陷、扭曲、矛盾等等,这些都构成了冰凌式的幽默。幽默是人对智慧和文明的追求,对生活冷静透彻的理解。人生充满幽默,全在于作家能不能发现。

一个中国男人和一个美国女人住在同一个套间房里(《同屋男女》),你想想会发生什么事情?你想得到的发生了,你想不到的也发生了。东西方伦理道德观念的冲击,不同的民族文化的碰撞,地域环境的差异,丰富了这部小说的特殊幽默意味。

幽默本就是智慧和性格的碰撞,通过人与人之间的沟通、激发和互补,才更能发挥幽默的最大能量。不同的人灵性中的幽默感也很不相同。冰凌写出了这种差异,表现了他情感和智慧的包容性和丰富性。

幽默是人生的一部分,是一种人生态度、处世方法和教养模式。他甚至可以痛痛快快地幽默自己。《中风》就是这样一部作品,也是冰凌创作生涯中至今为止非常重要的一部作品,并带有自传的性质。

他的父亲六十六岁时中风。医生告诉他,中风是遗传病。不错,他的祖父七十岁时先中风后自杀。他呢?一岁时因手脚爱动,乱抓乱蹬,险些被大棉被捂死。五岁时为拣鹅卵石横穿马路,被汽车的前轱辘舔上了屁股……按俗理:"大难不死必有后福!"可会看手相的人说他活不过四十岁。他在三十八岁就"中风"了——这一年他放弃了在国内的"儿子房子位子票子还有乐子",去了美国。他说自己这是"精神中风"!

去是去,有时候知道两条腿在往哪儿走,却对去干什么并不十分清楚。干归干,干完了可该不明白的还是不明白。"没有文凭,不懂英语,没有任何优势",又已经是三十八岁"高龄",到美国干什么?

来美国淘金一般要经历三个"五年计划":第一个五年站稳脚跟,第二个五年谋求发展,第三个五年融入主流。他顺利实现了第一步,正按部就班地进入第二个"五年计划",然而他的"精神中风"病不仅没有治好,反而越益地严重了,要经常拷问自己:"我搞不懂为什么来美国?是怎么到美国的?记忆消失了线条,变成糊状,很清楚的事实变成很模糊的问题。"

这正是典型的"中风"病的症状!于是,他要证实自己没有"中风",就必须强迫自己非得给出答案:"我出来是为了看看外面的世界?那看完之后为什么没有回去?我想改变自己的命运?命运反而改变了我,把我推入生活的底层。我想改变一下生活方式?可是在国内生存似乎更适合我。我是为将来儿子能出国留学开路搭桥?却又显得过于牵强。那么我出来是为了挣美金一圆淘金梦?为什么又整天忙于中美文学交流,不仅不挣钱,反而心甘情愿往里贴钱?"

人是思索的,这就注定是忧郁的,是悲悯的。此时冰凌的幽默,已经呈现出"阴性"特质——以深邃的诙谐、伤感的玩笑揭示人生的游戏性和相对性,是"沉郁和批判的狂欢"。这样的幽默完全构成了一种精神形式,可用以摆脱窘境,发泄人物被抑制的欲望。

科学家说,人类和动物的最大区别就在于人类会笑。其实,在这个世界上只有人最苦,所以才会笑。苦到底的人就只剩下笑了。有哀伤的人也会老笑。倘若无端发笑,那就成了傻子或疯子。幽默就是让笑呈现出不同的形式和独特的内容。

冰凌的幽默是在响亮的笑声中揭露生活中的乖讹和诡异,同时又以悠然超脱或达观知命的态度待人处事。敞开口大笑总比忧愁好,管他是病不是病!

冰凌倾注了对包括自己在内的人类事物变异的哀怜,并赋予一种内涵复杂的笑。越是具有独特性,就越能强烈地突现。这就是冰凌强大的优势所在。

3.幽默文坛

然而,接触真实的冰凌,却是一片阳光灿烂,跟他在一起永远不会沉闷。

他才真叫大肚能容! 我就从未见过他有发愁为难的时候,老是那么精神饱满,声音洪亮,为你操心,大包大揽。

达观、幽默——已经形成他的人生观。能从容对待他人的弱点和日常生活中的困扰,宽和自信的幽默感给了他忍受艰辛境遇的精神力量。所以,在他这里,闯荡美国的种种艰难经历都变成了一串串奇遇,好象是一种很愉快的运动。

我活了六十多岁,所见过的心宽体胖第一人——就是冰凌!

世界越来越复杂,人心越来越艰深,人际关系越来越微妙,跟冰凌交往却永远都很简单。你不必设防,不必猜测,不必拘谨,甚至可以什么都不操心,一切听他安排,跟着他只管在需要你讲话的时候讲好自己应该讲的话就行了。冲淡,舒适,泡在友情的愉快与安逸气氛之中,享受一种精神上的快感。

我相信,在文人圈里他是无所不能的,只要他那个大脑袋想起来要干的事,就一定能干成。而且你绝对听不到现代人最时兴的讨巧卖乖,叫苦喊累,抱怨连天。许多令我犯憷让我感到很难办的事情,在他那里全是小菜一碟,如:在美国成立中国作家之家,成立全美中国作家联谊会,主编强磊出版社,在纽约组织新闻发布会、操办大型的名人聚会,一次次接待各式各样的中国作家访美团……在国内举办或参加各种活动就更不在话下了,老在制造不变中的变,必须活得跌宕生姿,起伏有致。

二〇〇二年秋季的某一天,天津的报纸在通常是登载国家领导人标准像的地方,刊出了冰凌的大照片,气势整肃,仪表堂堂。人家都把他当成大人物。可他转身一扎进朋友堆,仍是无拘无束,海阔天空,神清气爽。

这般举重若轻,大开大合,大巧似拙,你说是简单,还是复杂? 幽默的最高境界就是简朴自然。冰凌的魅力就在于简朴自然,他的强大也在于简朴自然。以没心没肺般的随意就简化了复杂,变难为易。这样的火候恐怕不是拿捏出来的,而是天性使然。他不管你多复杂,多难斗,到他这儿全一律简化。"以无招胜有招。"

现代医学解释这这种现象说,友善能释放类似内啡呔的情感激素,对心脏有好处。心存善意,收获的善意就多,朋友遍天下会培养良好的感觉。而感觉良好的化学成分进入意识,就刺激副交感神经,组成强健有力的神经系统,增强人的亲和力与自信心。

冰凌豪气干云,逸兴壮思,标新立异,不拘一格,敢想敢做,视险如夷。看似大大咧咧,风风火火,高腔大嗓,大哄大嗡,实则心思缜密,考量精确,顾后瞻前,滴水不漏。认识他许多年来,每年他都要组织各种规模的文学活动,竟没有捅过一次娄子。有些明明是非常烦人的事,却很难烦得了他,他在事中,却又超然。该吃的吃,该睡的睡,哈哈一笑,感染一片。

明明是受大累,却很难让他带出受累的样儿,倒是越忙越精神,越累越长肉。二〇〇二年底,一场大雪将冰凌困在纽约机场达三十多个小时,以他的气质和体魄,很自然地被推举为乘客代表。既然需要选代表了,那就是要出事了! 年关被困在候机厅里,大雪不停就看不到希望,乘客们和航空公司都顶着一脑门官司,个个都快要疯了。再加上人多人杂,就成了阵势,闹起来就是事件。在纽约那样一个国际大城市里闹起来,就是国际事件。

当时的国际政治气候又非常敏感,冰凌以自己的性格魅力和斡旋能力竟化解了一场乘客和中国航空公司的冲突。然后登机连续在空中飞行了十六个小时,到北京又赶紧转机飞到福州,等赶到会场,已经是中午十二点多钟了。会议不能闭幕就是在等他,大家都穿着防寒服、毛衣,他却穿着短袖 T 恤,容光焕发,全无一点长途劳顿的倦意。一张嘴,震得四壁嗡嗡山响……

就这样,他每年从纽约到北京,从中国到美国,不知要折腾多少个来回,对许多人来说坐十六个小时的飞机是很难熬的事情,对他来说就跟闹着玩儿似的,仿佛只相当于一小时六分钟。这是他精神的一面,他还有另外的一面。一九九八年我在美国坐过几回他的车,真是服了。他能一边开车一边睡觉,闭一会儿眼,睁一会儿眼,但不迷路,也没有出现过惊险场面。

这却一直是我的一块心病,一个挺好的人,热情坦诚,急公好义,天天在高速公路上玩儿悬,这受得了嘛!如果我不知道也好,眼不见心不乱。既亲眼得见,就不能不劝,每次通信必首先强调,开着车不得睡觉。但我知道,若叫他老睁着眼开车,恐怕也不比登天容易。可是这么多年过来了,他从未出过事,人越活越好,车越换越好。

那年我见他为中美作家交流的事贴人贴车贴钱,回国后就想联络一些企业界的朋友,为他搞一个基金。鉴于我缺少智慧,想不出一个好办法解决跨国基金的诸多手续问题,这个设想迟迟不能兑现。而冰凌自己在美国却越干越大,出任强磊社的总编辑,出刊物,编书籍,渐成气候。

他的生命轨迹就像他的体魄一样,波澜壮阔,惊心动魄。却每每有惊无险,或化险为夷,遇难呈祥。这让人不能不承认,他是文坛福将。这也成全了他的幽默,他在人前从不逞口舌之快,不刻意幽默,偶有诙谐也是温厚宽和的。他的幽默是他的行为动作,他做人处事的风格,幽默在他的骨子里,并不在他的舌尖上。他标准的表情却是一本正经,可别人看到他觉得整个人都很幽默。

这得益于他的舒展和随意。他的性格,他的思想,就像他的体魄,舒展而随意地生长。舒展产生幽默,幽默便产生于自由。他块头大,需要大的空间。所以他要出去,从东方到西方,从美国到中国,随意折腾。生命需要阳光,自由是灵魂的呼吸,能营养幽默。

冰凌是个有传奇性的作家。传奇性成全了他的幽默,幽默也成全了他的传奇味道。

2007年3月

积累和积墨

——吕云所素描

　　二〇〇六年末,中国画廊联盟公开发行了一万三千册"吕云所研究报告",名为《巨匠之门》。其中报道:"吕云所教授曾于一九九六年十月,在新加坡乌节坊的高峰画廊举办画展,展出的六十多幅作品于开幕当天便有百分之九十被定购,最高售价一幅为六万元新币(折合人民币三十六万元),这是近年来新加坡的中国画市场所少见的。好望角画廊经理林永祥先生说,一九三八年徐悲鸿为抗战募捐义卖,爆出了'满堂红',吕教授的画展也爆出'满堂红',当是第二次。"

　　另据《美术之旅》载文:美国弗吉尼亚艾莫雷大学和一九一二年美术馆定期举办的国际美术活动,经他们自派专家来中国进行一番调查之后,邀请吕云所于二〇〇〇年十至十一月间去举办个人画展,由是他便成了这项活动被邀请的第一位东方艺术家。画展取得了"震撼人心的效果和成功",仅是一九一二年美术馆一次就收藏了他三幅作品。其间还请他作过六次学术报告,最隆重的一次有四百多人参加,被称作"艾莫雷大学近年来最成功的美术讲座之一"。

　　艾莫雷大学美术系主任古斯比,在为《吕云所画集》美国版的序言里说:"吕教授的艺术是地球上最长的连续文明产生的令人难忘的艺术传统的一部分,他的经历及风景艺术,为人们展示了耳目为之一新的东西,也是西南弗吉尼亚山区人们似曾熟悉的东西。"

　　吕云所的中国画为什么能引起美国人的共鸣,并让他们感到"震撼"? 这都是些什么样的作品?

　　——是吕云所创作的"积墨太行系列"。

比如其中的《山月》，画面上千峰直插斗南，巉岩摩肩列阵，峥嵘崔嵬，大气磅礴。突然从左上方有一抹清辉泻下，给漆黑的山峦镀上了一层金属般的冷光，使太行深处黑得神秘莫测，高处则亮得辉煌耀眼。意境深邃，月是山的灵，山是月的魂。再比如一面山墙似的《夜走太行》，大块的积墨，大团的黑色，强劲而雄奇，深厚而通透，获得了极强烈的视觉冲击效果，巍巍太行仿佛迎面扑来：断崖万仞如削铁，危嶂嵯峨起百重！在半山腰一条曲曲拐拐的石板路上，两个人驱赶着几十头驴子，排单行徐徐而进，仿佛能听得到驴蹄子踏石发出的铮铮脆响，在大山寂静的深夜里鸣响不已。太行巍巍，生灵倔犟，气韵博大，夺人魂魄。

还有《太行天下脊》，视野壮阔，气势逼人，笔墨以万钧之力在画面上爆炸，势如千里奔雷，风云激荡，涌动着一股蓬勃的阳刚之力，人站在画前会情不自禁地脚步往后退，倒提起一口气。《元气》则让人想到了"创世记"，类如石鼓般的山体，是太行魂魄之所附，黑嶂接遥天，石柱凌紫烟，苍苍茫茫，喷薄汹涌，蕴蓄着无穷的能量，随时准备爆发！不必对吕云所的积墨太行组画一一读解，就可以理解这些画为什么会如此强烈地冲击当代画坛，在海外引起"震撼"般地反响了，这些画曾被美术批评家称为"黑色脊梁"！或许人们不解的是，为什么是吕云所？他又是如何"积墨"写太行的？

当代人一提到太行山，先翻涌起一股血性与豪情，耳边立刻会回荡着《我们在太行山上》的旋律："妻子送郎上战场，母亲叫儿打东洋，敌人从哪里进攻，我们就叫他在哪里灭亡！"朱老总曾说过，历史上华北屡遭外族入侵，所以燕赵多豪杰，心有不平吼高腔。而太行山正是燕赵之地的脊梁和屏障。"北上太行山，艰哉何巍巍！羊肠坂诘屈，车轮为之摧。树木何萧瑟，北风声正悲！……"（曹操）而吕云所就出生在这太行山的腹地，从小一睁眼便看到光光的、圆圆的石头，庞大、饱满、沉重、坚实，一如古堡般陡峭险绝，高不可攀。

他小学毕业后骄傲地考进了骄傲的涉县一中，以后的整个中学阶段都住校，却竟然没有正式地吃过一顿学校的饭。只在每天中午从学校食堂花二分钱买一碗汤,用这碗汤送着吞下自带的炒面。他每周回家一趟,母亲会为他准备好一袋炒面。和两个咸疙瘩头。此炒面里并没有面,是用谷糠和着软柿子捏成团,晒干后再磨成面,即为炒面。一九五七年,他匪夷所思地成了全县唯一考上大学的人,进入天津美术学院。那时的大学实行供给制,最令吕云所惊奇的就是好米好面随便吃,只几个月的工夫他长得又白又胖,还有他的绘画才华,也随着身体一同发育成熟。到一九六二年毕业时,以四幅《漳河畔》组画一鸣惊人:欢快的河水与欢快的洗衣女,壮硕的熟高粱与壮硕的农民,溪边一群形态各异的耕牛与惬意的放牧者,太行山火红的柿子林……画面清新自然,曼妙传神,散发着浓郁的生活气息,却又灵思飞动,气韵不俗。

有这样的天分自然被留校任教。正当他展现出独有的才华,在创作和教学上准备更上一层楼的时候,文化大革命爆发了。他过早的成名,再加上山里人的脾性:率直、粗硬、执拗,又身处高等院校这个"文革"旋涡的中心,其遭遇就可想而知了。被背后插刀、当面使绊、挨整挨斗,已经不在话下,还曾被打成过"现行反革命",到后来连蹲监狱的滋味也尝过了。

正由于他是太行山人,太行山石头硬,连牛都格外犟,自然也孕育了他的性格。谁都想不到这一切磨难对他都是一种成全,成了他极其宝贵的创作积累。这其中有生命的积累、社会生活的积累、经验的积累、思想的积累、才华的积累……吕云所说:"太行山是我生命的全部,我一想到太行山就想哭,有一种情不自禁的冲动和创作欲。"秦征老先生评价他:"积半百人生,积劳、积思、积墨,积石成山,积情为画……幸甚至哉!唯笔在手,守拙不移,痴心不易。"

有着如此丰厚的积累,他自然而然地爆发了,是思想的爆发,情感的爆发,生命积累的爆发,当然也是墨的爆发。然而他的力量却不仅仅在于爆发,还有爆发后的收控。爆发容易,在爆发中收控自如就难了。有许多创作上的"爆发"只变作所谓的"泼墨",泼起墨来人自疯,乱涂乱抹,将创作变为现代行为艺术,爆发反被盲目的激情所毁。罗曼·罗兰说贝多芬交响乐的魅力,不是千军万马,不是万众进攻,而是帝王般的理性力量。怀素的狂草也是如此,笔走龙蛇,目不暇接,看似随心所欲,实则章法井然。

太行山性格同样也给了吕云所这样的理性力量,"以山为居,以云为所",人生经历成就了他的性格,性格成就了他的天赋,最终变为艺术上的升华,创造了"积墨太行系列",并因此走进了"巨匠之门"。

而当下正需要巨匠,全社会都在呼唤巨匠、企盼有巨匠出现。谁说命运弄人?命运也总是会成全那些有巨匠之才的人。

2007年5月26日

关仁山的紧急状态

七月流火,在新"四大火炉城市"石家庄一间没有空调的普通房子里,文坛大汉(身高一米八○、体重八十六公斤)关仁山,赤膊着上身,日夜连轴转,每到累得实在抬不起个来的时候才会倒头睡一觉。以平均每天创作一万八千字的速度,连续工作十八天,完成了近三十二万字的长篇报告文学《感天动地——从唐山到汶川》。在汶川大地震两个月的纪念日,这部厚重而大气的著作免费赠送给地震灾区一千册,在唐山市销售了一万余册……

关仁山在刚刚完成书稿时,浑身(包括声音)还在燃烧,他打电话希望我能为此书作序。当时我自己的长篇小说正处于要收尾的紧张阶段,却毫不犹豫地答应了他。本来很怕为别人写序,又恰好有拒绝的充分理由,为什么还会如此干脆地应允呢?第一,他调动起我的好奇心,许多作家都有过日写万字的体会,但连续十八天,天天生产一万八千字,是让我难以想象的,我渴望读到这些文字,想知道这是一些什么样的文字?第二,我对这部书稿的质量有信心,相信这部书里必有惊人之处。没有惊人之处就不会燃烧起关仁山如此的激情,硬着头皮是熬不了十八个昼夜的,更写不出那么多燃烧着血与火的文字。

果然,《感天动地——从唐山到汶川》一书的叙述,是从汶川的骤然大震开始的。刹那间山崩地裂,房倒屋塌,江河倒流,数以万计的生命瞬间消失,还有数十万计的生命处于极度危险之中,汶川震波之广,超出人们的想象,成了不止是对四川、对汶川,也是对全国的严峻考验! 面对突如其来的灾难,伤心以鲜血的形式写在每个灾区人民、也写在全国人民痛苦的脸上和心里,却来不及落泪,来不及悲伤,无论是灾区人还是外来人,都在尽自己最大的力,乃至拼自己的命去救他人之命……这一刻,中国人绽放出无比灿烂的人性光芒!

国家和政府迅即行动,在最短的时间里采取了强有力的措施,进行了巨大的国力动员投入抗震救灾。绿色军人,红色救援队,白衣天使,青春志愿者,顶着风雨,追赶着时间,从天空,从水面,从危机四伏的山路,奔向地震中心,奔向受难者身旁,抢救生命!声声呼唤传来,急切,贴心,带着体温,带着热量,带着心跳,驱散阴冷和黑暗,抵御死亡的威胁,点燃永不放弃的信念。一朵朵爱之花,在天地之间绽开。在心灵的一次次颤动中,我们见证了一个民族不屈不挠的精神和意志!

就在这一场举国对汶川的大救援中,唐山默默地冲在最前边,也最知道该帮哪儿、此时的汶川最需要什么,因此起到了极其特殊的是别的地区无法取代的作用。这一切都是因为,三十二年前在闭关锁国和"文革"造孽的大环境下,唐山就经历过大地震的惨烈,死亡二十四万多人,是汶川大地震死亡和失踪人数总和的三倍多。唐山人是怀着一种别人所没有的、不堪回首的悲壮在驰援汶川。于是,他们创造了几个第一:

唐山市政府组织编写的《唐山抗震救灾经验专报》第一时间被送往灾区,四川省委书记刘奇葆激动地说:"这个对我们很管用!"唐山医疗队和抗震救灾抢险队是第一支到达成都的外地医疗队和抢险队;唐山向灾区派出了第一支由心理专家和地震孤儿组成的心理咨询志愿服务队;短短几天,唐山人为灾区献血八万毫升;迄今为止,国内民间个人最大捐款一点一亿元,出自唐山地震孤儿张祥青之手,唐山民间捐款二点四亿元,加上张祥青的捐款,总数超过了三个亿,位居全国地级城市之首……

这就是作为唐山大地震幸存者的关仁山,在汶川地震后所能做出的最好表现、最大贡献。一个作家该去的地方去了,该看的看了,该感动的感动了,该捐助的捐助了……剩下的就是写了。他写出来了,而且运心独到,其立意和视角在抗震作品中格外突出,从唐山到汶川,相隔千里,时间跨越了三十二年,整整见证了中国改革开放的三十年,让读者从大地震中却看到了时代的进步!

　　——这就是一个中国作家,在国家的紧急状态下所表现出来的"紧急状态"。

2008年秋

漫谈市民文化

——在深圳文化大讲堂的演讲

　　为什么大家会对市民文化感兴趣？眼下中国正值文化热，深圳这个文化大讲堂已经办了四年，讲了三百多场，在这样一个文化热的氛围中，体现了深圳对文化的感悟，对文化的追寻，以及对传统回归的敏感。深圳曾引领改革开放的大潮，如今又在引领文化热，是个有生气、有理想的城市。

　　近几年我出版了十几本散文集，集中关注城市生活，特别是市民心态，因此大讲堂的主办者让我谈市民文化，我就答应了，觉得在这个问题上自己确有些话可说。现在似乎没有一种场合不再谈文化，目前全国每年有四百七十多个节日，比如白菜节、山楂节、李白文化节、小枣文化节、菊花节、牡丹节等等，所有的这些节日都宣称是文化搭台经济唱戏，或者叫经济搭台文化唱戏。你如果说一个老板欠银行贷款，甚至说他包二奶，他不一定会生气，你若说他没文化，他一准会跟你急。商人们好像都想当儒商，尽管对什么是儒商未必能搞得明白。总觉得把商跟儒连在一块是一件很体面的事，至少表明有文化。

　　我们就是在这样一种背景下来谈谈市民文化，是很有意思的。中国近半个多世纪以来，在政治上发动了一场运动接一场运动，有些是反文化的。比如"文化大革命"、大跃进等。直到改革开放，强调以经济建设为重心，重来重去，重到今天要呼唤文化，重出一个全民文化热。这说明什么？说明经济需要文化来提升品位，经济发展到一定的程度，品位上不去，就会阻碍发展。要提高一个国家的经济品位，只有重视和发展文化。经济选择适合自己的文化，可是文化能够赋予经济以高品质和创造力。比如现在格外提倡"老字号",强调百年老企业,有很多新的企业提出的奋斗目标,就是想办成一家百年老厂。文化能够强盛企业的生命力。

当今世界不只是经济上的竞争,更是文化的竞争。文化具有强大的能量。成功的改革,必须伴有文化的变革,这是一种非常自然的现象。目前的国学热、历史热、文化热,都是经济发展到这个地步的需要。经济的发展到了必须要有文化的阶段,这是必然的趋势。但不可否认,眼下的文化热中还有许多泡沫。吃喝拉撒睡、神仙老虎狗,抬脚动步都往文化上套,文化成了个筐,什么都往里装,所谓"文化热"的忧虑是泛文化,是没有文化。当然,这场"文化热"以后,也必然会有一些精华,比如某些细节、好的故事、好的人物,会沉淀为文化。这是当今这个改革开放的时代对历史、对未来的贡献。

今天关于市民文化的主题我想分三块来讲。第一块讲市民文化的形态。

这是从一个作家、一个普通城市市民的视角,对当今市民社会、市井社会的感受。我不是专搞文化学的,感性的东西比较多。既然要讲市民文化的形态,那么什么是文化?我倾向费孝通先生的解释,文化分三个层次:第一个层次是物质文化,人类创造的所有物质成果,比如生产、生活工具、发明制造的各种器物、吃喝拉撒睡所用的东西,这些都算做是物质文化。第二个层次是制度文化,把社会组织起来,把民众组织起来,规章、制度、法律甚至包括礼仪、风俗,大家互相交流,社会要和谐共处。每一个生命都是独立的,每一个独立的生命体组成社会,共同协作,共同生活。古今中外,历史上重视三种人。第一种人是思想家,没有思想家人类就不可能进步,但是思想家有的时候不得志,有的时候受迫害。像孔子带弟子到处流浪,没人把他当回事。第二种人就是政治家。思想家给人类进步提供思想,政治家负责组织社会。没有政治家的组织,人类的成果、精神全得不到保障,得不到发展。第三类人是经济学家。没有经济学家,人类的财富无法积累,无法享受现在的高科技以及现在的物质文明。文化的第三个层次,是精神文化。三个层次加在一起是广义的文化,我们平常讲的所谓文化是狭义的文化,实际就是精神文化。精神文化代表了一个民族的伦理观、道德观、价值观、世界观等等意识形态,还包括宗教、思想、理性、公正、宽容。

市民文化自然就是专指城市居民的文化。城市起源于古希腊时代,或者说是古希腊人发现了城市的概念。很多人集中生活在一块,是人类的一个创造,它集中了人类的欲望、智慧、能力,创造了那么多人居住所需要的东西,创造了那么多五花八门的物质享受,总称它为城市。也就是说从那时候起,就有了市民。

改革开放三十多年来,市民文化有两种进步是毋庸置疑的。

一是历史的进步,二是心理的进步。

我们都很清楚,改革开放三十多年是怎么走过来的。由物质极端匮乏,到物质极端丰富;由一切靠国家,到国家提出来"断奶"……"断奶"对市民文化的冲击和影响极其重要。自新中国成立以来,我们一直支持一个观念——"奶文化的观念"。有一首最富代表性的诗歌:"党是娘亲俺是孩子,一头扎进娘的怀,咕咚咕咚喝娘奶,谁拉俺也不起来。"那时国家好像有喝不尽的奶。还有"唱支山歌给党听,我把党来比母亲。"表达的是"奶文化"、"娘文化"。进入新时期,国家突然提出企业要"断奶",一时曾让中国人很不适应。有的企业家说,企业干得好了银行像是亲娘,上赶着要给你贷款。当你亏损了,银行就成了后娘,逼着你还钱。

第一步先断奶,对市民心理承受力的培养至关重要,也就是从那个时候,市民文化的心态和品格开始建立。刚解放的时候,八路军进城,老百姓夹道欢呼,送鸡蛋,送茶水,国家领导人公开宣布:工人阶级站起来了,中国人民站起来了,从此生老病死都有人管了。好了,现在是先断奶,后下岗……工人和国家之间隔着老板、隔着经理。这对中国人的心态影响非常大。工人下岗之后,紧跟着下海,全民经商……中国的经济学家目前没有人拿诺贝尔奖,但是每一个中国人几乎都是经济学家。包括看自行车的老大娘都会算,什么时候存车的多,能够收多少钱。包括卖菜的,我常去的菜市场里有个卖菜的大姐,到她那儿买菜的人特别多,她算账、过秤都很麻利,有时还往胳膊上写几个数字,一个数字一串钱。一天下来,她的胳膊上就写满了数,举起玉臂一看,今天赚了多少一目了然。这不是经济学家吗?

全民下海,各种各样的机会会造成一种什么样的文化心态呢?在"文革"期间、"文革"之后、改革开放之初,很多中国人都有一种"怀才不遇"的心态,他们觉得自己很了不起,能干这个能干那个,非常抱怨才能得不到施展,成天骂这个骂那个,骂环境,骂领导。现在还有多少敢自称"怀才不遇"的? 这个时代你只要有才华,就尽管使出来。今年春天有一次战友聚会,战友聚会本来是个很轻松的聚会。当我们这些老战友聚到一起之后,就看出了生存状态的差异。有的当了官,有的官当得不小,有的发了财,有的活得非常好,有的活得则比较艰难,甚至有的老伴去世,有的儿女不争气等等。有的战友意见很大,境遇不太好的人对境遇好的人很反感,不愿意说话,很沉闷。其中有个人对战友间的感情变生分了很伤感,他喝了几杯酒之后,发牢骚说:"我们是战友聚会,这本来是一个非常愉快的聚会,咱们当年把最美好的年华给了国家,是在一起度过的,有血有汗,有钢有铁,我们的心是交融在一起的,比亲人还亲,是难得的战友。现在有的混得好,有的混得不好,你们心里不平衡,我混得不算好,但也不错,这能说明什么? 我们就不是战友了? 混得不好的也不要抱怨,不要生气,不要妒忌,为什么? 这三十年什么机会没有? 什么事情没发生? 这三十年你肯卖大力气都能发财,如果你连卖力气都舍不得,受穷还不是活该!"他喝多了,我立刻把他拉下来。这话他说得过激,但给我一个触动。这三十年实在是机会太多了。这三十年你还不能过得像个人样,你还不能过得很快乐,真应该先从自己身上找找原因,不要急着怪这怪那。

这就是心理的进步。命运的成全,或命运的没有成全,有很多东西在于个人的把握。现在中国人的心理承受能力大大地提高了,这有赖于市民文化的发展。那么当前的市民文化有些什么特点?

第一个特点,草根文化的强大。草根就是指市民,草根社会就应该指普通的市民。深圳曾是打工文化的发祥地。近几年,北京的打工文化也很厉害,出了一个词叫"北漂"。"北漂"是个文化词。"北漂"漂出了很多名人,漂出了电影明星,漂出了当红作家,漂出了导演,还漂出了一个文化人,叫孙恒,创立打工者艺术团,自任团长。前些年打工者到年底讨工钱很难、很苦,他就组织几个小哥们儿,成立一个艺术团,唱、舞、吹、拉,他创作了第一首歌,《团结一心讨工钱》。在北京打工族里传唱很火,其中有几句是这样的:"干了一年不给工钱,家里还等着钱过年,空手回去可怎么办?"歌词非常受欢迎,到各个打工点去演出,不收费。打工者们听得热泪盈眶,拼命鼓掌。给他们喝水,管他们吃饭,一开始老板也表示欢迎,不用花钱,权当慰问员工了。当他们一唱《团结一心讨工钱》,当老板的心里就有点不是滋味。之后北师大的一个女研究生跟孙恒结婚,两口子带着这个团到处巡回演出。

还有一种,大家都把她当做庙堂里的精英。比如杨丽萍,跳《两棵树》、《孔雀舞》的舞蹈家。实际她最初出自草根阶层,一个云南的白族姑娘,被中央民族歌舞团看中,选到北京。跳了几年,震惊世界,居然还有这样的人才,还有这样的舞蹈。我说她就是舞蹈的精灵,真是个天才。在北京这么好的环境里,时间一长她却过得不自在了,她是舞蹈精灵,就该回到适合精灵生存的环境中去。便辞掉一切职务,又回到云南。几年之后创作了一台歌舞《云南印象》,震撼人心。而且创造了一个文化词汇——"原生态歌舞"。一时间,"原生态"这个词被杨丽萍发扬光大了,到处都是"原生态"。胡锦涛主席访问拉美四国,谁给国家主席开道? 就是杨丽萍。杨丽萍带着《云南印象》,先到拉美四国演出,造成的轰动比在国内演出还要强烈。原生态歌舞一跳,更容易产生共鸣,感到很亲切、很震撼,这是草根文化的魅力。

还有二人转,天津的公园、浴池、洗浴中心、大的饭店,都有一个大屋子里唱二人转。一到晚上差不多唱到凌晨。计时收费,随时来,随时走。这些东西,就是这些草根阶层的文化现象。它对我们这个世界,对我们这个现实构成了一种平衡。有时候南方的朋友到天津去,我都带他们去看二人转。一看中央电视台的歌舞,非常奢华,唱了一晚上,没有一个旋律能让人记得住,没有一个歌是入耳好听的,没有一个演员是有歌唱的嗓子的。他就不能亮开嗓子唱一首歌,他在那儿哼哼唧唧。一旦你走到民间剧场,演员随便一张嘴,你就感到他们的嗓子特别的洪亮,比庙堂上的演员强多了。民间的文化人才,真的非常丰富,由于种种原因他们没有能力进入庙堂,就形成了丰富多彩的草根文化景观。

比如说王宝强,是从草根阶层出来的吧,他演的人物可爱、真实,血肉丰满,让老百姓感到亲切,所以他能冒出来。相比之下,有些戏剧学院毕业的明星,演正面人物就缺少一点血肉,没有个性,显得不可爱。还有一个林永健,是戏剧学院培养出来的,演好人演了好多年拿不了奖,一演坏蛋就拿奖,为什么? 你看我们这些演员,他就缺乏草根社会的经历,缺乏生活。演正面人物全是假的,只有极个别的、优秀的演员还可以。但是中国演员现在要演坏蛋,随便抓一个上来,演得就特别像。甚至你到马路上随便拉一个,叫他演坏蛋,也能比画两下子,一演就像。这种文化形态真是让人觉得奇怪啊,为什么中国人演坏蛋,不用化妆,不用准备,一演就很像? 为什么演好人就演不好?

这是一种文化现象,只能在文化层面上思索这个问题,从现代人的文化品位和社会心理上去找原因。

现代市民文化的第二个特点,理性增强了。其中最突出的表现,是在社区文化上。中国社会发生了一个根本的改变,许多区域都是市民自己在管理自己。近二三十年来建的小区,都是市民自己管理自己,叫业主委员会聘请物业管理公司,不同于以往的街道。街道这个词令许多人反感。"文革"期间,比如说哪个街道的主任,是个老大娘或老大嫂,平常看上去挺不错,一到"文化大革命",突然就变得面目可怕,两眼一瞪到处抄家、烧书,我的书就是被街道代表给烧的。所谓的卫生球的眼,阶级斗争的脸,身上绷得像块板……随便批斗人,随便喊口号,一帮妇女堵在门口说斗谁就斗谁。因此一提街道,给人的印象就是恐怖,令人厌烦。当今中国开始有大部分市民买房居住在小区里,摆脱了街道,让人有一种轻松感。无论如何这是社会的一个进步。但是,新住宅小区需要自己管理自己的时候,问题出来了。

我举个例子,有个高档小区,里面还住着不少外国人,都是有文化的人,甚至都是有身份的人。住在这个高档小区后麻烦出来了,开始不交物业费,最后甚至把物业公司赶走。这下坏了,垃圾没人收,环境没人清理,原来买房的时候一万多元一平方米,降到七八千元还没人买。垃圾成堆,臭气熏天,美国公司的一个美国雇员,竟然在小区里建车库,随便挖坑,盖小屋。他一盖,别人都盖,整个乱套了。这时候有一个人,叫北野,忍无可忍,跳起来,先拿外国人开刀,先拿那个美国人开刀,他用英语跟那个美国人对骂。最后,由于他敢于教训那个美国人,有一些善良的、有正义感的人支持他,就把那个美国人制服了,把他挖的坑填上,把车库拆掉。然后推举他当了业主委员会主任,他说我不干,每家出代表开大会,答应我的条件我就干,不答应我的条件就不干。他在会上讲了几个观点:我们花一万多元买的这个地方,现在七千多没人要,一平方米贬四千元,谁的原因?还不是我们自己糟蹋的吗?谁愿意来这个地方住?这是第一个。你们都有钱,你们都有文化,为什么不愿意过一个绅士的生活,像个绅士那样做人?第三个问题,这个美国人,我相信他在美国不敢这样,为什么他在美国是绅士,住在我们中国就变得像个无赖?还不是我们自己不尊重自己,没有秩序,他才敢胡来。这样下去我们每个人都受损失,大家都这样折腾,能过上什么日子?社会是要讲游戏规则的,任何一个团体,任何一个集团都要有自己的规则。大家觉得他说得有理,便签了一个协议,请回物业公司,建立小区的规章制度。每到中秋或大的年节,每家带一个菜,在小区的中心广场,交谈、联欢、唱歌跳舞。另外在小区门口设一个顺风车站,因为小区很多人都有车,只要车上还有位子,看到还有人站着就要打开车窗问一下,去哪?如果顺路,就送一段。现在这个小区非常好。以后当然还会有矛盾,这是社区文化的萌芽,它证明了中国人的社区是可以自己管理好自己的。

重要的是建立一种文化秩序,秩序就是理性,是人类文明进步的标志。人丧失理性就退回到兽性。只有理性强大,才能宽容,才能自由,才有信念。所以市民文化的理性强大,让我看到一种希望,有希望过一种和谐的、宽容的、自由的生活。

社区文化上还有很多问题,不能单一地说是谁的责任,开发商也有很大的责任。开发商推销房子的时候规划得很好,当你住进去之后,他开始挖了,这儿挖一点,那儿挖一点,这边建个变电站,那边挖一个沟,开发商缺少诚信。有些小区刚建成的时候非常漂亮,两三年就变得又脏又乱了,变成一个"自由市场",这是一种很奇怪的文化现象。这种现象应该让社会学家、搞城市研究的总结一下,为什么一个好的小区住上两三年就变样?我想它和我们社区文化不够发达有关。

第三个特点,讲讲市民文化中根深蒂固的"爱热闹"。国人有"闹"的基因,热闹的"闹",我们喜欢闹。往大里说闹革命、闹生产,往小的说闹洞房、闹元宵、闹场子,不高兴了闹脾气、闹情绪,闹好了就是热闹,闹不好就闹乱子、闹事,制造闹剧,甚至闹灾、闹病。中国文化里的这个"闹"字,非常有学问。在一个"门"里边开"市"场,非常有味道。这个市民文化中的"闹",它是一种活跃,有的对社会是一种调节。阴阳调节、冷热调节、大小调节等等这都需要调节。你比如足球,足球集中体现在国人的这种爱热闹上。一说足球,什么人不骂中国男足,谁都可以骂。所以大家都慷慨激昂,一慷慨激昂我就说不要闹了,弄不好这是中国足协的苦肉计。你说这个社会如果没有一个出气口,它不憋得慌?所以对市民文化中的"闹",还是要看到它正面效应的一面,不要光看它的负面效应。我觉得有些官员,比如火炬传递,这是一件好事吧,你说火炬传递没有人看,多冷清啊,多没有面子啊。在中国不必担心,哪个国家的火炬传递都没有我们热闹。我们这个民族爱热闹,喜欢看热闹。这里面就有一个问题。所以我曾经写过一篇文章——中国哪来那么多生锈的脚手架。你们见过建筑工地的脚手架,哪个铁管都是锈的。他都用锈管子挡住看热闹的人,你离近一点,衣服就粘上铁锈,一蹭都是铁锈。而且中国人看热闹比较拥挤,不可能不拥挤。你占到好位置,后面的人看不到,他肯定挤你,所以前面人的衣服全是铁锈。我就很奇怪,从南到北,我看到浙江的沿海过开渔节,阻拦百姓用的都是生锈的脚手架。我们这个社会就这么怪,你要什么它就有什么,阻挡老百姓需要生锈的脚手架,就哪里都有。

第四个特点,市民文化的娱乐性。比如假日旅游,晚上广场的欢乐,早晨的锻炼等等。有个公园,在"五一"黄金周的时候,平均一平方米里站着两个半人。还游得起来吗?光闻人身上的汗水味了,所谓出游也只剩下看人了。市民文化中的这种娱乐性,让你在家里待不住,这倒是拉动内需的好办法。谁只要在节日里还猫在家里,就会让人觉得这人没有情趣,甚至会怀疑你下岗了、赔钱了……总之你必须得凑热闹跑出去,哪怕出去蹓一圈,逛逛商场,或者去趟公共厕所,也等于你出去了。市民文化的这种鼓动性,这种影响力,使中国人有了一种从众心理,服从大众,随大流,凑热闹。

第二块谈谈影响市民文化心态的诸多因素。

市民文化的发展,跟市民生态有关。市民生态,又受官场生态和经济形势的影响。市民的生态是市民文化的土壤,这个土壤越厚,市民的文化就越发达。土壤瘠薄,市民文化就受到限制。每个人身上都有三种属性:政治性、经济性、文化性。改革开放之前,中国人把政治性列为第一,文化性第二,经济性第三。现在,中国人的经济性排第一。美欧一些发达国家,还是文化意识第一。所以他们的生存压力不一样,生存状态不一样,市民阶层所表现出来的文化形态也不一样。

比如碳原子。碳原子在地下受到的压力、环境、热度不一样,会产生金刚石和石墨两种东西。石墨很软,能做铅笔心、润滑剂。如果环境有所变化,压力再大一些,碳原子就会变成金刚石。金刚石很硬,可以做钻头。一硬一软,差异竟这么大。这跟文化的形态一样,取决于社会和政治经济形势的压力,取决于人们的生活状态。比如理想,一个民族,成熟的市民文化,是有理想的,对未来充满信心和希望。有理想的人才会有信任,能感受到美好,也才能谈得上和谐。官场文化目前对市民文化的毒害就在诚信上。你像河北的李真,有一句很著名的话:"升迁之道,乃说谎之道。"你不会说谎,就不会当官。所以他到下面一个很贫穷的县去,县委书记说:"我们现在只有一条路,就是脱贫。如果不脱贫,我就累死在这儿,不走了。"下面群众很感动,给他热烈鼓掌。他在台上痛哭流涕。晚上回去到招待所去看李真,送给李真一个纯金的老虎,说:"这地方太穷了,没法活啊,老兄帮帮忙,快把我调走吧。"这副德行对市民的影响自然很坏。

还有一个商业文化。现代人的生活天天被商业文化狂轰滥炸,耳熏目染,自然会对市民文化影响很大。中国文化里有个核心的东西,是羞耻感。如果连羞耻感都没有,就没有责任心了。现在的商业文化中最缺的就是耻辱感,称王称霸,爱说大话,唯利是图,弄虚作假。一朋友去农村,看到山楂红得非常诱人,湿乎乎的像刚被露水洗过,就问旁边的主人,能不能摘一个尝尝?主人说随便尝,想吃多少都行。他顺手摘了一个,捏在手里有点黏,就顺口问老乡,这上面是露水吗?老乡说不是露水,刚打完乐果。乐果是一种吸附性的农药,现在山楂已经成熟,果实能够把农药吸收进果肉里去。这位朋友自然不敢再把山楂放进嘴里,又问道,山楂都熟了,这个季节也没有虫子了,为什么还要打农药?不怕费钱啊?老乡告诉他,打上乐果山楂鲜灵好看,能卖好价钱。大家都打,你不打就卖不上价。这是商业的耻辱,也是文化的羞耻。

就是文化决定人的性格、决定人的行为。有什么样的市民文化,必然有什么样的市民行为。文化是人格的放大,文化代表一种人格。我刚从浙江参加开渔节回来,看到了一种有意思的文化现象。同是渔民,在河里、湖里打鱼的渔民,跟在海里打鱼的渔民有许多不同。比如在湖里看到一个死尸,渔民都会赶紧躲开,立刻收网回家,认为是晦气,今天不会打到鱼了。在大海里,不管是远海、近海,看到海里漂着一个死尸,哪怕被鱼咬得还剩一个头、一把骨头,渔民也不再打鱼了,而是立即把浮尸捞起来,渔民称这个为"捞元宝",在海上发现死尸是一种福气,无论回程多远也要先把尸体送到岸上。岸上有一块海滩专门摆放这些尸体,等待有人来认领。隔一段时间还没有人认领的,就烧了下葬。海边的渔民喜欢逛旧家具市场买床铺,先问这个床上死过人没有？没有在上面死过人不要。碰到在上面死过人的床，就会买下。认为睡在死过人的床上是有福气。渔民认为能死在床上，就是死在家里，死在家里还不是一种福气吗？渔民最忌讳死在海上。开渔节的时候，两千艘渔船，排好队等着出发。放炮，敲锣，然后两个不能出海的老渔民端着两大碗酒，给他们送行，后面跟着渔嫂。渔嫂手里也端着酒，一个个都噙着眼泪。那都是二百五十马力以上的大铁壳渔船。那个老渔民就高声喊，后生们鱼打得着打不着没关系，都给我平平安安地回来。一说到这儿，渔嫂们的眼泪就哗哗往下掉。这就是渔民文化。同是渔民文化，海上的渔民跟内河上的渔民还有诸多差异，何况是其他市民文化？不同民族，不同地区，民间的风俗文化也不同。

一个民族的历史传统、风土民物创造了文化，文化又培育了市民的性格。所以林语堂在《中国人》中概括中国人的性格：老成温厚、遇事忍耐、消极闭市、超脱老滑、和平主义、知足常乐、幽默滑稽、因循守旧这些特点。说实话，这么大的一个多民族国家，文化风俗极为丰富多彩，靠一溜四字词组来概括是很困难的。现在的民族性格特点，应该说有了很多变化。林语堂说的"和平主义"不错，现在还是这样的，甚或增加了不少新的内容。同时在现在的市民性格里头，应该还增加了一种自信。自信的人很多，增加了一种自醒，很清醒。我们在改革开放之前很牛，但是并不是清醒，天天喊"胸怀亚非拉"、"放眼五大洲"，其实并不真正知到五大洲是怎么回事。现在很清醒了，对自己的位置很清醒。当然也增加了一定的宽容，乐观，还有冷漠、疑虑，以及急功近利等等。林语堂说的"消极"，已经有所改变了，现代人生活姿态还是比较积极的，因为生活节奏紧张，竞争压力很大，消极就没有好工作、好职位，连工作狂不是都很多吗？"因循守旧"也有大的变化，不应该再用因循守旧来概括中国人的性格特征了。"知足常乐"也不对了，现在"知足"的人多吗？哪会知足啊！你曾经炒股赚了很多钱，今年怎么样啊，又不知足了。你说有多少钱才知足啊？几百万不知足，几千万不知足，几个亿乃至几十个亿也未见得就知足。

那么理想的市民文化应该是怎样的？马克思说过，那将是一个自由人的联合体。每个人的自由发展是一些人的自由发展的条件,任何一个人的自由发展是大家自由发展的条件。这话说得真是很妙,又很深刻,很有味道。

听众提问:最近诺贝尔文学奖已经公布了,对中国人获奖,以前期待很多,现在期待很少了。这次获奖是一个法国的作家,然后一些报纸、新闻媒体就说了,他只是法国一个三流作家。昨天我看深圳的商报对中国人获诺贝尔文学奖的可能性做讨论,有些作家就认为诺贝尔奖对文学的评价到底是不是权威的产生了疑问。您是一位著名的作家,能不能谈一下自己的感受?

蒋子龙:诺贝尔文学奖成了中国人的一个情结,一到这个季节,中国作家到哪里都有人要问这个问题。问的不烦,说的烦了。大家明明都心知肚明,这个奖目前跟中国人没有多少关系,可偏偏还要拿这奖来说事,类似一种调侃,借着诺贝尔文学奖,媒体或国人拿作家或整个中国人调侃一番,煞煞风景扫扫兴。我以前很拿这个奖当回事,现在已经疲沓了,只剩下一种应付、一种解释。其实,这些人并不是想这个奖快想疯了,有点丈母娘见姑爷——没话搭拉话的意思。媒体好像也没有什么可炒的,到了这个季节炒诺贝尔文学奖最稳妥。前几天报纸上宣传,钱学森的侄子有可能获诺贝尔化学奖,也不说明这位钱家的侄子是什么国籍,这就是故意吊人的胃口,我就以为这个侄子是中国人。人家真正一拿奖才知道没有中国的事,他原来是美国人。这不是拿中国人找乐吗?但,这也可以成为一个话题,茶余饭后谈,大家聊一聊,各抒己见,没有什么不可以。我以为在中国作家当中,真正有诺贝尔情结的没有几个,大家都很清醒。倒是文坛以外的人愿意借着这个话题来谈一谈我们的文学现状,谈一谈我们作家的心态,这也可以理解。诺贝尔仅仅是一个奖,一个在世界范围内有很大影响的奖,人家策划得非常成功。仅此而已。

听众提问:在安国县,那地方生产农药,也盛产中药。那些中药打了敌敌畏,据说这样防虫,五六年都不长虫子,药性太重了,在外面卖的,都是很朴实的农民。后来一打听,家家户户都这么干。安国县作为一个全国著名的药州,他们不吃,又给别人吃,别人又给别人吃,这其实是一个很大的恶性循环圈,这个圈您认为什么时候结束?

蒋子龙:我希望以三鹿奶粉事件为契机,早点结束这种恶毒的怪圈。但文化的保守力量很强大,如果我们的文化足够强大,应该借着这个事件追查到底,让制毒者感到耻辱,感到是一种罪恶。如果不用重刑,不形成一种强大的文化氛围,形成社会力量,则难以奏效。我对这一点还是有些信心,因为我相信这么大一个民族,总不至于会被自己毒死吧?外国有一个学者讲,如果世界大战爆发,世界灭亡,最后活下来的人肯定是中国人。因为中国人平时吃毒太多,有了抗毒性、抗辐射的能力,可谓百毒不侵。

听众提问:三十多年改革开放以后,我一直没有忘记乔厂长,那是一个承上启下的,给我们时代这么一个感觉。我今天想提的第一个问题,您能不能简单地把乔厂长的来龙去脉再给我们简单介绍一下,这是第一。第二,当前经济发展到了一个阶段,正值文化热。您是开拓者,用您看问题的方式看,我们现在在文化上还有什么值得大家思索的?

蒋子龙:乔厂长是不请自来。我当时是一个大企业里的车间主任,车间有一千三百多人,面对种种困难,逼得我没有办法,有时就发牢骚,假如让我当厂长就会怎么办怎么办……一定能打开点局面。后来《人民文学》杂志的编辑来约稿,我用了三天的时间把自己假想写了出来,这就是《乔厂长上任记》。不想小说一发表就引起大麻烦,有人支持,有人批判,形成激烈的对峙。本来一篇小说,实际是我对生活的感受,触动了当时社会的神经。一篇小说成功与否,是否引起轰动,它有几条线交叉在一个点上。政治、经济、社会、人的心态、精神、文化,这几个因素都压在这个点上,这个点就爆发了。

关于文化的这个课题很大,也说不透。我对中国文化的信心有两个支点:第一个支点,我们确实有五千年的古老的文明,但是我们的文化又是新生的。古老文化到了"文革"就断了,我们现在只是衔接。"文革"把我们的文化根脉砍断了,现在的文化中有许多是新元素,优点是生气勃勃,缺点也有,不成熟。包括浮躁虚骄,弄虚作假。但是这种文化是前进的,是改进的,是有希望的。

听众提问:请您谈谈网络文化,对网络文化的看法。最近不是说许多作协副主席和"80后"写小说比赛,对此您有什么看法?

蒋子龙:我们都在网络中,网络给我们提供了巨大的方便。我通过网络获得各种信息,方便至极。网络成全了一个全民书写的时代,人人都是作家。同时也应该看到网络有点太急功近利,太注重炒作和点击率了,有时难免泥沙俱下。但不管怎样,网络很有生命力。网络文化理所当然应该受到重视,但是也不要一味地听命于它,服从于它,为它所左右。网络文化目前毕竟有生气,但还有肤浅,还有浮躁。所以对网络文化中的泡沫还是要有所认识。包括网络的圣人比尔·盖茨都说大话,他对网络的预见现在证明是错误的,三年前他就说,三年内报纸消失,不再有报纸了。现在三年过去了,报纸消失了吗? 还说十年后纸质媒体全部消失。现在已经过去三年多了,我看也有点玄。

今天就讲到这里,谢谢大家。

2008年11月

诗性的枫莲

　　结识小老乡赵枫莲君已多年，印象总是淡淡的静静的，娇小秀婉，恬然自守。

　　岂料读过《枫莲画诗百首》，惊喜地发现了另一个枫莲：热烈奔放，坦荡阔朗。正像经典所告诉我们的：诗不是感情的释放，而是从感情中脱颖而出；诗不是人格的表现，而是从人格中超脱。

　　创造诗的同时，必也创造自己。枫莲如果没有生活在诗中，她的幸运是写出了属于自己的诗。诗是她强烈感情的自然迸发，是内心生活的纯真流露。

　　诗给了她的灵魂以极大的自由，赋予她的想象力以野性。她忽而化作一棵兄弟树，忽而化作大自然的精灵，忽而又化作一只鸽子……

　　读她的诗可听到她的"心在拔节的声音"，能感受到她生命的春水在欢畅地流淌……转瞬便化作大苇洼里肆意的绿意。

　　她是"上帝亲亲的小鸽子"，诗是她的天空。

　　诗给了她梦。让她的心乘着梦飞翔，寻找"永远的港湾"；诗兴"披着梦的衣衫，凌落作点点斑斑"。诗的梦，梦的诗，使她的内心畅满。

　　诗给了她自信。枫莲开慧早，九岁开始写诗，"奶奶曾为我梳的小辫又弯又长，把我贫穷的童年扎裹得漂漂亮亮"。以后她便不停地炼字、炼句、炼意，诗情就像她家的那口老腌菜缸，奶奶腌，妈妈腌，一年年一辈辈，却腌出了不同的滋味，不同的酸甜苦辣。

　　"满洼亮晶晶的

　　　是我不舍的泪光

水底纠缠纷乱的

不是水草

可是你牵挂的凝望？"

诗让她丰满。诗句化作一条条根脉，与天相接，随后滋生成爱，缠缠绵绵到天涯。"即使莽莽烈烈的风"，也只不过是为她的生命节律伴唱。"东离西有多远，爱就能相伴多远；天离地有多高，爱就能生长多高。"

诗能将人"还原为天使"。诗没有平庸，平庸的句子不是诗。古人曾以写诗读诗来治疗头痛。诗确能治愈理智造成的伤痛。

诗里有诗人的最大幸福，最高的精神，最美好的瞬间。

"在即将绝版的爱情面前

谁能将圣洁阻拦？"

诗意像芦花一样，在阳光下飞扬。诗营养了企盼的心灵，在波涌浪翻的生命水域中，找到了一个平静的归岸。美哉，诗人的锦心绣口；妙哉，枫莲的画诗百首。

2009年

执着一生的激情

——怀念章世添先生

前一段时间文学圈里在炒作"京城名编",倘若是在全国范围内评选当代文学名编辑,我想福建《中篇小说选刊》的主要创办人章世添先生,一定会榜上有名。我之所以这样说自然是有根据的,他对当代文学的贡献以及文学编辑水平,文坛上有目共睹,甚至在当代文学史上也会浓墨重彩地留下一笔,无须我在此饶舌。这篇短文只讲一点他的花絮,或许更能证明我所言不虚。

他可能(由于我无法去做严格的数字统计,只能凭感觉用"可能"这个词)是当代文学界联系作家最多的编辑。编选刊每年都要对全国文坛一遍遍地进行精选,过了筛子又过箩,这给他提供了方便,再加上他有心、重情,久而久之便成了文坛上民间联络处处长。这许多年来每当我碰到想找谁不知该怎么找的时候,就向他求助,他总能及时而准确地告诉我能联系到对方的有效途径。

他可能还是说话最多的编辑。至少在我认识的人中,他说话最多,除去正规开会,该谁说谁就说。而一般非正规场合的聚会,挑起话题和担任主讲的往往是章世添,当然是指跟文学有关的话,不是指说废话,天天说废话的那叫"话痨"。一开始我没注意,待知道他这个特点以后,再跟他通电话时就习惯性地看表记时,在八分钟之内挂机的时候很少,最长的一次一小时二十五分钟。这可不是少男少女或全职太太们的所谓"煲电话粥",煲粥要细火慢熬,章先生说话从来都是高腔大嗓,滔滔雄辩,慷慨激昂。我到六十岁之后忽然意识到自己的话也越来越多,可能就是受他的影响。话多伤气,目前正在自觉地加以改正。

他可能还是当代文坛真正见过大钱、干过大工程的编辑。《中篇小说选刊》曾发行过百万册，日子好过，不断地举办各种各样的文学活动，影响很大。后来接受市场调节，文学逐渐被边缘化，各文学期刊不为文学发愁，却常被经费不足所困扰，对中国文学总是理想满怀、激情洋溢的章世添，岂能容忍区区"阿堵物"阻碍堂堂文学事业的发展？便以一种舍我其谁的高姿态，担当起为文学赚钱的大任。应该说他的胆识和气魄都是一流的，上个世纪的八十年代末，中国的房地产业还在襁褓之中，他就看出苗头，将来房地产业一定会大有作为，便在武夷山风景最优美的地段买了一片地，准备修建别墅群、文学院，既赚了钱，又可为文学造福。很快就举办了大型奠基仪式，请全国知名的经济学家和作家到场助兴。

可奠基之后便没有了下文。但武夷山被章世添相中的那块地方，确实有一幢幢漂亮的别墅和宾馆建起来了，但发大财的却不是他。几年后他在北京又有了更大的计划，打电话叫我务必赶过去听听他的设想，如果我不去他就带着一队人马赶到天津来，因为我挂个《中篇小说选刊》顾问的虚名。少数服从多数，自然是我过去。待找到他下榻的小旅馆，见张贤亮、梁晓声、李存葆等几位作家已经早到了，大家都脸放红光、异常兴奋，显然都受他的鼓舞，正处于激动之中。章世添的计划确实不一般，他在海外找到了一家投资商，要给人民文学出版社修建四十二层的豪华办公大楼。豪华到什么程度？建成后将成为北京市的"标志性建筑"，也会成为世界上著名的文学景观。听了他激情澎湃的介绍我也很高兴，只是不大敢相信，总觉得有点天方夜谭的味道，于是便提出一些疑问。他对我的谨小慎微、疑虑重重，有些着急，便用更加富有鼓动性的言词激励我、感染我，一遍又一遍地向我讲解……后来我明白了，自己若想在当天还能脱身赶回天津，就赶紧改口称赞他的宏大计划，预祝他成功！

不幸的是我的担心又应验了，此后很长时间为人民文学出版社建大楼的事都没有动静，但章世添告诉我又有了更好的项目，他跟人合伙在西北一个新发现的油田里购买了十五口油井的开采权,只要有一半油井能出油,给人民文学出版社盖大楼的钱就不成问题了……不管这件事最后是否能做成,世添的这股精神没法不让我敬佩,不让我感动,真可谓屡战屡败,屡败屡战,激情依旧,决心不改。只可惜没多久他就退休了,那十五口油井是否打出了石油不得而知,反正人民文学出版社至今还在原来的楼房里办公,可能算不上是首都的"标志性建筑",看上去那楼房跟北京的整体建筑格调还是很和谐的。

章世添退休后,他那一身过剩的永远在燃烧的激情和执着,不再浪费在为文学赚钱的事情上,而是重新投入到文学事业本身。在当前,由国家维持的文学期刊都相当困难的情况下,他竟一个人创办了一份公开出版发行的大型文学期刊《文学》。自己上跑下颠地申请刊号、自筹资金、自己组稿、自己编辑、自己联系印刷、自办发行……充分展示了他在文学界的能量和人气。二〇〇七年秋天,厚重有二百三十多个页码的《文学》出版了第一期,第二期还在编辑之中,正幸福地沉醉在文学理想中的章世添,却溘然长逝了。

《中篇小说选刊》的同人,格外理解他的激情和执着,用最大的可能成全他的理想,即便他退休了也仍然给他保留着办公桌,办公室里还有他的一张睡床,尽可能地为他的激情和执着提供帮助,直到他去世的前两天还睡在办公室里,拖着浮肿严重的两条腿在地上蹭来蹭去,打电话八方联系,商量永远都商量不完的事情,有一点空暇就坐下来看稿、编稿……

世添是幸福的,一生都活在自己的理想中,燃烧在自己的激情里,直到生命的最后时刻。我甚至相信,此时他在天堂也一定又忙碌起来,正筹办新的刊物,或为办刊四处筹钱……

2010年7月

编辑何以为"大"

作家如老舍者,算是够"大"了吧？他称编辑为"元帅",自己顶多是个"先锋",只要元帅有令,自己便会拍马提枪,冲锋陷阵。许多年来人们都把这个比喻当作一种幽默,我却以为老舍先生准确地道出了编辑和作家的真实关系。碰上好"元帅",是"先锋"的幸运,能打大仗、打胜仗。倘若遇到大编辑,作家就有可能一"作"成名,甚或写出"名作"也未可知。那么,什么样的编辑可以称"大"呢？至少有这样几个特点。

首先是能慧眼识珠。比如秦兆阳,主持《人民文学》编辑部的时候,推出了王蒙、李国文、刘绍棠等一批轰动一时的青年才俊。这些人后来都成大气,担当起文坛主将的角色。其次是重情谊、重培养。不才如我,也有幸沾染过大编辑的仙气。一九七五年邓小平复出后抓经济,召开钢铁座谈会。随后为落实这个座谈会的精神,各行业纷纷召开学大庆会议,我在天津宾馆参加了第一机械工业部的学大庆会。《人民文学》的老编辑许以,不知从哪里知道了有我这么个人,从北京来天津找到我的工厂,又从工厂找到会场,将我从会场上叫出来约稿。那是我生平第一次接触编辑,真的是受宠若惊,几天后便写出了《机电局长的一天》。发表后不久便遭灭顶之灾,"在全国批倒批臭"。四年后,又是《人民文学》的编辑,顶着大雨到天津向我组稿,于是又重回文坛,写出了《乔厂长上任记》。

大编辑能打造名作。一提到人民文学出版社的龙世辉,人们就会想到《林海雪原》、《青春之歌》等。还有中国青年出版社的萧也牧,提起他人们立刻就想到了《红旗谱》、《红日》……如果没有这些大编辑，即使还会产生这些作品，但作品的面貌、文字的质量以及出版后的影响，还会一样吗？这就牵涉到大编辑的第四个特点：能点石成金。我在文学讲习所读书时的一个同学，托我向《天津文学》推荐了两篇小说，编辑部勉强选中了其中的一篇，还做了很多修改才得以印成铅字。发表后也几乎没有任何反响。这却不能全怪我那个同学水平不高，水平不高的还有编辑。讲习所毕业后他住进人民文学出版社招待所改稿子，有幸碰上了大编辑龙世辉，一年后获得全国优秀短篇小说奖，两年后出版一部长篇小说，获得茅盾文学奖。讲习所的同学们读后都大吃一惊，感觉他完全像变了一个人，写作才华有了脱胎换骨般地提升。他成名后没有再跟龙世辉合作，似乎又退回到以前的写作水平，再没拿出惊人的东西。这倒也创造了另一种惊奇，原来作家的写作水平，提上来之后还可以再退回去，其中一个很重要的因素，是看他遇到什么样的编辑。

我也亲身感受过什么叫"点石成金"。一九八〇年初，我到文学讲习所进修，由秦兆阳老先生做我的指导老师，得以近距离地聆听这位大编辑家的教诲。有一次南方一个刊物催稿甚急，我用大半夜的时间赶出了短篇小说《狼酒》，第二天早晨讲习所通知我，带着新作去见秦先生。当时我犹豫了一会儿，最初是不敢带《狼酒》去见先生的，自己知道它是什么成色，怕让先生失望。可手边又没有别的新作，只好硬着头皮拿它充数。秦先生让我在他的书房里随便翻书，老人家默默地先把《狼酒》看了一遍，然后拿起铅笔看第二遍，这一次是边看边写，有时写在我的稿子上，有时写在旁边的白纸上。

我神经紧张，不知老先生在写些什么，却又不敢凑过去看。直到先生看完第二遍，才招呼我坐到他对面，上来并没有批评我，只是就稿子论稿子，先分析《狼酒》里的人物，哪儿该加些什么，哪儿该删掉，才能使人物性格的发展更合理。接着又剖析我的故事，指出结构该怎样调整，哪一段该提到前面来，哪一段往后挪……三下五除二，连我自己都觉得《狼酒》面目一新了。那天整整浪费了老先生大半天的时间，谈完了对稿子的具体修改方案之后,才含蓄地告诫我不可过分依赖兴之所至一泻千里,动笔前多在构思上下功夫,想透了再动笔,才能在写的过程中出现真正的神来之笔。

一九八一年我答应《当代》杂志的编辑贺嘉,在某个星期二来取稿。那时候我的工厂是休息星期二,让他赶在我歇班的日子来好接待。不想那个星期一快下班的时候设备出了故障,抢修设备我这个车间主任是不能不在场的,一干就是一个通宵,直到第二天的生产恢复正常了我才回家。回到家看见贺嘉正在我的门口转磨磨,他是从北京坐早班车来的,可我答应给他的中篇小说由于夜里加班,还差几千字的结尾没有完成。那时我的居住条件是"伙单独厨"——即两家合伙住一个单元,但每家各有一个独用的小厨房。我们简单吃了点东西,我拿出已经写好的前面六万多字,让贺嘉在卧室里审查,我将切菜板搭在厨房的水池子上,给小说写结尾。我们两个一直干到傍晚,贺嘉将前面的六万多字编辑完了,我又写出了四千字的结尾,然后交换,我修改前面他指出来的错误,他继续编辑小说的结尾部分。

这就是《赤橙黄绿青蓝紫》产生的过程。后来秦兆阳先生看了这部作品,寄来一封密密麻麻写满了七页纸的长信,至今那仍是我最珍贵的收藏。作家不会忘记编辑,写和编是一种缘分,像一对搭档。我想有许多作家同自己的编辑会成为师生或朋友。上海文艺出版社的老编辑王肇歧,多年来在文字上对我的帮助自不必说,从上个世纪八十年代初我们成为朋友以来,每年中秋节前后,他若有北上的机会必给我带一盒月饼,若没有机会亲送就会通过邮局寄来,从未忘记过。这股长远劲,体现了一份多么厚重的情感。我无比珍视,终生不忘……

2010年10月30日

文坛一"柱"

中国之大,藏龙卧虎。即便在所谓"被边缘化了"的当代文坛,也还有高人。譬如近三十年来,文坛上的任何活动都见不到他的身影,可人人都知道他才是重量级作家,是文坛上的一根"大柱子",已经名副其实的"著作等身"了。

仅此一点,在当世作家中能有几人?他出版了四十六部长篇著作,每部都是一块大砖头,不是普通的砖,是类似长城砖那么大、那么厚:《李大钊》七十二万字,《辛亥革命》五十万字,《蒋介石和他的密友与政敌》共六部三百余万字,《毛泽东与周恩来的长征》七十三万字……总计两千余万字。另外还创作了十八部电影和长篇电视连续剧,也有近千万字。

年过八旬的党史专家逄光知多次在公开场合深有感触地说:"论及二十世纪以来重要的历史人物和历史事件,柱子掌握的史料恐怕不比我们少!"他有超常的记忆力和历史资料驾驭能力,其视野能超越他笔下的历史事件和人物。中国作家协会的老领导冯牧,生前曾亲自主持他的长篇传记《张学良》的讨论会,他为写这部书,在占有了有关的全部文档材料后,又到夏威夷跟张学良谈了六天。

他在创作《解放大西南》时,首次揭示"解放军追剿胡宗南集团的进军路线,竟然与当年国民党军队围剿红军的路线完全相同",结局却大相径庭,历史的重复和颠倒,像一个残酷的玩笑。在他之前,所有党史材料及年谱上,都记载一九三九年五月日本大轰炸时,周恩来不在重庆,他在写作《周恩来在重庆》时却公布了当时周不仅在重庆、还从被炸的医院中救出国民党联络代表张冲的证据,匡正了史料的缺漏。时间才过去六七十年,许多当事人还在,对待像周恩来这样的人物尚且有这么大的疏漏,更遑论对其他人了……

还有孙中山与黄兴的关系、毛泽东与许世友在延安时期的究诘、周恩来在上海领导特科的惊险经历等等写作上的难点,或事实如谜,或过于敏感,令史家或作家头痛,躲之唯恐不及。他却"艺高人胆大",不仅迎"难"而上,且处理得令人拍案叫绝。

于是他的《长征》,被评为"写出了人类精神史上的绝唱";目前影视作品中毛泽东、周恩来等人的"文化人格",也首推他塑造出来的;他的作品被评为"标领我国重大历史题材创作潮流的史诗性作品,海内少有人能匹"。

这个人是谁?——姓"王",名"朝柱"。

是我沧州老乡,只比我大几个月。凡熟悉他年纪又比他大的人多叫他"柱子";而年纪小于他,特别是女士们则喜欢称他"柱子哥";还有人直呼他"傻柱子",多一个"傻"字更显得意味深长,体现出王朝柱的人气和行事做人的风格。

这个人到底是什么来头呢?他的老家沧州献县,有个天主教堂,里面有钢琴、管风琴,他经常跑进去乱摸,但摸什么像什么,演奏师惊异,不赶他反称赞他有超常的音乐天赋。在他七八岁时由哑巴哥哥背着投奔了八路军。没人知道,或许连他也不知道自己是怎么学会吹笛子的,便留在文工团的乐队里当伴奏员。解放后他仍不够参军年龄,只好又把他送回家乡。十岁时,《音乐创作》的创刊号上发表他创作的第一首歌曲。

后来听说中央音乐学院招生,他考上了作曲系,带上一面口袋馒头开始了大学生活。有一天在宿舍里正啃着长了毛的凉馒头,被院长赵沨看见,收走了他所有已经长毛的馒头,批给他十五斤粮票和十五元钱……

一九六五年王朝柱以优异的成绩毕业,学院想留下他,或者给院长当秘书,或者留校任教,他却一门心思想下去写出好歌。就在这时候"文革"开始了,首都高校有一场著名的辩论,江青、姚文元等中央文革领导小组的人在座。

中央音乐学院跳上台去的学生,不是高级领导干部子女,就是名人之后,一报出身就被哄了下来。原本站在旁边看热闹的王朝柱,一时兴起就上了台,领头的造反派问他:"什么出身?""贫农。""几代?""从周口店时期就是!"随后便唇枪舌剑、你来我往地在台上辩论了七十多分钟,中间当然会有江青的插话,以及呼喊向她致敬的口号等等。

王朝柱算是为中央音乐学院争回了面子,但下台后有人对他能跟江青对话羡慕不已,他却随口说:"太霸道了,这个人有野心!"此言一出当晚就被打成反革命,押送至天津咸水沽劳改。他在绝境中开始大量地读哲学、读历史……或许这六年劳改对他也是一种成全。

落实政策后为歌剧谱过曲,创作了曾轰动一时的大型话剧《淮海战役》。许多年来就躲在香山脚下的一个地方写作,每到周末妻子、女儿去看他,临走时他会给她们发出租车费,他说这是老家的规矩,有乡亲来管吃管住,临走给买张火车票。

2011年12月

后　记

　　此生让我付出心血和精力最多的，就是建构了属于自己的"文学家族"。感谢人民文学出版社提供机会，能将这个"家族"召集起来、编成队列。

　　——这就是整理《蒋子龙文集》。

　　整理文集确实像召开家族大会。将我亲手创作的各色人物，聚集到一起，大大小小，林林总总，他们的风貌、灵魂、故事……（即便是散文随笔中也有人物、事件和思想）一下子勾起我许多回忆，感慨万端。

　　有的令我欣慰，有的曾给我惹过大麻烦，如今竟都让我感到了一种"亲情"，不仅不后悔，甚至庆幸当初创造了他们。

　　将他们收拾停当，排出先后次序，送到人民文学出版社这个"大广场"上，像所有等待检阅的人一样，有兴奋，有期待，还有紧张。

　　首先将检阅我这个"家族方阵"的是责任编辑包兰英，然后是人文社的老总。他们是我写作上的贵人。而人民文学出版社是我的文学福地。

　　"文革"结束后，我头一次住在出版社的招待所里改稿子，就是在人民文学出版社。

　　我在文学讲习所读书时，导师是人民文学出版社的秦兆阳先生，他看了《赤橙黄绿青蓝紫》后给我写过一封长信，那是我收藏中的珍品。

　　我的第一部长篇小说《蛇神》在人民文学出版社《当代》杂志上发表；我下功夫最大也是自己最看重的长篇《农民帝国》，也是在人民文学出版社出版。

　　写了大半生，能在人民文学出版社出版文集，我视为是一种"终身成就奖"。

　　由衷地感谢包兰英先生的举荐，感谢人民文学出版社的厚意。

蒋子龙

2012 年 12 月 31 日于天津